基金资助

中国博士后第 55 批面上基金一等资助（2014M550519）
中国博士后第八批特别资助（2015T81072）

新疆大学"比较文学与文化研究"丛书

丛书主编 邹赞 刘志友

中国新时期
文艺学家美学家专题研究

ZHONGGUO XINSHIQI
WENYIXUEJIA MEIXUEJIA ZHUANTI YANJIU

邹 赞 ◎ 等著　刘志友　孟 楠 ◎ 审订

暨南大学出版社
JINAN UNIVERSITY PRESS

中国·广州

图书在版编目（CIP）数据

中国新时期文艺学家美学家专题研究/邹赞等著；刘志友，孟楠审订 . —广州：暨南大学出版社，2016.10
（新疆大学"比较文学与文化研究"丛书/邹赞，刘志友主编）
ISBN 978 - 7 - 5668 - 1960 - 4

Ⅰ.①中… Ⅱ.①邹… ②刘… ③孟… Ⅲ.①文艺美学—研究—中国
Ⅳ.①I01

中国版本图书馆 CIP 数据核字（2016）240618 号

中国新时期文艺学家美学家专题研究
ZHONGGUO XINSHIQI WENYIXUEJIA MEIXUEJIA ZHUANTI YANJIU
著　者：邹　赞　等
审　订：刘志友　孟　楠

出 版 人：徐义雄
策划编辑：李　艺
责任编辑：黄少君
责任校对：刘雨婷　李林达

出版发行：暨南大学出版社（510630）
电　　话：总编室（8620）85221601
　　　　　营销部（8620）85225284　85228291　85228292（邮购）
传　　真：（8620）85221583（办公室）　85223774（营销部）
网　　址：http：//www. jnupress. com　http：//press. jnu. edu. cn
排　　版：广州市天河星辰文化发展部照排中心
印　　刷：佛山市浩文彩色印刷有限公司
开　　本：787mm×1092mm　1/16
印　　张：25.75
字　　数：489 千
版　　次：2016 年 10 月第 1 版
印　　次：2016 年 10 月第 1 次
定　　价：59. 80 元

序

新疆地处古丝绸之路要冲，自古以来就是中西文明的交汇之地，草原游牧文化和中原农耕文化在这里交流碰撞，佛教文化、伊斯兰文化和儒家文化在这里多元并存，形成一道独具特色的复调文化景观。新疆的历史演进和区域文化发展，见证了新疆各民族文学艺术的对话与融合。从历史的维度上说，新疆各民族不仅创作了大量优秀的文学艺术作品，而且有些文学作品如维吾尔古典文学名著《福乐智慧》和《突厥语大辞典》本身就蕴含着丰富的诗学思想，成为中国少数民族古典文论的重要组成部分。从现实的层面上说，新疆当代文学经历了一段辉煌历程，堪称中国西部文学版图上的一颗璀璨明珠，新疆当代文学创作不仅是本土多民族文化交流互动的结果，也显著地呈现出中外文化对话的特质，比如维吾尔族作家穆罕默德·巴格拉西深受魔幻现实主义影响，买买提明·吾守尔小说里的幽默风格受到果戈理的影响，中国哈萨克现当代文学受到的俄苏文学影响更是清晰可循。较之新疆当代多民族文学创作的发展现状，新疆的文艺批评显然要滞后得多，虽然也产生过几位在国内具备较大影响的批评家，却未能形成与文学创作相称的批评群体，存在批评方法单一、理论话语陈旧、批评的自觉意识欠缺等问题。

另一个值得关注的现象是，伴随着消费主义意识形态与大众传媒的勃兴，传统意义上的精英文学日趋边缘化，大众文化、媒介文化、消费文化异军突起，以影视为主要表征形式的视觉文化占据大众日常生活的核心位置。文化概念的外延急剧扩张，日常生活的文化地形图经历着前所未有的变迁与重构，社会文化转型促使文艺批评必须及时回应批评对象的变化，进而转换批评模式与理论话语，真正实现文艺批评的"在地性"与"介入性"。作为一种思想话语资源，或曰一个跨学科的研究领域，"文化研究"以其跨学科、当代性、政治性、实践性、自反性的学术品格，以及对大众文化、文化工业（尤其是影视产业）、身份认同、亚文化、日常生活等领域的直面与深入研究，迅速成为思想学术的前沿阵地，也由此成为中国文艺理论界应对当代文化问题的有效阐释工具，为当代审美文化、文化政策、文化创意产业等研究领域提供了新颖的观照视角和理论资源。新疆的文艺创作与文艺批评也呈现出上述趋势，近年来非虚构文学备受瞩目，少数民族题材和兵团屯垦题材影视剧形成集群效应，成为建构新疆区域形象、展示新疆各民族文化多元共生、传播富有现代意识的新疆精神的重要载体。

鉴于此，新疆的文艺理论和比较文学界有责任及时作出回应，充分挖掘各种文化样式的审美意蕴和深层内涵，注重新疆各民族的文学交流与文化互动，紧紧把握丝绸之路经济带核心区建设的历史契机，视域关涉中亚文学文化关系、新疆少数民族题材和屯垦题材影视剧的创作、发行、受众分析和文化批评，争取摸索出一条既具有新疆本土特色，又能跟得上国际国内潮流的比较文学和文化研究之路，为新疆区域文化发展战略提供决策参考和智力支持。

2012 年 12 月，我们在新疆大学人文学院的大力支持下挂牌成立"新疆大学比较文学与文化研究中心"，本中心坚持"走出去"与"引进来"相结合，积极借鉴外来先进经验，立足新疆本土的历史情境与文化发展现状，在确保新疆的文艺批评与外界接轨的同时，突显新疆的地域文化和多民族文化特色。本中心的科研方向包括：①进一步梳理新疆少数民族古典文论思想，深入探析波斯诗学与维吾尔古典诗学之间的关联，传承西域文化，从跨文化比较的视角研究新疆各民族文学和文化之间的互动交流；②开展中亚国家文学作品的互译、作家和作品的相互介绍、文学交流史研究；③吸收、借鉴马克思主义文艺理论的最新研究成果，并以此指导新疆当代多民族文学的批评实践，营造文艺创作与文艺批评之间的良性互动，进一步促进和繁荣新疆当代多民族文学创作；④关注当代文化现象和新生文化因子，积极倡导文艺介入现实生活，及时更新批评理念和话语资源，既注重文艺理论的批评功能，也积极发掘文艺批评的建构潜能，关注文化政策与文化创意产业，打造极富活力的文化软实力，为发展区域经济和提升区域综合实力服务。

四年来，本中心先后三次主办全国性学术会议，其中 2014 年主办的"文化记忆、历史书写与民族叙事"学术研讨会专门开辟"英国伯明翰学派文化研究 50 周年暨纪念斯图亚特·霍尔"专场，该环节具有十分重要的学术史意义，也是国内迄今唯一一次相关主题的专题研讨，在学界产生了广泛影响。除此以外，本中心在 2016 年开启了两套丛书计划，一是"新疆大学'比较文学与文化研究'丛书"，一是"口述新疆丛书"。

"新疆大学'比较文学与文化研究'丛书"旨在紧密结合丝绸之路经济带核心区建设的历史语境，积极发挥现代文化的引领作用，在放眼国内乃至全球文艺理论、比较文学和文化研究热点议题的同时，注重对本土多民族文学史实和文化个案展开深入阐释。作为该丛书的第一本，《中国新时期文艺学家美学家专题研究》尝试结合新时期以来中国社会结构的变迁，以思想史、文化史的发展为基本脉络，以中国新时期以来在文艺理论与美学研究领域做出显著贡献的著名学者为研究对象，引入中国当代思想文化领域的核心论争，旨在厘清当代中国文艺理论、文化研究及美学思潮的基本问题。本书的主要创新点包括：①深入总结重要理论家的学术贡献，寄望以理论家专题研究的路径，形成某种意义上的学术史。本书所选择的研究对象包括乐黛云、钱中文、杨义、童庆炳、曾繁仁、顾祖钊、汪晖、叶舒宪、戴锦华、周宪、陶东风、董学文、饶芃子、赵毅衡、申丹、朱立元、赵宪章、王晓明、王一川、王岳川、刘再复、南帆、鲁枢元、吴炫、冯宪光、余虹、耿占春、姚文放、徐岱、黄卓越、李春青、汪民安、金惠敏、周启超、殷国明等著名学者；②本书收录的论文作者均为具有博士学位或副教授以上职称的中青年学者，他们在相关领域有着较深厚的积累，视野开阔敏锐，问题意识鲜明，能够恰到好处地将学术思想述评与社会现实关注的面向结合起来，行文中保持一种质询与批判的张力，与那种传统意义上的"应景式"批评写作判然有别；③本书特别注重思想交锋与文化论争，自觉突破任何形式的学术话语霸权，将文艺理论及美学界的重要论争交叉互现，拒绝任何简单粗暴的结论，力求还原丰富的思想文化面向；④注重学术性和可读性的良好结合，每位学者专论均附加一个"学者小传"，为读者提供更加充分的背景信息。

笔者曾多次指出：在后冷战年代，西北边疆突破了"中心/边缘"的传统文化地理格局，成为非传统安全视域下地缘政治版图的核心场域，边疆叙事显影为核心议题。在这样的历史语境下，我们愿意站出来发表真诚的声音，也盼请大家关注这些"边疆的目光"！

邹　赞
2016 年 10 月 9 日

目录
CONTENTS

第三编 审美之维

第　一　编

诗学之阈

走向暴风雨

——乐黛云文学与文化研究中的中国主体身份

赵柔柔①

【学者小传】

　　乐黛云：北京大学中文系教授、博士生导师。曾任中国比较文学学会会长、北京大学比较文学与比较文化研究所所长、国际比较文学学会副会长。荣获"中国比较文学终身成就奖"。主要著作有《比较文学与中国现代文学》《比较文学原理》《跨文化之桥》、*Intellectuals in Chinese Fiction*（《中国小说中的知识分子》英文版）、《比较文学与比较文化十讲》等。编有《中西比较文学教程》《比较文学原理新编》《西方文艺思潮与中国现代文学》《超学科比较文学研究》《世界诗学大辞典》《跨文化对话》（丛刊）。另出版中英文随笔集 *To the Storm*（《走向暴风雨》）、《透过历史的烟尘》《绝色霜枫》《四院　沙滩　未名湖》《清溪水慢慢流》《何处是归程》《长天依是旧沙鸥》等多种。

　　梳理与反思 20 世纪 80—90 年代中国激荡而又复杂的思想流变或许正当其时——历史既没有遥远到完全褪色，又不至于过近而令人目眩，同时其影响与结果也正渐渐显形。作为一门在今天不容忽视的学科，"比较文学"恰是在这一时期开始在中国大陆复兴，而一名胸怀阔达、思想敏锐的杰出女性学者与其息息相关，这便是乐黛云先生。

　　乐黛云见证了 20 世纪中国的风云激变，并与一段段历史"共振"——1948 年，17 岁的她怀着向往革命的愿望北上，违抗父命远赴北京大学学习；在新中国成立后，她以极高的热情投入社会主义建设，又因与朋友主办刊物《当代英雄》而被划归右派；1981 年初，她与杨周翰等学者一起成立了北京大学比较文学研究会，画下了比较文学学科在中国大陆的重要节点；20 世纪 80 年代赴美访学的经历，让她开阔眼界的同时，也使她进一步全面地接受"比较文学"的研究方法。可以说，在某种意义上，乐黛云"点染"着"大时代"，当我们将目光汇聚在她身上时会看到远超出个人的时代精神，然而更重要的是，正如她的自传《走向暴风雨》（*To the Storm*）题名所喻示的，她

---

　　① 赵柔柔：中央民族大学少数民族语言文学系讲师，北京大学比较文学博士，主要从事比较文学与跨文化研究。

并非是被"暴风雨"所裹挟和逼迫，相反，她始终以独立而清醒的姿态"走向"暴风雨。

在中国比较文学的建设与发展中，乐黛云无疑是最为重要的奠基者和始终走在前沿的领军者。她不仅支撑和形塑着中国比较文学的学科与研究范式，同时也是将中国文学研究引向世界，令其在东西方文化对话场域中获得话语权和主体性的一双有力臂膀。不仅如此，乐黛云的影响并不仅止于比较文学学科自身，她同样为处于迷茫和纷杂中的中国文学研究打开了西方当代理论的一扇窗，以一己之力努力实现中西方理论话语的互通，令比较诗学在中国研究的土壤中得以生长起来。

一、"任个人"：主体性焦虑与重返现代文学

在评述乐黛云学术思想脉络的文章中，从"现代文学"走向"比较文学"是被反复强调的转折点。乐黛云师从现代文学学科的奠基者王瑶先生，并长时间在北京大学中文系教授现代文学课程，"现代文学"无疑是她重要的学术底色或者说是起点，而她早期发表的文章也大多专注于鲁迅研究、茅盾研究等。1981年，她发表了文章《尼采与中国现代文学》，从影响与接受的角度描述了尼采对20世纪初期中国思想界所起的作用，以比较文学的视域补充并拓展了现代文学的讨论。也正是这样的尝试，为新时期以学科形态显影的比较文学开创了实践路径。可以看到，乐黛云对尼采与现代文学关系的选择与关注并非一朝一夕。1957年，乐黛云发表了《"五四"以前的鲁迅思想》，文章曾特别论及鲁迅对尼采的扬弃。这种长期的聚焦显示出，这些文章的意义不仅止于学科建设或是学术探索，在某种程度上更是乐黛云自我认同与期待的折影。

《"五四"以前的鲁迅思想》的第二部分着重讨论了鲁迅的《文化偏至论》，试图重新阐释鲁迅"掊物质""排众数"与"张灵明""任个人"的对立，认为"任个人"并非是通常所理解的张扬个性，"排众数"也不意味着鄙弃"不堪命矣"的"民"，而是对"万千无赖之尤"的批判，并希冀"不阿世媚俗而有自己的见解，并能为坚持自己的信念牺牲一切"的"志士"。乐黛云特别指出："这里，鲁迅虽然借用了他所从受影响的尼采等人'张灵明''任个人'的口号，但其内容、影响和目的都截然不同于尼采的'超人'——骑在人民头上，把人民当作'畜群'来统治的所谓'金发野兽'；压制和摧残人民的反动强力的化身。而鲁迅的'独具我见之士'则是和人民站在同等地位的，他们的存在本身就是为了唤起人民，促使人民'入于自觉之境'，尼采企图从各方面使人民群众变成愚蠢、低能以便于统治，鲁迅则是

要从各方面发掘人民的智慧，使他们都各有自己的见解，以便依靠他们来拯救祖国。因此鲁迅'张灵明、任个人'的口号表面上似乎受着尼采的影响，在许多方面却是和尼采的学说背道而驰。"①

显然，在这篇文章中，尼采仅仅扮演着鲁迅思想的对立项，其所强调的是二者在表面相似之下有着深层的断裂。这种有较强倾向性的描述在《尼采与中国现代文学》中被重新组织起来，展示出了更加丰富的面向。首先，在二者的关系中，重心开始从鲁迅移至尼采，并分为三个阶段加以呈现。第一阶段是"五四以前"，即以《文化偏至论》为中心的时期。然而，比起上述另一篇文章的截然二分，此处更注重表明二者的关联，并"恢复"了鲁迅思想中强调"个人主义"的维度。一方面表明"鲁迅'掊物质张灵明，任个人排众数'的思想显然正是以尼采思想为其根据，同时又是以尼采思想为其归宿的"②，另一方面仍然有保留地提到，"鲁迅虽然接过尼采的口号，运用尼采的某些思想形式，但目的与内容都与尼采不同"③。在第二阶段，即五四运动前后，鲁迅虽"不曾斩断与尼采思想上的联系，但他所取于尼采的，已不同于前一阶段"④，简言之，即某种"破坏精神"和孤立感。20世纪30年代以后构成二者关系的第三阶段，虽然此时鲁迅仍时有提及尼采，但在根本上显现出了决裂，而文章则着重将"分裂"坐落在二者彼此面对的历史语境的不同。可以看到，这篇文章不仅是对前文的拓展与补充，更有意味的是，它的论述方式开始呈现出"互为主体"式的关照，而对"任个人"的辨析与强调以及以尼采为线索反观中国现代思想史的倾向，则深藏着一种重建知识分子主体的时代诉求。

事实上，对于乐黛云来说，这种主体性的焦虑不仅仅专属于个人。她敏锐地感知到一个广阔的场域正在展开，而令"中国"显现为"中国"的世界坐标与历史参数也正在发生巨大的变化。《尼采与中国现代文学》尽管似乎是在遵照影响研究的范式来详细展现尼采对中国的巨大影响，但在行文之中，可以明确地体认到其最终指向是接收者的主体身份。比如，作者不断回到鲁迅对尼采的批判，并指出鲁迅的目的是在"把尼采学说中某些有用的部分加以吸收改造，用来充实和阐明自己的观点"⑤；而茅盾也因自身的现实语境而阐发了"别有天地"的理解，即"二十年代初"的茅盾"是把权力意志当作

① 乐黛云：《比较文学与中国现代文学》，北京：北京大学出版社1987年版，第127页。
② 乐黛云：《比较文学与中国现代文学》，北京：北京大学出版社1987年版，第97页。
③ 乐黛云：《比较文学与中国现代文学》，北京：北京大学出版社1987年版，第97页。
④ 乐黛云：《比较文学与中国现代文学》，北京：北京大学出版社1987年版，第98页。
⑤ 乐黛云：《比较文学与中国现代文学》，北京：北京大学出版社1987年版，第102页。

被压迫民族和人民反强权、求解放、求自决的意志来理解和运用的"①；与此相对，20世纪40年代陈铨等人介绍尼采，"目的却在于巩固极少数所谓'英雄'对于广大人民的统治，始终致力于证实这种统治的'合理性'"②。在这一分析中，尼采无疑是合适的他者镜像，正借由他的中介，映照出了中国现代文学内在的差异。

乐黛云对《学衡》的"重估"或许出自同样立场的思考。在《世界文化对话中的中国现代保守主义》一文中，她观察到"18世纪末19世纪初保守主义、自由主义、激进主义作为一个不可分离的整体出现在西方"③，而这一局面也影响了20世纪初与世界文化深深纠缠的中国新文化运动——"以李大钊、陈独秀为代表的激进派尊崇马克思，以胡适等为代表的自由派找到了杜威、罗素，以《学衡》杂志为代表的现代保守主义者则服膺新人文主义宗师白璧德"④。文章认为，对《学衡》杂志的研究长期以来存在着片面化的倾向，即将它看作是文化启蒙运动的对立面加以否定，然而，如果在"世界文化对话的广阔背景"上反观《学衡》杂志，则会发现它也代表着某种中国未来可能性的探讨，有其价值和意义。在比较分析了《学衡》诸人与胡适、李大钊、鲁迅等，以及与"国粹派"的不同后，乐黛云指出，《学衡》派引进西学并选择和强调与"中国传统精神契合"的部分，是为了寻找"超越东西界限，而含有普遍永久的性质"的价值所在，也是为了"找出中华民族文化传统中普遍有效和亘古常存的东西"，以"重建我们民族的自尊"。同时这种杂糅"东西文化精髓"的"世界将来之文化"，是超越了严复等所纠缠不清的"体用框架"的。文章的末尾处重新审视了《学衡》派的位置："与政治保守派不同，他们是真正的文化保守主义者，他们绝不维护社会现状，也不想托古改制，而以文化启蒙为改造社会的唯一途径，这使他们和风云突变的政治运动保持了一段'知识分子的距离'，他们以追求绝对真理为己任，鄙弃'顺应时代潮流'，反对'窥时俯仰'，'与世浮沉'……《学衡》派诸公却始终坚持在文化教育岗位上，也许对于人文教育的看重与执着也正是他们汇入世界现代保守主义潮流的另一个原因。"⑤

"知识分子的距离"与"对于人文教育的看重与执着"，不仅是乐黛云对《学衡》派的总括，同时也是她始终保持和践行的立场；如何在一个不可逆转的文化开放现实与彼此日益紧密的世界场域中，来定位中国文化并尝试获得

---

① 乐黛云：《比较文学与中国现代文学》，北京：北京大学出版社1987年版，第105页。
② 乐黛云：《比较文学与中国现代文学》，北京：北京大学出版社1987年版，第110页。
③ 乐黛云：《比较文学与比较文化十讲》，上海：复旦大学出版社2004年版，第130页。
④ 乐黛云：《比较文学与比较文化十讲》，上海：复旦大学出版社2004年版，第130页。
⑤ 乐黛云：《比较文学与比较文化十讲》，上海：复旦大学出版社2004年版，第142-143页。

一定的主体性，是她始终思考并担忧的问题；而融汇东西方文化精髓，在互识互证中寻找更深层次的意义内核则是她为自己提供的答案。尽管人文主义精神在今天不断受到挑战和质疑，也渐渐开始失去整合不同种族、文化和阶级人群的能力，但无疑，它始终内在于乐黛云的思想之中，是她着意选择和坚持的精神内核。这也令她获得了面对日益溃散的中国精神现状的勇气，并以之肩负起一个知识分子的责任。在这个意义上，或许不难理解另一个研究领域对她的重要意义，即中国传统文化与传统精神的探讨与重述。

二、"和而不同"：多元文化关照下的中国文化

多元文化共存与对话，是乐黛云在不断观察和思考新世纪世界整体文化图景时逐渐聚焦的关键所在。在她看来，"人类正在经历一个前所未有、也很难预测其前景的新时期。在全球'一体化'的阴影下，促进文化的多元发展，加强人与人之间的理解与宽容，开通和拓展各种沟通的途径，也许是拯救人类文明的唯一希望"①。1998 年，她与法国学者李比雄共同主编的刊物《跨文化对话》正是这种焦虑与思考的产物，它高度关注东西方学术热点，尝试捕捉最前沿的思想以应对全球化现实所带来的危机与机遇——从刊名也可以看出，搭建东西方跨文化交流平台，是其重要目的，同时也是其对全球化的回应。

相应地，乐黛云从中国传统文化中提炼出了"和而不同"来作为其立场与原则，以应对资本主义全球化进程中不断被抹除的差异性。在《"和实生物，同则不继"与文学研究》一文中，她详细阐述了这个核心观念：它由伯阳父同郑桓公谈论西周末年政局时提出，"以他平他谓之和，故能丰长而物归之。若以同裨同，尽乃弃也"，亦即"相异的事物相互协调并进，就能发展"，而"以相同的事物叠加，其结果只能窒息生机"②。"通过多种不同文化体系之间的多次往返对话"，避免"同"导致的枯竭与偏颇，尊重"不同"，并希求和谐有益的关系，才能达成不同文化体系之间的沟通，最终实现弥合文化断裂、保护文化生态并缓解文化冲突的目的。乐黛云辩证地指出，"和而不同"的理想状态在今天不会轻易形成，因为它始终面对着两个有力量的"对手"，一是全球意识形态，另一则是文化相对主义。换句话说，强调多元文化共存不仅是为了对抗快速推进的全球化携带的文化均一化，同时也应该提防过度强调差异和断裂、抗拒普遍性所导致的孤立和偏激。正因为如此，乐黛云在关注多元文化问题时，反复说明"文化自觉"在今天的特殊性，亦即，

---

① 乐黛云：《比较文学与比较文化十讲》，上海：复旦大学出版社 2004 年版，第 71 页。
② 乐黛云：《比较文学与比较文化十讲》，上海：复旦大学出版社 2004 年版，第 62 页。

它不意味着"执着于在一个封闭的环境中虚构自己的'文化原貌'",而是不仅要主动自觉地了解自身文化的优势和弱点,也要对旧语境中形成的传统文化进行新的现代诠释,更重要的是,"要了解世界文化语境,使自己的文化为世界所用,成为世界文化新建构不可或缺的重要组成部分"①。

可以看到,建立中国文化的主体性与对中国文化做再阐释以适应时代、"为世界所用",是一体两面之事,它促发乐黛云围绕着一系列传统文化概念展开个案研究,尝试将它们放置在世界多文化体系中去考察和分辨,其中中西诗学概念的比较与探讨是尤为着力的部分。《中西诗学中的镜子隐喻》便是较有代表性的一篇。文章将"镜子"看作是在中西方诗学中反复出现的、具有理论意义的隐喻,通过大量的、广泛的举证,指出在西方诗学中,"镜子"常用来"比拟映照出周围世界的艺术作品"②,而在中国诗学中,"镜子"的用法则有较大区别,一方面象征着"不偏不隐的人心",另一方面在佛教进入中国后便又增添了"空"和"虚"的意义层面。同样,"以镜照镜"的意象在两种文化体系中也有不同的内涵——对于叶芝来说,它意指着"并无创造力的相互模仿",但是"建构在佛、道典籍之上的大部分中国诗家"则以它来比喻一种"复杂交错的意境"③。透过"镜子隐喻"的折射,文章指向了中西思维方式的比较,即西方"往往强调主观与客观的二元对立,主体独立于客观世界并为它赋形和命名",而中国传统思维方式"认为主体与客观世界原属一体,所以强调'反求诸己',强调'尽心、知性、知天'",进而尝试说明,中西诗学的重点与倾向之间的不同。相似的、通过将中西文化的整体框架叠合以分辨各自特征的方法,在《中西诗学对话中的话语问题》《不同文化中关于月亮的传说和欣赏》等论文中也屡屡得见,它们绝不停止在简单的文献罗列,而是充满建构文化对话框架的愿望。值得注意的是,对平行研究的兴趣本身便携带着建构自身文化主体的欲望——事实上,可比物的选择与展示固然重要,但更有意味的是"平行并置"的动作,因为在两种文化体系开始被选择和比较的瞬间,它们各自便已经被赋予了主体位置。这个过程同时也是令"他者"显影的过程,亦即通过追寻和清晰化"他者",以使"自我"获得对话对象、进而能够言说。

此外,从乐黛云所写的大量学术性散文或随笔中,同样可以发现再阐释传统文化或经典文本的、持续性的尝试。比如《作为〈红楼梦〉叙述契机的石头》中以西方叙事学的方法来审视《红楼梦》,从而分辨出其中"主体故事"和"顽石故事"两个叙事层级,并指出,在一定程度上是"顽石"这个

---

① 乐黛云:《比较文学与比较文化十讲》,上海:复旦大学出版社2004年版,第90页。
② 乐黛云:《比较文学与比较文化十讲》,上海:复旦大学出版社2004年版,第90页。
③ 乐黛云:《比较文学与比较文化十讲》,上海:复旦大学出版社2004年版,第98-99页。

介于作者与主人公之间的叙事者，令《红楼梦》展开了多重阐释空间。在围绕着《世说新语》的三篇随记（《"情之所钟，正在我辈"》《逍遥放达，"宁做我"》《魏晋女性生活一瞥》）中，分别展示了魏晋时期的三个侧面，即"情""我"和"女性"。这三点显影了乐黛云独具个性的关注：尽管经历战争与革命的乐黛云从未特意凸显自己的女性身份，然而在一些文章（《无名、失语中的女性梦幻——18 世纪中国女作家陈端生和她对女性的看法》《漫谈女性文学在中国》《中国女性意识的觉醒——30 年代和 80 年代中国小说的一个侧面》《传统文学和当代文学中的中国妇女》等）中，仍然透露出她对女性问题的思考，而这种思考多少也与她对多元文化的态度相共振，如她曾指出，女性主义的意义"就在于对原有社会的不平等的两性结构进行彻底颠覆……这种颠覆不是以抹杀男性和女性的特点为代价。事实上，男性和女性的不同特点恰恰显示了人类把握世界的不同途径和方式，也是人类丰富的精神能力在不同性别群体上的体现，它们原来就不是互相压制和抵消，而是互相补充和相得益彰的"①。《逍遥放达，"宁做我"》一文聚焦于魏晋时期彰显的"我"，而这个"追求自由的精神世界、荣辱不惊、不受束缚"的形象，很大程度上重合着前文所述的"任个人"的"知识分子"，也是乐黛云个人气质最准确的注脚。

　　《"情之所钟，正在我辈"》中所抽离出的"情"这一概念，并非仅仅为了描述魏晋时代的人文特征，事实上，乐黛云在《情感之维》《问世间"情"为何物》等几篇随笔中，都谈到了"情"，且尝试将其理论化为中国传统文化核心概念之一。《情感之维》中以"情"对抗和批判现代教育中重视"知识的系统讲授"而疏于"情感培养"的倾向，为教育机制的物化和量化、网络教育的虚幻与孤立等感到忧心不已，呼吁一种"情感教育"和"精神洗礼"重返人文教育界。《问世间"情"为何物》以丰富翔实的方法具体考察了"情"在中国传统文化中的演变和地位，及其在儒家思想、中国传统文学中的再现。一方面，"道始于情，情生于性"，"礼生于情"，"情"是由人的本性中生发出来，表现了"天命"的必然，同时也是"社会之道"、现实秩序的基础；另一方面，"发乎情，民之性也；止乎礼仪，先王之泽也"，情又在长时期内受礼仪所压制。"情"作为中国传统文化的基底，或许是乐黛云借以对话西方的"理"的观念，然而它同时也是乐黛云之性情的写照。翻开她纪念季羡林、杨周翰等先生的散文，会毫无间隔地感受到其中磅礴涌动的真挚与热情，提示我们她不仅是一位学识渊厚的学者，更是一位具有精神硬骨与济世胸怀的性情中人。

---

① 乐黛云：《乐黛云散文集》，南京：译林出版社 2015 年版，第 265 页。

三、"反熵英雄":当代理论前沿与比较诗学建设

在洪子诚 2008 年发表在《文艺争鸣》上的文章《有生命热度的学术——"我的阅读史"之乐黛云》中,记录了这样一件轶事:

1988 年我在《文艺报》上读到的季红真的长篇论文,就是从历史、现实处境、文化传统等方面,比较中西"现代派"作品的本质性(哲学的)区别。针对这一论争,这一年年初,黄子平在《北京文学》上发表了《关于"伪现代派"及其批评》的文章。那时,黄子平还在北大中文系任教,他把刊有这篇文章的杂志分送一些老师。一次系里开会遇到乐黛云,问我"觉得子平的文章怎么样?"我想,这个缠绕不清的问题,经他在中西、古今等关系的层面上讲得这么清楚,也揭示了论争中问题的症结,便很表示赞赏。但乐黛云没有同意我的赞赏,她疑惑地说,"这个时候强调规范,有点早了",又再次重复,"现在不是强调规范的时候……"①

对于"规范"的警惕,令乐黛云始终有意保持"比较文学"的内在张力:一方面,作为一门学科,她清楚建构比较文学的学科范式、研究范围和理论基础的必要与急迫;另一方面,历史短暂的比较文学具有鲜明的现实针对性和开放性,它的诞生不仅是为了应对日益清晰的文化交流与冲突,也在很大程度上为了激活被现有的学科建制所"遗漏"或难以处理的重要问题。因此,在乐黛云关于比较文学的讨论中,可以看到两种力量的彼此制衡和激荡,即一方面以理论介绍与个案研究的方式为比较文学提供研究路径与范式,另一方面又不断对既有范式的缺陷与历史局限性进行反思,同时紧密地关注国内外的理论推进,努力以前沿成果为比较文学开拓新的研究领域,并观察新的现实语境提出的新问题。1985 年,她曾邀请美国当代重要左翼学者弗雷德里克·杰姆逊来北京大学讲学,课程"当代西方文化理论"后以"后现代主义与文化理论"为题出版,可以说是引发了中国研究界的一次"地震","后现代主义"思潮开始被广泛关注和讨论,其影响远远超出了比较文学的学科界限,同时旗帜鲜明地展现了中国比较文学这个新兴学科极富活力和学术开拓能力的特质。

在 1987 年出版的《比较文学与中国现代文学》论文集中,收纳了这样一

① 洪子诚:《有生命热度的学术——"我的阅读史"之乐黛云》,《文艺争鸣》2008 年第 10 期,第 109 页。

些文章：《小说世界的外延研究——传统的小说分析》《文学是一种特殊的语言形式——新批评派与小说分析》《决定着表达方式的深层结构——结构主义与小说分析》《潜意识及其升华——精神分析与小说分析》《作品的框架与意象的挖掘——接受美学与小说分析》《事序结构和叙事结构——叙述学与小说分析》《"推末以至本"和"探本以穷末"——诠释学与小说分析》……题目自身已经彰示出对于全面引介西方理论的意愿，而其行文更佐之以大量中国文本的具体例证，尝试对中国的小说通过再阐释而与西方理论对接，同时也令陌生的理论能够在中国"落地"。比如《小说世界的外延研究——传统的小说分析》讨论了中国传统的小说批评方式，即以传记分析、社会分析和思想分析为主，仍然是一种"外延"分析，并在文末指出，"在四十年代前后勃然兴起的美国新批评派评论家看来，过去传统的小说分析都没有真正触及小说文本，而只能说属于真正小说分析的'史前时期'"①。又如《文学是一种特殊的语言形式——新批评派与小说分析》一文中，首先简要概述了"新批评派"的历史和主要主张，之后分别举了茅盾的《幻灭》中"起重机"与"烟囱"的隐喻，以及《红楼梦》中的"水"与第五回中"一香、一茶、一酒"作为例子，进行新批评方法的运用，并指出"如果用新批评派的'细读方法'来分析《红楼梦》，我们就会发现一个暗喻和象征的宝库"②，而"我国的小说评点在某种意义上来说也是一种'文本细读'"③。在这些文章中，可以分辨出被称之为"阐发法"的研究思路——这种方法同时也是八九十年代中国比较文学较为常见的研究方法。同时，如前所引述，《中西诗学中的镜子隐喻》《尼采与中国现代文学》等文章展现了平行研究或影响研究的实践范例。此外，她亦写下了《诗歌·绘画·音乐》《文学与自然科学》《文学与哲学、社会科学》等文章，强调文学和其他学科的跨学科研究，如文学与哲学、心理学、人类学、自然科学、宗教等，进一步拓展了比较文学的研究视域。

值得注意的是，尽管乐黛云对影响研究和平行研究等都有所介绍，但是她似乎不愿将它们视作某种既成的、稳定的论文写作模式。尽管她对比较文学的学科史有过清晰、具体的描述，并如前文所述抱持着对中国研究主体身份的期待，但她显然对一种所谓"中国学派"的建构留有很大疑虑。也就是说，中国比较文学研究的发展应和着世界比较文学的趋势，对于打开比较文学的视野、强有力地推进东西方文化对话等有着不可替代的重要作用，但这来自乐黛云敏锐的观察和具有远见的判断，而不是"自成一派"式的规划。如果将她主编的教材《比较文学原理新编》和其他比较文学教材略作比较，

---

① 乐黛云：《比较文学与中国现代文学》，北京：北京大学出版社1987年版，第262页。
② 乐黛云：《比较文学与中国现代文学》，北京：北京大学出版社1987年版，第270页。
③ 乐黛云：《比较文学与中国现代文学》，北京：北京大学出版社1987年版，第270页。

便会发现前者的独具个性——它没有一般教材明确的体系化特征，不会列举和穷尽所有比较文学的操作可能，也不会尝试为比较文学"著史"，而是充满了开放式的理论思考，以及当下历史场域中，比较文学学科之所以存在的合理性根据与现实意义。相比之下，《比较文学原理新编》看上去既十分谨慎、没有俯瞰学科整体规划的"野心"，又具有较强的思辨性，不"像"一本教材。笔者认为，这与本节起始处所谈及的那则轶事有相通之处，亦即，对于乐黛云来说，比较文学的"新"和"不成熟"并不意味着应该快速填充它、固定它，以让它拥有"成熟"学科的外貌，相反，这种"不成熟"是可贵的，因为这意味着比较文学还有极为丰富的可能性，可以容纳既有学科无法"归类"的研究，也可以迅速回应那些难以被消化的新的现实问题。有趣的是，在具体的教学实践中，笔者发觉体系化的教材或许能够让学生迅速掌握以"比较文学"为关键词的相关知识或者一系列概念，但是当学生尝试进一步去理解比较文学的研究实践时，却往往会发现这种整合内在的不稳定性，从而产生困惑——因为这些被并置的研究方法和研究领域，从其得以产生的语境，到其所应对的问题、选择的路径等，中间常常会是彼此矛盾甚至彼此消解的，而初学者很难全局性地俯瞰这种凝缩着大量复杂信息的整合物。相反，《比较文学原理新编》尽管没有提供太多的定义和模板，却保留和传达着比较文学的核心精神，在更为精神性的层次上激励和引导初学者。

　　或可作为旁证的是，乐黛云在文章中常常使用一个从美国小说中提炼出来的概念——"反熵英雄"。她最初以此来说明科学与文学之间的交汇，继而说明热力学第二定律所引出的耗散结构和熵的观念对社会科学与文学研究的渗透："熵是混乱程度的测量标准。在一个封闭的体系中，层次较高的、较有秩序的位能作功，能量耗散，而产生层次较低的、较无秩序的位能，也就是从有鲜明特点的状态过渡到一种特点不突出的混沌状态。这是一个不可逆的、能量越来越少的过程，也是测量混乱程度的'熵'越来越大的过程。熵的增大打破了一切秩序，淹没了一切事物的区别和特点，使一切趋向于混沌、单调和统一。"[1] 她谈到，"熵"被大量美国作家在作品中涉及，如托马斯·品钦的一篇短篇小说便以《熵》为名，这是因为，"熵"的观念恰恰折射着当代作家对趋于同质和死寂的担忧，"事实上，如果我们不力求突出不同文化的特点，这也可能成为统一、混沌、衰竭的世界文化发展的远景"[2]。因此，一些"挣扎着反抗社会运作的趋于统一化"的作家被视为"反熵英雄"——当他们刻意创新、追求陌生化时，便可能带来构成"负熵"的信息，以抗拒同

---

① 乐黛云：《跨文化之桥》，北京：北京大学出版社 2002 年版，第 27 页。
② 乐黛云：《跨文化之桥》，北京：北京大学出版社 2002 年版，第 28 页。

质化。

在某种意义上，乐黛云对"反熵"这一概念的偏好，折射出了她推动建立比较文学学科并不断反思的初衷，即保持多元文化的活力，对抗全球化迫使文化向单一维度塌陷的现实，并在中国传统文化的根基上建立起中国文学研究的主体地位。或者可以说，乐黛云仿若一针"抗凝剂"，她以永不疲倦的求知欲望、积极奋进的开拓精神和犀利敏锐的反思能力注入比较文学，使之抗拒学科化所携带的自我重复和本质化倾向，从而保持学术研究的开放与活力。

批判·对话·整合

——钱中文文艺思想及其学术贡献概论

刘方喜①

【学者小传】

　　钱中文：中国社会科学院文学研究所研究员、博士生导师，曾任《文学评论》主编。代表性著作包括《果戈理及其讽刺艺术》《现实主义和现代主义》《文学原理——发展论》《文学理论流派与民族文化精神》《文学理论：走向交往对话的时代》《文学发展论》《新理性精神文学论》《钱中文学术文化随笔》《文学新理性精神》《钱中文文集》（单卷本）、《自律与他律》（合著）、《钱中文文集》（韩国版4卷集）、《文学原理——发展论》（增订本）。主编《文艺理论方法论研究》《文学理论：回顾与展望》《文学理论：面向新世纪》《巴赫金全集》等。

　　关于钱中文文艺思想的研究，目前已有不少成果，既有整体的研究，如童庆炳《钱中文文艺思想的时代与学术特征》（《学术月刊》2003 年第 4 期）、李世涛《钱中文先生文学理论研究述评》（《文学评论》2009 年第 2 期）及金元浦所编论文集《多元对话时代的文艺学建设：新理性精神与钱中文文艺理论研究》（军事谊文出版社 2002 年版）等，也有有关钱中文文艺思想具体命题或范畴的专题研究，如朱立元《试析"新理性精神"文论的内在结构》（《学术月刊》2003 年第 4 期）、常月仙《提升精神的求索——钱中文的"新理性精神文学论"评析》（《创作评谭》2005 年第 6 期）、李世涛《文学审美意识形态论的建构——以钱中文的文论探索为中心》（《三峡论坛》2010 年第 2 期）等。本文试图在这些研究成果的基础上，结合中国当代学术思想史及全球化语境，对钱中文多方面的学术贡献、理论研究的方法论特点、文艺思想体系及其理论和现实意义等，作整体的概括和分析。

一、新时期中国文艺学学科建设重要的参与者、组织者、推动者

　　首先，从中国当代学术思想及人文学科的发展史来看，十年"文革"使学术研究、哲学社会科学各学科建设的正常发展几近停滞，而改革开放的重

---

　　① 刘方喜：中国社会科学院文学研究所研究员、理论室副主任，主要从事文艺学与美学研究。

要意义之一，就是把哲学社会科学及其各学科建设扭转到正常发展的轨道上来。在此进程中，各学科领域都出现了一些重要的组织者、推动者，钱中文则是新时期以来中国文艺学学科建设重要的参与者、组织者和推动者，在中国当代文艺学学科发展史上具有重要的学术影响力。作为重要的参与者，钱中文参与、直接或间接回应了新时期以来文论发展中的许多热点或焦点问题，其建立在丰富、扎实和厚重的学术研究基础上的由"审美意识形态""新理性精神"等一系列范畴构成的文艺思想体系，对中国当代文艺学学科建设作出了重要贡献，并产生了极其广泛的影响。而作为文艺学学科建设重要的组织者、推动者，钱中文在个人学术研究之外又做了大量学术组织、理论文献引进与积累等工作，为文论建设营造了良好的学术氛围。离开了这些工作，我们就很难全面地认识和评价他之于文艺理论建设的意义与价值，而这些工作却往往是最容易被学界忽视的，它们对于我们了解新时期文学理论进展的全貌也有着重要作用。

新时期以来，引进外国尤其西方理论资源，乃是中国哲学社会科学各学科建设和发展中的一个重要环节。20世纪80年代初，钱中文与王春元一起主持组织翻译外国文学理论，确定选题，出版了一套力图反映20世纪国外文论研究新进展的丛书《现代外国文艺理论译丛》，计14种，其中征求钱锺书的意见，翻译、出版了包括韦勒克与沃伦的《文学理论》、佛克马与易布思的《二十世纪文学理论》、波斯彼洛夫的《文学原理》、卡冈的《艺术形态学》等文艺理论名著。译丛从某种程度上满足了处于荒芜和封闭状态的中国文学界对域外知识的渴求，不仅开阔了学术研究的视野，而且促进了当时的文学研究、文学评论和文学创作，在推动中国当代文学的发展等方面起到了重要作用。钱中文还利用到国外学术考察的机会，及时地了解、介绍国外文论研究的新情况。他对法国文学理论的介绍，对美国新批评文论的介绍、研究，不但有前瞻性，而且也能够做到实事求是；既承认其取得的成就，也不回避其存在的问题。1985年，他在与结构主义文学理论家托多罗夫的谈话中，就敏锐地感觉到了托多罗夫文学研究思路的变化，也即文学内在研究向外在研究的转向。为此，他撰写了专题论文加以介绍，试图对学术界有所影响，但是当时的文艺学研究急于摆脱"他律"的束缚，盲目崇拜西方文论的现象相当普遍，过分重视探讨文学的"内部规律"。他的意见并未受到重视，其科学性和价值只是在很久之后才被研究者体会出来。钱中文在引进外来理论资源方面的最大成果，是组织翻译了《巴赫金全集》，河北教育出版社1998年出版了6卷；2009年，他不顾年老体弱，对这6卷从头到尾作了校订，并组织增译了第7卷，为此他病倒住院，其矢志学术、推动理论发展的精神令人感佩，而中文版《巴赫金全集》对中国文艺学乃至整个哲学社会科学的未来发展将会产生持久的重要影响。

钱中文为推动文艺学学科发展还做了大量的学术组织工作：其一，钱中文率先提出了"中国古代文论的现代转换"、文艺理论现代性、重建新理性精神的文艺价值、全球化语境中中国文论的前景等问题，他为讨论这些问题营造了良好的学术氛围和讨论平台，或者提议在《文学评论》上开辟讨论的专栏，或者把这些问题作为中外文艺理论学会的会议议题，这些举措都不同程度地深化了对相关问题的研究。其二，钱中文主编了多种会议论文集和丛书，组织和推动中国文论研究成果的出版和交流，如他与童庆炳主编了由华中师范大学出版社等多家出版社出版的《新时期文艺学建设丛书》（36 种，2000—2003 年）等。自 20 世纪 80 年代迄今，钱中文主编中外文化、文艺理论丛书 5 套 70 种，以及 5 种论文集，共计 75 种。它们不仅有利于我们了解国外文艺理论的进展，而且展示了我国当代文论整体上所取得的实绩，全方位地促进了中国当代文论研究、文学研究和文化研究的发展。其三，钱中文多次组织、主持了国际、国内大型学术研讨会，组织、成立了中国中外文艺理论学会，并被推举为会长。1995 年以来，学会几乎每年都举办相关论题的国际学术研讨会，并出版相关论文集。如今，该学会已成为国内文学研究类有序、良好运转的重要学会之一，对于团结、整合文艺学研究的学术力量，推动与国外的学术对话，营造良好的学术氛围等发挥了重要作用。

如果说 4 卷本《钱中文文集》（有韩国新星出版社 2005 年精装版、首尔出版社 2005 年平装版等）体现了钱中文作为中国当代文艺学学科建设参与者的个人理论贡献的话，那么，以上所提到的文献引进、整理及学术活动的组织等方面的工作则体现了他作为中国当代文论发展重要的组织者、推动者的多方面的学术贡献，这些工作也是我们全面认识和评价他的学术贡献的一个重要方面，这些工作与他的学术研究共同构成了一个学者的事业。而且，这些工作从整体上改善了中国当代文论研究的学术环境，打破了学术研究的封闭状态，推进了中国文论研究的国际交流和走向世界的步伐。

钱中文的学术贡献受到了学术界很高的评价。中国社会科学院原副院长、美学家汝信指出，钱中文"对文学动态把握很好，有广阔的学术眼界，有理论的创造性，这是他取得巨大学术成就的重要条件"。文学研究所原所长杨义高度评价了钱中文的"审美反映论""审美意识形态论""新理性精神"和巴赫金研究，认为，"钱中文先生不是那种趁风赶潮之辈，而是立足于深厚的学养之上，进行有深度的理论开拓的真正的学者"。北京师范大学文艺学研究中心主任童庆炳认为，"钱中文先生以他深厚的学术积累、艰苦认真的研究，赋予这些理论以历史的品格、实践的内涵和深厚的学理，从而在一个特定的历史时期，顺应时代的潮流，抓到了真理的普遍性东西。他的理论现在仍然是鲜活的、具有生命力的，因为它经得起时代的检验。同时他的理论建构充满了学术个性、学术积累和独特的文学理论创造，为新时期的文学理论写上了鲜亮的一笔"。山东大学文艺美学研究中心主任曾繁仁认为，"钱中文先生就是新时期产生的中国自己的重要理论家之一，对此，我们应该给予足够的重视、爱护、充分的肯定与应有的总结"①。学界时常有人诟病文艺学的薄弱，许明从这个角度揭示了钱中文的学术意义："钱先生的以学术进步为目标的探索，为使文艺学成为真正意义上的科学提供了一种治学方法上的启示，从而在当代文学理论建设中具有重要价值。"② 钱中文在理论上倡导着交往与对话，在自己的研究与生活中也践行着交往与对话精神。他一直坚持着自身理论创新的自主性，同时也一直与他人尤其中国当代作家、学者等保持着平等的对话关系，将自己的理论创新融入到中国文学、文论乃至文化的整体发展之中，为中国文论建设作出了多方面的贡献。

二、综合创新与交往对话主义：钱中文文艺思想的方法论特点

自成一体的钱中文文艺思想具有自身独特的方法论特点，这种特点是钱中文在不断的理论跋涉和探索中逐渐形成的。人文社会科学的方法论与人的思维方式密切相关，在这方面，钱中文一直反复倡导一种"排斥绝对对立、否定绝对斗争的非此即彼的思维""同时也包含了必要的非此即彼、具有一定价值的判断的、亦此亦彼的思维"，这是一种"更具建设性、宽容性"③ 的思维方式——这种思维方式在理论研究方法论上就表现为：对综合创新和交往对话主义的重视。

文学观与方法论，乃是文学基础理论研究所要涉及的两个基本方面，也是新时期文论发展中的两个亮点，而钱中文则是其中的亲历者和策动者：1985 年扬州大学召开了全国文艺学与方法论问题学术讨论会，钱中文做了大量实际工作，在发言中肯定了方法论问题的重要性，同时也强调了文学观对方法论的制约作用。会后，他参与主编、出版了《文学理论方法论研究》一书。1986 年，他主持了在苏州召开的"全国文学观念学术研讨会"并致开幕词。他在开幕词中指出："当前，我国社会正经历着一个重大的历史变动过程"，"原有的文学观念，曾经产生过一定的积极的影响，可是由于长期受到庸俗社会学的影响，教条主义的干扰，囿于一些框框条条，使自身失去了理

---

① 丁国旗：《学术创获源于"对着说"——〈钱中文文集〉出版发行座谈会》，《社会科学报》，2008 年 9 月 11 日。

② 许明：《近二十年文艺理论建设的历史性总结》，《中华读书报》，2000 年 6 月 28 日。

③ 钱中文：《钱中文文集》（第三卷），哈尔滨：黑龙江教育出版社 2008 年版，第 284 页。

论的自主性","更新文学观念的呼声，从 80 年代初开始，便日益高涨"，首先出现"方法论热"，"外国文学研究的多种方法相继介绍过来，一些方法是属于人本主义性质的，一些则是自然科学中广泛应用的方法。到 1984—1985 年间，方法的介绍热闹而多样，一时形成了一股热潮，被人们称为'方法论热'。对于这一现象的出现，我以为要把它看作是文学理论开始转向自身、获得自主性意识、走向理论自觉的表现"。"在方法方面，我们可以使用审美的、历史的方法，也可采用新批评派、结构主义、精神分析、文学接受理论的方法，以及某些自然科学的方法，在实践中采取有主导的多样和综合的研究。" "1985 年是方法论年，1986 年将会是文学观念年"，其中，"对文学中的主观因素的重视，是文学理论走向更新的一个重要标志"①。这些"相当彻底地震动着整个文学理论界和批评界"，"逐渐破除了理论思维的单一性，建立了思维的多向性选择"，"文学观念的多元化，必然导致文学理论的多元化，这种格局正在形成之中，并将成为我们时代的思维特征而继续发展下去"②。他强调，"真正的学术成果，是建立在广泛而深厚的知识积累、对问题的全局把握、敏锐而独到的观察，还有老老实实的科学态度的基础之上的"③。钱中文的长文《自律与他律——20 世纪 30 年代中期前文学观念之争》就颇能体现他自己倡导的学术理念：对相关原始文献的详细收罗、整理，体现了"老老实实的科学态度"和"广泛而深厚的知识积累"；而用"自律与他律"这对范畴来重新描述文学观念的发展史，则体现了他"对问题的全局把握、敏锐而独到的观察"而形成的高度的理论概括力。该文揭示，自律与他律之间的复杂的协调、错动，是文学及其理论发展史中的一条重要脉络，并且也是影响、推动文学及其理论发展变化的一种重要的结构性力量——尤其对现代文学及其理论来说更是如此。

关于方法论上的"内在研究与外在研究"的关系，20 世纪 80 年代，在对马克思主义文艺思想的反思中，钱中文就开始强调"审美的"与"历史的"文艺批评方法的统一。在当时"文学回归自身"的潮流中出现了极端唯美主义的倾向，他的文章《审美方法的选择与可能》对这种倾向进行了辩驳，指出这些倾向"都以文学创作的某一或某些方面构架文学本体，形成了理论的片面性。在我看来，应该根据文学自身实际存在的各个方面来构架文学本体，使其比较全面地展现自身"④。其《文学社会学的建设》一文分析指出：本来"审美的、历史的"方法论是马克思主义文艺学的基本特色，"但是几十

---

① 钱中文：《钱中文文集》（第三卷），哈尔滨：黑龙江教育出版社 2008 年版，第 419–421 页。
② 钱中文：《钱中文文集》（第三卷），哈尔滨：黑龙江教育出版社 2008 年版，第 424 页。
③ 钱中文：《钱中文文集》（第三卷），哈尔滨：黑龙江教育出版社 2008 年版，第 424 页。
④ 钱中文：《钱中文文集》（第三卷），哈尔滨：黑龙江教育出版社 2008 年版，第 169 页。

年来，我国文学研究实际上搞的是社会学的文学批评，审美的方法并未受到重视"，以至于后来出现极端的"庸俗社会学"。对此加以批判性反思是非常必要的，但是"许多人又断然不分社会学方法与庸俗社会学的区别，往往把它们捆在一起加以挞伐。什么方法都好，就是不能容忍社会学方法"——针对此，该文实际上提出了重建"文学社会学"的构想：文学社会学的研究范围"实际就是生产、产品、消费中的各种问题"①——在审美的、内在的、形式结构的研究盛行的 80 年代，钱中文的这种构想似乎有些不合时宜，但"时间"往往会展露种种极端主义观念的谬误：90 年代中后期为我们理论界所热烈追捧的西方"文化研究"，其主导的方法正是"社会学"方法！钱中文还揭示了中西文论发展的"错位"现象：当我们热衷于"内部研究"时，欧美的"外部研究"却正如日中天，"80 年代中期以前，我国的文学理论在逐渐摆脱政治、伦理道德统制的时候，我们较少想到，可以在摆脱原有的局限的基础上，把它们提升为文学理论的社会、历史诗学研究。及至外国的文学理论转向了外在研究、文化研究，才使不少人意识到，社会、历史诗学、文化批评、文化诗学都是各个具有广阔前景的场地"②，但是，至今我们的理论界似乎依然没有摆脱非此即彼的线性思维方式：当我们热衷于外在的"文化研究"这种新时髦时，种种内在研究的方法又被当作过时的东西而弃之如敝屣了！

　　根据自己对历史的反思和认识乃至自己个人独特的生命经验和感悟，钱中文坚定地选择了综合创新之路。其《文学理论：观念与方法》指出："如何才能全面、深入了解文学现象，综合研究看来是必由之路。"③ 其《主导·多样·综合：一种趋势——文学研究方法漫议》首先对 20 世纪 80 年代各种新方法进行了分析，然后强调"不同方法所处层次不相同"，"总体方法论"与"专门性的学科方法"有所不同，文学研究方法是开放型的、多层次的，"研究方法的多层次性，为综合研究提供了可能，不过综合不是随意的凑合，而是在多样方法的基础上进行自觉的有主导的综合"，"综合可以形成方法的开放性结构"④。他还指出："有主导地走向综合，也是国际上文艺理论研究中的一种趋向。如前所说，原来遵循科学主义的一些西方学者，也已意识到自己的方法观念的局限性，而把人本主义的某些原则引入了自己的研究，如某些结构主义理论家；而所谓后结构主义，实际上正是对科学主义方法的一种

① 钱中文：《钱中文文集》（第三卷），哈尔滨：黑龙江教育出版社 2008 年版，第 91、93 页。
② 钱中文：《钱中文文集》（第三卷），哈尔滨：黑龙江教育出版社 2008 年版，第 443 页。
③ 钱中文：《钱中文文集》（第三卷），哈尔滨：黑龙江教育出版社 2008 年版，第 6、7 页。
④ 钱中文：《钱中文文集》（第三卷），哈尔滨：黑龙江教育出版社 2008 年版，第 164 – 166 页。

反拨。"① 其《继承，鉴别，才有创新》分析指出，经过 20 世纪 80 年代不断引进西方文艺思潮的种种热闹以后，应有一种深刻的反思，"要建设新的文艺，必须沉潜下来，在有中国特色上下功夫，在传统、继承、鉴别、创新上下功夫"，对我们所面临的三种传统即我国古代传统、现代传统及西方传统，都要加以继承、鉴别，② 如此，才能走上真正的综合创新之路。钱中文《会当凌绝顶：回眸 20 世纪文学理论》一文中颇能体现他自己在探索中建构所作的理论定位：文章讨论了"俄国、前苏联文艺理论思潮的演变""文学理论中的'语言论转向'""主体性、'内部的''外部的'研究问题""我国文学理论的几个特点与古代文学理论的现代转换"等方面——由此可见其理论建构广阔而深厚的知识背景，也可见其对文论现代性、开放性与自主性相综融的不懈追求，更可见其作为理论家的贯通古今、融合中外、综合创新的文化气度。

钱中文有关文艺学方法论的研究后来被逐步提升到一般的人文科学方法论的哲学高度来加以探讨，并构成其"新理性精神文学论"这一成熟理论体系的重要组成部分之一——而这与其对巴赫金的研究密切相关。首先，钱中文指出，巴赫金超越了所谓内部研究与外部研究："巴赫金关于拉伯雷的论述，把文学作品的研究与文化历史方法结合起来"③，而多年来马克思主义文论往往"越过文化把文学直接与社会经济联系起来"。巴赫金强调揭示"真正决定作家创作的强大而深刻的文化潮流（特别是底层的民间的潮流）"的重要性，钱中文认为，这是一种"整合的文化诗学思想"——钱中文本人对这种方法极为推崇，而极强的整合性也正是他自己文艺思想的重要特点之一。当然，更为重要的是，钱中文在对巴赫金的发现中同时发现了自己，而在不断的对话中，他也把自己有关思维方式及人文科学方法论等方面的思考提升到了交往对话主义的哲学人类学的高度。

钱中文接受巴赫金是从小说理论开始的，而这显然与他一直关注小说理论尤其是关注俄苏小说有关。当然，从理论上来说这又与他始终关注文学及其理论的现代性与自主性、现实主义创作原则的发展等相关。其《"复调小说"：理论与问题》指出，巴赫金发现陀思妥耶夫斯基的小说创作乃是一种"全面对话的小说"，其"复调小说"已难以纳入传统的"独白小说"的框架。钱中文对巴赫金理论的创新性作了充分的肯定，但也指出其问题：首先是把复调小说与独白小说对立起来，有绝对化的倾向，陀思妥耶夫斯基的一

① 钱中文：《钱中文文集》（第三卷），哈尔滨：黑龙江教育出版社 2008 年版，第 99 页。
② 钱中文：《钱中文文集》（第三卷），哈尔滨：黑龙江教育出版社 2008 年版，第 177 – 178 页。
③ 钱中文：《钱中文文集》（第三卷），哈尔滨：黑龙江教育出版社 2008 年版，第 330 页。

些小说从整体上来看其实"并不排斥独白因素，即叙述因素"①。其次是扬复调而抑独白，而实际上陀氏在人身上发现人、刻画人"并不局限于使用'复调'，而是通过多种艺术途径来实现的"，比如在心理描写上托尔斯泰强调"流动性"，陀氏则强调"过渡性"，两者有异曲同工之妙。② 最后是对主人公的独立性有过分夸大的成分。钱中文对巴赫金重视"艺术形式的独特性"的方法论的价值作了充分肯定，但也指出："我以为这种研究应当成为对文学艺术进行综合研究的组成部分"③ ——由此也可见钱中文自己综合创新的思路。其《"复调小说"：主人公与作者》一文又对主人公与作者的关系作了重点分析。复调小说中的主人公不是作家所议论的"客体"，而是"创立了自己充分完整思想观念的主体"，而"主人公的自我意识要求平等对话，对话则表现各种意识的独立"④，"主人公的自我意识的独立性，主人公与主人公、主人公与作者之间的平等对话关系。可以说，这是理解'复调小说'的关键之点"⑤。

　　钱中文把巴赫金的美学思想概括为"交往美学"：巴赫金所强调的在人的行为中我与他人以及他们的相互依存关系，在审美活动中就体现为"作者与主人公"之间的关系，"审美事件只能在两个参与者的情况下才能实现，它要求有两个各不相同的意识"⑥。关于两者之间的关系，巴赫金提出了紧密联系在一起的"超视"说与"外位"说。在审美活动中移情固然重要，但"在移情之后都必须回归到自我，回到自己的外位于痛苦者的位置上"，而"超视"强调的是：我作为"自己眼中之我"，是一个积极性的主体，"我所看到的、了解到的、掌握到的，总有一部分是超过任何他人的，这是由我在世界上唯一而不可替代的位置所决定的"，但这又绝不意味着与他人相割裂，"一个人在审美上绝对地需要一个他人，需要他人的观照、记忆、集中和整合的功能性"⑦。巴赫金更为重要的贡献是其"超语言学"，钱中文总结道："语言的对话关系实际上深深地潜藏在表述之中，表述的指向性就表现了这种对话的潜在意向。表述参与对话，引起对话。不同表述的含义本身，就要求对话。表述要求表达，让他人理解，得到应答，然后再就应答作出回答，来回往返，以至无穷。"⑧ 对话就是这样一种无穷无尽的过程，而人就存在于这种对话过

---

① 钱中文：《钱中文文集》（第三卷），哈尔滨：黑龙江教育出版社2008年版，第341－342页。
② 钱中文：《钱中文文集》（第三卷），哈尔滨：黑龙江教育出版社2008年版，第345－346页。
③ 钱中文：《钱中文文集》（第三卷），哈尔滨：黑龙江教育出版社2008年版，第348－349页。
④ 钱中文：《钱中文文集》（第三卷），哈尔滨：黑龙江教育出版社2008年版，第351页。
⑤ 钱中文：《钱中文文集》（第三卷），哈尔滨：黑龙江教育出版社2008年版，第352页。
⑥ 钱中文：《钱中文文集》（第三卷），哈尔滨：黑龙江教育出版社2008年版，第313页。
⑦ 钱中文：《钱中文文集》（第三卷），哈尔滨：黑龙江教育出版社2008年版，第314－315页。
⑧ 钱中文：《钱中文文集》（第三卷），哈尔滨：黑龙江教育出版社2008年版，第312页。

程中，于其中确证着自身人之为人的存在。

如果说对巴赫金过分强调复调、对话而有割裂与独白（叙述）关系之嫌的小说理论还有所保留的话，那么，在人的生存哲学（人的存在、存在形式、活着的意义、人与他人的关系的人学等方面）、文化哲学（中外文化关系等）、人文哲学（不同于自然哲学的方法论等）等层面上，钱中文对巴赫金的交往对话主义则可谓不遗余力地加以推扬，并将其融入自身的理论建构之中。

巴赫金的哲学存在论认为，"存在"首先与"我"相关，同时也与"他人"相关，"整个存在同等地包容着我们两人"。人的存在、行为又构成事件，"巴赫金从伦理哲学的角度，思考了人的存在，他的存在的基础，即行为的事件性，由此而产生人的主体的参与性、积极性，道德上的责任性与应分性"①。而在小说理论中，"我"与"他人"的关系转换成了"作者与主人公"的关系，同时"极大地改变了两者之间的性质，使原来的两者关系发生了重大的变化。原来的两者的多种制约关系、两个个体的相互交往关系，现今被界定为两者之间的平等关系"②。因此，"作者与主人公"在巴赫金理论中绝非仅仅是一对小说理论范畴，它们也是"审美伦理学的基本范畴"，并且更为重要的是巴赫金赋予这对范畴以哲学意义。"作者"在哲学意义上就是一个"行为主体"；"主人公"虽是行为主体的产物，却是相对于"我"的"他人"，因而也是具有同样的"自主性的意识或自我意识"的独立存在的"行为主体"，而"当作者与主人公对位，当意识与意识对位，就成了人的行为、存在的事件，就形成了一种交往"③。钱中文分析指出："交往的、对话的哲学、超语言学思想，使巴赫金发现了陀思妥耶夫斯基小说的复调特征，而这种复调小说又深化了巴赫金的交往、对话理论"④。

巴赫金晚年写了不少笔记、短文，涉及人文科学方法论的多个方面。在研究对象上，巴赫金把"文本"界定为人文思维的根本对象，"文本的生活事件，即它的真正本质，总是在两个意识、两个主体的交界线上展开"，而"文本作为表述，其双声性、应答性、对话性都产生于交往之中"⑤。在有关"意义"把握方式的基本方法论上，巴赫金强调人文科学对文本意义的把握是一种"理解"而非"解释"——这其中蕴涵着一种许多西方哲学家都涉及的诠释学思想。钱中文认为，巴赫金有着一种"有关人文科学的总体性的诠释学思考"，并因此专门撰写了长文《理解的欣悦——论巴赫金的诠释学思想》，

① 钱中文：《钱中文文集》（第三卷），哈尔滨：黑龙江教育出版社2008年版，第301－302页。
② 钱中文：《钱中文文集》（第三卷），哈尔滨：黑龙江教育出版社2008年版，第304页。
③ 钱中文：《钱中文文集》（第三卷），哈尔滨：黑龙江教育出版社2008年版，第305页。
④ 钱中文：《钱中文文集》（第三卷），哈尔滨：黑龙江教育出版社2008年版，第319页。
⑤ 钱中文：《钱中文文集》（第三卷），哈尔滨：黑龙江教育出版社2008年版，第332页。

"把巴赫金对诠释学的基本观点即'理解''解释'等所作的大量论述，结合他的交流对话思想，提到交往对话诠释学（或超语言学诠释学）的水平上来理解，并把它放到诠释学的各个流派思想的背景之上，加以探讨"①。巴赫金认为，"解释"只有一个意识，而"理解"也即对文本的理解则有两个意识，并具有"应答性"。一方面，"理解者要建立自己的想法、自己的内容；无论说话者还是理解者，各自都留在自己的世界中"；另一方面，"说者和理解者又绝非只留在各自的世界中，相反，他们相逢于新的第三世界，交际的世界里，相互交谈，进入积极的对话关系"。于是，"理解者不可避免地要成为对话中的第三者"，即"超受话人"②。

钱中文对巴赫金诠释学思想的分析，实际上是一种创造性重构。"诠释学思想把巴赫金的各个方面的创新理论，沟通与融会起来，使我们可以从整体上把握与理解巴赫金的复杂思想与艺术观念。"③ 在思想对话中，钱中文试图在巴赫金身上发现自己，而他也确实成功地发现了自己，找到了自己的理论定位。深厚的俄苏学术背景，组织翻译、校对、勘正《巴赫金全集》，这些完全可以使他成为巴赫金研究的专门家、学问家，事实上他也堪称这方面的重要专家，但他自己不局限于此，而更愿意将自己定位为理论家与巴赫金进行创造性的思想对话，进而进行自己的理论创新。其《各具特色的对话：交往哲学与诗学——巴赫金与哈贝马斯》一文指出："我在这里简要地探讨两位思想家的学术思想，不仅仅在于了解他们学术上的共通之处，而在于弄明白他们的学术思想对于我们新的文化、文学的建设的有效性程度。"他自己提出的新理性精神，无疑"受到了巴赫金与哈贝马斯交往对话思想的启迪"，"在哈贝马斯的交往理性主张中，现代性是个尚未完成的事业，交往理论就是现代性的实现"④，坚守"现代性""理性"，也是钱中文"新理性精神"论的基本点。

钱中文指出："如果过去存在主义思潮及其文学作品，提出过'我是谁'以表现当今社会里人与人的相互隔膜与异化，那么现在问题则是以复数出现了：'我们是谁'，可以说，这显示了整体的迷蒙"⑤。我们也可以此勾勒钱中文自己理论发展的轨迹：可以说这是一种不断追求文学理论中的"我""我们（中国文论）"的自主性的过程，而这一过程同时又是在开放性的与他人、他国的理论的不断相互融入的交往对话中展开的。

① 钱中文：《钱中文文集》（第三卷），哈尔滨：黑龙江教育出版社 2008 年版，第339页。
② 钱中文：《钱中文文集》（第三卷），哈尔滨：黑龙江教育出版社 2008 年版，第 352－353 页。
③ 钱中文：《钱中文文集》（第三卷），哈尔滨：黑龙江教育出版社 2008 年版，第 339 页。
④ 钱中文：《钱中文文集》（第三卷），哈尔滨：黑龙江教育出版社 2008 年版，第 495 页。
⑤ 钱中文：《钱中文文集》（第四卷），哈尔滨：黑龙江教育出版社 2008 年版，第 228 页。

三、从"审美意识形态"到"新理性精神"：钱中文文艺思想的发展轨迹

"审美意识形态""新理性精神"等，是代表钱中文成熟而自成一体的文艺思想的标志性范畴——在笔者看来，由"审美意识形态"而"新理性精神"，一方面昭示着由文艺学到哲学的理论提升进程，其中蕴含着钱中文文艺思想自身发展的内在逻辑；另一方面也应和着时代发展的脉搏：如果说"审美意识形态"论回应了 20 世纪 80 年代在文学观上片面的审美论及此前片面的政治意识形态论的话，那么，"新理性精神"论的提出则与 20 世纪 90 年代以来整个中国社会日益融入全球化的市场化大潮密切相关——当然，这是历时地看的，如果共时地看，钱中文把自己早期的"审美意识形态"论等视为"仅是新理性精神文学观念的一种形态"①，因而可以涵盖在"新理性精神"论这一成熟的文学理论体系中。限于篇幅，以下对"审美意识形态""新理性精神"论的具体内涵不作详细介绍和分析，只围绕钱中文的两部代表著作《文学发展论》和《新理性精神文学论》，对这些理论产生的时代、学术背景及其学术贡献和影响略作分析。

自律与他律相统一的辩证圆融的文学观、主导与多样相统一的综合创新的方法论，在钱中文提出的"审美反映""审美意识形态"等重要概念中有重要体现（当然也可以说这些理论体现了他对自律与他律融合不懈的追求）——而这些文学观念也是在批判与对话中形成的，而批判和对话的对象就是传统的文学反映论和意识形态论。20 世纪 80 年代理论界提出了许多不同的文学观，在科学地分析了诸种文学本质观的得失之后，钱中文力图使用多层次、多角度的综合方法来研究文艺的本质，并提出了以"审美意识形态"来概括文艺本质的可能性："从社会文化系统来观察文学，从审美的哲学的观点出发，把文学视为一种审美文化，一种审美意识形态，把文学的第一层次的本质特性界定为审美的意识形态性，是比较适宜的。"②他陆续发表了一系列文章论述了审美意识形态论文学观，而集中体现他这方面文艺思想的代表作是其体系性极强的《文学发展论》一书——该书第三、四两章概括性地讨论了文学观念和方法论问题。第三章"文学观念的形成与演变"梳理了中外文学观念的演变史，强调"无论在我国还是欧洲，在 19 世纪之前，可以说不存在现代人那种对文学的理解"③，而"19 世纪是欧洲文学观念急剧变化的时代，其特点是各种文学观念蜂起，形成了不同的学派"，某种程度上可以说这些不同文学观念的分化、发展，恰恰标志着文学现代性的成熟，"说明了文艺

---

① 钱中文：《钱中文文集》（第三卷），哈尔滨：黑龙江教育出版社 2008 年版，第 404 页。
② 钱中文：《论文学观念的系统性特征》，《文艺研究》1987 年第 6 期。
③ 钱中文：《钱中文文集》（第二卷），哈尔滨：黑龙江教育出版社 2008 年版，第 54 页。

学作为科学已开始觉醒"。钱中文又对这些纷繁复杂的文学观念作了概括："如果我们大致把它们归纳一下，则可以看到，一类文学观注意的是文学与其他因素的关系，通过这种关系的联结与分析，来理解文学；另一类文学观注意的是文学作品本身的构成因素的发掘，来理解文学。我们可以在20世纪的文学观中看到，这两种倾向，是如何汇集着各种矛盾与冲突，引起进一步争论与对文学进一步加深认识的。"① 钱中文以"对峙"描述了20世纪不同文学观念的进一步分化、发展的格局，首先是"科学主义文学思潮的突破性尝试"，"文学艺术中的形式主义早在20世纪的第二个十年里就正式形成了，如前所说，它的出现是对19世纪实证主义文学观的一个反动，这也是文学自身特征认识深化的结果"② 与之并峙的人本主义文学思潮如表现主义、精神分析、原型批评和接受理论的文学观等也取得了较大实绩。而20世纪后半叶则形成了后现代主义与解构主义的文学思潮。这些不同的文学观念和思潮"形成了在人本主义与科学主义对立中有关文学本质的多种不同的理解"③ 该书对中国古代、现代的文学观念发展史也作了简要梳理。

《文学发展论》第四章在第三章历史梳理的基础上进行了理论总结，首先指出文学是多本质的，多元化的文学观念就揭示了这种多本质性，相应地，文学研究的方法也应是多样化的。钱中文强调："在多样的基础上，形成一种综合的观念"，而这种多样的综合又非毫无系统的大杂烩，"而是一种有主导的多样和综合"，方法论的这种主导方面就是"既强调科学、逻辑、本体论，又注意历史观点、人的主观能动作用"④ 同时，研究文学观念的系统方法也应是多层次的，钱中文认为可以从四个层次展开研究，在我们看来，这四个层次大致可概括为逻辑（共时）与历史（历时）这两大方面：第一大方面讨论文学的本质、本体问题，第二大方面则考察这些本质、本体的历史演变。第一个层次使用的是"审美哲学方法"，在这个层次上，他提出了"文学是审美意识形态"这一重要命题，其重要的方法论特点是超越了传统仅仅停留在哲学层面上的"文学是意识形态"的简单化命题，只有通过"审美"这一不可或缺的中介，文学才能真正显示出自身的独特本质。第二层次则是运用多种方法探讨"文学本体的诸种特征"，即"作为审美意识形态的文学存在的形式"。在这一层次上，钱中文批判性地利用形式主义、结构主义等理论方法提出"文学是语言结构的审美创造"的命题；综合运用反映论、主体论、艺术生产论等理论提出"文学是主体的审美创造与审美价值创造系统"；最后充分

① 钱中文：《钱中文文集》（第二卷），哈尔滨：黑龙江教育出版社2008年版，第66页。
② 钱中文：《钱中文文集》（第二卷），哈尔滨：黑龙江教育出版社2008年版，第74页。
③ 钱中文：《钱中文文集》（第二卷），哈尔滨：黑龙江教育出版社2008年版，第92页。
④ 钱中文：《钱中文文集》（第二卷），哈尔滨：黑龙江教育出版社2008年版，第98页。

运用接受理论等提出"文学接受是文学审美价值的再创造系统",这一层次的研究尤其可见其文艺思想综合创新的特征。如果从艾布拉姆斯提出的所谓文学四要素来看,第一个层次的研究主要涉及文学与世界的关系(可以说是外部关系),第二个层次涉及的则是作者、作品、读者这些文学活动的内部要素——艾氏只是提出了四要素,文学活动大致也不外由这四要素构成,他并未对这四要素之间的关系作具体分析,而钱中文则从紧密联系的两个层次对这四要素作了系统性、贯通性的分析——打通这两个层次、四要素,尤可见钱中文文艺思想严密的逻辑性及其理论的整合性、系统性,当然也可见其对所谓外部研究与内部研究等的融会贯通。

《文学发展论》一书的结构安排,也可见钱中文辩证圆融的文学观、综合创新的方法论,第一编"文学发生与文学本体观念"、第二编"文学本体的发展"大致属于内部研究,但经过他的改造,已远远不同于形式主义、结构主义相对狭隘的"作品本体论"了,除了讨论体裁、风格等作品形式结构因素外,还讨论了创作个性等主体因素及流派、思潮、创作原则及其演变等历史因素,这似可概括为动态发展的"文学活动本体论"。而第三编"文化系统中的文学"则相对而言是一种外部研究;第四编"文学史问题"则表明具体的文学史研究必须综合外部的社会文化研究与内部的本体论研究——此亦可见清晰严密的逻辑脉络。在讨论文学发生的章节运用了人类学、神话学、原型研究等方法,可见其研究方法的多样性。"文学本体"(不同于"作品本体")这一表述本身也可见钱中文自己基本的文学观念,即对文学"自主性"的坚持,而文学的"自主性"又恰恰是在"现代性"的不断生成中凸显出来的。在对图像冲击文学、文学死亡论、以文化研究取代文学研究(文学理论的学科边界)等话题的研究与回应中,也可见钱中文对文学及文学理论"自主性""现代性"等一以贯之的坚持,而这与他长期研究得出的基本判断即中国现代文论的发展是"不断寻求自身现代化,确立自身主体性的过程"是相吻合的。

《文学原理——发展论》(社会科学文献出版社1989年版)一出版,就引起了高度的关注,自20世纪90年代初起,就被不少高校中文系指定为研究生的必读参考书。著名美学家、文艺理论家蒋孔阳、黄世瑜等在评价该书时指出,该书可译成外文,介绍出去。① 朱立元、叶易两人撰文全面评价了其价值:"《发展论》的理论创造,不仅表现在对原有文学观念的多方面突破和对中外文学研究方法的吸收、融化上,而且表现在它将思路、理论、观点、方法、范畴等多方面的大量创新成果梳理、汇总、建构成较完整的理论体

---

① 文冲一:《〈文学原理〉——〈创作论〉、〈发展论〉评议会发言摘要》,《文艺争鸣》1992年第1期。

系。"① 1993 年，该书获中国社会科学院 1978—1991 年的优秀科研成果奖和
该年度的国家图书奖提名；之后，又分别被经济科学出版社（1998 年增订本，
改名为《文学发展论》）、韩国新星出版社（2005 年精装）与首尔出版社（平
装）、高等教育出版社（2005 年）、社会科学文献出版社（2007 年修订）、黑
龙江教育出版社（2008 年），先后 6 版印刷。一本文学理论著作先后在几个
出版社出版，开创了个人性的文学基础理论类著作的出版纪录。可以毫不夸
张地说，《文学发展论》是个人撰写的文学理论类著作中的精品。②

　　由"审美意识形态"而"新理性精神"论，标志着钱中文文艺思想进一
步的哲学提升，而从大的社会语境来看，这又与 20 世纪 90 年代以后全球化
迅猛发展、中国市场经济进一步发展等密切相关。从当代学术思想史来看，
钱中文自己后来追溯道："在反理性主义不断蔓延的情况下，一些人文主义知
识分子开始重新寻找自己的立足点。当时，上海的一些学者提出了人文精神
的讨论。1995 年，我写下了《文学艺术价值、精神的重建：新理性精神》一
文，回应了当时的人文精神讨论。"③ 从时序上来看，《文学评论》1995 年第
5 期刊登的钱中文《文学艺术价值、精神的重建：新理性精神》是国内系统
讨论"新理性精神"的第一篇学术论文，按徐岱的说法，该文可谓"新理性
精神"建构的"命名"之作。由该文的分析可见：新理性精神提出的背景，
从理论上来说主要与西方相应的思潮相关，而从现实上来看则与中国社会的
市场经济体制转型密切相关，该文更是以 20 世纪全球范围内的人类生存状况
为背景展开探讨，这种生存状况表现为：首先，在"生存意义"上，传统文
化所信奉的许多美好事物都在不断地被宣判死亡，信仰崩溃，焦虑蔓延；其
次，"物的挤压"不断造成丧失灵魂的"平庸的人"，"高级消费、电视广告，
时时提醒人什么是'美满生活'的象征，它们刺激人的需要，教导人如何模
仿电影明星，装演员姿态。它们劝导人关心享乐，打破旧禁，放纵情欲，及
时行乐。它们影响社会舆论，改造文化。上述情况不仅外国有，在我国也是
如此"，最后是科技发展的负面影响——凡此种种可谓新理性精神所要面对的
挑战。钱中文《新理性精神与文学理论研究》一文强调："新理性精神是一种
新的文化价值观"，是一种"新的实践理性"，并且非常清晰地将"新理性精
神"的具体内涵概括为"现代性""新人文精神""交往对话精神""感性与

---

① 朱立元、叶易：《评〈文学原理·发展论〉》，《文学评论》1991 年第 6 期。
② 以上分析及本文其他部分的一些相关分析，参考了李世涛研究钱中文文艺思想的相关成果，
特此说明。
③ 吴子林：《创建中国现代性文学理论——访著名文艺理论家钱中文》，《南方文坛》2007 年第
5 期。

文化问题"等四个相互联系的方面,① 由此亦可见其"新理性精神文学论"极强的系统性。

从理论的基本逻辑来说,所谓"新"理性作为一种"人文"理性力图对"旧"理性有所超越,而要被超越的旧理性既包括片面扩张的"技术理性（工具理性）",同时也包括支撑市场经济运转而过度扩张的"经济理性"——钱中文对此也有所涉及,其《艺术不仅仅是商品》一文指出："艺术神圣,这与计划经济时代的体制有一定关系","如果国家取消对作家的供养,停发月薪,作家会做什么?""他得卖文为生,绝对得把自己的产品变为商品","他得千方百计找出当今的时尚热点","文学艺术产品也是商品,而且越是精美绝伦的艺术品,商品的特性就愈明显,价格就愈高;在资本积累阶段,这种品性表现得让人感到简直近于疯狂乃至穷凶极恶,但这只能归之于初入市场经济的过分敏感与市场的供求的法则"② ——此处对由计划经济向市场经济转型导致的"文艺与政治关系""文艺与经济关系"的消长现象有清晰的揭示。钱中文《躯体的表现、描写与消费主义》③ 更是对市场经济的消费主义逻辑对文化市场的影响作了直接分析。新理性精神建构尚在发展之中,如何将对侵蚀"人文理性"的"经济理性"及相应的消费主义逻辑等批判精神整合到新理性精神建构中,既是理论发展的逻辑要求,同时也是时代发展的现实要求。

"新理性精神"论得到了广泛的认同和高度的评价,张艺声揭示其创新意义:这是"对以前历史唯物主义的大拓展、对各类理性意识的大包容与对当下物欲横流的大反思"④。而"新理性精神"论也促进了钱中文理论、思想的转型:"经历过这次理论总结和概括,钱中文的理论思想又面临再度开启,90年代中期以后,钱中文的思想显示出前所未有的开放,它几乎是站在当代思想的前沿,回应当代最尖锐、最前沿、最时尚的理论难题。"⑤

结 语

限于篇幅,本文对钱中文文艺思想及其学术贡献的介绍和分析难免挂一漏万,最后再谈谈笔者在研究过程中的几点体会。

① 钱中文:《钱中文文集》（第三卷）,哈尔滨:黑龙江教育出版社 2008 年版,第 393－409 页。
② 钱中文:《钱中文文集》（第四卷）,哈尔滨:黑龙江教育出版社 2008 年版,第 313－314 页。
③ 钱中文:《钱中文文集》（第四卷）,哈尔滨:黑龙江教育出版社 2008 年版,第 250－258 页。
④ 张艺声:《比较学理论:中西文论阐释大视角》,北京:中国社会科学出版社 2006 年版,第116 页。
⑤ 陈晓明:《始终在历史中开创理论之路——钱中文的学术思想评述》,《文艺争鸣》2008 年第1 期。

第一，有关钱中文文艺思想的总体评价问题。在这方面，我们面对着我国学术界长期存在的紧密联系在一起的两个基本问题：一是把理论发展史视为新观点不断完全抛弃、彻底取代旧观点的线性进化过程的非此即彼的思维惯性；二是总感觉不如西方的妄自菲薄的文化态度——笔者觉得克服这些问题首先要有尊重既有学术史事实和已有学术成果的实事求是的态度。我们往往非常乐于抓住一点不及其余的做法，以此认为西方理论史是线性发展过程，向西方学习的中国理论的发展史也应如此——钱中文的相关研究告诉我们：真实的学术发展历史过程其实并非如此，尤其西方当代理论，主要是一种多元并存的格局。当试图对西方理论史作某种宏观判断时，我们首先要有的恐怕应是实事求是的学术史意识和耐心研究的学术态度——对中国理论发展的总体判断也是如此。许多人认为在理论上中国总不如西方——可以说这在文化认同上出现了问题，但我们认为这在学术态度上也存在问题，即这些判断往往是直觉的印象判断，少有具体、扎实的学术史研究。笔者认为，对中国现当代文艺理论发展状况的总体判断，对我们的某一文艺理论家的理论观点的判断，无论作消极的还是积极的评判，总要建立在一定的学术史文献分析的基础上，总要先了解他们写了些什么、做了些什么。

第二，有关理论流派问题。构成钱中文文艺思想的"审美反映""审美意识形态""新理性精神"论等，在钱中文自己看来，也是中国学者共同阐释、共同努力而形成的学术成果，以此来看，实际上已形成了某种理论流派。学术界不断有呼唤中国学派出现的声音，在呼唤的同时，或许我们也该对自己已有的学术理论成果加以认真、细致而全面的梳理和研究了。笔者强调的是：无论对我们的某一理论家还是理论流派的理论建构作何评判，皆不能离开我们的历史和现实语境——不能仅仅局限于在概念、名号上与西方理论较短长。

第三，有关人文科学的价值与发展前景问题。在这方面，钱中文不像现代主义者、后现代主义者、解构主义者那样是悲观主义者，但他也绝非盲目的乐观主义者。总体来看，随着在迅猛发展的全球化进程中资本的无限扩张，不仅是中国的而且是当今全人类的人文活动都面临着前所未有并且还会日趋加重的压制和冲击——在这方面，钱中文的虽不能挽大厦于将倾但也不能推波助澜的基本态度，或许对人文学者有重要启示。

最后，笔者体会到，钱中文对非此即彼的极端主义思维方式的持续批判，对交往对话主义不遗余力的赞扬、推广，具有非常广泛的社会意义乃至世界意义。从中国内部来看，我们的政治、经济、文化的现代化进程，时断时续地总伴随着极端主义倾向，并产生灾难性后果。从全球范围来看，尽管"和平"的主导趋势要求外交上的平等对话，外交上的"对话"而非军事上的"战争"为国际社会所广泛认同——但种种极端主义始终阴魂不散。再具体从世界范围内的文艺、文化的发展状况来看，商业主义、消费主义的运作模式，总是挑战着人的审美、道德底线，鼓噪着种种极端主义行为以"吸引眼球"……极端主义过去是、现在是恐怕将来依然是威胁人类和平、和谐发展的重要因素。中国内部的和谐发展、世界的和平发展，都需要我们对种种极端主义倾向始终保持警惕。对此，人文学者或许难有大的作为，但至少不应对种种极端主义倾向推波助澜！

会通与专精：杨义学术研究与文艺思想述略

李红梅①

【学者小传】

杨义：现任中国社会科学院学部委员，中国社会科学院文学研究所研究员、博士生导师，曾为英国牛津大学客座研究员、剑桥大学客座教授等。杨义先生在中国古典文学、中国现代文学研究等多个领域取得了卓著的成果。主要著作有《中国现代小说史》（三卷）、《中国叙事学》《中国古典文学图志》《楚辞诗学》《李杜诗学》《重绘中国文学地图》《二十世纪中国文学图志》（合著）、《重绘中国文学地图通释》《读书的启示》等。

杨义是当代中国人文社科界的一位学术巨擘，他的研究明显呈现有"会通"与"专精"兼具的特点。数十年来，他在文学史著述、叙事学及诗学研究、中国学术方法研究、构建中国文学学理体系等多个领域中都纵横自如、潇洒走笔，其学术转向频率之快、之繁，学术拓展幅度之大、之深令人惊叹。而他的每一次转换，每一次超越，都不是一种浅显的学科门类的简单相加，他所实现的既是知识积累的量的增加，更是价值体系和学术境界的质的攀升。杨义的研究站在当代中国文化建设的制高点上，从古今对话与中西对话两个维度同时推进了当代中国学术的纵深性发展，生动地展现了当代中国学术建设的现代性与开放性。

一

杨义的学术研究首先以治"文学史"而闻名。杨义著史雍容阔大，自成一家，具有一种"以识统史、积学成文、由史出论"② 的大家风范。不但如此，他的文学史著述在当代首先实现了中国现代文学领域与中国古典文学领

---

① 李红梅：潍坊学院文学与新闻传播学院副教授，苏州大学比较文学博士，从事比较文学与外国文学研究。

② 季进：《还原与贯通：杨义的学术创造与文化姿态》，《中国社会科学院研究生院学报》2002年第1期，第80页。

域的无障碍式贯通，并在这两大领域中都各自奉献出了极具影响力的高质量、高品位的研究成果，如此成就在当代中国是绝无仅有的。

杨义著史起步于中国现代小说研究，早在 20 世纪 80 年代，他便以一套 150 万字的《中国现代小说史》确立了自己在中国文学史学领域中的领军地位。杨义创作《中国现代小说史》的时候，正值我国文学界由冷变暖，由僵化向现实回归的时期，当时在小说史的编撰方面比较突出的范例有两种：一种是以夏志清为代表的海外学者对中国现代文学的远距离观察，一种是以田仲济、赵遐秋为代表的国内学者对中国现代文学的近距离书写。杨义欣赏上述两种范例的长处，但对它们的缺陷也有着极为清醒的学理把握。杨义认为夏志清式的著史方式除了在史实的完备、精确方面存在着明显的不足外，还有一个根本性的弱点，即缺乏对思潮、流派宏观、公正的把握。而田、赵式著史方式除了明显的政治意识形态所造成的"简单化或教条化"弊端外，多人合作写史的方法也使其很难保证史学质量的前后一致。

针对以上问题，杨义有意创立一种新的中国现代小说史写作范型。杨义著史以"信"为第一要义，他不仅突破当时国内集体写史的惯例，以一己之力个人著史，而且力求尽可能全面地占有资料。耗十年之功，杨义积累、荟萃了大量的第一手文献资料并最终著成了一部 150 万字的史学巨著《中国现代小说史》，该著作史料翔实，坚实厚重，是一部本色当行的"信史"，具有超强的历史穿透力，时至今日仍能提供给后人大量的思考空间和重新研究的可能性。另外杨义还有意构建了一种"树形"的文学史写作模式，在时空范围上他把中国现代小说的起点从以往的五四文学推溯到清末民初，而且把中国香港、中国台湾以及东南业的华语文学也包容进来，极大地拓展了中国现代小说的研究空间。在主干设计上他"把中国现代小说发展的历史当作一个宏伟壮丽、仪态万端又不息地运动推移的系统来把握的"①，在主干与枝干的脉络勾画上他非常重视作家作品与思潮、流派、作家群之间的动态交汇关系的研究，讲求点、线、面、体的互融互持。在树冠和枝叶的形体素描上，他非常注意比较视野的运用，有意在中国现代作家作品与外国作家作品、中国现代文学创作与中国古典文学传统、现代作家与现代作家之间建立起了多重比较、对话关系，这种"树形"框架既立体地再现了中国现代小说的发展全貌，也深重地寄寓了杨义力求在多种对话中探讨中国现代小说的原创性、本土性和世界性的雄心。

《中国现代小说史》的出版，在 20 世纪 80 年代的国内外学界引起了强烈的反响，该著作标志着"新一轮的中国现代小说史编撰范型的探索，也就此

---

① 杨义：《〈中国现代小说史〉絮语》，《出版工作》1987 年第 7 期，第 59 页。

揭开了新的篇章"①，同时许多学界巨擘也都给予了该书和作者极高的评价，钱锺书先生称许杨义"积学深功"，"后起之秀，君最突出"②。苏联科学院费德林院士盛赞杨义"一人做了我们需要一个研究所做的工作"③，夏志清写信给杨义说："我国代有人才出，我这一代将成过去，您这一代治小说史、治文学史当推吾弟为第一人。"④

　　相对于《中国现代小说史》来说，中国古典小说史的写作难度更大。杨义可谓是当代学界跨学科实现中国现代小说史与中国古典小说史贯通的第一人。他从古典文学的"门外汉"起步，到最终转变为一个古典文学的研究专家，其中的艰辛世人难以想象。但他的《中国古典小说史论》却绝非是为中国古典文学史学领域增添的一本普普通通的书，而是开辟了一个新的思路、新的境界。杨义的突破首先明显地体现在他有意破除当时学界常见的，大量借用西方的小说观念来解释、评价中国古典小说的惯例，而立意要使中国小说的研究返归中国小说的本体。他的研究一方面通过深研苦读、广搜博闻的硬功夫来还原中国小说的本来面目，另一方面则将落脚点放在"论"上，既有意确立了以叙事学为线索的理论格局，又注重以思想家的目光去打量中国小说的深层文化内蕴，在内容阐述上既强调研究者的文化参悟力、感受力和透视力对普通史料的渗透，又善于"从小说的艺术氛围中，抽象出其内在的品味，并将其理论化"⑤。这使杨义的《中国古典小说史论》呈现出一种"理性的史、诗性的论、智性的述"有机融合的风貌，在中国古代小说史的研究领域中别开生面，独树一帜。

　　杨义的《中国古典小说史论》同样在学界引起了极大的关注，这部40多万字的著作，不但被中国人民大学的剪报资料摘引了30多万字，而且该书中的七八篇文章还在《中国社会科学》《文学评论》《文学遗产》等一流学术期刊上发表，这些都在中国古典小说研究领域中创下了一个个新的纪录。

　　文学史著述是杨义学术研究的自留地，他的学术之旅起步于此，扬名于此，虽然此后他的主要精力逐渐他移，但他在此领域所储备的弥足珍贵的思想批判能力、审美体验能力和文化还原能力却使他受用终身。这也使他对这个领域充满了难以割舍的情感，他不经意间的故地重游，也每每能带给这块他曾经非常熟悉的领域许多新的理念和新的洞见。如杨义后来涉足图志学研

---

① 张海生：《中国现代小说史编撰模式的流变》，北京语言大学硕士学位论文，2009 年，第 28 页。

② 秦弓：《文学史家杨义论》，《社会科学战线》1995 年第 4 期，第 264 页。

③ 王明科：《中国文化与文学的现代化》，兰州：兰州大学出版社 2010 年版，第 251 页。

④ 秦弓：《文学史家杨义论》，《社会科学战线》1995 年第 4 期，第 264 页。

⑤ 孙郁：《杨义和他的〈中国古典小说史论〉》，《中国图书评论》1997 年第 7 期，第 46 页。

究，他有意将图志学与史学相联系，撰写了《中国新文学图志》《中国古典文学图志》等著作，这种引图入史、图文互释的文学史写作模式在中国以往的文学史著述中是绝无仅有的，一定意义上，这也可以看作是杨义对文学史的另一个新的创造性和开拓性贡献。

二

叙事学与诗学是杨义的第二个重要研究领域，在这一阵地他深入践行并回归原点，发现原创的思维理念，执意寻找中国文学自身的文化专利权和理论原创性。在对中国古典文化进行充分发掘和现代性转化的基础上，他提出的中国叙事学理论体系和中国古典诗学多维特质的创见，既为中国文学理论打造了一张中国的身份证，同时也赋予了中国文学一种坚定的学术自信力，使其平等地与西方文学建立起一种互相激发、互相促进的对话关系。

杨义的中国叙事学研究有其明确的学术志向和目标："回到中国文化的原点，参照西方的现代理论，贯通古今的文史，融合以创造新的体系。"他清醒地指出西方的叙事学理论虽然具有很大的启发性，但它毕竟是产生于特定的西方文化背景中，是依据西方的文学经验而非中国的文学经验建构起来的，这种话语体系无法完全覆盖和解释中国文学丰富的叙事实践及中国叙事智慧的某些精髓部分，因此杨义的《中国叙事学》在西方叙事体系之外，以中国文学为本，建立一个新的中国叙事体系，并由此拓展一个新的中西对话的学术空间，即使中西两大叙事体系在相互碰撞、相互激发的对话中共同建构起人类多元性的文化智慧。

回到中国文学的本体，杨义敏锐地发现了中国文学的叙事思维原理："对立者可以共构，互殊者可以相通"，即重圆融、重和谐、重整体的"两极致中和"① 的审美追求与哲学境界是中国叙事方式的精蕴之所在。把握了中国叙事艺术的这一本体性特征，在杨义看来叙事不仅是技，更是道，所以他对中国文学叙事技法的阐述是与对中国文化密码的揭示联系在一起的。在杨义的眼中，中国叙事学更像是一个完整的艺术生命体，叙事时间、叙事结构、叙事视角等都与其本体具有同声相应、同气相求的关系。杨义认为东西方分别以"年月日"和"日月年"为顺序的纪事方式，西方长于倒叙、中国长于预言的叙事结构，西方全知视角和限知性视角的绝对性划分，中国多种视角的自由性流动都分别喻示了西方"积累性的、分析性的、以小观大"的文化观

第一编　诗学之阈

---

① 杨义：《中国叙事学》，北京：人民出版社1997年版，第21页。

念，和东方"统观的、综合性的、以大观小"的文化观念。① 这种研究，使杨义的叙事理论建构远远超越了对西方叙事学理论的介绍和搬运，而具有了一种原创性理论的超拔，一种独特的中国式印记和一种东方文化历史的厚重。

杨义的《中国叙事学》在当代文学理论界的意义是举足轻重的。在国内该书"填补了一项学术空白，第一次建立了具有中国特色的、与西方体系可以对峙互补的叙事学体系"②，具有开创性的意义。在海外，该书被视为"建构中国化的叙事学理论原则和操作规程的力作或里程碑"③，中国台湾、日本、韩国等地纷纷将该书列入研究生的必读书目，另外，该书在西方高校也具有较高的知名度。一定意义上可以说，杨义的《中国叙事学》真正让中国的叙事学理论获得了一种品牌效应，该著作推动了有中国特色的叙事学理论的海外传播，也通过其对世界学术的丰富和贡献，为中国的叙事学理论赢得了世界性的尊重。

杨义的诗学研究以《楚辞诗学》和《李杜诗学》最为著名。如果说《中国叙事学》注重的是宏观的理论体系的建构，那么《楚辞诗学》和《李杜诗学》展现的则是微观的对文学文本内在生命力的衍生和升华。杨义不否认西方亚里士多德式的诗学观和宋之后中国以"诗评""诗话"为主体的诗学观，但他更为推崇的是中国唐代的诗学观念，即直面诗歌文本，讲求研究者与经典文本的灵神际会，和执着于对诗歌文本的原生性、原创性艺术精髓的发掘。以此为基础，杨义倡导在诗学研究中研究者必须直接面对文学文本，要用自身纯粹的审美体验去与古典诗歌对话，要用现代人的世界视野和生命感受去完成古典文学的现代性转化。

虽然在此之前对楚辞与李杜诗歌的研究成果早已汗牛充栋，但通过直接面对艺术作品的原本生命，杨义依然在常见的"材料"中开发出了众多新的研究生机，阐释了许多前人未曾明了的实质性问题。如对于屈原的《天问》，虽然以前学界习惯上将其认定为一篇"错简"，但杨义却在该作品天马行空的跳跃性思维中看到了一种中国诗学的原创性所在："屈原作为一个天才诗人，他抓住了人类的一种独特的精神现象，在人类诗歌史上和人类思维史上，他第一次大规模地使用了时空错乱。"④ 对于李白，杨义指出他最有特色的诗学特征是醉态思维，这种思维使他以生命的巅峰状态，实现了人类与天地精神的灵肉交融；对于杜甫，杨义认为杜甫诗学最基本的特点是"诗"与"史"

---

① 杨义：《中国叙事学的文化阐释》，《广东技术师范学院学报》2003 年第 3 期，第 30 页。

② 杨义：《中国叙事学》，北京：人民出版社 1997 年版，第 425 页。

③ 杨义：《聊以充数的治学经验谈》，《山东师范大学学报》（人文社会科学版）2014 年第 3 期，第 85 页。

④ 杨义：《中国诗学的文化特质和基本形态》，《东南学术》2003 年第 1 期，第 9 页。

的异质同构，是儒家仁者情怀与中国重"史"文化的结合。这些观点有力地刷新了学界有关楚辞和李、杜的习惯性认识和常规性结论。不仅如此，杨义还从与楚辞、李杜诗歌内在生命的对话中洞悉到了中国诗人不同于西方的"诗学专利权""中国的诗学是一种生命的诗学，是一种文化的诗学，是一种感悟的诗学，是一种综合着生命的体验、文化的底蕴和感悟思维的非常有审美魅力的多维的诗学"①。杨义对于中国诗学的这种多维特质的认定，使其精准地勾勒出了中国诗学不同于西方诗学的原创性特点和其对于世界诗学的独特贡献。

因此，立足于中国诗歌经验的基点，杨义的诗学研究所实现的不仅仅是一般的作家作品研究，同时还有对中国诗歌哲学的学理性建构。他的诗学研究既发现了几千年来中国诗人的原创性，也有效地做到了当代中国诗学建设的中西贯通与古今结合，把丰沛的具有东方神韵的中国诗学智慧注入世界人类的总体智慧中。

三

学术方法研究是杨义另一个卓有建树的学术领域。他以学术史的材料作方法论的文章，较早实现了对 20 世纪中国一代学术大师们学术成就和学术方法的系统性融贯，阐明了中国现代学术方法通论"双构四点一基础"的总体特色。同时他也以适合中国文学研究的新的学术方法的探索和实践为使命，发掘和锤炼出了感悟、会通、话语原创等多种具有非常可贵的普适性与可操作性的学术方法，引领了中国文学界当代学术建设的重要开拓与创新。

杨义较早地注意到了王国维、陈寅恪、闻一多等前辈学者们在进行中西对话时的学术立场、姿态和方法，对中国现代学术研究转型在方法论上的意义，他指出"一部学术史内蕴着一部弥足珍贵的学术方法开拓和嬗变的历史"。为了生动演绎"思想的过程结晶出过程的思想"②的具体程序，杨义的《现代中国学术方法通论》有意独创了一种"以学术史材料做方法论文章"的述学体制，以独辟蹊径的方式来展现晚清以来中国二十多位杰出的学界巨匠们的学术方法和学术思路。他在占有、消化大量鲜活的学术史材料的基础上，有意以"横断学科"的方式，在学术大师们学术成就最丰厚的典型事例上切取横剖面或纵剖面，考察大师们学术方法的特质、结构、功能和操作程序，萃取其中的学理轨迹和方法论脉络，进而分类贯通并形成具有普遍适用

① 杨义：《中国诗学的文化特质和基本形态》，《东南学术》2003 年第 1 期，第 9 页。

② 杨义、袁盛勇：《重构现代中国学术方法：杨义教授访谈》，《学术月刊》2005 年第 11 期，第126 页。

价值的学术通则。

在杨义看来，现代中国的学术方法具有"双构四点一基础"的总体特色。所谓"双构"是指中国与世界这两个维度构成了现代学人研究方法中的"内在原则和灵魂"：世界视野打开了现代学人的眼睛，使他们能及时地把握和学习外来文化观念所提供的新视境、新思路、新问题的启发；而对中国问题的关注，则使现代学人能立足于中国，有效解决中国文化薪火相传的问题。所谓"四点"是指中国现代学人们非常关注的四个功能点的建设：立足于中国文化的本原（立足点），参与世界文化的深层对话（着眼点），重在推进学理的原创（关键点），最终要建立起博大精深、开放创新的现代中国的学术体系和体制（归宿点）。"一基础"是指材料文献和学术方法之间的"米"与"巧妇"的关系，亦即，若缺了材料文献的"米"，"巧妇"即使拥有再高超的烹饪术也难为无米之炊，因此深厚扎实的材料文献功夫始终是现代学术研究重要的前提和基础。

《现代中国学术方法通论》一书不仅实现了对中国现代学术方法论的总体特色高屋建瓴的总结，同时还着重探讨了中国现代学术方法论中三个最具有民族性和时代性特色的学术方法：感悟、会通和话语原创。杨义把这三种学术方法视为促进当代中国学术建设和人文建设的有效途径。在杨义看来，感悟一方面是中国智慧和思维能力的传统优势所在，它在本能和认知、情感和理智等许多层面，都给中国文化、中国智慧提供了重要的融贯和升华的通道，甚至意境、意象、神韵等本身也是感悟思维导致的审美状态和审美结果；另一方面，感悟还潜蕴着一种明显的与禅宗"顿悟""澄悟"等思维方式相近的问题意识和创新意识，它能使学者们在"不疑处生疑"，在"有疑处无疑"，获得一种醍醐灌顶式的学术长进。所以杨义指出，奠基在材料文献硬功夫基础上的"感悟"是中国学术的一种带有浓重本土特色的"真智慧"，它是破解中国文化、文学的一个重要密码，对中国文学的研究若不调动富有悟性的分析能力，所得将非常有限。[①] 杨义同时指出，20 世纪以来中西文化激烈交流、碰撞的时代语境和中国学术自身频繁的思潮变换，使"会通"成了中国现代学术界必不可少的一种基本的学术方法，它使中国学人在传统中得到"实"，在时代中得到"新"，在深度识力中得到"深"，这三者促成了中国现代学术的兼容性和创造性品格。另外，杨义还指出原创性的话语是一种非常富有文化内涵的学术亮点，它既是历史文化语境与学者个性创造相结合的凝结物，也是思有所作为者的智慧和理念的载体、权利和愿望的表达。如

---

① 安文军、杨义：《材料·视野·方法：杨义学术访谈录》，《西南民族大学学报》（人文社会科学版）2007 年第 1 期，第 78 页。

"摩罗诗力"之于鲁迅、"天演论"之于严复，都明显地呈示了这种原创性话语特点。因此创设一个原创性的话语，即是为学术找到了一个解释的关键，这对于一个成熟的学者和对于一个成熟的民族学术的建构来说都是非常重要的。

客观说来，杨义先生对现代学术方法总体特色与核心法则的发掘与呈现，既使中国学者清楚地看到了 20 世纪中国学术大师们对中国学术的独特贡献，也让世界学界清楚地认识到中国现代学术并没有断裂中国传统，只不过是对传统进行了现代性的创造，中国学术始终具备一种独立的品格，拥有自己的核心话语体系和方法体系。同时杨义的研究也标志着中国现代学术的研究已开始具备了一种整体性的学理体系，研究范式日趋融通、开放、成熟、自信，这为中国学术大国气象的建立和进一步加强与世界的对话打下了良好的基础。

四

"重绘中国文学地图"是杨义在进入 21 世纪后为自己也为中国学术界提出的一个非常宏大的前沿性学术命题，他的梦想是要为现代中国创设一种新的、与时俱进的文学学理体系，[①]"从总体的文化深度上，从时间和空间的互动上，从多元的组合形成整体生命上来通解中国文化，通解中国人的精神过程"[②]。在这一领域的开拓中，杨义宏大的文化视野和学术魄力再次绽放，他既为现代中国文学学理体系的建构提供了令人耳目一新的价值观、动力论和方法论，对传统的学术格局、学术思维产生了创造性和建设性的颠覆作用，也为中华义化搭建了一个更加深层、本质的文学解释空间，广受中国学术界和世界学术界的关注。

"重绘中国文学地图"是杨义对建设新的中国文学学理体系构想的学理化表述。这一概念既包含着他对中国百年文学史问题的反思，同时也包含着他对提炼、萃取中华民族文学、文化的整体性的渴望。杨义把"地图"这个概念引入中国文学研究，是想画出一幅比较完整的中华民族的文化或文学地图，以便"直观地、赏心悦目地展示中华民族文学的整体性、多样性和博大精深的形态，展示中华民族文学的性格、要素、源流和它的生命过程"[③]。而"重绘"一词则源于他对以往中国文学研究多方面弊端的考量：以往的中国文学

---

① 安文军：《中国文学研究的创新与开拓》，《中国社会科学院院报》，2006 年 4 月 27 日，第 3 页。

② 张立敏：《大文化视野下的中国文学地图重绘：杨义访谈录》，《中华文化画报》2010 年第 2 期，第 15 页。

③ 杨义：《重绘中国文学地图通释》，北京：当代中国出版社 2007 年版，第 139 页。

研究"基本上是一个汉语的书面文学史，忽略了我们多民族、多区域、多形态的、互动共谋的历史实际"①；以往的文学研究作品的时代背景、作家生平、思想性、艺术性和社会影响的"五段式"研究套路大行其是，忽略了文学发展和存在的网络形态，缺乏对文学的多层意义剖析和具有现代深度的阐释；以往的文学研究过多地套用了一些西方的观念，忽视了中国文学的原创智慧。

在《重绘中国文学地图通释》中，杨义把重绘中国文学地图的文化依据和学理构成精辟地概括为"一纲三目四境"。即"在大文学观的统摄下，充分关注中国文学的时空结构、发展动力体系和文化精神深度三个学理问题，拓展与之相关的民族学、地理学、文化学和图志学四大领域"②，促进文学与其他学科知识的广泛交融。

重绘中国文学地图以"大文学观"为纲，"主要是要给文学研究提供一个大的视野、大的背景、大的逻辑，把文学研究做大、做厚、做深，同时又把它做活"③。杨义认为"大文学观"代表了当下中国文学为应对全球化浪潮而涌动的文学观念的重要革新，它超越了中国传统"杂文学观"的芜杂而取其博学多识，超越了西方"纯文学观"的偏狭而取其思维的严谨精湛，能够在广度和深度的相辅相成中返归文学的本原状态。这种文学观可以使新时代的文学研究在观念意识上更加科学，同时又能把民族共同体、地理情结、精神谱系等文化基因加入研究内容。

重绘中国文学地图以中国文学的"时空结构、发展动力体系和文化精神深度"为目，目的是要为创建现代中国文学学理体系提供三种新的方法论途径：在时空结构方面，在以往关注文学时间维度的基础上进一步强化对文学空间维度的关注；在发展动力体系方面，在以往深化中原文化的辐射力、凝聚力考察的基础上进一步强化对边缘文化活力的考察；在文化精神深度方面，在以往注重对文献的搜集、认证的基础上进一步强化对文献深层意义的原创性发现。

重绘中国文学地图的"四境"展现的是创建现代中国文学学理体系的具体研究范畴和领域，即文学研究在学理层面上将会融纳进民族学、地理学、文化学与图志学等众多学科分支的知识，文学研究将展现出一种明显的跨学科研究的特征。

---

① 安文军：《中国文学研究的创新与开拓》，《中国社会科学院院报》，2006 年 4 月 27 日，第 1 页。
② 冷川：《评杨义〈重绘中国文学地图通释〉》，《文学评论》2007 年第 6 期，第 194 页。
③ 杨义：《读书的启示：杨义学术演讲录》，北京：生活·读书·新知三联书店 2007 年版，第 44 页。

以重绘中国文学地图为研究命题，杨义现已出版了十余部著作，其中《中国古典文学图志——宋、辽、西夏、金、回鹘、吐蕃、大理国、元代卷》一书尤为明显地展现了杨义在挖掘、阐释汉民族文学与少数民族文学内在生命力的联结方面所做的开拓性贡献。书中，杨义突破以往古代文学研究只关注汉民族文学的格局，有意将少数民族文学作为中国文学有机组成的重要一翼，写进了完整的文学史，并借公元 10—14 世纪中国历史上频繁的多民族迁移、融合的时代背景，生动地展示了少数民族文学与汉民族文学互融互进的完整过程。可以说这部著作对中国现代学术突破汉民族中心主义的传统模式、打破"汉胡分家"的学科分割状态，具有非常重要的引导意义。

杨义近年来致力于"先秦诸子还原"，出版了《老子还原》《庄子还原》《墨子还原》等系列论著。这些论著代表了杨义对新的文学学理体系另外一个方向的开拓，探索"中华民族共同体的整个精神谱系是如何发生、如何形成以及如何变异的，它留给我们什么，它昭示着什么"[①]，即通过先秦诸子学发生过程的研究，还原出中华文化共同体的真实血脉、其本有的生命活力以及进入现代依然可以激活的生命活力。

因此杨义重绘中国文学地图，绝非是浅层意义上的对中国文学进行传统文化基因的查漏补缺，而是对整个中国文学体系的创新性"重建"。从学术研究的层面来看，这种重建为当代中国的文学研究开辟了许多新的研究领域，提供了更加多维的研究视角；从国家和民族的层面来看，则如实地反映了中华文化共同体五千多年的实际发展历程，充分挖掘了其间的原创性智慧与生命力，增强了中华民族的凝聚力与自信心，助推了中华文化的复兴。这一研究必将引领中国文学研究通向一个更为博大、深刻的学术境界。

结　语

综观杨义的学术研究，纵跨古今，横贯中外，并波及多个学科的转移，但会通和专精在他的学术旅程中始终是一种毫无违和感的并列存在。虽然他的学术格局整体是贯通的，但具体到某个研究领域，又是非常专精的。他不仅在每个领域都铸造出了一个个非同寻常的学术高峰，并最终又将这些学术高峰汇集成了一个辽阔的学术高原，这样的学术奇迹在当代学界无疑是极为罕见的，但这一奇迹的背后是作者在一个寂寞的世界中数十年忧思深广的不断探索。杨义曾不止一次在自己的著作和演讲中表达，对于中国这份"堪称

---

① 杨义、李思清：《展开人文学之"返本创造论"：杨义教授治学答问》，《云梦学刊》2010 年第 5 期，第 5 页。

世界一流的文化遗产，如果中国学者不把它的深层智慧充分阐发出来，并以自身的现代性跟世界现代文化接轨，那是中国学者没有尽到责任"①。这份担当和责任使杨义的研究具有了一种大智慧、大气象、大胸襟、大战略，也使其自身成为当代中国学界的一个标志性人物。

---

① 王巨川、李扬：《有容乃大 唯创始新：论学者杨义的三十年治学之路》，《燕赵学术》2014年第1期，第197页。

新时期以来童庆炳对文学审美特征问题的探索

边利丰①

【学者小传】

　　童庆炳：1958 年毕业于北京师范大学中文系，中国文艺学理论泰斗。长期从事中国古代诗学、文艺心理学、文学文体学、美学方面的研究。1993 年加入中国作家协会。曾任北京师范大学资深教授、博士生导师，兼教育部人文社科基地北师大文艺学中心主任、中国文艺理论学会副会长、顾问，中国中外文艺理论学会副会长。代表性著作包括《文学概论》《文学活动的美学阐释》《艺术创作与审美心理》《文体与文体的创造》《中国古代心理诗学与美学》《文学艺术与社会心理》（合作）、《文学创作与文学评论》《童庆炳文学五说》《中国古代文论的现代意义》《维纳斯的腰带——创作美学》等。另撰有长篇小说《生活之帆》（合作）、《淡紫色的霞光》，随笔散文集《苦日子　甜日子》。

　　20 世纪 70 年代末 80 年代初中国迎来了一个"文革"后的新时期，"反思"是认识这个时期思想文化最为重要的关键词。文学理论界的反思主要是针对长期以来占统治地位的"文艺为政治服务""文学从属于政治"等观念展开的，并提出了人物性格多重组合论、主体性论、向内转等诸多问题。其中最为重要的成果之一是文学审美论的创立及其拓展和深化。文学审美论以童庆炳、钱中文、王元骧等学者为主要代表，包括审美特征论、审美反映论和审美意识形态论等理论形态。作为新时期以来审美学派的主要代表、文艺学的拓荒者之一，童庆炳在文学基础理论、中国古代文论、文艺心理学、中西比较诗学、文化诗学等诸多领域辛勤耕耘，提出了一些影响深远的富有原创性和体系性的文学思想。其中，审美——审美特征论是贯彻其思想始终的核心，也是其研究文学问题、研究文学理论问题的一个最为主要的视角。童庆炳自己曾说："无论在哪个方向的研究中，'文学的审美特征'始终是我著作中的一个'主题'。"② 事实确是如此，审美问题深入、全面地渗透于童庆

---

① 边利丰：北京师范大学文学博士，三峡大学文学与传媒学院教授，主要从事文学理论与文学经典化问题研究。

② 童庆炳：《文学审美特征论》，武汉：华中师范大学出版社 2000 年版，第 1 页。

炳文学理论研究的方向、方法之中，正是以文学审美特征论为逻辑起点，童庆炳建立起了自己富有时代特色的文学理论体系。今天看来，文学审美特征论的活力在于时代的选择，它是对时代问题的深入思考和执着探讨。正如马克思和恩格斯曾经指出的："一切划时代的体系的真正的内容都是由于产生这些体系的那个时期的需要而形成起来的。"① 文学审美特征论着眼于解决中国现实的理论难题，立足于中国本土的现实，它形成于对时代问题、文学理论的实际发展要求的回应之中。

"文革"时期，"极左"思潮横行，极端的"以阶级斗争为纲"的政治路线直接影响到文艺理论。文艺理论也"理所当然"地成了阶级斗争的工具，"文艺从属于政治""文艺为政治服务"等口号被推崇到无以复加的境地。新时期伊始，文学理论界开始深入反思这些问题，这种"反思"是多方面的，如"形象思维"的讨论（针对概念化）、"共同美"的讨论（针对文艺的阶级性）、"真实性"问题的讨论（针对单一的政治倾向性）和典型问题的讨论（针对"样板戏"的类型化、脸谱化），这些反思都很重要，也解决了一些问题，但还不是根本问题。这个时期的根本问题是关于文艺与政治关系的讨论，是继续坚持文艺从属于政治，还是要解除文艺对政治的从属关系？继续提倡文艺为政治服务，还是不再提文艺为政治服务？文艺是阶级斗争的工具，还是文艺对于阶级和政治可以有相对的独立性？这些才是问题的要害，是反思的根本。

新中国成立以后的文艺工作由于过分强调"文艺从属于政治"，到了1957 年以后已经有了"左"的倾向。1966 年 2 月"部队文艺座谈会"的推波助澜，使"极左"倾向更加严重。用抽象的说教来取代鲜明、生动的艺术形象的塑造，脱离现实生活、按照固定不变的模式去刻画人物形象、组织矛盾冲突、设置事件发展等等公式化、概念化的倾向几乎登峰造极。而从本质上来看，公式化、概念化和艺术性是完全对立的。

对这个问题的反思较早来自《上海文学》1979 年第 4 期的评论员文章《为文艺正名——驳"文艺是阶级斗争的工具"说》。文章认为"文艺是阶级斗争的工具"说是造成文艺公式化、概念化的原因之一。"如果我们把'文艺是阶级斗争的工具'作为文艺的基本定义，那就会抹杀生活是文艺的源泉，就会忽视文艺的多样性和丰富性，就会仅仅根据'阶级斗争'的需要对创作的题材与文艺的样式作出不适当的限制和规定，就会不利于题材、体裁的多样化和文艺的百花齐放。"文章意识到，"文艺是阶级斗争的工具"的说法与

---

① ［德］马克思、恩格斯著，中共中央马克思恩格斯列宁斯大林著作编译局译：《马克思恩格斯全集》（第三卷），北京：人民出版社 2002 年版，第 544 页。

文艺从属于政治的提法有关，因此提出"工具说"离开了文艺的特点，把文艺变成政治的传声筒。《上海文学》的文章触及文艺从属于政治、文艺为政治服务的根本问题并引发了一场关于文艺与政治关系的大讨论。

对文艺与政治关系问题进行调整的关键转机来自 1979 年全国第四次文代会的召开。在第四次文代会报告《继往开来，繁荣社会主义新时期的文艺》"征求意见稿"撰写过程中，时任中国社会科学院院长的胡乔木和副院长的邓力群就"征求意见稿"于当年 9 月 8 日给胡耀邦写了一封信。信中说："全文的关键似在对文艺与政治的关系作出新的提法，不再因袭过去的文艺为政治服务、文艺从属于政治的提法。过去的提法有许多讲不通的地方，过于简单化，但现在不必加以批评，还是要给以历史的积极的解释和估价，因为它是当时时代的产物，也发挥了积极的作用（当然也产生了消极作用），但现在仍然因袭就不适当了。我们想这可能是这次文代会能否开好的一个关键。"① 这是自《在延安文艺座谈会上的讲话》发表以来，党内专家第一次明确主张不提"文艺从属于政治"和"文艺为政治服务"。尽管此后周扬的报告"修正稿"并未用明确的语言否定"文艺为政治服务"的口号，而是用较长的篇幅论述了政治与文艺的关系，但邓小平《在中国文学艺术工作者第四次代表大会的祝词》（1979 年 10 月 30 日）中却有了新的提法："党对文艺工作的领导，不是发号施令，不是要求文学艺术从属于临时的、具体的、直接的政治任务"，"写什么和怎样写，只能由文艺家在艺术实践中去探索和逐步求得解决。在这方面不要横加干涉"，"围绕着实现四个现代化的目标，文艺的路子要越走越宽，在正确的创作思想指导下，文艺题材和表现手法要日益丰富多彩，敢于创新。要防止和克服单调刻板、机械划一的公式化概念化倾向"②。随后不久，邓小平又在《目前的形式和任务》（1980 年 1 月 16 日）中明确指出："不继续提文艺从属于政治这样的口号，因为这个口号容易成为对文艺横加干涉的理论根据，长期的实践证明它对文艺的发展利少害多。但是，这当然不是说文艺可以脱离政治。文艺是不可能脱离政治的。"③ 胡乔木在《当前思想战线的若干问题》（1981 年 8 月 8 日在中央宣传部召集的思想战线问题座谈会上的讲话）中，对邓小平的思想作了进一步阐释："我们的一切政治归根结底都是为大多数人谋利益的手段，政治本身并不是目的"，"我们不能为政治而政治，所以也不能为政治而文艺"等等。1980 年 7 月 26 日《人民日报》发表了《文艺为人民服务，为社会主义服务》的社论，正式以"文艺为人民服务、为社会主义服务"取代"文艺从属于政治""文艺为政治服务"的口

① 徐庆全：《从胡乔木、邓力群给胡耀邦一封信谈起》，《人民政协报》，2004 年 10 月 21 日。
② 中共中央宣传部文艺局编：《邓小平论文艺》，北京：人民文学出版社 1989 年版，第 9–10 页。
③ 中共中央宣传部文艺局编：《邓小平论文艺》，北京：人民文学出版社 1989 年版，第 108 页。

号，社论明确写道："党中央提出，我们的文艺工作总的口号应当是：文艺为人民服务，为社会主义服务。""文艺从属于政治""文艺为政治服务"口号的终结是《在延安文艺座谈会上的讲话》以来，党的文艺政策第一次巨大的调整，是在反思中所迈出的重要一步，它为文艺的发展、文学理论的发展解除了"紧箍咒"，开辟了广阔的道路，带来了勃勃生机。

新时期的文学理论就是在这样的背景下开始了除旧立新的历史使命，寻求被政治遮蔽的文学独立性成为文学理论工作者的重要任务。文学审美特征论是反思时期的理论成果，在其创建之初就具有强烈的问题意识和现实针对性，目的在于寻找文艺创作公式化、概念化的根源，并通过以审美特征论替代形象特征论，从学理上解决文艺与政治的"不从属"关系问题。童庆炳的审美特征理论作为一种新的理论建构将不提文艺从属于政治，但文艺也不能脱离政治的思想从政治性话语合乎逻辑地转化成了学术性话语。

新中国成立以后，由于各种原因，国家提出了各条战线全面学习苏联的方针，文学理论也毫不例外地照搬苏联 20 世纪 50 年代早期的一套理论话语。其中关于文学特征的理论，就几乎完全照抄了苏联教科书的理论，认为文学与科学都再现生活，所不同的是科学用三段论法，而文学用形象与图画。童庆炳将这个影响深远的观点追溯到了别林斯基。别林斯基在其著作中多次论说了这个观点，最典型的说法是这样的："人们看到，艺术同科学并不是同一件事，但是他们没有看到，它们的区别完全不在内容，而只在于表现这一特定内容的方法。哲学用三段论法讲话，诗人则是用形象和图画，但它们两者讲的是同一件事。"① 别林斯基这个论断，从理论上说明文学和政治、哲学等其他社会科学在内容上是没有区别的，文学只是用特殊方式反映现实而已。别林斯基的文学形象说不但统治了苏联的文学理论，也完全笼罩了新中国的文学理论。中国高校当时使用较广、影响较大的几部文学理论教材，如巴人的《文学论稿》（上、下，1954），蔡仪的《文学概论》（1979），以群的《文学的基本原理》（1979），十四院校的《文学理论基础》（1981），无一例外都引证了别林斯基的话来说明文学特征。更重要的是，作为那个年代文艺界领导人、学术权威、文学理论家的周扬，凡说到文学的根本特征，也都是用形象性加以回答。

1981 年童庆炳发表《关于文学特征问题的思考》一文，这是中国最早对别林斯基的形象特征论提出的质疑和批评，此后学术界才重新开始系统、全面地探索文学区别于其他社会科学的根本特征。童庆炳在文章中深刻地指出

---

① ［俄］别林斯基：《一八四七年俄国文学一瞥》，载别林斯基著，辛未艾译：《别林斯基选集》（第六卷），上海：上海译文出版社 2006 年版，第 597 页。

别林斯基的形象特征论可以说就是导致中国二十世纪五六十年代大量公式化、概念化文学作品涌现的重要原因之一。"建国三十多年来，我们的文学创作取得了很大成就，但始终存在着一个突出的问题，就是公式化、图解化的问题。产生这一问题的原因很多，但我认为与我们长期以来只从形式方面而不从内容方面去规定文学的基本特征也有相当密切的关系。既然认为文学的基本特征是形象性，那么作家在有了这种认识以后，首先关心的是自己的作品'怎么样反映'的问题，例如形象不形象？生动不生动？而不是首先关心自己的作品'反映什么'的问题，例如所写的生活是不是整体的？是不是美的？是不是个性化的？这样，加上连绵不断的政治运动的影响，不少文学创作就走上了公式化、图解化的道路，即歌德所说的'为一般找特殊'的道路，马克思、恩格斯所说的'席勒化'的道路。"① 童庆炳独具慧眼的地方在于他发现了隐藏在从属论或工具论背后的哲学依据和美学依据——"文学是社会生活的形象的反映"。别林斯基的话，正是文学公式化、概念化的理论支持。别林斯基的论断，从理论上说明文学和政治、哲学等其他社会科学在内容上是无区别的，文学用特殊方式反映现实。这样，按照别林斯基的理论指引，适应政治上的现实要求，文学反映生活的过程被简化成只需将政策、口号或哲学理念用文学的感性形式反映即可。由此，文学创作从概念出发，到生活中去寻找材料佐证，抹杀文学的复杂性，机械地用概念化文学代替情感的美的文学成为当时的风气。别林斯基的理论失误作为权威论断经由周扬被广泛接受必然会造成广泛的影响。"文学从属于政治"的口号成了大家所必须遵循的文学第一原理，与此口号相适应的理论必将被广泛接受。这种理论引领下的创作实践走到极端，就很容易出现公式化、概念化。童庆炳新时期的文学理论研究从思索时代问题开始，他发现了别林斯基这个重要的理论失误，并及时予以纠正，为冲破文学创作公式化、概念化的不良风气，更新文学理论观念奠定了基础。

童庆炳的《关于文学特征问题的思考》一文，初步系统地阐述了文学审美特征理论：

文学反映的生活是人的美的生活。人的整体的生活能不能成为文学的对象、内容，还得看这种生活是否跟美发生联系。如果这种生活不能跟美发生任何联系，那么它还不能成为文学的对象。文学，是美的领域。文学的对象和内容必须具有审美的意义，或是在描写之后具有审美的意义。美并不单纯

---

① 童庆炳：《关于文学特征问题的思考》，《北京师范大学学报》（社会科学版）1981年第6期，第34页。

是客观事物的属性，它跟审美主体的主观作用有密切关系。什么是美的生活，什么是不美的生活，什么生活可以进入作品，什么生活不能进入作品，是一个极其复杂的问题。但文学创造的是艺术美，艺术美来源于生活美，因此只有美的生活才能成为文学的对象的道理，却是容易理解的。诗人们歌咏太阳、月亮、星星，因为太阳、月亮、星星能跟人们的诗意感情建立联系，具有美的价值；没有听说哪一首诗歌吟咏原子内部的构造，因为原子内部的构造暂时还不能跟人们的诗意感情建立联系，还不具有美的价值。诗人吟咏鸟语花香、草绿鱼肥，因为诗人从这些对象中发现了美；暂时还没有听说哪个诗人吟咏粪便、毛毛虫、土鳖、跳蚤，因为这些对象不美或者说诗人们暂时还没有发现它们与美的某种联系。①

童庆炳这里的论述显然从苏联"审美学派"的布罗夫那里吸收了"审美"和"审美价值"两个概念。苏联在 20 世纪 50 年代的"解冻时期"就对文学艺术的本质和特征展开了如何克服教条化的讨论，但是由于当时中国自身的情况所限，并没有认真地从那次讨论中吸收营养。与以往从哲学、社会学来看待文学艺术的本质特征不同，布罗夫真正从美学的角度接触到了文学艺术问题，这对苦苦思考如何摆脱"文艺从属于政治"羁绊的中国文学理论界影响很大。受布罗夫的启示，童庆炳指出文学区别于非文学的关键就是它的审美价值，"文学的对象和内容必须具有审美价值，或是在描写之后具有审美的意义"。在童庆炳这个表述中至少有三点是值得注意的：第一，提出了审美价值的观念。价值是对人所具有的意义，审美价值就是对人所具有的诗意的意义。从这样一个观点考察文学，显然更接近文学自身。第二，提出了文学的特征在于文学的对象和形式。在这一点上，童庆炳不同意别林斯基的观点，认为文学与科学的区别首先是反映的对象不同。第三，文学反映的对象可以有两个层面：一是本身就具有审美价值的生活；一是经过描写后会具有审美价值的生活。这样就从文学反映的客体和主体两个维度揭示了文学的审美特征。

20 世纪 80 年代初期，童庆炳一直在建构文学审美特征论来取代别林斯基的形象特征论，以期从根本上抽空文学从属于政治的命题。在《关于文学特征问题的思考》之后，童庆炳又撰写了系列文章，并在编写的文学理论教材中对这一问题进行了深化。在这个过程中，他始终强调文学的特征不是形象而是审美。1983 年，《文学与审美——关于文学的本质问题的一点浅见》一

---

① 童庆炳：《关于文学特征问题的思考》，《北京师范大学学报》（社会科学版）1981 年第 6 期，第 31－32 页。

文指出，文学的本质问题的完整探讨应包括两个层次的问题：第一，文学和其他意识形态的共同本质的研究；第二，文学本身的特殊本质的研究。他认为，文学之为文学当有其独特的对象和内容，从内容到形式乃至其功能，都有着独特的品质和特征。他提出："文学作为一种意识形态包括了巨大的认识因素，但构成文学之所以为文学的充分而必要的条件，则不是认识而是审美。文学作品中的认识因素是重要的，但它只有溶入审美因素，化为审美因素，才有存在的权利。……文学区别于非文学的关键，就是它的审美特质。'"①1984年，童庆炳编写出版了《文学概论》（红旗出版社），该书第一章"文学的本质与特征"便以"审美特征"论取代"形象特征"说，第一次把"审美"作为文学的基本特征写进了教材。

审美一直是文学、艺术与美学领域一个众说纷纭又比较复杂的问题。童庆炳的理论将审美作为文学的基本特征，也就需要对审美的内涵做出相应的界说。从文学审美特征理论的初创期，我们其实可以大致看到童先生对审美的基本观念，它紧密联系着两个关键性的要素：情感与诗意。在《关于文学特征问题的思考》一文中作者就反复强调文学的对象和内容必须具有审美价值，或是在描写之后具有审美价值。美并不单纯是客观事物的属性，它跟审美主体的主观作用有密切关系，文学艺术的客体能否进入作品关键在于它们是否可以与人们的诗意和情感建立联系。在以后的文章中，他又反复强调"诗意的联系，就是审美因素"，"审美意义上的本质，即诗意的本质"，"创作主体的审美把握，就是情感把握"。至21世纪初，童庆炳非常鲜明、简要地对审美做出了自己的理论总结："审美最简括的意思就是情感的评价，也就是强调人的情感和他的情感世界在文学中的特殊意义，它的特性就在于诗意的、情感地去观照现实。"②纵观童庆炳先生的审美特征理论，我们大致能够以三点对其进行简单概括：美是文学的基本属性，文学的根本特征是情感性，文学反映具有审美价值的生活。

文学审美特征论并不是对原有认识论研究成果的完全否定，而是对旧有理论极端发展的反拨，其意图在于纠正文学问题上直接套用哲学原理的思维偏颇，这也应当是对原有理论成果的扬弃和发展。他不是要完全否定文学具有形象特征，而是主张要科学地、完整地认识文学特征问题，并对其进行分层次、分主次的探讨。童庆炳本人也认为形象性是文学的特性之一，但它作为一种形式因素从属于文学所反映的内容，不能用它来定义文学的根本特征。

① 赵勇编，童庆炳著：《在历史与人文之间徘徊：童庆炳文学专题论集》，北京：北京师范大学出版社2007年版，第32页。

② 童庆炳、刘洪涛：《关于文学理论、文艺学学科的若干思考》，《文艺理论研究》2002年第4期，第51页。

文学审美论由不自觉到自觉，集中了一代学者的努力，是新时期文学理论的一个重大收获。童庆炳先生谦逊地认为审美特征论是 20 世纪 80 年代文学理论发展中一个"小小的突破"。但历史地考察，这个"小小的突破"却解决了两个重大的问题：一是改变了"文学从属于政治"的看法。文学不是从属于政治的，文学和政治是平等的、相互影响的，使文学与政治保持了一定的距离。二是得出一个新的学理性结论，以"审美特征论"取代"形象特征论"，使文学回归于审美的、情感的和诗意的空间。

童庆炳曾说："文学理论的真理性的内容并不存在于一家一派的手中，而存在于古今中外的各家各派的手中，存在于古今中外文学的创作实践中。因此，我们要建设具有中国特点的当代形态的文学理论，就要走整合的路。在整合古今中外文论的基础上，建立一种与我们当代的创作实践相适应的，具有时代精神和民族特色的文论体系。而要整合古今中外，就要从'古今对话'和'中西对话'开始。"① 事实上，我们正可以把文学审美特征论看作对话与整合的结晶。

文学审美特征论是马克思主义关于文学特殊性问题思考的发展和深化。关于文学认识世界的特殊性，马克思从宏观视野进行过论述。他认为人类掌握世界的方式包括艺术的方式，艺术是不可替代的一种独特的认识方式。但是，马克思关于艺术如何特殊地掌握世界的问题并没有展开全面、深入的论述。苏联"审美学派"对艺术掌握世界的独特方式做出了更为细致的思考。"审美学派"的主将布罗夫在 1956 年指出，"艺术是审美意识的最高的、最集中的表现"。而"美学的方法论不是一般的哲学方法论"② 。他认为对美的解释不是哲学上对"本质"的追求，诗人所揭示的实质是另一种实质。布罗夫不再沿用哲学或社会学视角来看待文学艺术的本质特征问题，真正从美学的角度接触到了文学艺术的特殊性。童庆炳从马克思和"审美学派"思想理论资源中汲取了足够的养分，在当代中国文学理论试图摆脱政治和哲学束缚的语境下提出了文学审美特征论。另外，在审美问题上，对童庆炳影响较大的还有狄德罗。在《文学审美特征论的自觉：文学特征问题新探索》的后记中，他这样写道："我对'审美'的理解深受法国狄德罗的'美在关系说'和我老师'美在评价说'的影响，与当前流行的美学观点不同。"③ 他"接着"（而非"照着"）狄德罗的"美在关系说"，提出了一个重要的扩展命题——形成

---

① 童庆炳：《中国当代文论建设：对话与整合》，《文艺争鸣》1998 年第 1 期，第 28 页。

② "学习译丛"编辑部编译：《美学与文艺问题论文集》，北京：学习杂志社 1957 年版，第 39 - 40 页。

③ 童庆炳：《文学审美论的自觉：文学特征问题新探索》，北京：北京师范大学出版社 2011 年版，第 398 页。

美的根源是一个复杂的、多层次的关系系统：它起码有主体、客体、中介三个层面，美就处于由这三个层面所构成的关系组合中。童庆炳对"美在关系"的老命题进行了整合、深化，赋予了新的内涵，形成美的根源是由主体、客体、中介构成的诗性关系，是一个多层面的复杂的关系系统。①

文学审美特征论继承、发扬了中国古代文学理论重情的优良传统。其他的研究者或多或少论及了文学审美特征论与西方文学理论的关系，但都没有提及它与中国传统文学理论的渊源，这就容易给人造成一个重大误解：难道文学审美特征论仅仅是对西方理论的移植或照搬？中国的文化、文学直至中国的文学理论有着截然不同于西方的特征，童庆炳对文学审美特征问题的探索没有停留于对西方理论的借鉴上，而是将目光投向中国古代丰富的文学理论资源。在《文学与审美》等文章中我们可以比较清晰到看到他向中国古代文学理论寻求审美问题答案的坚实足迹。在 20 世纪 80 年代初进行论述时，他正是以刘勰和王夫之来证明自己观点的。"美学情感介入感知和表象，并使它们融合在一起，是作为审美主体的作家把握生活的一个特征。对此，古人早已注意到了，刘勰说'情以物兴，物以情观'，王夫之说'情中景，景中情''景以情合，情以景生'。刘勰和王夫之的观点是很辩证的。……刘勰、王夫之指出的第二方面对于作为审美主体的作家来说，具有特别重要的意义。因为当作家'以情观物'之际，作家的情感就像显影液浸泡照片一样，会使'物'的审美价值属性清晰显现出来。"② 最近，童庆炳在研究《文心雕龙》时，对这一问题进行了深化。他认为《诠赋》篇中"情以物兴""物以情观"涉及的是创作的两个方面。"'情以物兴'是说明情感的发生外物对人心的触动，强调的是客体；'物以情观'则是说明人总是以己之情去观察外物，强调是主体。但我经过研究，认为'情以物兴''物以情观'的表述，不但更为'简捷'，而且还有更丰富和深刻的文化，并展现诗人审美创作的整个过程，'情以物兴'是'物感'说，'物以情观'是'情观'说，从'物以情兴'到'物以情观'，是情感的兴起到情感评价的过程，是审美的完整过程。"童先生以《文心雕龙·诠赋》的"物以情观"说非常系统、完整地解释了人的审美活动形成的机制问题：

审美是什么？审美是怎样形成的？对此问题，有各种各样的回答。但我一直在寻找一个最为简捷的答案。在研究了刘勰的《诠赋》篇后，我终于找到了这个最简捷的答案。这就是"物以情观"。"观"不是一般的观看，观看

① 童庆炳：《美学与当代文化讲演录》，桂林：广西师范大学出版社 2007 年版，第 17 页。
② 童庆炳：《文学审美论的自觉：文学特征问题新探索》，北京：北京师范大学出版社 2011 年版，第 34 – 35 页。

中有感受，有体验，有评价，有更深的含义。……为什么我把刘勰的"物以情观"看成是对"审美"的简捷的回答呢？这与我对审美的理解有关。我认为审美是情感的评价。人对周围世界有两种不同的评价……另一种是审美的评价，人的情感包括感觉、知觉、回忆、联想、想象、感情、理解等心理机制，当我们将其介入外物之际，我们就会有内心的反应，从而留下心理迹象，并作出评价。我们评价的标准由"真"转向"美"。这情感的评价就是"审美"。……审美是以情感评价事物，最简捷的概括就是刘勰的"物以情观"。①

文学理论作为观念文化的一部分，同时也是文化的产物。中西文化的差异直接导致文学理论的差异，这也必然决定在这个问题上我们不能不顾自己的文化传统而照搬西方的思想系统。在西方文化系统中，文学始终是知识的形式，这与中华文化把文学当作生命的情感形式是不同的。"中国古代文学理论重点论述文学的抒情性质，实际上是在说明文学是人的生命情感形态的言语表现。……文学从根本上说是人的生命感情的言语表现……在中国古代文学园地里，中国古人栽种的是生命之树。"西方文学理论的源头把文学看成是模仿。与中国相比，"西方文学理论就把文学看成是人的知识形态的书写"，"在西方文学园地里，西方人栽种的是知识之树"。② 在漫长的发展历程中，中国古代形成了极为强大的抒情文学传统和抒情文学理论传统。对文学中情感问题的关注和探索也是中国古代文学理论的重要内容。文学审美特征论以"情感的评价"来界定审美正是对古代文学理论相关资源有机、合理的现代转化。

另外需要指出的是，希望从更广阔、深远的角度理解、阐释文学艺术是当时很多学者的共同愿望和努力方向。其中李泽厚与蒋孔阳是两个较为关键的人物。1979 年，李泽厚就强调文学艺术不仅仅是"认识"，并且指出"把艺术简单看作是认识，是我们现在很多公式化概念化作品的根本原因"③。他同时又认为，文学艺术的特征也不是形象性，仅有形象性的东西也不是艺术。他强调指出："艺术包含有认识的成分，认识的作用。但是把它归结为或等同于认识，我是不同意的。我觉得这一点恰恰抹煞了艺术的特点和它应该起的特殊作用。艺术是通过情感来感染它的欣赏者的，它让你慢慢地、潜移默化地、不知不觉地受到它的影响，不像读本理论书，明确地认识到什么。"④ 他

---

① 童庆炳：《〈文心雕龙〉"物以情观"说》，《北京师范大学学报》（社会科学版）2011 年第 5 期，第 85 页。
② 童庆炳：《新编文学理论》，北京：中国人民大学出版社 2011 年版，第 14 – 16 页。
③ 李泽厚：《李泽厚哲学美学文选》，长沙：湖南人民出版社 1985 年版，第 340 页。
④ 李泽厚：《李泽厚哲学美学文选》，长沙：湖南人民出版社 1985 年版，第 341 – 342 页。

进而言之："要说文学的特征，还不如说是情感性。"① 李泽厚批评流行了多年的认识论、形象论的观点，是非常准确、深刻的。后来他又在《形象思维再续谈》（1979 年）中直接说文学是"一种强大的审美感染力量。审美包含认识——理解成分或因素，但绝不能归结于等同于认识"②。在李泽厚之前，蒋孔阳将对文学艺术的本质思考转移到"美"这个十分关键的概念上面，他把文学艺术的性质归结为美，而不是此前所认为的是形象化的认识或政治。更重要的是他认为文学艺术的美的问题不仅是反映对象的问题，更是怎么写的问题，丑的事物，经过艺术加工也可以塑造为美的形象。写什么并不具有决定作用，更重要的是怎样写。这种理解很有意义——尽管这种看法并不是蒋孔阳最早提出的，此前蔡仪受丹纳的影响曾表达过类似的观点。但蒋孔阳的说法更有现实性——艺术加工可以化丑为美，实际上是在题材问题上"正本清源"，为"反题材决定论"平反。蒋孔阳、李泽厚不能不说是"新时期文学观念转向文学审美特征论的先声"③。

童庆炳对文学审美特征问题的思考和解决是从质疑权威意见开始的。《关于文学特征问题的思考》一文在国内最早质疑别林斯基的理论观点并明确指出形象特征论是其理论"失误"。别林斯基是对整个中国文艺界影响巨大的理论家，而这一"失误"又可以清楚地追溯到黑格尔"美是理念的感性显现"观念。从现实层面来看，别林斯基思想在中国的影响非常深远广泛，文学的形象特征理论是当时广为接受的思想观念，这可以从当时使用最为广泛的几种文学理论教材的相关表述看出来。而作为文化界领导者的周扬则是别林斯基思想的继承者和发挥者，作为当时党内首屈一指的理论权威，其理论和批评往往直接承担着对党的文艺政策进行阐释的任务。针对文学艺术创作上的难以克服的概念化、公式化倾向，和把艺术服从政治的关系简单化、庸俗化的思想，周扬认为不能离开"艺术形象的真实去追求抽象的政治性"，因为形象是艺术的"根本特点"，"文学艺术区别于其他观念形态的根本特点是借助于形象来表达思想，没有形象，就没有艺术"④。面对同一问题，童庆炳没有盲从于权威，而是进行了独特的思考，发出了不同的声音。周扬从别林斯基的思想出发认为抓住形象问题就可以解决公式化、概念化的问题，而童庆炳的审美特征论则进一步指出，形象特征论恰恰是导致公式化、概念化倾向更加严重的思想根源。

---

① 李泽厚：《李泽厚哲学美学文选》，长沙：湖南人民出版社 1985 年版，第 44 页。
② 李泽厚：《李泽厚哲学美学文选》，长沙：湖南人民出版社 1985 年版，第 559 页。
③ 童庆炳：《新时期文学审美特征论及其意义》，《文学评论》2006 年第 1 期，第 61 页。
④ 周扬：《为创造更多的优秀的文学艺术作品而奋斗》，载周扬：《周扬文集》（第二卷），北京：人民文学出版社 1985 年版，第 242 页。

　　文学审美特征论涉及当时重要的文艺路线，它直指广泛流行的公式化与概念化的创作倾向和已在人们心中扎根的"文艺为政治服务"的口号，有着特殊的时代针对性。经过长达十年的"文革"之后，在一个新时期的开始之际，"说真话"仍然比较困难，甚至普通知识的提出也会面临种种难以预测的风险。从这里我们不难看出文学审美特征论的创立与深入开掘不但需要思想观念上的真知灼见，更需要质疑学术权威、文化领袖的巨大勇气。

"文学主体性"的价值与局限

——刘再复文艺思想的理论思考与历史意义

张　宏①

【学者小传】

　　刘再复：曾任中国社会科学院中国文学研究所所长、《文学评论》主编，旅居美国多年，曾在芝加哥大学、科罗拉多大学等院校担任客座教授。著有《性格组合论》《鲁迅美学思想论稿》《文学的反思》《论中国文学》《放逐诸神》《传统与中国人》《现代文学诸子论》《高行健论》《告别革命》（与李泽厚合著）、《共鉴"五四"》《红楼四书》《审美笔记》《散文诗华》《双典批判》等数十部学术论著和散文集。

　　刘再复文艺思想的形成，可以追溯至20世纪70年代末的鲁迅研究，贯穿其文艺思想始终的人道主义思想，也正是受到鲁迅以及"五四"时代的文学启蒙和"立人"思想的影响。而对"人"的关注，也就成为打开刘再复整个文艺思想知识谱系的一把钥匙。新时期伊始，随着人道主义思想的不断传播，文坛开始重新关注文学对人性的书写，由此展开了一次关于如何书写典型人物的大讨论。② 刘再复也参与其中，并且在1984年的《文学评论》上发表了《论人物性格的二重组合原理》一文，引起学界的强烈反响。此后，他又在这篇文章的基础之上，出版了《性格组合论》一书。刘再复的"性格组合论"以其对人物性格的立体分析为基础，因此也被学界称为"新典型理论"。其目的则是强调创作要尊重人性的真实和复杂性。而这种对"人性"的关注和系统阐释，更为充分地体现在他的长篇论文《论文学的主体性》中。这篇文章奠定了刘再复在新时期文论界的地位，他因此成为这一时期文论建设的代表人物，同时在理论层面推动了文学本体论和文学主体论思潮在新时期的广泛传播。而他提出的"文学主体性"理论，更是引起了海内外学界的

---

① 张宏：中国传媒大学文学院副教授，北京大学文学博士，从事中国现当代文学及文艺学研究。

② 1978年12月，学术界在上海召开了一次影响深远的典型理论讨论会，作家姚雪垠在写给这次会议的信件《关于典型问题的一封信》（《北京文艺》1979年第5期）中，明确提出了"个性出典型"的观点，引起了学术界的广泛争鸣。此后，徐俊西又发表了《一个值得重新探讨的定义——关于典型环境和典型人物关系的疑义》和《一种必须破除的公式——再谈典型环境和典型人物》两篇文章（分别发表于《上海文学》1981年第1期、第8期），将讨论引向深入。

普遍关注和巨大争议。今天看来，"文学主体性"理论的提出，标志着刘再复在新时期的学术活动所达到的高度。它不仅是刘再复理论体系的基石，还和整个新时期文学①的发展有着高度同构的内在关联。以下，本文就以"文学主体性"理论为中心，结合历史语境，梳理刘再复文艺思想的主要内容，并对其思想承接、理论局限以及历史意义进行简要评析。

一、追求文艺自主性，传播人道主义：刘再复文艺思想产生的历史语境

刘再复文艺思想的产生有着独特的历史语境，它和新时期的到来以及新时期文学的发生密切相关。文化大革命结束不久，中国共产党即在 1977 年 8 月召开的第十一次大会上，提出了"新时期"这一历史概念。这标志着"新"的"社会主义现代化建设"，已经取代"旧"的"以阶级斗争为纲"，成为中国社会发展的主旋律。在此，"新时期"中的"新"，无疑具有"进步的""开放的""文明的"等现代化的意义表达。而作为和"新时期"二元对立的他者，文化大革命自然也具有"落后的""封闭的""愚昧的"等负面意义。正是在这种话语建构的层面上，告别、批判和反思前现代化的文化大革命，启动以改革开放为中心的现代化建设，才具有了叙事上的合法性。这里，对"新时期"这一命名的现代化内涵探究并非多余，因为它不仅是新时期文学创作、批评和理论建设的时代背景，同时也是它们书写和阐释的一个主要对象。在某种程度上，新时期文学中对"大写的人"的呼吁，以及刘再复的"文学主体性"理论，都是从不同角度对"人的现代化"的想象、阐释和表意。

新时期伊始，文艺界的一个主要工作就是让文艺摆脱为政治服务的工具位置，回到文艺创作自己的逻辑中去。因此，淡化文艺和政治的关系，强调文艺自主性，也就成为新时期文艺政策迫切需要解决的一个关键问题。1978年 6 月 13 日，《人民日报》发表文章《认真调整党的文艺政策》。文章首次放弃了"文艺为政治服务"的提法。此后，在 1979 年 10 月召开的第四次全国文艺工作者代表大会上，当时的国务院副总理邓小平和文联主席周扬也都强调要尊重文艺创作的自主性。宽松的文化氛围造就了新时期文学创作和思想争鸣的活跃。伤痕文学和"归来"派作家的反思文学创作，在控诉"文革"的同时，还将"人的解放"和"精神解放"作为文学创作的主题，发出了

---

① "新时期文学"这一概念的提出，最早源于 1979 年周扬在第四次全国文代会上所作的报告，即《继往开来，繁荣社会主义新时期的文艺——在中国文学艺术工作者第四次代表大会上的报告》。根据学者林岗的回忆，这个报告实际上出自刘再复的手笔。参见林岗：《〈刘再复文学评论选〉序》，《华文文学》2010 年第 4 期。

"大写的人"这一表征人道主义精神的呼吁。而在思想界，也掀起了一场对于人道主义的讨论。朱光潜、周扬、王若水等人明确将马克思主义和人道主义联系起来，认为"人是马克思主义的出发点"，而实现"人"的彻底解放则是马克思主义的最高目标。① 1983 年 3 月，周扬在全国纪念马克思逝世 100 周年学术报告会开幕式上作的长篇发言，题为"关于马克思主义的几个理论问题的探讨"，更是在思想界和文学界引起了广泛讨论。人道主义的讨论为重新确立以人为本的文学观念提供了可能，也为刘再复"主体性"理论的出现奠定了哲学基础。

1985 年被称作"方法论年"。这一年中国文艺界思潮风起云涌。刘再复也在这一年以全票当选为中国社会科学院文学研究所成立以来最年轻的所长，同时兼任《文学评论》主编。上任伊始，他就提出"学术自由、学术个性、学术尊严、学术美德"十六字"施政方针"，彰显其捍卫学术自主性的主张。这一时期，刘再复的著述甚多，且大多在文艺界反响热烈。其中，《文学研究思维空间的拓展》《文学研究应以人为思维中心》等文章，其着眼点就是面对当时文艺界墨守成规、思想僵化的陋习，呼吁文学研究和理论批评者应该不断更新知识、解放思想、拓展视野、敢于进取。而发表于 1984 年《文学评论》上的《论人物性格的二重组合原理》，以及在《文学评论》上连载（1985 年第 6 期和 1986 年第 1 期）的《论文学的主体性》一文，更是在全国引起了强烈反响。"性格组合论"和"文学主体性"理论的建构，也在这一历史语境之中相继问世。可以说，此刻的刘再复迎来了他整个学术生涯的黄金时代，他不仅站在时代潮流的最前沿，对时代风气的变化"春江水暖鸭先知"，而且因为身居文艺界的要职，自己也俨然成为中国文艺思潮发展的引领者和推动者。

二、反对机械反映论，强调人的主体性：刘再复文艺思想的基本内容

新时期文艺界的一个重要的时代使命，就是摆脱僵化教条的政治批评束缚。文化大革命期间，文学成为政治的附庸。在此语境下，从苏联传入的反映论成为文学书写和评价的唯一标准，并且长期占据国内文学理论的统治地位。反映论是一种在主体与客体的二元体系中建构的文艺理论，认为文学是现实的形象反映，本身具有一定的合理性。但是在政治批评的主导下，这种理论逐渐演变成为"文革"中的机械反映论，往往只强调对客观实在体的反

① 王若水：《为人道主义辩护》，北京：生活·读书·新知三联书店 1986 年版，第 200 页。

映，而忽视了人的主体审美心理结构。机械反映论对中国文学的创作、批评和理论发展的束缚和阻碍作用非常明显，它严重压抑了文艺创作者的主观创造力，把文学完全变成了服务于政治的工具。因此，当"文革"结束之后，文艺要想摆脱政治附庸的地位，获得自主性，当务之急就是要进行对机械反映论的批判和清理。不过，在新时期之初，旧的理论体系虽然面对质疑，但是还在按照惯性运行，而建立新的理论体系也迫切需要寻找到一个理论支撑点和突破口。正是在这样一个历史转折的时刻，刘再复的"性格组合论"和"文学主体性"理论应运而生。

1984 年，刘再复先后发表了《论人物性格的二重组合原理》和《论人物性格的模糊性与明确性》等文章来讨论相关的人物性格问题。1986 年，他又出版了《性格组合论》一书，系统地阐释"性格组合论"。在该书中，刘再复提出对狭义性格与广义性格的区别。他认为狭义的性格界定把"性格看成某种特有行为的习惯模式，这实际上是表层性格观念"，是"孤立地把行为特征视为性格特征"，从而忽视了"求索行为的动机，看其行为背后追求些什么，即行为背后的真实的原动力"，因此要想真正了解一个人，就需要了解他的广义性格。这里，广义性格是"人的自然欲求和精神欲求的追求体系"，它"不仅仅是行为方式而是包括心理方式、感情方式的总和"①。随即，刘再复提出要将人的性格分为单一型、向心型、层递型和对立型四种模式，并且认为，在这四种模式之中，处于较高层次的"是对立型模式，就是性格内部具有深刻矛盾的典型，也就是二重组合型"②。不难看出，刘再复在阐释"性格组合论"的时候，借用弗洛伊德关于人格即超我、自我与本我三个层面的划分，其目的是强调真实人性的复杂性。正是在这个层面上，"性格组合论"深化和丰富了现实主义文学关于典型的评判标准，因此被称为新典型理论。

"文学主体性"的理论构想，最早出现在其《文学研究应以人为思维中心》一文中。刘再复在这篇文章中明确提出，文艺科学正在面临新的变革，变革主要体现在两个方面：一方面是以社会主义人道主义的观念代替"以阶级斗争为纲"的观念，给人以主体性的地位；另一方面是以科学的方法论代替独断论和机械决定论。随后，刘再复又发表了长文《论文学的主体性》，对"文学主体性"理论进行系统、全面的阐述。他首先对主体这一概念进行了界定。他指出："人具有二重属性，一是受动性；一是能动性。"③"受动性"是指人作为一种客观存在，必定受到社会现实的制约；"能动性"则是指在实践时，人作为一种主体存在，可以能动性和创造性地劳动，从而改造自然与社

---

① 刘再复：《性格组合论》，合肥：安徽文艺出版社 1999 年版，第 49 页。
② 刘再复：《性格组合论》，合肥：安徽文艺出版社 1999 年版，第 39 页。
③ 刘再复：《论文学的主体性》，《文学评论》1985 年第 6 期，第 11 页。

会。接着，刘再复指明"文学主体性"的基本内涵：首先，"文艺创作要把人放到历史运动中的实践主体的地位上，即把实践的人看作历史运动的轴心，看作历史的主人"，"把人看作目的，而不是手段"。其次，"文艺创作要高度重视人的精神的主体性，这就是要重视人在历史运动中的能动性、自主性和创造性"①。具体在文学实践活动中，就是要遵循主体性原则，赋予作家、文学形象以及读者主体地位。因此，刘再复的"文学主体"具体包含三个部分："作为创造主体的作家""作为文学对象主体的人物形象""作为接受主体的读者和批评家"。② 作家的创造主体性主要是作家的精神主体性，即"作家精神世界的充分展示"，是"作家全心灵的实现，全人格的实现，也是作家的意志、能力、创造性的全面实现"。创造主体性的实现要求作家必须具有超越意识和忧患意识，在创作中要具有"超常性""超前性"和"超我性"，即"超越世俗的观念、生活的常规、传统的习惯性偏见的束缚"，"超越世俗世界的时空界限"，其超越的动力则来源于爱，"这种爱推到愈深广的领域，作家自我实现的程度就愈高。爱所能到达的领域是无限的，因此，自我实现的程度是无限的"③。"对象主体"的实现是赋予文学形象以主体的形象，刘再复批评了机械反映论中对人物创作的僵化模式，主张创作人物不能"用'环境决定论'取消人物性格自身的历史"，"用抽象的阶级性代替人物活生生的个性"，"用肤浅的外在冲突掩盖人物深邃的灵魂搏斗"。而是要"在创作过程中，赋予描写对象以主体的地位，即赋予他们以独立活动的内在自由的权利"④。"接受主体"是指在文学实践活动中读者的主体地位，"是指人在接受过程中发挥审美创造的能动性，在审美静观中实现人的自由自觉的本质，使不自由的、不全面的、不自觉的人复归为自由的、全面的、自觉的人，整个艺术接受过程，正是人性复归的过程——把人应有的东西归还给人的过程，也就是把人应有的尊严、价值和使命归还给人自身的过程"⑤。

客观地说，"主体性"理论的诞生，并非从天而降，而是对马克思主义理论的再认识和再解读。在谈到人的存在的时候，马克思在《1844 年经济学哲学手稿》中明确提出"有意识的生命活动把人与动物的生命活动直接区别开来"⑥。而在《关于费尔巴哈的提纲》中则批评费尔巴哈在论及人的活动时，"不是把它们当作感性的人的活动，当作实践去理解，不是从主体方面去理

---

① 刘再复：《论文学的主体性》，《文学评论》1985 年第 6 期，第 12 页。
② 刘再复：《论文学的主体性》，《文学评论》1985 年第 6 期，第 15 页.
③ 刘再复：《论文学的主体性》，《文学评论》1985 年第 6 期，第 22 页。
④ 刘再复：《论文学的主体性》，《文学评论》1985 年第 6 期，第 16 - 17 页。
⑤ 刘再复：《论文学的主体性（续）》，《文学评论》1986 年第 1 期。第 4 页。
⑥ ［德］马克思著，中共中央马克思恩格斯列宁斯大林著作编译局译：《1844 年经济学哲学手稿》，北京：人民出版社 2000 年版，第 57 页。

解。"并且指出"人的本质不是单个人所固有的抽象物，在其现实性上，它是一切社会关系的总和"①。上述观点体现了马克思在人学理论方面的历史唯物主义思想，它一方面强调了人在感性的实践中的主体性质，以此与费尔巴哈的机械唯物论区别；一方面又通过人在现实性上"是一切社会关系的总和"的判断，揭示了人的客体性质，从而与主观唯心主义划清界限。刘再复显然受到了马克思的人学理论影响。此外，"主体性"理论还受到了李泽厚、康德等人思想的启发，是西方人本主义思潮影响的结果。② 这点刘再复自己也不否认。李泽厚在思想领域的最大贡献是对康德、马克思的主体理论的创造性阐述与发挥，他也因此将自己的哲学概括为"人类学主体论或主体性实践哲学"。无疑，在新时期，李泽厚是最早关注主体性问题的学者。他的《批判哲学的批判》《美的历程》《主体性论纲》等哲学、美学著作以及思想史论三部曲，为 20 世纪 80 年代的思想启蒙提供了强大的理论资源，也直接促使了刘再复"文学主体性"理论的形成。不过，李泽厚的"主体性"理论主要是关注人类与社会实践的关系，可谓哲学和社会学意义上的主体论，而刘再复则将它转移到文学的创作和阐释过程之中，强调个体性的主体论。③ 更可贵的是，刘再复在从文学的层面上阐发李泽厚主体性理论的同时，对其进行了更加深入的探索甚至"超越"。例如，刘再复强调，完整的主体性，只可能通过文学和在审美的领域中获得，因为只有在文学中，人才可以自由和审美地生活。这也是文学的独特价值所在。进一步说，文学可以赋予工具和科技的现实世界以意义，而所谓的"文学的主体性"就是指文学赋予这些意义的过程。

梳理刘再复以上著述，字里行间，除了李泽厚、康德的哲学影响之外，还可以看见其他许多思想家学说的影子，如对弗洛伊德学说、巴赫金的复调理论、萨特的存在主义理论以及接受美学等理论的杂糅阐发。因此，其理论在很大程度上只是对他人学说的继承、综合和再度阐释，而且存在很多理论短板，尽管如此，"主体性"理论在当时对封闭、僵化的理论界和批评界仍然具有极大的挑战、冲击和启蒙意义。今天看来，"主体性"理论旗帜鲜明地提

---

① ［德］马克思、恩格斯著，中共中央马克思恩格斯列宁斯大林著作编译局编译：《马克思恩格斯选集》（第一卷），北京：人民出版社 1995 年版，第 54－56 页。

② 在西方，与"主体性"相关的理论很多，包括康德的启蒙哲学、黑格尔的"心灵主体性"理论、叔本华和尼采的哲学以及弗洛伊德的精神分析理论和马斯洛的人本主义心理学等。在中国，早在 1979 年，李泽厚便在《批判哲学的批判——康德述评》（人民出版社）中提出用"主体性"来概括人的精神与物质活动，随后又在 1981 年发表《康德哲学与主体性论纲》，系统地讨论了哲学的"主体性"问题。

③ 刘再复在一次访谈中指出自己和李泽厚的区别："李泽厚强调的是人类的主体性，人类实践的主体。我强调的是个体主体性，个体精神的自由性。"参见刘再复、杨春时：《关于文学的主体间性的对话》，《南方文坛》2002 年第 6 期。

出人的问题是文学实践的核心，无疑找到了反抗机械反映论的突破口，并且使关于人道主义的讨论上升到一个新的层次。

三、启蒙和以人为本：刘再复文艺思想的思想承接与价值内核

日本学者竹内好在谈及近代中国和日本文学的时候指出："今天的文学是建立在这些过去的遗产之上的，这个事实是无法否定的，但是与此同时，在某种意义上也可以说，对这些遗产的拒绝构成了今日的文学的起点。"① 这个判断也适用于理解新时期文学，从某种程度上，它正是建立在对"五四"启蒙思想的继承和拒绝"文革"遗产的基础之上。因此，新时期文学也被称呼为新启蒙文学，并且和"五四文学"一起，被看作影响 20 世纪中国的两次"意义深远的文学革命"②。而刘再复的"主体性"理论，应当被看作新启蒙文学思潮在理论上的一个重要组成，因此可以称之为启蒙文论。它的思想承接与价值内核则在于对鲁迅等人在"五四"时期人道主义精神的继承。

1977 年，刘再复转入文学研究所。从 20 世纪 70 年代末到 80 年代初，他主要从事鲁迅研究。今天看来，这一阶段的研究对刘再复的整体学术生涯和文艺思想发展具有发生学上的重大意义。对鲁迅的研究不仅是刘再复整个学术生涯的起点，而且对刘再复此后的学术思想发展与治学态度都发生了深刻的影响。特别是贯穿在鲁迅身上的试图用文学的方式进行启蒙，从而达到"立人"和社会改造的目的，更是为刘再复所推崇和继承，成为他对知识分子身份的一种自觉定位。而这种对国民启蒙和社会改造的关注，也造成了刘再复在治学中始终存在的内在矛盾。他的思想经常游离于思辨理性和实用理性之间，无法固守书斋，成为一个一心向学的单一学人，尽管他在进行学术思考的时候，也时常怀有忧国忧民之心，因此他的学术思想总是带有很强的现实指涉意义。或许是因为这一原因，导致了刘再复在进行学术研究的时候难以像纯粹的学者那样专心于研究的严谨性和系统性，即使是作为他学术巅峰的标志性成果"主体性"理论，也存在许多可以为人讨论和商榷之处。这无疑降低了刘再复所可能达到的学术高度，甚至为那些反对者们提供了批评的理由和对象。但这些从来都不是刘再复担心和看中的事情，因为他本来就不

---

① [日] 竹内好著，李冬木、赵京华、孙歌译：《近代的超克》，北京：生活·读书·新知三联书店 2005 年版，第 183 页。

② 1986 年召开"新时期文学十年讨论会"，许觉民在发言中认为，"新时期文学""已经成为一种辉煌的，不可磨灭的历史存在"，是"继'五四'文学革命之后，中国现当代文学中的又一次意义深远的文学革命"。其发言收入《历史与未来之交：反思、重建、拓展——"中国新时期文学十年学术讨论会"纪要》，《文学评论》1986 年第 6 期。

是那种可以在单纯的辞章学问中满足并且获得存在价值和学术意义的人。正如同在"五四"一代，鲁迅等人是通过文学的路径来实现改造国民性的目标，在刘再复这里，学术研究也不过是中国知识分子积极入世、启蒙国民的一种方式。在这一选择上，刘再复继承了鲁迅的精神，而这种对社会的自觉担当，也让刘再复的思想和意义超越了单纯的学术研究。

可以说，正是受到鲁迅用文学启蒙和"立人"的影响，刘再复才会在此后的文艺思想中将"人"的问题放置在最重要的位置上，而对启蒙和人的关注，也就成为刘再复文艺思想最基本的价值内核。① 20 世纪 90 年代之后，刘再复远赴海外却仍然心系大陆，他提出"告别革命"的口号，主张改良、宽容和多元化，再次引起学界的巨大反响和争议。而细究其根源，却仍然和他对鲁迅思想的深入反思具有某种同构关系。

对于鲁迅的研究，还让刘再复取得了和整个"五四"新文化运动以及贯穿其中的人道主义思想的精神关联。众所周知，"五四"新文化运动的一个重要的历史贡献，就是在人道主义思想下，对"人之自由"的追求。在此语境中，"五四"新文学追求"文学自由"，它至少包括两层内涵，对于创作者而言，是书写自由；而对于创作内容而言，是书写自由的人。而"五四"新文学的使命之一，就是用"文学自由"之手段，来实现"人之自由"的目的。但实际上，"人之自由"与"文学自由"还存在着一种互为前提与基础的互动关系，因此也可以反过来说，只有"人之自由"，才可以实现"文学自由"。正是在这一历史语境之中，周作人在《人的文学》中第一个提出"人的文学"观念，主张文学应该是写人的，是对人性和人生的诸问题加以记录研究，并且排斥写非人的文学。

遗憾的是，"五四"新文化运动对于人的启蒙尚未完成，就因为历史的原因被迫中断了。此后，中国的现代性叙事仍在继续，但是，对于国家和民族的启蒙已经替代了对于"人之自由"的呼唤，在此情况下，"文学自由"的立场和"人的文学"的主张也日益边缘化。1949 年之后，从十七年时期到文化大革命，随着文学一体化格局的建立，在书写上强调"政治正确"，在内容上阶级斗争和革命成为社会主旋律，于是"人之自由"与"文学自由"一同被压抑束缚。近年来学界对于"救亡压倒启蒙"的说法颇多争议，但如果将启蒙理解为对人的启蒙，则此结论大体成立。1957 年，当代学者钱谷融受到苏联文艺理论中人道主义理论的影响，特别是为高尔基把"文学当作人学"思想所启发，在《论"文学是人学"》一文中明确提出"文学是人学"这个

---

① 对此汪晖有过很精准的评价，他在文章《鲁迅研究的历史批判》中提出，刘再复的"性格组合论""主体性理论"就是从他对鲁迅美学思想的理解中产生和发展起来的。参见汪晖：《鲁迅研究的历史批判》，《文学评论》1988 年第 6 期。

命题，用以反对文学的工具论写作。这实质上是对"五四"时期人道主义精神和"人的文学"思想的继承。新时期到来之后，人们在对"文革"的反思中重提"人的解放"，无论是文学创作中对"大写的人"的呼吁，还是思想界对于人道主义的讨论，都再次促进了人道主义精神在中国文化界的活跃。而刘再复的"文学主体性"理论也是立足于人道主义之上，是对"人的文学"和"文学是人学"观点在理论上的延续。"它将以'人'为本的文学观念注入文艺理论系统，带来理论内部结构的深刻变革。"① 不过，在继承"文学是人学"这一观点的同时，刘再复又对其作了进一步深化。他在《论文学的主体性》中提出"内宇宙"的概念，用来指代人的精神世界。他指出："机械反映论常常忘记了人既是主体，又是客体，特别是人的精神世界（即人的心灵自然，人的内宇宙），也是一种客观存在。人的情感意志系统既带有主观性，也带有客观性。因此，文学艺术对客观世界的反映，应当包括两个方面，一方面是对纯客观世界的反映，一方面是对人的主体世界的反映。"②今天看来，刘再复的"内宇宙"说与新时期的文学向内转的思潮具有密切的互动关系，它不仅深化和拓展了"文学是人学"的命题，也为同一时期中国先锋小说和现代派文学的崛起提供了理论的依据。

结　语

在新时期文学的发生期，"大写的人"这一口号成为在创作和批评之中紧紧围绕的中心主题。不过，创作和批评的进行及合法性都需要相关理论的支持与解释。而止是在这一历史语境之中，刘再复的"主体性"理论应运而生。"主体性理论的提出，标志着刘再复的学术活动所达到的高度。对于他来说，这不是一个一般的枝节性问题，毋宁说它是刘再复全部理论体系的奠基石，或者说是整个理论大厦的拱顶。"③在这一理论建构和阐释的过程之中，刘再复继承和阐发了欧洲文艺复兴以来的人道主义思想，将有关人的问题看作新时期文艺实践的本质和核心问题。他因此和"大写的人"这一时代主题进行了理论层面的呼应，成为新时期"文学主体论"思潮中的代表人物。而更加深刻的历史意义在于，刘再复通过"主体论"的哲学基点，批驳了机械和庸俗"反映论"，从而为新时期文论的重心由客体向主体的转折发挥了积极作

---

① 张婷婷：《中国20世纪文艺学学术史》（第四部），上海：上海文艺出版社2001年版，第153页。

② 刘再复：《论文学的主体性（续）》，《文学评论》1986年第1期，第19页。

③ 陈燕谷、靳大成：《刘再复现象批判——兼论当代中国文化思潮中的浮士德精神》，《文学评论》1988年第2期，第25页。

用。可以说，在新时期，多元化的文学批评逐渐替代了之前居于主导作用的单一的政治批评，刘再复在其中居功甚伟。"文学主体性"理论因此成为新时期文论革新和历史嬗变过程中的关键一环。如果再联系到新时期改革开放这一社会背景，则刘再复对"主体性"的呼唤与探寻，无疑是一种对"现代化的人"的想象与建构。这显然和20世纪80年代追求现代化建设的国家话语存在某种层面的一致性，这或许也是"文学主体性"理论曾经一度成为新时期文论主流话语的历史原因。

不过，正如当下学者对新启蒙思想的批判与反思一样，刘再复的"性格组合论"和"文学主体性"理论的提出，也是历史贡献与缺陷并存。因此，它们一经问世，便引起了学界强烈的反响。① 特别是"文学主体性"理论，肯定者和批评者各执一词，更是形成了新时期文论发展中最大的一次学术论争。② 认同者高度评价其历史性意义，批评者则在承认"其强烈的现实意义和广泛的理论意义"的同时，指出其存在着不少粗疏、偏颇乃至错误之处。今天看来，"文学主体性"理论主要存在以下局限：首先，刘再复在理论里预设了一个超越历史范畴的绝对主体，并且认为这个主体具有无限的普遍性和自由性，这就抽空了主体的历史性，实际上这样的主体只能出现在抽象和虚幻的范畴里，在现实中并不存在。这就同马克思主义的历史唯物观相抵触。此外，理论过分夸大博爱的力量，无限放大人的主观能动性，从而将人的精神主体性凌驾于人的实践主体性之上，这也与强调物质第一、意识第二的辩证唯物主义相矛盾，从而让理论滑向了唯意志论和唯心主义的陷阱。80年代后期，"文学主体性"理论逐渐走向边缘化，其原因除了理论自身的缺陷之外，也有政治语境与社会环境等时代变迁因素，甚至和人们对"现代化"这一方兴未艾的宏大叙事的复杂性思考密切相关。1990年前后，由于复杂的社会原因，对于刘再复文论的讨论从单纯的学术批评上升到严厉的政治批判。"文学主体性"理论也被视为文艺学领域资产阶级自由化思潮的代表学说遭到抨击。1992年之后，伴随着政治批判在中国学术界的退潮，对刘再复文论的研究重新进入正常的学术争鸣时期。不过，这一时期，后现代主义和消费主

---

① 《论人物性格的二重组合原理》在1984年第3期《文学评论》上发表后，立即引起学界的热烈讨论。讨论可参见《文学评论》1984年第6期的《关于"人物性格二重组合原理"的争鸣》来稿综述，以及朱立元的《论典型的复杂性与审美价值——兼评刘再复同志的"二重组合原理"》[《复旦学报》（社会科学版）1985年第3期] 等文章。

② 相关论争被收入《文学主体性论争集》和《当前文学主体性问题论争》，分别由红旗出版社和海峡文艺出版社在1986年出版。此外，相关的争论文章还包括程代熙的《对一种文学主体性理论的述评——与刘再复同志商榷》（《文艺理论与批评》1986年第1期）、陈涌的《文艺学方法论问题》（《红旗》1986年第8期）、董学文的《评刘再复的文学主体价值观》（《人文杂志》1991年第4期）等。

义思潮在中国开始蔓延，历史主义和人道主义等观念被陆续解构，启蒙文论遭遇到空前的理论困境，"文学主体论"所依赖的诸多理论概念如"元话语""启蒙""意义""人"等关键词也变得模糊可疑，"大写的人"也已经让位于"小写的人"和"人的死亡"。在此语境之下，"文学主体论"已经无法从理论上解释和言说现状，从而失去了生存的可能。和其相关的学术讨论自然也不再是学界关注的焦点，甚至已经淡出很多人的视线。

但这并不意味着我们不再需要对"文学主体论"进行研究与思考。相反，当下在消费主义和商业逻辑的主导下，社会各个阶层的犬儒主义、拜金主义以及物化程度日益严重，而一些作家片面追求感官刺激、游戏精神、解构主义和娱乐"笑果"的创作方式，虽然打着后现代主义的时髦旗号，实质却是在表意现实时在思想意识和价值取向上的混乱、无力、回避和失语。在此语境之下，我们更应该去思考什么是现代化，什么是现代化的人，什么是现代化的文学。而这正是刘再复的文艺思想所关注的。因此，今天我们回顾刘再复的文艺思想，需要一种批判性继承的历史态度，肯定其价值，认识其缺陷。只有这样，我们才能在继承"主体性"理论的同时对其进行超越，从而在新的时代里进行独立思考，迎接新的挑战。

开垦比较文艺学"飞地",探海外华文诗学奥秘

——略论饶芃子的文艺学研究特色

陈玉珊①

饶芃子是我国当代文艺学界的著名学者,新时期以来,她在原先文艺理论研究的基础上,以一种开放的、与时俱进的学术精神,通过跨文化、跨学科的理论探索和高学位教学实践,在文艺学学科拓展出"比较文艺学""海外华文诗学"的新领域,从不同方面促进了中外文论"对话"与本土文论更新,为文艺学的学科建设作出了突出贡献。

一、垦拓"比较文艺学"

二十世纪七八十年代之交,随着我国实行改革开放政策,中外文化、文学交流日益频繁,比较文学在中国学界兴起。广东地处祖国南大门,得风气之先,饶芃子有机会参与组织、主持一系列相关的学术活动,深切感受到这一新兴学科的生命力,从八十年代开始她尝试在文艺学研究中引进比较文学的视野与方法,寻找学科新的学术生长点,开启她垦拓"比较文艺学"的行旅。

第一,在文艺学学科中拓展跨学科、跨文化的比较研究,率先在暨南大

---

① 陈玉珊:文学博士,任职于暨南大学海外华文文学与华语传媒研究中心,从事文艺学研究。

学文艺学硕士点增设"文艺理论与比较文学"专业方向。

1982年，饶芃子担任暨南大学中文系副系主任，主管学科建设工作，她有感于当时文艺学使用的概念、范畴、观念和原理大多数沿袭西方，存在"中国缺席"的问题，于是在系里成立文艺理论研究室，把"中西文学比较"研究，特别是文论研究作为主攻方向，尝试在文艺理论和比较文学的交叉点上，拓展文艺学学科的内涵。

1983年，饶芃子应北京大学乐黛云教授之邀，为其主编的"中国比较文学丛书"撰写一本关于中西戏剧比较的著作，她以这一课题作为自己中西文学比较研究的"入口"，结合给硕士研究生讲授"中西戏剧比较专题"课，从中西戏剧观、演剧观比较入手，到中西戏剧主题、情节结构比较，以及悲喜剧特色比较入手，进行系列专题研究，以一种艺术形态来探索、领略中西不同文化背景下形成的各自不同的戏剧特色及诗学话语特色。

在这一研究的基础上，饶芃子于1989年主编出版了《中西戏剧比较教程》。此书从整体架构和内部观点上都是"白手起家"，既有宏观论述，亦作微观分析，对中西戏剧的起源与形成过程、艺术观念、戏剧类型等主要专题进行了总体性的比较论述，阐明中西戏剧的不同特质及成因，为后人进一步探索中西戏剧的总体规律提供借鉴。《中西戏剧比较教程》是饶芃子在追求文艺理论创新思路过程中的第一个学术成果。它具有以下三个鲜明的特点：①视野开阔、底蕴丰厚，通过对中西戏剧进行系统、立体、全面的比较研究，建立一种新的跨文化理论研究范式，在不同文化坐标的参照中实现中西文学、艺术、文论的"多重对话"。在方法上，既有中西戏剧的影响研究，又有若干专题和戏剧作家、作品之间的平行研究，显示出跨文化比较研究的灵活性与丰富性。②显著的问题意识和理论诉求，摆脱了习惯性的"理论先行"或"纯理论研究"的套路，做到"史论与作品结合"。该书的比较研究紧扣具体的文学类型，扎根于中西戏剧各自的文化传统、社会语境和演变历程，考察它们的起源、发展和特点，使有关的代表作品、理论派系、接受反应等紧密结合，相互阐明，有助于人们把握有关的规律并作深层思考。③格局大、跨度长，兼顾中西融合、古今对接，虽侧重于中西传统戏剧的比较，也触及中西现当代戏剧发展问题，反映出中西戏剧相互影响和转型的新趋势。

此后为了适应学科建设的需要，饶芃子还应安徽教育出版社之约，领衔组织学术团队撰写并出版了《中西戏剧比较教程》的姐妹书《中西小说比较》。这本著作在前人研究的基础上，围绕中西小说渊源、形成过程、小说观念、题材与主题、人物形象与表现方法、小说结构与叙事模式、创作方法等主要问题，系统地进行比较研究，形成自己的理论体系。此书延续了饶芃子的学术理念，即在中西小说比较的研究中，把握各自的发展历程和特点，着眼于从一种文学体裁探索某些具有世界性的文艺理论；理论研究建立在史实基础上，并与具体文学作品相结合；重视"探源"，关注作品形成的过程和文学观念的演变。该书还涉及西方小说的中译影响、西方几大文学思潮对中国现代文学的影响研究，思路开阔而富有张力。

第二，以暨南大学文艺学博士点为平台，在国内文艺学学科首创"比较文艺学"方向，在交叉学科中拓展当代文艺学的内涵。

随着比较文学在中国的迅速发展，比较诗学兴起，中西比较诗学成为学界的一个研究热点。1988 年，时任暨南大学副校长的饶芃子受王元化先生委托，由暨南大学承办"全国第一次《文心雕龙》国际研讨会"，有 17 个国家和地区的汉学家应邀出席会议，共同对这部体大精深、极具中国特色的经典文论著作进行多角度的研讨。会后，饶芃子主编出版了论文集《文心雕龙研究荟萃》，她认为这种在"比较"的基础上、从总体文学的高度来探讨一部中国经典文论的做法，有助于世界各国学者进一步认识中国传统文论的价值。饶芃子在其论文《中国比较文学的复兴及其走向》中，认为这种从国际角度研究中国传统文学、文论的视野与方法，打破了原先文学研究的封闭状况，有助于探索中外文学相互影响、融合的规律与经验，推动中国文学创作和研究积极面向世界，建立一种更为博大的世界性的文学观念。[1] 之后，饶芃子以一个文艺学家的敏感，进一步开展对中西文艺理论专题的比较研究，先后发表了论文《中西典型性格理论比较》和《中西灵感说与文化差异》[2]，她把这两组重要文论范畴放在中西不同的文化传统中进行考察、比较，阐明它们各自的发展流变和形态内涵，为中西文化、文论的互识和互补，建立具有中国民族特色的文艺理论探索道路。

饶芃子认为，中西比较诗学研究对寻求中西方文学的共同规律，以及具有世界性的文学理论话语，具有十分重要的意义，而这一研究与当前中国文艺学学科的拓展有密切的联系。为了从一个方面推动当代文艺学学科内涵的更新和发展，在已有前期成果的基础上，1993 年由饶芃子领衔、以"比较文艺学"方向成功申报暨南大学文艺学博士点，这是国内迄今唯一以此为研究方向的博士点。

饶芃子所倡导的"比较文艺学"是文艺学与比较文学"联姻"的产物，她将比较文学的方法应用于文艺学研究，希望通过对不同文化、民族、国家不同时期的文学思想、文论模式进行比较研究，突破传统文艺理论内在的框架，为当代文艺学的发展寻找新的生长点。在她看来，比较文艺学是文艺学

---

① 饶芃子：《中国比较文学的复兴及其走向》，《广东技术师范学院学报》1989 年第 1 期。

② 饶芃子：《中西典型性格理论比较》，《广东社会科学》1989 年第 4 期；饶芃子：《中西灵感说与文化差异》，《学术研究》1992 年第 1 期。

学科适应世界格局一体化要求而进行自我更新与现代转型的一种方式，是21世纪文艺理论建设的必然研究方向，可以说，这是基于饶芃子当时对文艺学学科现状和未来前景的思考，也是对中国诗学根基的有意识的寻找，总之，其倡导在多维度的比较视野中拓展文艺学研究的深度和广度。

1. "中西比较文艺学" 研究

在探索中西诗学比较的道路上，专著《中西比较文艺学》是饶芃子具有标志性的学术成果。全书共分为三编，分别以"中西文学观念比较""中西文论形态比较""中西文论范畴比较"为专题，从相关范畴切入，着重对中西诗学范畴的差异性和相似性进行"体"与"质"层面上的比较研究。上编"中西文学观念比较"从文学本质的形而上设定，挖掘中西文论深层共有的"自然之道"，并以"典型与意境"探讨中西主导性文学观的文化偏向；中编"中西文论形态比较"主要对中西叙事文论、中西抒情文论、中西形上文论进行比较研究；下编"中西文论范畴比较"采取个例阐释的方式，分别选取了文论范畴中具有可比性和代表性的文化特征（艺术灵感论、艺术性格论、艺术真实论），以及语义特征（神思与想象、比兴与隐喻、雄浑与崇高、教化与净化），进行比较阐释。

纵观全书，可以说《中西比较文艺学》充分体现了饶芃子的文论主张，以新的方式对中西文论作了别开生面的比较研究：首先是对中西传统诗学的理论前提和基本诗学方式进行追问，着力把握其中西文论入思与言说的理路，注重对各个论题自身"理论依据"的反思和说明，使这一领域的研究得以深入；其次是对许多看似"共识"的文论问题提出质疑，特别强调弄清所要比较的诗学问题有没有可比性，为什么有或没有，在什么基础上可以比较，在何种意义上不可比较，这使研究更为严谨，探讨更趋开放；三是具有跨文化的诗学立场，在中西不同的诗学体系中考察所选取的论题和范畴，理清彼此的起点和历史，在它们各自归属的文化境域中恰当把握其语义，并对中西文论范围的有效空间和差异进行辨析。

2. "中国文学在东南亚" 研究

饶芃子在进行中西文学、文论比较研究的同时，还关注和进行中国文学在东南亚传播、影响的研究。1995 年，她撰写了论文《文化影响的"宫廷模式"——〈三国演义〉在泰国》①，通过追索中国古典名著《三国演义》在泰国自上而下、由朝廷到民间的流传轨迹，归纳出泰国皇朝当时对中华文化的选择、接纳及内化的一种模式，探讨中国文学在其他国家传播、接受的路

---

① 饶芃子：《文化影响的"宫廷模式"——〈三国演义〉在泰国》，《中国比较文学》1996 年第1 期。

径和原因，以及它们怎样在特定的社会文化语境中产生变异。此后，饶芃子主编出版了《中国文学在东南亚》①一书，通过研究中国文学在东南亚几个主要国家传播的路向和差异，考察东南亚诸国对中国文学的选择、接纳及"内化"现象。该书既反映了作为传播主体的中国在不同历史阶段的国情际遇，也考察了作为接受客体的几个国家在不同时期的文化语境，以及彼此的"授""受"如何在时代波澜壮阔的动态发展中形成，并对当中的文学因素和非文学因素一一进行辨析；既立足于东方文学的整体框架，亦有面向世界的文学研究前景的展示。

3."澳门文学"研究

澳门在400多年前被历史机遇推到东西文化交流的前沿，成为中国人了解西方、西方人了解中国的第一个窗口，在东西方文明交流中起过重要的作用。饶芃子以其学术的敏感和开放的学科意识，从20世纪80年代中期开始关注澳门文学，发表了系列学术论文，从不同方面解读、诠释澳门文学的跨文化特质和诗学特征。她在论文《澳门文化两题》中指出，澳门是一个独特的"跨文化场"，具有"小地区、大文化"的特点，蕴含着独特的文化学术命题，具有与中国其他地区不可取代的价值和意义。在论文《"根"的追寻——澳门土生文学中一个难解的情结》中，她对长期被学界忽略的澳门"土生文学"进行立论，展现澳门土生人这个特殊族群在文学中折射出的边缘心态和身份焦虑，以及这个族群在澳门现实生活中独特的人文状态，认为这是中西不同文化在澳门交汇的结晶，他们的文学创作有别具一格的文化审美模式。在论文《文学的澳门和澳门的文学》中，学界第一次系统探讨澳门文学的内涵、发展历史和特殊品格，特别提出要关注澳门文学葡汉"互看"式作品中有关的跨文化现象，此文获"首届澳门人文社会科学研究优秀成果评奖"一等奖（论文类）。上述三篇论文均被收入具有文献意义的《澳门人文社会科学研究文选》②。2008年，饶芃子还主编、出版了她与研究生合著的《边缘的解读——澳门文学论稿》③，该书将澳门文学纳入比较文艺学的视野进行研究，诠释其独特的跨文化意蕴和美学品格。

饶芃子在上述几个研究领域的论文代表作，于2000年结集为《比较诗

---

① 饶芃子：《中国文学在东南亚》，广州：暨南大学出版社1999年版。

② 饶芃子：《澳门文化两题》，《中国比较文学》1998年第3期；饶芃子：《"根"的追寻——澳门土生文学中一个难解的情结》，《学术研究》1999年第12期；饶芃子、费勇：《文学的澳门和澳门的文学》，《文学评论》1999年第6期；另外还可参见吴志良、陈震宇主编：《澳门人文社会科学研究文选》，北京：社会科学文献出版社2009年版。

③ 饶芃子、莫嘉丽等：《边缘的解读——澳门文学论稿》，北京：中国社会科学出版社2008年版。

学》出版。① 她的研究成果独树一帜，受到国内文艺学界、比较文学界的关注和认同，她曾任中国文艺理论学会副会长，长期担任中国比较文学学会副会长至今。她也经常与国内同行交流切磋，共同探索文艺学的创新之路，并主动搭建这方面的"对话"平台。早在1996年，饶芃子就发起并在暨南大学召开了"第一届全国文艺学博士点学科建设研讨会"，会议得到国内多所高等院校、科研机构的热烈响应，几代学者一起探讨文艺学高学位人才培养等问题，这一创举后来发展成定期举办"全国文艺学及相关学科博士点建设研讨会"，至今已召开过五届，是国内文艺学界的高层盛会。

二、开启"海外华文诗学"研究

在饶芃子众多的学术成果中，另一个富有突破意义和重要贡献的领域，就是海外华文文学、诗学研究。近30年来，她一直倡导把文艺学的理论、比较文学的视野与方法引入海外华文文学研究，既突破了原有的研究格局，也为文艺学、比较文学提供了新的研究对象和理论命题。

20世纪70年代末、80年代初，海外华文文学在"台港文学热"的引发下，逐渐进入国内学者的研究视野，暨南大学作为一所历史悠久的华侨高等学府，在这个领域的研究中具有先天的资源和优势。80年代中期，饶芃子就开始关注这个领域的文学创作，撰写了论文《艺术的天梯——张爱玲的〈传奇〉及其他》《张爱玲和张爱玲的"冷"》② 等和香港作家作品评论。1988年，饶芃子应邀担任泰华文学短篇小说金牌奖国际评委，阅读了泰华文学奖一批有代表性的作品，敏锐地感受到了它们与中国文化的渊源影响和差异，具有自身的特色和意蕴，撰写了关于泰华文学的系列评论和论文。20多年来，她的关注点从东南亚拓展到北美等地区，发表了30多篇论文，引起海内外学界的关注。其在海外华文文学方面的贡献主要有以下四个方面：

一是把比较文学的视野与方法引入海外华文文学研究，开展海外华文文学的跨文化比较研究。

海外华文文学是中华文化与各种不同文化相遇之后开出的文学奇葩，介于两种或两种以上的文化之间，既有本民族的基因，又有世界性的因素。饶芃子在1990年主编比较文学研讨会论文集《比较文学与比较美学》时，就在

① 饶芃子：《比较诗学》，西安：陕西师范大学出版社2000年版。

② 饶芃子：《艺术的天梯——张爱玲的〈传奇〉及其他》，载饶芃子：《文学批评与比较文学》，广州：花城出版社1991年版，第49-69页；饶芃子：《张爱玲和张爱玲的"冷"》，《星岛晚报》，1989年1月12日。

如何将比较文学的世界视野和研究方法运用于海外华文文学研究。她认为海外华文文学具有世界性因素和跨文化特色，跨文化比较的方法、形象学及身份批评等理论，可为海外华文文学研究提供新的视点和理论资源。

饶芃子倡导开展比较文学视野中的海外华文文学研究，打通了这两个学术领域，为比较文学和海外华文文学研究开启了新的思路，90 年代中后期，她率先在文艺学博士点开设"跨文化视野中的海外华文诗学"方向。饶芃子的这些学术主张也得到中国比较文学学会会长乐黛云的支持，她在 1996 年"中国比较文学第五届年会暨国际研讨会"的总结报告中就指出"海外华文文学是比较文学即将要去拓展的领域"。在此后的各届中国比较文学年会暨国际研讨会上，均设有"海外华人文学与离散文学的研究"或"异质文化中的海外华人文学"圆桌。这在 2003 年香港召开的国际比较文学学会"第 17 届年会暨国际研讨会"上，还被作为"中国比较文学学会 20 年来的学术开拓和创获之一"提出来。饶芃子的有关成果被《新编比较文学教程》（第三版）中"多元文化中的海外华人文学"的章节多处采纳和引用；① 孟昭毅在论文《垦拓与建构的大趋势——中国当代比较文学三十年》中也认为"在大陆将华人流散写作纳入比较文学，并与世界华人流散文学直接对话的有功之臣是饶芃子"②。

四是推动海外华文文学学科建设，主编出版《海外华文文学教程》，填补这一教学领域的空缺。

海外华文文学研究在中国学界兴起以来，经历了初创期、拓展期，到世纪之交，已步入相对成熟的阶段，即具有学科形态的研究。在世界范围内"华文热"的涌动下，作为国家一级学术团体的中国世界华文文学学会，于2002 年获民政部批准成立，饶芃子被推选为会长。她在 8 年两届的任期中，组织、主持这一领域各种国际性和全国性的学术活动，促进了海内外同行的交流合作，为推动海外华文文学研究的繁荣发展和学科建设，做了大量实质性的工作。2006 年底，她又当选世界华文文学联会副会长。在此期间，饶芃子不断有新的学术成果问世，她主编了《港澳及海外华文文学研究丛书》（10本)③，其中 2005 年出版的《世界华文文学的新视野》，首次选编她近 20 年有关海外华文文学的研究成果，包括"理论与方法""传播与影响""解读与诠释""讲演录""书序选辑"，全方位地展示了她在这个领域的思考和论说。我们从中可以看到，饶芃子如何论证和深化海外华文文学的诗学研究，并将

---

① 张铁夫、季水河主编：《新编比较文学教程》（第三版），长沙：湖南教育出版社2009 年版。

② 孟昭毅：《垦拓与建构的大趋势——中国当代比较文学三十年》，《文学评论》2009 年第 5 期。

③ 饶芃子主编：《港澳及海外华文文学研究丛书》（10 本)，北京：中国社会科学出版社 2005—2008 年版。

其作为拓展自身理论思路的一个实证研究对象，由此为文艺理论研究开辟了一个新的丰富的"阐释空间"。诚如在该书附录——钱超英撰写的《为了中国比较文学的新超越——试谈饶芃子教授及其指导下的海外华文文学研究》所言，海外华文文学研究在饶芃子研究中的重要性就在于："在中外文论和比较文学研究的拓展中，它可以提供一个实证研究的切入点，提供一个刷新和检验理论思路的活水源泉，提供一个把文化和文学研究相结合的、充满'杂质'因而可以挑战单一化理论的具体题材。"①

　　为适应国内学科建设和课堂教学的迫切需要，饶芃子于2009年主编出版了《海外华文文学教程》②。该书系统展现了近百年来海外华文文学存在和发展的过程，也立体地呈现了几大区域的代表作品和创作特色，突显其独特的文化品格、审美价值，填补了这一教学领域的空缺。饶芃子在《海外华文文学教程》的"导言"和"海外华文文学概论"中，既论说海外华文文学作为一个独立学科的意义和价值，又阐明当中若干具有特殊性、规律性的理论问题与文学现象，倡导适用于海外华文文学的学科方法论。

　　2011年，正值中国比较文学复兴30年，创刊于19世纪末的法国《比较文学杂志》在2011年第1期首次推出"中国专辑"，向世界文坛展示新时期中国比较文学的成就，饶芃子的论文《全球语境下的海外华文文学研究》（英文版）也入选其中，这是该专辑选登的14位中国学者的学术论文中，唯一有关海外华文文学领域的论文。饶芃子在文中指出，海外华文文学作为一种客观存在的独特文化文学现象，已给世界多元文化格局增添了新的成分。在全球化语境下，海外华文文学所蕴涵的世界性、全球性特征和审美价值，使其有可能以"边缘"的身份，从文化和美学两个方面为中华文化、文学走向世界作出自己的贡献。③ 而中国学界为系统回顾新时期以来中国比较文学学科发展的历史，总结学科理论的推进、学术领域拓展的经验，由谢天振、陈思和、宋炳辉主编，复旦大学出版社出版了"当代中国比较文学研究文库"（14本），饶芃子的论文集《比较文学与海外华文文学》也是"文库"中的一种。④ 与此同时，她还出版了《华文流散文学论集》（英文版）⑤，此书有助于加强这一领域的国际学术交流，更好地与世界上的"离散"文学研究接轨。

　　令人振奋的是，2011年饶芃子作为首席专家，成功申报了国家社科基金

　　① 钱超英：《为了中国比较文学的新超越——试谈饶芃子教授及其指导下的海外华文文学研究》，《中国比较文学》1999年第1期，第86页。

　　② 饶芃子、杨匡汉主编：《海外华文文学教程》，广州：暨南大学出版社2009年版。

　　③ Rao Pengzi. The Overseas Chinese Language Literature in a Global Context, *Revue de littérature comparée*, Paris：Klincksieck, 2011（1）.

　　④ 饶芃子：《比较文学与海外华文文学》，上海：复旦大学出版社2011年版。

　　⑤ 饶芃子著，蒲若茜等译：《华文流散文学论集》（英文版），上海：复旦大学出版社2011年版。

重大项目"百年海外华文文学研究",这预示着该领域的研究将进入新的发展阶段。在饶芃子看来,要对百年海外华文文学进行整体性的综合研究,进一步认识其特质,以及其在世界华文文学发展中的意义和价值,特别是如何做到在世界文学格局中,对这个多种中外文化混溶的汉语文学"世界",从理论上对其进行一种历史性、学术性的诠释与建构,是一个今后有待开拓和深化的重要课题。

结　语

"比较文艺学"和"海外华文诗学"是饶芃子在文艺学中开拓出的新方向,她曾把它们形象地比喻为"一个底座上张开两个翅膀",她深知学科间的距离和间隔会造成单一学科审视的盲点,而交叉学科将起着连接间性、填平鸿沟的作用。她在工作上一直追求"人无我有、人有我优",也许可以说,"勇于开拓"使她从无到有,"善于融通"使她从有到优。

饶芃子在文艺学教研事业上度过了 55 个春秋,近 30 年来的蓬勃发展特别令她感慨,她认为这与国家的学术发展、高等教育的学科建设和人才培养密切相关,而她所取得的业绩,是她与各个时期的师长、领导、团队共同创造的。可以说,许多原本看似互不相关的学术领域,经过她长期不懈的拓展和融通,逐渐显现其"全局意义"和"未来意义"。饶芃子虽已年过八旬,但仍在这条富有中国特色、通往世界的学术之路上继续探索,为后学垂范,而她所作出的学术贡献,也是难以估量的。

中国当代文学理论的反思与建设

——董学文文艺思想与他的时代命题

金永兵①

【学者小传】

董学文：1969 年毕业于北京大学中文系并留校任教，现为北京大学校务委员会委员，北京大学中文系教授、博士生导师。著有《走向当代形态的文艺学》《马克思与美学问题》《两种文学主体观》《文艺学的沉思》《毛泽东和中国文学》《毛泽东的文艺美学活动》《中国文艺理论百年教程》《中国当代文学理论（1978—2008）》《文学原理》等。主编了《马克思恩格斯论美学》《马克思主义文论教程》《西方文学理论史》等。

中国当代文学理论尤其是新时期以来 30 多年的发展与建设，是与整个国家经济突飞猛进的发展和社会文化眼花缭乱的转型一脉相承的。文学理论以其独特的力量回应了这个充满生机活力、激情四射却又鲁莽冲动、信马由缰的时代，它既是这个雷霆万钧的变化过程呐喊、引领的旗手，又是这个过程冷静的批判的智者；既以新鲜深刻的思考为其注入丰富的思想资源，又以冷峻严肃的反思为其警示快速奔跑的方向与目标。文学理论不但在时代的大风雨中获得了蓬勃的生命活力，也在思想的泥沙俱下之中积累下类似"奥吉亚斯牛圈"一样的杂芜与混乱。怎样在全球化时代与时俱进，又怎样继承中华传统文化尤其是现代百年以马克思主义为核心的优秀传统，在民族文化勃兴的历史拐点建构民族文学理论的当代形态？这是一个时代的文化焦虑，也是对每一位认真思考的文学理论学者的精神拷问。

这几十年来不断变化的政治风云，具有魔力般牵引力量的市场与资本，让我们常常可以见到的是城头不断变换的理论旗帜，是在学者历史责任使命与名利获取之间的交换和同谋。而那些冷静的观察、反思、批判和价值坚守者，常常显得不合时宜，甚至因为各种各样的原因轻则被"误读""误解"，重则被"妖魔化"。不过对于真正的思想者、真正以学术安身立命的学者而言，思考本身就是意义的全部，他为他的时代去探索去建设，就是其价值所在。

---

① 金永兵：北京大学中文系党委书记、副教授，主要从事文艺学研究。

在中国当代文学理论发展和建设的"泥泞的坦途"中，董学文是一位颇具特色、颇不寻常的学者。他充满着独特的理论个性，其理论与思想寂寞而精彩，与新时期以来30多年的时代脉搏共振，却又始终存在观察的距离和批判的张力。他用心血与生命去书写他的这个时代，又用他的赤诚、单纯、质朴和热烈的信仰，执着得近乎偏执地去守护那个美好的"麦田"，那份越是远离越是渴望的理想。在他的学术生命中，在他的理论耕耘中，始终"表现出一种了不起的理论勇气和不倦的上下求索精神。他带着清醒的学派意识和学科建设意识，以一种始终如一的理论定力和鲜明的理论指向，实践着对理想形态的文学理论的追求"①。

一、"回到马克思""重读马克思" 与思想解放

学界在回望中国新时期以来文学理论的历史变迁时，常常会强调文学"主体性"问题以及文学"审美"问题等对于突破之前"文艺—政治"理论模式的革命和解放意义。这固然是这段历史的一个组成部分，但是，更早的思想解放和文学理论突破却并不是由此开始的，甚至可以说，这些理论的出现本身就是前期文学理论变革的一个继承或者变种。20世纪70年代末，"文革"结束之后，人们面对满目疮痍的社会和人的内心世界，如何反思"文革"中的问题成为当时时代的最大课题。更进一步，如何认识"文革"中人性的泯灭与集体的疯狂，如何认识人性的多面性、丰富性，如何认识人的多样性需要和欲望的正当性等问题，也逐渐被学界所关注。

但是，"文革"的理论遗产显然已经没有话语力量来阐述这些复杂问题，而当时的社会现实也并没有一种宽松的环境可以自由地研究和讨论。因此，学界主要从"回到马克思""重读马克思"，通过寻找真实的马克思的思想精髓来达到对现实历史的批判，从对马克思主义经典的温故知新中去比较和反思马克思主义中国化实践过程中存在的巨大偏差与失误，而不是从外在于马克思主义的视角来批判，因而出现新一轮"马克思热"。通过这种新的解读来解放被窒息了的马克思主义的生命力和阐释效力，而西方的"主体性"理论、"审美"理论，显然是不可能在这样的历史语境中承担这一历史使命的。

正是在这种时代氛围和现实要求中，董学文及其同一代的学人，走上了理论的舞台。他们在与时代的互动下，开启了关于中国新时代文学理论和美学的反思与建构。以"重读马克思"的方式来反对僵化的文论格局，这不仅

---

① 金永兵：《文学理论科学学派的构建——董学文教授学术思想评介》，《高校理论战线》2004年第5期。

仅是一种文学理论发展的现实需要，也是董先生等一代真诚的马克思主义者自觉的理论选择。这种选择是针对之前现实社会与文化中存在着的某种"离开"马克思（这里指离开马克思主义的文艺学精神与方法）的现象而提出，它试图重新复活马克思主义的活力和生命力，使之更加年轻更加漂亮更富有魅力。

新时期伊始，文学创作与理论相互发现、相互应和。文学打着"恢复现实主义传统"的旗帜重新起步，以《伤痕》《班主任》为开端的"伤痕文学"，标志着现实主义文学传统开始恢复。与文学创作并行的是理论上的拨乱反正，从最初批判"文革"的"三突出"谬论，转向突破根基牢固的"文学为政治服务"这一文学观念，①恢复现实主义真实性文学观，使文学自身的特征和规律得到重视。在这里，文艺的"真实性"问题、文艺的"形象思维"问题，便不只是两个简单的理论命题，而是恢复马克思主义文艺精神非常有力的理论抓手，承担的是文艺思想解放的爆破口的使命。这里的思想资源自然是来自对马克思主义文论的重新解读与阐释，虽然这一过程并不长，但其中蕴含着老中青学者在那样一个历史破冰过程的所有艰辛与激动。

作为当时刚过而立之年的青年学者董学文先生，敏锐地感受到时代大潮的涌动，早在1978年他就通过对马克思主义经典文本的深入阐发来考察文艺与现实的关系问题、文艺的真实性问题，发表了论文《文艺就是要真实地反映现实》（《解放军报》，1978），随后又相继发表了《恩格斯怎样看待文艺的真实性》（《中国社会科学》，1981）、《真实性与倾向性的统一》（《文学知识》，1981）等重要论文，并不断从多个角度，诸如悲剧的历史真实性问题、形象思维与艺术真实的关系等方面，继续深挖经典作家的这些重要思想，陆续发表《也谈形象思维》（《北京大学学报》，1979）、《谈谈马克思恩格斯的悲剧观》（《光明日报》，1979）、《论悲剧冲突的必然性——悲剧审美特征之一》（《北京大学学报》，1981）、《马克思恩格斯著作中的美学问题》（《美学向导》，1982）等一系列文章，为长期僵化的"左"的文论话语注入了新鲜的符合马克思主义文艺思想的新成分。

"拨乱反正"总归要回到时代的理论建设中。因之，"重读马克思"和"回到马克思"当然不能单单是回到书本，也不能是简单地复述马克思的原话，而是要有当代性，要背负时代一切优秀的思想成果，使之与马克思主义的逻辑视界历史地融合在一起。"重读马克思"，是要找寻更切实的理论起点、

---

① 《上海文学》率先发表了《为文艺正名——驳"文艺是阶级斗争的工具"说》的评论文章，引发了理论界关于文艺与政治关系的大讨论，结果，1980年中央决定不再提"文艺为政治服务"的口号，改为"文艺为社会主义服务，文艺为人民服务"，引导文艺工作者真诚地面对生活，忠实于生活，忠实于文艺自身的规律，参见该刊1978年第4期。

入口和方法，纠正以往研究中的偏误，以新的科学和实践成果丰富和发展马克思主义，创造马克思主义文艺学的新境界；"回到马克思"，则是要像马克思那样超越"材料的堆积"阶段，循着科学的方向，提出"自己的问题"和表述这一问题的"自己的方式"，提出有原创性意味的思想和理论。这是所谓"回到"和"重读"马克思的本义所在。因此，正是遵循这种发展逻辑，董学文的文艺理论研究很快就打开了一片新的理论天地。也正是从这一点上说，他被认为是新时期以来我国文艺理论界在马克思主义研究方面用力最深、成就最大的学者之一。

在对马克思主义尤其是马克思恩格斯经典著作的深入细读过程中，董先生获得了许多新的对马克思主义文艺理论的理解，形成了一系列富有原创意味的观念、范畴和命题。这突出体现在他的一系列关于马克思主义文艺理论的体系、形态、方法的描述中，体现在他关于马克思主义文艺理论以社会政治经济为逻辑起点的研究范式的变革中，体现在他提出、加以深入探讨并在国内形成重要影响的"艺术生产论""马克思考察艺术规律的方法论""物质生产与艺术生产关系"等具体范畴和命题中。这些文章，后来于1983年结集成《马克思与美学问题》①一书。此书仅仅简装本第一次印量就达5万册，这在今天看来简直让人难以置信。与此相关，他当时在北京大学关于马克思主义美学研究的课堂，也异常火爆。

一本书的价值往往需要过了十年、二十年来看才能看清。今天重新审读《马克思与美学问题》这本书，依然可以说，这是中国新时期以来马克思主义文艺理论和美学研究的重要代表性成果，其中提出的理论命题并没有失效，而是在其后的历史发展中生根发芽了，甚至其中的很多阐释到今日也并没有被突破。这一点不知道是此书的幸事还是近些年马克思主义文艺理论和美学研究的不幸。而正是由于植根于马克思主义的深厚而肥沃的思想土壤之中，董学文的理论探索随着中国社会新的历史发展而不断前行，却又始终拥有自己的"问题式"。

从20世纪80年代初期开始，追求创新和突破成为中国现代化的一种焦虑，追求新变和拓展成了时代的一个文化症候。诸如，学界常说的所谓"文学观念年""文艺方法论年"等，似乎一年一个主题，各种思潮和方法，无论是新的还是旧的（但对我国学界而言好像都是"新"的），无论是科学的还是人文的，无论是来自发达资本主义的还是来自拉美等第三世界的，都蜂拥而至，令人目不暇接。董学文先生也深刻感受到这一焦虑并且同样在这样的时代中努力实现翻译、传播、消化、吸收、创造的文化生产过程，他先后翻

---

① 董学文：《马克思与美学问题》，北京：北京大学出版社1983年版。

译和编写了多部西方美学、文论著作和马克思主义美学文选。① 仔细考察他所编译的西方著作就会发现，他并非"饥不择食"地随意展开，而是有非常清晰的理论建构的宗旨，这也就是在丰富和发展马克思主义美学和文艺理论，为实现新的理论建构做准备。因此，在这一波译介国外理论的大潮中，他的目光始终比较集中于世界各国关于马克思主义文艺理论和美学的理解与建设上，无论其是来自西方发达资本主义世界还是苏联、东欧的社会主义国家，也无论其是科学主义的还是人文主义的，有了一个基本的主旨和红线，所有的思想营养都是可以也是应该加以吸收的。而这一主旨和逻辑红线，恰恰是那样一个"嗜新成症"的时代所缺乏的必要的清醒的"拿来"态度。

二、走向"当代形态"的文艺学建构

"回到马克思"也好，译介国外的理论也罢，其本身都是在积蓄力量，本身还不构成学术研究的最终目的。董学文的目的，是为了发展马克思主义文艺理论和美学，是为了阐释不断变化的文艺现实和时代提出的理论命题。也就是说，随着时代的进展，马克思主义文艺学如何既保持"自我"，又不断超越"自我"，科学地寻求和选择自身发展的生长点和突破口，这是根本的东西。因此，在 20 世纪 80 年代中后期，建构"当代形态"的马克思主义文艺学，开始成为理论界一道亮丽的风景线。而这一风景中，最引人注目的人物就是董学文。

这突出表现在两个方面：其一，他是最早也是最积极地对"当代形态"文艺理论建构本身进行呼吁和理论探求的学者之一；其二，他通过切实的学术研究大大地推进了这一进程的真正展开。进行符合中国当代现实文艺与社会需要的新形态的马克思主义美学和文艺理论建设，是董先生文艺思想发展的自然逻辑，也是这个时代向广大文艺理论学者提出的时代命题。董学文是其中认真从理论上予以思考，并真正将之付诸理论实践的人。1987 年，他较早提出要"建设马克思主义文艺学的当代形态"②，希望中国马克思主义文艺

---

① ［法］罗兰·巴特著，董学文、王葵译：《符号学美学》，沈阳：辽宁人民出版社 1987 年版；［捷］欧根·希穆涅克著，董学文译：《美学与艺术总论》，北京：文化艺术出版社 1988 年版；［苏联］А. Я. 齐斯．М. П. 斯塔费茨卡娅著，董学文等译：《西方艺术理论中的方法论探索》，北京：台声出版社 1989 年版；［英］珍妮·沃尔芙著，董学文、王葵译：《艺术的社会生产》，北京：华夏出版社 1990 年版；董学文、荣伟编：《现代美学新维度——西方马克思主义美学论文精选》，北京：北京大学出版社 1990 年版；董学文、江溶主编：《当代世界美学艺术学辞典》，南京：江苏文艺出版社 1990 年版；董学文编：《马克思恩格斯论美学》，北京：文化艺术出版社 1983 年版；董学文：《马克思主义经典作家论审美教育》，郑州：河南教育出版社 1989 年版，等等。

② 董学文：《建设马克思主义文艺学的当代形态》，《文艺报》，1987 年 4 月 5 日。

学和美学从"经典形态"走向"当代形态"。随后，这一命题在学术界引发广泛的讨论和争鸣，时至今日已经成为当代文学理论学术史的一个重要话题。

董学文不断地丰富和深化自己关于这一问题的理论思考①。随后这些思考被进一步地系统化，形成了他的重要理论著作——《走向当代形态的文艺学》②。该书尝试对马克思主义文艺理论体系进行历史反思和"当代形态"的具体建设。在这部书中，他初步探讨了"当代形态的宏观设定"，"当代形态的理论依据"，以及包括"主旨论""生产论""直觉论""文本论"等在内的七个"当代形态的微观展现"。当时就有学者指出：这本著作的作者，把构建文艺学"当代形态"，"上升到马克思主义方法论的高度"③。这部书，成为第一部直接探讨这一具有时代挑战性命题的重要著述，成为此后很多关于中国当代文艺理论建设、关于马克思主义文艺理论中国化等理论著述的重要思想资源。当然，该著作的价值和意义，更多地体现在它关于"当代形态"文艺学的理论思考方面，至于"当代形态"文艺学建设的基本体系框架、逻辑起点与方法论选择、基本命题及其表达、核心概念与范畴等重要问题，在这里还没有全面地展开。

"当代形态"的文艺学到底应该是怎样的呢？把它落实在真正的理论实践中又是一种怎样的面貌呢？董学文一直在探索，时隔十年，他从文学理论的畅想与丰富积累中进行了切实的理论实践，并在实践中日益明确自己理想的文学理论形态，推出另一部力作《文艺学当代形态论》。④ 这部著作，基于我国百年文艺理论发展的现实，深入揭示了当代马克思主义文艺学的发展成就、性质特征、价值与生命力，揭示了它所遭遇到的严峻挑战和现实难题，细密梳理、深入辨析了当今世界各种文艺和社会思潮及其影响，清晰地阐释了"当代形态"文艺学产生的逻辑和历史必然性，论证了科学精神与人文精神走向融合的历史趋势，明确提出现在已经进入一个"新的综合"的时代，认为这个"综合"也是一种创造，实质上是一个认识深化的过程。可以说，这一著作本身就是一次"综合创新"的实验与结晶。

该书主要从以下几条线索"综合"各种思想资源，实现了新理论的创生：

---

① 董学文的相关思考，集中于80年代后期和90年代初期，发表了一系列论文，具代表性的有《从"经典形态"到"当代形态"——关于马克思主义文艺学改革的思考》，《求是》1988年第2期；《马克思主义文艺学当代形态论纲》，《文艺研究》1988年第2期；《建设当代形态马克思主义美学体系的设想》，《文艺争鸣》1988年第4期；《马克思主义文艺学当代形态建设的初步构想》，《理论与创作》1990年第1期，等等。

② 董学文：《走向当代形态的文艺学》，北京：高等教育出版社1989年版。

③ 王德颖：《马克思主义方法论和文艺学当代形态建设——兼评〈走向当代形态的文艺学〉》，《东岳论丛》1990年第6期。

④ 董学文主编：《文艺学当代形态论》，北京：北京大学出版社1998年版。

一是深化对马克思主义经典作家思想的研究；二是以建构"当代形态"文艺学为明确目标，实现对古典文论的现代转化；三是充分吸收西方美学和文艺学资源，特别是"西方马克思主义"的理论资源；四是全面的文艺思潮史和学术思想史的研究，尤其是深入挖掘百年文艺发展的历史过程，寻找建构的思想资源以及历史经验和教训的借鉴；五是展开对文艺学学科本身的理论反思，为创立科学形态的马克思主义文艺学提供自觉的理论指导。在此前提下，作者通过对文艺本体论、审美的能动反映与主体建构、文学的价值生成与价值取向等一些重大的文艺学基本问题的系统论述和对未来文学理论的发展、21世纪文学走向的展望，具体化了关于中国特色马克思主义文艺学的基本蓝图，终于使得学界的理论畅想变为一次实实在在的理论实践。正如有评论者所言，该著作"在我国文艺理论发展史上具有重大的理论与实践意义"①。

当我们今天重新回顾该著作的时候，还可以看到另外一个值得注意的理论倾向，它不但是董学文文艺理论的一个未来发展维度，也是中国新世纪文学理论学科的一个基本命题：这就是该著作清醒的科学意识和对科学形态文艺学的追求。或者说，这其中所呈现出的"当代形态"与"科学形态"之间的内在逻辑，这一点确乎明显地有别于"过去形态"的中国文艺学。在这部著作中，作者极富科学精神和理论反思意识，譬如对于"当代形态"和"中国特色"关系的辨析，对于以马克思主义的"生产"概念作为"当代形态文艺学"逻辑起点的理论阐释，对于坚持马克思主义文艺学基本原理基础上以"综合创新"作为方法论的判断，都是在历史与逻辑的结合处产生的思想风暴的产物。作者不是在一种似是而非、模糊不清的理论指导下进行实践，而是不但有深入的理论思考、系统的逻辑安排，更是有着异常清醒的反思意识，力图使所建构起来的"当代形态文艺学"能够达到科学的高度，恢复马克思主义文艺学作为文艺科学的本来面目。这也直接开启了董学文先生在新世纪关于文学理论学科科学性的反思和科学学派文学理论建设的努力。

三、文学理论学科反思与科学学派的建构

"当代形态文艺学"建设，没有完成时，一切都处于现在进行时。进入21世纪，中国"当代形态"文学理论建设迎来了又一个蓬勃发展的时期。新时期以后的二十几年时间，西方近两个世纪的各种哲学与文艺思想一股脑地被引入中国；本土的古典文艺理论以及现代文艺理论传统，也获得深入的研

---

① 翟泰丰：《观念与物质——评董学文的〈文艺学当代形态论〉》，《北京联合大学学报》（人文社会科学版）2003 年第 1 期。

究与拓展，这些都为新世纪文艺理论的"综合创新"提供了肥沃的土壤。与西方文化交流的深化，也进一步催生了我国当代文艺理论建设的迫切心态。更为重要的是，一批与新时期文学理论一同成长，作为新时期以来文学理论的建设者和参与者的学者更加成熟，进入学术研究的高峰期。笔者甚至觉得，新世纪以来的十年是我国文艺理论发展可以与20世纪80年代的激情澎湃相媲美的黄金时期，只不过它显得更为深沉、清醒和理性。董学文的文艺理论研究，也在这一时期发展到新的阶段，取得了更为丰硕的成果。

新世纪伊始，国内学界关于文学理论学科合法性的讨论开始初露端倪。董学文别开生面的《文学原理》① 教材的问世，进一步引发国内广泛的讨论。讨论的内容，除了传统的关于文学的一些基本问题如文学本质、文学价值等问题外，还包括文学理论教材书写与教材结构、文学理论的方法与文学知识的关系、文学理论的学科特点和性质、文学理论的学科定位、文学理论与文学现实的关系、文学理论的科学性等。《文学原理》一书，是作者基于对当前文学现实和理论现状的问题意识和推进性研究态度，针对新问题、新情况所作出的新阐释，是一部呈现出理论"当代性"的著作。著者贯穿于全书的一个根本指导思想，就是"接着说"，即不拘于陈说，不把研究变成他人理论的大拼盘，而是带着问题意识，质疑、清除那些陈词滥调，分析研究创作与理论现实中真正存在的问题，实现对难题的深入开掘，讲求科学研究的原创性。对真问题的发现与阐释，乃是理论的创造与生长点。其《文学原理》对许多文学基本问题，都能再作深入一步的探讨，抽丝剥茧式地逐层追问"为什么""怎么样"，着重分析这些基本观点在文学理论与创作中的阐释效力，实现宏观与微观互动式的研究，从而使一些纠缠不清的理论难题获得了清澈澄明的解答。

笔者始终认为，理论研究需要个性和风格，有"属我"的创造，方能有生命力。这部《文学原理》以马克思主义指南和方法论，处处透射出唯物辩证法和唯物史观的光辉，它以开放的心态融化吸收古今中外的文艺思想，在理解的基础上实现自我话语的表述。这种表述不止于简单的转述界说，而是针对新现实新问题的创造性运用，是批判的吸收、有机的转化和科学的提升。这种融合之后的创新，根本上改变了学界研究中较为普遍存在的以自己作为他人话语"跑马场""观点加例子"、缺乏主体性的弊病。笔者曾经讲过："可以说，这是一部站在现代学术前沿，密切结合文学现实，创造性吸收前人理论成果，具有'自己说'与'说自己'特色、原创性很强的'综合创新'

---

① 董学文、张永刚：《文学原理》，北京：北京大学出版社2001年版。

之著，是我国文学理论发展的一个里程碑。"① 十几年过去了，现在反观这部书，它确乎已经成为新世纪文学理论教材的代表作，同时它所引发的关于文学理论学科自身的反思研究，也在随后取得了丰硕的果实，开拓出一个新的文学理论的生长点。

进入新世纪以来，从文学理论遭遇到的时代难题与现实挑战来看，随着我国社会的快速发展和急剧转型，尤其是各种视觉图像艺术的迅速普及和无所不在，以及互联网等新兴传媒的迅速扩张，极大地冲击并深刻地形塑着人们的物质和精神生活方式。整个文化领域尤其是文学的生产、传播、消费方式，发生了显著变化，文学理论学科的合法性出现了危机。

文学的未来命运如何？文学研究还有必要吗？文学研究如果还能存在下去，那应探讨些什么问题？文学或文学理论是否需要"扩容""越界"？"扩"些什么？"越"向哪里？学界关于这一讨论十分热烈。但是从总体上看，或者过于纠缠于大时代的社会变迁所带来的影响，强调文学理论应该服务于"日常生活的审美化"，或是以大而空的"战略转移"为目标，提出各种各样的"转向论"。例如，有人提出"走向大文化"，以此来为文学理论的困境解围。可是，诚如黑格尔所言："哲学所要反对的，一方面是精神沉沦在日常急迫的兴趣中，一方面是意见的空疏浅薄。精神一旦为这些空疏浅薄的意见所占据，理性便不能追寻它自身的目的，因而没有活动的余地。"② 从这样的哲学或理论的精神实质来看，文学理论学科在新世纪面临的前所未有的危机，固然可以从文学的边缘化中找到根据，但是，学科内部知识的断裂和整合应当还是主要的原因。因此，立足于时代的现实与审美文化语境对中国文学理论进行理论反思，对文学理论学科性质、功能、对象、研究方法和发展规律作本体性考察，研究解决"文学理论是什么"，"文学理论何为"，"如何看待这门学科的性质"等根本问题，就成了当代文学理论学科健康发展的前提性难题。

董学文一方面很早就敏锐地感受到这一时代问题，世纪之交前后就已经开始对这些问题做具有"元理论"性质的系统思考，形成了一系列关于文学理论学科的反思研究成果，既有基于对文学理论遭遇的现实挑战的分析研究，

① 金永兵：《注重文学理论研究的原创意识》，《人民日报》，2001 年 12 月 2 日。
② ［德］黑格尔著，贺麟译：《小逻辑》，北京：商务印书馆 1980 年版，第 32 页。

也有更高的科学哲学意义上的关于文学理论的根本思考。① 另一方面，如前文所言，这也是董先生关于"当代形态文艺理论"的思考和实践必然会有的逻辑发展。2004 年，他出版了具有学科开创意义的《文学理论学导论》② 一书。所谓的"文学理论学"，也就是关于"文学理论的理论"，"它不是企图对文学作品做出另一种解释，而是要促使我们对文学理论话语模式的规则和运作方式加以理解"③。"文学理论学"这一概念表明，它是对文学理论的一种反思性认识，是以思想本身作为反思内容，力求思想自觉其为思想。从哲学上讲，就是一种"元理论"，即以理论为研究对象，研究理论的性质、特征、形成与发展规律。这里，作为具有"元理论"性质的"文学理论学"，是文学理论学科发展到一定历史阶段的产物，是对文学理论学科危机的一种科学的探究与内在性反思。

《文学理论学导论》所讨论的内容，是新颖独特而富有理论穿透力的。譬如，对"科学"概念的新解以及对文学理论科学性的阐释，对"文学理论"命名以及学科位置的解答，对"文学理论主体"范畴的引入以及文学理论的价值主观性与知识客观性关系的辩证分析，以及在文学理论的"生成动力""理论引力"和"亚理论"等概念的基础之上，对"理论的生成与转化"内在机制的深入讨论，都是别开生面、高屋建瓴的，远非热闹的就事论事，或者茫然失措、四处"转向"的研究所能比拟的，从而，学界评价该书是"移动思维，别有洞天"。可以这样说，"在文学理论研究面临转型，理论资源需要重新整合，理论生态迫切需要改善的背景下，《导论》的问世是理论研究思维方式的转型。它形成的是一种关于解释的解释，体现出来的是一种理论探

① 董学文、盖生：《对建构元文学学的形态学设想》，《曲靖师范学院学报》2001 年第 4 期；董学文、金永兵：《当前文艺理论研究热点背后的偏失》，《江海学刊》2001 年第 4 期；董学文：《文学理论发展的历史逻辑及对其悖论性审视》，《甘肃社会科学》2000 年第 5 期；董学文、盖生：《文学原理的书写及学科未来构想》，《常德师范学院学报》2001 年第 4 期；董学文：《关于文学理论的生成与机制问题》，《阴山学刊》2002 年第 1 期；董学文：《文学理论研究的自律性吁求》，《商丘师范学院学报》2002 年第 1 期；董学文：《关于元文学学的学科定位问题》，《杭州师范学院学报》2002 年第 2 期；董学文：《文学理论要素变化规则的学理研究》，《晋阳学刊》2002 年第 3 期；董学文：《创新：在科学的道理上》，《甘肃社会科学》2002 年第 4 期；董学文：《文学理论反思研究的科学性问题》，《郑州大学学报》2002 年第 6 期；董学文、金永兵：《论文学理论学科的定位》，《杭州师范学院学报》2003 年第 3 期；董学文：《对象泛化与文学理论重建》，《江苏行政学院学报》2003 年第 3 期；董学文：《论文学理论的异在性》，《求索》2003 年第 4 期；董学文、金永兵：《文学理论科学性思考》，《北京大学学报》2003 年第 5 期；董学文、李龙：《文学理论：知识还是方法？》，《理论与创作》2004 年第 1 期；董学文：《论文学批评对理论的建构机制》，《甘肃社会科学》2004 年第 3 期；董学文：《"文学理论学"构建刍议》，《北京大学学报》2004 年第 4 期；董学文：《论文学理论主体》，《北京联合大学学报》2004 年第 4 期，等等。
② 董学文：《文学理论学导论》，北京：北京大学出版社 2004 年版。
③ 董学文：《文学理论学导论》，北京：北京大学出版社 2004 年版，第 5 页。

索的勇气和有气魄的真正的理论超越性。在'文学理论学'这一新学科内，文学理论的诸多热点、难点问题都可以找到较为彻底的解决途径"①。正是在董学文的影响下，一个颇具声势的文学理论"科学学派"，在最近十年逐渐形成了。"科学学派"的形成，反过来又将以更大的力量推动中国当代文学理论良性发展。②

从思考的结果看，"文学理论学"学科是董学文关于文学理论的"元理论"性质的反思，呈现的是一种形而上的理论建构，但实际上，董学文并非只是进行形而上的玄虚的思考，他始终将自己的思考不断地与文学理论的历史事实相呼应，在二者的互动中把握理论实质。同时，他还努力将这种"元理论"性质的思考真正转化为一种面对文学理论的历史事实和中国复杂文学理论现实的一种阐释、反思与判断能力，一种在"破"与"立"的辩证张力中实现对理想的中国当代文学理论的新的建构力量。换言之，他以构建起的"文学理论学"去检查、辨析、判断、审思中西方各种文学理论的历史发展变化，尤其是其中所蕴含的当代文学理论建设的历史财富。譬如，他据此形成了关于西方文学理论史写作的新思路、新理解，从根本上改变常见的哲学、美学、社会学、思想史等无所不包的西方文学理论史写作模式，强调应该写出"文学理论"的历史，应该突出其理论性质，挖掘其中对当代文学理论建设有价值的"细胞核"。③ 在《文学理论学导论》一书中，他也尝试以这种"元理论"的思想成果去解读和评判韦勒克、沃伦的《文学理论》、波斯彼洛夫的《文学原理》等具体的外国文学理论主张及其得失。再如，他对马克思主义文论的研究，始终强调其立场、观点、方法的三位统一，强调其作为思想和行动的指南的意义，强调以马克思式的思考方式去面对历史和现实材料。④

既然以中国当代文学理论新形态的建设为其理论研究之鹄，董学文便格外强调对于百年现代中国所形成的文学理论传统和当代文学理论建设现实实践的经验教训的反思与总结，贯穿其中的理论判断力同样源自他的"文学理论学"研究。他曾回溯到 20 世纪初中国现代大学诞生以来中国传统文学理论

---

① 李心峰：《移动思维　别有洞天——评董学文〈文学理论学导论〉》，《文艺理论与批评》2005 年第 2 期。

② 金永兵、邓韵娜：《新时期 30 年我国文学理论流派的萌芽与雏形》，《北京联合大学学报》2009 年第 3 期；金永兵：《文学理论科学学派的构建》，《高校理论战线》2004 年第 5 期。并且，在董学文先生的影响下，一些学者在"文学理论学"研究的道路上不断探索，进一步丰富和完善这一新的学科内涵，譬如，金永兵：《文学理论本体研究》，北京：北京大学出版社 2007 年版；盖生：《文学理论当下形态论》，北京：社会科学文献出版社 2008 年版，等等。

③ 董学文主编：《西方文学理论史》，北京：北京大学出版社 2005 年版。

④ 董学文主编：《马克思主义文论教程》，桂林：广西师范大学出版社 2002 年版。

的转型和现代文学理论的发生、成长、变化的历史语境中，深化自己关于文学基本问题和文学理论自身存在的本体性反思，尤其是从近百年来中国文艺理论课程与教材建设的历史图景中，在逻辑与历史的融合视野下，把握文学理论学科的性质、特点以及演化规律。同时，他以"文学理论学"的思考来反观各种现代文学理论教材对中国当代形态文学理论建构的真正意义。① 此后，他集中力量对中国当代文学理论和美学中的一些思想观点和价值倾向进行分析、研究和评判。② 在笔者看来，这些都可以被看作董学文对于"文学理论学"研究的具体运用和相关思考的进一步深化。

这里，董学文对于在当前学界影响较大的一些理论主张和倾向做了重点的分析解剖，主要集中于两个方面：一是关于"审美意识形态"论的反思与批评，进而深入讨论文学与意识形态的关系、审美与意识形态的关系，文学与审美的关系，以及"文学作为可以具有意识形态性质的审美意识形式"问题；③ 二是关于"实践存在论美学"的反思与批评，④ 牵涉的内容相当丰富，既有关于马克思主义经典文本对"本体""实践"的理解问题，也有关于海德格尔存在论的评价问题；既有马克思主义与存在主义的关系问题，也有将马克思"实践论"与海德格尔"存在论"两种理论嫁接形成的"实践存在论"作为美学范式是否可能的问题；既有对中国当代美学演化路径的分析问题，也有对马克思主义美学中国化的判断问题。总体来看，这些争论对中国

---

① 毛庆耆、董学文、杨福生：《中国文艺理论百年教程》，广州：广东高等教育出版社 2004 年版。

② 董学文、金永兵等：《中国当代文学理论 (1978—2008)》，北京：北京大学出版社 2008 年版。

③ 李志宏主编：《文艺意识形态学说论争集》，长春：吉林大学出版社 2006 年版；董学文、李志宏主编：《文艺意识形态学说论争集 (2)》，长春：吉林大学出版社 2009 年版。

④ 董学文：《"实践存在论"美学何以可能》，《北京联合大学学报》2009 年第 2 期；董学文、陈诚：《"实践存在论"美学、文艺学本体观辨析——以"实践"与"存在论"关系为中心》，《上海大学学报》2009 年第 3 期；董学文：《"实践存在论美学"的缺陷在哪?》，《内蒙古师范大学学报》2009 年第 4 期；董学文：《对"实践存在论美学"的辨析》，《文艺理论与批评》2010 年第 1 期；董学文：《"实践存在论美学"的理论实质与思想渊源》，《中南大学学报》2010 年第 1 期；董学文：《对"实践存在论美学"的再辨析》，《上海大学学报》2010 年第 2 期；董学文：《"实践存在论美学"的哲学基础问题》，《北京联合大学学报》2010 年第 2 期；董学文：《美学研究不应该回到人本主义老路——对朱立元"实践存在论美学"的再批评》，《文艺理论与批评》2010 年第 4 期；董学文、陈诚：《马克思奠定现代存在论的理论基础了吗——质疑"实践存在论美学"并答复朱立元、刘旭光同志》，《探索与争鸣》2010 年第 6 期；董学文：《人本主义与马克思美学思想的分歧》，《高校理论战线》2010 年第 7 期；董学文：《海德格尔存在论思想与美学问题》，《北京联合大学学报》2011 年第 1 期；董学文：《"实践存在论美学"与哲学人本主义》，《内蒙古师范大学学报》2011 年第 2 期；董学文、陈诚：《谁在制造美学上"两个马克思"的新神话? ——与朱立元、张瑜同志商榷》，《社会科学战线》2011 年第 2 期；董学文：《怎样认识海德格尔的存在论思想》，《上海大学学报》2011 年第 4 期，等等。此外，部分讨论可以参见严昭柱、董学文主编：《哲学和美学的根基》，北京：北京大学出版社 2010 年版。

美学、文艺学的发展是非常有意义、有价值的；这些争论对于争论双方来说，都在不断地打开自己思考的面向，促使自己的理解和阐释更加深入和精准。并且，这些争论很大程度上改变了学界常见的似是而非、模棱两可的非科学态度，把文学理论和美学研究拉到科学研究的道路上来，在科学性的维度上思考各种理论和思想的价值、意义和局限性。这也是我们超越这些争论本身所能看到的学科发展的方法论意义。

文学理论不是不可衡量的纯粹主观的东西，不是私产，它是历史的产物，也是时代的回声，因而，它具有相对客观性的衡量标准，而且也只有在"理论家共同体"中，各种理论与思想的真理性才会敞亮。否则，所有的思考都只不过是一些琐碎的意见而已。正是从这种意义上说，我们希望在学术上真正实现"百家争鸣"，这是美学和文艺学健康发展必需的理论生态。

结　语

在新时期以来的理论探索中，董学文先生是一个独特的存在。他对理论有着异乎寻常的热爱，他将理性的思考与坚定而真诚的信仰融为一体；他在变化多端的现实生活中坚持自己不变的理想，这种理想主义和浪漫主义的情怀既让他常常"不合时宜"，又让他能够不为闲花野草所诱惑而努力地攀登理论的高峰；他既赋予他的学术和理论研究以永远的现实关怀，将美学和文艺理论研究与时代提出的重大命题紧密地联系起来，却又从不去做那些极富市场价值的图名图利的"时髦"玩意儿。他是一位辛勤的园丁，努力耕耘，不知疲倦，种花栽木，精心呵护培育，存良去莠，认真清理杂草，披荆斩棘又抬头望远地开拓新的世界。他坚信，在理论探索的道路上，"谁害怕那围绕着思想宫殿的密林，谁不用利剑去开辟道路和不去吻醒那睡着的公主，谁就不配得到公主和她的王国"。在他身上，我们可以清晰地看到一个学者对他所身处时代的责任与使命，看到一个学者应有的学术良知和理论勇气，看到文学理论这一学科在价值无序时代所应肩负的价值建设的任务与所应具有的功能。

叙述背后的故事

——赵毅衡文艺思想述略

李松睿①

【学者小传】

赵毅衡：早年毕业于南京大学英文系，后在中国社会科学院研究生院师从卞之琳先生，是莎学专家卞之琳的第一位莎士比亚研究生，获文学理论硕士学位。20世纪80年代中期，获美国伯克利加州大学博士学位，后任职于英国伦敦大学东方学院。现为四川大学文学与新闻学院教授、博士生导师。著有《新批评——一种独特的形式主义文论》《符号学导论》《苦恼的叙述者》《当说者被说的时候——比较叙述学导论》《必要的孤独——文学的形式文化学研究》《符号学原理与推演》《广义叙述学》等。

在中国当代文艺理论发展史上，赵毅衡教授无疑占据着极为重要的地位。这位从 20 世纪 70 年代末开始就钻研形式主义文论的文艺理论家，几乎是凭借着一己之力将形式主义文论介绍到中国，改写了中国文学批评界长期以来由"现实主义——反映论"一统天下的局面。而他的一系列学术著作，例如《新批评——一种独特的形式主义文论》（以下简称《新批评》）、《当说者被说的时候——比较叙述学导论》（以下简称《当说者被说的时候》）等，更是以其理论把握之精到、研究视野之开阔、叙述文笔之酣畅，在学术界产生了持久而广泛的影响。在二十世纪八九十年代，很多学者正是通过赵毅衡的著作才一窥形式主义文论、叙述学的门径，以至于到了今天，无论文学研究者是否认同形式主义文论将广阔的现实生活暂且放入括号存而不论的理论前提，形式主义文论处理文学作品的基本方法都已经成了文学研究者必须掌握的工具。有些研究者甚至不无偏激地指出，能否在方法论上超越现实主义—反映论，掌握形式主义文论的基本方法，是判断文学研究者是否合格的标准。在这个意义上可以说，赵毅衡的文艺思想已经在中国的文学研究界留下了极为深刻的印迹，无论我们是否赞同他的某些学术判断、学术观点，其思想都是一个无法绕开的存在，需要人们进行认真的整理。本文试图以时间为叙述线

---

① 李松睿：北京大学文学博士，中国艺术研究院助理研究员，主要从事中国现当代文学与文化研究。

索，勾勒赵毅衡文艺思想的发展脉络，呈现其研究在中国学界所处的独特地位，并总结其学术研究的基本特色。

一、以形式为中心

赵毅衡 1943 年出生于广西桂林，抗战胜利后随父母回到上海，并在这座城市接受了小学、中学教育。正像他后来在回忆中提到的："上海的建筑、城市格局、西方人遗留下来的风俗习惯等，我印象深刻。实事求是地说，上海文化对我的影响非常大。"① 的确，上海在新中国成立前作为一个大城市，它那畸形繁荣的经济催生了中国最早的现代都市文化，并推动着中国传统文化向现代的艰难转型。于是，各式各样的文化、思想以及价值观在这座城市相互碰撞、交锋、融合、新变，熔铸成了中西合璧的文化品格。而赵毅衡后来的学术风格——以用舶来理论解读中国作品，利用本土经验推进理论发展为特色，这无疑与其早年的成长经历息息相关。

1963 年，赵毅衡以优异的成绩考入南京大学英文系，并很快成为班上成绩最优秀的学生。然而不幸的是，赵毅衡毕业于 1968 年，正好赶上"文革"高潮，他作为英文专业的优秀毕业生，却先是被分配到农场劳动，后调到徐州市郊的煤矿当矿工，并且一干就是七年。在繁重的体力劳动中，勤奋好学的赵毅衡并没有放弃自己的学业，他借着学习《毛泽东选集》的机会，在心里将其中的文章翻译为英文，为其日后从事外国文论研究并赴美学习做了充足的准备。直到 1978 年国家恢复硕士研究生招生后，赵毅衡考入中国社会科学院研究生院，师从著名诗人卞之琳攻读硕士学位，这才离开了煤矿进入文学研究界。应该说，在农场和煤矿劳动的经历，是赵毅衡生命历程中的一段"弯路"，但在这一过程中所接触的人和事，却锻炼了他的性格与心智，让他能够摆脱种种人云亦云的套话，对社会和人生有了独立的看法，为他日后成长为具有鲜明学术风格的学者打下了良好的基础。正像他在回忆那段煤矿生活时所说的："1978 年早春，我从黑咕隆咚的煤窑里爬出来，地面亮得睁不开眼，但也凉得叫人打颤。十年的体力劳动使我明白了一个道理：几十年来的文学方式和批评方式，所谓反映真相的现实主义，只是浅薄的自欺欺人主义。我贴近生活，贴得很近，我明白没有原生形态的本在的生活，一切取决于意义的组织方式。"②

需要指出的是，这段写于 21 世纪的回忆或许并不能准确地反映赵毅衡在

---

① 蒋蓝、赵毅衡：《对"符号中国"的省思》，《成都日报》，2010 年 1 月 11 日。
② 赵毅衡：《礼教下延之后：中国文化批判诸问题》，上海：上海文艺出版社 2001 年版，第 221 页。

1978 年的心理感受，但它无疑揭示出：赵毅衡和彼时大多数文学研究者一样，因为经历了"文革"，开始对长期流行于中国社会的现实主义文学和文学批评进行反思。只不过赵毅衡没有像大多数同代人那样，在对现实主义文艺理论心生厌恶之后，立刻就生吞活剥地运用诸如精神分析、存在主义、系统论以及结构主义等一系列西方理论，在这些舶来理论所布下的重重迷宫中逐渐迷失了自我。而赵毅衡虽然同样否定现实主义文艺理论，却没有匆匆忙忙地弃之如敝屣，而是开始思考现实主义文艺理论得以流行的原因。他认为现实主义文论之所以在中国大行其道，是"中国现代以来的庸俗的经济/社会关系决定论，与中国本有的文以载道论相结合的后果"，因此文学批评总是"把文学当作'现实的反映'"①。在这种情况下，批评家们更关注所谓"内容"，而忽视了文学的形式。在赵毅衡看来，中国当代文学研究界亟须补上形式主义文论这一课，摆脱只看内容而忽视形式的惯常思维方式。因此他才选择形式主义文论作为自己的研究方向。显然，这一选择绝不是在仓促之际的随意之举，而是源自赵毅衡对中国文学研究界存在的问题的清晰判断。这或许可以解释为何这位才华横溢的研究者会花费数十年的精力来耕耘这一研究领域。

在整个 20 世纪 80 年代，赵毅衡对形式主义文论所做的研究主要是《新批评》和《当说者被说的时候》这两本专著。今天重新翻开这些著作，人们或许会觉得它们显得有些简单，特别是《当说者被说的时候》，似乎不像是一本学术专著，而更像是一部教材。赵毅衡在该书中用简明流畅的语言、生动有趣的例证，对叙述学中的基本概念，如叙述行为、叙述主体、叙述层次、叙述时间、叙述方位等，进行了系统介绍。我们甚至可以说，只要认真阅读这部著作，人们就可以掌握对小说进行形式分析的基本方法。我们当然无须指责该书偏于概念介绍，而较少学术创见，因为它本来就是赵毅衡于 1985 年写博士论文时的读书笔记。此外，如果我们考虑到在 20 世纪 90 年代，很多文学研究者认识到 80 年代的文学批评流于印象式批评和对作品内容、主题思想的空洞阐发，缺乏对作品形式的细致分析，开始尝试运用叙述学理论分析作品。但由于中国学界在这一时期缺乏对叙述学理论的详尽了解，使得"大学生研究生经常犯叙述学错误，往往使整篇用功写的论文失据。甚至专家们堂皇发表的文章，甚至参考书，甚至教科书，也会出现'想当然'式的粗疏"②。那么该书对叙述学基本概念、小说分析基本方法的简明介绍，正可谓恰逢其时，使中国学界系统地接触了叙述学理论，极大地改变了中国文学批

① 罗义华：《中国的形式批评与文化批评——赵毅衡先生访谈录》，《外国文学研究》2004 年第 4 期，第 1–4 页。

② 赵毅衡：《当说者被说的时候——比较叙述学导论》，成都：四川文艺出版社 2013 年版，第 3 页。

评的面貌，其意义如何强调都不过分。这也就难怪该书问世后很快就行销一空，在青年学者中间广泛流传，甚至出现一书难求的盛况。

与《当说者被说的时候》相比，《新批评——一种独特的形式主义文论》（该书在新世纪经过修订后，更名为《重访新批评》，以下简称《新批评》）更像是一部严谨的学术专著。它以新批评派对文学性质的理解、从事文学批评的方法论以及诗歌语言分析方法这三个切入点，对这一文学批评派别的发展过程、思想方法进行了深入而详尽的介绍。由于国内学者大多是通过美国文艺理论家韦勒克、沃伦合著的《文学理论》一书了解新批评的，因此使得人们虽然对新批评派关于文学本质的认识，他们对传记研究、心理学研究以及马克思主义文艺理论的批评，以及他们解读作品的基本方法有所了解，但对这些观点形成的背景、这一流派内部的种种分歧等却不大了然。而赵毅衡对新批评派的研究则没有局限于对观点的介绍，而是深入到这一文学批评流派的内部，努力呈现各种观点如何在争论中形成的过程。例如在涉及"感受谬见"这个新批评派提出的重要命题时，赵毅衡没有仅仅介绍该命题指的是文学作品对读者的感染力，并非判断其水平高低的标准，而是从1941年兰色姆在《新批评》一书中指责瑞恰兹、艾略特、温特斯以及燕卜荪等新批评派中的代表人物进行"感受式批评"入手，呈现这一命题得以提出的复杂背景。更为难能可贵的是，赵毅衡没有把西方理论视为永恒不变的真理，而是努力站在更高的层次上对其思想特色进行评说。他认为"反'感受谬见'说，作为一种权宜性的批评方法，暂时把读者问题搁起，未尝不可一试。但在理论上，它却是站不住脚的"[1]，并举出维姆萨特、比尔兹莱等人在评价具体的文学作品时，不得不借助读者感受立论的地方。正是在这里，新批评派那颇为偏激的理论预设和精彩的批评实践之间的裂隙，被清晰地呈现了出来。因此赵毅衡《新批评》一书并不仅仅是全面介绍了新批评派的文艺思想，更总结了该派理论家在具体的批评实践过程中的得失成败，为中国读者进一步寻找合适的批评方法提供了借鉴。在这个意义上，该书直到今天仍然是中国学者解读西方文学理论的经典范例。

二、"形式—文化论"诗学

然而需要指出的是，形式主义文论在分析文学作品时确实充满了洞见，但其理论预设却极为偏激。它将文学作品视为一个封闭自足的小宇宙，切断其与作者、读者以及社会生活之间的一切联系。因此，形式主义文论虽然对

---

[1] 赵毅衡：《重访新批评》，成都：四川文艺出版社2013年版，第76页。

作品内部所蕴含的张力、悖论以及反讽等因素异常敏感，但对广阔的现实生活视而不见，这使得形式主义文论多少显得有些狭隘局促。关于这一点，对形式主义文论情有独钟的赵毅衡是有着清晰的认识的。他在谈到自己的治学经历时提到："大约在1985年左右，我从叙述学读到后结构主义的符号学，豁然明白了一个道理：形式分析是走出形式分析死胡同的唯一道路，在形式到文学生产的社会—文化机制中，有一条直通的路。是形式，而不是内容，更具有历史性。"① 也就是说，赵毅衡非常清楚形式主义文论就形式谈形式是一条没有出路的"死胡同"，但他并不认为摆脱这一困境的方法是重新回到内容，相反，他觉得探究形式得以形成的"社会—文化机制"，是突破形式主义文论自身局限性的有效路径。正是基于这一研究思路，赵毅衡在研究西方文论时以系统介绍形式主义文论知名，但在从事具体的文学研究时则没有单纯地使用形式主义文论的方法，而是有意识地将对作品的形式分析和文化分析结合起来。在笔者看来，最能体现这一研究思路的作品，当属初版于1994年的《苦恼的叙述者》。

这部学术著作以晚清时期出现的中国小说为主要研究对象，通过对比其与传统中国小说、"五四"白话小说之间的区别，分析其叙述形态之特异性的来源。二十世纪八九十年代，晚清时期以其中国与西方相互杂糅、传统与现代犬牙交错的特质，逐渐为越来越多的研究者所关注，赵毅衡、陈平原、王德威等学者都在这一领域作出过重要的贡献。赵毅衡的《苦恼的叙述者》就是这一时期涌现出的代表性学术著作。有趣的是，《苦恼的叙述者》和陈平原出版于1988年的专著《中国小说叙事模式的转变》均使用叙述学理论处理晚清小说，将二者进行对比，或许这是呈现赵毅衡研究思路之特色的最佳途径。表面上看，赵毅衡、陈平原在处理晚清小说时，都是从叙述角度、叙述时间以及叙述结构等叙述学理论出发，分析晚清小说在形式上的特殊之处。对叙述问题，或者说形式问题的高度关注，是这两本著作最有特色的地方。并且由于赵毅衡、陈平原处理晚清小说的方法基本相同，他们在总结这一时期小说创作的特色时也有不少暗合之处。只不过在陈平原那里，形式主义的研究方法被贯彻得更为彻底，而超越单纯的形式分析则是《苦恼的叙述者》一书最有特色的地方。在陈平原的《中国小说叙事模式的转变》中，他对1902年至1927年间出现的千余种著、译小说进行抽样分析，以叙述角度、叙述时间以及叙述结构为参照系进行量化统计，认为"中国小说1902年起开始呈现对传统小说叙事模式的大幅度背离，辛亥革命后略有停滞倒退趋向，但也没有完全回到传统模式；'五四'前后突飞猛进，奠定了中国现代小说叙事模式的

---

① 赵毅衡：《苦恼的叙述者》，成都：四川文艺出版社2013年版。第247页。

基础"①。而造成这一转变的原因，在陈平原看来则是"西方小说的启迪与传统文学的转化"② 这二者的合力。

如果说陈平原主要以叙述学理论为依据对晚清小说进行量化统计，其研究方法基本上没有超出形式主义文论的窠臼；那么赵毅衡则是以叙述学分析为出发点，进而去思考中国社会思想在晚清时代发生的翻天覆地的变化。在《苦恼的叙述者》中，赵毅衡没有把目光局限在晚清小说的形式特征上，而是将文学作品的形式特征看作是整个社会的主导性文化机制的表征。这也就是赵毅衡所说的"小说叙述文本，可以作为文化的窥视孔，可以作为文化结构的譬喻"③。在这个意义上，作品的形式也就成了某种指示器，其种种变异不过反映着中国社会文化在晚清前后经历的变化。在具体的分析中，赵毅衡虽然同样分析叙述角度、叙述时间等叙述学问题，但他关注的重点是叙述者的形象问题。他认为在传统中国小说中，"叙述者享有干预的充分自由，成为叙述中几乎是垄断性的主体性来源，牢固地控制着叙述，由此阻止诠释分化和意义播散"。到了晚清时代，"叙述者对其权威受到挑战相当不安，而用过分的干预来维系叙述的控制……有时候叙述者干预之多到了唠叨的地步，不必要地自我辩护其控制方式，显得杌陧不安"。而在"五四"白话小说中，叙述者地位开始下降，叙述控制得以全面解体，"使整个叙述文本开始向释义歧解开放"④。在赵毅衡看来，由于传统中国在文化上从未受到严重挑战，因此传统小说中的叙述者也就牢牢地控制着作品的意义；而在晚清时代，中国文化的合法性遭遇了前所未有的危机，这一时期小说作品中的叙述者也就进退失据，显得极为不安、异常苦恼；到"五四"时期，中国文化在外来思想的冲击下，价值越来越趋于多元，使得小说叙述者再也无法控制文本的意义阐释。

由此我们可以看出，虽然《苦恼的叙述者》一书对晚清小说的研究是从形式分析入手的，但其真正关心的对象却是中国文化在外来文化冲击下所经历的种种变化。也就是说，赵毅衡实际上是将小说的形式特征看作是文化结构在小说文本中刻下的一系列印痕，并由此去窥探文化结构自身。这就使得赵毅衡的研究相较于陈平原那部专注于形式分析的著作，获得了更为宏阔的文化视野。在这个意义上，赵毅衡的研究实际上是联结小说形式与文化的中介，它一端勾连着小说的形式特征，另一端则与更为广阔的文化对接。这一独特的研究思路，被赵毅衡命名为"形式—文化论"。在赵毅衡后来的很多研究论文中，如《无邪的伪善：俗文学的道德悖论》《重读〈红旗歌谣〉：试看

---

① 陈平原：《中国小说叙事模式的转变》，北京：北京大学出版社 2003 年版，第 12 - 13 页。
② 陈平原：《中国小说叙事模式的转变》，北京：北京大学出版社 2003 年版，第 14 页。
③ 赵毅衡：《苦恼的叙述者》，成都：四川文艺出版社 2013 年版，第 249 页。
④ 赵毅衡：《苦恼的叙述者》，成都：四川文艺出版社 2013 年版，第 166 - 167 页。

"全民合一文化"》以及《从金庸小说找民族共识》等，这种"形式—文化论"研究思路都得到了充分的体现。例如在《无邪的伪善：俗文学的道德悖论》中，赵毅衡就对明清时期戏曲舞台上折子戏大行其道，而全本演出相对较少的现象进行了精妙的解释。他没有像很多古典文学研究者那样，将这一现象归结为全本演出耗时过长等纯技术性原因，而是力图从文化角度来解释作品的演出形式问题。赵毅衡认为以《白兔记》为代表的俗文学内部存在着主流文化与亚文化之间的张力，诸如灵异、闹剧等亚文化内容必须包裹在符合主流文化的整体框架中才能得到呈现。在赵毅衡看来，折子戏的演出恰好可以化解这一文本内部的张力，因为"在折子戏中，伦理逻辑被悬搁了，被推到一个方便的距离上。这样，在释读文本的意义时，全剧语境既可以被引出作为道德保护，又可以置之不顾以免干扰片段的戏剧兴趣"①。正是以这样的方式，赵毅衡的文学研究超越了单纯的作品形式分析，进而去讨论使文学作品成为可能的文化背景、文化结构。

三、符号学与广义叙述学

从赵毅衡所使用的"形式—文化论"研究方法可以看出，他将人类的社会生活看作是某种双层结构，上面一层是包括文学、历史、哲学、新闻以及影视等在内的各种叙述文本，而下面一层则是支配前者，并使其成为可能的元叙述（或者用更通俗的说法，那就是文化）。在人类的文化活动中，元叙述提供意义的来源，而上一层的叙事文本则将意义以各种形式叙述出来。赵毅衡所做的研究工作，就是通过对上一层叙事文本的分析与解读，去窥探下一层元叙事的"秘密"。这就是他要将自己的研究方法称为"形式—文化论"的原因。只是因为赵毅衡在此时碰巧是一位文学研究者，所以他才会选择将文学文本作为通向元叙事的幽谧小径。然而随着研究的深入，赵毅衡渐渐地不再满足于将自己处理的研究对象限定在文学上，而是希望去探究更为广阔的研究领域。这就是使得他在进入 21 世纪后，逐渐脱离了原有的形式主义文论、叙述学研究，开始进行符号学和广义叙述学研究。而由此引发出的问题是，这里的所谓形式主义文论、叙述学以及符号学之间的关系是什么？赵毅衡的研究转向究竟有何意义？

在一次接受访谈时，赵毅衡重点谈到了形式主义文论、叙述学以及符号学之间的关系问题。他表示：

---

① 赵毅衡：《礼教下延之后：文化研究论文集》，成都：四川文艺出版社 2013 年版，第 47 页。

我把形式文论分成这么几个大的部分：符号学，属于这里最抽象的层次；叙述学是符号学运用于叙述，正如语言学是符号学运用于语言，但是语言学学科之独立庞大历史久远，远远超过叙述学和符号学，因此很难说语言学是符号学的运用。叙述学本身也太庞大，所以单独成为一个学科，符号学与叙述学现在就并列了。其他应当属于形式论范畴的，包括风格学、修辞学，它们都是由符号学总其成的形式论的一部分。①

也就是说，赵毅衡认为符号学本来属于最抽象的层次，叙述学不过是将抽象的符号学原理运用于叙述文本之上而已。但由于叙述学目前已经发展成为有着庞大体系和自身历史的学科，使得人们很难将叙述学看作是符号学的分支学科，因此他虽然将符号学看作是涵盖面最大的学科，但迫于学界惯例却不得不将符号学和叙述学、风格学、修辞学等权宜性地并列在一起，放在形式主义文论之下。

虽然赵毅衡对上述这些概念的表述显得有些含混，但我们多少能够从中看出他从叙述学研究转向符号学研究的"野心"。以文学文本，特别是小说为研究对象的叙述学，只能涉及人类表意活动中的一小部分；而研究如何表达意义、解释意义的符号学，则将人类的全部表意活动纳入其研究范围。因此，当赵毅衡将研究重心转向符号学时，他实际上是要将人类社会的全部表意活动都作为自己的研究对象。这无疑是一项规模庞大、让人望而生畏的工作。而赵毅衡最新的两部专著——《符号学原理与推演》和《广义叙述学》——就是这项工作的初步成果。

在 2011 年的专著《符号学原理与推演》中，赵毅衡尝试在综合国际符号学研究界研究成果的基础上，立足于新世纪以来的文化变迁和中国符号学传统，重新建立一套符号学体系。不过在笔者看来，赵毅衡花费巨大的心力按照符号的构成、符号的意义表达、符号的传播、符号的解释以及符号的修辞等项目，构建起一套表述符号学的完整体系，其意义当然如何强调都不过分。但读过该书之后，令人印象最深的地方并不是那套完备的体系，而是赵毅衡在总结西方各派理论家对某一符号学问题的论述后，运用中国本土的经验与例证，指出西方理论家论述的不足，并进一步推进对该问题的探讨。这才是赵毅衡这部著作中最令人钦佩的地方。例如在该书上编第九章第十节谈到符号学修辞的四种主要类别——隐喻、提喻、转喻以及反讽——的演进时，赵毅衡先是引证了弗雷德里克·詹姆逊和格雷马斯等人关于上述四种类型相互

① 赵毅衡、邓艮：《一个符号学者的"自小说"——赵毅衡教授学术生涯访谈》，《社会科学家》2013 年第 11 期，第 1-5 页。

之间是否定关系的论述；接下来，又依次引用了维柯、诺瑟罗普·弗莱以及卡尔·曼海姆关于四种类型在历史过程中依次演化的观点。再次，他还进一步介绍了皮亚杰、E. P. 汤普森以及海登·怀特等人如何在心理学、历史学等领域运用符号学修辞四体演进的理论。最后，赵毅衡用中国传统小说以及宋代易学家邵雍的论述，证明四体演进理论对于中国本土文化来说同样适用。行文至此，赵毅衡已经向读者展示了自己的博学和宽阔的理论视野。但他对此并不满足，而是进一步对四体演进理论提出质疑，即"四体演进说没有回答一个关键问题：反讽之后，下一步是什么？"[1] 在赵毅衡看来，中国文学史上发生的一系列文体变迁表明，当文学发展到反讽时，并不像保罗·德曼所言，意味着"文化表意无法进行下去"[2]。恰恰相反，文化总是会在一种表意方式终结后，重新发现新的表意方式，"重新构成一个从隐喻到反讽的漫长演进"[3]，就像古典小说让位给白话小说、现代小说让位给影视作品一样。正是在这里，赵毅衡没有像很多中国学者那样视西方理论家的论述为普遍真理，而是敢于与西方理论进行对话，并进一步推进对问题的讨论。在笔者看来，这部著作最重要的学术价值或许正体现在这些地方。

如果说赵毅衡的《符号学原理与推演》主要在抽象的层面上探讨了意义的传播、释读等问题，那么他于 2013 年出版的新作《广义叙述学》则主要探究意义如何通过人类具体的叙述活动表达出来。与传统的叙述学相比，所谓广义叙述学的最大特色，就在于它不再把研究对象限定为文学叙述，而是试图为包括文学、历史、传记、新闻以及影视作品在内的人类全部叙述行为寻找规律。需要指出的是，创建这样一种包罗万象的广义叙述学绝不是什么异想天开或头脑发热的举动，而是近几十年人文社会科学和自然科学发展过程中的内在要求。从二十世纪七八十年代开始，历史学、社会学、心理学、政治学乃至医学都出现了所谓"叙述转向"，叙述成为这些学科经常使用的研究方法之一。在这种情况下，研究界迫切希望有一门能够讨论所有叙述体裁的共同规律的学科，而赵毅衡试图创建的广义叙述学正顺应了这一要求。在笔者看来，或许《广义叙述学》最大的贡献，在于它创造了一种覆盖所有叙述体裁的分类方法。赵毅衡在书中按照横纵两条轴线展开对所有叙述体裁的全域分类方案。一条轴线是按照叙述体裁的"本体地位"，分为纪实型体裁和虚构型体裁；另一条轴线则是按照所谓"时间—媒介"分类，分为过去时的记录类叙述、过去现在时的记录演示类叙述、现在时的演示类叙述等等。[4] 于

---

① 赵毅衡：《符号学原理与推演》，南京：南京大学出版社 2011 年版，第 221 页。
② 赵毅衡：《符号学原理与推演》，南京：南京大学出版社 2011 年版，第 221 页。
③ 赵毅衡：《符号学原理与推演》，南京：南京大学出版社 2011 年版，第 221 页。
④ 赵毅衡：《广义叙述学》，成都：四川大学出版社 2013 年版，第 1 页。

是，人类社会的所有叙述行为都可以在这一分类方案中找到相应的位置，为进一步探讨叙述行为的规律打下了坚实的基础。然而遗憾的是，《广义叙述学》一书在讨论具体的叙述问题——如叙述者、叙述时间、情节以及叙述分层等——时，似乎与传统的小说叙述学并没有本质性的差别。广义叙述学还没有找到真正超越传统叙述学的路径。在这个意义上，赵毅衡试图总结人类社会全部表意活动之规律的努力，还只是刚刚开始。

结 语

通过上文的梳理可以看出，赵毅衡最关心的问题是意义究竟是如何得到表达的，因此他始终在探究各种各样的叙述背后的故事。只不过在二十世纪八九十年代，他主要研究文学叙述，而到了新世纪，他开始关注人类生活的全部表意活动。在长达三十余年的研究工作中，赵毅衡的文艺思想表现出以下三个特点：首先，他从不随意选择研究对象，每一项研究都有着鲜明的问题意识。他在 20 世纪 70 年代末研究形式主义文论，是为了扭转中国文学研究界重内容而轻形式的弊病；在新世纪研究广义叙述学，则是考虑人文社会科学界急需一种涵盖各类叙述的学科。这就使得赵毅衡的学术研究总是能解决一些真正的问题，具有旺盛的生命力。其次，赵毅衡以研究西方文学理论知名，但他的研究却具有鲜明的中国主体性，他总是用中国本土的经验与例证，指出西方理论存在的问题，并进一步推演出新的理论表述。因此阅读赵毅衡的著作，我们总能在里面觉察到作者对自己研究工作的自信，这在长期奉西方理论为圭臬的中国学界中是非常少见的。最后，虽然赵毅衡博学多才、兴趣广泛，但他的研究却有着一条贯穿性的主线，那就是以对文学形式的关注为核心，并进而生发出对人类整体表意活动的探究与思考。他的研究在学界能产生那么深远的影响，无疑与他能够对某一学术问题进行长期思考有密切联系。直到今天，赵毅衡仍然在思考着人类表意活动的基本规律，并在《符号学原理与推演》和《广义叙述学》中作出了初步探索，为国际符号学界的发展作出了重要贡献。

论申丹的叙事学研究

李 森①

┌─────────────【学者小传】─────────────┐

　　申丹：英国爱丁堡大学博士，北京大学外国语学院教授、博士生导师，担任北
京大学欧美文学研究中心主任，教育部长江学者特聘教授。主要从事叙事理论与小
说阐释学、文体学和翻译学研究。代表性专著有 *Style and Rhetoric of Short Narrative
Fiction: Covert Progressions Behind Overt Plots*（《短篇叙事小说的文体与修辞：显性情
节背后的隐性进程》）、《叙事、文体与潜文本——重读英美经典短篇小说》《英美
小说叙事理论研究》《叙述学与小说文体学研究》《文学文体学与小说翻译》《西方
叙事学：经典与后经典》等。译著包括《解读叙事》《当代叙事理论指南》（合
译）等。另编有《西方文体学的新发展》《欧美文学论丛：欧美文论研究》、"新叙
事理论译丛"等。

└─────────────────────────────────┘

　　20 世纪 70 年代以来，小说叙事学在西方逐步发展成为小说研究的重要领
域，终于成为具有完整术语和学术体系的研究方法。从 20 世纪 80 年代开始，
在我国学术界，从单篇论文的译介到整本书的翻译，再到独立完成的叙事学
著作，经过近三十年，叙事学已经成为小说研究的基本方法和必备知识。在
国内众多叙事学研究者中，申丹教授以其国际化的视野和对叙事学、文体学、
翻译学的交叉研究，最终形成了独具特色的体系化的叙事理论轨迹，使中国
的叙事学研究得以和国际叙事学研究平等对话，探索了叙事学理论发展的
道路。

一、叙事学与小说文体学

　　申丹在英国爱丁堡大学留学时所从事的是文体学研究，虽然与小说研究
有关，但显然文体学的研究范畴比叙事学更广。文体学"可以泛指所有对文
学文本进行分析的文体派别，也可以特指以阐释文学文本主题意义和美学效

───────────────

① 李森：南京大学文学博士，南京艺术学院讲师，从事西方美学、艺术学与叙事学研究。

果为终极目的的文体学派"①。她于 1988 年在《诗学》上发表的《论文体学、客观性与常规惯例的关联》一文就是针对当时斯坦利·费什为消解传统文体学的客观性，把文体学转变为"读者感受文体学"所撰写的。② 她在文中讨论了《失乐园》和《远大前程》等叙事性作品。可以说申丹对叙事作品的偏爱是十分明显的，因为用文体学方法研究诗歌似乎更加正统。由此，文体学的素养和对小说的独特偏爱，以及外语系出身的背景使得她首先进入了小说翻译研究。因为"文体学分析的主要作用就是使译者对小说中语言形式的美学功能更为敏感，促使译者使用功能等值的语言形式，避免指称对等带来的文体损差。在小说翻译中，我们应更为注重形式与内容的不可分离性，注重形式本身所蕴涵的意义。"③

文体学十分注重比较研究，即将作者对语言所作的特定选择与其他的可能性进行比较，从而找出前者的特定效果，而翻译学恰好需要在原文与译文之间进行对比，申丹利用译本为文体学分析探出了一条新路，"原著与一个（或几个）译本构成了两种（或两种以上的）实际选择，为文体学提供了较为自然的分析素材；此外，两种语言和两种文学及文化传统在翻译中的对照与冲突也有助于从新的角度揭示文体特征的实质、作用和价值"④。因为"从文体变化的角度来看，故事是不变的因素……（小说文体学）只对不改变故事内容的那些语言上的变化感兴趣"⑤。文体学方法的客观细致与女性学者独特的细腻感受结合在一起，与新批评的"细读法"如出一辙（这种研究方式后来贯穿于申丹的整个叙事学研究之中，从对经典叙事学的再阐释到对后经典叙事的解读无不充满了细致严谨的分析），但这种语言学研究式的"细读"恰恰也是文体学研究的软肋，按照这种批评方法进行文体学研究就会变成中国式的"小说评点"。

文体学研究关注小说遣词造句所形成的文本中有特色的文字表达方式，即对语言形式的选择，相对忽视了文本宏观层面上叙事形式（叙事话语）的特点。这个问题西方文体学学者也早就认识到了，申丹在《文体学和叙事学：互补与借鉴》一文中指出西方文体学借鉴叙事学的三种方式，即"温和式""激进式"和"并行式"，而这几种方式又各有偏颇。更重要的问题是"20 世纪 90 年代以来……叙事学很少借鉴文体学，主要聚焦于文体学如何借鉴叙事

① 申丹：《叙述学与小说文体学研究》，北京：北京大学出版社 1998 年版，第 73 页。
② Dan Shen. Stylistics, Objectivity, and Convention. *Poetics*. 1988（17）：pp. 221–238.
③ 申丹：《论文学文体学在翻译学科建设中的重要性》，《中国翻译》2002 年第 1 期，第 11 页。
④ 魏宣：《深入钻研　见解独到——申丹教授的文体学、叙事学与翻译理论研究》，《北京大学学报》（哲学社会科学版）1997 年第 1 期，第 140 页。
⑤ G. Leech and N. Michael. *Short*, *Style in Fiction*, London：Longman，1981：p. 37.

学"①。正是基于这种思考，申丹转换视角提出"在小说形式技巧这一层面上，（叙事学的）'话语'与（文体学的）'文体'呈互为补充的关系，只有兼顾两者才能对小说的形式技巧进行较为全面的研究。……综合采用叙述学和小说文体学的研究方法，从不同角度对这两个层面展开系统深入的研究，以帮助提高欣赏、评论或分析小说的水平"②。申丹研究的重点在于"话语"与"文体"之间的两个重要的重合面，即叙事视角和表达人物话语的不同方式。它们的重合面是共同的研究内容和范畴，不同在于两者的研究角度。例如叙事视角对叙述学而言关注的是叙事时采用的视觉和感知方式，它具有某种空间感和方向性，是事件的存在方式，根本上是结构性的。而对文体学，叙事视角则是非空间性的，更多的是心理和情绪式的，更注重文字流露出的立场观点、语气情绪等，是文体式的。这样，文体和话语出现了断裂，它们各自遗漏了对方的理论视野。究其原因在于两者与语言学的亲疏关系不同。

　　叙事学只是在某种意义上比喻性地借用了语言学的某些观念，比如托多罗夫的"叙事句法"，或是热奈特的叙事话语对故事所进行的"修辞"。事实上，叙事学已经脱离了语言学的语境，形成了相对独立的理论话语体系。而文体学则不同，它"严格（而非比喻式）地应用语言学。语言学一方面为文体学提供了有力的分析工具，同时又将文体学的分析范围局限于语音（或书写）特征、词汇特征、句法特征等以句子为单位的语言现象上"③。如果想要将两者融合起来，对研究者学养和跨学科能力的要求可想而知。在将两者结合起来的过程中，申丹也发现了很多叙事学和文体学理论中悬而未决或含混不清的问题，例如叙述视角与叙述人称的关系，视角越界等问题，她利用文体学善于分析叙述人称以及叙述学中对叙述视角"声音"与"眼光"的划分，对这些问题进行了全新的认识，引起了国际叙事学界的关注。

　　《叙述学与小说文体学研究》出版以来，申丹为两种理论的融合作出了不懈的努力，在普及两种理论基础知识的同时，力图让读者把它们结合起来，以达到对小说叙述的全面认识，她迫切地提出，学校在教学中"若有条件，应同时开设文体学课和叙述学课，鼓励学生同时选修这两门课程"④。在她的不断努力下，叙事学界已不再对文体学置之不理或望而却步，对两种理论的认识与融合已经成为国内外叙事学者不得不面对的重要问题和研究小说文本

---

　　① 申丹：《文体学和叙事学：互补与借鉴》，《江汉论坛》2006 年第 3 期，第 65 页。

　　② 申丹：《叙述学与小说文体学研究》，北京：北京大学出版社 1998 年版，第 8 页。

　　③ 申丹：《小说艺术形式的两个不同层面——谈"文体学课"与"叙述学课"的互补性》，《外语教学与研究》2004 年第 2 期，第 112 页。

　　④ 申丹：《小说艺术形式的两个不同层面——谈"文体学课"与"叙述学课"的互补性》，《外语教学与研究》2004 年第 2 期，第 114 页。

时的必要方法。

　　然而申丹并不仅仅是在理论层面"纸上谈兵"，她于2009年出版了《叙事、文体与潜文本——重读英美经典短篇小说》一书，提出将文体学与叙事学的研究方法整合为一种"整体—扩展细读法"（Overall - Extended Close Reading），这种方法"以文本为基础，以打破阐释框架的束缚为前提。其'细读'有两个特点：一是既关注遣词造句，又关注叙事策略。二是'细读'局部成分时，仔细考察该成分在作品全局中的作用……其'整体性'主要体现在以下三个方面：一是对作品中各成分之间的相互作用加以综合考察；二是对作品和语境加以综合考察；三是对一个作品与相关作品的相似和对照加以互文考察。也就是说，'整体细读'是宏观阅读与微观阅读的有机结合，两者相互关照，相互关联，不可分离"①。这样做的目的是将叙事学与文体学方法相结合，挖掘这些大家所熟悉的作品中长期以来被遮蔽的潜文本。在该书上篇"理论概念和模式"的核心就是她曾提出的"话语"与"文体"之间的两个重要的重合面——叙事视角和表达人物话语的不同方式，并对此进行了扩展和理论层面的应用性说明，即如何通过认识小说文本中作者、隐指作者、叙述者和人物几个主体的差异，从而揭示作品中的某种深层含义。叙事学提供了文本的主体结构框架和部分的主体意向，而用文体学的方法对遣词造句进行的分析恰好能更加细致地反映出各个主体的立场观念和语气情绪等倾向，由此可以发现过去被某种"凸显"主体所主导的表层意义下所遮蔽的其他主体的深层含义，在认识到几个主体的众声喧哗时，再由读者与该作品所存在的"文学场"进行综合比对（如该作家的其他作品，该时期作品的大致倾向，其他读者的理解角度等等），判断作品要表达的可能是哪一种声音。该书的下篇对八篇著名的短篇小说进行了"重读"，定见导致了过去对作品潜文本的长期盲视，申丹的全新释读令人信服，与习以为常的观点形成极大反差。对小说的重释过程就是对潜文本的挖掘过程，也是整体细读法的具体演绎过程，为文本批评提供了范本。稍感遗憾的是整体细读法在该著作中主要用来分析英美短篇小说，笔者认为主要是因为文体学更适用于短篇小说的细读，篇幅上也便于分析和理解。②

　　在重视理论与批评实践结合的同时，申丹对文体学问题的研究也在逐渐深入，不断将国外最新的文体学研究成果介绍进来。她在2001年为《小说文体论：英语小说的语言学入门》做了导读，并于2008年出版《西方文体学的

---

　　① 申丹：《叙事、文体与潜文本——重读英美经典短篇小说》，北京：北京大学出版社2009年版，第12-13页。
　　② 申丹：《叙事、文体与潜文本——重读英美经典短篇小说》，北京：北京大学出版社2009年版，第9页。

新发展》，介绍了认知文体学（Cognitive Stylistics）、计算文体学（Computational Stylistics）等让人耳目一新的研究方法。较之传统的文体学研究，这些新兴的文体学方法似乎更加容易应用和操作，某种意义上应该可以加强文体学对长篇小说的分析能力，使之与叙事学的沟通更加便捷，也为两种理论融合的下一步研究奠定了基础。

二、经典叙事学与后经典叙事学

20世纪80年代以来，国内学界对经典叙事理论的译介一直兴趣不减，大批经典著作悉数被译为中文，促成了叙事学研究的热潮。在西方经典叙事学理论处于低谷的90年代，国内对经典叙事学翻译和研究却势头火热。然而直到21世纪初，西方学者对结构主义叙事学进行的反思、创新和超越却鲜有人知，理论上匆匆转向了文化批评，以关注读者和语境为主要特征的西方后经典叙事学却未得到足够的重视，在很大程度上忽略了西方叙事学的新发展。

基于这种理论链条的断裂，申丹教授主持编译了"新叙事理论译丛"。从2002年至今，该丛书共出版了八部，其中除《解读叙事》《当代叙事理论指南》是由申丹本人翻译或参与翻译以外，《新叙事学》《虚构的权威》《作为修辞的叙事》《后现代叙事理论》《当代叙事学》《小说与电影中的叙事》六部也都由名家译成，其中涉及修辞性叙事、解构主义叙事、女性叙事和非文字媒介叙事等新兴的叙事学理论。在这以前国内叙事学研究偏重经典叙事学，有关论著局限于法国学者，很少涉及北美。而20世纪90年代以来，北美已经取代法国成了国际叙事理论研究的中心，这些代表性作品的译介可以使国内学界悉知当代叙事学的发展。然而仅仅译介是不够的，还需要一批真正了解这些理论的学者进行推介和阐释。实际上，在这套书出版之前申丹就已经开始介绍美国叙事学研究的动态了。① 这样的理论推介与研究一直持续到2005年，其间十几篇研究论文最后汇集为当年出版的《英美小说叙事理论研究》的部分重要章节。有意思的是，申丹并没有仅仅关注后经典叙事，而是邀请了另外两名学者用近半本书的内容先介绍英美的传统小说理论和现代小说理论，然后才开始介绍当代的后经典叙事。过去我国学界对英美小说理论的认识往往是散点式的，申丹认为这样做的好处在于"引入历史发展的视

---

① 参看申丹的系列论文：《美国叙事理论研究的小规模复兴》，《外国文学评论》2000年第4期，第144–148页；《从国际叙事文学研究协会99年会看叙事文学研究的发展动态》，《外国文学动态》2000年第1期，第41页；《究竟是否需要"隐含作者"？——叙事学界的分歧与网上的对话》，《国外文学》2000年第3期，第7–13页；《解构主义在美国——评J. 希利斯·米勒的"线条意象"》，《外国文学评论》2001年第2期，第5–13页。

角",不仅增加了该书的纵深感,也使该书对于英美叙事理论的论述更加清晰、深入。

对于叙事理论的引介,申丹的特点在于将很多过去对理论的误解和混淆进行了整理与澄清,主要体现在两个方面:一是对理论发展脉络的整理;二是在对线索清理中所发现的误读和难点进行阐释。申丹认为这些在理论认识中产生的问题主要来自当代文论的排他性,具体表现为"1. 以哲学立场为基础的排他性;2. 研究关注面上的排他性;3. 意识形态上的排他性"①。所以,只有正确认识到各派理论之间的各种关系,才能采取较为客观和开放的态度,推动文论研究和文学批评的发展,这是中西方学者共同努力的方向。在研究中,申丹特别批判了这种排他性所造成的理论偏见和由此带来的问题。

针对解构主义和文化政治研究的兴起,国内外学界发出"经典叙事学已经过时"的声音,申丹将这种观点分为三种类型:"第一类认为叙事学已经死亡,'叙事学'一词已经过时,为'叙事理论'所替代。第二类认为经典叙事学演化成了后结构主义叙事学。第三类则认为经典叙事学进化成了以关注读者和语境为标志的后经典叙事学。"② 这种认识没有把握经典叙事学的实质,没有廓清经典叙事诗学、后经典叙事学、后结构主义叙事理论之间的关系,就会产生理论上的偏差。实际上,"经典叙事诗学既没有死亡,也没有演化成后结构或后经典的形式。经典叙事学与后结构主义叙事理论构成一种叙事学与反叙事学的对立,与后经典叙事学在叙事学内部形成一种互为促进、互为补充的共存关系"③。申丹之所以在各个场合强调叙事学的发展脉络和沿承关系,就是因为如果在大的问题上理解出现毫厘偏差,那么在具体的理论理解和批评实践中就会谬以千里。

2004 年申屠云峰发文对申丹《解构主义在美国——评 J. 希利斯·米勒的"线条意象"》中的观点提出异议,他认为申丹将米勒的解构主义观点看作是一种超出文本疆界的宏观观察角度,而结构主义的观点则是以文本疆界为基础的微观观察角度。这两种视角在米勒的著作中都存在,均有其存在的合理性是有问题的。实际上,米勒的叙事理论"旨在对叙事学进行本体(存在)层面的讨论……结构主义叙事理论与解构主义叙事理论的互补关系实质上是一种虚构的和谐关系"④。申丹在立即发表的回应中认为造成这种理解偏差的

---

① 申丹:《试论当代西方文论的排他性和互补性》,《北京大学学报》(哲学社会科学版) 2000 年第 4 期,第 30 页。

② 乔国强:《叙事学与文学批评——申丹教授访谈录》,《外国文学研究》2005 年第 3 期,第 5 – 10 页。

③ 申丹:《经典叙事学究竟是否已经过时》,《外国文学评论》2003 年第 2 期,第 93 – 103 页。

④ 申屠云峰:《对〈解读叙事〉的另一种解读——兼与申丹教授商榷》,《外国文学评论》2004 年第 1 期,第 76 页。

根源在于"一部著作被贴上标签后，会在有的读者头脑中造成如此单一固定的阐释框架，导致对这种揭示的整体抵制和'误读'"①。这种现象并非面对米勒时所独有的，很多有过"转型期"的学者都有在经典与后经典视角间游移的阶段，比如查特曼的"修辞叙事学"也有相似的情形，而有学者因为他的后经典立场忽视了其理论中的经典性叙事成分，也是有所偏颇的。② 因此申丹提出必须打破某种理论标签或框架的束缚，不能盲目崇信作者或权威的某些言辞，而应该保持头脑的清醒和视野的开放，考察理论源流，透过文本表面的总体理论框架认识到其丰富的内涵。

继《英美小说叙事理论研究》之后，2010 年申丹又与人合著《西方叙事学：经典与后经典》，这是一本教材，深入浅出且实例充分，而且进一步完善了申丹构建的叙事学理论体系。尽管《叙事学与小说文体学研究》（1998）已经对经典叙事学的基本概念和模式进行了较为全面和系统的讨论，但《西方叙事学：经典与后经典》的上篇经典叙事理论部分还是加入了"叙事空间"的新内容，补充和加强了经典叙事学的薄弱环节，而在下篇后经典叙事部分也在"认知叙事学"部分讨论了"叙事空间的建构"问题，可见申丹对叙事学近年研究中所突显出的"空间转向"问题的关注。而且可以看出该书对象征或隐喻性的"空间形式"问题并没有太多关注，与国内学界大谈"空间形式"有所区别，而是通过"故事""话语""读者"等多角度对空间问题进行了启发式的实质性探讨。

该书下篇的后经典叙事较作的新特点是加入了"非文字媒介叙事"的章节，分别介绍了"电影叙事""绘画叙事""戏剧叙事"，这无疑是叙事研究的重要新方向之一。研究文字叙事和其他媒介叙事的关系，以及非文学叙事的特点已经是当下叙事研究的热点问题，也是适应当下叙事艺术（图像、影视）发展的实际。只是教材受篇幅所限，文中论述都较简洁。其实申丹一直很关注这些问题，如前文提到的关于修辞性叙事学的探讨就是针对西摩·查特曼的《叙事术语评论：小说与电影中的修辞学》所进行的，她也曾与人在英国权威期刊《语言与文学》上发表《舞台下的戏剧：戏剧中的写—读者关系》（2001）讨论戏剧剧本复杂的"读者"问题，对于剧本"'读者'是一个集体名词，它包括了导演、制片人、布景师、演员、舞台观众和剧本的读者，同一个戏剧可以给不同的接受主体传递出不同的语用学含义。剧作家是

① 申丹：《〈解读叙事〉的本质究竟是什么？——答申屠云峰的〈另一种解读〉》，《外国文学评论》2004 年第 2 期，第 57 页。

② 申丹：《修辞学还是叙事学？经典还是后经典？——评西摩·查特曼的叙事修辞学》，《外国文学》2002 年第 2 期，第 40 - 46 页。

如何使用话语策略让不同的读者得到不同的影响"就成了一个很有价值的话题。① 前文提到由申丹主编的"新叙事理论译丛"中的《小说与电影中的叙事》也是跨媒介叙事问题的重要著作。这些努力都将推动我们对跨媒介问题探讨的不断深入。

从上文论述中可以看到申丹的叙事学研究纵向构成了较完整的史论并重的体系,横向形成了跨学科、跨媒介的向度,并在深度和广度上都达到了一定水平。

三、"说得对"与"接着说"

饶宗颐先生曾提出做学术需先耐心学习力求做到"说得对",有了基础后再超越前人"接着说"。其实"说得对"就是求"准",而"接着说"就是求"新",申丹治学在这两方面的特点是十分明显的。

她并不崇信权威,也不人云亦云,这就是申丹留给大家的普遍印象。美国学者理查森与申丹就"故事"与"话语"在现代小说中的区分问题展开了讨论,并在美国叙事学权威期刊《叙事》上展开了论战,谈到申丹时他说:"申丹的作品令人非常钦佩,尤其是她重新考察很多早期学者看似无可非议的见解时所展现的准确性。"② 她对布斯、热奈特、查特曼、米勒等理论家的再阐释也已得到中外叙事学学者甚至作者本人(希利斯·米勒)的认可。申丹的做法是首先正确理解前辈理论家的论著和观点,然后在批评实践和理论钻研中发现问题,再对这些问题进行重释或修正。这靠的不仅仅是她外语系出身过硬的语言功底,更是其对理论准确性的不懈追求。而追求准确性的同时就是发现问题的过程,就是为创新做的准备,例如,她发现叙事学对小说遣词造句的忽略,就将叙事学和文体学有机结合起来弥补各自理论的不足,形成一种新的理论维度。

申丹在欧美发表的论文有 20 多篇被 A&HCI 收录,其叙事学研究的成果已经引起国际学界的重视,现任多个国际权威期刊如英国《语言与文学》(*Language and Literature*)、欧美《文学符号学期刊》(*Journal of Literature Semantic*)等的编委。更值得一提的是,她还参与了《当代叙事理论指南》(2005)、《劳德里奇叙事百科全书》(2007)和《当代叙事学手册》(2011)的编写,这几本书都是当代叙事学研究的扛鼎之作,几乎当代著名叙事学家

① Zongxin Feng, Dan Shen. The Play off the Stage: The Writer-reader Relationship in Drama, *Language and Literature*, 2001(10): p. 79.

② Brian Richardson. Some Antinomies of Narrative Temporality: A Response to Dan Shen, *Narrative*, Vol. 11, No. 2, 2003: p. 234.

都参与其中。在《当代叙事理论指南》中申丹撰写了"叙述学和文体学能相互做什么"一章，这正是她叙事理论的独创之处。① 在《劳德里奇叙事百科全书》中申丹分别撰写了五个词条，即"故事—话语的区分"（Story – Discourse Distinction）、"思维风格"（Mind – style）、"叙事"（Narrating），"讲述"（Diegesis）、"语气"（Mood）。② 而在《当代叙事手册》里申丹则花大量篇幅讨论了"不可靠叙述"（Unreliability）的问题。③ 一个中国学者应邀在欧美叙事学重要著作中撰写相关基本概念，可见申丹对叙事学基本理论认识的准确和深入，她的研究已经获得了国内外学界的一致认可。

通过申丹教授，我们欣喜地看到，叙事学传入中国不过 20 年，但中国学者不再仅仅是欧美叙事学的介绍者和使用者，足可以在某些问题上同西方学者进行深入的对话。无论是理论探讨还是批评实践，我国的叙事学研究都在拓展广度和深度，将在文学研究中占据越来越重要的地位。

---

① Dan Shen. What Narratology and Stylistics Can Do for Each Other, in James Phelan and Peter J. Rabinowitz ed. , *A Companion to Narrative Theory*. London：Wiley-Blackwell, 2005：pp. 136 – 149.

② See Ed. David Herman et. al. *Routledge Encyclopedia of Narrative Theory*. London：Routledge, 2007.

③ See Dan Shen. Unreliability. Peter Huhn et. al. Ed. *The Living Handbook of Narratology*. Hamburg：Hamburg University Press, 2011.

走向"跨文化的文学理论"

——周启超学术思想述略

张凌燕　凌建侯①

【学者小传】

　　周启超：中国社会科学院外国文学研究所研究员、博士生导师、理论室主任，研究领域涉及俄罗斯文论、现代斯拉夫文论、比较诗学。兼任中国中外文艺理论学会副会长、中国巴赫金研究会会长、中国文学理论与比较诗学研究会会长等学术职务。代表性著作有《俄国象征派文学研究》《俄国象征派文学理论建树》《白银时代俄罗斯文学研究》《现代斯拉夫文论导引》《跨文化视界中的文学文本/作品理论——当代欧陆文论与斯拉夫文论的一个轴心》。译有《莫斯科日记》《燃烧的天使》《当代英雄》等。编有《俄罗斯"白银时代"精品文库》（四卷本）、《果戈理全集》（九卷本）、《新俄罗斯文学丛书》8 种、《跨文化的文学理论研究》（丛刊）等。

　　自改革开放以来，文学理论在国内发展迅猛，在老一辈文艺理论家的引领下，涌现出一大批中青年学者，他们一部分出身中文专业，一部分来自外语系科，"由内及外"（研究中国文论大量借鉴外国经验）和"由外向内"（研究外国文论不断反哺本国文论）两股力量互为补充，推动我国文艺理论在新时期取得了可喜成就。站在"由外向内"潮流之浪尖上的人当中，任职于社科院外文所文论研究室的"50 后"周启超②是十分令人瞩目的一个。有博士论文专章探讨他的学术思想，③ 其专著《俄国象征派文学理论建树》和文集《对话与建构》得到钱中文的好评。④ 周启超学术视野广及诸多领域，从俄苏文学研究起步，借助斯拉夫学中介，涉足整个西方文论，最后"以理论诗学为指归"走向"跨文化的文学理论"的比较诗学研究，为新时期文论建

---

　　① 张凌燕：西安外国语大学俄语学院讲师，北京大学外国语学院博士研究生，从事俄罗斯语言文学、比较文学与世界文学研究；凌建侯：北京大学外国语学院教授、博士生导师，研究方向有俄语文学与世界文化关系、西方诗学与比较诗学。
　　② 任昕：《外国文论的记忆与展望》，《中国社会科学报》，2012 年 1 月 20 日 A5 版。
　　③ 张磊：《新时期中国俄苏文学学人研究——以中国社科院外文所学者为个案》，华东师范大学博士学位论文，2012 年。
　　④ 钱中文：《反思与重构——谈谈近 20 年来我国中青年学者的俄罗斯文学研究》，《俄罗斯文艺》2009 年第 2 期，第 8－12 页。

设提出了一个具有前瞻性、符合时代发展脉搏的战略方向，也为学界呈现了一个"由外向内"文论研究的绝佳范例。

一、俄罗斯文学研究的开拓者

俄罗斯文学是周启超学术研究的立足之基、敲门之砖，是他登入"由外向内"文学研究之堂奥的长期坚守的阵地，是为他涉足其他学术领域提供营养的源泉。

自 19 世纪末 20 世纪初以来，俄罗斯继承德国的传统，在形式主义者的大力推广下，使用 литературоведение 概念来总括文学研究。字面意思为"关于文学的科学"这个范畴的出现，初衷在于让文学研究摆脱附庸于哲学、美学、史学、伦理学、心理学、社会学等的从属地位，带有学科建立伊始通常追求的精确科学的色彩。[①] 不过文学研究毕竟属于人文科学，很难与自然科学的科学性全部协调起来，它遵循的是"另类科学性"[②]。在后来的发展中，以该词命名的学科不得不脱离初衷，开始囊括文学研究的一切领域。在中国它一直被译作"文艺学"，周启超试图用文学学这个译法恢复其"关于文学的科学"及其后在俄罗斯流行的本来面目。文学学主要包括文学史、文学批评、文学理论及其重要组成部分——诗学的研究，周启超对这些领域均有所开拓，且取得了相当丰硕的成果。究其原因，主要有两个：其一，他能够持之以恒地追踪俄罗斯文学学发展的进程与脉络，挖掘和清理能够代表俄罗斯文学最高成就却在苏联时代被冷落甚至被打压的文学思潮和现象，而在此过程中又能探得俄罗斯该学科研究方法之精髓；其二，与时代背景有深刻关联，改革开放初期，随着欧美文艺思潮的大规模涌入、苏联文艺学界自身的拨乱反正，学习苏联套路的中国俄苏文学研究乃至整个文艺学研究，遇到了巨大瓶颈或者说是转型契机，周启超作为恢复高考后第一批大学生中的一员，恰逢其时，在俄苏文学的研究和翻译两个方面持续不断地开拓进取。

就研究而言，周启超从文学专题做起，视野触及对具体作家与作品的批评、文学史的研究、文论流脉的探索。从文学批评对象的时间跨度来看，上达 19 世纪作家作品分析（《徘徊于审美乌托邦与宗教乌托邦之间——果戈理的文学思想轨迹刍议》《跨越·困惑·张力——拉斯柯尔尼科夫性格刍议》《简约凝炼　扑朔迷离——〈处女地〉结构探微》），下迄苏联解体后新俄罗

---

① Ярхо Б. И. Меtодология точного литературоведение：набросок плана，Контекст – 1983：литературно-теоретические исследования. М. :《Наука》，1984：pp. 197 – 236. 周启超：《他们，也不应被冷落》，《读书》1991 年第 1 期，第 141 – 147 页。

② 钱中文主编：《巴赫金全集》（第四卷），石家庄：河北教育出版社 2009 年版，第 429 页。

斯文学研究（《后现实主义：文学思潮与艺术范式——今日俄罗斯文学气象手记》《沉郁的检视　凝重的写生——新俄罗斯中篇小说艺术谈》），在此基础上还考察了 20 世纪外国短篇小说的发展状况（《不俗的成绩　亮丽的景致——20 世纪外国短篇小说艺术综论》）。他关注较多的是 19 世纪末 20 世纪初的俄罗斯文学，有对作家作品的个案研究（《神秘幽深自成一家——列·安德列耶夫小说述评》《评象征派的"写情境小说"——诗人勃留索夫的小说艺术》《俄罗斯幽默文学的一颗珍珠》等），也有对俄国象征派文学流派的新认识。专著《俄国象征派文学研究》从历史形态、理论形态、艺术形态、存在状态和文化价值五个角度，阐述象征派文学思潮在俄国的发生、发展和贡献。但他并未止步于此，1998 年他出版第二部专著《俄国象征派文学理论建树》，阐明在俄国这是一个执着于理论探索的文学流派，该派作家"或在宗教哲学的光轮中，或在诗学机制的本位上，或在重铸性灵的召唤下——对文学的审美使命、文学的艺术品性、文学的语言能量等基本理论问题，展开了颇为独特的、相当丰富且自成体系的思考"，作为"复活词语"的先驱和"复调理论"的酝酿者，"对以什克洛夫斯基为代表的'形式论派文论'、巴赫金的'话语诗学'以及洛特曼为首领的'塔尔图结构—符号学派文论'都产生了很大影响"①。俄国象征主义文学对当时中国学界来说无疑是"一座迷宫"，周启超的译介与研究，构成"探测这一迷宫的一项'立体工程'"②，是对象征派这一世界性思潮研究的有力补充，也为研究俄国诸文论流派开创了"源溯"新领域。

继俄国象征派文学研究之运势，周启超把学术视域扩展到了整个白银时代的文学（《20 世纪俄语文学——世纪之交的风韵》），2003 年撰写出断代文学史著《白银时代俄罗斯文学研究》，翔实介绍了"白银时代"概念的演变，有流派研究，有对库兹明、安德列耶夫、布宁的专题讨论，有对抒情风格的个案分析，有对审美情趣、艺术旨趣、精神氛围的总括性探析，最有特色的是第三章"集群精神"，"以某一种文丛或文库为纽带，以某一家出版社为依托，以某一位受到大家推崇的名作家为轴心，组织形态相对松散、理论主张并不清晰、艺术旨趣十分相近、文学风格并不统一的'集群'"③。俄国白银时代作家形成了大大小小的文学团体，仅如未来派内部就有"立体主义""希列亚""离心机"等支派，文学史著都会谈及这些松散的团体，但是很少会专门讨论团体（集群）形成的基础、结构，活动的方式、规模。专章论团体是

---

① 周启超：《俄国象征派文学理论建树》，合肥：安徽教育出版社 1998 年版，第 266 页。
② 汪介之：《执著的耕耘　系统的开采——探测俄国象征派文学迷宫的"立体工程"》，《国外文学》1996 年第 4 期，第 121 – 123 页。
③ 周启超：《白银时代俄罗斯文学研究》，北京：北京大学出版社 2003 年版，第 68 页。

该书的一大亮点，为我国的俄国白银时代文学研究开辟了新方向。

周启超虽然对白银时代俄罗斯文学情有独钟，但也没有忽视其他时代、专题的文学，而是对整个 20 世纪俄罗斯文学有独到的考察。苏联文学、"地下文学"或"自版文学"及侨民文学（后两者统称"回归文学"）这三大分野，早为文学研究界所普遍认同，周启超对它们都有涉猎，且对有否更好的划分问题进行了思考，在国内率先提出"俄语文学"范畴（《重新发掘与再度洗尘》），从时间跨度和空间范围两个角度，前瞻性地对"20 世纪俄语文学"作出了界定：

在时间跨度上，"20 世纪俄语文学"指的是 1890 年以降近一百年来的俄语文学发展进程中所出现的全部文学创作与文学理论实践……以古典批判现实主义文学的终结，以及新型的现实主义文学与新生的现代主义文学所普遍表现出的对"文学性"的空前自觉为标志。……在空间范围上……指的是运用俄罗斯文学语言、渗透俄罗斯文化精神的所有文学创作……包容着苏维埃的与非苏维埃（俄侨文学）的俄罗斯文学，还包括在俄罗斯文化语境中运用俄语写作的非俄罗斯作家（例如，艾特玛托夫、伽姆扎托夫等）的创作。①

正是因为有这样的认识，俄罗斯的侨民文学、后现代文学、女性文学，自然也成为他的重要学术兴趣点（《超越国界的角色转换——20 世纪侨民文学的文化功能刍议》《俄罗斯后现代小说的新花样》《她们在幽径中穿行——今日俄罗斯女性文学风景谈片》《英美斯拉夫学界与俄罗斯女作家》）；正是因为有这样的认识，他始终不忘在文艺理论领域进行孜孜不倦的探索，及至进入新千年，文论成为他主攻的目标；正是因为有这样的认识，他研究俄罗斯文学，具有一个鲜明的特色，那就是理论与实践紧密结合，研究作家作品和文学演进过程有理论指导，不但视角新颖，而且鞭辟入里，而在研究文学理论（诗学）时，因为有具体文学作品分析作为基础，把握学理之内在精神，探索学理之渊源流变，不但精准，而且有自己的发挥——合乎学理内在逻辑的深层次阐发。

二、斯拉夫文论研究的引领者

创作与理论兼顾是俄国象征派作家的重要特色之一，研究他们的创作，

---

① 周启超：《"二十世纪俄语文学"：新的课题，新的视角》，《国外文学》1993 年第 3 期，第 92 - 100 页。

仅靠对艺术的敏锐感悟是远远不够的，还需要有缜密的思辨能力、深厚的理论功底、宽广的知识界面。周启超在文论领域颇有建树，很大程度上得益于早期选择该派文学思潮作为专题研究对象，积累了丰富的知识和经验，并且以此为新起点，挖掘20世纪俄罗斯文论资源，为中国学界开创了斯拉夫文论研究这个新领域，并在斯拉夫文论的背景中把学术视角扩及整个欧陆文论。

周启超从事研究工作之初就对理论抱有浓厚兴趣，其第一项学术成果是译文《二十世纪艺术美学探索》（1984），至20世纪90年代末又发表了一系列理论性散论，譬如《在"结构—功能"探索的航道上——俄国形式主义在当代苏联文艺理论界的渗透》（1989）、《他们，也不应被冷落》（1991）、《类型学研究：定位与背景》（1997）。他很早就关注俄罗斯理论前沿，译文《"……也许，这些话不该记下来?"——叶·梅列津斯基访谈录》（1994），使中国学界透过俄罗斯神话诗学学派代表人物的眼睛，看到了解体前夕苏联的文坛状况和学术动态。

进入21世纪以来，周启超的主要研究工作转向了文论领域。他跟踪检索俄罗斯文论研究的现状（《"解构"与"建构"，"开放"与"恪守"——苏联解体以来俄罗斯文论建设的基本表征》，2002），探讨流派特色及其思想启示（《直面原生态 检视大流脉——二十年代俄罗斯文论格局刍议》，2001；《在"大对话"中深化马克思主义美学研究——巴赫金的"大对话哲学"的启示》，2004；《俄国形式主义文论》，2005），评析文论范畴（《复调》，2002；《"文学性"的语用：是学术界定，更是学理诉求》，2003），有意识地把俄国文论思想放置在斯拉夫学框架内进行富有开创性的比较与思考（《理念上的"对接"与视界上的"超越"——什克洛夫斯基与穆卡若夫斯基的文论之比较》，2005），同时视野从斯拉夫文论扩展到整个西方文论（《文学理论的范式转型与生态平衡》，2004），还"由外向内"，积极探索中国学界如何克服比较诗学所面临的理论困境（《比较诗学? 理论诗学? ——关于比较文学与文学理论两学科建设的几点思索》，2004），提出中国自身如何建设文学理论学科的问题（《开放中有所恪守 对话中有所建构——关于文学理论学科建设的一点思索》，2003）。应该说，在新千年的前五年，周启超已经确立了开拓文论研究领域的路线图：俄罗斯文论—斯拉夫文论—西方文论—中国文论（比较诗学）。诚然，在此后的不同时间段，其用力的对象、兴趣的投射点并不严格遵循上述路线图，而是彼此交织在一起，但其学术眼界的拓展步伐，学术志向的求索历程，恰恰有着这样的内在逻辑。

冷战虽然致使苏联阵营与西方阵营的直接学术交流遇到很大障碍，但也促成了西方斯拉夫学的正式形成，这里有西方迫切了解苏联阵营斯拉夫诸国思想状况的原因，更有斯拉夫流散学者在西方传播斯拉夫学术思想的原因。

斯拉夫人，包括中欧的斯拉夫人，在20世纪向法国、美国、英国诸国"'输送'出不少文学理论家、文学批评家"①。周启超是国内最早探索斯拉夫文论的学者，且特色鲜明：他研究俄国形式论学派、布拉格结构论学派、塔尔图符号论学派，及其代表人物——穆卡若夫斯基、英伽登、什克洛夫斯基、普罗普、巴赫金、雅各布森、洛特曼等，以斯拉夫为纽带，把对他们的理论研究成果连接成一个整体，并在这个整体框架内揭示其总体特征。经过多年探索与枳淀（《"形式化"·"语义化"——"意向化"——现代斯拉夫文论中"文学性"追问的不同路径之比较》，2006；《略论现代斯拉夫文论研究的基本旨趣》，2007；《跨文化视界中的现代斯拉夫文论》，2008，等等），他于2011年推出了《现代斯拉夫文论导引》，该力作开篇就指出，"现代斯拉夫文论以其思想的原创性、学说的丰富性、理论的辐射力，在现代世界文论版图上，构成了堪与现代欧陆文论、现代英美文论鼎足而立的又一大板块……我们对现代世界文论中这一板块的境况是若明若暗的"，在"我国的国外文论研究中"是"缺失"的。② 单独研究斯拉夫文论某个学派或学者是学界常见的做法，而从"板块"论新视角切入，使周启超获得了不少新发现，譬如：其一，发掘布拉格学派的文论资源，其实该学派同俄国形式主义学派一样，语言学是其立派之本，国内已有人关注其结构主义功能语言学思想，但以此思想建立起来的文艺美学理论长期以来无人问津，周启超毫无疑问是第一个发现者；其二，中国的巴赫金研究"跟风"英、美、俄等国的现象比较突出，周启超把巴赫金放到整个斯拉夫文论的参照系中，尤其是把其文本理论放到整个欧陆文论参照系中来探讨，无疑为巴赫金研究开辟了一个新的方向；其三，文论的跨文化旅行，不但是比较诗学的重要内容，而且在建设国别文论乃至寻找世界文论发展的新增长点方面发挥着独特的作用，周启超的新发现在于把斯拉夫文论学派及其代表人物作为独特的个案，详加分析，既印证了观念旅行理论的可靠性，也阐明了某些斯拉夫文论思想以及理论旅行思想本身对我国文论建设的启示意义。

随着对斯拉夫文论资源的不断开掘，周启超把目光投射到西欧乃至整个西方文学理论的发展状况上，发表了一系列论文，如《反思学术历程，清理核心范畴，整合文论资源——今日欧陆文论现状之印象》（2006）、《反思中整合 梳理中建构——国外文学理论现状的一份检阅报告》（2006）、《多声部当代外国文论译介》（2007）、《思潮·范式·文本——对当代中国外国文学研究的一点反思》（2012）等。在考察外国文论及其在中国的译介、研究现

①　周启超：《对话与建构》，合肥：安徽文艺出版社2004年版，第351页。
②　周启超：《现代斯拉夫文论导引》，开封：河南大学出版社2011年版，第1页。

状时，他发现"文学文本/作品"是 20 世纪西方文论家特别关注的问题，并撰写出系列论文（《试论巴赫金的"文本理论"》《"文本外结构"与文学作品的建构——尤里·洛特曼的文学文本/文学作品观》《作品的"开放性"与"文本的权利"——试论埃科的文学作品/文本理论》《罗兰·巴尔特"文本观"的核心理念与发育轨迹》《"自在的"文本与"虚在的"作品——伊瑟尔的文学文本/文学作品观》《克里斯特瓦的"文本间性"理论及其生成语境》），并在此基础上扩充为列入"中国社会科学院文库"的专著《跨文化视界中的文学文本/作品理论——当代欧陆文论与斯拉夫文论的一个轴心》。就笔者掌握的资料看，这是国内第一部系统阐述 20 世纪西方文学文本/作品理论的著作，其中关于文论"板块"划分与彼此参照、影响的主论点，即外国文论不仅仅是西方文论，西方文论不等于欧美文论，欧美文论也不是铁板一块，而应有欧陆文论、英美文论、斯拉夫文论或西欧文论、东欧文论、北美文论之分，以及它们之间通过文学学理论的跨文化旅行而彼此得到丰富，并推动文学理论不断向前发展，① ——确实振聋发聩，启人深思。毋庸讳言，它必将改变多年来国内学人唯世界通用语文学理论马首是瞻的"偏食与偏执"的做法。

三、"跨文化的文学理论"的践行者

周启超"由外向内"的研究路径，中介是比较诗学。周启超在多年的外国文学研究中积累了广博的"世界视野"，借鉴外来经验，涉足比较诗学领域，总结、倡导并践行文学理论跨文化研究的规律。

如果文学史探讨文学史实及其相互关系，从中揭示文学发展的历程，那么文学理论则探究文学创作与流传的一般规律，因此与普通艺术理论、关于人类历史发展进程的学说联系在一起，与作为哲学门类的美学、伦理学、文化学等联系在一起，与修辞学、语言学、符号学以及社会学、民俗学、心理学等联系在一起，可以说，在与其他学科的对话中汲取营养，天生具有跨学科的特质。但跨文化不只是跨学科，对话不只是学科间的，还可以是不同时间、地域、语言上展开的，用巴赫金的话说，是在人文思维的"直接现实"② ——文本之间展开的，用萨义德的话说，是理论具有跨文化旅行即"从此时此地向彼时彼地"③ 不断流动的特性。对话产生"新涵义"即新思

---

① 周启超：《跨文化视界中的文学文本/作品理论——当代欧陆文论与斯拉夫文论的一个轴心》，北京：中国社会科学出版社 2012 年版，第 2 - 7 页。

② 钱中文主编：《巴赫金全集》（第四卷），石家庄：河北教育出版社 2009 年版，第 295 页。

③ ［美］爱德华·萨义德著，李自修译：《世界·文本·批评家》，北京：生活·读书·新知三联书店 2009 年版，第 400 页。

想，旅行使理论有所"增减"，周启超接受这些观念，并对文论研究如何"跨文化"进行了阐发（《多方位的吸纳　有深度的开采——关于跨文化的文学理论研究基本理路的思索》，2004；《文学理论："跨文化"抑或"跨文学"？——关于文学理论的境况态势与发育路向的反思》，2006），更用案例加以实证性检视（《现代斯拉夫文论——文学理论跨文化的一个案例》，2008；《当代外国文论：在跨学科中发育，在跨文化中旅行——以罗曼·雅各布森文论思想为中心》，2012，等等）。

论文学文本/作品理论的专著，是周启超借鉴跨文化理论视界的集中体现，但又有自己别具一格的理论定位和目标追求：服务于中国文学理论建设的"以理论诗学为指归的比较诗学"① 研究。当代外国文论发育具有多声部性与多形态性，而国内文论发育生态失衡很严重，于是他选择埃科、巴赫金、洛特曼、克里斯特瓦、巴尔特、伊瑟尔、热奈特的文本/作品理论作为专论对象，试图从这一具体理论做起，用实际行动激发大家面对外国文论时努力培养多语种检阅与跨文化研究的大视野与大胸怀，学会多方位勘探和有深度开采的方法，在一些基本环节上对最新成果进行梳理、审视与反思，"拓展文论研究的视野，丰富文论探索的资源……推动深化我国的文学理论学科建设"②。在"理论之后""理论终结""告别理论""理论疲劳"种种声音甚嚣尘上的特殊时期，在各种文化理论大规模进入文学领地并排挤文学理论的背景下，毫无疑问，周启超是国内动辄"跟踪""接轨"的偏食与偏执者们的有力反对者，是文学理论自身具有学科合法性与优势、具有强大生命力与广阔发展空间这一传统观念的坚定守护者、开拓者。

文学理论这个传统范畴，其核心在于作为一门人文学科，应始终"守护'文学学'的本土"③ ——作为语言艺术的文学之本体，同时它又是发展的，不同时代的学者为该学科不断注入了新的内容，所以检讨文论发展历程，对学科发展和探寻新的增长点来说，具有紧迫性。周启超是一个善于反思因而总能有所发现的研究者。文集《开放与恪守——当代文论研究态势之反思》（2013）的取名，就显示出作者既有守正即恪守文论统属领地的心态，又有敞开胸怀迎接各种范式入驻的立场，还有努力突破旧藩篱、寻找何处去之路径的情怀。长期以来，人们喜欢用"思潮的更替""流派的斗争"来概括文学的演进历程，这些因素当然是存在的，但是除了"更替""斗争"外还有没有更重要的因素，这个问题以前要么未被关注，要么出于意识形态考虑视而

---

① 周启超：《现代斯拉夫文论导引》，开封：河南大学出版社 2011 年版，第 261 页。

② 周启超：《跨文化视界中的文学文本/作品理论——当代欧陆文论与斯拉夫文论的一个轴心》，北京：中国社会科学出版社 2012 年版，第 17 页。

③ 周启超：《对话与建构》，合肥：安徽文艺出版社 2004 年版，第 6 页。

不见，要么看到了却只是附带而论。时至今日，学界正纷纷扬弃这种非此即彼的思维定式。周启超采用的扬弃方式很有特色：

"思潮论"是比较粗放而失之于简化的。无论是文学批评还是文论研究，都应该透过一个个思潮——诸如形式主义、结构主义、存在主义、解构主义，去找到更深层次上支配这些思潮变换的基因，找到那种超越"思潮论"认知框架的理论视界。这，也许就是范式。通观当代文学研究这一话语实践，至少有三种旨趣不同的基本范式。①

第一种是解译范式，追问故事讲了什么，推崇作品的思想内涵，把文学看作载道工具，突出文学的宣传、教化与认识功能，属于该范式的有社会学、心理学和精神分析文论，它们是"准文论"；第二种是解析范式，注重故事是怎么讲的，倾心于审美方式与制作工艺，追问审美功能的实现方式，突出自主、自足和自成体系的文学性，属于该范式的有语义学、符号学和叙事学文论，它们是"小文论"；第三种是解说范式，探究作品的"前文本"和"潜文本"，追究作者这样写、故事这样讲、故事讲述者的意图是什么，还关注读者可能有的种种解读，从语言学上讲，同样的词语在不同的语境下会出现不同的语用效果，从文学学来看，讨论文本的"互文性""文学场"的生成、文学话语的权力效应也是应有之义，属于该范式的有脱离文学本体谈论文学的新历史主义、后殖民主义、女性主义等文论，它们是"大文论"。应该说，周启超梳理、辨析与总结的三种范式及其对应的三类文论，十分符合20世纪西方文论的发展实情，他还把三种范式论（三类文论论）应用于对当代中国文论现状的考察中，发现了令人担忧的现象："小文论""先天禀赋不足，后天发育不良而一向少有市场"②，"时常是'载道'的'准文论'华丽转身为'行道'的'大文论'"③。但凡对当代中国文学研究状况有所了解的人，都会对上述发现深表认同。

如何解决当代中国文论生态失衡这个问题？周启超提出了饶有趣味的方案，既有战术手段，也有战略姿态。就战术而言，最紧迫的任务是弥补文学本体研究即解析型"小文论"研究的不足，克服浮躁心态，准确定位解译型

① 周启超：《在反思中深化文学理论研究——"后理论时代"文学研究的一个问题》，《江苏社会科学》2009年第6期，第129－134页。

② 周启超：《开放与恪守——当代文论研究态势之反思》，保定：河北大学出版社2013年版，第18页。

③ 周启超：《开放与恪守——当代文论研究态势之反思》，保定：河北大学出版社2013年版，第8页。

"准文论"和解说型"大文论",努力改掉"偏食"与"跟踪"的陋习,使三种范式(三类文论)齐头并进。就战略来说,文学理论如何发展的问题,可以在比较诗学与理论诗学的互动关系中找到答案。敞开胸怀,拓展眼界,不囿于某个国度或地区,要有世界性眼光,学会寻找更多的学术生长点,"将文学理论置于其生成与发育其间的文化之中,置于彼此异质的多种形态的文化之中,进行跨文化的文学理论研究,所谓'比较诗学'"①;坚守阵地,恪守本位,认清学科的基本规范,不偏爱"小文论"而疏离文学的"人文品格(主体性)与文化功能(文化批判精神)"②,不偏爱"准文论"而漠视文学的自主自律,不偏爱"大文论"而忽略文学具有自己的核心理论命题,批判性地思考文论本身的发育状况,系统清理各种形态的文论有哪些建树与局限,"对文学理论轴心环节(譬如,作者理论,作品理论,读者理论)上的思想成果加以梳理","这已是理论之理论,是文学理论之理论性反思,所谓'理论诗学'"③。理论诗学虽然起始于19世纪末20世纪初的俄国,但在20世纪下半叶,在"日内瓦学派""塔尔图学派""康斯坦茨学派"的探索中获得了繁荣。周启超站在21世纪的文艺理论前沿,对理论诗学范式的核心内容有着独到的认识:

理论诗学是以比较开阔的文化视界,就文学发育本身的基本环节上的理论展开理论性反思,以文学作品的结构肌理神韵、作家与读者的主体能量审美姿态创造机制场的生成机理与互动形态这样一些诗学的核心命题上的理论积累,作为批判性审视的对象,对各种范式的文论所关注的基本课题加以清理,在理论抽象的层面上,来寻求客观存在着的各民族文学所内在地共通的"诗心"与"文心"。④

基于比较诗学追求科学性、文学理论追求现代性的特点,周启超构思出理论诗学与比较诗学两个平台联动的战略性研究路向:"以追求科学性的比较诗学为路径,进入富有现代性的理论诗学建设"⑤,通过"集群会通"和"系

---

① 周启超:《开放与恪守——当代文论研究态势之反思》,保定:河北大学出版社2013年版,第19页。

② 周启超:《开放与恪守——当代文论研究态势之反思》,保定:河北大学出版社2013年版,第17页。

③ 周启超:《开放与恪守——当代文论研究态势之反思》,保定:河北大学出版社2013年版,第19-20页。

④ 周启超:《开放与恪守——当代文论研究态势之反思》,保定:河北大学出版社2013年版,第23-24页。

⑤ 周启超:《开放与恪守——当代文论研究态势之反思》,保定:河北大学出版社2013年版,第21页。

统清理"的"双向互动"，展现出"跨文化的文学理论"研究的新面貌，从而开启深化文学理论学科建设的新篇章。

余论：译研并举——追求外内融通之路

在深化我国文论学科的建设中，追求开阔的思想视野与明确的学术定位，多方位地吸纳和有深度地开采，在开放中有所恪守，在对话中有所建构，这是周启超多年来一以贯之的理念，而在身体力行的实践中，选编与翻译外国文学丛书，也是他"由外向内"并追求"外内融通"而研有所成的重要途径。

周启超翻译了罗曼·罗兰的《莫斯科日记》（1995）、勃留索夫的《燃烧的天使》（1994）、索洛古勃的《吻中皇后》（1994）、莱蒙托夫的《当代英雄》（1995）、陀思妥耶夫斯基的《孪生兄弟》（1997）、布尔加科夫的《孽卵》（1999）等名家名著，主编并参与翻译四卷本《俄罗斯"白银时代"精品文库》（1998）、九卷本《果戈理全集》（1999）、8 种《新俄罗斯文学丛书》（1999），作为中国"外国文论与比较诗学"学会会长，选编并参与翻译第 1 辑共 4 卷《当代国外文论教材精品系列》（2006），参与《巴赫金全集》1998 年第 1 版与 2009 年第 2 版的翻译工作，作为中国"巴赫金研究会"会长，又于 2013 年与王加兴一道选编并参与翻译五卷本《跨文化视界中的巴赫金丛书》。他翻译引进国外优秀作品与理论时，在序言或题解中都会对译著进行详解，这些解读高屋建瓴，既有宏观的脉络梳理，又有精致的文本分析，也是翻译实践与理论研究相结合的范例。不难看出，作为出身于外语系科的学者，周启超对国外的文学作品与理论抱着同等重视的立场，当然兴趣所致有着时间上的先后之别，这也符合他从俄罗斯文学起步，最终走向"跨文化的文学理论"研究的路线图。

篇幅所限，本文在分析和介绍周启超文艺思想及其学术贡献时很难顾全，挂一漏万在所难免，但基本讲清楚了笔者在阅读其著述时的最深刻体会，即从外国文学研究出发，在翻译的辅助下，进入比较诗学领域，进而探讨本国文学理论学科建设的战术手段和战略路向，开创性地提出"以理论诗学为指归"的"跨文化的文学理论"研究方向，而且自 2006 年至今持续不断地在该方向上耕耘，已主编丛书《跨文化的文学理论研究》第 1 - 7 辑。周启超当之无愧是我国当代学界"由外向内"文论研究的范例。笔者深信，对"50 后"文艺理论家学术思想的探讨，也一定能为后来者选择问学之路提供符合时代实情的帮助。

简论顾祖钊先生诗学体系的创构

胡继华①

> **【学者小传】**
>
> 顾祖钊：安徽大学文学院教授，文艺学学科负责人，安徽大学中西文艺理论融合研究所所长。兼任北京师范大学文艺学研究中心特邀研究员，新加坡南洋大学中华语言文化中心研究员，中国中外文艺理论学会常务理事。主要研究方向为文艺学及中国古典美学。代表性著作包括《艺术至境论》《文学原理新释》《中西文艺理论融合的尝试——兼及中国古代文论的现代转换研究》（合著）、《华夏原始文化与三元文学观念》等。

几十年如一日地坚守学科本位，不懈地尝试融合中外而建构中国诗学体系的顾祖钊先生，自然属于中国现代学术史上的"预流"之士。20世纪80年代中期以来，诗学研究内转，文学创作寻根，文化全球化，以及后现代主义黯然退潮，千重热浪，万道流波，构成了极其复杂的历史语境，凸显了曾经习焉不察的文化危机。正是在这种语境下，顾祖钊动情地描摹诗艺美神的面容，展示诗学精神的灵韵，以三元鼎立、相悖无害、交互营构的逻辑建立了他的诗学体系。这一体系的主导要素包括：艺术至境论、三元观念论、进入超越论。笔者不掩浅陋，斗胆将这一体系概括为以境界为中心的形态诗学，以象征为主因的观念诗学，以及融中合西的诗学方法论。笔者进一步认定，顾祖钊的诗学体系，乃是20世纪80年代文学审美化语境下中国诗学意识自觉的一项创获，并以三维整体观取代二元平面逻辑而为中国现代诗学传统增添了新质。

一、诗学三维

1992年7月，顾祖钊先生的《艺术至境论》问世。是时，一元论思维方式依旧实施政治无意识压力，二元论的逻辑格局仍然流风不息，而中国诗学界正在经历着后现代惨淡季节风的洗礼，人们倾情拥抱价值相对主义和文化

---

① 胡继华：北京第二外国语学院教授，从事比较文学与美学研究。

多元论的种种论说，对"宏大叙事的陨落"和"伟大能指的自由漂移"等朦胧命题耳熟能详。《艺术至境论》从这种复杂的语境之中诞生，诗艺美神的面目从这渊深的潜流之中浮现。从中国现代诗学理论悲剧的反思开始，深感诗学理论体系缺失的忧患，顾祖钊求索上下之间，往返于中西之域，展开了诗学理论体系的建构。《艺术至境论》描摹了意象、意境和典型三种理想艺术形态以及三者之间互补营构的格局。① 诗艺美神的哀怨、烦恼与悲哀及其动人面目和绰约风姿于焉浮现。诗学体系的三个硬核及其三分逻辑维度从此朗然。

2005 年 9 月，顾祖钊又推出《华夏原始文化与三元文学观念》。此刻，西方后现代思潮黯然退落，而全球化和消费文化风潮劲猛，民族诗学及其文化精神与审美余韵令人挂怀，而诗学在经历了文化转向之后更多地选择了伦理担待。《华夏原始文化与三元文学观念》大幅度地推进了《艺术至境论》开出端绪的自觉诗学体系的建构意识，秉承"引进西方"而又"超越西方"②的文化诗学融合意识，且更多了一份携带华夏古典传统"引进"而又以中化西实现"超越"的诗学抱负。返本探源，直逼华夏原始文化的命脉，从华夏巫术文化的诗意特征及其历史文化流布探究中国诗学精神（文学观念），顾祖钊呈现了中国诗学的象征、抒情和历史三大观念形态，从而切入了诗艺美神的内在灵韵。诗艺美神的灵韵便幻变于三个维度之上，"理""情""史"三足鼎立，交互营构，彼此辉映，诱导我们登堂入室，领略华夏五千年历史上"此起彼伏、波浪翻涌、互补竞生的"诗学思潮。诗学精神的三个维度及其三种脉络从此分明。

由上可知，顾祖钊的诗学体系有"三"个硬核，诗艺美神有"三"种面目，诗学观念有"三"向维度。他的理论建构同"三"这个数字有着不解之缘。那么，为什么不是"一"、不是"二"，而单单是"三"构成其诗学理论的逻辑格局？一元论思维简单而且霸气，二元论思维机械而又粗暴，唯有三元逻辑有清楚明白之策，又不乏虚己以纳众善之怀。不惟宁是，"三元逻辑"和"三元观念"还蕴含着引人张力、催化差异进而激活生命的哲学智慧。

回望世界文明伟大的"轴心时代"，春秋战国时代中国思想家老子声犹在耳："道生一，一生二，二生三，三生万物。万物负阴而抱阳，冲气以为和。"（《道德经》第四十一章）"三生万物"，万物秉阴阳二气，一个有节奏有音乐的和谐宇宙于是生成。按照老子的智慧，真正的成就，绝不在于一己狭隘的体现之中，也不只在于同一个"他者"的无用结合。一己是有限的，他者同样是有限的，生死病苦，俗人永远不知凡几。真正的成就在于，生命的个体

---

① 顾祖钊：《艺术至境论》，天津：百花文艺出版社 1992 年版，第 323 – 324 页。
② 顾祖钊：《艺术至境论》，天津：百花文艺出版社 1992 年版，第 17 页。

永无止息地同他人进行永远清新的交流，而最为隐秘的情绪便是激荡在这一交流空间之中的微波。在欧洲文化的发祥地之一古希腊，悲剧时代的诗人、哲人为缓解对于命运的巨大焦虑感而奋力向外求索，寻觅宇宙的始基，描摹宇宙的原型，极力将众生万物维系在一个被构想出来的终极存在之上，不管这个想象的终极存在是不是一个幻影，甚至也不问这个幻影有多么脆弱。这就有了"一为万物""万物归一"的动人哲学沉思。

顾祖钊诗学的三元逻辑和三元观念更多地源自维柯的历史形而上学。然则，在欧洲思想史上明确地用三元逻辑来思考人类精神现象的，却是中世纪的神秘主义哲学家，他们在遭遇言说上帝之困境和描述属灵现象之困惑时，迫不得已在肯定与否定、是与非之间另觅生境，主张以"非二元"思维方式去逼近存在的真理。这种非二元思维方式，在黑格尔的逻辑学之中演示出自在、自为、自在而又自为的三段论格式，而把真理自身的发展把握为"纯粹的自我意识"①。用黑格尔的话来说，三元思维可以将血肉丰满的现实从逻辑的灰色幽灵的笼罩下解放出来。

至于三元逻辑的优势及其普遍描述功能，顾祖钊本人的说法有三：第一，有了文学三元论，可以吸收后现代思维中的合理因素而又不被其消极方面误导。第二，文学三元论可以解释华夏原始文化史、中国审美意识史和中国文学史上"言理""言情""言史"三个维度互相交织和互补发展的事实，进而展示华夏诗学文化的深层结构。第三，将文学三元论运用于历史人物及其学说之上，则可以发掘出华夏诗学的隐秘维度，从而摄取诗学观念的全息影像。② 根据顾祖钊论说的语境，笔者似可斗胆补充一个说法，文学三元论可以回避一元论的绝对霸道，化解二元论的悖论绝境，从而在三元共生、彼此营构的诗学体系之中把握中外文化冲突融合的历史节奏。出于对一元论的恐惧，苦于二元论造成的迷惘，困于后现代末流虚无主义之势，笔者相信有识之士一定会认同思维的三元逻辑，至少也会赞同蕴含在其中的"或此或彼"的圆融周延。

具备了逻辑格局和观念维度，并以此为平台就可以展开诗学体系建构了。在诗学体系建构中，顾祖钊一直都在和文学系统的普遍难题展开抗争，因此而赋予了其诗学以文化悲剧意识和战斗品格。他致力于揭示文学系统的"深厚意蕴"以及"基本的复杂度"，并特别关注"诗学"领域的驳杂和多变。因而，第二个问题的答案则"在现象里面"。宇宙浩瀚无穷，人生充满无限变数，历史兴衰浮沉，艺术更是千变万化，生灭无常，后现代更是杂语喧器，

---

① [德]黑格尔著，杨一之译：《逻辑学》（上卷），北京：商务印书馆1996年版，第31页。
② 顾祖钊：《华夏原始文化与三元文学观念》，北京：北京大学出版社2005年版，第345－346页。

迷宫万重。文学历史不同于社会史和语言史，它具有自在自为的特征，这一特征并不在于整个体系的运作，而在于文学现象无不表现出结构化的趋势。因此，系统地描摹不同渊源的文学系统变化迁流、彼此叠合、互相影响，及其踵事增华、旖旎多姿的历史景观，理论家责无旁贷。

二、形态—境界诗学

顾祖钊的"艺术至境论"以境界为轴心展开了对诗学理想形态的探索，因此不妨将这一诗学体系称之为"形态—境界诗学"体系。首先，这一体系是在全球范围内诗学研究"向内转"运动激励下，以及同政治意识形态化文论统治相抗争的一项创获。诗学内转，源自对"传记批评""社会批评""精神史研究"的反拨，以及对"意图迷误"与"情感迷误"的规避之举。1958年，在美国教堂山举行的"国际比较文学学会第二届大会"上，新批评理论的主将之一韦勒克向社会心理学和文化史研究主导下的诗学研究展开辩难，力举将诗学研究的焦点转移到文学作品本身。诗学内转，在中国20世纪80年代中后期成为一种诗学主流，新理性精神和新启蒙思潮推波助澜，一个事关文学艺术自律性和中国诗学现代性的"审美意识形态"命题应运而生，并广泛流布，传递着具有几分浪漫色彩的文化脉息。"艺术至境论"则描摹诗艺美神的三种面相，展示了艺术自律性的逻辑，以及中国诗学现代性的标识。

其次，"艺术至境论"烙上了中国古典诗学的印记，但呈现了中国诗学融汇中西超越古今的现代性诉求。"至境"一说不见于西方诗学，典出清代学者叶燮《原诗·内篇》："诗之至处……引人于冥漠恍惚之境，所以为至也。""我们把艺术作品所能达到的……最高境界，称之为艺术至境。"① "最高境界"一语充分表明这一诗学体系的境界指向。谈论一首诗、一则文学文本人们可以用"意境"，但只有在叩探宇宙人生的究竟以及终极价值意义时方取用"境界"。境界具有超越感性世界和芸芸形迹的形上意味，而且总是指向无限，了无止境。叩探艺术最高境界，就像叩问人类的最高价值，自然具有一种直扑本原和直逼终极的理论激情。一切构建原创诗学体系者都回避不了凝望最高和通往终极的命运。通读《艺术至境论》，明眼人不难发现，顾祖钊"从前人止步处起步"，但补正了现代诗学体系建构中遗留下来的"残缺不全的艺术至境格局"（童庆炳先生语）。②

《艺术至境论》描摹意象、意境和典型三种艺术最高境界及其互相营构的

---

① 顾祖钊：《艺术至境论》，天津：百花文艺出版社1992年版，第13页。
② 顾祖钊：《艺术至境论》，天津：百花文艺出版社1992年版，第9页。

格局，从而赋予了"境界诗学"体系以丰润的血肉躯体，展示出灵动的历史节奏。"意象"作为"艺术至境"，源自先民忧患之作《周易》以及诊释这一经典的《易传》，在秦汉之际发展成熟，贯通于中国古典诗学，融汇西方现代文学思潮而汇入中国现代诗学传统。顾祖钊先生借助文献学的考据方法，考证出汉代王充是第一个使用"意象"一词并深谙象征原理的先驱。"意象"典出王充《论衡·乱龙篇》："名布为侯，礼贵意象"，"示当感动，立意于象"。顾祖钊又借助于文献学义理阐释的方法，论说"意象"的诗学含义：意象为"表意之象""达理之象"，其生成方式是"象生于意""境生象外"，并且具有巨大的表现力和感染力，从而成为"人类创造的艺术至境的基本形态之一"①。"表意之象"在20世纪的复活，以及现代诗学对"意象古意"的召唤，启发了顾祖钊提出"重整意象概念"的课题，在中西汇通的基础上提出了象征意象和浪漫意象等新颖而且具有批评实用性的概念。

"意境"作为艺术至境，源自魏晋南北朝时期，成熟于盛唐之后，在宋代词话中广泛使用，经历元明清几代，"意境"成为诗学通则，在几近凋零之际由王国维携入现代文化语境，而成为古典诗学经久不息的流兴余韵。一般诗学史断言，"意境"范畴源自佛经。顾祖钊经过考证而断言，"意境"诗学以庄子为源头。"忘年忘义，振于无竟，故寓于无竟"（《庄子·齐物论》）。勿辨生死是非，达到无差异的境界，便是作为艺术至境的"意境"。这一考辨自然得到了文献学的支持，尤其是在极力援庄子哲学入美学而赋予道家智慧以审美色彩的宗白华的著述之中找到了印证。宗白华对《庄子·知北游》中的"象罔"作了一个非常有利于顾祖钊先生的解释："'象，是境相，'罔'是虚幻，艺术家创造虚幻的境相以象征宇宙人生的真际。"②"象罔"自然就不妨被看作是意境诗学的至境了。在缜密地分析"意境"的审美特征和基本类型之后，顾祖钊对于"意境"诗学进入现代学术空间和现代文化语境而散播其生命力依然充满了自信。

"典型"作为艺术至境虽然源自西方，但在中国古典诗学中却不乏对应范畴。顾祖钊将"典型"范畴追溯到《周易·系辞》的诗性智慧——"彰往察来"，"微显阐幽"，"称名也小"，"取类也大"。明清以来，叙事文学的兴盛，为中国古典诗学奉献了大量的诗学"典型"。中国古典诗学偏于"类型"诗学，而一旦同西方19世纪伟大诗学遗产相融合，则产生了以"活的形象"蕴含感性批判力量的新典型——"至境"。中国现代的"典型"诗学秉承马克思、恩格斯的艺术理论的批判精神与浪漫意识，同"意境"诗学、"意象"

---

① 顾祖钊：《艺术至境论》，天津：百花文艺出版社1992年版，第97页。

② 宗白华：《美学散步》，上海：上海人民出版社1983年版，第68页。

诗学紧密配合，与象征观念、抒情观念以及历史观念有着复杂的关联，从而一起构成中国现代诗学新传统，其生命力不可低估，其影响力不可小觑。

"艺术至境论"的最大魅力不在于分列三种诗学范畴及其历史流变，也不在于其对于意象、意境和典型的细密分类，而在于以此三种"至境"描摹诗艺美神的三个面相，从而建构出"意象、意境、典型身为三元，鼎足而居，三分天下构成艺术至境"①。在这个意义上，"艺术至境论"是形态诗学或者文学形态学，它融体验与思辨、直觉与理智、感情和想象于一个良性生态系统，呈现一种源自华夏原始文化的诗性智慧和人文情趣。这种形态诗学在当今已经汇入中国现代诗学的传统，并洋溢着人文精神。作为一种形态诗学，"艺术至境论"既具有开创意识又具有守成精神。通过昭示积淀在文学传统中的文化记忆，当代人文主义也许可以完成相同的使命，凭借此举让中国诗学精神历经千年而保持其同一性。

然而，"艺术至境论"又是一种涵化和解构了中国与西方各自传统的形态诗学，三元至境互相补充，各自的壁垒如冰消雪融，留下的是那个终极真实。"三元交汇的黑色区域，表示生活的本质真实，即生活中的真理、真象、真情。"②

一个"真"字，将艺术的三维"至境"统一起来，而赋予了诗艺美神以灵魂。故此，"艺术至境论"是直逼终极真实的境界诗学。

三、观念—文化诗学

从艺术理想形态—境界向上向深拓展，"艺术至境论"的逻辑必然导向"三元文化观念论"。三维"艺术至境"之背后必然有"三元文学观念的支撑"，历史地生成而又起承转合的诗学文化灵韵赋予了血肉丰润的诗艺美神以无穷魅力。观澜溯源，振叶寻根，顾祖钊将诗艺美神的魅力追溯到华夏原始文化，从而切入了诗学文化的精神内脉。

为寻觅华夏文学观念的生成，顾祖钊大幅度地开启返回的步伐，探入原始巫术文化之中。巫术文化不仅充满了怪力乱神，而且距今久远，虚渺无稽。借助于意大利哲学家维柯的学说，顾祖钊揭示出华夏原始巫术文化的三项特征：以广义艺术形式为载体、诗性思维为基础的浑一文化。③ 一言以蔽之，华夏原始巫术文化是"诗性文化"。指出华夏文化的诗性基础，其意义却在于为阐发华夏诗学的开山纲领"诗言志"提示了一种新的可能。"诗言志"诞生

---

① 顾祖钊：《艺术至境论》，天津：百花文艺出版社 1992 年版，第 324 页。
② 顾祖钊：《艺术至境论》，天津：百花文艺出版社 1992 年版，第 324 页。
③ 顾祖钊：《艺术至境论》，天津：百花文艺出版社 1992 年版，第 68 页。

于华夏原始文化的母腹，旷古之"诗"，非今日之"诗"，巫风浸润之"志"，亦非理性主导之"志"。"诗言志，歌永言，声依永，律和声，八音克谐，无相多伦，神人以和。"（《尚书·舜典》）巫术文化时代所言之"志"，乃天道神意，而非世道人心。顾祖钊参证于神话、《周易·系辞》、《墨子》等上古经典，为"诗言志"做了一个独特的新颖解释："诗歌所言之'志'，绝不可能是人的意志，而只能是天的意志。"①

从华夏原始文化的诗性特征出发，重新注释华夏诗学纲领，顾祖钊为文学三元观念的历史生成和展开确立了充足的理据。以艺术形式为载体，建立于诗性思维根基上，华夏原始文化具有某种神秘甚至神性的韵味，而这种韵味构成了诗学文化观念的渊源，并为历史生成的诗学文化观念赋予了合法性。在顾祖钊所叙述的华夏诗学文化观念历史中，"象征""抒情"和"历史"呈现出一种冲突与融合、塑造和消解的历史节奏，但赋予了华夏诗学文化历史连续性。首先，华夏原始文化呈现出一种巫术文化的浑然整体性，以及诗性智慧的无差别境界。"诗言志"诗学文化纲领从原始诗性文化之中孕育，呈现出天道神意的无限威权，以及世道人心的无限忧患。外有威权，内有忧患，华夏先民在双重阴影下开启了以诗性智慧叩探命运、贞立境界的动姿。先秦儒家诗学理想是走出命运阴影而贞定境界的产物，顾祖钊一反成说，把先秦儒家的文艺观阐发为"象征文学观"，"这种象征的文学观，是在华夏巫术文化的母体里发育而成，所以它的象征性质，也必然通过文化的浑一性在艺术中弥散开来"②。贯穿于抒情的文学观、历史的文学观，直至清代叶燮、章学诚集其大成，直至在现代诗学理论中若隐若现，流兴不息。

抒情诗学，在理论界已成共识，言者钧钧，附会者众。顾祖钊描述说，抒情诗学酝酿于先秦，但屈居二位，经过汉代的调整，到南北朝时期抒情诗学以"缘情说"和生命形式论为标志达到高度自觉，到唐代达到抒情诗艺术的高峰，而抒情诗学的成熟则在明代。正是通过对明代理论家袁黄《诗赋》的解释，顾祖钊发掘出了抒情诗学的关键命题："选文入象，就韵摹心"。顾祖钊发挥说，"就韵摹心"，即按照"气韵生动"的原则摹仿心象。这一命题同西方摹仿论属于同一级别，但西方摹仿论问题百出备受质疑，而"摹心说"是中国诗学文化的点睛之笔。③

在希腊"诗与哲学之争由来已久"（柏拉图《王制》第十卷），在中国则是"王者之迹熄而《诗》亡，《诗》亡，然后《春秋》作，"（《孟子·离娄下》）。顾祖钊分史诗混同、以诗为史、"史""诗"相争三个阶段，从而叙说

---

① 顾祖钊：《华夏原始文化与三元文学观念》，北京：北京大学出版社 2005 年版，第 78 页。
② 顾祖钊：《华夏原始文化与三元文学观念》，北京：北京大学出版社 2005 年版，第 134 页。
③ 顾祖钊：《华夏原始文化与三元文学观念》，北京：北京大学出版社 2005 年版，第 286 页。

华夏历史诗学的艰辛历程。历史诗学不仅混迹于象征诗学与抒情诗学，更可悲可叹的是历史诗学在王道历史的语境之中备感窒息，以至于史诗在华夏文学文类之中缺失，没有媲美于荷马史诗的作品，也没有修昔底德、汤因比、斯宾格勒、弗莱、海顿·怀特那种气势如虹的历史诗学。笔者猜想，顾祖钊在思索华夏诗学文化的历史命运之时，或许为历史诗学的缺失而黯然神伤。不然，他不会写下这么一种反思诗学文化的警策文字："由于官方的诗教传统于《诗经》潜在的强大影响力，使我们民族特别钟情于抒情诗的创作，而相对冷落了叙事艺术，因此使中国的小说、戏剧兴起较晚，元明之际才逐渐繁荣起来。"① 于是，他自然而然地肯定了"五四"之后民族复兴的伟大历史潮流中现实主义文学的功绩。

"惟不可名言之理，不可施见之事，不可径达之情，则幽渺以为理，想象以为事，恍惚以为情，方为理至、事至、情至。"（叶燮《原诗·内篇》）华夏诗学由象征（理至）、历史（事至）和抒情（情至）三元观念鼎足拱立而成，华夏诗学的历史在言理、言史、言情三种观念的涨落沉浮之间得以呈现。顾祖钊在《华夏原始文化与三元文学观念》中力举文学三元，力陈华夏民族诗学观念的丰富与深邃，书写出了以象征为主导、以抒情为主调、以历史为进向的诗学文化观念史，一部"此起彼伏、波浪翻涌、互补竞生的文艺思想史"。

四、"引入—超越论"

在沉思诗学形态及其诸种维度展开"艺术至境论"的构想时，顾祖钊发问："理论的地球为什么是扁的？"言锋所向，是现代中国诗学百年之内"西显中隐"的积弊，苍天之问充满悲情。以史为鉴，不难获取华夏文化的自豪感。从元明两代开始，华夏思想、学术以及艺术泽被西土，欧洲理性时代的启蒙从中受惠良多，以至于艾田伯一言以蔽之："近代欧洲，事实上是中国的欧洲。"偶然之际接触华夏叙事文学的歌德惊叹不已：华夏古典文学旖旎多姿，女性主人公冰清玉洁，而歌德一辈人的祖先尚在荒野森林里摸索、徘徊。"艺术的地球是圆的"，"诗是人类共同的财富"。然而，被动进入世界境遇的华夏文化及其诗学在西方现代性全球化东扩的过程之中，除了消极的抵抗之外就是自动的屈从，华夏诗学文化若不能说是烟消瓦灭，也真的可以说是华丽苍凉了。"五四"之后，尼采、叔本华、黑格尔、克罗齐、弗洛伊德、柏拉图、亚里士多德、艾略特等轮番登场，借中国语言文字和大学讲堂演出了

---

① 顾祖钊：《华夏原始文化与三元文学观念》，北京：北京大学出版社 2005 年版，第 338－339 页。

"理论灰色""地球扁平"的戏剧。泱泱诗学大国，灿烂华夏文化，经纬天地之文，兴邦治国之教，而今沦落到了令人极其尴尬的境地：诗学课堂充塞着西方文论，原创的华夏诗学体系，像梦里江山，流沙坠简，只有充当注释西方、印证西方的附属之料。"这种处境，太令人悲伤。"① 中国诗学体系的缺失，令顾祖钊充满少见的忧患意识：如果"全身心地陶醉在西方文论体系里"，那么理论的地球"似乎永远也圆不起来"。在别人陶醉的虚假圆满里，他觉察到更深刻的不圆满，而急起追寻那种作为文化远景的圆满。

其实，早在中国现代诗学滥觞期，有识之士就已把诗学理论的地球感觉成"一个圆满"了。梁启超说"世界的中国"是一个华夏与泰西文明婚媾的时代，王国维本着"学无中西""道通为一"的信念，主张"用天下之心为己之心"来建构"世界学术"，宗白华在 20 世纪 20 年代那种西学之势浊浪排空的情境下提出了融中西文化成"普华总汇"的诗学理想。正是追怀先贤遗训，顾祖钊呼吁："以坦诚的胸襟引进西方文论之后，还应该超越西方文论。"② 唯有从全人类的视角去驾驭中西文论，方能圆成"五四"以来历经百年而不消散的"中西文论融合之梦"③。顾祖钊创构"艺术至境论"，意在以境界为主导分梳诗学理想境界，克服意象、意境和典型的各自偏执，用中国诗学形态纠正西方诗学形态的偏颇，用西方诗学形态补正中国诗学形态的缺失，从而全方位地摄取文学境界的诗魂艺魄。同样，顾祖钊往返在古今之间，深入华夏原始文化，探究中国诗学三元观念，其不舍得、牵挂的还是诗学理论的"圆满"。在他心象描摹的理论之"圆"中，象征诗学、抒情诗学和历史诗学互动交织，对现代、后现代末流的偏执和虚空，自然是一种相当有力的矫正。

回放中国现代诗学百年历史，反思理论创构的立场选择和策略制定，我们不难看到顾祖钊的中西融合诗学方法的价值。中国诗学现代性的初阶，占主导的倾向是全盘西化、数典忘祖，任西方诗学体系、观念和方法大肆植入，从而导致了"显西隐中"，甚至"尊西贬中"。这一初阶覆盖了相当漫长的时段，上起清末民初，下至改革开放，绵延近一个世纪。中国诗学现代性的中段，占主导地位的倾向是中西合璧、秋色平分，以隐性的华夏思维机制对西方诗学进行筛选、过滤，从而有了理论上的"奥夫赫变"。这一中段时间短暂，大致发生在 20 世纪 80 年代到 90 年代之交，同文学的寻根运动和"文化热"互动，而构成一种诗学理论自觉的语境。顾祖钊的"艺术至境论"便是

---

① 顾祖钊：《艺术至境论》，天津：百花文艺出版社 1992 年版，第 15 页。
② 顾祖钊：《艺术至境论》，天津：百花文艺出版社 1992 年版，第 15 页。
③ 顾祖钊：《艺术至境论》，天津：百花文艺出版社 1992 年版，第 17 页。

这种中西融合、秋色平分的诗学理论的范本，但他更自觉地在中西融合中实践"以西化中"的战略。追溯华夏原始文化，描摹文学三元观念，标志着他的理论建构立场的一次根本性调整。于是，他的理论建构预示着中国诗学现代性的高阶，推进了中西融合到超越西方的进程。其诗学体系建构的意向在于，保存华夏精神历经千劫万难而依旧保持其端庄美丽的文化同一性，进而确立中国诗学的独特个性。

中国"文化诗学"的建构与实践

——李春青中国古代文论研究述略

刘长星①

【学者小传】

李春青：现为北京师范大学文学院教授、博士生导师，教育部人文社会科学重点研究基地北京师范大学文艺学研究中心学术委员会主任。兼任中外文学理论学会副会长、全国马克思主义文学理论研究会理事。研究方向为文学基本原理、中国古代文论、文化诗学。著有《艺术直觉研究》《艺术情感论》《美学与人学——马克思对德国古典美学的继承与超越》《文学价值学引论》《乌托邦与诗——中国古代士人文化与文学价值观》《宋学与宋代文学观念》《在文本与历史之间——中国古代诗学意义生成模式探微》《在审美与意识形态之间——中国当代文学理论研究反思》《道家美学与魏晋文化》等。

作为中国当代文艺学研究的基地——北京师范大学文艺学研究中心的主要负责人，李春青教授为推进中国"文化诗学"的建构可谓殚精竭虑。李春青教授的学术研究始于 20 世纪 80 年代。在当时文艺心理学研究大潮之下，他出版了专著《艺术直觉研究》（1987）和《艺术情感论》（1991）。1989 年至 1991 年因教学需要，他开始研究马克思主义文论，主要成果是《美学与人学——马克思对德国古典美学的继承与超越》（1991）和《文学价值学引论》（1994）。1992 年开始，他转向中国古代思想史、哲学史、批评史的学习和研究。与此同时，他研读了大量西方文艺理论著作。对于中国古代文论的研究，他逐渐形成了自己独特的研究方法和思路。《乌托邦与诗——中国古代士人文化与文学价值观》（1995）、《宋学与宋代文学观念》（2001）、《诗与意识形态——西周至两汉诗歌功能的演变与中国诗学观念的生成》（2005）、《在文本与历史之间——中国古代诗学意义生成模式探微》（2005）等著作的相继出版，表明他所倡导的中国"文化诗学"的理论和实践逐渐走向成熟。

"文化诗学"这一概念并不是中国学者首创，在西方新历史主义、苏联文论中都可以看到相同或相近的概念。20 世纪 90 年代中期前后，北京师范大学文艺学研究中心以及国内一些其他学者开始倡导中国"文化诗学"研究。李

---

① 刘长星：新疆师范大学文学院副教授，北京师范大学文艺学博士，从事文学批评与文化研究。

春青认为，中国"文化诗学"不是对任何理论或方法的照搬和模仿，应该有一套独立的原则与操作策略，这些是与中国自己的学术研究对象直接相关的。虽然并不主张将"文化诗学"作为一种纯然的理论建构，但对"文化诗学"作为一种阐释方法与研究路向，他还是逐渐形成了比较明确的理论主张。更重要的是，这种研究方法并不应只是空洞的理论呼唤，李春青以自己的研究实践证明了它的可行性与有效性。下面，我们从四个方面对李春青的"文化诗学"研究作以概述。

一、对当代文学理论研究现状的反思

古代文论研究显然不能脱离文学理论总体的发展现实。在研究古代文论的同时，李春青始终没有放弃对当下中国文学理论发展的关注。中国"文化诗学"的提出，从某种意义上说，正是李春青对当代文学理论研究现状反思的结果。从《在审美与意识形态之间——中国当代文学理论研究反思》（2006）一书来看，他的反思是清醒而深刻的。

"文学理论从来就不是一种纯粹知识学意义上的话语系统。从中国古代文论到现当代文论都与言说者——古代士人阶层与近现代人文知识分子的认同意识直接相关：或者是言说者操控文学实现身份自我确证的方式；或者是国家意识形态通向文学领域的桥梁；或者是人文知识分子乌托邦精神的话语显现。"① 这段话表明，对主体性的关注是李春青反思当代文学理论的切入点。他认为，在古代社会文人士大夫阶层处于一种"中间人"的地位。对上，他们通过话语系统的构建来规范以皇帝为首的统治集团，使之趋向士人理想；对下，他们通过自己的知识及行政、教育等种种方式来教化百姓。这种"中间人"介于主人和奴仆、圣与凡之间，他们往往以"立法者""导师"自居，相信自己可以"为天地立心，为生民立命"。这样，文学理论也就充当起政治权力操控文学的中介而具有极高的地位。但到了近现代，随着中国社会结构的根本改变，以及西方文化的极大冲击，人文知识分子"忘记了对其精神之根的积极培育和自觉维系"，开始怀疑自己文化的合理性，离开了对传统文化的自觉认同，因此造成了"无法实现自我认同的恐惧和惶惑"。在李春青看来，"一百余年来中国知识阶层的整个现代性的话语建构均可以视为这种'基本焦虑'的显现"②。所以，对当代文学理论的反思，首先要从言说主体开

---

① 李春青：《在审美与意识形态之间——中国当代文学理论研究反思》，北京：北京大学出版社2006年版，第46页。

② 李春青：《在审美与意识形态之间——中国当代文学理论研究反思》，北京：北京大学出版社2006年版，第17页。

始。也就是说，当代人文知识分子应考虑要对自己所处的社会政治、经济、文化状况有清醒的了解，对自己的社会身份有深刻反思，然后才有可能对自己包括文学理论在内的一切文学活动有清醒的自觉。

作为一个清醒的学者，李春青从当下言说语境出发，指出大众文化、消费社会、日常生活审美化等因素使知识阶层被"悬置"起来，文学已渐渐离开人文知识分子的精神领地而趋向于市场、大众。文学理论实际上已失去了为文学立法的权利，而沦为一种在封闭圈子里的自说自话，文学理论的合法化危机由此而生。不管是文学理论的维护者还是解构者，在消费文化成为社会文化主流的新形势面前，人文知识分子应考虑选择怎样的言说立场，以及对自己文化身份的重新确认。由此，李春青主张，文学理论还是要回到它原初的品格——阐释性——而放弃它曾有的发号施令特权。对当前文学理论自身的性质，他给予了明确揭示："作为阐释性的文学理论应该被理解为吉登斯所说的那种'双重阐释学'，而不应该被理解为主体对客体的理解和认识。"文学理论作为阐释"是主体间的一种对话，文学理论的主体与文学作品中隐含的创作主体、人物主体通过对话来完成意义的建构"①。因此，文学理论的阐释性决定了言说主体必须自觉调整自己的认同模式，即放下"立法者"的架子，承认自己作为阐释者的身份，以平等姿态面向现实，通过以平等对话为基础的"阐释"去"立法"。这种"对话"意义上的"阐释"就是解决危机、使文学理论获得新生命力的有效途径。

二、古代文论研究的重新定位

文学理论的合法化危机也反映在当代中国古代文论研究上。首先是所谓"失语症"问题。李春青认为，这个问题主要涉及研究者的态度问题，它表征着 20 世纪以来几代中国学人的一种"基本焦虑"。学界提出"失语症"的意义不是引导我们放弃西方学术话语而转向古代、用古代文论的话语资源来建构当代文学理论，而是要提醒我们应该认真反思对待古代文论的态度，从而找到恰当的阐释者立场。

阐释要求专业性、客观性、可操作性。文学理论的阐释性意味着它是作为学术话语而存在的，是有学术规范的，不是任意的主观建构。面对中国古代文论这一阐释对象，如何解决阐释的相对性问题呢？李春青通过层次的划分解决了这个问题。他认为，中国古代文论至少应该划分为三个层次：知识、

① 李春青：《在审美与意识形态之间——中国当代文学理论研究反思》，北京：北京大学出版社 2006 年版，第 60 页。

意义、价值。从知识层次而言，要求阐释活动的客观性。从意义层次而言，阐释即是理解，理解必定诉诸主体的知识结构与趣味，对意义的理解其实是阐释主体与阐释对象融合的过程。但在这一过程中，客观性因素要大于主观性因素。从价值层次而言，即使是古人，也很难对"吟咏情性"和"以意为主"作出令人信服的价值判断。"阐释的主观性居于阐释活动的主导地位。"这样来看，不同层次的阐释活动对阐释主体的要求是不同的，尤其在对古代文论进行价值阐释的过程中，主观性和相对性是允许的。如果我们"不提供现代意义的阐释活动也就不能够参与到现代学术文化的建构中去"，古代文论话语本身也就失去了独立存在的意义。

或许正是出于探寻恰当的阐释立场的目的，学界于 20 世纪 90 年代引发了中国古代文论"现代转换"的讨论，至今尚未停歇。我们要看到，古代文论不是孤立的，它与中国古代文化整体是血脉相连的，中国古代文论"现代转换"问题实质上是整个中国古代文化的"现代转换"问题。从阐释的角度来看，"对古代文论进行阐释联系着对整个中国古代文化的阐释，而对中国古代文化的阐释又关联着人类生存的意义问题"①。这种研究要求阐释者不能将古代文论仅仅视为按照一定规则而形成的解码系统，而是要将其当作一种生存方式、人生趣味的象征形式。而且古代文论的范畴、概念常常表现着言说主体的某种人格理想，如飘逸、自然、平淡等。古代文论所标举的许多价值直接就是言说主体在生活中所向往、追求的价值，审美价值和人生价值在这里是相通的；有些古代文论范畴是言说主体某种学术观念的反映（文以载道，童心说），是言说主体某种生活情趣的升华（滋味，神韵）。据此，李春青认为："如何面对中国古代文论，不仅仅是如何面对整体性的中国古代文化的问题，而且还是如何面对中国古人的生存方式的问题。中国古代文论作为阐释对象的这种性质实际上也就规定了阐释活动的意义所在：通过对中国古代文论话语的阐释可以进而把握古人的生存方式与生存智慧。"② 古代文论研究是今人进入古人精神世界的有效方式，而且进入古人的生存方式与人生旨趣之中也不仅只是对古代文论的"现代转换"具有意义，更重要的是，它也是今天的阐释主体追求合理的生存方式与人生旨趣的重要方式。古人面对着如何让心灵独立澄明而不为物欲遮蔽、从而得到幸福感的问题，今人更要面对。这正是古代文论研究的现代意义之所在。

---

① 李春青：《在审美与意识形态之间——中国当代文学理论研究反思》，北京：北京大学出版社 2006 年版，第 275 页。

② 李春青：《在审美与意识形态之间——中国当代文学理论研究反思》，北京：北京大学出版社 2006 年版，第 276 页。

三、"文化诗学"的阐释路径及其实践

明确了古代文论研究的现代意义，其实也就明确了古代文论的"现代转换"问题，这是进行阐释研究的基础。和其他学者的"文化诗学"主张不同，李春青不仅对"文化诗学"进行了深入的理论建构，同时也把这种阐释方法运用到了古代文论研究实践当中。他指出："'文化诗学'是指从社会文化观念、精神旨趣、文化心态等角度对各种类型的文学作品、相关文学现象进行理解、评价的方法标准与观念系统。""'中国文化诗学'是指中国古今学人根据中国文学作品与相关文学现象的特征而形成的，从具体社会文化角度对文学现象进行理解与阐释的研究路向。"① 这种方法是"将阐释对象置于更大的文化学术系统中进行考察。就古代文论而言，要将文论话语视为某种整体性文化观念的一种独特表现形式，因此在考察其发生发展及其基本特征时能够时时注意到整体性文化观念所起到的巨大作用"②。在李春青看来，"文化诗学"就是力求进入古人精神世界、与古人"精神往来"和对话的新的研究视角和阐释方法。

1. 主体之维——阐释视角

对主体性的关注既是李春青反思当代文学理论的切入点，也是他进行古代文论研究的主要切入点。谁是中国古代诗学精神的建构者？这是李春青进行研究的"逻辑前提性问题"。在他看来，中国古代文论的一个突出特点就是"它与言说者的生存状态以及相关的精神状态联系过于紧密"③。李春青把这一主体确定为"士人阶层"。他认为："作为中国古代诗学观念的主体的是自春秋以后存在于整个古代社会中的士人阶层。"作出这一结论，并非仅仅因为"士人阶层是古代知识阶层，他们承担着文化话语系统（事实上皇室成员、大贵族、大官僚、外戚、某些宦官也都拥有文化知识），而是因为只有将士人阶层视为主体，许多诗学问题才能得到合理解释"④。比如中国传统的"美刺说"，显然并不是统治者的观念，只能是那些虽无权力在手却又有极强的社会责任感的士人阶层所特有的思想观念在诗学上的显现。汉儒赋予诗歌以"教化"功能，"美刺"与"教化"恰恰体现了士人阶层特殊的社会境况与价值追求：他们处于统治者与百姓之间，向上可跻身于以君权为核心的官僚阶层，

---

① 李春青：《中国文化诗学的源流与走向》，《河北学刊》2011 年第 1 期，第 83 页。
② 李春青：《文化诗学视野中的古代文论研究》，《文学评论》2001 年第 6 期，第 46 页。
③ 李春青：《宋学与宋代文学观念》，北京：北京师范大学出版社 2001 年版，第 8 页。
④ 李春青：《中国文化诗学论纲——对古代文论研究方法的一种构想》，《社会科学辑刊》1996 年第 6 期，第 122 – 127 页。

向下可退身为自食其力的平民黎庶。正是这样的社会地位才使士人阶层常常扮演社会代表的角色："美刺"是其代表"民"而向"君"言说，是对君主的规范意识；"教化"则是其代表"君"而向"民"言说，是对百姓的规范意识。这即是"以天下为己任"的士人阶层的两种主要价值取向。他们建构的学术话语充满了对社会人生的关注，对世界认知性探索的兴趣较淡而价值关怀极重。① 只有明了于此，我们对古代诗学观念才会有真正恰当的认识。

2. 重建文化语境——"文化诗学"的入手之处

李春青认为，"任何一种言说或者文本的形成都必然是各种关系的产物"。言说者面对的种种文化资源、社会需求、通行的价值观念、占主导地位的思维方式等都对其言说产生重要影响。"这一切因素共同形成的特定文化氛围、环境是一种话语产生、存在、实现其意义的必要条件。"② 这就是文化语境或者文化空间。"任何意义只有在具体的文化语境中才是可以确定的。" 只有重建文化语境，一种文本或话语系统的意义才能得以揭示。而那种不顾文化语境的研究就是架空立论，算不上严格意义上的学术研究。如何重建文化语境呢？"简单说来，就是要通过对历史的、哲学的、宗教的、民俗的等各类文化文本的深入分析，确定特定时期占主导地位的文化观念的基本价值取向，把握这个时期话语意义生成的基本模式——各种有着不同方向的'力'之间构成的关系样式。"③ 例如，《诗与意识形态——西周至两汉诗歌功能的演变与中国诗学观念的生成》一书就从诗产生的文化空间与意识形态的双向建构线索考察了西周至两汉时期诗学观念的演变历程。李春青从"周初封建与贵族阶层的形成""制礼作乐""敬"与"德"等方面考察周初意识形态的建构；通过人神关系语境、君臣关系语境、同侪或平辈之间的言说等方面对诗产生的文化空间进行建构。在掌握了研究对象所处的历史文化格局后，作者发现，"诗"并不仅仅是现代意义上的文学文本，而且是一种政治文本和文化文本。春秋战国之际，文化空间发生巨大变化，士人阶层通过话语转换与价值转换将王官文化变为民间文化（即士人乌托邦精神），使僵化的文化系统充满了生气，变成富有人性特征、超越精神和批判精神的新型话语系统，完成了中国古代文化的一次重大历史性转变，奠定了此后两千余年中国古代文化发展演变的基础。④ 重建文化语境之后，李春青对"诗言志""正变说""采诗"等

① 李春青：《宋学与宋代文学观念》，北京：北京师范大学出版社 2001 年版，第 9 页。

② 李春青：《诗与意识形态——西周至两汉诗歌功能的演变与中国诗学观念的生成》，北京：北京大学出版社 2005 年版，第 2 页。

③ 李春青：《诗与意识形态——西周至两汉诗歌功能的演变与中国诗学观念的生成》，北京：北京大学出版社 2005 年版，第 7 页。

④ 李春青：《诗与意识形态——西周至两汉诗歌功能的演变与中国诗学观念的生成》，北京：北京大学出版社 2005 年版，第 154 页。

学界一直颇有争议的问题也作出了合理清晰的解释，并且进一步揭示了儒家诗学生成的深层逻辑。所以，要重建文化语境，就要求"中国古代文论的研究者不仅仅要熟稔思想史、学术史，而且要了解社会政治史，特别是士人心态史。否则也就难免望文生义或断章取义了"①。

3. 尊重不同文类间的互文本关系——基本阐释原则

历史、哲学、宗教、文学等不同门类的文化文本之间事实上是相互渗透、互为话语资源的。"文化诗学"要以互文性研究为基本视角，实际上就是跨文本研究，即打通不同学科之间的文本界限，进行综合的、比较的研究。尊重不同文类间的互文本关系，不仅要关注不同文本之间词语和修辞手法等层面的相互包容关系，更要关注它们在文化意蕴、价值取向层面的交互渗透关系。在李春青看来，"对中国古代文学作品、古代文学观念的研究，只有打破了人为设置的藩篱，以更加宏通的眼光，采用跨文本研究方式，方能有所进步。"比如《诗》与《春秋》，虽然在文类上毫无共通之处，但从互文视角来看，两者其实都是"儒家士人实现重新确立社会秩序这一伟大政治目标的手段"。李春青发现，通过话语建构来达到政治目的是先秦士人阶层共有的策略，而中国古代精神文化的基本格局与主要价值取向的形成和这种策略密切相关。《诗》原本包含的道德价值以及它所提供的较大的意义生成空间为儒家士人所看重，而《春秋》在历史叙事中暗含褒贬，也承载了儒家的政治观念与道德观念，这样不同文类的文本在价值意义上却是相通的。② 从互文的角度看孟子的"诗亡，然后《春秋》作"，其实是最恰当地体现了儒家士人一以贯之的思想逻辑与政治策略。这正是尊重文本互文性的阐释效力所在。从《乌托邦与诗——中国古代士人文化与文学价值观》《宋学与宋代文学观念》《诗与意识形态——西周至两汉诗歌功能的演变与中国诗学观念的生成》这些专著来看，尊重文本的互文性已成为李春青研究中国古代文论的基本阐释原则，对阐释中国古代文论话语发挥了重大作用。

4. 在文本、体验、文化语境之间穿行——基本阐释策略

面对一个具体文本，阐释活动应该如何进行呢？李春青的研究策略是：在文本与文化语境之间进行"循环阅读"，而两者的"中介"则是文本蕴含的心理的与精神的诸因素。③ 文本（包括文学文本和文化文本）是阐释活动的基本着眼点，阐释者要关注文本词语的使用，更要注重词语所负载的意义

---

① 李春青：《宋学与宋代文学观念》，北京：北京师范大学出版社 2001 年版，第 10 页。

② 李春青：《诗与意识形态——西周至两汉诗歌功能的演变与中国诗学观念的生成》，北京：北京大学出版社 2005 年版，第 12-13 页。

③ 李春青：《诗与意识形态——西周至两汉诗歌功能的演变与中国诗学观念的生成》，北京：北京大学出版社 2005 年版，第 15 页。

世界。从文本意义世界到具体的文化语境，进而到文本意义世界所包含的文化逻辑，这就是"循环阅读"的过程。在不断的"循环阅读"中，文本意义其实得到了增殖，这正是"文化诗学"最主要的阐释路径之所在。例如，在《在文本与历史之间——中国古代诗学意义生成模式探微》一书中，李春青从文学文本与历史语境出发，揭示了子学时代文化意义的生成模式："道"是子学时代文化意义的生成模式的主导因素，代表士人阶层的价值理想。"势"是负主导因素，代表君权。"道"与"势"的关系是子学时代文化意义生成模式的基本关系维度，其实质是"道义"与"权力"的关系，是君权与士人斗争妥协达成的默契。"非势"代表庶民百姓与既无价值理想又未进入君权系统的士人，"非道"代表彻底放弃价值理想追求、完全异化为君权之工具的士人。而"非道"与"非势"的关系则构成了中国君主专制社会直接的矛盾冲突。"道"—"势"关系的意义矩阵是中国古代社会文化意义的生成模式，四者的关系维度决定了中国古代文化学术的基本形态与价值取向。在明确了历史文化语境后，作者重新回到文学文本，剖析了其中蕴含的诗学观念。这样，通过文本—历史文化语境—文本的不断考察分析，作者揭示出了子学时代的文化逻辑和诗学观念的内涵流变。① 当然，这一探索过程还要重视对文本蕴含的"体验"层面的挖掘，作者始终没有离开对古代士人阶层心理与精神因素的把握。这种把握即是古人所说的"体认""涵泳"的方式，透过文本走入古人的心灵世界，从而得以深入地、全面地理解阐释对象。

5. 对知识和意义的双重关注——基本阐释立场

古代文论研究是要获得知识还是获得意义，这其实是两种不同的研究立场。在肯定"研究就是求真"立场的同时，李春青认为，古代文论话语系统又是一个意义和价值系统，具有不断被阐释的无限丰富的可能性。对意义系统的研究要采取现代阐释学的方法，达成"视界融合"，构成"效果历史"。这种阐释"既显示对象原本具有的意义，又显示着对象对阐释者可能具有的当下意义"②。在《为于连一辩——兼谈对中国古代文化的阐释立场与方法问题》一文中，李春青勾勒了在人文研究领域存在的两种并行不悖的研究路向："一种是追问真相为目的，揭示各种文本背后隐含的深层文化逻辑、意义生成模式、意识形态性、权力关系等；一种以意义建构为目的，极力阐发各种文化文本中蕴含的那些超越具体语境的普遍意义，目的是为当下文化建设提供

---

① 李春青：《在文本与历史之间——中国古代诗学意义生成模式探微》，北京：北京大学出版社2005年版，第34－38页。
② 李春青：《诗与意识形态——西周至两汉诗歌功能的演变与中国诗学观念的生成》，北京：北京大学出版社2005年版，第22页。

可资借鉴的话语资源。"① 文化诗学的研究是要把这两种立场结合起来，在求真的同时更要进行当下意义的合理阐释。这种立场意味着：一定不能把古代文论话语当作客观知识去固化它，而是要把它当作意义系统和价值系统，要赋予它一种活的精神。李春青的《乌托邦与诗——中国古代士人文化与文学价值观》《诗与意识形态——西周至两汉诗歌功能的演变与中国诗学观念的生成》《在文本与历史之间——中国古代诗学意义生成模式探微》等著作既注重古代文论话语与政治权力、社会主流意识形态、士人阶层身份之间复杂的关系与相互作用，又对古代知识分子乌托邦式的、浪漫的、诗意的理想与人生价值、体验给予了一种当下阐释，体现出知识和意义双重立场的融合。从阐释立场来看，显然李春青更为注重从现实出发，对古人进行现代意义的合理阐释，从而达成与古人"真正的沟通"。这样的研究，会使"古人的意义也成为我们的意义"，突显出人文社会学科研究的"真正价值所在"。

四、文人趣味研究——"文化诗学"新的研究点

在对言说主体的不断探索中，李春青开始关注一个新的问题——文人趣味与诗学的关系。从 2010 年底开始，他已发表了《论"雅俗"——对中国古代审美趣味历史演变的一种考察》《"名士"与文人趣味之关联——对两汉文学观念演变的一种解读》《论士大夫趣味与儒家文道关系说之形成》《汉代帝王与文人趣味之形成——以〈文心雕龙·时序〉为线索》《在讽谏与娱乐之间——"文人趣味"生成的历史轨迹》等数篇文章，开始探讨趣味问题。如果说对宋学、西周至两汉诗学观念等问题的研究是宏观"文化诗学"的话，那么趣味问题则显得更微观而具体。在"文化诗学"的研究视野中，"趣味"或"趣味结构"是人们精神世界的集中表现，从这一角度出发来考察文艺思想或审美意识可以揭示在各种概念、范畴、观点背后隐含的丰富文化心理意蕴。同样，这一研究主要考察的对象依然是古代文论言说主体——文人士大夫阶层。因为这一阶层是中国古代文化在两千多年的发展演变中居于主导地位的知识阶层，这个阶层的"趣味结构"决定着中国古代文艺思想的基本特点与价值取向。

在《"名士"与文人趣味之关联——对两汉文学观念演变的一种解读》一文中，李春青深入分析了从战国时期到两汉时期"名士"的不同内涵。他指出，"名士"意涵的衍变，是不同时期社会主流价值观的集中体现，也是文

---

① 李春青：《为于连一辩——兼谈对中国古代文化的阐释立场与方法问题》，《中国图书评论》2008 年第 6 期，第 44 页。

人士大夫身份认同与精神旨趣的集中体现。由于"名士"的意涵直接与士人阶层的价值取向相关，故而"名士"意涵的衍变也就关联到文学观念的变化。通过对马融、蔡邕、赵壹三位汉末名士的行为方式与文章书写的分析，作者认为："从他们开始，中国古代主流知识阶层便具有了一重新的身份——文人，于是'文人士大夫'便成为这个获得新的身份的社会阶层的称谓。"自此以后，他们一方面积极入世，力求做忠君爱民的政治家，并继续高扬着"道"的旗帜，力求成为士人阶层价值观——"道统"的继承者与维护者；另一方面又开始拓展个人精神空间，探寻个体生命存在的价值意义，使自身获得与自己的文化知识修养、社会政治、经济地位相匹配的品位、趣味、感觉和体验，从而使自身与没有文化修养的社会大多数严格区分开来。这种品味、趣味、感觉和体验被他们命名为"雅"。"自是以降，以'道'为核心的士大夫精神与以'雅'为核心的文人情趣就并行不悖地存在于这一知识阶层身上了。"①《汉代帝王与文人趣味之形成——以〈文心雕龙·时序〉为线索》一文指出，"文人趣味"的产生是一个漫长的过程，主要发生在两汉时期，完成于东汉后期。在这一过程中，汉代帝王起到了不可替代的重要作用。"文人趣味"是"文人"这一文化身份的标志，而"文人趣味"的基本特征则是"个人情趣合法化"。②《论"雅俗"——对中国古代审美趣味历史演变的一种考察》一文则把"文人身份"成熟的标志认定为"个人情趣的合法化"，即属于纯粹私人情感的离愁别绪、伤春悲秋、男女之情、伤逝之叹等以往不受主流话语重视的精神、心理现象被堂而皇之地予以书写、传播、吟诵。"文人"这一新的身份维度形成之后，"文人士大夫"阶层才由单一的政治、伦理价值的创造者与承担者进而成为审美价值的创造者与承担者。"雅俗"观是中国古代最重要的美学范畴之一，它是"文人趣味"最集中的体现。③ 在《论士大夫趣味与儒家文道关系说之形成》一文中，李春青归纳出士大夫阶层的"趣味结构"主要由四个相互关联的维度构成：一是鲜明的、带有某种自恋色彩的自我意识；二是高远到令人难以企及的人格理想；三是被神圣化了的"师"的角色意识；四是"道"的终极价值。"道"是整个士大夫文化的标志性范畴。儒家的"文""道"关系之说在中国古代文艺思想史上居于核心位置，而此说之形成即是士大夫趣味的必然产物。自东汉以降，士大夫趣味与文人

① 李春青：《"名士"与文人趣味之关联——对两汉文学观念演变的一种解读》，《中国政法大学学报》2011 年第 6 期，第 38－54 页。

② 李春青：《汉代帝王与文人趣味之形成——以〈文心雕龙·时序〉为线索》，《文学与文化》2011 年第 2 期，第 47－60 页。

③ 李春青：《论"雅俗"——对中国古代审美趣味历史演变的一种考察》，《思想战线》2011 年第 1 期，第 111－116 页。

趣味并行不悖、相得益彰，共同引导着中国古代文学艺术的发展走势。① 《在讽谏与娱乐之间——"文人趣味"生成的历史轨迹》一文则进一步揭示了"文人趣味"是中国古代诗词歌赋、琴棋书画等文艺形式最主要的主体心理依据与价值取向。②

以上内容只是李春青"文人趣味"研究的开端，同样显示出他宏通的学术视野和在诸多文化文本之间"穿行"的自如，字里行间也不觉流露出对古人文雅之风的赞赏。这不由得让人想起，学术研究是不是仅仅是一种客观化、科学化的研究？研究主体有没有自己的学术性情、个人情怀、价值介入？正如"文化诗学"研究所强调的"体验"维度一样，在李春青的行文之中，我们还是可以感受到他作为一个当代知识分子所具有的学术性情与个人情怀：对当代文学理论的忧虑，解决理论危机的热情，正面现实的勇气，自我立场的坚守，不断追问、探索的精神……他在和古人对话，力图走进古人的心灵深处。这种研究过程也彰显了一个现代"士人"的精神追求——通过言说来建构那个属于自我的乌托邦理想。"……全身心投入对象之中，仔细体会、领悟、感觉对象，将自己想象为对象本身，忧其所忧，乐其所乐。其结果是在自己的心灵世界中开拓出一个前所未有的空间，使自己的精神世界得以丰富，使自己的人格得以提升。"③ 或许，这正是李春青教授作为一个当代学者的精神写照，也是文学理论研究作为一种阐释研究的最终旨归。

---

① 李春青：《论士大夫趣味与儒家文道关系说之形成》，《北京师范大学学报》（人文社会科学版）2011 年第 3 期，第 72－81 页。

② 李春青：《在讽谏与娱乐之间——"文人趣味"生成的历史轨迹》，《江苏行政学院学报》2011 年第 4 期，第 48－54 页。

③ 李春青：《诗与意识形态——西周至两汉诗歌功能的演变与中国诗学观念的生成》，北京：北京大学出版社 2005 年版，第 21 页。

第二编

思想史与文化研究

镜城突围

——戴锦华的文艺批评思想述略

邹　赞①

【学者小传】

戴锦华：北京大学比较文学与比较文化研究所教授、博士生导师，北京大学电影与文化研究中心主任，美国俄亥俄州立大学兼职教授。多年来从事电影理论、中国电影文化史、女性主义文学批评以及大众文化的教学和研究，是中国大陆电影研究、女性文学和文化研究三个学科的重要奠基者。代表性著作有《浮出历史地表——现代妇女文学研究》（与孟悦合著）、《雾中风景：中国电影文化 1978—1998》《隐形书写——90 年代中国文化研究》《涉渡之舟——新时期中国女性写作与女性文化》《镜与世俗神话——影片精读 18 例》《电影理论与批评》《性别中国》《犹在镜中——戴锦华访谈录》《拼图游戏》等，译有《蒙面骑士——墨西哥副司令马科斯文集》，主编《书写文化英雄——世纪之交的文化研究》《光影之隙——电影工作坊 2010》《光影之忆》等。

洪子诚先生在他的"阅读史"系列中把学者戴锦华的研究工作表述为"在不确定中寻找位置"，这种"不确定"，是根源于"对'处境'的清醒"②。戴锦华将自己的学术研究比喻为"没有屋顶的房间"，也就是在那间可以仰望苍穹的小屋，她以深厚的西方理论素养、精湛的文本细读功底和广阔的文化史思想史视野，在电影批评、性别研究与大众文化研究等多个领域中穿行，尝试着一次次的镜城突围，勾勒出一幅幅别样的文化地形图。

在粗略的知识谱系的意义上，戴锦华的文艺批评可以分为四个层面：20世纪 80 年代的电影理论与批评，主要关注欧洲艺术电影，译介西方电影理论并尝试运用当代西方文化理论来阐释电影文本；以女性主义文学批评为中心的性别研究；对电影史的文化和精神反思；20 世纪 90 年代以来的中国大众文化研究。需要指出的是，这些研究领域之间并不存在"楚河汉界"式区隔，很多情况下是交叉缠绕、齐头并进的，比如性别研究在女性主义文学批评、

---

① 邹赞：新疆大学人文学院副教授，北京大学比较文学博士，主要从事比较文学与文化研究。

② 洪子诚：《在不确定中寻找位置——"我的阅读史"之戴锦华》，《文艺争鸣》2008 年第 12 期，第 22 页。

中国电影文化史和当代中国大众文化研究中都可觅见清晰的痕迹。贯穿于这些研究领域的内在精神脉络，则是戴锦华对自身女性经验的坦诚与尊重，对知识分子批判立场的清醒认知和坚定驻守，对理论话语的不断反省与重新思考，对中国现当代文化史和思想史的再读与反思，以及对后冷战、全球化、第三世界等政治经济结构性因素的自觉参照与深刻质疑。

作为一名"难以界说"的研究者，[1] 戴锦华在电影批评、当代文学与文化研究领域均享有极高声誉：在电影研究界，她以熟谙的电影语言和电影史知识、精辟的影片解读、驾轻就熟的西方文化理论和颇具洞见的文化史思想史视野，开创了一条不同于传统电影史研究的"电影文化史"研究范式。在被她称作"业余爱好"[2] 的女性文学批评领域，与孟悦合著的《浮出历史地表——现代妇女文学研究》（以下简称《浮出历史地表》）创下了中国女性主义文学批评的多个第一。20 世纪 90 年代后期以来，戴锦华倾注精力最多的是文化研究，从《隐形书写——90 年代中国文化研究》到《书写文化英雄——世纪之交的文化研究》，从解构大众文化的神话到后冷战时代的文化政治反思，从中国大陆第一家"文化研究工作坊"到"电影与文化研究中心"，戴锦华率领自己的学术团队，聚焦于中国的历史语境与文化现实，"把凝聚中国经验的知识发掘和传播开来"[3]，探索出一条别样的中国文化研究之路。

一

在一次接受访谈中，戴锦华提到电影理论与电影批评是她学术工作的起点。[4] 或许是计划分配体制所造就的"契机"，戴锦华从北大中文系毕业后，被分配到中国电影专业的最高学府——北京电影学院。1986 年前后，她直接参与组建了中国第一个电影理论专业。[5] 作为电影理论专业的拓荒者之一，戴锦华在 20 世纪 80 年代就开始译介国外电影理论，如《〈搜索者〉——一个美国的困境》（《当代电影》1987 年第 4 期）、《精神分析与电影：想象的表述》（《当代电影》1989 年第 1 期）等，同时尝试以当代中国电影的实践去挑战西方理论。如果说，戴锦华最初的电影批评是以经典文本去操练并且挑战外来理论，侧重于影片精读，那么，在这一文本实验的过程中，渐次清晰的是女

① 贺桂梅：《"没有屋顶的房间"——读解戴锦华》，《南方文坛》2000 年第 5 期，第 19 页。

② 戴锦华：《犹在镜中——戴锦华访谈录》，北京：知识出版社 1999 年版，第 2 页。

③ 张春田、王颖：《"另一种"文化研究的可能：从亚际文化研究出发——墨美姬（Meaghan Morris）教授访谈》，《北京大学研究生学志》2007 年第 3 期，第 20 页。

④ 戴锦华：《犹在镜中——戴锦华访谈录》，北京：知识出版社 1999 年版，第 28 页。

⑤ 戴锦华：《犹在镜中——戴锦华访谈录》，北京：知识出版社 1999 年版，第 4 页。

性主义立场和文化批评的方法。从《雾中风景》（第一版）到《电影批评》，再到《性别中国》，直至当前正在进行的《后冷战的电影书写》《无影之影——吸血鬼电影的文化研究》《电影中的六十年代》等①，电影已经超越作为一种艺术或者媒介形式本身的意义，成为考量社会文化政治的有效文本。要理清其电影批评的内在脉络与电影文化史研究范式的建立，必须首先阐明两个重要的理论背景：一是语言学转型的影响；二是当代电影理论与西方左翼政治之间的亲缘关系。

毫无疑问，语言学转型是20世纪人文社会科学领域的一次"内爆"，带来了库恩所谓的"范式"革命。从索绪尔、列维—斯特劳斯再到俄国形式主义和法国结构主义，人们的关注视线转移到语言的结构层面，派生出符号学、叙事学、精神分析等理论资源。文本的意义被高度突显，一套套语义分析和语法结构成为意义阐释的崭新路径，理论话语/批评也因此摆脱了对于创作的附庸地位，"向19世纪挥手告别"，成为一种独立的表意实践。在戴锦华所接受的思想谱系中，语言学转型的影响至为关键，而她早期的电影批评，更是直接受惠于结构主义、符号学，尤其是克里斯蒂安·麦茨（Christian Matz）的《电影语言》②。从更深的层面上讲，语言学转型的影响，与其说为影片的文本细读提供了一套解码系统，毋宁说彰显了批评作为一种"思想游戏"和批判武器的存在意义。

当代电影理论与左翼政治之间的亲缘关系仿佛已经成为"常识"，20世纪60年代末，电影理论作为60年代文化政治的一份遗产，成为一种前沿理论。在美国，电影理论学者大多是学院的左翼人士，一个不甚精当的描述就是"美国的文化研究约等于电影研究"。后1968年的电影理论，大多操持的是结构主义、后结构主义和西方马克思主义的话语资源，意识形态症候分析成为电影批评的重要方法。1988年，《电影艺术》刊登了戴锦华与李奕明、钟大丰的一次学术谈话，在这篇名为"电影：雅努斯时代"的著名文章中，戴锦华指出，20世纪90年代的电影处于一个重要的转折时期，其所负载的意识形态功能由政治神话转移到了消费神话，"我感到电影或电影艺术的领域已经无法充分解释电影现象自身，于是我尝试把它扩大到现、当代文化领域中来观察，于是'自然'地转向了文化研究"③。

由此可见，戴锦华的电影研究经历了由文本精读到文化批评的过程，这种转变，既有当代西方文化理论的影响使然，更是因为研究者尝试以电影作

---

① 参见曾炫淳：《在谜面，就游击战斗位置专访电影与文化观察家戴锦华》，（台湾）《放映周报》，2010年12月27日。

② 戴锦华：《犹在镜中——戴锦华访谈录》，北京：知识出版社1999年版，第4页。

③ 戴锦华：《犹在镜中——戴锦华访谈录》，北京：知识出版社1999年版，第2页。

为切入口，对急剧转型的当代中国社会文化作出应答。在笔者看来，戴锦华之于中国电影研究的意义，除却学科创建的层面不谈，主要体现在三个方面：其一，以电影文本来操演和挑战西方理论，创造了影片精读的极佳范例；其二，以电影为切入口，反思当代中国的文化政治，形成了独具特色的电影文化史研究范式；其三，关注后冷战情境中的华语电影，透过影片的"文本事实"和"电影事实"，解码文化符码背后的复杂权力关系，借此测绘出后冷战的文化地形图。

《镜与世俗神话——影片精读18例》是戴锦华电影批评的"少作"①，写于1990年至1991年间，从"语言与作者研究""电影叙事与修辞""意识形态与主流电影""性别策略与女性视点""历史、本土与世界"五个维度读解电影文本，其间语言学转型的影响清晰可循。在阐释贝尔特鲁奇、安东尼奥尼、基耶斯洛夫斯基等人的经典文本时，麦茨的大组合段理论、格雷马斯的语义矩形、热奈特的叙事话语、福柯的知识/权力、罗兰·巴尔特对于叙事符码的分类、拉康的精神分析等理论的熟练操演，造就了一个以理论阐释文本、在文本实践中挑战理论的范本。理论之于戴锦华电影批评的意义，并非解码斯芬克斯之谜的万能钥匙，"理论的意义，在于开启而非封闭想象力的空间"②。因此，她在使用理论的同时，又对理论话语的自反性保持高度的警觉，从而获得解读的别样途径和非凡深度。譬如，对于好莱坞电影《沉默的羔羊》中意外浮现的女英雄——克拉丽斯，戴锦华并不持乐观态度，好莱坞电影中的女性真的要浮出水面了吗？借助于电影叙事语法和精神分析，她发现影片真正的男主角是林克特而非比尔，变态狂比尔只是一个被阉割的男人，女英雄克拉丽斯战胜的不是一个男人，而是一个"准女人"，这恰恰反映出新好莱坞的叙事策略，"它凭借主流意识形态话语与作为白种的、中产阶级男性的特定话语/精神分析在文本中的巧妙缝合，编织起一个颇有'新'意的故事、一个修正了的女性形象。但她不会危及主流意识形态的壁垒，相反，当病态的女人重新变得'正常'的时候，她将成为男权/父权大厦上坚实的一块砖"③。《电影理论与批评》承袭了影片精读的路径，较之《镜与世俗神话——影片精读18例》，该书更加强调理论的语境化意识，对于理论与文本之间的裂隙，"不追求理论介绍与文本批评之间的高度和谐和整一流畅……后结

---

① 戴锦华：《镜与世俗神话——影片精读18例》，北京：中国人民大学出版社2004年版，第313页。

② 戴锦华：《镜与世俗神话——影片精读18例》，北京：中国人民大学出版社2004年版，第316页。

③ 戴锦华：《镜与世俗神话——影片精读18例》，北京：中国人民大学出版社2004年版，第260页。

构或曰解构的意义之一，刚好在于对间隙和裂隙的洞察与切入"①。

在中国电影史研究的学术长廊里，戴锦华的《雾中风景：中国电影文化1978—1998》（以下简称《雾中风景》）无疑占有举足轻重的位置。与程季华、李少白等电影史学者的论著不同，《雾中风景》择取了中国当代史的一个重要段落，以电影为文本对象，透过"神话所讲述的年代"去反思、透视"讲述神话的年代"。《雾中风景》的意义既在于引入性别、种族、阶级、第三世界等议题，铺就了独具特色的电影文化史研究范式；也在于它以文化反思的姿态勾勒出1978—1998年间的中国文化地形图。其中一个主要的脉络就是对于新时期中国电影艺术代际的勾勒，作为新时期重要的电影与文化现象之一，第四代导演在1978—1979年的特定历史时刻悄然登场，他们所伫立的位置，是"在倾斜的塔上瞭望"②，他们试图挣脱文艺工具论和革命经典电影艺术规范的束缚，却最终集体陷落于大时代的规训之中，"成为边缘话语的中心再置"③。20世纪80年代登临历史舞台的第五代导演则是"文化大革命"的精神之子，④"文革"所造成的历史文化断裂与外来涌入的西方文明的杂陈并置，使得第五代电影艺术最终无法跨越裂谷地带，成为断桥式的"子一代艺术"⑤。在后现代、消费主义和20世纪80年代后期政治动荡的历史语境中，第六代以体制外的"地下电影"和独立电影运动缓缓浮出水面，成为90年代文化镜城中的一道奇观。

近年来，戴锦华将电影作为具有社会症候性的文本放置到后冷战的情势中加以解读，先后关注过"《英雄》与张艺谋现象""《色·戒》现象""《南京！南京！》事件"、间谍片热、文学名著的电影改编等，考量新世纪以来华语电影所表征出的后冷战文化症候，视域兼及经典重述与当下语境、历史记忆与再现、金融海啸的全球影响，以及中国在世界格局中的位置变化，尤其是在东北亚的地缘政治意义的突显。⑥

二

公允地说，戴锦华的文学批评并不仅仅局限于研究女性写作，比如她最

---

① 戴锦华：《电影理论与批评》，北京：北京大学出版社2007年版，第367－368页。
② 戴锦华：《雾中风景：中国电影文化1978—1998》，北京：北京大学出版社2006年版，第3页。
③ 戴锦华：《雾中风景：中国电影文化1978—1998》，北京：北京大学出版社2006年版，第23页。
④ 戴锦华：《雾中风景：中国电影文化1978—1998》，北京：北京大学出版社2006年版，第24页。
⑤ 戴锦华：《雾中风景：中国电影文化1978—1998》，北京：北京大学出版社2006年版，第24页。
⑥ 参见戴锦华：《时尚·焦点·身份——〈色·戒〉的文本内外》（《艺术评论》2007年第12期）；《谍影重重——间谍片的文化初析》（《电影艺术》2010年第1期）；《"男人"的故事——后冷战时代的权力与历史叙述中的性别身份》（《性别中国》第五章）。

先引起文学评论界关注的是 1989 年发表于《北京文学》的《裂谷的另一侧畔——初读余华》，20 世纪 90 年代后期又对王小波的小说进行过深入研究，揭示出王小波以反神话的写作方式构筑起一个孤独而自由的个人神话。

相比之下，戴锦华的女性主义文学批评影响更大，意义更为深远。据女作家徐坤介绍，20 世纪 80 年代后期，戴锦华就在台湾《中国时报》的副刊《开卷》上撰文论述大陆女性文学创作。① 在那个女性主义不招人待见的年代，从事女性主义文学批评既需要超凡的勇气也需要过人的学术敏锐性。1989 年底，戴锦华、孟悦合著的《浮出历史地表——现代妇女文学研究》②出版，该书收入李小江女士主编的"女性研究丛书"，首次从女性立场书写现代女性文学，被公认为"中国女性批评和理论话语'浮出历史地表'的标志性著作"。在历经数载潜心于电影研究之后，戴锦华"重返"文学批评，关注社会文化转型之后的新时期女性写作与女性文化，相继发表《"世纪"的终结：重读张洁》（《文艺争鸣》1994 年第 4 期）、《真淳者的质询——重读铁凝》（《文学评论》1994 年第 5 期）、《池莉：神圣的烦恼人生》（《文学评论》1995 年第 6 期）、《陈染：个人和女性的书写》（《当代作家评论》1996 年第 3 期）、《奇遇与突围——九十年代女性写作》（《文学评论》1996 年第 5 期）等评论文章，其中对女作家戴厚英、张洁、宗璞、王安忆、铁凝、池莉等人的专论又形成了另一部研究女性写作的重要著作——《涉渡之舟——新时期中国女性写作与女性文化》（以下简称《涉渡之舟》）。此外，尚有一些女性主义文学批评论文收录于作者的文集《镜城突围》中。

在 80 年代寻求启蒙话语的狂热躁动中，欧美理论成为国内学者希图"突围"的重要思想资源。对女性主义而言，西蒙娜·波伏娃的《第二性》堪称这一理论脉系的"圣经"，弗吉尼亚·伍尔夫、凯特·米勒特、西苏、肖沃尔特、斯皮瓦克等构成了欧美女性主义的"名门正派"，凡是要了解女性主义理论的学者，似乎都无法绕避开去。有趣的是，戴锦华对女性主义的关注、其女性立场的浮现，都转道借自于欧美电影理论。③ 事实上，电影理论与性别研究具有某种天然的关联，劳拉·穆尔维、安·卡普兰、朱迪斯·巴特勒和德·劳拉迪斯都既是著名的女性主义理论家，也是重要的电影研究学者。穆尔维（Laura Mulvey）的《视觉快感与叙事性电影》就成功揭示出电影是如何与生俱来地将男权、父权秩序内在化于其中，摄影和观影机制又是怎样成功

---

① 徐坤：《初识戴锦华》，《当代作家评论》1996 年第 4 期，第 48 页。

② 据该书后记：孟悦主要负责各个时期的总论，戴锦华负责具体的作家作品研究。因此，本文主要涉及该书的作家作品论部分。

③ 孟悦、戴锦华：《浮出历史地表——现代妇女文学研究》，北京：中国人民大学出版社 2010 年版，第 257 页。

设定了女性"被凝视"的客体位置。"无论是经典电影结构,还是主流电影制片制度,或是其叙事结构所建构,询唤出的观影机制,父权、男权表述无不深刻内在。"① 由欧美电影理论切入的女性主义思想资源,使得戴锦华的女性主义文学批评更具理论的灵活性与穿透力。

作为中国第一部真正意义上的现代女性主义文学批评论著,《浮出历史地表》呈现出清晰的问题意识和女性立场,它以从女性立场重写现代文学史为学术诉求,借助于精神分析、结构主义、后结构主义的理论资源,结合"五四"以来的中国历史文化情境,探析现代女作家作为一个性别群体,如何在文化断裂的缝隙之处浮现历史地表。"五四"时期,对现代性话语的觅求和文化弑父情结,使得叛逆的"少年中国"之子与"五四之女"结成了暂时性的同盟,女性开始进入历史,涉入与历史命运的复杂纠葛。另一个颇具症候性的时段是 20 世纪 40 年代,在民族危亡和传统男权话语衰落的历史夹缝处,女性写作获得了一方狭窄的天空,也正是基于这种睿识,在海外中国学学者尤其是夏志清的《中国现代小说史》尚未传入中国大陆之际,《浮出历史地表》从尘封的历史中发掘出苏青和张爱玲的文学史意义。此外,戴锦华对于自我性别经验的坦诚和执着也盈溢于行文之间,以"分享同一性别的认同和表达"的真挚笔触,铺陈出现代女性作家在悬浮的历史舞台上获得女性主体身份的曲折历程,勾描现代女性书写在从"五四"到新中国成立之间各个阶段的不同特征以及现代女性话语的形塑过程。

如果说,《浮出历史地表》是在中国文化传统和现代历史情境中勾勒女性书写由"地心"到"地表"的浮现之旅;那么,《涉渡之舟》则显然已经超越了单纯的女性主义文学批评,与之交织的深层内核是对 20 世纪 80 年代的文化反思,一如戴锦华本人的告白,"不仅是完成一部女性主义立场上的女作家研究,而且尝试借助女性的另类观点,来梳理我自己成长其间的 80 年代文化"②。《涉渡之舟》对 80 年代的关注与文化反思,一定程度上联系着社会转型所带来的知识危机以及研究者对新的社会情境的应答。据该书后记交代:以 1989 年和 1992 年为坐标的社会巨变,使得人文知识分子遭遇到空前的知识危机和思想困惑,文学艺术自身已经无法获得有效的阐释,研究者的关注视域必须扩大到中国经验与中国身份、80 年代的文化遗产以及知识分子的社会使命等。《涉渡之舟》在重申研究者女性生命经验的同时,也对女性主义理论自身进行了反省:首先是女性视点与阶级和种族之间的悖论关系,"尤其在

---

① 孟悦、戴锦华:《浮出历史地表——现代妇女文学研究》,北京:中国人民大学出版社 2010 年版,第 257 页。

② 戴锦华:《涉渡之舟——新时期中国女性写作与女性文化》,北京:北京大学出版社 2007 年版,第 380 页。

面对女性议题时，性别作为最重要的基点与视野，常常在不期然间遮蔽了对阶级和种族命题的思考与表达"①。其次是考量西方女性主义理论之于当代中国语境的适用性问题，在众多所谓女性主义批评言必称斯皮瓦克、朱迪斯·巴特勒的背景下，保持一份自觉的警醒，注重在中国社会主义的历史与实践中思考性别议题。该书以女作家作品论为构架，文本细读与意识形态症候分析相结合，书写出 20 世纪 70 年代以降的社会文化与性别文化。

在长篇绪论"可见与不可见的女人"中，戴锦华指出当代中国女性所遭遇的现实困境：首先，尽管女性作为一个性别群体在"五四"新文化运动后艰难地浮出历史地表，但是社会主义制度建立后，女性的政治、经济和法律地位与男性"分享着同一方晴朗的天空"②，女性意识与女性话语却由于欠缺与妇女解放运动相对应的女性文化革命而失落。与此同时，新的统治政权在取得合法性之后对新/旧社会的绝对区隔，"不仅遮蔽了新中国妇女——解放的妇女面临的新的社会、文化、心理问题，也将前现代社会女性文化的涓涓细流，将'五四'文化革命以来的女性文化传统，隔绝于当代中国妇女的文化视域之外"③。"半边天""铁姑娘"等社会修辞有意味地隐匿了女性的性别身份，她们在告别"秦香莲"式境遇的同时，又陷落在"花木兰式"困境（克里斯蒂娃语）之中，只能带着"面具"或者以"准男性"的姿态参与社会历史的进程。其次，现代中国女性文化面临着个人主义话语匮乏的尴尬，主流社会以寓言的书写方式，一方面忽略女性文化自身的历史脉络，一方面将女性再度整合于强有力的民族国家话语之中，"一个以民族国家之名出现的父权形象取代了零散化而又无所不在的男权，再度成了女性至高无上的权威"④。

《涉渡之舟》倡导以"女性写作"的提法来取代歧义丛生的"女性文学"概念，"女性文学"极有可能只是表征写作者性别身份的"空洞能指"，"女性写作"则不仅关注女性作家创作的作品，还关涉女性写作这一文化行为自身，它旨在通过文本细读，发现特定历史情境中女性文化的浮现与困境，读解出女作家创作中或隐或显的女性意识及其与男权文化冲突碰撞的社会意义。《涉渡之舟》考察社会转型时期女性文化的陷落和突围，在"现代性启蒙话

---

① 戴锦华：《涉渡之舟——新时期中国女性写作与女性文化》，北京：北京大学出版社 2007 年版，第 381 页。

② 戴锦华：《涉渡之舟——新时期中国女性写作与女性文化》，北京：北京大学出版社 2007 年版，第 2 页。

③ 戴锦华：《涉渡之舟——新时期中国女性写作与女性文化》，北京：北京大学出版社 2007 年版，第 4 页。

④ 戴锦华：《涉渡之舟——新时期中国女性写作与女性文化》，北京：北京大学出版社 2007 年版，第 13 页。

语""知识分子社群""无法告别的 19 世纪"等多重参照系的镜映中凸显女性被主流话语询唤为主体的旅程。女作家张洁被形象地比喻为"文化的卡珊德拉",她在由伤痕文学和启蒙话语构筑而成的 80 年代初的人文景观中,书写了"一个关于女人的叙事,一个女性的被迫定位自我的过程,一个女性的话语由想象朝向真实的坠落"①。对于批评界一度将王安忆指斥为"女性中心主义"的误识,戴锦华指出,王安忆不是一个女性主义者,但她在对女性主义误读和否认的同时,摹绘出"一种极其典范的女性写作",有力地驳斥了 80 年代中国大陆女性文化的本质主义倾向。戴厚英、宗璞、张抗抗、铁凝、残雪、方方、池莉等女性写作的专论,或驻足于历史文化反思运动与历史的边缘体验,或探寻女性写作由"控诉社会"到"解构自我"的历程,或反省现代性与民族文化之间的张力,或在时代风云与民族寓言的勾描中羼入日常生活的微观政治,或在社会转型与媒介效应中离析女性写作与男性精英知识分子话语之间的关联。

应当说,戴锦华对女性写作与女性文化的研究,始终贯穿着对性别的非本质主义理解,强调性别的社会文化建构维度。《浮出历史地表》与《涉渡之舟》不仅是现当代中国女性主义文学批评的经典之作,也是考量"五四"以来的女性文化和社会思想变迁的重要参照。此后,尽管也有零星的研究女性写作的文章散见于各大期刊,但是戴锦华的主要研究视域已经移置到更为广阔的文化研究,这种学术兴趣的转移,其意义绝非限于研究对象的变化,更在于研究者自身对于女性主义理论在新的历史情境中的效应的质疑。2006 年,戴锦华的《性别中国》②被收入王德威主编的"麦田人文"系列,该书序言详细论述了女性主义理论在后冷战时代所陷入的困境,研究者采用一系列的定语来限定自己的身份:来自前社会主义国家、第三世界、亚洲、女性、批判知识分子,这些修饰词汇构成了个体文化身份的多层意涵,借此表明:中国的女性主义显然不能照搬欧美白人中产阶级女性主义的思想资源,毕竟二者的社会历史语境迥然有别,女性生存与文化状况的历史和实践落差也很难弥合。中国的女性主义既要迎接来自内部的男权秩序借现代化之名重新建构的挑战,又要遭遇全球资本主义无孔不入所招致的女性沦为社会底层的困境。1995 年的世界妇女大会之后,海外基金会的介入更是"规范了中国的性别研

---

① 戴锦华:《涉渡之舟——新时期中国女性写作与女性文化》,北京:北京大学出版社 2007 年版,第 64 页。

② 该书目前只有日文版和台湾繁体字版,尚未在中国大陆出版,是一部关于"性别的后冷战反思"著作,被台湾学者张小虹誉为"当代华文文化研究与性别研究的最佳典范",参见戴锦华:《性别中国》,台北:麦田出版社 2006 年版,第 8 页。

究"①。因此，中国的女性主义批评所肩负的重任远远越出了对内部男权秩序的解构，它需要应对全球资本主义与国内现代化所达成的共谋，必须在全球政治经济结构中重新思考女性立场与女性主义批判。这显然已经成为文化研究的典型命题。

三

　　在澳大利亚文化研究学者约翰·哈特利（John Hartley）所描述的文化研究"理论旅行"图中，② 20 世纪 50 年代末发轫于英国的文化研究围绕 3A 轴心向全球播撒，20 世纪 90 年代传入中国大陆。③ 2000 年左右的译介热更是使得文化研究成为中国文艺学和当代文学研究界的显要话题。中国的文化研究大致包括两条路径：研究"文化研究"（research for Cultural Studies）和做"文化研究"（do Cultural Studies）。前者侧重于对西方文化研究理论的脉络梳理和介绍，后者则立足于当代中国的社会现实，吸收西方文化研究的批判精神和跨学科意识，在对中国现当代文化史、思想史的再读与反思中，积极应答社会转型所带来的文化命题。戴锦华的研究取向无疑是后者的典型代表。面对 90 年代初的社会危机和知识危机，80 年代的经典命题和思想资源遭遇失效，大众文化和媒体工业的强劲发展带来新的挑战，戴锦华也开始反省自己的精英文化立场，关注大众文化文本参与社会结构性因素的运作。1995 年，戴锦华在北京大学比较文学与比较文化研究所成立了中国大陆第一家"文化研究工作坊"④（2008 年，在工作坊的基础上成立"电影与文化研究中心"），对扮演 90 年代中国文化舞台主角的大众文化进行专题研究，透过盛世繁华的表象，解码其背后的隐形政治，代表性的成果为《隐形书写——90 年代中国文化研究》和《书写文化英雄——世纪之交的文化研究》。为了避免与前两部

---

　　① 张小虹：《性别的后冷战反思》，载戴锦华：《性别中国》，台北：麦田出版社 2006 年版，第 7 页。

　　② John Hartley. *A Short History of Cultural Studies*. London：Sage Publications，2003：pp. 9 – 10.

　　③ 1994 年，《读书》杂志先是刊登了李欧梵和汪晖关于"文化研究"的学术对谈，话题涉及"霸权理论""多元文化主义""区域研究"等，随后又举办了"文化研究与文化空间讨论会"，这也被视为中国大陆"第一次真正意义上的'文化研究'讨论会"。参见白露：《生活在〈不可理解之中〉——对〈读书〉九月份"文化研究与文化空间"讨论会的记录与感想》，《读书》1994 年第 12 期；邹赞：《"理论旅行"与"现实观照"：论中国大陆的文化研究》，《社会科学家》2009 年第 4 期，第 151 页。

　　④ 在接受批评家李陀的访谈时，戴锦华这样解释成立工作坊的动机，"我们这个研究室的目的，并不是要将西方新兴的学科引入中国来，我们希望它并非 80 年代'引进'西方理论的工作的延续……相反，要尝试建立中国文化的研究……回应中国现实与西方理论的双重挑战"。参见戴锦华：《犹在镜中——戴锦华访谈录》，北京：知识出版社 1999 年版，第 216 页。

分的阐释相重复，笔者此处尝试以"关键词"的形式勾勒出戴锦华关于当代中国文化研究的主要思想，它们是：何为"大众"，共用空间，阶级与社会修辞，文化的位置，知识分子的批判立场。

作为中国第一部获得广泛认可的大众文化研究专著，《隐形书写——90年代中国文化研究》被收入李陀主编的"当代大众文化批评丛书"，该书在追溯了文化研究的理论旅行与知识谱系之后，对于"大众""大众文化"在当代中国的命名与所指进行了关键词式考察。在西方思想史的脉络中，"大众"有着三个层面的理解：以托克维尔、尼采、加塞特、T. S. 艾略特、F. R. 利维斯为代表的政治学家、思想家和文学批评家固守精英主义的保守立场，将"大众"贬低为"乌合之众"（mass）。米尔斯、阿多诺、霍克海默、马尔库塞等西方马克思主义理论家同样表现出激进的悲观之情，将大众社会形容为"原子化的社会"，大众文化则被比作"社会水泥"。席尔斯、丹尼尔·贝尔和大卫·里斯曼等采取"进步演化史观"，将大众社会视为后工业社会庞大构架中的一环，态度相当乐观。① 《隐形书写——90年代中国文化研究》从20世纪30年代左翼文化和社会主义文化脉络中的"人民大众""工农大众"开始追溯，那时候的"大众"联系着作为历史主体的"人民"，"在反封建与社会民主的层面上，具有某种道义的正义性"②。这种带有社会民主意义的"大众"概念也被90年代的大众文化倡导者所借用，成为争辩大众文化合法性的依据，这里的"大众"，成了消费和娱乐的主体。与此同时，大众文化的批判者基本上沿袭了法兰克福学派的"社会水泥"论，这种对于大众文化的贬斥论调，某种意义上"与作为中国知识界基本共识的社会民主理想，发生了深刻而内在的结构性冲突"③。在孟繁华看来，戴锦华对于"大众"的识别，"不仅使文化民粹主义失去了'大众文化立场'自我陶醉的可能，同时也使坚决拒绝大众文化的精英主义立场暴露了其社会民主理想的狭隘边界"④。

戴锦华提出的"共用空间"绝非对哈贝马斯"公共领域"的跨语境挪用，这一关键概念是对90年代繁复的中国文化格局的形象描述。随着全球化的渗透、跨国资本的涉入、媒介的权力与权力的媒介恶性结合，官方/民间、中心/边缘等二项对立思维开始失效，基于资本与利益的驱动，原本具有尖锐矛盾的社会集团在协商中联合与重组。"共用空间"反映出中心/边缘界线的

---

① 笔者对于"大众"在西方思想史中的演变的考察，是对阿兰·斯威伍德所做的详尽研究的概述，参见 [英] 阿兰·斯威伍德著，冯建三译：《大众文化的神话》，北京：生活·读书·新知三联书店2003年版。

② 戴锦华：《隐形书写——90年代中国文化研究》，南京：江苏人民出版社1999年版，第9页。

③ 戴锦华：《隐形书写——90年代中国文化研究》，南京：江苏人民出版社1999年版，第11页。

④ 孟繁华：《全球化语境与中国的文化问题——评戴锦华的当代中国文化研究》，《南方文坛》2002年第4期，第24页。

游移模糊和权力格局的动态变化，但无论秩序如何调整，"不可见"或者"被牺牲"的群体都将是全球资本主义扼制下的中国民众/大众。与此相关联的是"阶级"的隐形化，成为一种政治称谓上的忌讳，被"阶层"、格调等语词取而代之。戴锦华的当代中国文化研究突显出以社会修辞方式被遮蔽/挪移的"阶级"维度，通过对农民工和下岗女工等群体的关注，揭示主流意识形态如何以虚幻的幸福许诺和快乐的消费主义神话掩饰阶级分化的残酷现实。

《书写文化英雄——世纪之交的文化研究》是戴锦华率领文化研究工作坊的青年学生们集体创作的成果，堪称一部读解大众文化社会修辞的典范之作。该书对世纪之交的中国文化现象进行症候分析，通过对"反右"书籍、金庸小说的经典化与流行、文化市场上的"隐私热"、达里奥·福事件等个案研究，穿越社会修辞的重重编码，破译出文化英雄在转型时期的浮现之旅，"在对大众文化和消费做出有说服力的阐释的同时，对文化民粹主义保持警觉"①。

在学术出版的意义上，20 世纪 90 年代可算是戴锦华学术研究的一个高峰期。她于 1999 年交出的第 12 本书稿，仿佛是一个转折点，此后开始了学术生命中的一次徘徊，原因主要有二：一是尝试对自身学术思路和既有研究模式的突破；二是在从事批判实践的同时触及新的疑虑和思考，"关于如何面对与应对今日的现实世界，关于批判与建构，关于'大叙事'的陷阱和有效性，关于批判是否可能？是否足够？关于为理论所永远放逐了的情感、记忆、印痕、梦和想象力，关于亚洲——作为主体的、被看的客体，自己的故事与他人的语言。"② 为了应对新的时代和理论命题，她一方面广泛涉猎后冷战的国际关系、政治经济学著作，另一方面到印度、拉美、非洲等第三世界感受抵抗全球资本主义的别样模式。有趣的是，这次尝试突破自我的第三世界学术旅行，既使得戴锦华对全球化有了更具国际性视野的深度批判，也衍生出两个新的关注点：一是对切·格瓦拉的研究；二是把墨西哥符号游击战士、萨帕塔运动的领导人马科斯推介到中国，主持翻译了两卷本的"马科斯文集"（上卷《蒙面骑士——墨西哥副司令马科斯文集》已由上海人民出版社于 2006 年出版）。参照后冷战的复杂情势，为了寻求新的思想和介入路径并试图超越文化研究作为学院内部的研究模式的意义，戴锦华提出了一个新的命题——"文化的位置"。在后冷战时代，资本与文化愈加紧密地结合，新自由主义以"文化"的名义包装其内在的强权政治，消费文化兴起，而"曾经有机的、具有批判性的、不断寻找新的可能性和新的建构性的文化变成了无用

---

① 孟繁华：《全球化语境与中国的文化问题——评戴锦华的当代中国文化研究》，《南方文坛》2002 年第 4 期，第 25 页。

② 戴锦华：《性别中国》，台北：麦田出版社 2006 年版，第 196 页。

的、难以与现实发生交会的学院游戏"①。在戴锦华的构想中,"文化的位置"是一次"对现状的定位",即经典意义上的文化已然被放逐到边缘,而新自由主义文化不过是强权的代言人,她期待一种具有建构力的文化,并坚信建构的潜能应该从文化开始,这里谈论的文化,"不是欧美的精英主义文化的新版,不是全球流通的大众文化,而是一个新的、从全球经济版图之外的草根生存中创造出来的文化,一个敞开想象力和创造可能的文化"②。"文化的位置"这一命题,不仅是寻求在新自由主义崛起的时代,对于建构潜能的一次尝试,也是对英国文化研究关于文化与政治经济关系的一次回溯与反思。

当解构沦为学院内部的话语游戏时,建构如何可能? 当新自由主义再度崛起,消费文化大行其道时,有机的文化如何可能? 批判的文化研究如何可能? 文化研究的意义和活力,正在于它对现实毫不妥协的批判性。戴锦华对当代中国文化的研究,始终保持一种清醒的姿态和知识分子的批判立场,她坦言自己是大众文化的"搅局者",在不断吸收马克思主义理论资源的同时,持续反思现代性的后果,拆解权力游戏的压抑机制,"发掘并提供新的文化资源,但不成为现实中的一个角色"③。戴锦华以她对当代中国现实问题的敏锐洞察、对于理论自身的不断反省,以及在解构权力话语的同时尝试建构"文化的位置",探索出一条别具特色的中国文化研究之路。从这一意义上说,任何简单张贴标签的做法(比如"新左派")④,都是有失武断并且毫无意义的。

---

① 戴锦华、斯人:《文化的位置——戴锦华教授访谈》,《学术月刊》2006年第11期,第156页。
② 戴锦华、斯人:《文化的位置——戴锦华教授访谈》,《学术月刊》2006年第11期,第157页。
③ 戴锦华:《犹在镜中——戴锦华访谈录》,北京:知识出版社1999年版,第90页。
④ 戴锦华更愿意将自己定位成"古典自由主义者",其实所谓"左"与"右","新左派"与"自由派"等命名在当下中国基本上已经丧失了意义,面对形形色色的利益诱惑,"左"与"右"之间的区隔极为脆弱,不堪一击。如果非要加个标签,笔者认为将戴锦华、汪晖、王晓明等学者归为"批判知识分子"似乎更为合理。

从"反抗绝望"到"向下超越"

——汪晖的鲁迅研究述略

王　瑶①

【学者小传】

　　汪晖：清华大学人文学院教授、博士生导师，清华大学人文与社会高等研究中心执行主任，先后在加州大学洛杉矶分校、哈佛大学、哥伦比亚大学、华盛顿大学等任访问学者，担任博洛尼亚大学、纽约大学、东京大学、海德堡大学等知名院校的客座教授。学术成果获得多项世界级奖项，被普遍认为是当代中国最杰出的思想家，2013 年与哈贝马斯共同荣膺"卢卡·帕西奥利奖"。代表性著作有《反抗绝望：鲁迅及其文学世界》《无地彷徨："五四"及其回声》《死火重温》《现代中国思想的兴起》（四卷本）、《去政治化的政治：短 20 世纪的终结与 90 年代》《中国的新秩序》（英文）、《别求新声：汪晖访谈录》《东西之间的"西藏问题"》《亚洲视野：中国历史的叙述》（韩文）、《声之善恶》《跨体系社会：中国历史中的民族、区域与流动性》等。

　　在当代中国知识界，汪晖被公认为最具影响力的学者之一。他的学术足迹跨越多个领域，体现出惊人的深度和广度：早期鲁迅研究聚焦于鲁迅主观精神结果的复杂性与悖论性，其中提出的"历史中间物"概念在中日鲁迅研究界引发广泛讨论。20 世纪 90 年代之后，汪晖转向晚清与现代中国思想史研究，并与陈平原、王守常等学者合作主编《学人》丛刊，为中国思想史与学术史研究创造平台。发表于 2004 年的四卷本巨著《现代中国思想的兴起》，力图在不同于西方知识体系的"内在视野"中呈现自宋至民国以来中国现代性的发生。1996—2007 年间，汪晖担任《读书》杂志执行主编，并尝试在杂志上展开一系列有关当代与历史问题的重要讨论。发表于 1997 年的《当代中国的思想状况与现代性问题》，引发了 90 年代中国知识界的激烈争论。在此过程中，汪晖亦进一步展开对中国民族问题、亚洲区域问题、历史社会学、当代社会理论等方面的研究，并提出一系列影响深远的命题，如"反现代性的现代性""去政治化的政治""跨体系社会""代表性断裂"等。总体而言，

―――――――――

　　①　王瑶：笔名夏笳，著名科幻作家，西安交通大学人文学院讲师，北京大学比较文学博士，从事科幻文学与文化研究。

这些看似跨度巨大的研究面向之间，存在着一条清晰的脉络，那就是对"中国"与"现代性"之间复杂关系的思考。

初看之下，鲁迅研究仅仅构成汪晖思想史及跨学科研究的一段"前史"，但从发生学的意义上来说，汪晖的"鲁迅问题"与"中国问题"之间始终存在深刻的互文关系，或者毋宁说"鲁迅问题"为"中国问题"提供了一个思想坐标系。如汪晖本人所说，鲁迅是他学术生涯的起点，而自那时起产生的许多问题，亦反复缠绕在其之后的思想史研究中。"许多年来，每当我体验到绝对零度写作的不可能时，重新阅读鲁迅就会再一次成为我展开思考和试图突破的契机。"①

本文主要以汪晖80年代与90年代以来两个阶段的鲁迅研究为讨论对象，通过将这些研究的内容、方法、问题意识、核心议题等要素放在相关时代氛围以及学术争鸣的背景下进行梳理，从而揭示出这些围绕鲁迅而展开的思考与争论背后的文化政治内涵。

一、"历史中间物"，或"反现代性的现代性人物"

汪晖对鲁迅的关注开始于20世纪80年代那种全面质疑和反思的文化氛围中，在《野草》《孤独者》等篇目中，他读出了一个不同于革命者鲁迅的形象，一个充满反叛、怀疑、复仇等精神特征的孤独个人。在硕士论文《一个角度的观察：鲁迅前期思想及其与创作的关系》中，汪晖尝试从鲁迅与个人无政府主义之间的关系入手，为这些早期作品中阴暗消极的一面寻找理论解释。但在汪晖自己看来，这些研究的问题在于没有对立论的前提进行反思，而是以一种近乎辩解的方式，来论证伟大的革命民主主义者鲁迅为何会受到尼采、施蒂纳等"反动"思想家的影响，又如何与这些反动思想家有本质的不同。"对于'个人'概念以及由此引发的精神现象的分析没有充分地展开，并构成对文章的先验前提的验证，相反，却变成了对这一先验设定的颇为勉强的证明"②。

如何充分展开鲁迅思想与文学中的矛盾性和复杂性，而不是用某种逻辑上自圆其说的解释来使其简单化，对这一问题的反思构成汪晖鲁迅研究的某种思想前提。1988年，在完成博士论文之后，汪晖发表了《鲁迅研究的历史批判》（以下简称《历史批判》）一文，对此前鲁迅研究所使用的那些前提性概念和思路方法进行了理论清算，从中我们亦可以看到汪晖早期研究方式的

---

① 汪晖：《鲁迅与"向下超越"》，载《反抗绝望：鲁迅及其文学世界》（增订版），北京：生活·读书·新知三联书店2008年版，第461页。

② 汪晖：《〈无地彷徨〉自序》，《鲁迅研究月刊》1992年第10期，第36页。

一些特点。

在文章中，汪晖首先对 20 世纪 80 年代以前在马克思主义思想脉络下的鲁迅研究展开批评。他指出："那时，鲁迅形象是被中国政治革命领袖作为这个革命的意识形态或文化的权威而建立起来的，从基本的方面说，那以后鲁迅研究所做的一切，仅仅是完善和丰富这一'新文化'权威的形象，其结果是政治权威对于相应的意识形态权威的要求成为鲁迅研究的最高结论，鲁迅研究本身，不管它的研究者自觉与否，同时也就具有了某种政治意识形态的性质。"① 这里所说的"政治权威"，指的是瞿秋白、毛泽东著作中对于鲁迅与中国革命之间关系的基本判断，并由此形成了鲁迅思想发展是"从进化论到阶级论""从民主主义到共产主义"的"最高结论"。在汪晖看来，无论是鲁迅早期还是后期的思想，都存在着内在的复杂性和矛盾性，但这些问题却无法在马克思主义研究框架中得到有效讨论。"在这些研究中，鲁迅一旦接受了马克思主义，似乎便走入了'神圣'和'绝对'，便不再有对自身，自身所属阵营，以致自身接受了的新思想的认识、批判和否定（也即发展），因为我们对于'神圣'和'绝对'绝对说不出什么东西来。"②

与此同时，汪晖亦与自己同时代的鲁迅研究者展开对话，他指出："新时期鲁迅研究在突破原有的对鲁迅的理解与评价的同时，仍然继承了一系列未加论证即作为前提使用的命题、概念和价值判断。"以王富仁的博士论文《中国反封建思想革命的一面镜子——〈呐喊〉、〈彷徨〉综论》为例，在汪晖看来，王富仁将理解鲁迅的重心由"政治革命"转向"思想革命"，但他的解读思路依旧是先验的、决定论的，从而将鲁迅作品置于其"思想"的解读框架之下。"《镜子》一书的思维逻辑可以概括为：反封建思想革命是《呐喊》《彷徨》产生的历史时期的'本质'，鲁迅那时的思想追求和艺术追求最完整、最集中地（合于本质地）体现了这个时代的本质需求，因而《呐喊》《彷徨》是中国反封建思想革命的一面镜子。"③ 在此意义上，王富仁所提出的"回到鲁迅那里去"的口号，其实并未能够真正摆脱他自己所力图批判的政治意识形态。

在《反抗绝望：鲁迅及其文学世界》（以下简称《反抗绝望》）一书中，汪晖通过深入阐释"历史中间物"这一概念，对鲁迅悖论式的精神结构，鲁迅文学世界的精神特征，以及与此相关的叙事形式进行了深入研究。在汪晖看来，"中间物"这一概念标示的不仅是鲁迅个人所处的历史位置，而且更是一种深刻的内省精神，一种对于自身矛盾性、悖论性和过渡性的确认，一种

① 汪晖：《鲁迅研究的历史批判》，《文学评论》1988 年第 6 期，第 6 页。
② 汪晖：《鲁迅研究的历史批判》，《文学评论》1988 年第 6 期，第 7 页。
③ 汪晖：《鲁迅研究的历史批判》，《文学评论》1988 年第 6 期，第 14 页。

把握个人与时代变迁之间关系的独特眼光。"中间物"这一概念的灵感来自于钱理群，与此同时，也体现出汪晖与作为其研究对象的鲁迅之间的某种思想共鸣。正如汪晖在评价钱理群的鲁迅研究时曾谈到的，钱理群与鲁迅一样生活在两个时代交替的时期，从而深刻地体会到那种精神上无所适从的迷茫与痛苦，以及自己身为"历史中间物"的自省意识。钱理群对于鲁迅心灵的探索，"不仅呈现了作为一个活生生的人的鲁迅的丰富内涵，更显示了研究者自身的精神趋向"①。这些分析判断也恰正说出了汪晖本人对于鲁迅的"同情之理解"。可以说，无论是《历史批判》一文的写作，还是汪晖本人的鲁迅研究，都同样体现出一种"历史中间物"的自我意识——不仅批判"传统"，也同时批判自己所身处的时代；不仅质疑一切成规定论，也同时质疑为自己的批判提供基础的那些新的思想。正是这样一种视野，使得汪晖力图在充分反思前人研究方法的基础上，深入探索鲁迅的内在性、复杂性与历史性。

所谓内在性，是指汪晖的研究聚焦于鲁迅内在的个人气质、情感经验、主观精神结构，特别是其早期思想与创作中那些负面的情感，譬如死亡、孤独、绝望、不安、惶恐、有罪、恐惧等。汪晖从这些情感背后提炼出作为鲁迅精神结构特征的"历史中间物"意识，以及"反抗绝望"的生存哲学，而他对鲁迅文学形式的研究，同样与其内在的主体精神结构特征紧密联系在一起。这种对于内在性的关注并非与"外部"相隔绝，而是带有很强的现实关切。正如汪晖在《反抗绝望》后记中谈到的："上一代人主要是把鲁迅作为认识社会的精神导师，而我却更关心鲁迅在剧烈的文化变迁中的内心的分裂和灵魂的痛苦。……知识者的心灵与当代文化的变迁始终是我关注的问题。我试图通过对知识分子的心态、命运的思考来理解和透视中国的社会现实问题。"②

所谓复杂性，是指汪晖始终拒绝用某种"统一性"来把握鲁迅及其艺术世界，而是密切关注其中纠结缠绕的部分，并将这种内在的复杂性与其身处的时代联系在一起。在汪晖看来，鲁迅总是在投身于时代运动的同时，对运动本身保持深刻怀疑，"他的精神结构中充满了悖论：他否定了希望，但也否定了绝望；他相信历史的进步，又相信历史的'循环'；他献身于民族的解放，又诅咒这样的民族的灭亡；他无情地否定了旧生活，又无情地否定了旧生活的批判者——自我；……"③"这种复杂性、矛盾性和悖论性不仅属于鲁

---

① 汪晖：《钱理群与他对鲁迅心灵的探寻》，《读书》1988 年第 12 期，第 49 页。

② 汪晖：《反抗绝望：鲁迅及其文学世界》（增订版），北京：生活·读书·新知三联书店 2008 年版，第 403 页。

③ 汪晖：《反抗绝望：鲁迅及其文学世界》（增订版），北京：生活·读书·新知三联书店 2008 年版，第 13 页。

迅个人，而且属于 20 世纪的世界与中国及其相互间的复杂关系，属于鲁迅那'在'而'不属于'两个社会的'中间物'地位"①。

所谓历史性，是指汪晖一方面尝试从鲁迅所身处的时代背景出发，从历史地理层面理解鲁迅的复杂性，另一方面，他也清楚地意识到自己的理解同样具有不可摆脱的历史性。"只要我们承认鲁迅是在特定的历史'视界'中理解他的对象，那么同一逻辑也将证明我们无法摆脱自己的'视界'而直接进入他的'视界'——人的存在总是历史性的存在。……因此，承认自己理解的鲁迅形象和鲁迅视界的历史性和时间性，正是真正的历史主义态度。"② 这一态度，同样来自那种"中间物"的自我意识，因为只有充分承认自身的矛盾性与过渡性，才能够打破种种以"永恒真理"面目出现的意识形态幻象，回到真实的历史关系中去。

总体来看，20 世纪 80 年代的鲁迅研究不仅深受彼时社会思潮的影响，而且本身亦高度参与文化论争。研究者们对于鲁迅的不同解读，彰显出他们对于 20 世纪中国革命以及当代社会的不同看法。对于汪晖的鲁迅研究，最激烈的批评之声正来自于《历史批判》一文所涉及的批评对象。譬如在马克思主义观点的捍卫者看来："鲁迅的生活道路和精神历程是不是从民主主义到共产主义，向来就不是理论问题，而是事实问题。"③ "世界上只有一个鲁迅，而没有第二个鲁迅，更没有千千万万'不同'的鲁迅。"④ 而在将鲁迅视为启蒙者的研究者看来，鲁迅"不是与传统的对立及难以割断的联系而产生的自我否定的意识，而是传统造就了这个人，而这个人却背叛了传统"⑤，汪晖对于"历史中间物"的解读过分强调了鲁迅与传统无法割断的联系，这亦是一种对鲁迅的丑化。

另一方面，亦有论者指出，20 世纪 80 年代以来的鲁迅研究出现了对于此前研究模式的彻底倒转："第一，充分肯定鲁迅的《呐喊》《彷徨》和《野草》，对鲁迅的杂文则不予研究；第二，充分肯定鲁迅的前期思想与文学，对鲁迅的后期思想与写作不予研究；第三，充分强调鲁迅与西方思想与文学的

① 汪晖：《反抗绝望：鲁迅及其文学世界》（增订版），北京：生活·读书·新知三联书店 2008 年版，第 14 – 15 页。

② 汪晖：《反抗绝望：鲁迅及其文学世界》（增订版），北京：生活·读书·新知三联书店 2008 年版，第 19 页。

③ 辛平山：《究竟要塑造什么样的鲁迅形象？——评汪晖的〈鲁迅研究的历史批判〉》，《文学评论》1988 年第 6 期，第 119 页。

④ 辛平山：《究竟要塑造什么样的鲁迅形象？——评汪晖的〈鲁迅研究的历史批判〉》，《文学评论》1988 年第 6 期，第 125 页。

⑤ 何思玉：《具有未完成性特色的"历史的中间物"——由汪晖的鲁迅研究而引发的关于中间物的一些新的历史特征的思考》，《鲁迅研究月刊》1995 年第 9 期，第 11 页。

联系，而不再讨论鲁迅与行进中的中国社会之间的密切关系。"① 这种变化趋势本身亦体现出当代知识分子的精神困境与认同危机——研究者力图摆脱意识形态束缚，去寻找"真正的鲁迅"，并由此展开一连串的颠倒与重写。王富仁等人的"启蒙主义鲁迅"是对此前"马克思主义鲁迅"的颠覆，而汪晖则通过对鲁迅与 19 世纪末西方现代主义思潮之间关系的深入发掘，凸显出鲁迅启蒙理性之中非理性的那一面，从而将一个"存在主义鲁迅"带入学界视野。

汪晖之后的研究者，如徐麟、王乾坤、彭小燕等人，则更进一步从生命哲学与存在主义的角度解读鲁迅。② 在一些批评者看来，这种研究思路使得鲁迅形象变得越来越个人化、主观化、抽象化，"鲁迅从政治的神坛上下来，又走向了思想家的神坛。鲁迅强烈的行动性和现实原则退化为一种远离现实的、学院化的理论思辨，全民鲁迅成了部分精英知识分子的鲁迅，鲁迅精神逐渐被玄学化和'软化'了"③。而汪晖则被视作这种"玄学化倾向"的代表性人物和始作俑者。④ 对此，王富仁的评述似乎是最为中肯的，他指出："在那时，存在主义不论对于中国社会，还是对于中国的鲁迅研究者，都是一种全新的话语形式，这种话语形式本身就具有一种超越感，其中也包括对鲁迅及其思想的超越。……汪晖一代人的超越意识是新时期中国文化发展的最基本的动力之一，但这种超越也带有尚没有陷入现实的文化斗争的漩涡、尚没有遇到根本无法逾越的文化壁垒之前的青春期的某些迷幻性质。"⑤

在《〈无地彷徨〉自序》中，汪晖这样总结自己写完《历史批判》之后的思想变化："对过往的一切所作的意识形态批判并没有逻辑地导向一种崭新的形态出现。……我的目的是想通过对历史的理论批判来创建一种新的现代学术品格，但批判的方式本身却无法展示出这种新的品格。要想克服这种内在的困境，就必须对'方式'本身进行反思，而这种方式是在近一个世纪以来的激进的反传统主义的持续发展中形成的。"⑥ 这种对"方式"的反思实际

---

① 薛毅：《鲁迅与 1980 年代思潮论纲》，《上海师范大学学报》（哲学社会科学版）2011 年第 3 期，第 78 页。

② 相关著作有徐麟的《鲁迅中期思想研究》（长沙：湖南师范大学出版社 1997 年版）、《鲁迅：在言说与生存的边缘》（济南：山东文艺出版社 1997 年版），王乾坤的《鲁迅的生命哲学》（北京：人民文学出版社 1999 年版），彭小燕的《存在主义视野下的鲁迅》（北京：北京大学出版社 2007 年版）。

③ 邱焕星：《"多个鲁迅"与鲁迅研究的历史批判》，《鲁迅研究月刊》2010 年第 6 期，第 68 页。

④ 可参见袁盛勇的《九十年代以来鲁迅研究的玄学化倾向》（《甘肃社会科学》2002 年第 6 期）、邱焕星的《"多个鲁迅"与鲁迅研究的历史批判》（《鲁迅研究月刊》2010 年第 6 期）、孙海军的《"存在主义视野下的鲁迅"辨析》[《海南师范大学学报》（社会科学版）2014 年第 12 期]。

⑤ 王富仁：《存在主义与中国的鲁迅研究——彭小燕〈存在主义视野下的鲁迅〉序》，《鲁迅研究月刊》2008 年第 2 期，第 90 – 91 页。

⑥ 汪晖：《〈无地彷徨〉自序》，《鲁迅研究月刊》1992 年第 10 期，第 40 页。

上构成了对整个八九十年代之交学术界内在危机感的回应。从这一点出发，汪晖从鲁迅研究开始走向对"五四"内在危机的探析，以及对 20 世纪中国思想一系列基本概念及话语演变过程的清理。在此过程中，汪晖更进一步地发掘出鲁迅对待现代性的悖论态度，在他看来，这种悖论性不只来自传统/现代的二元对立关系，相反，是以鲁迅为代表的思想者们对于现代本身的深刻怀疑，凸显了现代性的内在紧张，从而可以成为我们反思现代性的主要思想源泉。在此意义上，汪晖将鲁迅视为"一个真正反现代性的现代性人物"①。

二、"鬼世界"与"向下超越"

自 1988 年《历史批判》一文发表之后，汪晖开始转向思想史研究，并取得了一系列令人瞩目的成果。然而，在那之后的近三十年间，与鲁迅相关的言说与思考依然贯穿在他的学术生涯中，如一条零星散碎却绵延不绝的珠链：发表于 1996 年的《死火重温》原本是为《恩怨录——鲁迅和他的论敌文选》所写的序，其中初步讨论了鲁迅文学世界中的"鬼"。2004—2006 年间，汪晖先后在华东师范大学和北京大学做过以鲁迅的"鬼"或"幽灵"为题的演讲，继而又在 2006 年"现代性的道路"学术会议上宣读了《鲁迅文学世界中的"鬼"与"向下超越"》一文，并于同年发表了为纪念鲁迅逝世七十周年而做的访谈《一个真正反现代性的现代性人物》。2007 年 7 月，在清华大学和中国文化论坛联合举办的通识教育暑期课程中，汪晖详细解读了《破恶声论》与《呐喊·自序》两篇文章，2009 年秋季又在清华大学"鲁迅作品精读"课堂上讲解了《阿 Q 正传》，这些讲稿后来分别以《声之善恶：什么是启蒙？——重读鲁迅的〈破恶声论〉》（以下简称《声之善恶》）、《鲁迅文学的诞生——读〈《呐喊》自序〉》（以下简称《鲁迅文学的诞生》）、《阿 Q 生命中的六个瞬间——纪念作为开端的辛亥革命》（以下简称《六个瞬间》）为题目正式发表。这些文本一方面构成对《反抗绝望》等早期著作的回应，另一方面亦呈现出新的视野与问题域，或者更确切地说，呈现出某种与早期"历史批判"所不同的新的"方式"。这种差异性来自这些文本所产生的时代背景，更来自汪晖本人对这一时代背景的理解与判断。

在《当代中国的思想状况与现代性问题》一文中，汪晖指出，自 1989 年以来，冷战终结与全球资本主义市场的形成，使得中国社会迅速卷入全球化进程。与此同时，中国知识界的文化空间亦发生了深刻变化，启蒙知识分子

---

① 汪晖：《一个真正反现代性的现代性人物》，载《反抗绝望：鲁迅及其文学世界》（增订版），北京：生活·读书·新知三联书店 2008 年版，第 447 页。

蜕变为职业化的专家学者，知识界自身的同一性也不复存在。问题的关键在于，那些形成于 20 世纪 80 年代的批判理论与实践，由于受到"现代化意识形态"的局限，其实并未能够真正应对 20 世纪 90 年代以来中国社会转型的复杂性。批判性本身正在丧失活力，甚至毋宁说曾经的批判思想已变成今日新主流意识形态的一部分。为了应对这些状况，汪晖提出需要"重新确认批判前提"，从而"重新思考中国问题"。① 换句话说，在旧的批判话语全面失效的今天，知识分子究竟应该站在怎样的立场上，以何种方式，针对什么样的对象进行言说，这些言说以什么为根基，又如何能够打破意识形态幻象，并释放出被压抑的革命潜能？正是这一系列针对"后革命"情境的问题，构成了汪晖不断重读鲁迅背后的思想背景。

在《死火重温》中，汪晖谈到今日中国的现代化进程与"有机知识分子"的退场：伴随着日益细密化、专业化、科层化的社会过程，知识分子蜕变为学者、公民、道德家、正人君子，变为鲁迅所批判的"帮忙与帮闲"，或《破恶声论》中所说的"伪士"，而他们的知识亦转变为社会控制的权力。凡此种种都构成了我们重温鲁迅遗产的当代情境，"在一个日益专家化的知识状态中，在一个媒体日益受控于市场规则和消费主义的文化状况中，鲁迅对社会不公的极度敏感、对知识和社会的关系的深刻批判、对文化与公众的关系的持久关注，以及他的灵活的文化实践，都为在新的历史条件下再创知识分子的'有机性'提供了可能"②。在这里，汪晖结合葛兰西的文化批判理论来解读鲁迅的各种"文化游击战"，从而在鲁迅所说的"战士"与葛兰西所说的"有机知识分子"之间建立起关联。"战士"是"伪士"的对立面，战士的斗争不在真正的战场，而在文学与文化领域，但这些斗争依旧具有高度政治性，因为其实质正是"对于一切新旧不平等关系及其再生产机制的反抗"③。

在此基础上，汪晖区分了"战士"与"伪士"所分别代表的两种不同的革命。他引用竹内好对于鲁迅革命思想的解读："只有自觉到'永远革命'的人才是真正的革命者。反之，叫喊'我的革命成功了'的人就不是真正的革命者，而是纠缠在战士尸体上的苍蝇之类的人。"④ 只有"永远革命"，才是

---

① 汪晖：《当代中国的思想状况与现代性问题》，载《去政治化的政治：短 20 世纪的终结与 90 年代》，北京：生活·读书·新知三联书店 2008 年版，第 58～97 页。
② 汪晖：《死火重温》，载《反抗绝望：鲁迅及其文学世界》（增订版），北京：生活·读书·新知三联书店 2008 年版，第 44 页。
③ 汪晖：《死火重温》，载《反抗绝望：鲁迅及其文学世界》（增订版），北京：生活·读书·新知三联书店 2008 年版，第 38 页。
④ 汪晖：《死火重温》，载《反抗绝望：鲁迅及其文学世界》（增订版），北京：生活·读书·新知三联书店 2008 年版，第 35 页。

鲁迅所向往的真正的革命，不能坚持"永远革命"的伪士则是制造历史循环的帮闲，更是战士斗争的对象。"鲁迅倡导的始终是那种不畏失败、不怕孤独、永远进击的永远的革命者。对于这些永远的革命者而言，他们只有通过不懈的、也许是绝望的反抗才能摆脱'革新——保持——复古'的怪圈。"①在《六个瞬间》中，汪晖则指出，真正的革命应该是"道德革命"，也即是"一个社会的基本规则和体制的剧烈的变化"，而辛亥革命却并没有完成一场真正的"道德革命"。"在鲁迅的心目中存在着两个辛亥革命：一个是作为全新的历史开端的革命，以及这个革命对于自由和摆脱一切等级和贫困的承诺；另一个是以革命的名义发生的、并非作为开端的社会变化，它的形态毋宁是重复。"② 鲁迅对于后者的批判，正源自他对前者的忠诚。

在对"伪"的怀疑背后，隐藏着对"真"的"正信"，这个"真"和"正信"的维度正是汪晖在重读鲁迅过程中力图挖掘的东西。在《破恶声论》中，汪晖注意到鲁迅对彼时民族主义与世界主义的双重批判，因为此二者所提出的启蒙方案都力图通过外在的变革，自上而下地"唤醒"民众，却导致主体性的丧失，"灭人之自我"。与之相反，鲁迅所主张的启蒙则是一种自下而上的内在革命，是主体自我呈现、自我启迪的过程，是通过对"内曜""心声"的激发，找回"中国亦以立"的"本根"。这个"本根"不在启蒙人士所叫嚷的科学、民主、进步那里，而在"古人"与"农人"们所保留的"迷信"中，后者构成了主体性得以确立的根基，因此鲁迅呼吁"伪士当去，迷信可存"。③ 在解读《呐喊·自序》时，汪晖指出鲁迅的文学诞生于他青年时代的三个梦（分别是离家后逃异地以寻求别样的人们、东渡日本学医以救治国人的身体、弃医从文以拯救国人的灵魂），这些"苦于不能全忘"的梦，一方面联系着鲁迅对自己熟悉世界的否定和诀别，另一方面则联系着他对于别样的知识、伦理和视野的追寻，对于这些梦的"正信"贯穿于鲁迅的生命与文学创作。④ 在《六个瞬间》中，汪晖区分了阿Q身上的"两重性"（"两重国民性""两个人格""两种历史""两个革命"），前者内在于现存秩序之中，通过"精神胜利法"而不断修补、恢复旧秩序，并最终导致阿Q的失败；后者则存在于阿Q生命中那些联系着失败、性欲、饥饿、寒冷、无聊与死亡的

① 汪晖：《死火重温》，载《反抗绝望：鲁迅及其文学世界》（增订版），北京：生活·读书·新知三联书店 2008 年版，第 36 页。

② 汪晖：《阿Q生命中的六个瞬间——纪念作为开端的辛亥革命》，《现代中文学刊》2011 年第3 期，第 25 页。

③ 汪晖：《声之善恶：什么是启蒙？——重读鲁迅的〈破恶声论〉》，《开放时代》2010 年第 10 期，第 84 – 115 页。

④ 汪晖：《鲁迅文学的诞生——读〈《呐喊》自序〉》，《现代中文学刊》2012 年第6 期，第20 –41 页。

瞬间。在这卑微的六个瞬间，本能与直觉浮现出来，使得精神胜利法暂时失效，也使得阿 Q 与世界的真实关系裸露出来，而阿 Q 身上的革命潜能，则来自改变这一真实关系的愿望。①

所有这些论述中，都贯穿着"伪"与"真"的辩证法，在汪晖看来，这亦正是鲁迅所描绘的"现实世界"与"鬼世界"之间的关系。"鬼世界"包含了鲁迅笔下丰饶绚烂的民间世界，包含了"古人"与"农人"们的"迷信"，包含了"异路、异地、别样的人们"，包含了"精神胜利法"无法彻底压抑的本能与直觉。"鬼世界"蕴含着颠覆"现实世界"的积极潜能，而对"鬼世界"的"正信"则构成鲁迅文化批判背后的价值内核。汪晖结合德里达在《马克思的幽灵》中对于"幽灵的不对称性"的阐述，从而将鲁迅"反抗绝望"的哲学与他对"鬼世界"的"正信"联系在一起。"鬼和幽灵在这个意义上代表了我所未能感到者的能动性。我不能证实它，也因此不能否定它。"② 鬼与幽灵的世界外在于我们所熟悉的现实世界，从而无法被我看到和感知到，但既然不能否认那个鬼世界所包含的各种可能性，也就不能够否认希望。正是在这个意义上，"绝望之于虚妄，正与希望相同"，对鬼世界所蕴含希望的承认同时构成了对绝望的反抗。

在此意义上，可以说汪晖对鲁迅作品中"鬼"的解读，亦联系着他本人在怀疑背后寻找"正信"，以"重建批判前提"的意图。"鬼世界"外在于历史的循环，外在于一切"合理化"的秩序，外在于伪士与精英知识分子的言说，或者毋宁说外在于全球资本主义体系。经过汪晖阐释的"鬼"，代表着一种政治伦理学的视野，一种在后革命情境下"继续革命"的可能性。他声称："我所做的是要将这种'鬼'的视野当作重新理解 20 世纪的历史遗产的契机。这个视野不是从未来展开的，而是从'鬼'、从'迷信'、从'黑暗'中展开的。"③ 正因为汪晖将资本主义现代性当作整体的批判对象，所以他放弃了"向上超越"的批判路径（从"前现代"到"现代"、从"非历史"到"历史"、从"欠发达"到"发达"），而选择反其道行之。"向下超越"，意味着从"鬼"的角度反观"正人君子"，从"迷信"的角度反观"启蒙"，从"身体"的角度反观"意识"，从"民间社会"的角度反观"现代文明"，从"非历史谱系"的角度反观"历史谱系"。更重要的是，"向下"意味着能够

---

① 汪晖：《阿 Q 生命中的六个瞬间——纪念作为开端的辛亥革命》，《现代中文学刊》2011 年第 3 期，第 4–32 页。

② 汪晖：《鲁迅文学的诞生——读〈《呐喊》自序〉》，《现代中文学刊》2012 年第 6 期，第 38 页。

③ 汪晖：《鲁迅与"向下超越"》，载《反抗绝望：鲁迅及其文学世界》（增订版），北京：生活·读书·新知三联书店 2008 年版，第 458 页。

站在最底层的被压迫者的立场上，对一切不平等关系及其合法化知识提出质疑，从而具有一种根植于大地的革命性和有机性。在汪晖看来：鲁迅之所以能够对其高高在上的论敌展开如此犀利、深刻、毫不留情的批判，正因为他立足于"鬼"所身处的"最低处"。而汪晖本人在一系列论及当代中国问题的文章中，对于全球资本主义及其新自由主义意识形态的批判，也同样展现出这一"向下超越"的立场。①

需要指出的是，汪晖与其他研究者之间的对话者分歧，也必须放在这一"向下超越"的意图中予以理解。譬如在《六个瞬间》一文中，汪晖梳理了围绕《阿Q正传》展开的各种争论，其中谈到马克思主义与启蒙主义批评家对阿Q身上革命潜能的漠视和忽略。"他们共同地相信：阿Q——正如整个中国一样——需要一个从自在到自为、从本能到意识、从个人的盲动到从属于某个政治集团的政治行动的过程。"与之相反，在汪晖看来："鲁迅并没有从意识的角度去批判阿Q的本能，而是将这个本能不断被压抑的过程充分地展现出来——革命的主体并不能通过从本能到意识的过程而产生，而只能通过对于这一压抑和转化机制的持续的抵抗才能被重新塑造。"② 前者是"向上超越，即摆脱本能、直觉，进入历史的谱系"，而后者则是"向下超越，潜入鬼的世界，深化和穿越本能和直觉，获得对于被历史谱系所压抑的谱系的把握，进而展现世界的总体性"③。《六个瞬间》发表之后，遭到一些质疑与批评之声，而争论的要点就在于究竟应该"向上"还是"向下"超越。譬如谭桂林对如何评价"阿Q式革命"的问题发表了不同意见，认为"鲁迅所关注的中心问题不是所谓的'透露了真实的需求和真实的关系'的生命直觉与本能，而是肉体性的生命存在应该怎样向上（自主意识、自由人格）超越与提升"④。而在陶东风看来，阿Q的"本能"与"精神胜利法"同样都是旧秩序的产物，"那么，真正能够对抗精神胜利法的是什么呢？我以为是一种启蒙了的新主体意识和革命意识，只有这个更高级的意识，才能在根本上既超越精神胜利法意义上的意识，也超越本能，从而成为可靠的、持久的和稳定的

---

① 参见汪晖《当代中国的思想状况与现代性问题》《中国"新自由主义"的历史根源——再论当代中国大陆的思想状况与现代性问题》《去政治化的政治、霸权的多重构成与60年代的消逝》等文章，均收入《去政治化的政治：短20世纪的终结与90年代》（北京：生活·读书·新知三联书店2008年版）。

② 汪晖：《阿Q生命中的六个瞬间——纪念作为开端的辛亥革命》，《现代中文学刊》2011年第3期，第10页。

③ 汪晖：《阿Q生命中的六个瞬间——纪念作为开端的辛亥革命》，《现代中文学刊》2011年第3期，第27页。

④ 谭桂林：《如何评价"阿Q式的革命"并与汪晖先生商榷》，《鲁迅研究月刊》2011年第10期，第45页。

革命动力"①。两位批评者的共通之处在于将鲁迅看作一个站在现代立场上批判传统的启蒙者，而不承认他身上"反现代性"的一面。

与之有所区别的是汪晖与另一类研究者的对话。譬如在汪晖之前，夏济安与丸尾常喜都曾论及鲁迅的"鬼世界"，并将其阐释为一种源自病态社会的"黑暗力量"。而汪晖则力图从积极的一面去解读"鬼世界"，他认为"'鬼'是一个能动的、积极的、包含着巨大潜能的存在，没有它的存在，黑暗世界之黑暗就无从呈现。正是在这个意义上，'鬼'黑暗而又明亮"②。在《声之善恶》中，汪晖谈到伊藤虎丸对鲁迅早期宗教观的研究。伊藤虎丸分析了"迷信"与"伪士"之间的对立关系，但他同时强调鲁迅"彻底的反实体、反实念论的思维方法"，"他所关心的总是精神态度而不是思想内容"。③在这个意义上，一切"正信"对鲁迅而言都可以是"伪"的。与之相反，汪晖则致力于在鲁迅那里挖掘"正信"的具体内容，并围绕"正信"的问题展开对鲁迅启蒙观、文学观与革命观的讨论。在《鲁迅文学的诞生》中，汪晖与竹内好展开了全面对话。竹内好认为鲁迅是通过与政治的对决而获得文学的自觉，在此意义上，鲁迅的文学不是为启蒙，或爱国，或任何政治目的而作的，而是源自某种应该被称作"无"的东西。④但在汪晖看来，鲁迅的文学源自他对于"苦于不能全忘的梦"的忠诚，源自对"异乡、异路、别样的人们"的追寻，这种忠诚始终是政治性的，并且贯穿鲁迅一生中的各种抉择与实践。"说鲁迅文学的契机是'无'未免太抽象了，鲁迅对于'正信'的追寻恐怕是一个根本性的动力。"⑤总体而言，这些论者均强调鲁迅身上黑暗与虚无的一面，而汪晖则指出，在黑暗与虚无之外，必然有光明与希望，如果没有这一外部的维度，则黑暗与虚无也无从呈现。汪晖对"鬼世界"的阐释归根结底是对这一外部维度的展开，从而为鲁迅思想及文学找到坚实的地基。

在美国学者慕维仁看来，章太炎、鲁迅与汪晖之间存在一种对于资本主义现代性批判思路的承袭关系。"尽管方式各异，但他们都想象出了一种有别于当下资本主义的更好的未来，一种具有显在政治性的未来。"慕维仁进一步

---

① 陶东风：《本能、革命、精神胜利法——评汪晖〈阿Q生命中的六个瞬间〉》，《文艺研究》2015年第3期，第152页。

② 汪晖：《鲁迅与"向下超越"》，载《反抗绝望：鲁迅及其文学世界》（增订版），北京：生活·读书·新知三联书店2008年版，第451页。

③ ［日］伊藤虎丸著，孙猛译：《早期鲁迅的宗教观——"迷信"与"科学"的关系》，《鲁迅研究月刊》1989年第11期，第21页。

④ ［日］竹内好著，孙歌编：《近代的超克》，北京：生活·读书·新知三联书店2005年版，第146页。

⑤ 汪晖：《鲁迅文学的诞生——读〈《呐喊》自序〉》，《现代中文学刊》2012年第6期，第34页。

指出:"正如德里达利用马克思著作中鬼和幽灵的形象是为了从笼罩左派话语的黑暗中生出希望,汪晖突出鲁迅作品中鬼的作用则是为了替二十一世纪构建一种革命理论。"① 这一意图包含了三方面内容:其一是从"鬼"所代表的"一个由现代资本主义社会构成的自我的外部"出发,对现代性展开整体批判;其二是通过"永远革命"的革命者,展现一种不同于资本循环历史的另类时间观;其三则是想象一种彻底终结资本逻辑的政治实践的可能性。慕维仁借用汪晖的表述指出,这一可能性的前提,在于否定"去政治化的政治",也即是将各种思考范畴再度政治化与历史化,从而创造重塑生产与社会关系的空间。

结 语

在鲁迅研究界,围绕鲁迅思想而展开的争论始终未曾中断过,譬如如何看待鲁迅不同时期思想的变化,应该将鲁迅视作虚无主义者还是启蒙主义者,鲁迅哲学思想与其文学创作之间的关系是什么,甚至"鲁迅是不是思想家",等等。汪晖曾引用鲁迅在《文艺与政治的歧途》中的话来解读鲁迅的文学观,他指出,在鲁迅看来,文艺与革命是一致的,是不安于现状的,而政治——这里指权力秩序及其代理人——则是维持现状的。② 这意味着在汪晖的研究思路中,鲁迅的思想、文学、政治实践并非各自分离。鲁迅的文学来自他本人对革命初衷的忠诚,从而构成对于权力秩序及其历史谱系的持续批判。在此意义上,鲁迅的思想、文学创作及其文化批判实践都是高度政治性和历史性的。鲁迅是否具有成体系的哲学思想并不重要,重要的是他始终能够对一切新旧不平等关系及其文化帮闲举起投枪。也正是因为察觉到这种政治性和历史性,才使得汪晖始终将解读鲁迅当作思考当代中国问题的一个契机。

从最早对鲁迅前期思想中个人无政府主义色彩的关注,到发觉这一鲁迅形象与旧有研究框架之间的不兼容,从而以一种"历史中间物"意识对前人的研究范式提出反思批评,到尝试为鲁迅精神结构中的矛盾性与复杂性寻找理论解释,到进一步思考鲁迅对于现代性的悖论态度,并尝试从这一"反现代的现代性"视点去审视现代中国的问题性,再到立足于"鬼世界"而展开对后革命情境中"向下超越"之可能性的想象。伴随思想史研究进程的不断深入,汪晖对鲁迅思想及其文学世界的阐释也不断向历史纵深处沉潜,并愈

---

① 慕维仁著,唐文娟译:《章太炎、鲁迅、汪晖:想象一个更好未来的政治》,《东吴学术》2015 年第 3 期,第 57 页。

② 汪晖:《鲁迅文学的诞生——读〈《呐喊》自序〉》,《现代中文学刊》2012 年第 6 期,第 20 – 41 页。

发深刻地与 20 世纪中国的思想与社会文化变迁联系在一起。汪晖曾说过："我觉得鲁迅始终可以作为一个衡量现代思想变化的特殊的坐标。这倒不是说他的思想如何高超，而是说他的思想的那种复杂性能够为我们从不同的方向观察现代性问题提供线索。"可以说，鲁迅是汪晖思考"中国问题"的一处坐标，而鲁迅亦通过汪晖在当代中国思想领域中建立的批判坐标而获得自身的历史丰富性。

越界先锋：从文艺规训到文化批判

——论周宪文艺思想与治学理念

周计武①

【学者小传】

周宪：现任南京大学文学院教授、博士生导师，教育部长江学者特聘教授。兼任教育部中文教学指导委员会副主任、中国中外文艺理论学会副会长、中华美学学会副会长、江苏省美学学会会长、江苏省比较文学学会会长等职。主要学术兴趣集中在美学、文艺学与文化研究等方面。代表性论著有《美学是什么》《崎岖的思路——文化批判论集》《20世纪西方美学》《中国当代审美文化研究》《超越文学——文学的文化哲学思考》《视觉文化的转向》《审美现代性批判》《文化表征与文化研究》等。

周宪是一位颇具学术个性和反思意识的学者。在新时期以来的文艺学发展中，一方面，他以开阔的学术视野和冷静的理性分析，参与建构了文艺学的话语规范与学科体制，直接或间接地回应了文艺学发展中的一些理论难题，如文学的主体性、文艺心理学、文学的形式、审美自主性、文艺的边界、日常生活的审美化，等等；另一方面，他又以上下求索的理论勇气和清醒的批判意识，从纯粹的文艺批评转向文化批判尤其是视觉文化批判，在越界的冒险中挑战了文艺规训的藩篱。在中西学术对话与交流上，一方面，他是新时期以来少数认识到欧美理论的重要性，并自觉引进、批判转化的先锋者之一；另一方面，他又以敏锐的本土意识和感性的中国经验，不断把理论研究引入现实的日常生活实践中，以审美的智慧反思中国的现代性问题。这种"不安分"的气质和自我挑战的勇气，使周宪的人文思想既闪烁着激进的美学锋芒，又保留着理性批判的张力。

一、从文艺批评到文化批判

在近四十年的学术生涯中，文艺批评一直是周宪学术研究的核心。这些研究主要集中在三个层面：一是艺术独创性、艺术家的角色认同与艺术创造

---

① 周计武：南京大学艺术研究院副教授、博士，主要从事西方美学、艺术理论与文化研究。

力的心理学，侧重于研究审美主体的创造性心理；二是文学艺术的界定、形式、风格、话语、文学史观等基本问题，侧重于分析文艺作品或文本的特性；三是西方艺术观念在中国文艺界的传播、接受与误读，侧重于厘清艺术理论的脉络，阐释文艺观念的接受机制。

何为艺术的"创造"？艺术家何以"创造"？艺术家作为创造主体，有什么独特的审美心理？这些问题是周宪早期研究的重点，从1982年在《文艺研究》上发表《艺术独创性与主体审美心理》一文开始，到1992年出版《走向创造的境界——艺术创造力的心理学探索》一书止，历经十年。作者首先强调艺术创造力是一个现代概念，是艺术家建构可能性世界的能力。在西方，创造（creative）一词的内涵经历了两次重要的转变，即从神向人，从非艺术领域向艺术领域的转变。这个转变是文艺复兴时期人文主义思潮的产物。其现代含义与原创（original）、创新（innovating）同义，与艺术、思想密切相关，特指人的心智能力。在此之前，创造与上帝同义。换言之，只有上帝有能力创造万物和自然，被创造者本身是没有能力去创造的。然后，作者运用现代心理学的知识，从认知心理、情绪心理、动机心理和人格心理四个视角，逐层剖析了艺术创造过程中的联觉效应、自居作用与间离效果、焦虑与挫折感，以及艺术家人格的二重性，有力地阐释了艺术创造力的三个悖论，即文化悖论（对特定文化是既适应又背离的）、历史悖论（既是历史的，又是超越历史的）和心理悖论（创造过程既是主动的又是被动的）。至此，我们有理由说，艺术创造力"是卓越的艺术感受力，是高效率的认知能力、敏捷的情绪体验和表达能力、动机的激发保持能力的总和"①。对于一个现代艺术家来说，艺术创造力就是内心深处的两个自我在独立与顺应、孤独与开放、冒险与安全、献身与游戏的双重人格中，大胆探索人的存在与意义的能力；就是在流动的现代性体验中敏锐地感知并表达现代性焦虑的能力。最能震撼我们灵魂的焦虑，往往是艺术家在直面生存困境中的一种自我叩问、自我深省与自我批判。因此，焦虑对于艺术家来说不是一种精神病理学意义上的病态现象，而是"伟大文学创造的精神品格，是卓越艺术表现力和深刻思想洞察力的内在源泉"②。由此反观新时期以来的文艺现象，我们之所以缺乏伟大的艺术杰作，正是因为我们艺术家没有直面焦虑体验及其艺术表达的勇气。有的故作深沉，伪装痛苦（矫饰策略）；有的刻意回避，粉饰生活（糖衣策略）；有的以他者的眼光替代自我的审视，以冷静的叙事替代灵魂的追问（自我疏离策略）。一言以蔽之，我们尚未倾听内心深处的声音，尚

---

① 周宪：《走向创造的境界——艺术创造力的心理学探索》，南京：南京大学出版社2009年版，第278页。

② 周宪：《文学创作与焦虑体验》，《文艺理论研究》1990年第1期，第51－57页。

未体验灵魂深处的焦虑，尚未学会在血与火中淬炼艺术的真谛。这些真知灼见上承朱光潜的《悲剧心理学》和《文艺心理学》，为文艺心理学的进一步发展开辟了道路。

何为文学？何为文学的哲学意味？如何理解文学形式与诗性话语的特征？如何书写文学史？这是周宪先生在《超越文学——文学的文化哲学思考》（1997）一书中，运用心理学、语言学、史学和哲学四重视野着力解决的问题。从论述的内容和论证的方式来看，该书的旨趣显然不是"就文学谈文学"，而是要淡化文学与非文学的边界，通过多视角的透视，超越单一的、已经体制化的文学研究视野，在视界融合中走向文学的文化维度。

文学是一种文化反思和批判，这是贯穿全书的一个核心命题。第一，从创造性主体的心理活动来看，如果说存在的焦虑体验、内心困惑与挫折感是艺术发现的动力，那么困而思之所产生的认同性自我批判以及由此产生的超越感则是艺术创造的源泉。强烈的内省意识和超越感使艺术家能够摆脱文化习性强加的成见，以"陌生化"的艺术形式赋予日常事物以新奇的魅力，唤醒冷漠、麻木的心灵，引导人们在平凡的世界中发现动人心魄的美。第二，从文学语言与非文学语言的差异来看，文学语言是一种诗性的话语，是作家经由文本中介与读者的主体间对话。诗性话语的批判价值在于，"它通过语言的力量向人们业已习惯并认为理所当然的陈腐日常经验质疑与挑战，这是一种地地道道的振聋发聩"[1]。第三，从文学的时间性与历史感来看，文学有自己的历史—文化形态，是一种特殊的历史思维。在某种意义上，文学总是活在历史传统之中。文学史就是不断地以现在的视野与过去对话，并重构过去的历史；就是过去视野与现在视野不断融合的阐释效果史；就是在传统的批判中建构"活的传统"的历史。第四，从文学所包蕴的哲学意味来看，它对终极审美价值的追求，使文学话语不断超越僵化的意识形态和道德伦理的束缚，在意识形态话语的批判中产生"神秘、惊异、超越和永恒"的审美效果。总之，"文学乃是一种批判性的开放话语"[2]。

对西方文艺理论的译介、梳理与研究一直是周宪矢志不渝的治学方向。在译介方面，从《小说修辞学》（1987）、《当代西方艺术文化学》（1988）到《美的实验心理学》（1991）、《存在的政治——海德格尔的政治思想》（2000），再到《艺术的心理世界》（2003）、《激进的美学锋芒》（2003）和《艺术理论基本文献·西方当代卷》（2014），他始终以西方艺术理论和美学为核心，以敏锐的问题意识，把西方的前沿性理论介绍到国内，旨在推动文

①　周宪：《超越文学——文学的文化哲学思考》，上海：上海三联书店1997年版，第150页。

②　周宪：《超越文学——文学的文化哲学思考》，上海：上海三联书店1997年版，第342页。

艺研究在研究对象、研究方法和研究观念上的变革。在梳理与研究方面，为了更好地把握西方文艺理论的全貌，他往往既注意理论的系统性与逻辑性，也注意方法上的跨学科整合研究。无论是早期的《走向创造的境界——艺术创造力的心理学探索》（1992）、《超越文学——文学的文化哲学思考》（1997）、《20世纪西方美学》（1997），还是后来的《审美现代性批判》（2005）、《视觉文化的转向》（2008），都具有这方面的特点。

这种开阔的视野和宏观把握的能力，使他能够敏锐地捕捉到文艺学中的热点与焦点问题，进行有针对性的阐释。自伊格尔顿出版《理论之后》（*After Theory*，2003）以来，"理论终结"之声不绝于耳。周宪认为，所谓"终结"不过是理论自身"范式"的转型而已，即从文学理论到理论、从理论到后理论的转型。第一次转型是学科去分化和学术政治化倾向的产物，旨在通过文学解读介入政治，批判社会。在某种意义上，它可以被视为文艺理论从现代向后现代、从形式分析向跨学科探索、从纯粹的文学理论向理论政治的转变。第二次转型更强调理论的差异性、多元性和具体性，旨在告别宏大叙事，实现"被压抑的他者（被理论所压抑、排斥、从未思考过的东西）"的批判性回归，当然也包括文学的回归。因此，"后理论"是对"大理论"的辩证否定，是"理论之后"更具反思性的一种理论。①

这种反思性已经内化到周宪的治学理念之中。比如，他对福柯话语理论的辩证批判。首先，他剖析了福柯话语理论的核心思想：无所不在的认知型（épisteme）是权力和知识的结盟所建构的话语规则，它预先决定了主体及其认识可能性的框架，使自主性的反思主体（subject）蜕变为权力—知识规训的奴仆（subject）；在价值立场上，福柯的话语论是一种建构主义——是话语建构了我们对这个世界的理解和解释，建构了我们的文化认同和主体自身。然后，他指出了福柯话语理论的局限性：以表征的分析取代在场的直接经验，弱化了话语分析与物质实践之间复杂的社会联系；社会制度对话语建构的制约乃至决定作用被遮蔽了；过分强调话语对主体的规训作用，忽视了主体的能动性与批判性。②

这种反思性尤其表现在他对西方文论在中国的接受与误读的分析上。以当代戏剧的危机及其对布莱希特叙事剧的追捧为例，国内戏剧界人士出现了多重误读：把中国当代戏剧的贫困化、公式化问题，简单地归因为现实主义的局限性和束缚；把布莱希特的"间离效果"理论当作形式革新的法宝；过分强调剧场的假定性；把剧场的交流性与斯坦尼的"第四堵墙"简单对立起

---

① 周宪：《文学理论、理论与后理论》，《文学评论》2008年第5期，第82–87页。
② 周宪：《福柯话语理论批判》，《文艺理论研究》2013年第1期，第121–129页。

来。这些误读源于二元对立的排他性思维，源于对中西方戏剧的境遇缺乏辩证的思考。"在缺乏对十七年戏剧公式化、贫困化深刻分析和正确诊断的条件下，很快把问题的焦点从清算公式化贫困化进而恢复现实主义传统，转向了片面的形式创新和变革。于是，布莱希特便充当了这个转向的有力外因和动力。这就必然导致旧的危机尚未彻底解决，而新的公式化甚至不负责任的形式翻新却随处可见。"① 这种批判性的分析客观中肯，引人深思。

正是这种自觉的反思意识，使周宪在研究对象与研究方法上不断跨越人为设定的学科"边界"，从文艺批评走向了文化批判。何为批判？批判在周宪的治学理念中至少有三层意思。首先，批判是一种价值立场，即对现存文化的反思态度。其次，批判是一种思维方式，一种理性地质疑与论证的方法。再次，批判是政治介入的姿态，是"对文化领域中的各种压抑、物化和不公正现象的揭露"。因此，文化研究是一种批判的策略，旨在"通过对社会文化中各种关系和力量的社会历史分析，解释其中所包含的复杂的冲突和矛盾，并以某种'社会学的想象力'来憧憬未来文化，保持一种价值和激情"②。因此，与纯粹的文艺研究相比，文化研究不仅拓展了研究范围，而且"更具现实关怀和社会批判性"，"为学者和知识分子更多地介入中国当下的社会文化，摆脱学院式的研究范式提供了新的研究路径"③。

具体而言，其文化批判包含两个阶段：一是一般意义上的文化研究，如《文化表征与文化研究》（2007）④；二是视觉文化研究，如《视觉文化的转向》（2008）。前者运用文化社会学的方法，对改革开放以来多元并存的文化结构、审美文化的民主化与相对剥夺、全球化语境中的"文化失语症"、文化的媒介化与工具理性、消费主义意识形态、日常生活的审美化等热点问题，进行了批判性的解读。后者在现代性语境中针对视觉的社会性和社会的视觉性两个焦点，系统分析了视觉性、视觉范式、视线的意义、视觉技术、视觉消费、图文之争等视觉文化中的核心问题，并通过具体个案解读了视觉时尚、奇观电影、老照片、封面女郎、旅游景观、身体审美化等视觉现象。周宪认为，视觉文化是以视觉性为主因的文化，它的崛起是人为的视觉"暴力"对视觉"自然"的压制和排挤。⑤ 在高度媒介化、消费化的今天，面对视觉形

---

① 周宪：《布莱希特的诱惑与我们的"误读"》，《戏剧艺术》1998 年第 4 期，第 42 – 56 页。

② 周宪：《文化表征与文化研究》，北京：北京大学出版社 2007 年版，第 7 页。

③ 周宪、殷曼楟：《从文学到视觉文化——周宪教授访谈录》，《学术月刊》2012 年第 11 期，第 155 – 160 页。

④ 这是《中国当代审美文化研究》（北京大学出版社 1997 年版）在 2007 年的再版；2015 年上海人民出版社发行了第三版，增加了第七章"视觉文化"，书名沿用第二版即《文化表征与文化研究》。

⑤ 周宪：《视觉文化的转向》，北京：北京大学出版社 2008 年版，第 348 页。

象的过剩生产与消费，如何恢复与保留人与自然的本原关系，赋予我们的视觉与审美活动以自由，是我们必须深思的时代课题。

二、从美学到超美学

无论是研究对象还是研究方法，周宪的治学理念都超越了纯粹的美学研究，越出了传统的美学边界，转向了跨学科的整合研究，即"超美学"（Beyond Aesthetics）。在研究对象上，他涉猎的议题非常广泛。概而言之，主要有：文艺研究与美学、文化研究和审美现代性三个领域。对三个学术领域之间的关系，周宪有过形象化的描述：文艺研究与美学是他的自留地，属于"后院"，是他比较擅长且长期耕耘的园地；文艺心理学、文化研究和审美现代性属于"前庭"，是对一些公关话题或特定时期重要文化现实的关注，具有阶段性的特征。① 在研究方法上，从早期对艺术心理学的译介、研究，到中期对社会理论、技术哲学和视觉文化研究的关注与借鉴，再到最近几年对文艺理论、艺术史论的系统梳理与分析，② 他的学术兴趣点总是在不断地游移。这种越界或游移旨在强调不同学科、不同方法之间的互动与融通，以多视角的透视实现意义阐释上的"视界融合"。

美学作为一种学科，旨在从哲学上来思考有关艺术与美的一般原则。从康德 1790 年发表《判断力批判》到谢林 1800 年发表《先验唯心论体系》，再到黑格尔 1817 年第一次讲授美学，美学被无一例外地理解为艺术哲学。换言之，学科的合法性严格限定在艺术，尤其是美的艺术上。海德格尔、英伽登、阿多诺等美学家也基本认同这种美学上的假定。但是，面对消费社会中美的泛滥与美的艺术过剩，以及日常生活与商品经济的审美化，继续做艺术本质论的囚徒已经不合时宜。德国美学家韦尔施呼吁美学向艺术之外的问题开放："艺术论内在的多元化，即由艺术单一的概念性分析转变为对艺术的不同类

---

① 周宪、殷曼楟：《从文学到视觉文化——周宪教授访谈录》，《学术月刊》2012 年第 11 期，第 155 - 160 页。

② 这方面代表性的论文有《文学理论、理论与后理论》，《文学评论》2008 年第 5 期；《文学理论：从语言到话语》，《文艺研究》2008 年第 11 期；《论作品与（超）文本》，《中国中外文艺理论学会年刊》2008 年第 4 期；《文学研究的范式转变：从"固体"到"流体"》，《外国文学研究》2008 年第 6 期；《重心迁移：从作者到读者——20 世纪文学理论范式的转型》，《文艺研究》2010 年第 1 期；《"吾语言之疆界乃吾世界之疆界"——从语言学转向看当代文论范式的建构》，《学术月刊》2010 年第 9 期；《关于解释和过度解释》，《文学评论》2011 年第 4 期；《文学理论范式：现代和后现代的转换》，《南京社会科学》2012 年第 1 期；《经典的编码与解码》，《文学评论》2012 年第 4 期；《艺术理论的三个问题》，《文艺理论研究》2014 年第 3 期；《艺术品的意义与产生阐释》，《东南大学学报》（哲学社会科学版）2014 年第 4 期；《艺术现代建构的文化逻辑》，《文学评论》2014 年第 4 期；《艺术史与艺术理论的紧张》，《文艺研究》2014 年第 5 期。

型、范式和观念的分析，应该补充以美学外在层面上的多元化，将其学科领域扩大至超越艺术的问题上来。"① 超越美学旨在让美学照亮生活，介入社会，改变人的生存状态，走向"伦理/美学（aesthet/hics）"。这种解构主义观念对艺术自主性与审美无功利性的质疑，促使美学开始从美、审美经验和艺术普遍价值的分析，转向族裔、性别、文化身份、记忆、文化创伤等范畴的讨论。周宪认为，这种高度政治化的美学和消费社会中日常生活的审美化实践，是传统美学遭遇危机的两个主要原因。② 要克服美学的危机，就必须协调乃至融合美学中政治与审美的张力。

在周宪看来，美学与其说是一种知识系统，不如说是一种生存的智慧或策略。作为一名文人，他身上具有传统士人的忧患意识与人文情怀，喜欢"介入"现实。这使他不太关注过于学院化的美学讨论，而是关注"那些能把美学引入到生活实践，对日常生活进行反思的种种因素"③。其美学研究主要在两个层面上进行：一是进行纯粹学理上的研究，旨在梳理各种美学概念、范畴之间的内在逻辑关系，如《20世纪西方美学》（1997）；二是进行审美实践上的批判，旨在回应现实，阐释正在发生的审美文化现象，如《审美现代性批判》（2005）。前者以批判理论的转向和语言学转向为主线，对韦伯、齐美尔、阿多诺、本雅明、哈贝马斯、利奥塔、波德里亚、海德格尔、福柯、罗兰·巴特等重要学者的核心思想进行了辩证的阐释，勾勒了西方20世纪美学的百年历程。这些阐释既有严格意义上的美学透视，也有哲学、社会学、语言学、解释学、符号学方面的思考。

后者以审美现代性作为核心议题，围绕现代性、社会理论和审美三个关键词对现代性问题进行了全新的解读。首先，作者敢于直面现代性的复杂性。现代性是一个本雅明意义上的"星丛"概念，一个充满矛盾、对立、冲突的复合体，一种由启蒙现代性与审美现代性之间的辩证对立形成的"张力结构"。这两种不同的现代性之间的矛盾与辩证关系，建构了审美现代性的基本价值取向与内在发展逻辑。在这个逻辑框架中，作者对现代性问题进行了多向度、多层面的解读。它打破了康德式的美学静观，"改变了过去用单一向度和单一眼界看问题的一元论和本质主义的局限，同时也避免了单一向度和单一眼界常常难以解释的各种矛盾与悖论现象"④。比如，关于现代性与后现代

① ［德］沃尔夫冈·韦尔施著，陆扬、张岩冰译：《重构美学》，上海：上海译文出版社2002年版，第108页。

② 周宪：《美学的危机或复兴?》，《文艺研究》2011年第11期，第16－24页。

③ 周宪：《从文学规训到文化批判》，南京：译林出版社2014年版，第363页。

④ 阎嘉：《反思与批判的锐利锋芒——评周宪新著〈审美现代性批判〉》，《社会科学战线》2008年第7期，第278－279页。

性的关系，作者认为后现代观念，即在表征上对启蒙现代性的对抗、分裂与否定，实际上是审美现代性精神的一种延续。其次，作者在方法论上把社会理论的反思性引入美学研究的视野，旨在关注社会实践，以跨学科的价值论立场，突破美学研究的学院化传统，把美学问题置于更加复杂的社会文化语境中，来考察审美文化与艺术表意实践的具体演变逻辑。如其所言："社会理论的反思性与美学传统的融合，建构了我们重新考察现代性的视角。"① 再次，作者研究的立足点与动机始终是中国问题、中国经验和中国意识。他对现代性问题史的梳理，对现代社会从分化到去分化的深描，对美学二元范畴和审美现代性内在矛盾的分析，对知识分子社会角色的变迁，以及社会公共领域与艺术界体制的考察，并没有停留在理论的思辨上，而是要在中西互动的视野中反思现代性多元矛盾的张力结构，为中国本土的现代性研究提供理论的参照系。正是中国问题与中国经验的特殊性与差异性，使作者放弃了激进的后现代路径，没有夸大审美功能和艺术的乌托邦性质，而是转向更为折中的立场，即"在肯定启蒙现代性积极作用的前提下"，研究"审美现代性对启蒙现代性的补救和纠偏作用，而不是抛弃启蒙现代性规划而转向审美现代性的方案"②。最后，理性的思辨意识，没有使作者沾沾自喜于"西方的没落"，转向鼓吹"中华性"的民族主义立场。因为"西方学者对西方传统所作的自我批判，很容易变成东方人维护自己传统和本民族利益的口实。对西方传统持激烈批判态度的后现代主义，为中国知识分子放弃自身文化批判的责任而转向民族主义立场，是否会提供方便的理论依据呢？"③ 这是每一个理性的知识分子都需要警惕的地方。

不过，"超美学"对艺术以外问题的开放，并不意味着放松对艺术与审美问题的关注，而是要在审美与政治的张力中，重构（undoing）美学。重构包含解构与建构的双重意义，是在反思经典美学的基础上，对美学议题的重新设置。

首先，需要讨论艺术的边界问题。划清边界旨在区分不同的事物、知识与对象。为艺术划界就是要区分艺术与非艺术、审美经验与日常经验的差异。18 世纪中叶，艺术与美学的同时命名并非偶然，而是现代价值领域不断分化的必然逻辑。真、善、美的区分，尤其是艺术和道德的分野，为艺术自主性的确立提供了条件。现代主义对美的艺术的标榜，加速了自主性价值领域的形成。艺术唯一的判断标准是它自身的美，艺术除了表现它自身之外，不表现任何东西。自主性成为划定现代艺术边界的合法依据。但是，现代艺术对

---

① 周宪：《审美现代性批判》，北京：商务印书馆 2005 年版，第 8 页。
② 周宪：《审美现代性批判》，北京：商务印书馆 2005 年版，第 11 页。
③ 张隆溪：《走出文化的封闭圈》，北京：生活·读书·新知三联书店 2004 年版，第 67 页。

创新和实验的推崇，商业化逻辑对艺术的侵蚀，使艺术不断突破原有的艺术边界。先锋艺术与后现代主义跨越边界的冲动，更使艺术与非艺术、各门类艺术之间、艺术趣味的雅与俗、真实与虚构的界限趋于消失。现代艺术的表意实践证明，艺术的边界是不断游移的、不确定的，是现代性人为建构的产物。因此，艺术边界的争论不过是"自娱自乐的幻象"，与其关注艺术边界本身，不如"转向艺术的发展和变迁问题"①。

其次，需要重新审视艺术与日常生活的关系。批判理论和现代艺术的表意实践倾向于把审美经验与日常经验、艺术活动与日常生活对立起来。这种二元对立既是现代性分化的产物，也是克服现代化的弊端，超越日常性，走向审美"救赎"的策略。拒绝平庸，否定日常经验，成为现代主义艺术的重要动力。什克洛夫斯基的"陌生化"、布莱希特的"间离效果"、奥尔特加的"非人化"、格林伯格的"纯粹性"、本雅明的"震惊"和马尔库塞的"新感性"等概念，无不张扬艺术感性的颠覆力量及其对抗工具理性生活的批判价值。但是，在颠覆、否定日常经验与日常生活的同时，艺术与现实的联系显得十分脆弱，艺术与公众的纽带被割断了。那么，是否要让艺术与审美重新回到日常生活呢？事实上，不管是否愿意，日常生活审美化已经成为我们必须直面的现实。影像符号与视觉景观的泛滥、大众对视觉快感的追求以及后现代主义消解艺术与生活的策略，共同塑造了这个现实。这种生活在提升公民视觉素养与审美趣味的同时，也暗含了看不见的视觉暴力与审美的冷漠。雅趣或有品位的生活，这种中产阶级的审美化诉求，是以某种普遍的社会和文化倾向表征出来的。换言之，"日常生活审美化其实是当代消费社会的意识形态"②。显然，它并不是理想的归宿。重构美学就需要深入反思这种困境。

当然，还有许多新的问题、新的美学现象与新的生存困境，亟待美学去应对。但有一点是可以肯定的，"美学必须超越艺术问题，涵盖日常生活、感知态度、传媒文化，以及审美和反审美体验的矛盾"③。

三、从专家到业余者

把握一个人的学术思想，最好的方式莫过于回答以下问题：他研究了什么，是如何研究的，为什么这样研究？因为一个人的思想与治学理念是密切

---

① 周宪：《"剪不断理还乱"的艺术边界》，《学术月刊》2012 年第 11 期，第 99 – 107 页。

② 周宪：《"后革命时代"的日常生活审美化》，《北京大学学报》（哲学社会科学版）2007 年第 4 期，第 64 – 68 页。

③ ［德］沃尔夫冈·韦尔施著，陆扬、张岩冰译：《重构美学》，上海：上海译文出版社 2002 年版，第 2 页。

相关的，而治学理念又取决于他的学术立场。我们已经在上文回答了前面两个问题，接下来我们就着手分析第三个问题。

表面上看来，对于一位以读书、教书、写书为乐趣的人，一位依托大学、出版社、杂志等学术体制而发言的人，周宪无疑是在体制内生存的圈内人、专家、权威。但是，他不断游移的学术视点、开放包容的研究路径、怀疑式的反讽风格和理性的批判精神，又使他时时警惕学院化的生存方式，质疑学科规训、利益诱惑与体制的收编。这使他的社会角色更倾向于成为爱德华·萨义德所描述的知识分子，即"流亡者和边缘人，业余者，对权势说真话的人"①。

相比职业态度和知识话语的生产，他更在意自己的学术兴趣。他时常"怀念 20 世纪 80 年代的学术氛围"，"那时的研究完全是兴趣导向的，既没课题申报和团队作业，也没有绩效考评和其他种种诱惑，是一种比较纯粹的学术研究状态。今天，我们的高等教育高度体制化了，科学研究也相当体制化了，体制中生存的困境就像是带着镣铐跳舞，太多的限制和外因诱导"②。这里的体制化主要指高校教育与学术研究在人才培养与知识生产上越来越学科化和专业化，即创立了以生产新知识、培养知识创造者为宗旨的永久性制度结构。它以学科标准对知识的有效性、合法性进行评估，划定知识的门类界限、地位等级，从而彰显了知识与权力的共谋关系。因此，学科（discipline）不仅仅是一种专门化的知识系统，而且是一种强制性的话语规范或规训（disciplinarity）。如福柯所言，"在任何社会里，话语一旦产生，即刻就受到若干程序的控制、筛选、组织和再分配"。学科的专业化"构成了话语生产的一个控制体系，它通过同一性来设置其边界"③。

萨义德认为，当今知识分子最大的威胁是学科的专业化及其专业主义态度（professionalism）。这种专业主义态度使知识分子纯粹为稻粱谋，循规蹈矩，用"行规"来规训自我与他人，即"不逾越公认的范式或限制，促销自己，尤其是使自己有市场性，因而是没有争议的、不具政治性的、'客观的'"④。这种专业主义态度不仅会戕害兴奋感与发现感，让学术研究沦落为技术上的形式主义，即以冷漠的理论来审视自己的研究对象，无动于衷；而

---

① ［美］爱德华·萨义德著，单德兴译：《知识分子论》，北京：生活·读书·新知三联书店 2007 年版，第 6 页。

② 周宪、殷曼楟：《从文学到视觉文化——周宪教授访谈录》，《学术月刊》2012 年第 11 期，第 155–160 页。

③ Michel Foucault. *The Archaeology of Knowledge and Discourse on Language*. New York: Pan‐Theon, 1972: pp. 216–224.

④ ［美］爱德华·萨义德著，单德兴译：《知识分子论》，北京：生活·读书·新知三联书店 2007 年版，第 65 页。

且会使知识分子在人格上变得温顺，听命于专业知识与专家权威。这最终会伤害知识分子的"独立之思想，自由之精神"。面对专业主义的压力，萨义德倡议用业余性（amateurism）来对抗。何谓业余性？首先，业余性是指"不为利益或奖赏所动，只是为了喜爱和不可抹煞的兴趣"，"拒绝被某个专长所束缚"，以越界的冲动进行学术的探险。① 其次，业余性还意味着在言论自由上毫不妥协，更多地"介入政治"，选择公共领域进行发声，"有权对于甚至最具技术性、专业性行动的核心提出道德的议题"②。再次，业余性敢于对权势说真话，在严格、深入的辩论中影响甚至改变社会的风气。

萨义德的知识分子论深刻影响了周宪的治学理念与学术生涯。面对文艺研究越来越制度化、技术化的现状，他主张通过视点的游移和方法论的多元性来"恢复知识分子的尊严和社会干预传统"，用"游击战的策略"来颠覆学院化制度的规训。③ 首先，不为专业化的知识分工所束缚，而是按照自己的学术兴趣，对西方前沿理论与本土问题保持学术的敏感性。从这个视角来看，周宪不断越界的冲动就不难理解了。无论是从事文学研究、艺术哲学或美学，还是跨越边界进行跨学科的心理学、文化社会学的研究，都是为了坚守学术研究的乐趣，以一颗"赤子之心"保持学术发现的兴奋感。在此意义上，他更像一位不安于现状的搅局者。越界必然会产生争议，但他不畏争议，因为他清醒地意识到，"许多争议与其说是观点的纷争，不如说是原有学科规训与跨学科探索之间的差别所造成的"④。

其次，坚持理论的开放性和批判性的"介入"精神。在研究理念上，他坚持美与善的不可分离性，关注文艺研究的社会维度，因为理论探索的目的是为了更好地回应现实的困境。这种实践精神促使他参与并回应种种文艺理论中的热点与焦点问题，比如，当代文论的失语症、艺术的边界、日常生活的审美化、微时代的精神碎片化、视觉性与公民主体性的建构，知识分子的

---

① ［美］爱德华·萨义德著，单德兴译：《知识分子论》，北京：生活·读书·新知三联书店2007年版，第67页。

② ［美］爱德华·萨义德著，单德兴译：《知识分子论》，北京：生活·读书·新知三联书店2007年版，第71页。

③ 金耀基、周宪：《全球化与现代化》，《社会学研究》2003年第6期，第94–102页。

④ 周宪、殷曼楟：《从文学到视觉文化——周宪教授访谈录》，《学术月刊》2012年第11期，第155–160页。

角色认同危机，等等。① 这些争论不仅厘清了相关的学术概念与命题，改变了学界常见的似是而非或简单挪用的倾向，而且在理性的批判中有效地介入了社会，针砭时弊，发人深省。在研究路径上，他坚持跨学科的整合研究，在批判性的对话与多视角的透视中实现阐释学意义上的"视界融合"。理论争鸣的目的，不是为了说服对方接纳自己的观念与方案，而是为了在理性的辩论中获得批判的力量，求同存异，走向共识，促使整个社会更民主、更理性、更人性化。因此，在他的文化观念中，"美学不仅仅是一门知识，而应该是一门生存的智慧、一种生存的理想"②。

显然，周宪并不是一位传统意义上的知识分子，更不是一位学院化的、书斋式的知识分子，而是一位在体制内生存的局外人、搅局者。阅读他的文本，常常惊讶于那种悖论式的思考、不屈不挠地追求真知和自我批判的勇气。他的文艺思想很难用一句话概括，因为他喜欢在游移的视点和开放的边界中剑走偏锋，一再延宕他的结论。这种怀疑式的反讽时常让我体之深切，思之战栗。如果必须要定位的话，我认为他是一位现代思想的漫游者。

---

① 这类文章很多，几乎贯穿周宪的整个学术生涯。代表性论文有《布莱希特的诱惑与我们的"误读"》，《戏剧艺术》1998 年第 4 期；《反抗人为的视觉暴力》，《文艺研究》2000 年第 5 期；《旅行者的眼光与现代性体验》，《社会科学战线》2000 年第 6 期；《日常生活的"美学化"》，《哲学研究》2001 年第 10 期；《论奇观电影与视觉文化》，《文艺研究》2005 年第 3 期；《"读图时代"的图文"战争"》，《文学评论》2005 年第 6 期；《作为象征符号的"封面女郎"》，《艺术百家》2006 年第 3 期；《"合法化"论争与认同焦虑——以文论"失语症"和新诗"西化"说为个案》，《南京大学学报》2006 年第 5 期；《"后革命时代"的日常生活审美化》，《北京大学学报》（哲学社会科学版）2007 年第 4 期；《现代性与视觉文化中的旅游凝视》，《天津社会科学》2008 年第 1 期；《罗兰·巴特的中国"脸谱"》，《天津社会科学》2009 年第 5 期；《易卜生和蒙克的中国镜像》，《中国比较文学》2012 年第 1 期；《"剪不断理还乱"的艺术边界》，《学术月刊》2012 年第 11 期；《当代视觉文化与公民的视觉建构》，《文艺研究》2012 年第 10 期；《微民主与现代公民性建构难题》，《探索与争鸣》2014 年第 7 期；《时代的碎微化及其反思》，《学术月刊》2014 年第 12 期。

② 周宪：《从文学规训到文化批判》，南京：译林出版社 2014 年版，第 362 页。

后现代语境中的重建本体之路

——王岳川文艺学研究及文化思想述评

刘　岩①

　　作为中国新时期卓有建树的人文学者和知识分了，王岳川的工作大体上包括两个方面：一是对西方前沿文艺理论、文化理论作系统而深入的研究；二是面向"全球中的本土"的思想创新与文化重建。这两个方面几乎一直同时并行，彼此关联互动。循此宏观视角，对这位学者的具体治学脉络进行梳理，不仅具有文艺学学科内部的学术史意义，而且有助于我们思考当代中国文化语境中一些最为根本和迫切的问题。

一、"一分为三"的"后学"研究

　　从80年代后期开始，王岳川便已投身彼时如火如荼进行着的西方美学和文艺理论译介的大潮，曾参与主编至今仍有广泛影响的《西方文艺理论名著教程》，而他真正为学界所瞩目，则是1992年《后现代主义文化研究》的出版，这既是他本人的第一部学术专著，也是国内首部全面考察西方后现代主义的著作。在20世纪80年代，相对于现代主义的讨论热潮，中国学者对后现代主义只有零星的介绍。尽管1985年被誉为"首席后现代诊断师"的美国马克思主义批评家弗·杰姆逊应邀在北京大学发表系列演讲，之后整理出版

---

①　刘岩：对外经济贸易大学副教授，北京大学比较文学博士，主要从事比较文学与文化研究。

的演讲录《后现代主义与文化理论》对许多新锐学者的知识结构的重塑产生了重要影响，但后现代主义却并未因此成为中国学界的焦点。直到 90 年代初，由于"新启蒙"运动及其"现代化"想象所遭遇的重大挫折，"不少学者开始对 80 年代的激进思潮和乌托邦情结深加反省，并从后现代主义那里获得了新的学术资源和问题突破口，于是后现代主义研究迅速发展起来"①。作为领风气之先者，王岳川对中国后现代研究兴起的历史条件有着充分的自觉与警醒，并因此得以寻找到一种合乎"中道"的学术立场。

按照王岳川的划分，中国的后现代主义研究者大致可以归为五类，即后现代主义的客观研究者、后现代主义的积极推行者、后现代主义的激烈反对者、凸显文化政治的海外"后学"研究者以及后现代论战中的情绪宣泄者。②王岳川本人显然属于第一类，其客观性并不是排斥价值判断，而是兼容了各种研究取向中的合理视角。具有里程碑意义的《后现代主义文化研究》不仅系统评述了"后现代"名下的各种理论、思潮和论争，而且多层次地揭示了后现代主义文化的总体特征：既是随信息媒介的变革而来临的当代世界性文化景观，也是意图颠覆资本主义现代性的反神话、去中心、消解深度模式的权力批判策略，同时又是横扫整个人文价值领域的虚无主义思潮。③在写于1994 年的《一分为三看后现代主义》一文中，王岳川正式提出了著名的"后现代三层面"说："后现代主义事实上大体可分为三个层面去看，一是后现代工艺论层面，二是后现代思维论层面，三是后现代价值论层面。"④不同的切入角度对应着研究主体不同的态度和判断：在工艺论层面，后现代主义意味着全球化的信息革命浪潮，中国学者无从回避，只能积极面对；在思维论层面，后现代思维以边缘质疑中心，以多元挑战同一，以差异变化瓦解封闭秩序，有助于当代中国文化摆脱独断论和各种僵化的思维模式；在价值论层面，后现代主义取消真理、正义和普遍性，"怎么都行"（anything goes）的相对主义背后是精神耗尽的虚无主义，对此必须进行历史性的分析和批判，并在批判中寻求价值的重建。对于王岳川而言，这种"一分为三"的立场所针对的不仅是作为特殊研究对象的后现代主义，而且是转型期中国所面临的后现代语境。

固然，中国社会至今仍处在现代化的进程之中，在人们的经验里，现实的许多方面都还停留在"现代之前"，但与此同时，随着市场化改革的推进，本土现实又已深嵌入资本主义世界体系，当代中国的社会文化无法脱离全球化的共时性问题语境而孤立地获得解释。王岳川无疑对这种"全球中的本土"

①　王岳川：《后现代后殖民主义在中国》，北京：首都师范大学出版社 2002 年版，第 39 页。
②　王岳川：《后现代后殖民主义在中国》，北京：首都师范大学出版社 2002 年版，第 35－36 页。
③　王岳川：《后现代主义文化研究》，北京：北京大学出版社 1992 年版，第 1－3 页。
④　王岳川：《思·言·道》，北京：北京大学出版社 1997 年版，第 103 页。

的复杂情势有着极为清醒的认识："后现代语境与后殖民氛围是全球化浪潮强加给中国的。在这一语境中，中国知识分子在跨国资本主义经济运作和高科技发展的双重压力下，开始了对传统、对现代、对后现代的共时态反思，并不时表现出一种顾此失彼的尴尬。"① 复杂多端的本土现实耦合着全球经济地理和文化地理的不均衡性，正是出于对这种不均衡格局及其间权力关系的关注和思考，而非仅仅对西方理论谱系的更新的追踪，王岳川的研究从后现代主义延伸向了后殖民主义。

后殖民主义是后现代主义在全球化的地缘权力场景中的理论衍生，二者的关系大致可以看作是"道之动"而"器之用"："如果说，后现代理论批判了真理、理性、体系、本原、确定性、中心一致性，质疑了启蒙主体、文本意义和因果关系等现代理论的核心概念的话，那么，后殖民主义则将这种现代性的话语从话语范畴的纯理论模式中解放出来……将一种发生在西方内部的边缘对中心颠覆的后现代主义思潮，引入到世界范围内的东西方边缘对中心的挑战的权力网络中，从而使西方后工业社会'现代性与后现代性'的文化逻辑之争，扩散成为全球化语境中'东方主义与西方主义'的政治权力关系之争。"② 基于对后殖民主义与后现代主义的"器""道"逻辑的把握，王岳川认为前者对于中国学者的意义"不仅是理论上的，更重要的是实践上的"，即其更直接地关联着"中国如何面对全球化与本土化问题"③。而另一方面，处理中西文化交往中的权力关系的实践又并非单纯的操作性问题，对后殖民主义的借鉴与反思，同时也是对作为其理论基础的后现代主义基本命题的进一步回应。

在后殖民主义研究中，王岳川再度提出了"三分法"，即价值立场的"相对不变"，方法论的"不变中的变"，以及文艺批评中的"社会理论和文化批判方法的获得"④。经由后现代—后殖民主义对语境化、非本质化和权力关系的凸显，固守某种确定的文学艺术的普遍观念，已不再可能，但这却并不意味着研究者可以就此放弃对"本体""真理"和"普遍性"本身的追寻。在肯定文学艺术研究的"社会理论和文化批判方法"的前提下，王岳川尖锐而中肯地指出，在后殖民批评对边缘颠覆中心的一味强调中，"第三世界的文学往往就仅仅成为抗议文学、抵制文学和斗争文学，这样，势必在强调其内容的对立性和精神的冲突性以外，在艺术性和文化的普遍性上受到损害。因此

① 王岳川：《中国后现代话语》，广州：中山大学出版社2004年版，第3-4页。
② 王岳川：《中国后现代话语》，广州：中山大学出版社2004年版，第16页。
③ 王岳川：《后殖民主义与新历史主义文论》，济南：山东教育出版社1999年版，第2页。
④ 王岳川：《后殖民主义与新历史主义文论》，济南：山东教育出版社1999年版，第228-229页。

如何在普遍性和差异性之间找到一个恰当的制衡，是后殖民主义理论值得深思的问题"①。后殖民理论将普遍主义还原为西方中心主义的神话，后现代理论解构了中心神话的权力机制，但随着神话的祛魅，理论自身的批判潜能也已耗尽，以至当代西方重量级的文化理论家已经宣称"后理论"时代的来临，"后理论"并不是回到"理论之前"的状态，而是要在旧普遍主义为后现代主义消解之后的情境中建构新的人类文化的普遍性前景。很显然，王岳川对后现代主义和后殖民主义的反思已进入到了当代世界文学理论和文化理论研究的前沿，但他对普遍性问题的追索却并非即时应和西方理论界的时尚议题，而毋宁说是其长期一以贯之的立场和实践。

二、新本体论：历史性与中国经验

《艺术本体论》是王岳川公开出版的第二部专著，而其初稿的写作则在《后现代主义文化研究》之前。根据作者本人的叙述，这部于 1986 年开始动笔的著作最初的写作意图是，以反思"文革"暴力为背景追问"艺术何为"以及"生命的诗意存在"，这是 80 年代"诗化哲学"的题中之义。② 但值得注意的是，当这部著作在 1994 年正式与读者见面的时候，对"艺术本体"的讨论已被置于一个全新的问题语境中："后现代美学在喧哗与骚动之中，在宣布消解了美的本质之后，却发现艺术中带有根本性的问题变得日益突出、尖锐，而关于艺术的一切争论的深层，都在本体领域展开。于是，人们又不得不再次发问：艺术是什么？艺术与非艺术的界限在哪里？艺术何以在当代美学中重新走向与哲学对话的前台？"③ 由于作者已于 90 年代初开始后现代主义研究，《艺术本体论》也随之成为在"去本质化"的世界里重建真理和普遍性的最初努力。

面对后现代主义对确定性的消解，王岳川从三个层面将艺术本体界定为"历史生成的"：艺术体验是对既定的生活模式的否弃，"使人类将永不停留在任何已成之局，而向未成之境迈进"；艺术作品则是一个"召唤结构"，"犹如太阳常升常新一样，作品也会在不同的时代，显示出它的审美价值"；而艺术的阐释接受则在激活作品的同时，"使读者沉醉于艺术氛围之中生成活感性，确立完整的人格，完成'新人'的塑造"④。作为艺术本体论依据的历史性是在海德格尔—伽达默尔的阐释学意义上被讨论的，在这一论述框架中，

---

① 王岳川：《后殖民主义与新历史主义文论》，济南：山东教育出版社 1999 年版，第 231 页。
② 王岳川：《大学中庸讲演录》，桂林：广西师范大学出版社 2008 年版，第 170 页。
③ 王岳川：《艺术本体论》，上海：上海三联书店 1994 年版，第 1 页。
④ 王岳川：《艺术本体论》，上海：上海三联书店 1994 年版，第 316－317 页。

一方面，"人总是生存于一个意义的世界，其面对所处世界的各种事物和事件，必须做出自己的理解，以探究它们的意义"，因此，"理解具有普遍性"；另一方面，"历史性是一切理解的根本性质，理解的历史性构成了我们的偏见"。① 艺术真理和普遍意义的呈现不是排斥理解的历史性及其偏见，而恰恰是携带不同于前理解的意义视界不断通过对话走向融合的效果历史。

《艺术本体论》不仅探究了时间维度的视界融合，而且试图在比较诗学的跨文化视野中沟通中西审美经验。在对现象学—阐释学意义上的艺术本体的论述中，王岳川征引了大量中国古典文论著作和文学作品，对本土美学范畴和艺术经典做了精彩的重新诠释，如对"气"与"体验"的类比，"境界"与"层次"的会通，尤其像对柳宗元《江雪》"俯仰天地而后回归自我"的"圆形结构"的揭示这样的文本细读，更已成为中国文学研究中"名作重读"的典范。就此而言，《艺术本体论》充分凸显出王岳川早期著作的双重特质：论题属于西学前沿，具体论述却蕴含着独特的中国经验。尽管单从题目看，以 2001 年出版《中国镜像——90 年代文学研究》（以下简称《中国镜像》）为界，王岳川的学术著述似乎可分为两个阶段，自此以降的著作，包括《后现代后殖民主义在中国》《中国后现代话语》《全球化与中国》《发现东方》《书法身份》《大学中庸讲演录》等，都是对中国问题的直接讨论，而此前的《后现代主义文化研究》《艺术本体论》《二十世纪西方哲性诗学》《现象学与解释学文论》《后殖民主义与新历史主义文论》则是研究西方理论的著作，但正如作者所言，其学术道路"并没有发生所谓的转向或位移"，而是始终以"西学背景"下的"当代中国文化阐释和理论创新"自任。②

在当代的全球化语境中，阐释中国文化无法不以作为现代性本身的形象而显现的"西方"为参照，如王岳川 90 年代中国文化研究的专著《中国镜像》的书名所揭示的，"'镜像'一词借用拉康的说法，意指必须在'他者'面前才能真正认识'自我'。这个他者毫无疑问是全球化中的西方，并且是无所不在无所不渗透的西方。中国人可以从这个镜像中看出自己在过去、现在和未来的形象，不断反省自己，不断重写自我的历史"③。而所谓"中西文化冲突"很多时候"不如说是现代人对传统信念的危机感"，这种危机感是今天的中国和西方所共有的。④ 因此，中西对话实际上是古今对话的内在构成。中国传统的重新阐发不但意味着本土文化的自我更生，而且是在现代性危机中建构新的世界共同文化的途径。

① 王岳川：《现象学与解释学文论》，济南：山东教育出版社 1999 年版，第 7 页。
② 王岳川：《大学中庸讲演录》，桂林：广西师范大学出版社 2008 年版，第 169 页。
③ 王岳川：《全球化与中国》，济南：山东友谊出版社 2002 年版，第 205 页。
④ 王岳川：《全球化与中国》，济南：山东友谊出版社 2002 年版，第 185 页。

　　王岳川试图通过阐释学意义上的对话与效果历史回应后现代主义对现代性规范的消解，以重建真理和普遍意义。但在后现代语境中，阐释学本身就是接受质询的"形而上学嫌犯"：为何对话的过程一定会走向视界融合而非误解与歧异？这种效果历史的观念是否先验地假设了"善良的理解愿望"？对于著名的德里达与伽达默尔之争，尽管王岳川在价值立场上更倾向于后者，但作为秉持客观态度的研究者，他仍然肯定了前者揭示的阐释学困境："虽然坚信理解者与被理解者之间总是存在共同之处，从而试图假设'活的对话'的逻各斯和意义的在场，却终将无法彻底实践这一'善良愿望'。"① 在对这一困境的反思中，王岳川并未放弃以历史性重建本体论的立场，而是参照解构主义批评，进一步探究更为复杂的历史构成及其与意义生产的关系。

　　由于一并看到了"现代解释学的'视界融合'和解构主义批评'意义误读'的影子"②，在各种后现代的理论思潮中，王岳川格外关注新历史主义。新历史主义同时强调"文本的历史性"与"历史的文本性"：任何文本和意义的生产都是在特定的历史语境中进行的，而历史本身则通过权力—话语的实践获得呈现。因此，每一次对文本的重新阐释都是对历史的重写，不但是"重新书写当时历史中的权力斗争"，而且是重建历史的当代性，"通过历史与当代的互释、互读与互相揭底，阐释出历史与现在的千丝万缕的联系和话语权力运作轨迹"，由此对历史和现实的暴力结构作出"学术回应"③。这种批判性的回应乃是在对话中实现理解和融合，达成新的普遍性共识的前提。

　　正是在上述意义上，王岳川发现了新历史主义与后殖民主义在当代世界的密切关联："后殖民主义侧重于揭示当代殖民话语与被殖民话语之间的冲突及其权力消长，而新历史主义则侧重于历史意义的揭示对现实的借鉴作用"，二者从不同层面"对整个现代性观念和价值体系加以重新命名，从而从根本上改变了当代文化话语的内涵"④。在时间层面重述历史与空间向度上的批判西方中心主义互为条件，因为主流现代性的发展观正是"把世界各民族文化间的'共时性'文化抉择，置换成各种文化间的'历时性'追逐"，西方模式的"现代化"由此再现为人类的"唯一出路"⑤。由于这种霸权性的再现体系，中国的历史和文化经验无法自在自为地参与建构新普遍性的对话，而必须在对全球化时代权力关系的充分检省中被重新"发现"。这是王岳川在获得后殖民主义与新历史主义的双重启示后学术工作的重心。

---

① 王岳川：《现象学与解释学文论》，济南：山东教育出版社1999年版，第288页。
② 王岳川：《后殖民主义与新历史主义文论》，济南：山东教育出版社1999年版，第165页。
③ 王岳川：《后殖民主义与新历史主义文论》，济南：山东教育出版社1999年版，第5−6页。
④ 王岳川：《后殖民主义与新历史主义文论》，济南：山东教育出版社1999年版，第4−5页。
⑤ 王岳川：《后殖民主义与新历史主义文论》，济南：山东教育出版社1999年版，第3页。

三、全球化背景下的文化战略

王岳川在新世纪提出了以"发现东方"为核心命题的全球化时代的中国"文化战略"。"将'战略'与'文化'问题联系起来,意味着任何已经存在的文化现象并非人类历史上唯一的合理选择",任何文化的霸权地位都不可能是"由于自身无可替代的优势",而必然是缘自"文化集团所推出的整体性策略"①。这种"整体性策略"指导下的实践不仅表述和推广"自我",同时也在自己的意义体系中塑造"他者"形象,如爱德华·萨义德的著名论断,所谓"东方"乃是西方文化集团的东方主义权力——话语的建构,王岳川的"发现东方"正是结合中国经验对萨义德的东方主义命题的推进,即不但要在解构的层面延续和深化这位后殖民理论家的批判,而且要在建设的层面进行创造性的"发现",所谓"发现"就是对历史的"探索和重新解释",以此恢复被"遮蔽"和"歪曲"的"文化身份"②。

如果说,萨义德关于客体化"东方"流传最广的名言是,"他们无法表述自己;他们必须被别人表述";那么,王岳川"发现东方"的命题则首先意味着,将中国呈现给世界的主体不能再是西方学者和汉学家,而必须"由中国学者自己发掘"本土历史和传统,从而"在新世纪的全球文化平台上'发言'"③。事实上,早在90年代中期,王岳川便已着手进行这方面的工作,如组织众多不同领域的人文学者编选了一套近百本的《20世纪中国学术文化随笔》,试图"将20世纪从康有为、梁启超、王国维,一直到季羡林、张岱年等100名学者的思想结集出版并翻译"④。而到新世纪,基于"战略"的自觉,他更为明确地提出了"中国文化输出"的构想,其中包括七项具体实践:翻译三百种中国思想文化著作;拍摄百集《发现中国》(*Discovering China*)纪录片;建立"新西方"中国文化学校;组织教授团在海外巡回演讲;在国家电视台开播中国书法频道;增加海外留学生录取数量;建立"思想中国"网站和"网络电视台"⑤。这七项实践涵盖了王岳川所划分的当代文化交流的三大层面——"实物文化""艺术文化"和"思想文化"⑥,而其最根本的内涵则是"守正创新",即在回归传统经典的前提下进行当代理论创新,进而

① 王岳川、胡淼森:《文化战略》,上海:复旦大学出版社2010年版,第9页。
② 王岳川:《发现东方》,北京:北京图书馆出版社2003年版,第4页。
③ 王岳川:《发现东方》,北京:北京图书馆出版社2003年版,第19页。
④ 王岳川:《发现东方》,北京:北京图书馆出版社2003年版,第47页。
⑤ 王岳川:《大学中庸讲演录》,桂林:广西师范大学出版社2008年版,第191–193页。
⑥ 王岳川、胡淼森:《文化战略》,上海:复旦大学出版社2010年版,第223页。

"在全球化文化互动中从事理论播撒和输出新理论，形成中西双向的'理论旅行'"①。

这种"守正创新"的思路在相当程度上借鉴了当代海外新儒家的理论及实践，尤其是杜维明所倡导的"文化中国"和"文明对话"，王岳川视之为"积极的中国文化重建工作"的范例，② 但不同于前者"以外缘（香港、台湾和海外华人社群）为中心"的"文化中国"空间想象，他对于当代中国文化地理的不均衡构成有着更为复杂的思考，这明显得益于其系统、深入的后殖民理论研究。王岳川注意到，在从事后殖民批评的当代西方理论家中，阿里夫·德里克是鲜有的专门以中国问题为对象的学者，而在其批评中首当其冲的，正是围绕"文化中国"的观念而兴起的儒学热。"杜维明在谈文化中国时，说到一个文化中国的产生应是从'边缘'向'中心'进行，从海外华人向中国国土上的华人演进"，然而，从资本主义世界体系的角度来看，所谓"边缘"恰与全球权力的中心重合，"'散居海外的中国人'（Diasporic Chinese），就他们在全球经济或文化中的成功来说，成为改变中国的动因"③。德里克指出，在当代全球化语境中，已不存在传统意义上的"西方"与"东方"的二元对立，晚近的儒学复兴与其说是对西方中心主义的挑战，不如说是将一种地方性文化重新组织进"西方制造"的全球资本主义意识形态中。王岳川不完全同意德里克对新儒家和中国本土文化重建的批评，认为"重新阐释儒学甚至倡导'文化中国'，大抵并非要融入资本主义价值体系，而是使之成为在新历史条件下中国人能够获得国力提升后的价值构架"，新的中国立场将继续对资本主义的质疑。④ 但他仍然重视德里克批评中所蕴含的警示意义："中心"和"边缘"是相对而言的，面对变换的场景和错综的权力关系，知识分子务须警惕自己抵抗霸权的初衷蜕变为"从边缘走向中心"或"边缘成为中心"的策略。⑤

对不同情境中的权力关系的警觉，使王岳川得以超越中西二元对立的思想框架，从边缘立场对中国文化的内部格局进行批判性的分析。"如果说，现代性西方中心主义使得古老的中国被边缘化；那么，古代中国汉文化中心观又使其将中原地区之外的民族看成'夷''蛮'，使得汉族与少数民族缺乏平等交流的基点。"⑥ 以反思汉文化中心主义为前提重述少数民族的历史和传

---

① 王岳川、胡森森：《文化战略》，上海：复旦大学出版社 2010 年版，第 196 页。

② 王岳川：《发现东方》，北京：北京图书馆出版社 2003 年版，第 17 页。

③ ［美］阿里夫·德里克著，王宁等译：《后革命氛围》，北京：中国社会科学出版社 1999 年版，第 294－295 页。

④ 王岳川：《中国后现代话语》，广州：中山大学出版社 2004 年版，第 23－24 页。

⑤ 王岳川：《中国后现代话语》，广州：中山大学出版社 2004 年版，第 24 页。

⑥ 王岳川、胡森森：《文化战略》，上海：复旦大学出版社 2010 年版，第 334 页。

统，被王岳川视为"发现东方"和中国文化重建的应有之义，正是在这一思路下，他提出了"夜郎文化"的概念。夜郎是战国至汉代间的西南少数民族古国，载于《史记》《汉书》《后汉书》《华阳国志》等史籍，《史记·西南夷列传》云："滇王与汉使者言曰：'汉孰与我大？'及夜郎侯亦然。"此即成语"夜郎自大"的来源，夜郎通过这个家喻户晓的成语留存在了中国人的历史记忆里。王岳川对该定型化夜郎形象的史源进行了颠覆性的全新解读："汉孰与我大？"这个疑问句并非"一种自大的口气"，而是"一种正面的试探性提问"，"并不是说夜郎比汉朝大，而是在求知求证和比较层面上对外部世界的大小表示'惊奇'"①。《史记》记载中的夜郎是一个充满"对他者的好奇"而并非"自大"的西南大国，所谓"西南夷君长以计数，夜郎最大"，而晚近的考古发现与传世文献互参，也证实了一个横跨数省的"大夜郎"的存在，其地理空间"大致包括贵州黄平以西、广西百色以北、四川宜宾以南、云南楚雄以东的范围"，从文化人类学角度考察当代民俗，彝、苗、布依、仡佬等族都有可能是"夜郎文化的传承者"②。对"大夜郎文化"的发现和阐释不仅是一个精致的文化研究个案，其意义更在于通过"深入探寻多民族的历史人文景观的流变"而重新想象"中华文明的版图"，重新体认文明血脉传承中的"积极因素和独特魅力"，"并以此为底蕴，获得与世界先进文明对话的能力"③。而从王岳川个人的学术和思想历程来看，"大夜郎文化"的提出，意味着他对"全球中的本土"的复杂情势的进一步理论自觉，以及通过多元对话重建本体的实践在更细腻的历史和文化层次上的展开。

在全球化时代及其后现代语境中，王岳川始终坚持着批判文化相对主义和虚无主义的价值立场，但同时又主张真正普遍性的达致必定以多元文化的平等、充分对话为媒介和形式，这使其学术实践具有一种内在的自反性。从在后现代美学的众声喧哗中探寻艺术真理，到在西方理论的前沿议题下表述中国经验，再到从文化战略的角度提出"发现东方"和"中国文化输出"的构想，直到发掘少数民族历史与传统以重绘中华文明舆图，他对不同层面的文化本体的建构总是同时伴随着从边缘性的主体位置对各种中心叙事和权力话语的质疑。一以贯之的实践亦是不断自省的反思过程，持续的反思已明显构成其思想创新的动力，正因为如此，王岳川那仍是"现在进行时"的学术道路，不仅值得继续关注，更令人充满期待。

---

① 王岳川、胡淼森：《文化战略》，上海：复旦大学出版社 2010 年版，第 335 页。
② 王岳川、胡淼森：《文化战略》，上海：复旦大学出版社 2010 年版，第 334-335 页。
③ 王岳川、胡淼森：《文化战略》，上海：复旦大学出版社 2010 年版，第 337 页。

"超迈"与"随俗"

——略论陶东风的文化批评

邹　赞

【学者小传】

　　陶东风：首都师范大学教授、博士生导师，《文化研究》丛刊主编。研究兴趣涉及文艺学基本理论、当代中国文艺思潮与当代中国文化研究。代表性著作有《中国古代心理美学六论》《文学史哲学》《文体演变及其文化意味》《从超迈到随俗——庄子与中国美学》《后殖民主义》《阐释中国的焦虑——转型时代的文化解读》《社会转型与当代知识分子》《90年代审美文化研究》《文化研究：西方与中国》，编有《文学理论基本问题》《知识分子与社会转型》《大众文化教程》等。

一

　　在当代中国文艺理论的思想话语光谱中，陶东风无疑是置身其间最为鲜亮的谱线之一，这不仅因为他始终执着于文艺理论基本问题的梳理与问思，还缘于他以自觉的姿态和强烈的问题意识直面当代中国社会文化转型。如果说，学术知识分子的本位职责赋予他论析古典美学、文艺心理学、文体学的基本动力，那么，知识分子的批判精神和公共知识分子的理想诉求则在更大程度上激发出一种介入现实的勇气和担当。正是在后者的意义上，陶东风以其关涉现实文化问题的敏锐思考，成为中国当代文艺理论与文化研究（文化批评）① 值得高度关注的典范个案。

　　从知识谱系的角度考察，陶东风的文艺批评大致可以分为三个阶段：第一阶段是对文艺理论基本问题的专题研究，《中国古代心理美学六论》尝试使用西方现代心理学、哲学和艺术理论来讨论中国古代文艺美学问题，旨在实现一次文艺理论的心理学范式转型。《文学史哲学》试图在文学史的他律与自律之间寻找融通的中介，探索出一种关于文学史的哲学，为"重写中国文学

---

　　① 陶东风将"文化研究"分为广义和狭义两种，前者指涉的范畴更广，大致相当于英国伯明翰学派的研究路径，后者又称"文化批评"，专指作为一种文学批评方法的文化研究。参见陶东风：《试论文化批评与文学批评的关系》，《南京大学学报》（哲学·人文科学·社会科学版）2004年第6期。

史"投石问路。《从超迈到随俗——庄子与中国美学》则专注于庄子美学和古典精神的现代阐释，《文体演变及其文化意味》从历时和共时维度考察文体学的多层面运作机制，精细勾描出文学文体的演进脉络与历史变迁。尽管研究对象和问题指向不同，但总体上表现出以现当代西方文论介入中国古典文论和美学基本命题的路径，比如《文学史哲学》受到语言学转型的影响，认为一种建构性、主体性和当代性的新型文学史观必须突破社会决定论和机械他律论的拘囿，要重视文学形式与文本自身的研究，"文学史研究的目的不在考证，而是揭示以文学文本结构的演变为载体的人类审美心理和精神状态的演变，因而将考证当成目的就极大地违背了文学史的本质"①。《文体演变及其文化意味》显然受到艾布拉姆斯（M. H. Abrams）"文学四要素"理论的启发，主张对文学文体的阐释应当超越单一的文本结构层面，"虽然我们有充分理由将文体理解为话语体系，将语言学的方法当作历史文体学的首要的和基本的方法；但如果就此止步，即仅仅停留在文本的语言层面，那么这一合理的起点就会因固步自封而失去合理性"②，因此，妥当的做法是同时纳入语言与文化、微观与宏观、内在与外在几个层面，从文本结构方式、作者个性心理、读者接受模式与社会文化情境的综合视野中考量文体的演进与变迁。

此外，陶东风早期对于文艺理论基本问题的研究"包含了两个难以摆脱的关切：一是对于自己生存意义的关切，一是对于社会文化的关切"③。这实际上联系着陶东风后来从事文化批评的两个重要特点：一是由"超迈"到"随俗"，近距离观照当代中国社会转型与文化变迁，积极应答不断涌现的新生文化现象；二是吸纳知识社会学的研究方法，重视理论思潮和文化关键词背后的社会建构性因素。如果说陶东风对于古典美学、文体形式和文学史哲学的研究从未脱离文化学的视域，甚至可以说社会文化情境始终是最为核心的参照系；那么，陶东风文艺批评的第二个阶段显然是从文学研究转向文化批评，视域涉及重估文艺学的价值原则和现实诉求，探析文学研究与文化研究的关系，引发或加入有关大众文化、日常生活审美化、文学的公共空间与文化政治等诸多论争。历经各种硝烟弥漫的学术论争之后，陶东风近期的研究兴趣聚焦于文学与创伤、文学叙事与历史记忆、国家伦理符号、城市空间与文化产业，撰写了《"文艺与记忆"研究范式及其批评实践——以三个关键词为核心的考察》（《文艺研究》2011 年第 6 期）、《文化创伤与见证文学》（《当代文坛》2011 年第 5 期）、《核心价值体系与大众文化的有机融合》（《文艺研究》2012 年第 4 期）等重要文章。

---

① 陶东风：《文学史哲学》，郑州：河南人民出版社 1994 年版，第 14 页。
② 陶东风：《文体演变及其文化意味》，昆明：云南人民出版社 1994 年版，第 19 页。
③ 陶东风、刘张杨：《从文学研究到文化研究——陶东风教授访谈》，《学术月刊》2007 年第 7 期，第 157 页。

本文试以陶东风的文化批评思想为讨论对象，以中国当代文艺理论与文化研究几次重要的学术论争为参照语境，在思想交锋与撞击中呈现陶东风文化批评思想的基本面向，借以勾勒出当代中国文艺理论范式转型的思想谱系与知识地图。

二

中国当代文艺理论的更迭兴替始终伴随着一种难以消弭的"俄狄浦斯焦虑"，20世纪80年代的"文化热"和"美学热"以前所未有的激情驳斥"文艺为政治服务"的工具论信条，急于肃清苏联"庸俗社会学"文艺理论的消极影响。学界从文艺工具论的桎梏中解脱出来，开始探寻文学的自律性和主体性，大力引介俄国形式主义、法国结构主义、英美新批评等语言论转型西方文艺理论，"审美论转向""主体性转向"和"语言论转向"成为当代中国文艺理论的时兴话题。然而，随着20世纪90年代社会文化的急剧转型，大众传媒的勃兴在很大程度上改变着传统文化产品的生产、传播与接受方式，图像文化和视听媒体的迅速蔓延极大地冲击了传统的阅读和接受模式，商业经济与文化传媒的合谋催生出欣欣向荣的文化产业。文学生产、流通、接受的既有模式遭遇重大冲击，以经典文本为研究对象的文艺学也陷入困境，诸如"经典""艺术""审美"等关键词在新的社会情境下面临阐释失效，重整文艺学学科理论的呼声便在新兴文化浪潮的裹挟下应时而至。在这场关乎中国当代文艺理论发展走向的重要讨论中，陶东风的反思和批判尤其值得关注。

陶东风以新时期几本代表性的文艺学教科书（以群主编的《文学的基本原理》、十四院校编写的《文学理论基础》、童庆炳主编的《文学理论教程》）为批评文本，总结出当前文艺学研究与教学中存在的主要问题：其一，现有文艺学教材局限于非历史化的本质主义思维模式，往往流于贴标签式的宏大叙事，与变动的、活生生的社会现实严重脱节，从而导致文艺学理论被困于僵化的学科领地，缺乏介入现实问题的活力，无法对社会转型后涌现出的新生文化因子作出合理解释。其二，现行文艺学教材往往人为设定评价标准，有意抹杀研究对象自身的差异性和复杂性，或流于唯物/唯心、进步/反动的二元对立和阶级斗争思维，或在摆脱庸俗社会学本质主义的梦魇之后，陷入一种新型的"审美本质主义"，比如陶东风对童庆炳主编的《文学理论教程》的批评，"把审美的非功利性、文艺的自主自律性视做文艺的特殊本质或'内在本质'，而把'意识形态'（功利性、认识性等）视做与'审美'对立的'外在性质'，在'审美'与'意识形态'之间进行了一种二元拆分，而没有看到'审美'……本身即是一种意识形态，是一种历史的、社会的和地方性的知识—文化建构"①。其三，诸如"文学创作阶段说""类型特征说""文学鉴赏的距离说与无功利说"等提法也无不带有浓厚的本质论色彩。此外，沉闷呆板的学院体制扼制了文艺学及时应答社会现实问题的勇气。

陶东风从建构主义视角指出当下中国文艺理论明显滞后于现实文化情境，但也由此招致批评和质疑。批评的声音主要聚焦在以下几个方面：首先，有论者认为陶东风提倡的反本质主义思维和建构论模式倾注了强烈的现实政治关怀，但这种过分突显个人思想立场的做法容易忽略甚至遮蔽文艺学学科的学理分析，"一方面试图以后现代反本质主义的文艺学为政治武器对中国当下政治本质主义进行解构，另一方面又坚决捍卫西方启蒙现代性关于自由、民主、人的解放等本质主义的宏大叙事"②。再者，也有论者认为陶东风的文艺学建构模式受惠于伊格尔顿的"文学意识形态论"，在突显文学的公共空间与文化政治的同时，其对审美本质论的批评又陷入了另一种二元对立的本质主义陷阱，"有意忽视了'审美本质论'对于'审美'和'意识形态'的辩证阐释，把文学的'意识形态性'和'审美性'对立起来，以取消'审美'在文学中核心地位的方式来凸显'意识形态'在文学中的位置"③。总的看来，论争的问题意识并非仅仅指向文艺学教科书的编写，而是深入到当代中国文艺学范式转型与文艺学知识建构的方法论层面。概而论之，就是关于如何界定文艺学知识建构的反本质主义内涵，这种所谓的反本质主义与本质主义有着什么样的关联？如何把握文艺学理论中反本质主义的合理度量？反本质主义怎样避免滑向诡辩的相对主义？

且不去讨论现代主义、后现代主义与本质主义、反本质主义之间的复杂关联。我认为这次由批判文艺学教材所引发的关于"本质主义、反本质主义、建构论"学术争鸣反映出陶东风文艺批评的一个重要维度，即在持续反思文艺学现状的同时，有意味地纳入西方当代社会学和后现代文化理论的思想资源，考察文艺学知识建构的复杂社会场域及其各种关系因素与权力关系。陶东风曾明确提到自己受惠于布迪厄和阿伦特（Hannah Arendt）两位思想家的影响，"从前者那里我学会了用反思社会学的眼光看问题，特别是文艺学研究方面的问题；从后者那里我学会了对于'政治'的新理解，对于文学的公共性的新认知，以及对于自由、革命等问题的新认识"④。陶东风指出，本质主

---

① 陶东风主编：《文学理论基本问题》（第二版），北京：北京大学出版社 2005 年版，第 5 页。

② 张旭春：《"后现代文艺学"的"现代特征"？——评陶东风主编〈文学理论基本问题〉》，《文艺争鸣》2009 年第 3 期，第 37 页。

③ 曹谦：《反本质主义的本质——评陶东风先生的文学意识形态理论》，《文艺争鸣》2009 年第 5 期，第 22 页。

④ 陶东风、刘张杨：《从文学研究到文化研究——陶东风教授访谈》，《学术月刊》2007 年第 7 期，第 160 页。

义思维模式的对立面不是反本质主义而是建构主义，区分的方法就是"建构主义视野中的知识是可以而且欢迎对自身进行社会学反思的，而本质主义视野中的知识是不能而且拒绝进行社会学反思的"①。所谓"建构主义"是在布迪厄反思社会学意义上的命名，它强调反思者既是反思的主体，也是运用分析工具反思自我、评估自我在社会中所处位置的客体，此外还要重视社会科学知识生产与传播过程中的关系场域与建构性因素，打破"理论自主"的神话，突显知识的实践维度。简言之，陶东风谈论文艺学的重建问题，其基本的立场就是坚持必须在反思文艺学知识生产条件的前提下进行，正如他的总结性概括："真正致力于中国文艺学自主性的学者，应该认真分析的恰恰是中国文艺自主性所需要的制度性背景，并致力于文艺学场域在制度的保证下真正摆脱政治与经济的干涉。"②

毫无疑问，健康的学术争鸣有益于问题讨论的深入全面，陶东风的文艺学建构主义思维模式高度重视变动的社会现实，主张将文艺的自主性问题作历史化、地方化处理，在批判文艺工具论的同时，引入市场化和商业化的新兴社会情境作为参照系，同时对相对主义保持警惕，"一方面我们坚信文学与其他的人类社会文化现象一样是随着时代的变化而变化的，不存在万古不变的文学特征（本质），因而也不存在万古不变的大文学理论（Literary Theory），同时我们也不否认，在一定的时代与社会中，文学活动可能呈现出相对稳定的一致性特征，从而一种关于文学特征或本质的界说可能在知识界获得相当程度的支配性，得到多数文学研究者乃至一般大众的认同。但是我们仍然不认为这种'一致性'或'共识'体现了文学的永恒特征或对于文学本质的一劳永逸的揭示"③。这番专门性的澄清既在一定程度上回应了学界的批评与质疑，也清晰地反映出陶东风切入文艺学知识建构的思维路径受到后现代主义理论和文化研究的影响。基于文化研究理论脉系的多元性和复杂性，陶东风明确指出文化研究并不等同于反本质主义，只有那种脱离经济决定论但又未陷入文化民粹主义的文化研究才会呈现出反本质主义的特征，比如20世纪70年代后期英国文化研究对于族裔表征、青年亚文化和性别政治的重视。

作为文化研究在中国内地兴起的积极倡导者之一，陶东风最为关注的一个核心议题就是文学研究与文化研究（文化批评）的合理关系，尤其注重探讨文化研究对于当代中国文艺理论走出困境的现实意义。在如何界定文化批评的问题上，陶东风择取形式主义批评、审美批评、文学自主性和传统文学社会学作为参照系，在诸种参照系的相互比对中厘清文化批评的旨趣。首先，

① 陶东风：《反思社会学视野中的文艺学知识建构》，《文学评论》2007年第5期，第12页。
② 陶东风：《反思社会学视野中的文艺学知识建构》，《文学评论》2007年第5期，第18页。
③ 陶东风主编：《文学理论基本问题》（第二版），北京：北京大学出版社2005年版，第10页。

形式主义批评日益暴露出完全诉诸于"内部研究"的重大缺陷，文学只能孤独地囿于自我建构的"象牙塔"中，难以参与社会公共空间的建构和意义生产，而文化批评的介入性、实践性与开放性刚好可以弥补上述不足。其次，审美批评依托文学文本分析，以揭示文学性为诉求，文化批评则借助文本分析的方法和工具，探析文本背后的意识形态与话语—权力关系。再次，文化批评与"文革"时期的"工具论"文艺学判然而别，这种强调文化政治而非阶级政治的批评范式不会危及文学的自主性，"我们应该分辨的是作为制度建构的文学自主性与作为理论主张的自主性的差异。前者确实是整个现代化/现代性运动的一个部分，表现为艺术、实践、道德等领域的分立自主。但这不是说凡是提倡文学的政治参与或社会文化使命的他律性文论就都是前现代的或反现代的。作为文学理论，自主性或自律性理论只是现代文论的一种形态而已。功利性的文学理论只要不是表现为借助于制度而行使权力的霸权话语……就不能说是前现代的或反现代的"①。最后，文化批评扬弃了"机械反映论"与"经济/文化二元论"的传统模式，以种族、性别等微观政治取代传统文艺社会学的阶级政治，可以算作一种"当代形态的文艺社会学"。显然，陶东风界定的文化批评，是一种具有深度模式、致力于重估文艺理论文化政治意味的文化批评，而绝非那种流于浅表化、受公共媒介人操纵的时尚批评。

文化批评作为一种狭义上的文化研究，或者说被纳入文学研究范式的文化研究，从文学"内部研究"和审美批评中吸收了文本细读法等方法和工具，与此同时，文化批评的跨/反学科性有助于将文学批评从工具理性和僵化的学院体制中解放出来，从而"打破文学理论（尤其是大学与专业研究机构中的文学理论）话语的生产与社会公共领域之间日益严重的分离，促使文学工作者批判性地介入公共性的社会政治问题"②。这也就是说，文化批评可以通过重新勾连学院知识生产与社会公共领域之间的意义链接，将工具理性规训下的"专家"形塑为批判知识分子。

三

作为一种兴起于战后英国，并在 20 世纪 80 年代开始理论旅行和全球播撒的思想资源与话语形构，"文化研究"始终处于各种张力关系相互交织的状态之中。其一，文化研究的跨学科性与学院机制化形成了一组矛盾，"是设在英语系还是社会学系，文化研究对那些在各自相对孤立的领域从事文化研究

① 陶东风、徐艳蕊：《当代中国的文化批评》，北京：北京大学出版社 2006 年版，第 40 页。
② 陶东风：《跨学科文化研究对于文学理论的挑战》，《社会科学战线》2002 年第 3 期，第90 页。

工作的学者的传统认知提出了挑战"①。伯明翰大学当代文化研究中心自成立伊始就遭到社会学系和英语系满怀敌意的"警示",这显然是传统学科长期以来封疆划界思想的反映,同时也说明了以跨学科性为特色的文化研究在学院体制中的艰难处境。其二,文化研究坚持反经典、解构中心与权力话语、拒绝本质主义思维模式,"文化的解构中心化是一项政治行为,极大地造成了权力和财富的去中心化,是对主流秩序的重大挑战","文化研究重视作为实践的文化,有助于我们将文化制成品的生产放置到复杂的社会经济场域,这些场域调节甚至决定着创造性活动"②。其三,文化研究以社会批判为鲜明底色,强调理论与实践的高度统一,提倡经验研究与批判实践的有机结合。文化研究一方面反对那种脱离特定语境、"为理论而理论"的能指游戏,一方面自觉反思理论的语境化与实践意义,本·阿格尔(Ben Agger)曾经比较英美两国的文化研究,认为"尽管伯明翰大学当代文化研究中心吸融了阿尔都塞、葛兰西、福柯以及女性主义理论,但也不能算是法国批判理论总体性的一种另类形式,然却较之美国非理论化的大众文化传统甚至欧洲一些过分借重于后现代主义、后结构主义的文化研究,显然要高级得多"③。这也就是说,理论应当结合文化实践的特定语境,成为介入现实与社会批判的思想利器。那种自说自话的学院理论批量生产与机械刻板的"理论先行"模式与文化研究的内在实质是背道而驰的。

应当说,中国内地处于文化研究全球播撒的外围圈层,面对这样一个舶来品,一方面要警惕外来理论话语之于本土实践的有效性,坚守本土文化的主体性位置;另一方面,有必要在急于"做文化研究"之前"研究'文化研究'",厘清文化研究的源发语境、思想脉络及其内在特质,从而避免将"文化研究"简单化、庸俗化、学院成规化。鉴于社会情境的独特性,中国文化研究的核心问题意识涵盖:怎样在新的历史情境下重估"文化"的位置?在消费主义意识形态迅速蔓延的当下,重建一种有机的文化是否可能?理论何为?批判是否依然有效?文化研究如何应对社会批判实践与学院机制之间的张力关系?怎样处理批判的文化研究和文化政策、文化产业之间的张力状态?如何重估批判知识分子的当下境遇?如何评价大众文化的积极意义?在关于上述思考的应答和论争中,陶东风始终是身体力行、走在最前列的学者,这不仅表现在他因为学术敏锐性而较早在中国内地引介西方文化研究理论(组

---

① Ben Agger, *Cultural Studies as Critical Theory*. London and Washington DC: The Falmer Press, 1992: p. 1.

② Ben Agger, *Cultural Studies as Critical Theory*. London and Washington DC: The Falmer Press, 1992: pp. 11 – 13.

③ Ben Agger, *Cultural Studies as Critical Theory*. London and Washington DC: The Falmer Press, 1992: p. 36.

织翻译鲍尔德温等人编写的《文化研究导论》，戴维·斯沃茨的《文化与权力：布尔迪厄的社会学》以及后来编译的多种文化研究读本），组织召开学术会议，开设相关课程，编写教材（如《文化研究》《大众文化教程》）和《文化研究》辑刊，并且陶东风是自觉将"研究'文化研究'"和"做'文化研究'"密切结合的学者之一，其文化批评思想的核心要旨在于以清醒的立场和批判的姿态介入当下中国现实，透过杂色纷呈的话语谱系与思想交锋，图绘当下中国文化现实的种种症候，并试图通过解密文化症候的话语机制和社会情境，询唤真正意义上公共知识分子的出场。

如果说，陶东风对于 20 世纪 90 年代"去精英化"时期文学史和文艺学知识建构的反思，尚可认为是在文化理论和文化研究的视角下观照文艺学研究对象、价值原则和学术目标的学科反思；那么，从人文精神大讨论时期积极介入当代中国大众文化问题的论争，到后来引发"日常生活审美化"的炽热讨论，以及有关"解构经典""大话文艺"、消费主义、影视广告、文化产业的广泛关注，则呈现出清晰的社会文化批评维度，或者说，是文化研究在当代中国的在地性（locality）实践。

首先，陶东风认为要对文化研究的西方资源与中国语境保持高度的认知，文化研究在中国内地兴起的根本原因要归结为 20 世纪 90 年代中国社会文化急剧转型的现实诉求，西方文化研究的译介只是起到了催化剂的作用。因此，他主张要在尊重语境的前提下策略性介入文化研究的具体运作，对待西方文化研究理论的态度"应当在非西方国家自己的本土历史与社会环境中把西方的理论再语境化，防止它成为一种普遍主义话语"①。陶东风检讨并反思西方批判理论在中国的语境适用性问题，一方面作自我检讨，其早期曾套用法兰克福学派"文化工业"理论批判当代中国的大众文化（《欲望与沉沦——当代大众文化批判》，《文艺争鸣》1993 年第 6 期），后来改弦更张，倾向于伯明翰学派和后现代文化理论的立场。另一方面对学界机械搬用西方理论的现象展开批评，比如批评有学者关于"上海酒吧"的个案研究，"存在机械搬用西方的现代化理论、市民社会理论，特别是哈贝马斯的公共领域理论，把上海酒吧（城市消费化）理想化的问题"②。再如对中国后殖民批评"在地性"的反思，指出西方文化的扩张以及"中心／边缘"地缘政治版图的形构是现代性的后果，是"资本本身的扩张逻辑"，这种产生于西方内部的后殖民话语在旅行到第三世界以后，面临着变异和失效的危险，"第三世界国家的后殖民批评在批判国际间的文化霸权、文化压迫的同时，不能回避或无视国内官方与

①　陶东风：《文化研究：西方与中国》，北京：北京师范大学出版社 2002 年版，第 16 页。
②　陶东风、徐艳蕊：《当代中国的文化批评》，北京：北京大学出版社 2006 年版，第 93 页。

民间、政府与自由知识分子之间存在的文化压迫与文化霸权"①，因此适宜的态度是在批判和反思西方文化霸权的同时，也要充分认识到第三世界国家内部客观存在的权力等级，杜绝将本土文化身份本质主义化，以免重新落入二元对立的窠臼。

其次，尽管陶东风警惕理论在旅行和翻译过程中的语境适用性问题，但他并不拒绝对西方理论的借用，甚至可以说，他本人就是西方文化理论在中国泊港的最为积极的引介者和"在地实践者"之一，"日常生活审美化"的提出及其引发的论争就是一个典型例证。该命题从根本上说是对中国社会结构转型和消费观念变迁的文化图绘，尝试勾描出图像文化与大众传媒兴起背景下中国内地的文化地形，但在理论上借鉴了沃尔夫冈·韦尔施（Wolfgang Welsch）的"审美泛化论"、迈克·费瑟斯通（Mike Featherstone）的"消费文化"和杰姆逊、波德里亚的后现代文化理论，这种理论借用也招致了各种各样的批评，引发一场引人关注的学术论争。童庆炳、赵勇、鲁枢元②等学者撰文批评，尤以赵勇的系列文章最具代表性，其批评的矛头主要指向西方后现代理论与前现代中国现实情境的错位问题，赵勇认为这种以后现代理论包装起来的"日常生活审美化"论调往往限于"事实判断"而流于"价值判断"，进而导致一种暧昧的文化研究姿态，"然而令人遗憾的是，在陶东风先生的文章中，虽然个别篇什也在祛魅（比如他对广告的文化解读），但在更多的时候，他则是取消了批判，祛魅也淹没在他那种说不清是无奈还是欣赏的解读或阐释兴趣中"③。陶东风对前述学者的批评意见作出了积极回应，他承认他所强调的是韦尔施和波德里亚意义上的"日常生活审美化"，其问题意识是缘于对中国当代文化情境变迁的一种应答，但是不同于中国古代士大夫那种"生活诗意化"的审美情趣或日常审美意识。④ 此外，陶东风明确反对外界给他贴上宣扬"日常生活审美化"的标签，"我的确不止一次地指出人文学

---

① 陶东风、徐艳蕊：《当代中国的文化批评》，北京：北京大学出版社 2006 年版，第 166 页。

② 相关论文主要有童庆炳的《文艺学边界应当如何移动》（《河北学刊》2004 年第 4 期）、《"日常生活中审美化"与文艺学的"越界"》（《人文杂志》2004 年第 5 期）、《消费主义是否应该刹车？》（《前线》2005 年第 9 期）；赵勇的《谁的"日常生活审美化"？怎样做"文化研究"？——与陶东风教授商榷》（《河北学刊》2004 年第 5 期）、《再谈"日常生活审美化"——对陶东风先生一文的简短回应》（《文艺争鸣》2004 年第 6 期）、《价值批评，何错之有？——对"日常生活审美化"的再思考》（《文艺争鸣》2006 年第 5 期）；鲁枢元的《评所谓"新的美学原则"的崛起——"日常生活审美化"的价值取向析疑》（《文艺争鸣》2004 年第 3 期）、《价值选择与审美理念——关于"日常生活审美论"的再思考》（《文艺争鸣》2004 年第 6 期）。

③ 赵勇：《再谈"日常生活审美化"——对陶东风先生一文的简短回应》，《文艺争鸣》2004 年第 6 期，第 20 页。

④ 《中华读书报》相继发表两篇关于"日常生活审美化"的论战文章，分别为童庆炳的《"日常生活审美化"与文艺学》（2005 年 1 月 26 日）和陶东风的《也谈日常生活的审美化与文艺学》（2005 年 2 月 16 日）。此处参见后者。

者应该重视对于日常生活审美化、大众塑身热情、消费主义等的研究。但是不应该忘记的常识是：在学术的意义上呼吁重视一种对象，不等于在价值上倡导它"①。他甚至宣誓性表明自己对于消费主义的批判姿态，"我的立场绝对不是站在那些中产阶级、白领或新贵阶层一边，而是站在真正的'大众'与弱势群体一边的"②。这次由"日常生活审美化"引发的学术论争影响甚大，堪称当代中国文艺理论的一次重要文化事件，论战双方的分歧主要表现为：中国在多大程度上已经消费社会化？谁的日常生活审美化？日常生活审美化的程度？研究消费与消费文化是否契合于中国的现实情境？日常生活审美化会对文艺学带来什么样的冲击？生态危机、贫富悬殊、腐败问题、农民工问题、西部发展问题等紧系民生大计的当务之急尚且未能得到充分关注和有效解决，谈论"日常生活审美化"是否太过轻率？我认为论战双方站在不同的主体位置发言，论争与回应不但丰富了关于命题本身的讨论，而且各种声音商榷质疑、回旋共振，形成一种复调效果，一方面有利于对文艺学的"越界"问题、消费文化问题、日常生活理论等进行更加深入的介绍和思考，另一方面再度深化了有关理论"旅行"与现实观照的思考，为当代大众文化研究提供了有益参考。

再次，20世纪90年代中国社会急剧转型带来的一个直接影响就是大众文化的勃兴，这种文化样式突破精英主义的堡垒，占据着大众日常生活的方方面面。大众文化登堂入室，并且借助于成熟的视听传媒和网络传播，颠覆了曾经不登大雅之堂的边缘位置，成为文艺批评必须充分重视的研究对象。陶东风由"超迈"到"随俗"，正是体现在他对于大众文化现象的密切关注，"中国当前的文学批评尤其应当积极关注新出现的、与大众的日常生活密切相关的文化形式与文化实践（比如大众文化），认真地而不是情绪化地分析它们的意识形态效果"③。陶东风的大众文化批评个案呈现出两个鲜明特点：一是紧扣当代中国思想史、文化史的发展脉络，以大众文本为研究对象，以大众文本的生产机制、文化情境、文本特征和接受效果为问题意识，考量其间复杂细微的权力关系与意识形态运作；二是大量借用当代西方社会学、传播学、政治学和文化研究理论，尤以福柯、哈贝马斯、布迪厄、阿伦特和哈维尔（Václav Havel）最为突出，比如从哈维尔的"后全权社会"切入对"大话文艺"的解读。哈维尔的"后全权社会"描绘了一幅大众以淡漠政治为代价，沉溺于畸形消费的大众社会景观，也正是这种愚昧的狂欢式消费转移、消解了大众参与民主政治的自由，以戏说、消费经典为主要表征形式的大众文艺

---

① 陶东风、徐艳蕊：《当代中国的文化批评》，北京：北京大学出版社2006年版，第104页。

② 陶东风、徐艳蕊：《当代中国的文化批评》，北京：北京大学出版社2006年版，第106页。

③ 陶东风：《跨学科文化研究对于文学理论的挑战》，《社会科学战线》2002年第3期，第90页。

借助一套独特的话语机制和戏仿、狂欢式审美诉求，对经典进行有意冒犯，"这种对神圣、权威的态度极具解构力量，它即使不直接指向某种特定的官方主流话语，也会使得任何对于主流话语的盲目迷信成为不可能"①。而这种无厘头、调侃式大话文艺的流行，某种意义上说既是80年代思想解放运动的回响，也契合了大多出生于1980年之后的所谓"大话一代"的亚文化，"他们生长于'文革'后的政治冷漠、犬儒主义生活态度流行、消费主义盛行的环境中，对'民族国家'、'人文关怀'之类的宏大词汇有先天的隔阂，热衷于生活方式的消费，历史记忆与责任感缺失"②。

结　语

作为一名自觉的文学批评和文化研究学者，陶东风的文化批评因为其敏锐的感知力、兼顾中西的文论素养、宽广的文化史思想史视野、强烈的介入意识和批判姿态而具有一种别样的厚度，贯穿其间的深层次结构，则是对于知识分子职能的追问与重估。不言而喻，大学机制的市场化深刻重塑着学术生态与知识生产体系，利奥塔（Jean-Francois Lyotard）在《后现代状况》中描述的"知识商品化"和"知识权力化"日益成为现实，技术官僚把持学院的话语霸权，人文、艺术和批判性社会科学进一步边缘化，批判的声音渐趋沉寂，培养公民社会和建构公共领域的诉求被置若罔闻。③ 即便如此，无论是对文艺学学科理论的反思、对大众文化现象的个案解读，还是有关思想启蒙、现代性、民族主义、人文精神、公共空间的深入讨论，陶东风都明确表达出对批判知识分子的殷切期望，"知识分子不只是文人（person of letters），也不只是观念的生产与传播者，知识分子也是观念与社会实践的中介者与桥梁纽带，是一定的社会关系与文化秩序的合法化者或解合法化者，他/她本质上起到的正是一种政治功能"④。陶东风近期的关注视域仍然以文化批评的公共性为中心，但也开始触及文化产业与首都城市文化。当然，文化研究与文化产业并非天然相抵触，二者之间始终存在一种张力关系，倘若真正将文化研究的跨学科性、实践性和批判性特征引入文化产业研究，那么以商业利益为首要宗旨的文化产业必将呈现出别样的景观，这或许也是当下中国文化批评产生意义的又一个重要场域。

---

① 陶东风、徐艳蕊：《当代中国的文化批评》，北京：北京大学出版社2006年版，第263页。

② 陶东风、徐艳蕊：《当代中国的文化批评》，北京：北京大学出版社2006年版，第272页。

③ 邹赞：《文化的显影：英国文化主义研究》，广州：暨南大学出版社2014年版，第12页。

④ 陶东风：《文化研究：西方与中国》，北京：北京师范大学出版社2002年版，第247页。

横站：批判与介入之间

——王晓明的文化研究思想述评

朱善杰①

【学者小传】

王晓明：上海大学文化研究系教授、博士生导师，中国大陆第一个文化研究系创始人。主要从事 20 世纪中国文学与文化研究，兼及文学理论和中国近现代思想史研究。代表性论著有《沙汀艾芜的小说世界》《无法直面的人生——鲁迅传》《无声的黄昏：当前的文学与时代精神》《潜流与漩涡——论二十世纪中国小说家的创作心理障碍》《太阳消失之后——王晓明书话》《二十世纪中国文学史论》（上、下）、《半张脸的神话》《从首尔到墨尔本：太平洋西岸文化研究的历史与未来》《当代东亚城市——新的文化和意识形态》等。

一

洪子诚先生曾经说过："事实上可能有两个王晓明。他在《王晓明学术小传》中也讲到自己近十年来的'学术转变'。一个王晓明，是文学的王晓明，另一个是文化研究的。"②

"文学的王晓明"，在我看来，是从 1978 年开始的。这年初春，他结束了自己五年的钳工生涯，迈进丽娃河畔的华东师范大学中文系读书，第二年秋天又转读中国现代文学专业的研究生，师从许杰、钱谷融两位先生。从此，《沙汀艾芜的小说世界》《所罗门的瓶子》《潜流与漩涡——论二十世纪中国小说家的创作心理障碍》《无法直面的人生——鲁迅传》等先后出版，这些造就了他在中国现代文学研究史上的地位。其在该领域所取得的研究实绩及相关学术思想，已有不少人评论过，无须我再赘言。因此，在这里，我将试着谈谈"文化研究的王晓明"。

对此，我非常赞同洪子诚先生的判断："另一个则离开了文学，离开对现

---

① 朱善杰：华东师范大学博士，上海大学文化研究系副研究员，主要从事中国当代文学批评与文化研究。

② 洪子诚：《两个王晓明》，《人间思想》（台北），2013 年（夏季号），第 213 页。

代作家创作心理的探测，转向对中国社会政治和文化状况直接出声发言。'转变'之后，他的分析、论述，毫无疑问更有分量，更重要，更能触及世道人心。"①

那么，究竟是什么原因促使这么一个潜心于文学研究的人，头也不回，毅然决然地转向文化研究，从而留下其文学批评界老朋友们的一串叹息呢？②

我想，还是先听听王晓明先生自己怎么说吧。"离开工厂进大学的时候，我深信'动乱'，当时用来形容'文革'的流行词已经结束，此后的社会，应该一路稳定向上了。谁料此后的世道人心，不断证明我的轻信。进入21世纪之后，更是危机暗涌、风波迭起，而且毫无收息之意。置身于如此时代，个人的目光和志趣，势必不断变化。2001年，我印了新名片，在'华东师范大学'和'中国现代文学'之前，添加了'上海大学'和'文化研究'。"③

然而，又是怎样的一个"如此时代"，使其学术研究兴趣、对象与领域要"势必不断变化"呢？他在《半张脸的神话》初版自序中是这样说的："我不禁想起鲁迅70年前所用的那个'大时代'的概念，当下的中国似乎就正处在这样的时代之中。"④

在这样的一个"大时代"，王晓明迫切地感到："要仔细倾听我们日常的生活感受，努力在更广阔的范围里，以更多样的角度来审视20世纪中国社会的历史，审视我们置身的现实环境。我甚至相信，在这样的过程中不断创造新的视角、思路、概念乃至研究范型，正是知识界一个重大的使命，也是中国思想界向当代人类思想——特别是对全球化的普遍反省——作出贡献的途径所在。"⑤ 这是因为，世纪之交，当消费主义和文化工业铺天盖地般袭来，文化就开始成为社会结构中的决定因素，一方面资本主义的统治重心已从政治、经济领域转向文化领域；另一方面，对资本主义的对抗与斗争也从政治、经济领域转向文化领域。压迫与反抗双方的较力，最终都落脚于争夺"文化领导权"。在此意义上说，改变文化就是改变世界。

同时，他还意识到：在当代社会由于信息渠道不透明、统计数字不准确等特殊条件的限制，直接开展政治、经济分析存在一定的现实困难。因此，当文化被资本所收买、利用和驱使时，对那种种逐渐膨胀、异化、粗鄙的文化表现，应该给予及时彻底的揭露。于是，从分析当代流行文化、大众文化

① 洪子诚：《两个王晓明》，《人间思想》（台北），2013年（夏季号），第214页。
② 洪子诚先生在《两个王晓明》中还说道："我是说，也还是有一些人对他的'转变'感到惋惜。"他在这里所提及的"一些人"，是指以他和赵园先生为代表的一批文学研究领域的同辈学者。
③ 王晓明：《横站——王晓明选集》，台北：人间出版社2013年版，第414页。
④ 王晓明：《半张脸的神话》，桂林：广西师范大学出版社2003年版，第5页。
⑤ 王晓明：《半张脸的神话》，桂林：广西师范大学出版社2003年版，第5页。

等入手来展开批判性的学术工作，就成为分析把握当代社会脉搏的一个行之有效的路径。

为此，王晓明质问："倘说那'成功人士'的神话、那新的主导意识形态、那由广告和传媒合力编造的共同富裕的幻觉，早已成为新的掠夺的吹鼓手和辩护士，成为哄骗被掠夺者的遮眼布，那么，一一戳破这些神话和幻觉，是不是也就仿佛砍断了新的压迫和掠夺的一根吸盘，给它的横行增加了障碍呢？"①

于是，他选择了直面挑战，走出自己所熟悉的文学研究"阵地"，抛弃自己操作熟练的文学研究"武器"，去寻找另一种学术研究的范型，从而回应遽变的、面目全非的世纪之交的社会现实。

对此，他这样描述自己当初做出如此抉择时的心境："尽管明知力弱，也总得奋身出言，那新的意识形态早已四面联络，我又岂能自限于文学的世界之内？"②

二

由此，值于学术"越界"过程中的王晓明，与文化研究"相遇"了。起缘于 20 世纪 60 年代英国的"文化研究"，在经历美国、澳大利亚、韩国、日本、中国台湾、中国香港等地的"旅行"之后，于 20 世纪 90 年代中后期在中国大陆"登陆"。它的跨学科性、批判性、实践性正是王晓明所苦苦寻找的学术研究的"新的视角、思路、概念乃至研究范型"。而这种相遇，看似是不经意间，实为必然，因其正契合了一种由社会转型所带来的要求学术突破的历史氛围。

在相遇之初，王晓明便看到了在当时的中国展开文化研究的迫切意义。因此，他立即"打响"了对那一时代构成最严重"挑战"的"新意识形态"的"第一枪"，因为，他深切地感受到："作为 90 年代中国——至少是城市——社会里最流行、也最具有影响力的'思想'，它事实上已经构成主导今天社会一般精神生活的一种新的意识形态了。"③ 当然，整个社会也就处于一种"新意识形态的笼罩下"，并有愈演愈烈之势，这不能不让他感到极度焦虑。

当他与新意识形态"面对面"时，他细致、全面、深刻地勾勒了其多个面向，并发现它已经渗入到 20 世纪 90 年代末社会生活的各个层面，应和并塑造今天的群体欲望和公共想象，正在麻痹和延误社会对危机的警觉，而且

---

① 王晓明：《半张脸的神话》，桂林：广西师范大学出版社 2003 年版，第 5 页。
② 王晓明：《半张脸的神话》，桂林：广西师范大学出版社 2003 年版，第 5 页。
③ 王晓明：《在新意识形态的笼罩下》，南京：江苏人民出版社 2000 年版，第 19 页。

背后又一定存在着种种政治和经济权力的运作。① 直面此崭新的"挑战",在一个"三千年未有之变局"的社会起伏变幻的危机时刻,他主张:文化研究要将新意识形态视作最重要的批判对象。

那么,该如何做呢? 此时,他已胸有成竹:①文化研究自然要对"新意识形态"进行跟踪追击,但绝不能自囿于所谓的"学科限制"或"专业范围";②文化研究不但要关注文学、音乐、绘画、雕塑和电影,更要关注商业广告、娱乐杂志、流行歌曲、肥皂剧、报纸及音像媒体的娱乐节目,乃至橱窗设计和公共装潢等;③不但要讨论具象性的文化产品,也要注意抽象的理论活动,要探究这两类不同的文化活动的内在关联;④不但要分析种种纸上、画布和屏幕上的文化表现,还要分析城市建筑、出版机构、政府的文化管理体制,乃至酒吧、舞厅、咖啡馆之类更具综合性的消费—文化设施,等等。②

同时,他认为文化研究在中国大陆"诞生"初期就应该具备一些基本性格。对此,他提出了初步构想,归纳起来,大致有三点:①不限于单一学科或传统学科之内而要实现越界的跨学科性;②由问题导向而来的全球视野下的"在地"性;③出入批判/"破"与介入/"立"之间的实践性。③ 对于前两点,不难理解,因文化研究在全球范围内"旅行"的过程中,都或明或显地呈现出了这两个特点。

但对于第三点,要多说几句。他在这一时期的文化研究思想体系中,对文化想得比较远,他的思想没有被紧迫的现实所裹挟,也没有被突兀的问题遮蔽视野,更没有因"发现新大陆"而被兴奋冲昏头脑。相反,他显得格外冷静,思考着文化研究的全局,也思考着文化与社会的未来。他认为:"今天的文化研究的最大的意义,并不只在于揭破虚幻、粗劣和溃烂的事物,而更在于发现活生生的、创造性的文化因素,在于激发全社会对真正优异的文化的强烈渴望,鼓舞人们去努力创造这样的文化。"④ 不仅如此,他还颇带点执拗地说:"我不相信庸俗、粗陋和黑暗的东西能够永存,但是,只有当真正优异的文化发出光芒、照亮大地的时候,它们才会真正地消失。在几无退路的绝境里,积聚全力,一点一点地激活和创造优异的文化,一寸一寸地去击退弥漫的庸俗、粗陋甚至黑暗。也许,这才是真正值得为之奋斗的'大时代'?"⑤ 可见,他的"破",根本上是为了"立"。

而这一点,正是王晓明的文化研究思想从形成之初就迥然不同于美国文

①　王晓明:《在新意识形态的笼罩下》,南京:江苏人民出版社2000年版,第18-19页。
②　王晓明:《在新意识形态的笼罩下》,南京:江苏人民出版社2000年版,第20-21页。
③　王晓明:《在新意识形态的笼罩下》,南京:江苏人民出版社2000年版,第21页。
④　王晓明:《在新意识形态的笼罩下》,南京:江苏人民出版社2000年版,第23-24页。
⑤　王晓明:《在新意识形态的笼罩下》,南京:江苏人民出版社2000年版,第26页。

化研究思路和体系的地方。也许，当他写完《在新意识形态的笼罩下·导论》一个月，踏上美国土地的时候，① 他应为自己文化研究思想体系的"中国性"和"文化研究性"而或多或少地感到骄傲吧。而彼时美国的文化研究，正从20世纪90年代初开始的"显学"时期到开始慢慢走下坡路的过程中，因此，呈现出来的现象是，一方面人文社会科学领域的年轻学者尤其是博士研究生都还在大量地用文化研究的方法进行研究和做论文，另一方面其文化研究的问题和弱点也暴露出来。至于后者，那就是美国文化研究没能沿着英国文化研究开创的传统走下去，而是逐渐走入歧途，遁入"小道"，这就使文化研究变成一种对社会现象或既定事实急切而激烈批判的"纯批判"，换言之，沦为一种为学术而学术、为批判而批判的文化研究，对严峻的现实问题只能"隔靴搔痒"，根本无从谈"痛感"和"接地气"了。因为，它只有"破"而没有"立"。亲眼看见美国文化研究这一现状的王晓明，应该既为那一时期文化研究的"显学"状况而感到兴奋，也为它的"问题"而感到不满吧。

15年过去了，对他写于2000年7月的这篇导论，现在回过头来看，我仍然觉得它是中国大陆文化研究的前沿思想，不仅没有过时，在新的社会语境下重新审视，还会发现它具有格外重要的意义。由此，我认为，这篇导论是王晓明学术生涯中最重要的代表作之一，更是他文化研究的"宣言书"。或可以说，对新意识形态的批判与介入，是他在实现从文学研究到文化研究转身的过程中，从事的最主要、最重要的学术工作。当然，这也毫无疑问地建构了他文化研究工作的第一个历史时期的核心思想。

三

这篇导论完成一年后，也即2001年7月，王晓明从哈佛大学访学结束，回到上海，然后立即投入上海大学中国当代文化研究中心的创建工作。2001年11月，"中心"正式成立。从此，他的工作重心从华东师范大学中文系转移到了上海大学中国当代文化研究中心。2004年7月，他创建了中国大陆第一个文化研究系并"毛遂自荐"地做了首任系主任。至此，"另一个王晓明"才以完整、清晰的面貌出现，并开始在知识界与思想界"登场"。

转眼之间，十多年过去了。那么，该如何看待王晓明这一时期的文化研究思想及他所带领的文化研究团队的实践呢？对此，他自己说："不知道怎么看我这十年的学术转变。现在也不是这么看的时候。一个正手忙脚乱地对付

① 2000年初秋，他应哈佛大学东亚系李欧梵之邀，举家去了与波士顿一河之隔的剑桥，在那里度过了一年轻松休闲而又对其此后实现完全的学术"转身"至关重要的时光。

世变的强烈刺激的人，是无暇也无力反顾自身的。"① 当然，我也知道，现在确实还不是从总体上评价或总结他这十多年文化研究工作的时候，因为当他还"冲锋"在文化研究"第一线"时，是无法评说其成败与得失的。但是，当你得知他所负责的一个中心和一个系这两所大学内的文化研究专门机构到今天为止所取得的文化研究实绩——比如读到由台湾人间出版社出版的他的第一本文化研究论文集《横站——王晓明选集》，看到近 30 本"热风书系"的书已先后出版，知道与日本早稻田大学、意大利那不勒斯东方大学、韩国圣公会大学、美国加州大学厄湾分校、台湾交通大学联合培养博士生的计划已执行了十年整，看到"文化研究月会"到目前为止已进行了 27 期，知道上海地区跨校的文化研究联合课程已走过十年的路等——的时候，难免会感到赞叹甚至震惊。也许，也就并不反对我在这里来初步述评王晓明这十多年的文化研究思想及相关实践成果了。

我把他从 2001 年创办上海大学中国当代文化研究中心作为标志性起点，到目前的这 15 年，看作是他文化研究工作的第二个时期。在这个时期内，王晓明的文化研究思想，从整体上，可分为三部分：一个是关于文化研究的学术研究的，另一个是关于文化研究在大学体制内进行"学科"建设的，再一个是关于文化研究的社会实践的。

在此，我主要谈第一部分。这一时期的王晓明，同样迎来了学术成果的丰收期，文化研究的实绩并不亚于"文学的王晓明"的。在这些文化研究类的文章中，他依然选择和坚持一贯的出入于批判与介入之间的学术立场及行为，只是其批判的力度和广度都要比文化研究的第一个时期和"文学的王晓明"时期厉害得多。他直接介入到当代政治、经济、社会、文化领域发言，对严峻的时代所出现的重要问题给予及时回应。

首先，他把批判的目光指向他最熟悉的文化领域。面对新世纪之初各地政府纷纷制定"文化发展战略"的现象，他尖锐而又不失幽默地批评："目前政府和经济界对文化的这种重视，尤其它所强化的从竞争力的角度理解文化的思路，是和知识分子、学术界——不但是人文学者，也包括许多社会和自然科学学者——历来对文化的认识和强调，有很大不同。其中突出的两点是：一，这是从国家、而非社会的角度来看待文化，就好像渔夫在河里围一圈篱笆，他的注意力就在篱笆里面，别的远远近近的事情，都不在他的视野之内；二，这是从现实功利、而非'无用之用'的角度来对待文化，仿佛是要将篱笆里的河水尽数舀出，浇铸成长枪大刀，披挂上阵。"② 但他的目的并非停留

---

① 王晓明：《横站——王晓明选集》，台北：人间出版社 2013 年版，第 415 页。
② 王晓明：《篱笆里的河水——关于"文化竞争力"和城市发展的感想》，《探索与争鸣》2006 年第 7 期，第 5 页。

在批判，而是建设。因此，他又在该文中肯定政府对文化的重视行为，认为政府对文化的新一轮的重视，虽然目的在于提高文化的"竞争力"，从而显得太狭隘和功利，但它所针对的当下现实的大问题，却是真实的和非常重要的。他接着说，文化是关系到国家与社会的生死攸关的，因为文化关系到现代中国的立国之本，而像中国这样被帝国主义逼上现代化道路的大国，能否成功地建立现代国家，关键的一条，就是看它能不能建立起一套自己的现代文化，并由此发展出适合自己的社会制度、经济结构和一般生活秩序。可是，怎么"立"呢？他清楚地给出了自己的答案："明确尖锐的批评是需要的，是知识分子应该认真承担的责任。但是这不够，应该更进一步，抓住一切可能的契机，借助体制的力量——例如媒体和学校教育，介入现实，将文化的改变和创造过程，引向不那么急功近利的、不那么一边倒的、良性的或至少不那么恶性的方向。"① 当然，他不会忘记关心与文化紧密相关的教育问题，因此，当他听见有的同学抱怨说有的老师在教室里公然说"读什么书啊，抓紧时间多考几个证书，将来找工作用"这样的话时，他俨然出离愤怒了："堂堂大学，竟有这样的老师，我们这社会的流行风气的粗劣，可想而知。看着这样的文化升堂入室，贻误青年，知识分子和学术界，不感到失职的惭愧吗？"②

其次，他针砭大学教育体制。他对这一问题的思考，集中体现在《横站——王晓明选集》的一些篇章中，如《釜底抽薪》和《这样的人多了，社会坏不到哪里去》等。在前文里，他认为今日大学里通行的极其细密的学术评价体制，在现代中国是第一次出现，它像一张铺天盖地的大网，将所有的学术领域及其中的人，还有这些人的几乎全部的生活都给满满地覆盖住。因为所有的评价体制中的等级和指标，最后都落实为教师个人的物质生活条件，也就是钱。这样，它虽然打着"与世界接轨"和"发展"的旗号，但在中国大地上，做的却是"釜底抽薪"的事情，其结果，不仅败坏了学术领域一时的风气，而且败坏了整个社会的精神视野、抱负和底气，败坏了社会的整体感受和想象的能力以及记忆与思考的能力，而社会将为此败坏持续地付出巨大的代价。那么，应该奉行一种怎样的大学学术评价体制呢？他赞成20世纪80年代大学校园里存在的一种不成文的、简单的、没有行政制度压力的学术评价方式，在这种方式下，学生的欢迎和老教授们的积极评价，成为一个人在学术上的出色表现，而它有力地推动着大学校园里精神的活跃。可见，他是怀着一种"立"的关切来"破"今日大学体制的。

---

① 王晓明：《篱笆里的河水———关于"文化竞争力"和城市发展的感想》，《探索与争鸣》2006年第7期，第6页。

② 王晓明：《篱笆里的河水———关于"文化竞争力"和城市发展的感想》，《探索与争鸣》2006年第7期，第6页。

　　而在后文中，他对大学教育中学生不读书的现象，表现得痛心疾首甚至是忍无可忍，毫不掩饰其对教育现状的严重不满："我却要说一句粗暴的话：大学可以做很多有用的事，其中一件，就是'强迫'学生养成读书的习惯。要用一切情感的和制度的方式：讲座、个别谈话、课前书目、课堂讨论、课外答疑、考试、读书会、图书馆的咖啡厅，甚至娱乐性的晚会……培育一种读书的氛围，切实地帮助和鼓励学生，督促他们用最多的时间去读好书……他会在好书的陪伴下，继续努力做一个在人格和精神上真能自主的人。我还是相信那句老话，这样的人多了，社会坏不到哪里去。"因为，他的不满与他的急切是互为一体的，所以他对大学教育体制现状的批判，是为寻找一种好的教育制度和方式。这种最深入的批判，包含了最积极的介入。

　　再次，他以自己的深切关怀和独特的批判方式，回应了正在变动中的当代中国的政治经济制度与社会转型所带来的一些大问题。在面对这些问题时，他持一种"知其不可而为之"的积极介入态度。例如，在《从"浦东"到"重庆"——新路何在?》一文的开篇，他就直白地说道："我是做现代文学和文化研究的人，却不自量力，要来谈谈'中国经济'。"[1] 在文中，他对当代中国无处不在的资本主义的扩张行为和空前强大的资本逻辑的力量，给予一针见血的批评，同时表达了对以"浦东模式"和"重庆模式"为代表的城市化道路和状况的担忧，提出了"世界必须要有根本的转变，中国和整个人类世界，都已经别无选择"的观点，根本上是在探索一条良性的经济发展之路。

　　在《当务之急是喝住他们》一文中，他对"总要发展经济"的观点和"赢家通吃"的逻辑，给予了一层层剥离后的痛彻批判，面对人类正在滑向一种整体上的不道德、不正当的方向的情况，他着急地介入寻求止住这种越来越快的下滑之势的办法的过程中，并给出自己所开的"药方"："办法之一——我以为是最重要的，就是更深地向自己开刀，根除我们社会内部的诸种病灶，其中第一个，就是让极少数人切走大部分蛋糕，却不打算喝住他们的政治和经济制度。正是这种赢家通吃的社会压迫，将整个人类推上了戕害自然、自断生路的悬崖。因此，当务之急，是更大声地喝住形形色色的'通吃'：'不行，你们拿得太多了!'"[2]

　　而他投入精力最多的还是对当前城市化道路的批判，在这一过程中，他也思考"三农"问题，还身体力行，到农村去观察。可见，他是在城市/乡村的"一体化"结构的视野中展开对城市化/城镇化和"三农"问题的整体思考，并努力寻找未来出路的。

---

① 王晓明：《横站——王晓明选集》，台北：人间出版社 2013 年版，第 277 页。
② 王晓明：《当务之急是喝住他们》，《天涯》2012 年第 1 期，第 9 页。

他在《城市只是一处"名利场"么?》一文中批判今天的城市:土地成为资本,空间可以卖钱,俨然成为一处经济的"名利场",而非充满多样生活内容的宜居之地。如要改变此状况,他认为"最后的目标,是清楚地指向整个城市,指向那信条的各种扩大版,是要打破它们对城市规划和市民生活的强横支配"①。而《从建筑到广告——最近十五年上海城市空间的变化》,是其城市文化研究的代表作之一,他在仔细地分析上海这座城市空间的变化过程和状况后发现,这一变化,正呈现出越来越明显的意识形态的特色,因此也势必遭遇市民日常生活感受的强烈抵制,因为"人生空间的中心不应该仅仅是'居家',生活从一开始就是被自己住宅以外的地方决定的"②。

他在《L县的见闻与困惑》一文中,提出了从"文化"入手解决"三农"问题的新思路:"'三农'问题并不仅仅是来自今日中国的经济和政治变化,它也同样是来自最近20年的文化变化……如果不能真正消除'三农'问题的那些文化上的诱因,单是在经济或制度上用力气,恐怕是很难把这个如地基塌陷一般巨大的威胁,真正逐出我们的社会的。"③ 在《E州杂感》中,他对城镇化、城乡不平等、农产品定价权、农村自然环境恶化、人与自然关系等诸多问题提出质疑与批评,他深知改变这些大问题的困难,但也相信:"最难的不是怎么做,而是看清楚应该怎么做,只要能看清楚,大家努力,其实是没有做不到的事的。远的不说,光是近代以来,中国的奋斗者就做成了多少看上去绝难做成的大事!"④

必须一提的是,最近几年,王晓明开始写"杂文",用"短平快"的写作方式,对社会生活中刚刚发生的还带着"现实温度"的现象和事情给予当机立断的回应,集中体现了他"横站"于批判与介入之间的文化研究思想与精神。这样的文章大概有几十篇,而《"被……"的时代》(《横站——王晓明选集》)、《又在崇明砍大树了!》(当代文化研究网"快评"栏)和《兰州的水和韩国的船》(《南风窗》2014年第10期)等就是其中的代表作。

在展开这些"直击当下"的批判性学术工作的同时,他向"历史""借力",主编了《中国现代思想文选》,并在序中写道:"重读现代早期的中国思想,是破解今日中国的思想难题的一条可能的路径。"⑤

限于篇幅,我只能在此尽可能简单地谈一下本节开头时所说到的第二、

① 当代文化研究网编:《"城"长的烦恼》,上海:上海书店出版社2010年版,第8页。

② 王晓明、蔡翔主编:《热风学术》(第一辑),桂林:广西师范大学出版社2008年版,第23页。

③ 贺雪峰:《三农中国》(第九辑),武汉:湖北人民出版社2006年版,第67-68页。

④ 王晓明:《E州杂感》,http://www.cul-studies.com/index.php?m=content&c=index&a=show&catid=39&id=692。

⑤ 王晓明主编:《中国现代思想文选》(上),上海:上海书店出版社2013年版,第18页。

第三部分了，但它们是最能体现王晓明的文化研究思想中注重批判和介入的部分的。实际情况是，他带领文化研究团队，在大学体制内，建立了国内第一个文化研究硕士点、博士点，招收不同学科的学生来文化研究系读书，创建了文化研究实践课并列入研究生必修课，等等。这些在他的文化思想指导下于大学校园里所进行的种种介入性的实践活动，既置于体制之内并向其"借力"，又时刻警惕"被"体制学科化的危险，这无论是对于主体的人，还是对于客体的物，都不能不说，依然是处在一种"横站"的状态。同时，他还带领文化研究团队，建设"当代文化研究"网（www. cul – studies. com），开创文化研究网络视频课程并以身作则首先"出镜"，举办"市民论坛"，开展工人与社区文化共建等。前者实现了他对文化研究在体制内进行"学科"建设的设计，后者体现了他对文化研究要参加社会实践的基本构想。

可以说，正是以上三部分的思考/构想/设计构成了王晓明文化研究工作的第二个历史时期的核心思想。

结　语

我认为，从1993年他组织"人文精神讨论"时开始努力"越界"起，到2001年上海大学中国当代文化研究中心成立前，这不到十年的时间，是王晓明文化研究工作的第一个历史时期，也是其文化研究思想的孕育和形成阶段。此时王晓明的文化研究工作中颇充满了"堂吉诃德"式的激情与理想。而从"中心"成立至今，是王晓明文化研究工作的第二个历史时期，也是其文化研究思想不断丰富与调整的阶段。这一时期王晓明的文化研究思想较前一时期更复杂，而在现实工作中，他一方面带有"园丁"的特点，强调向体制借力，努力耕耘于"立"/"建设"；另一方面带有鲁迅笔下"这样的战士"和"过客"的双重气质，注视远方，不断前行，亦不断批判，注重把文化研究的工作方式当作"犀利"的"匕首"和"投枪"，"扎向"那巨大的"无物之阵"。毫无疑问，在这一时期，他也是以"横站"的姿态，积极投身于批判与介入的工作中，并出入其间的。

说是"横站"，一方面，是因为他的文化研究工作，不采取"单执一面"的态度，强调既不单严肃批判而是要积极介入，也就是格外重视"破"与"立"的结合，即"批评"与"建设"的兼顾。而批判思想的来源既有西方理论，又有中国早期现代思想；批判的对象，既有文化、教育，也有政治、经济，还有城市、农村等；实践的活动在体制/大学内外等各个领域多面向地推开，等等。另一方面，是因为他的文化研究工作，直面问题，"直截了当"，并不刻意估计或考量各方面的看法与力量，有时甚至不得不扬短避长，跳出自己所擅长、熟悉的领域，放下自己所习惯、常用的工具/"武器"，因此有时难免会显得粗暴、简单，不得不随时要准备好面对来自四面八方的"攻击"，这不仅可能是来自"敌我"的位置，也可能是来自有分歧的"我们"内部。

在这两方面中，可以看到，王晓明的文化研究思想中包含着注重和坚持文化研究的"一体两面"——批判与介入——不可分割的成分，而这正是英国文化研究的本来传统和基本品格。当然，其批判与介入的基因与准备，是着眼并落脚于当代社会的文化重建和未来中国的社会重建的。这一切，都是在以文化研究的方式，从目前社会的基本问题出发来理解当代中国的，其关心的，是中国正要向何处去以及中国应该向何处去的大问题。

毋庸讳言，王晓明的文化研究工作，我稍觉得，离"英国工人阶级"式的文化研究基因/传统，似乎还有一些距离。他的文化研究思想/实践中，虽然充满了对弱势者/底层的关怀，《弱势者的空间》（《天涯》2013 年第 1 期）就是其中的代表作，且他的这类文章也很多，但是，这些文章还带着文化精英主义的个人/历史"印迹"，比如在他的研究/分析对象中，总体来看，"工农"元素及对其的理解略显不够，而"工农"的主体性也相对模糊、抽象，但它们对当代中国大陆的文化研究，恰恰又是非常重要，也很关键的。因为，"新工农"问题已横亘在当代中国十分显著的位置上。这种不足，对他从事文学研究，或许没有"阻隔"，但对其从事文化研究，可能就会带来不同程度的力不从心甚至"损伤"。也许，是我有些过于苛责了，陷入了那种为批评而批评的逻辑怪圈。由于个人气质、生活经验、置身时代/环境的特殊性/差异，难免会造成个体在某些层面上的一定程度的局限或不足。在此意义上说，如何"重访""伯明翰学派""英国工人阶级"文化研究的"历史现场"，直面、把握甚至感同身受地理解民众/底层的现实"痛感"，避免陷入站在精英主义这一相对"舒服"的位置上展开文化研究的批评与介入活动，也许不应是王晓明这代人要承担的主要工作，而应该交给下一代文化研究者去继续完成。因为，以他为代表的一代文化研究学人，是中国大陆文化研究的"拓荒者"，他们在一个急遽变化的时代匆忙"披甲上阵"，一路披荆斩棘，筚路蓝缕，不仅完成了自己的学术"转身"，而且完成了培养继任者并为其搭建好足够大的文化研究"舞台"的工作。在此意义上说，"王晓明"已"超额"完成了一代学人所肩负的特殊的学术/历史使命。当然，"他"应该还会像"过客"一样，继续前行。

"涉渡"与"越界"

——黄卓越的文艺批评思想述略

邹　赞

【学者小传】

　　黄卓越：北京语言大学教授、博士生导师，现担任该校文艺学博士点学科带头人、汉学研究所所长，"BLCU 国际文化研究论坛"主持人，北京师范大学文艺学研究中心兼职教授等职。出版《艺术心理范式》《过渡时期的文化选择》《明永乐至嘉靖初诗文观研究》《黄卓越思想史与批评学论文集》等多种著作。主编论文集《英国文化研究：事件与问题》《从颠覆到经典——现代主义文学大家群像》《儒学与后现代视域：中国与海外》等。近期主要研究方向为文化研究、中西文论、国际汉学、书写史理论等。

引　言

　　黄卓越是一位在当代中国文艺理论界受到广泛关注的学者，除了具备勤勉睿智、博学笃行等学界前辈所共有的学术品性外，其个人的学术道路还呈现出鲜明的跨界意识，他在文艺心理学、明中后期文学思想史、文化研究、国际汉学等诸多领域穿行自如，并且都取得了令人瞩目的研究成果。究其因，一则缘于学者本人的志趣和定位，黄卓越曾坦率幽默地将自己归为"刺猬型兼狐狸型学者"，这类学者固然会先攻下某个安身立命之所，但拒绝故步自封，总是敏锐地探察周边的风景，"贪图一些更广的景致"，"只有大幅度的跨疆域、跨问题式研究才能够满足他们的怀抱"①。再者，在参与形塑学者个体学术道路的各种因素当中，社会文化与历史境域扮演着至关重要的角色，个体的能动性始终受制于种种结构性力量的规约，个体的思想转变与文化偏好无法脱离历史运行的轨迹，个体终究是"大时代的儿女"。从深层意义上说，黄卓越的学术探索之旅呼应着当代中国社会的急剧转型与文化变迁，既是特定时期社会文化情境询唤的结果，也反映出这一代知识分子特有的历史理性

---

　　① 邹赞：《思想的踪迹：当代中国文化研究访谈录》，哈尔滨：黑龙江教育出版社 2014 年版，第 66 页。

和人文关怀。

20世纪80年代中后期，黄卓越、陶东风等一批思想活跃的青年学人聚集在著名文艺理论家童庆炳先生门下，从事在当时还方兴未艾的文艺心理学研究。应当说，80年代在当代中国的思想图景中承载着别样的文化意味，一方面是对历史运动和社会思潮的深刻反思，检讨、反省"文革"所导致的知识分子的苦难、传统文化的境遇，尝试重拾思想启蒙的遗产，人道主义、创伤书写、主体性等成为这一时期文艺批评的关键词。另一方面，学界开始自觉反思庸俗社会学式文艺批评的僵化成规，倡导建立现代意义上的学术规范，积极寻求一种科学的文艺批评方法论。1985年前后，批评界有关方法论创新的讨论开展得如火如荼，以"系统论、控制论、信息论"为中心的科学主义批评范式遂成主潮，在很大程度上重新形构着文艺批评的认识论基础和实践操作模式。黄卓越的学术之路始于这样的社会历史语境，他热心关注20世纪80年代文艺界的思想革新运动，广泛阅读西方文学经典，主动吸收西方文艺理论的最新成果，兴趣兼及文学、人类学、民俗学和神话学，他在此时期最具代表性的成果为《艺术心理范式》。该书被收入童庆炳主编的"心理美学丛书"，以托尔斯泰、屠格涅夫、莫里亚克、但丁等西方经典作家作品为文本例证，爬梳文学发展的范式更替。黄卓越敏锐地认识到艺术社会学、小说叙事学仅仅适用于阐释艺术品的某个侧面，而范式理论"可看作是最适应艺术史本性的理论。从直觉判断始，进而更多地是在智性提升的过程中，可对艺术史存在的基质、阶段、演变等作出切合于本性的解释"①。尤为可贵的是，该书虽然以建构艺术范式的独立本体意义为基本的问题意识，但并没有亦步亦趋地套用库恩（Thomas Kuhn）的范式概念，而是相当自觉地保持一份理论运用的警醒，比如书中专门将作者提出的艺术史"范式"观与库恩的"范式"概念展开细致比较：虽然二者均为"一种为一定群体和时代所共同享有的集体范式……是一种抽象的，有较大概括性的心理模式，进而表征为文本模式"②，但是作为艺术的"范式"并不是仅仅局限在认知意义上的"属相范式"，它还涵括了感性化的无意识积聚，甚至诸种"人为的判断体系"，由此而关涉"主体的再造模式"。但比较而言，库恩的"范式"更倾向于张扬一种以新范式推翻、否定旧范式，强调概念结构整体性更替的变革理念，而艺术中的形象范式则不存在新旧范式之间的逻辑对立，新范式凭借"感性移动""直觉增殖"，甚至"理性判断"和"价值判断"，即通过一种"化学历程"而非逻辑征服去转换而不是推翻旧的范式。

---

① 黄卓越：《艺术心理范式》，天津：百花文艺出版社1992年版，第183页。

② 黄卓越：《艺术心理范式》，天津：百花文艺出版社1992年版，第195页。

如果说，黄卓越在 20 世纪 80 年代以研习西学为主，试图通过与西学对话，搭建起一种艺术范式的心理美学；那么，从 90 年代开始，黄卓越的关注视域移至以明中后期文学思想为中心的古学研究、以伯明翰学派为中心的英国文化研究、以后儒学为驻点的海外汉学研究，形成了以"历史—文化"为总体切入视角，涵盖中国古代文论与思想史、文化研究以及海外汉学三个既相互独立又彼此关联的学术研究范域。下文将集中关注这三个研究范域，并结合当代中国社会历史的语境变迁及文艺批评界的学术论争，总结评述黄卓越的主要文艺批评思想及其学术贡献。

一

20 世纪 90 年代初，急剧的社会变革使得人文知识分子在思想上遭遇空前挫折，80 年代的理想主义激情渐趋消退，学者们开始反思"学术的价值""思想的意义""自我的位置"，由积极吸纳西学话语资源转向重新潜入本土历史文化的深处，以期"沉淀自己的心态，检讨历史的经验"①，学术旨趣也有意远离 80 年代喧嚣的方法论热潮，重视从学术史层面返归传统文化与古学研究。正是在这样的背景下，黄卓越开启了自己庞大、繁复的古代文论与思想史研究工程，这也成为他本人最富代表性的研究系脉，成果主要体现在两方面：一是完成了以明中后期文学思潮为考察对象的几部厚重专著，如《佛教与晚明文学思潮》《明永乐至嘉靖初诗文观研究》《明中后期文学思想研究》；二是参与主编、辑录、校注了卷帙浩繁的传统文化与思想读本，如《中华古文论释林》《中国佛教大观》《中国大书典》等，论题涉及儒释思想、民族文化经典、古代文论选译等。

总的看来，黄卓越的古代文论与思想史研究注重一种整体视野的全景式观照，秉承严谨、科学的学术规范意识，强调所有论说都必须以扎实的史料爬梳和文献细读为基础，综合运用史料考证、话语逻辑分析、比较研究等方法，对文学思想作系谱化、专题化的深入阐释。其创新意识主要体现在以下几个方面：

首先，明中后期作为中国历史上具有强烈转型意味的特定时段，其思想文化携带着丰富的历史密码，成为学界认知中国现代性的近代起源、探析晚近中国社会结构变迁所必须参照的对象，但既有研究大多集中在小说和戏剧这两类文体上，对诗文的关注远远不够，更谈不上厘清这一时段的文化史、

---

① 邹赞：《思想的踪迹：当代中国文化研究访谈录》，哈尔滨：黑龙江教育出版社 2014 年版，第 66 页。

思想史、社会心态及知识分子问题。因此，黄卓越别具慧眼地将晚明文学思潮、明中后期思想史以及诗文观纳入研究视域，通过勘发大量过去未曾触及的史料，"发他人之所未发"，重新梳理了多种观念发展的线索，补白了学界在相关领域的研究空缺。黄卓越的古学研究不仅具有鲜明的问题意识和新颖的阐释视角，还遵循一种自觉的方法论体系，他尤其强调要突破文学内部研究的形式诗学的局限，倡导一种沟通文本内外的整体性"社会—文化"视角，比如他在考察晚明佛学中兴时，既关注当时的社会性因素，也突出佛学内部要素的组合转化。这种对整体视野的重视，实际上关联着黄卓越对于新文化史及社会历史学研究成果的吸纳，比如他在考量"情感/性灵"这一对晚明文学思想进程中的内在矛盾时，直接引述了英国历史学家 E. P. 汤普森有关英国工人阶级"形成"的思想，认为要深入考察某一思想话语的形塑过程，就应当重视社会场域中盘根错节的关系机制、文化场域中的结构性互动等。

其次，在一般性思想史研究的文献考证的基础上，凸显历史语境意识，既注重对关键概念的历史化梳理，也强调对隐藏在概念背后的话语逻辑的深层分析，形成了一套有意味的文化阐释框架。在黄卓越看来，任何概念都不是封闭的、绝对自足的，"概念的使用均有其自己的逻辑定位，又与一定语境相关，这是讨论一种思想命题的前提，否则便会重蹈一些学者在解释这类概念时的覆辙，在思维网络的穿行中迷失方向，引起误读"①。基于此，黄卓越的绝大多数论著都注重对理论关键词进行词源学和语义学层面的细致梳理，借助于观念史的构筑，搭建起自我言说的话语框架。《佛教与晚明文学思潮》的"下编"就是对此时期文学思潮的几组关键概念如"心源说""童心说""性灵说"等的专题研究，旨在以概念分疏为线索，考辨源流，澄清误解。或可认为，黄卓越对文论核心概念的辨梳，本身就是一种知识社会学式的文化史、思想史考察，兼及历史的时间维度和空间的逻辑架构，条分缕析思想话语自身的差异性和复杂性。此处不妨举"性灵说"为例，黄卓越以"性灵说"作为一种文学观念的措用为线索，追溯其学术渊源，比较分析了"性灵"与"童心""真性"等相关概念的差别，从历史考证与概念自身的体系两个层面展开分析，令人信服地纠偏了一些早已化装成"常识"的误读。

再次，通过反思古代文学研究的学科现状，在比较分析文学理论史、文学思想史、文学概念史、文学批评史的基础上，提出了"文学观念史"的重要范畴。黄卓越认为，"观念史不仅研究作品与批评中的'思想'……也研究未能明确被指称为'思想'的'观念'"②。一般来说，传统的中国文学批评

---

① 黄卓越：《佛教与晚明文学思潮》，北京：东方出版社 1997 年版，第 122 页。

② 黄卓越：《明中后期文学思想研究》，北京：北京大学出版社 2005 年版，第 3 页。

史与思想史研究常常采用"概念史"的模式，但单纯的"概念史"研究并不契合中国古代文论的构成逻辑，最主要的原因在于它抛开了这些概念得以呈现的历史语境和文化在场，以致这些概念因"不受当时具体关系要素的制约而成了自由游荡的要素，因此便可任意利用、组合，无视意义的原始确定性"①。相比之下，"观念史"的范畴更具合理性和可行性，它遵循一种整合了内部研究与外部研究的"文化诗学"视野，融合了文论史研究中的"内与外、个体与群体、抽象与历史、理论与作品之间相互隔绝的情况，或相互间常发生的紧张关系"②。不仅如此，"观念史"摒弃那种脱离历史文化维度对概念作单线逻辑的解读路数，尤其重视要在各种关系要素的参照比对下考察概念的缘起及其意义变迁，呼吁要密切结合特定的"境域"来评估文论话语、文论家或文艺流派的文学思想史意义。而相比较于思想史的研究，观念史则可以将被摒弃在思想史之外的那些处于前意识状态或隐伏在文本肌理与生活史实之中的多种"意识"一并纳入观察的视域之中。"文学观念史"的提法在很大程度上调和了文论研究中的"义理"与"考据"之争，成为一种有效的研究视角/方法，"观念史概念的引入使我们可以更清楚地看到，各种知识形态的产生与更替并不是自足的，而是受到更大范围内席卷的观念的影响与支配的……"③ 值得注意的是，黄卓越还在"文学观念史"的基础上提出了对地域性文学观念史研究的思考，比如他在阐释明中期的吴中派文学时，没有局限于市民文化、城市化进程、反礼教等既定视野，而是结合地方性知识与地方性经验，从"隐逸传统""博雅与审美主义传统""文人谱系"等综合视野考察吴中派文学与文化传统习俗之间的关联，透视吴中派文学如何启动重新编码机制，整合与再造一种契合于地方性经验的"文化传统"。

最后，黄卓越认为批评史研究应当加强对文献史料真实性、学理性的考辨，去伪存真、去芜存菁。史料一般分为史实性史料和评论性史料，一方面，我们不能盲目忽视基础性史料清理工作的价值，"基础性的史料确认与秩序梳理等本身即是最尖端的，不一定阐述性的工作就高于实证性的，关键还在于要看注入其中的技术含量程度、对事相的揭露程度、及对学科知识增长所提供的数量值"④。另一方面，批评史研究对于评论性史料的择取务必慎重，因为对材料的精准把握不仅有助于察知所谓权威性、常识性提法的偏颇之处，

---

① 黄卓越：《明永乐至嘉靖初诗文观研究》，北京：北京师范大学出版社2001年版，"自序"第6页。

② 黄卓越：《明永乐至嘉靖初诗文观研究》，北京：北京师范大学出版社2001年版，"自序"第7-8页。

③ 黄卓越：《明中后期文学思想研究》，北京：北京大学出版社2005年版，第4页。

④ 黄卓越：《明永乐至嘉靖初诗文观研究》，北京：北京师范大学出版社2001年版，"自序"第6页。

比如各种中国文学史、文论史教材和著作均使用"诗必盛唐"来标识前后七子的诗歌理念，但如果对前后七子的言论作一番细致的知识考古，就会发现"无任何一人曾经以如此措辞表示过，而且其中有几人的基本观点还与之有鲜明对立之处"①。此外，材料的选择不当、标准不严也将直接导致研究整体水准的下降，甚至得出荒谬吊诡的结论，黄卓越在考辨明代庶吉士之选的相关研究时，毫不犹豫地批评了某些论述存在严重的学理问题。②

二

20 世纪 90 年代的社会转型，在思想文化界激起了一场有关人文精神的大讨论，汹涌而来的市场化、商业化潮流为大众文化提供了理想的土壤，以启蒙和审美主义为诉求的精英文学，逐渐让位于以感官娱乐和消费主义为特征的大众文化。精英文学丧失了 80 年代的理想主义光环，在以商业赢利为首要目标的市场化运作模式下节节败退：一边是文学遭遇不可逆转的边缘化，或者沦为小圈子范围内自说自话的游戏，或者变装整容，与影视等大众文化联姻；另一边则是审美边界急剧泛化，审美客体扩张到日常生活的方方面面，指涉对象包括超市、美容院、工厂烟囱、整体厨房、健身房等。

在这样的语境下，一批有责任感的人文知识分子开始反思现代性的后果，尝试在思想史、文化史的脉络上测绘 90 年代的文化地形，解码大众文化和消费文化的意识形态症候，进而评估当代中国的文化走向。随着西方文化理论的大量译介，加之港台流行文化的催化剂作用，"文化研究"（Cultural Studies）迅速进入中国大陆学界，并且在以文艺学和中国当代文学为中心的学科阵营攻城略地。③ 狭义上的"文化研究"指向英国伯明翰学派的研究传统，它以政治性、实践性、当代性和批判性为鲜明底色，强调从跨学科视角研究大众文化、消费文化、青年亚文化、流散文化、劳工政治等边缘文化样态，旨在发掘其间的支配性结构和权力关系，试图探索一种别样社会的可能路径。文化研究在中国内地的传播与应用，既是本土社会文化转型的内在要求，也

---

① 黄卓越：《明永乐至嘉靖初诗文观研究》，北京：北京师范大学出版社 2001 年版，"自序"第 4 页。

② 黄卓越从多个角度批评了该研究存在的硬伤：①选用材料在时间上的错位，"以正德后之馆阁材料论证明前期之馆阁……正德后的馆阁文学主流已过，这种论证缺乏可信性"；②以个人臆测代替史料探查，没有认识到明中后期文化下移的社会思想况貌对台阁文学的影响，"将复古派文人的文学革断为是不得成为庶吉士与进翰林而产生的私人恩怨"；③以自我论证为绝对标准，故意解构、颠覆"中心/边缘"相区隔的文化格局；④过高估计某些成员的文学史地位。以上详见：黄卓越：《明永乐至嘉靖初诗文观研究》，北京：北京师范大学出版社 2001 年版，第 12 页。

③ 邹赞：《文化的显影：英国文化主义研究》，广州：暨南大学出版社 2014 年版，第 1 页。

受益于西方文化理论的大规模译介及本土学者对之的谱系梳理，形成了所谓的"研究'文化研究'"和"做'文化研究'"两脉，虽然各自关注的重心不同，但都没有将文化研究的理论与实践完全割裂开来。作为当代中国文化研究领域的重要学者之一，黄卓越率领自己的学术团队，细致分梳文化研究的学理谱系，创建"BLCU 国际文化研究论坛"①"国际文化研究网"等学术平台，积极开展与西方文化研究学者的交流与对话，并且结合中国的历史文化情境，重新阐释"意识形态""大众""书写"等概念，以区别于西方的同类概念，为当代中国文化研究提供可资利用的理论话语和思想资源。

应当说，黄卓越对于文化研究的关注，一方面是缘于 20 世纪 90 年代社会转型所导致的思想危机与知识转型，"社会"的层面显影于文学批评界；另一方面则要追溯到学界关于文学研究与文化研究之间关系的论争，由于学者自身个性的原因，黄卓越并没有锋芒毕露地卷入这场大讨论，但他在相关问题上的深入思考却独具慧眼。在他看来，如果要准确认知文学研究与文化研究之间的关系，就必须从学理上探讨文化研究的源流及其兴起的必然性，"伯明翰文化研究的出现就不单是一种学术或学科选择的问题，在其学院化的表述中反映出的是对战后欧洲社会重大转型的一种敏锐感受，这种转型需要学术界能够提供一种新的解释与探索的框架、新的知识表述体系，以对之作出积极的反响"②。因此，当务之急是要重建一种整体化的思想和立场，以便重启对既定知识秩序与思想谱系予以深刻检审与反思的工程。黄卓越指出，文化研究对于文学研究的意义，绝不仅仅是一次学科越界或者理论话语、研究方法的借用，真正的价值在于重新激活文学批评的活力，使之由边缘性话语转化为公共性话语，重返社会生活的中心场域。再者，文化研究的视角有助于文学研究敏锐回应急剧变化的社会现实，在"生产—流通—消费"的文化运作模式中分析当代文学的运行流程、权力机制与意识形态症候。此外，黄卓越充分利用其古学研究、经典研究的既有视野，认为文化研究的介入将大大拓展文学研究的视域，一方面使大量边缘的、底层的文学材料和文化经验获得重生，这将便于学界回应"文学研究的边界移动""文论何为"等问题。另一方面也可将文化研究的方法运用到对中国漫长历史与文化观念建构的整个过程中，考察历史上的书写权力、表征建构、编码活动及各种文本之后隐

---

① "BLCU 国际文化研究论坛"由黄卓越教授发起，自 2006 年至今，该论坛已成功举办过五届，一批国际知名文化研究学者如大卫·莫利（David Morley）、洪恩美（Ien Ang）、迈克·费瑟斯通（Mike Featherstone）、约翰·斯道雷（John Storey）、托尼·本内特（Tony Bennett）、夏洛特·布伦斯顿（Charlotte Brunsdon）等曾应邀出席并发表重要演讲，该论坛已成为联系中国学界与国际文化研究的重要桥梁。

② 黄卓越：《从文化研究到文学研究——若干问题的再澄清》，《求是学刊》2004 年第 6 期，第 109 页。

藏的观念习则等。从后一方面来看，文化研究也就与新文化史的实践密切地交集在了一起。

　　黄卓越结合本土历史经验与现实情境，相当敏锐地认识到文化研究理论话语在旅行过程中遭遇了改写、移位和变异，有些理论话语则并非西学之独创，在中国也有其自身的传统，因此他主张在中西比较的视野中重新阐释这类核心概念。就前者而言，针对中国文艺理论界常常混用"文化研究""文化批评""文化理论"的情况，黄卓越专门撰文以厘清三者在学理上的差异，认为它们"处理知识与观念的基本模式不同"①。文化研究尽管也重视对各种理论工具的使用，但其更加倾向于民族志式经验参与，尤其重视发掘那些被传统学术研究和精英主义边缘化的文本或文化现象。文化批评则呈现出泛专业化、重视理论性思维的态势，更追求所谓思想性价值而非事实性价值，容易陷入凌空蹈虚的庸俗化境地。文化理论则高举"普遍性话语"的旗帜，与文化研究所指涉的对象不尽相同，比如杰姆逊的后现代文化理论、波德里亚的消费社会理论严格说来不属于"文化研究"，应当归到"文化理论"范畴。如果参照斯图亚特·霍尔对"文化研究"几种范式的划分，那么当文化研究发展到结构主义阶段，尤其是吸纳后现代理论之后，文化理论就基本上可以放置到文化研究的范域内加以讨论了。这也可看作文化研究所具有的一种强大的归化性与整合性功能。就后者而论，黄卓越对"大众""意识形态""书写"等文化研究关键概念做了细致的比较分析，此处仅以"大众"为例略加阐述。"大众"一词在中西思想史、文化史上有着各自的脉络，围绕"mass/popular"（通俗/大众）的语义分析也成为文化研究最突出的翻译问题之一。黄卓越从语词翻译入手，循英语义学批评的发展轨迹，爬梳"大众文学"的意义变迁，尝试廓清其为"大众文化"所遮蔽的语义向度。与此同时，黄卓越立足中国思想史的发展脉络，探析了"大众"在中国语境中的独特显影之途，"中国近代的所谓印刷资本主义与大众文学在一开始就是作为一种正面的力量被接纳的，未像西方话语那样视若消极之物而处以苛严的批评"②，他聚焦于启蒙话语的逻辑，分析中国知识界如何认知"大众"以及"大众文化生产"，"经由30年代的'大众化'讨论与毛泽东的延安讲话，遂在建国以后摒却群言，大众文学树立为覆盖一切文学书写的正统型范"③。此时"大众"开始作为"革命的主体"，与代表历史进步性的"群众""庶民""民众""人民""平民"等指称相类同。20世纪90年代以来，随着文化生产、传播、消费机制发生了巨大变化，一方面，原来的"革命大众"转化为了"消费大众"，另一方面，

---

① 黄卓越：《文化批评与文化研究》，《文学前沿》2000年第1期，第171页。
② 黄卓越：《黄卓越思想史与批评学论文集》，北京：北京语言大学出版社2012年版，第41页。
③ 黄卓越：《黄卓越思想史与批评学论文集》，北京：北京语言大学出版社2012年版，第42页。

"大众"所承载的"能动性""抵制的潜能"等意义维度也被重新发掘出来,由此而导致了"中西方'大众'话语始而有异、渐次趋同"①。

中国文艺理论界自引入"文化研究"的思想话语以来,大部分学者都忙于"借他山之石"应答本土文化热点问题,较少有人从学术史角度勾勒文化研究的(准)学科渊源及播撒之旅,由此导致学界对文化研究的认知存在诸多不足。一般认为,广义的文化研究不仅指向以伯明翰学派为中心的英国文化研究,还包括德国的法兰克福学派、法国的后结构主义、美国的传播政治经济学派等。作为一名自觉的文化研究学者,黄卓越指出,尽管国际上的文化研究存在多重路径,"但后来也以 Cultural Studies 概说之,是以英国的范式为某种参照系来梳理的,并借之而构形为一种国际通约型的学术样式"②。正是基于这样的认识,黄卓越率领自己的学术团队,尝试对英国文化研究作系谱学的学术史梳理,并在细读经典文献的基础上,提炼问题意识,围绕英国文化研究的事件或人物展开专题研究,有意突破"导论""概论"式的简约介绍,深入探查文化研究的微观细部。一方面,黄卓越示范性地考察了前英国文化研究时期的核心论题,比如通过全方位的文献细读、纵横交错的比较分析、历史化与反思性相结合的观照视角,对"文化"概念的塑形做了令人信服的勾描;③ 另一方面,黄卓越强调英国文化研究自身的多元性,自觉解构伯明翰学派的神话,重视结构主义范式之后的"《银幕》理论"、默多克的政治经济学传播理论、本内特的文化政策研究等其他分支,相关研究成果汇集为《英国文化研究:事件与问题》,该书视野广阔,论题涉及英国文化研究的众多面向,比如"《银幕》理论""CCCS 道德恐慌研究""'新时代'理论""种族符号与消费问题"等,是国内学界集中展现英国文化研究的一扇窗口,该书的深意所在,诚如作者所言:"在学术史层面上所进行的梳理,并不等于鹦鹉学舌,仅仅学会他人的语言;而是表明,我们也有能力介入国际文化研究的话语场中,而不是只会做旁观的看客。"④ 虽然黄卓越主要侧重于研究"文化研究",但同时也积极介入当代中国的文化实践,比如其撰有对博客私人写作与公共空间的讨论等文章,最具代表性的当推 2012 年发表在国际知名刊物《文化政治》(*Cultural Politics*)上的长篇英语论文《两种话语之争:一

---

① 黄卓越:《黄卓越思想史与批评学论文集》,北京:北京语言大学出版社 2012 年版,第 47 页。

② 黄卓越:《英国文化研究:事件与问题》,北京:生活·读书·新知三联书店 2011 年版,第 1 页。

③ 详见黄卓越的系列论文:《定义"文化":前英国文化研究时期的表述》,《文化与诗学》2009 年第 1 期;《定义"文化":威廉斯的文化概念》,《燕赵学术》2010 年第 1、2 期;《"文化"的第三种定义》,《中国政法大学学报》2012 年第 1 期。

④ 黄卓越:《英国文化研究:事件与问题》,北京:生活·读书·新知三联书店 2011 年版,第 4 页。

种新意识形态在中国的形成》（The Competition of Two Discourses：The Making of a New Ideology），该文从"社会意识形态"的概念出发，对北京地区"小升初"教育现状展开文化分析，① 有效地"接合"了当代中国的文化政治与民族志经验，堪称当代中国文化个案研究的范本。

三

倘若对黄卓越的学术探索历程作系谱学的追溯，就会寻觅到一条相当清晰的"由窄到宽，由宽到窄"的发展脉络。新世纪之交，黄卓越游走在批评史、文学思想史、文化研究等多个领域，取得了丰硕成果。近年来，国际汉学开始成为黄卓越的关注重心，作为一项处于"进行时"状态的庞大研究工程，虽然许多极有分量的论著尚待发表，但国际汉学研究犹如一个得天独厚的学术演武场，充分调用了黄卓越在诸多领域的研究积累，可谓一次比较集中的智识爆发。总的来说，黄卓越对于国际汉学研究的贡献主要有三：其一，积极倡导"国际后儒学话语谱系"，引领一种对话式的汉学研究模式；其二，突破国内学界大多集中关注 20 世纪 70—90 年代海外著名汉学家的视野局限，尝试将 19 世纪初及 20 世纪上半叶以来的英美中国文论纳入研究视域，使得国内的汉学研究更具连贯性和整体视野；其三，敏锐地察觉到 20 世纪 90 年代之后的汉学新变，尤其是英美汉学的"文化转向"，主张将英美中国文论研究放置到英美后期汉学演变的历史情境中加以观照，试图从更深层次发掘英美中国文论研究与整个汉学发展体制之间的关联。

为了阐明儒学在后现代语境中的具体处境及其发展走向，2006 年，黄卓越与国内学者金惠敏、国际著名汉学家安乐哲（Roger T. Ames）携手合作，成功主办了"儒学与后现代国际学术研讨会"，会议交流论文后来汇编成册，收入"赫尔默斯国际前沿论文书系"正式出版。黄卓越在为论文集撰写的"代序"中详细回溯了国内外儒学的演变过程，对自现代以来就在国内外儒学圈占据主导地位的"新儒学"模式展开了深入检讨，认为"新儒学"所标榜的"整体论"太过本质主义化，"尽管在他们的论述中已更多地注意到社群的功能，但这种'关系'或'关联'却不是'接合'（articulate）性的，而是依然要从决定性的心体或主体启程的；依然不是美学式关联的，而是因果逻辑式关联的"②。"新儒学"存在的问题还包括精英主义色彩太浓，关注视域脱离普通民众及其日常生活，鼓吹本土文化的普适性，与多元主义文化观及

---

① Huang Zhuoyue. The Competition of Two Discourses：The Making of a New Ideology. *Cultural Politics*, Vol. 8, No. 2, 2012：pp. 233 – 252.

② 黄卓越：《儒学与后现代视域：中国与海外》，开封：河南大学出版社 2009 年版，第 2 页。

多元文化现状格格不入。因此，黄卓越明确提出"后儒学"概念，试图以"后儒学"代替西方汉学的"新儒学"模式，"我们这里所用的'后'缀，不唯有遗存的意思，更主要地还是后现代的意思，含义更为广泛。因此，我们所说的后儒学也就是一种后现代儒学，当然这也包含有新儒学之'后'的意思"①。"后儒学"对"新儒学"的取代堪称一次"范式革命"，"后儒学"提倡一种置身于本土/世界、地方性/全球化张力空间中的商谈对话，摈弃任何意义上的决定论模式。为了适应全球化与后现代浪潮席卷而来的时代背景，"后儒学"所关注的问题对象及其实践运作的方法论模式都发生了改变，显现出与新时代汇通与对话的态势。在黄卓越看来，前一段出现的有关儒学研究范式的指称如"新儒学第三代""新新儒学""后新儒学"等，也都在不同层面具备一些"后儒学"的前瞻性视野，但与此同时又仍然陷入到"新儒学"的思维模式中，保留了旧哲学的深刻痕迹。而"后儒学"的命名则有效地规避了"新儒学"的单边话语模式和决定论思维，既有利于应对后现代的差异政治与微观政治，也适用于当下中国的多元文化格局。如今，"后儒学"的提法已经为学界广泛接受，在很大程度上推进了一种"对话式"的汉学模式。

此外，黄卓越作为首席专家还承担了教育部基地重大项目"海外汉学与中国文论"，主要负责英美汉学与中国文论部分。诚如学界所论，20世纪70—90年代，中国文论研究在英语世界蔚成热潮，文学研究尤其是文学理论研究开始在大汉学的繁复语域里成功突围，显影为海外汉学的中心论题。基于此，国内学界对于英美汉学的研究也大多集中在这一高峰时段，客观上忽略了那些散落在其他时期的话语现象，导致了一种"断代""断裂"的假象。为了打破这种"断裂"的幻象，重新建构起英美中国文论研究的历史化叙事，廓清中国文论在英美学界被构形为"独立言说形态"的演进脉络，黄卓越开启了一次大规模的海外汉学原典研读计划，通过追溯19世纪初以来英美中国文论研究的演变过程，旨在厘清该领域"从大汉学研究至文学史研究，再至文论史研究"以及"从'理论的研究'至'理论的诠释'，再至'理论的建构'的进阶"②。黄卓越强调要对英美中国文论研究作整体性、动态性观照，他细致梳理了19世纪英国的中国文论研究概况，通过评述德庇时（John Francis Davis）、理雅各（James Legge）、苏谋事（James Summers）、道格斯（Robert Kennaway Douglas）、翟理斯（Herbert Allen Giles）等汉学家的代表性成果，总结出19世纪英国汉学界中国文学研究的几个特点，比如欠缺独立的学科意

---

① 黄卓越：《儒学与后现代视域：中国与海外》，开封：河南大学出版社2009年版，第18 - 19页。

② 黄卓越：《从文学史到文论史——英美国家中国文论研究形成路径考察》，《中国文化研究》2013年第4期，第201页。

识，对文本的择取相当宽泛随意，将文本对象锁定为"大文学"；此时的汉学家大多兼具外交官、传教士等身份，他们习得汉语主要是为了日常交际，因此他们在介绍中国文学时会集中关注文字与音韵。至 20 世纪以后，由于受到意象派文论的影响，出现了新的批评思潮，以费诺罗萨（Ernest Fenollosa）、庞德（Ezra Pound）、艾斯珂（F. W. Ayscough）等为代表的对中国诗学的新阐释，通过逆袭的方式改造了英美汉学中国文论的关照视野，并直接影响到 40 年代后如修中诚（E. R. Hughes）、海陶纬（J. R. Hightower）、麦克雷什（Archibald Macleish）等学理化与学院式的研究。而紧接其后，才有了学界较多关注到的 20 世纪 70—90 年代那种以更专业化面貌出现的英美国家的中国文论研究。客观上讲，前一阶段的英国汉学界的中国文学研究尚处于"懵懂的潜伏期"或初步展现期，但对之进行的相关研究"不仅能够细致与完整地了解英美国家中国文论研究的一个动态性框架，也能更为有效地探查诸相关批评家与理论家在这一谱系中所居的言述位置，及文论研究有可能给整个英美中国文学研究带来的某种意义反馈"①。

还有一个值得关注的现象是，20 世纪 90 年代初前后，伴随着文化研究与文化理论的环球旅行，英美汉学羼入了后结构主义、新历史主义、文化研究等理论思潮，这些理论与方法的汇入推动了一种多学科交叉的汉学研究态势，但未能引起学界的足够重视。黄卓越率先关注并专门探讨了英美汉学的"文化转向"，他旁征博引汉学研究个案，专题分梳性别理论、传播理论、书写理论等对于"文论"话题的影响。黄卓越指出，随着文学边界的扩容，文学的概念在很大程度上类同于"文本、想象、书写、表征"等理论关键词，与此同时，"文论"的既定边界也将被打破，其话语框架也将为相关学科所共享，回返"大汉学"的趋势十分明显。② 在文化研究的影响下，英美汉学将更加注重"理论意识"和"场域意识"，"文论"不再被预设为权威话语，而是需要重新放置到特定的历史语境及关联机制中加以考察，正如黄卓越在造访英美汉诗形态研究的理论轨迹时所得出的结论："一方面，西方各阶段对汉诗诗学的研究均与其学术与批评模式的特点相应，并经历了由粗至精的发展历程；另一方面，每一期的研究或变更之下也均蕴含着对中国文化态度的整体设定，认同的程度自然会直接或间接地影响到汉学家对自己阐释方向的选择。"③

---

① 黄卓越：《从文学史到文论史——英美国家中国文论研究形成路径考察》，《中国文化研究》2013 年第 4 期，第 201 页。

② 黄卓越在为"海外汉学与中国文论"系列成果撰写的"总序"中详细论及 20 世纪 90 年代之后的汉学新变，相关成果尚未正式出版，感谢黄教授慷慨提供资料。

③ 黄卓越：《"汉字诗律说"：英美汉诗形态研究的理论轨迹》，《北京大学学报》（哲学社会科学版）2014 年第 1 期，第 86 页。

结　语

　　近三十年来，黄卓越潜心问学、上下求索，在这段谱牒不算太短的"学术苦旅"中，黄卓越统摄中西视野，由西学和文艺心理学入手，关注重心相继聚焦于中国古代文论与文学思想史、文化研究、海外汉学等领域，他在广阔的学术天地间撑起一叶涉渡之舟，有意识地接合文本内部的能指狂欢与大历史的文化政治，实现了个人学术生命中一次次的"华丽转身"。无论研究对象是批评史、思想史、文化研究学术史、当代文化现象抑或是海外汉学新动态，黄卓越都依循严谨规范的资料爬梳与历史论证，借助多维交叉的话语逻辑分析，对抽象枯燥的学术命题展开极富个性化的深度思考与情感对话，建构起一种兼具历史理性与人文关怀的独特批评样态，在当代中国文艺批评的思想图景中分外夺目。

全球化时代的文化哲学

——金惠敏文化研究思想述略

罗如春①

【学者小传】

　　金惠敏：中国社会科学院文学所研究员、博士生导师。主要著作有《反形而上学与现代美学精神》《意志与超越——叔本华美学思想研究》《后现代性与辩证解释学》《媒介的后果——文学终结点上的批判理论》《后儒学转向》《积极受众论——从霍尔到莫利的伯明翰范式》以及《西方美学史》第四卷等，发表中外文（英、德等语种）论文百余篇，主编学术丛刊《差异》及丛书多种。

一

　　金惠敏是当今中国文化研究学界甚至是整体中国人在文学界获得国际承认的为数不多的学者之一。他秉承深厚的德国哲学特别是解释学传统，融会法国后结构主义并吸纳英国、美国、加拿大等西方文化研究的知识谱系和思想脉络，出入于古今中西的文化传统之间，阐释并激沽诸多历史潜文本，形成文本之间的互文与对话，回应全球化背景下的中国乃至世界的时代文化主题，建构出独树一帜的文化理论。

　　从致思历程的角度考察，金惠敏的文艺批评大致②可以分为三个阶段：第一阶段可称之"反形而上学"的哲学美学阶段，从20世纪80年代中后期直到世纪之交的德国美学哲学研究与中国当代文化研究，前者主要包括其博士论文（1996）、《意志与超越——叔本华美学思想研究》（1999）、尼采研究③

---

　　① 罗如春：湘潭大学文学与新闻学院副教授，博士生导师，主要从事文艺学与文化研究。
　　② 由于一个人的思想成长往往具有循环缠绕的非断裂特性，本文不可能将论主的思想发展作编年史上的截然划段，笔者拟参照主题的相似性，但因为论主各个思想主题之间的交叉性，只能求其大略分界，请读者诸君明察。
　　③ 参见金惠敏、薛晓源：《尼采与中国的现代性》，《文艺研究》2000年第6期；金惠敏：《尼采与现代性问题》，《哲学杂志》（台北）2001年11月（总37期）；金惠敏与薛晓源联袂主编的《尼采百年解读书系》6种（社会科学文献出版社2001年版）。

理论，《媒介的后果》较为全面、系统、深入而敏锐地阐释了"第二媒介时代"（马克·波斯特语）传统文学的命运及其走向。金惠敏认为麦克卢汉的断言"媒介即信息"今天已悄然演绎成最日常的生活现实，人们为媒介所殖民、规训、结构，并将媒介的叙事看作自身的真实。该书提醒人们对当今媒介帝国化进程的重视，它将媒介的后果界定为"趋零距离""图像增殖"和"球域化"等三大内涵，并对当代西方批判理论施以借鉴和改造，进而揭示了新媒介对于文学、哲学及其他一切以印刷媒介为基础的现代性精神生活形式所造成的"深刻的存在论危机"，因为后者是以"距离""深度"和"地域性"为其生命内蕴，与新媒介的后果格格不入，从而这种危机"即使算不上一个终结，亦堪称一次脱胎换骨的转型"①。

金惠敏特别提出了"文学全球化"或"全球文学""全球化的文学"概念而非坚持习见的"世界文学"的说法，其中并非仅仅只是名词的差异，而是蕴含着基本精神上的不同。它不是马克思和恩格斯等所谓的"世界文学"，因为金惠敏发现这样的"世界文学"观有着如下盲视：它是伴随着资本主义全球化的"物质生产"而来的可称为"现代性的后果"或"现代性的诉求"的现象，它在很大程度上就是帝国主义经济列强对其他民族或地域的文学的世界化和普遍化；其他民族的和地方文学的持续性抵抗，将使"世界文学"永远停留于一个未竟的计划；而要形成这样一种"世界文学"的认同是困难的，因为"没有人能够认同一种并不确定的存在"。总之，"世界文学"是一个"不太恰切"的概念，"它只意味着平面性、无限平面的铺开，意味着普遍性、遍无不及的推展，意味着统一性、将各种差异统合为一体"，它最终在性质上是单数的、同质的，甚至还可被设想为一种实体。② 金惠敏提出以极富后现代色彩的"全球文学"概念取代"世界文学"："全球"已经包括了"世界"，而"球"则更呈现出立体的、动感的、旋转的、解中心的趋势，这样的"全球"就是我们全球化时代的文学的特征。实际上，金惠敏的"全球文学"观念就是他后来提出的"全球对话主义"在文学领域内的表现。

（二）媒介受众论

在媒介受众研究方面，金惠敏梳理英国媒介受众研究的学术思想史，但他不是亦步亦趋地复述这段历史，也不是采取人类学田野考察这一实证研究方法，而是从其文化哲学的视野出发，在进行大量深刻细腻的文本细读的基础上，发掘出戴维·莫利实证研究中的哲学意蕴：揭示并重构其深蕴的本体

---

① 参见金惠敏：《媒介的后果——文学终结点上的批判理论》，北京：人民出版社 2005 年版，"前言"。

② 金惠敏：《全球对话主义——21 世纪的文化政治学》，北京：新星出版社 2013 年版，第 55 页。

论与方法论，从而建构出从霍尔到莫利的伯明翰范式的令人信服的"积极受众论"谱系。金惠敏并不仅仅只是细致梳理出这个学术谱系，而且在这个谱系思想裂隙和尽头处，展开自己的独立思考，他批判了其间所存在的从话语层面寻找积极受众思路的不彻底，推演出一个社会本体论的"受众"概念，受众是因其作为社会本体的存在而具备为"抵抗"所凸显的积极反应能力的；或者说，受众的马克思或弗洛伊德所谓的"物质性存在"才是其积极抵抗的最终解释。

金惠敏将戴维·莫利的积极受众论中蕴含的社会本体论的"受众"概念加以充分开掘，并将其理论化，从而最终脱出了话语主义的牢笼，取得了积极受众论上的一些突破。但是金惠敏最终的受众概念还是显得有些游移不定，一会儿说是"社会本体"的，一会儿说是"自然生命"的，一会儿又说是"物质性存在"，恐怕终归应该是"物质性存在"，属于"唯物主义"的范畴；还有，金惠敏此处的话语与生命、文化与自然之间似乎形成了一个二元对立，这与他后来在论述德里达时强调要通过文化才能返回自然的非二元论自觉不太一样。

（三）媒介美学研究

在媒介美学的探索方面，金惠敏还发掘出甚至连北美媒介生态学界都已经遗忘了的麦克卢汉"媒介美学"的内涵，他亲自撰写并组织发表了一批国内外学者文章，专门发掘探讨麦克卢汉媒介研究与文学研究或美学的关系，其立足点既不执守媒介一极，也不拘泥于文学一端，而是发现和捕捉两者之间的"总是闪烁不定"的交汇处，旨在通过麦克卢汉这一范例展示媒介研究与文学研究相互启发、借鉴、影响的意义。金惠敏认为，麦克卢汉既是媒介理论家，也是美学家，媒介是他的研究对象，美学是他的研究方法。因此，麦克卢汉的理论可称为"媒介美学"，但其作为方法的美学并不外在于作为技术的媒介，相反，"美学是媒介技术内在固有的属性，媒介技术本质上是感性的，着眼于感性，作用于感性，为感性所界定"。而今天我们之所以要阐扬麦克卢汉的"媒介美学"，一方面固然是因为媒介无处不在，另一方面更在于"人类迄今为止最深刻的革命乃感性革命或美学革命"。此外，金惠敏还揭示了"遥远的、古老的"庄子的感性技术论成为麦克卢汉媒介美学的一个灵感之源。①

随着研究的深入，金惠敏图像学研究的社会批判性色彩在逐步增强，如果说在《媒介的后果》阶段，还主要是对于图像增殖、审美泛化导致的社会、文学危机进行客观描述的话（尽管其间也涉及社会"最终的商品语法"问题）；那么，到了《消费他者——全球化与资本主义的文化图景》一书中，其对所谓"美学资本主义"的揭露则明显强化，明确图像增殖是审美泛化的"直接动力"，而根本动力则来自资本主义。当然，金惠敏研究的可贵之处更在于实事求是，突破意识形态的束缚，发现了资本生产诗意的另一面，"仅有浪漫主义的'审美现代性'批判将是偏狭的，这种理论看不到在资本主义与文化或美学之间还有一种积极的建构关系。资本主义生产方式不只是与诗歌相敌对，而且其本身即蕴含着一种不是诗意但类似诗意的要素"②。

三

全球化研究特别是"全球对话主义"的提出可说是金惠敏文化研究中浓墨重彩的一笔。密涅瓦的猫头鹰在黄昏时才会起飞，全球化的哲学研究亦复如此。全球化作为一个学术的和社会的话题，无论是在中国还是世界，其真正的"启动"应该是在20世纪90年代。正如金惠敏自己所说的，20世纪90年代世界范围内的全球化研究"深入到人文社会科学的所有部类和社会生活的一切领域，但唯独哲学和哲学家除外"（《全球对话主义——21世纪的文化政治学》"序言"）。到了新世纪，全球化研究似乎成了强弩之末，不免让人意兴阑珊。但就在此时，金惠敏突入了这个似乎已经过气的话题，别开生面，拓展了一个崭新而深入的研究空间，将全球化研究引向深入。

对于全球化的研究，除了前文提到的"球域化"及其"全球文学"的论题之外，金惠敏还主要涉及了三个题域：全球化之下的中国传统思想、全球化背景下文化与自然的新分野以及"全球对话主义"理论的提出。由于篇幅所限，在此只谈最后一点——全球对话主义。

进入新世纪，特别是新世纪的第二个十年以来，文化研究已经从它的国内阶段发展到了国际阶段，因而也相应地提出了新的理论要求：国际文化研

① 参见金惠敏：《"媒介即信息"与庄子的技术观——为纪念麦克卢汉百年诞辰而作》，《江西社会科学》2012年第6期；《理解媒介的延伸——纪念麦克卢汉〈理解媒介：人的延伸〉发表50周年》，《中国图书评论》2014年第11期；《作为方法的美学——"麦克卢汉与美学研究"专题代序》，《东岳论丛》2015年第6期；《"麦克卢汉：媒介与美学"专题主持人语》，《文艺理论研究》2015年第1期；《技术与感性——在麦克卢汉、海森伯和庄子之间的互文性阐释》，《文艺理论研究》2015年第1期。

② 金惠敏：《消费他者——全球化与资本主义的文化图景》，北京：商务印书馆2014年版，前言第vi页。

究应该有其自身的理论纲领。基于这样的理论自觉，金惠敏以"文化帝国主义"论争为切入点，将文化研究分作"现代性"与"后现代性"两种模式，分别考察其长处和短处，最后得出超越这两种模式的第三种模式，即"全球性"文化研究模式，其灵魂是扬弃了现代性和后现代性哲学的"全球对话主义"哲学，在这里，"全球性"是包含并同时超越了现代性和后现代性的一个新的哲学概念。

"全球对话主义"有几个要点：作为"他者"的对话参与者是其根本；但"全球"不是对话的前提，甚至也不是目的，它是对话之"可期待也无法期待的结果"，因为，这样的"全球"以他者为根基，是"他者间性"之进入"主体间性"，是"他者之间的主体间性的相互探险和协商，没有任何先于对话过程的可由某一方单独设计的前提"；"他者"一旦进入对话，就已经不再是"绝对的他者"了，对话赋予"绝对的他者"以主体性的维度。"主体间性"的一个主要意思就是对主体之间相互改变的承认。承认主体性的存在，就是承认全球化对话之中的"现代性"，而承认主体间的交融互渗，就是全球化对话中的"后现代性"，这就是金惠敏所谓的全球对话主义对于现代性与后现代性的综合与超越。

金惠敏的全球对话主义具有鲜明的理论特征，其一是在全球化的范围与基础上谈对话。其二，它实际上是对于现代性和后现代性话语进行的黑格尔式的理论合题，它综合并超越了殖民霸权主义现代性和反（解构）殖民霸权的后现代话语，形成了一种以现代性框架为主导的包容后现代性的全球对话主义。金惠敏表面上是这样宣称的，但实际上却存在矛盾，因为他的全球对话主义实际上已经剔除了殖民霸权的维度，而完全归于后现代后殖民主义的强调杂交对话的理论旨趣之中了。其三，该理论的出场首先是奠立在既有的"对话"理论的复杂谱系之上，然后进行理论甄别争辩，最后集其大成的。对于学界汗牛充栋的"对话"理论研究，金惠敏将其总结为两种理论谱系：一种是巴赫金的对话主义及其影响下的克里斯蒂娃互文性理论，乃至于乌尔里希·贝克提出的世界主义（"全域主义"），其缺憾是"过于偏重话语的方面，而没有看到对话本身是人类的一种存在方式"，而巴赫金则特别"忽视了人的生命存在"；另一种是20世纪以伽达默尔为代表的德国解释学传统，它强调了要把对话建立在包括人类的社会、文化和生命在内的存在基础上，其优长是奠基于本体性存在之上，缺点则是"缺少了话语的部分"，导致缺乏一种批判性的思维。金惠敏综合了二者的优长，超越了既有的两种对话主义的缺陷，特别是其对话理论超越了纯粹话语主义的根本缺陷，提出"本体对话论"或"本体对话主义"：既将对话看作是人类的本体性存在，又结合话语的批判维度，将解释学、话语理论和批判理论融为一体。因之，"对话"的特点既是话语性的，又具有"不可对话性"，即"总是存在那种无法传达的、无法表达的东西"，既有可以交换的话语层面的主体形成的共同性，又讲不可通约的"物质性个体"，还涉及由于"物质性个体"的存在形成的交往话语中共通性的临时性、可协商性。金惠敏提出"对话"的"不可对话性"，在今日世界方兴未艾的话语主义的理论潮流中，这是极富洞见的说法。就普遍与特殊的关系上说，"本体对话主义"要讲普遍性，因为在对话中，"只有话语具有普遍意义，只有话语能够沟通"。但同时也强调特殊性，"这是话语之所由出、话语的基础"。

金惠敏的"对话主义"不是偏执于普遍性或特殊性的某一端，而是在两者之间建立一种动态性的关系。所谓"普遍性"不是一种僵硬的东西，而是文化研究概念所谓的"表述"和"连接"即"表接"（articulation），是特殊性和普遍性建立的一种动态对话关系。现代性所理解的"霸权"现在必须在表述和连接的意义上去谈，"表接"不是对差异的抑制或消灭，而是差异之间的一种新型关系。金惠敏的"对话主义"关键词实际上是用已经弱化了的后马克思主义者斯图亚特·霍尔、拉克劳和墨菲等的"表接"取代了西方马克思主义者葛兰西的更具批判性的"霸权"概念。

笔者认为，本来"表接"概念也是具有政治性的，它通过不同话语的表述和连接，可以成为属下和弱势阶级解构反抗"霸权"的一个工具和方法。但金惠敏的"对话主义"似乎有消解"表接"概念的斗争的意涵，从而在一定程度上去政治化了。这对于仍然存在着巨大不平等、文化身份认同政治如火如荼的今日世界，尽管其具有良好的规范性意图，但由于对这一事实的极大忽视，理论后果恐怕不会尽如人意也可想而知。

出于一种"对国际上（在这里指欧洲）的描述性的理论判断运用于中国社会/文化环境和偶发事件时的可移植性的永远必须的决断"① 的审慎反思，金惠敏明确宣称自己的全球对话主义理论的现实指涉主要是针对中国的坚信一种中西二元对立的严重"后殖民主义情结"。金惠敏的这种在普遍性和特殊性之间运动的对话主义为中国文化特殊性话语打开了走向普遍性的方法论通道。尽管我们在罗兰·罗伯逊和酒井直树那里已经看到了类似的主张，前者主张"全球地域化""地域全球化"；后者坚持普遍主义是一种特殊主义，特殊主义可以被普遍化。但金惠敏与他们的视角不太一样，罗伯逊从全球资本主义的角度谈全球与地域之间的关系，而酒井直树重在批判以普遍主义之名行特殊主义之实的帝国主义、殖民主义的话语运作策略。金惠敏则重在从纯

---

① H. D. 斯蒂芬尼著，郑怡、罗如春译：《中国中产阶级文化认同的培育》，《湘潭大学学报》（哲学社会科学版）2012年第1期，第86页。

哲学的层面来厘清普遍性和特殊性之间的实质关系。"弱者，你的名字是特殊性"，这是金惠敏对于特殊性话语的理论定位，他承认特殊性话语的阶段性作用，像同性恋、女性话语、第三世界等在"一开始的阶段"强调自己的特殊性"是有必要的"，因为要对话，必须有自己的身份；但是在"更进一步"的阶段，这种对特殊性的强调，对个人身份的强调，"必须把它阐释或者理解为与普遍性具有某种结合关系的东西"。也就是要建立霍尔所说的"在异之同"，即在差异的基础上建立共同性。金惠敏还认为，后殖民主义的进一步发展，"应该是把他们的差异性作为共同性，而不是自绝于一种普遍性，自绝于一种对话性的'衔接'"。所有的对话都是既要放弃自己的某一部分存在，让出一部分东西，然后才能进行沟通；同时还要坚持一部分东西，在绝对的自我存在和话语之间永远是一种动态性的关系。金惠敏的对话主义的理论特点尤其强调普遍主义的维度，"不要过分强调自己的文化特殊性"，但也不忽视文化特殊性层面，而且将特殊性话语的作用分层次论析，这些都富有辩证法的意蕴。

但是，这种理论也存在一些问题，比如，特殊性话语并非一定要联系上普遍性才有意义，因为在全球化的普遍主义背景下，正是文化的特殊性才使得文化身份得以建构，差异性在比较中得以凸显，人们需要差异性，这是其借以获得自我认同和他者承认的必要方式，尽管在认同归属之中也有着共通和普遍的维度，但仅凭这一点显然还不能达至真实完整、独具特色的认同，需要差异与同一之间的辩证互动关系。因此，特殊性并不仅仅只是弱者的话语，可以说它是包括强者在内的所有主体普遍认同话语的必要构成部分。而且，特殊与差异正是这个世界充满多元生机的一个缘由及其象征之所在。在全球化的时代，一方面，普遍主义日益增强，另一方面特殊文化、特殊身份正不断因此被激发，差异性更加凸显，从而形成了世界范围内的方兴未艾的身份认同政治。

中国有着严重的"后殖民主义情结"，这既是一种无可讳言的文化现实，也是一种历史必然，并非"与我们中国人的经验和生活没有丝毫关系的纯粹的知识"。我们需要做的，不是回避，也不是无视，而是正视并超越这种后殖民文化状况，最终解脱笼罩性的后殖民意识。

"全球对话主义"的进一步发展是"价值星丛"理论的提出。①

金惠敏最近提出的"价值星丛"理论承继"全球对话主义"的基本旨趣，他批判"本质上是一种二元对立思维"的民族主义，这种二元对立在中

① 参见金惠敏：《价值星丛——超越中西二元对立思维的一种理论出路》，《探索与争鸣》2015年第7期；Huimin Jin. The Constellation of Values: A Possible Path out of the Impasse of China - West Opposition, *Telos*, 2015 Summer (171): pp. 118 - 123.

第二编 思想史与文化研究

国是中西对立，它坚持中国文化的特殊性和不可通约性，而拒斥、抵抗西方的文化和文化霸权。作为对二元对立思维的一种替代方案，"价值星丛"理论"将各种价值符号之间的关系视作一种动态的对话，它们彼此界定、阐释、探照而绝无压制和臣服。在价值星丛中，各民族的利益将获取最充分的实现，其文化特殊性亦将得到最充分的展现"①。

"价值星丛"理论较之"全球对话主义"有了一些可贵的变化或进步：开始凸显了各种价值观念之间的并非完全平等的关系，这在"全球对话主义"那里是相对缺失的（至少是强调不够的）。揆诸本雅明、阿多诺等人对于"星丛"概念的说法，构成"星丛"中的各个星星之间的关系是松散结合的，但有大小、高低、强弱之分，并且其间也存在一些支配与被支配、控制与受控制的关系，即使这种关系是很微弱的。"价值星丛"包含着一种不平等的承认在内，但这种不平等被限制在"星丛"的松散团结的关系之中，这是金惠敏试图解决霸权世界、后殖民时代问题而加以挪用的一个思路细腻且富有生产性的对话主义概念。但这种状态仍然显得有些理想化。

总之，在汗牛充栋的全球化论述中，少有哲学家的话语，而金惠敏独树一帜，在伽达默尔哲学解释学所倡导的对话本体论基础上，基本上建立起了一个全球化的文化哲学框架。

通观金惠敏先生的全球化论述，他并没有认真处理文化帝国主义和后殖民文化等问题，没有切实考虑其中的宰制与依附、霸权与服从等权力等级关系，他实际上是通过后现代性的解构策略和张扬其交流对话意蕴将上述问题悬置、取消了。金惠敏过于强调了全球文化后现代性的交往各方的相互依赖以及现代性的主体性内涵，而忽视了现代性的另一题中之义——殖民宰制，导致厚此薄彼，而且"对话主义"没有更为深入地说明"对话"之中的复杂层次和多重关系，这是一个令人遗憾的理论疏忽。当然，这可能只是"对话哲学"的一些极端情况，退一步说，在这个诸多对抗事件频发的世界上，"对话哲学"的提倡及其规范伦理的建构，不能说不具有强大的现实意义与实践价值。也许，金惠敏的"全球对话主义"还只是标示了一种对话立场、对话意识和对话哲学，而并没有进入到对话程序的规范设计层面。在这方面，哈贝马斯之于"交往理性"和罗尔斯之于"重叠共识"的从哲学假设到规范设计的多层次、多层面、逻辑严谨、步步深入的分析论证，值得我们汲取和学习。

---

① 金惠敏：《价值星丛——超越中西二元对立思维的一种理论出路》，《探索与争鸣》2015 年第7 期。

结　语

　　不久前，金惠敏提出文化理论研究的学科框架设想："其对象是日常生活和被抑制的他者（有内部的和外部的之分），其语境是资本主义生产或现代化进程。换言之，文化理论的目标就是研究资本主义或现代化的文化内涵或文化后果"，理论旨趣则是为了建设一个"迎接一个公正、和谐的社会的到来"①。这个宣言式的导论，与其前期文化理论研究相比，明显加强了批判意识，可称为批判范式的文化理论论纲。在某种意义上说，这也是金惠敏对自己的文化研究的总结与期许。

　　金惠敏在撰著大量的文化研究论文和著作的同时，还熟练掌握英、德、法等外语，翻译相关研究的专著和论文，频繁出入于国际文化研究讲坛，与欧美重要学者展开实质性学术对话，在国际主流学刊上发表多篇重要论文，出版了一部英文学术专著，是（相关）美学和文化研究领域国内中生代学者中具有国际学术交流能力的少数人之一。他独自编辑了具有浓厚后现代色彩的国际文化学术丛刊《差异》，至今已出版了九辑，主编了大量美学与文化研究丛书，内容广泛涉及当代前沿美学和文化研究。这些学术活动共同构成了金惠敏文化研究繁复而精彩的博大面向。

　　总之，金惠敏的文化研究具有鲜明的特色，他是以后现代主义与后结构主义（二者之间有着差别，在此不赘言）为理论武器，广泛而深入地切进现实和历史的重大文化理论问题，具体涉及全球化、媒介哲学、儒道哲学、当代文学、文艺学、美学状况及其未来前景。金惠敏视野所及，往往别开生面，使既有的相关理论谱系得到生长，在前人的思想基础上，获得创造性的延伸，在国内的文化研究学界别具一格，也获得了国际主流学界的广泛认同。尽管其论述话语不时因为浓厚的西化语法而在汉语语境下显得不够畅达，其理论逻辑也存在着以思想者为中心抑或以问题为中心之间的含糊夹缠之处，个别论断及其思想展开也还有可以继续讨论争议的空间，② 但瑕不掩瑜。金惠敏先生以其深厚扎实的理论功底、孜孜矻矻的学术研究、敏感尖锐的思想视域，进行着一场场常人难以企及的思想探险，其让人眼花缭乱的学术成果，常常成为激活思想的马刺，启人良深。金惠敏是一位值得我们继续予以更大更持久关注的重要的文化研究学者。

---

① 　金惠敏：《文化理论究竟研究什么？》，《文艺争鸣》2013 年第 5 期。
② 　笔者将有另文向金惠敏先生就相关问题商榷请教，此不详表。

走向一种当代批判

——汪民安文艺批评思想述略

姚云帆①

【学者小传】

汪民安：首都师范大学文化研究院教授、博士生导师，研究领域包括文学理论、文化研究与现代艺术。著有《罗兰·巴特》《福柯的界线》《尼采与身体》《形象工厂：如何去看一幅画》《感官技术》《现代性》《身体、空间与后现代性》《论家用电器》等。长期从事西方批评理论的译介工作，代表性的有《抵抗的文化政治学》《亲密关系的变革：现代社会中的性、爱和爱欲》。另主（合）编《后现代性的哲学话语：从福柯到赛义德》《尼采的幽灵：西方后现代语境中的尼采》《福柯的面孔》《后身体：文化、权力和生命政治学》《文化研究关键词》《生产》（不定期丛刊）等。

一

在《没有肖像的肖像画》这篇艺术批评论文中，汪民安概括了肖像画在当代中国的命运："在画布上，肖像本身不再被当作一个人来对待，而是被当作一个绘画客体来对待。人成为一个绘画之物，一个类似于静物或者风景的对象。绘画现在面临的问题不再是如何去恰当地画一个肖像去表达这个肖像（这个人）的内在性，而是去探讨一个肖像如何成为一个绘画对象，一个单纯的画布上的对象。"② 可是，这样一个论点，却无法用在他所从事的另一种文化实践之上，这种文化实践就是汪民安的文化理论和文化批评写作。按照汪民安的观点，中国当代肖像画试图转身成为一种"元绘画"，进而从思想的再现媒介转化成一种形象化的思想，而他的学术写作，则展现了与这一艺术创作相反相成的趋势：乏味的术语独白绑架真理的僭越式谵妄被弃之不顾，一种才气横溢的生动写作被用来展示最为幽微深刻的思想。

① 姚云帆：上海师范大学人文与传播学院讲师，北京外国语大学博士，主要从事比较文学与文化研究。

② 汪民安：《没有肖像的肖像画》，《读书》2012年第6期，第166页。

这意味着，我们对汪民安学术贡献的评述，不应仅仅是记叙和评价，而必须在一定程度上可以形象地勾勒出汪民安思想的鲜活面貌，与此同时，这种勾勒又面临这样的危险：汪民安学术写作的特质和当代艺术文化趋势之间的某种融合，并不意味着彼此位置的彻底互换，而是在互相激荡和对峙之中，完成自身的自我更新。通过艺术性的自我冒险，思想最终保有其揭示当代生活之真理的潜能；在思想刀锋的激荡下，艺术的激变则如病蚌成珠，让最为切身切时的真理凝结为璀璨夺目的作品。因此，我们不能简单地将汪民安教授的作品看作某种有着鲜明"个人风格"的作品，相反，正是这种"个人风格"与同时代的文化症候有着鲜明的争执和张力，通过这种争执和张力，作者才得以揭示当代文化形式所蕴含的真理内容。

因此，在勾勒汪民安学术思想的轮廓时，我们必须首先思考这样一个轮廓始终驻留的某个场域，这样才能让汪民安写作中无处不在的闪光点，成为一种贯以连续的问题意识的思想笔触。笔者认为，这样一个思想场域可以被称为"当代"。在文学研究者和文化研究者的心目中，离我们存在生活的时刻较近的某个时间段，往往被命名为"当代"。例如，1949 年之后的中国文学往往被称为"当代文学"，原因在于，我们可以通过部分在世者的记忆和较为切近可感的资料，身临其境般地把握这一时期文学发展的历程。但是，在当代文化理论和哲学的探讨中，"当代"却并非一个特定的时间段，而是我们借以把握自身此时存在状态的一种特殊时间结构。在"什么是当代？"中，意大利哲学家阿甘本引用德国思想家尼采的说法，将真正的"当代人"定义为"与时代格格不入，并无法适应其要求者"。阿甘本的定义说明，要真正把握当代文化，理解当代文化，就必须与之产生距离和张力。

尽管在新世纪之后，汪民安成为将当代西方思想发展的当代动态引介到汉语学界的重要学者之一，但在其学术生涯的早期，他对当代文化中的"当代性"的感知方式，却并不同于同时代的其他中国学者，并在某种程度上与阿甘本对"当代"的定义有着共通之处。在《谈新时期小说的时代感》一文中，汪民安指出，所有当代文学作品的价值并不在于他的作品呼应了新的时代潮流，而是来源于他们通过对旧时代生活的引用，来批判中国当代文化的现实和发展趋势，他将这样一种现象看作"共时感、历史感和永恒感"的共存状态，这样一个解释在当时的文学批评领域十分新颖。在这篇文章中，汪民安的一些论点非常接近阿甘本对"当代性"的描述。例如，他认为，刘索拉、徐星和残雪的小说都来源于对所处时代的"厌倦"，从而生发出一种"怀旧恋情"，并体现出一种"俯视芸芸众生般的孤芳自赏"。① 这段论述包含如

---

① 汪民安：《谈新时期小说的时代感》，《江汉论坛》1990 年第 7 期，第 64 页。

下两个特点：首先，汪民安暗示，上述先锋小说家都厌倦与同时代人的共在状态，但他们又不得不成为人们的"同代人"①；其次，与我们通常对先锋派"求新求变"的判断不同，汪民安居然说这些作家产生了一种"怀旧情绪"。显然，汪民安在这篇文章中所述的"怀旧"，并非对某种旧时代细节的追逐，而是通过对同时代的不满和批判，所展现的某种阿甘本意义上的"当代特质"。在这篇文章的行文中，汪民安对这一点的论述尚待展开，但只字片语，已经暗示了他在阿甘本对"当代"的思考遭遇之前，在思想上已经有了某种"当代气质"。例如，他在论述当代小说的"历史感"时，提出"历史小说不是为了纯再现而再现，它所追求的，只是一种大致的、大方向的再现，而它的天平中心却在当代"②。这样一系列的论述非常符合阿甘本对"当代人"形象的某个寓言：在宇宙膨胀的过程中，有些星体虽然光芒万丈，却因为已经高速远离地球，使得人们无法看到其本身，只能从黑暗中看到其微弱的光芒，大多数人则只能看到切近星体的光芒，而丧失了洞察曾经照耀过地球的远古星体的能力，那些热爱过去和远方的"当代人"，表面上只看到四周的黑暗，实际上却已经发现了过去真理的闪光。③ 因此，尽管在这篇文章中，汪民安仍然采用了"共时性""历时性"等结构主义术语，但他已经潜在地遭遇了某种"当代性"：在他看来，先锋作家的价值并非某种追赶"新"文艺潮流的能力，而是一种背对同时代来批判同时代的能力。

两年以后，这种独特的"当代"意识已经成为汪民安写作的某种自觉追求。1993 年的《论批评和批评家》是汪民安学术生涯中的一个重要文本，在这一文本中，汪民安娴熟地消化了法国后结构主义思想对文本和作者的理解，并将这种思想资源转化到自己的写作之中，这种转化并非利用理论工具去剖析和再解读某种文本，而是直接内化为某种批评观念和思考理路。这也奠定了汪民安学术写作一以贯之的重要特点：在他的作品，尤其是在他的文艺和文化批评论著中，并不强调理论术语的应用和分析；但是，由于作者本身已经将自身对世界的经验方式和理论思考高度合为一体，这些经验性的批评最终指向某种高度深刻的理论反思。

《论批评和批评家》更为深刻的意义在于，汪民安以一种高度简练、深刻而又有韵味的方式，暗示了批评作为一种文化——艺术实践的当代性。在这篇文章中，汪民安指出，批评并非裁断批评对象（在当时的语境下，这种对

---

① 当代的英文词 contemporary，由前缀 con，即"与……在一起"和词根 temporary"时代的"结合而成，因此，"当代人"也可翻译为"同代人"或"同时代人"。

② 汪民安：《谈新时期小说的时代感》，《江汉论坛》1990 年第 7 期，第 65 页。

③ Giorgio Agamben. *"What is the Apparatus?" and Other Essays.* Stanford：Stanford University Press，2009.

象特指文学作品）的暴力工具，而是使文本的丰富意义得到增殖的手段，而在这一意义上，批评家消解了文本，却又拯救了文本。但是，这样一个洞见，并非这篇文章最值得玩味之处，这篇文章最有趣的地方，在于汪民安提出了"本体批评"的概念。他指出，所谓恰当的批评并非由批评方法决定的，而是由批评者的气质决定的，"批评是主体的批评而不是对象的批评"，换句话说，批评者的存在方式决定了批评的意义。这也就意味着，批评家所追逐的批评理想并非某种文化价值和道德价值的优势，而是一种与批评对象的存在方式统一的生存方式。

文章到这里尚未结束，汪民安随后以戏剧性的戏谑之笔，揭示了现实中这样一种批评理想的迅速毁灭：在影视图像已经盛行的时代，谁会去读文学呢？如果谁都不读文学，那谁又会读批评呢？于是，"除了几本著作，批评家不会留下任何遗产，他的葬礼是简朴的，新闻媒介有意无意忽略不计，悼词将是简短而平淡的……过了些时候，在一家不大显眼的文学刊物上，将会出现一篇怀念性的文字，从此，他就永远离开了人世"。这段话意味着，当批评家与批评对象共在之时，他就与这一批评对象的繁华过去共在，而拒绝与这个时代同在，这意味着，他转身背对所在的时代，而成为一个真正的"当代人"。

二

带着这份与同时代格格不入的当代性，汪民安的学术思想在新世纪开始了全新的转折。这一转折的原因部分来源于时代的变迁：在20世纪90年代，文学批评话语已经成为"不那么流行"的批评话语，这固然与当时人文知识分子的社会—政治理想的挫败有着一定的关联，更与市场经济体制和全球化体系在当代中国的全面展开有着重要关联。与此同时，汪民安学术和工作场域的变化，也对这一思想转折有着不小的影响。在20世纪90年代初，汪民安北上北京，任职于中国社会科学院社科文献出版社，在当时的中国大陆，由于80年代末期的出国留学热和90年代初的下海经商热潮，人文学术译介，尤其是以后结构主义为代表的当代文化理论译介出现了一个断层。此时，汪民安已经比较熟悉罗兰·巴特、德里达和福柯等学者的部分思想，并对这部分思想产生了浓厚的兴趣。在与王逢振、谢少波等优秀学者通力合作的基础上，他开始组织译者，大量编译西方后结构主义文学理论、文化理论和批判理论的最新文献，这一编译过程最终呈现为一套"知识分子图书馆"文丛，为中国当代学术界对西方文论和文化理论的接受作出重要贡献。

在组织翻译活动之余，汪民安对于当代西方文化理论的评介工作，也取得了一定成就，这些工作大多完成于 20 世纪 90 年代后期，成书于 21 世纪初，其中比较重要的著作有《福柯的界线》（2002）、《谁是罗兰·巴特》（2005）、《身体、空间与后现代性》（2006）。其中，《福柯的界线》是在汪民安博士论文的基础上出版的，是国内福柯研究较为系统、全面和有特色的著作。在这部著作中，汪民安围绕福柯思想中的一系列关键词，如疯癫、知识考古学、权力—身体、身体美学等进行了全面的勾勒。即便在华语学界福柯研究已经十分深入的今天，这部著作在论域的全面性方面，也是十分卓越的。其中，尤为值得称道之处在于，在当时外文材料来源较少，福柯的"法兰西讲演录"系列尚未公开出版的情况下，汪民安在国内学术界还在消化"话语""权力"等福柯早期思想的概念时，就专门细致地讨论了福柯"生命政治"概念的发展谱系。这充分体现了他的学术嗅觉和理论前瞻性。

相对于《福柯的界线》，《谁是罗兰·巴特》则是汪民安学术生涯中某种"文学批评时代"最后的踪迹。这本书仍然以某些核心概念来标记巴特的思想历程，但是，作为一本学术传记，本书进入巴特思想的方式并不着重于对特定概念的学理分析，而是通过接入巴特的经验，来理解他每一个概念与其在每一个时期的生命经验的某种"对位关系"。这本书文风优美、节制，有着强烈的"巴特风格"，作者对这种风格的模仿并非单纯出于写作的快感，而是试图通过对巴特文本的解读，来分享和传递巴特的生命经验和时代经验。在《福柯的界线》中，这种写法也有一定的体现，由于福柯这样一个艰难的研究对象的客观限制，《福柯的界线》不可能成为一本好懂的书，却仍然成了一本动人的书。作者并不试图冷静中立地理解福柯的某个概念、某种学说，而是试图将福柯思想所孕育的生命冲动，和这种冲动与福柯所处时代的关联，以及它对我们这一时代的冲击呈现出来。

由此，我们发现，汪民安对于西方当代思想家的评介，不只是对研究对象单纯、客观的介绍，也并非从自己主观的问题意识出发，对这些思想家的观点进行"六经注我"式的重新解释；汪民安的上述写作，试图将自身的经验和研究对象的经验融合在一起，最终激发这些思想家的生命经验和思想经验在两个层面上的"当代意义"：这种"当代意义"既是这些经验对于他们同时代的意义，又是这些经验对于汪民安所生活的时代的意义。而这样一种评介性的写作，为汪民安立足于自身的理论阅读经验进行批评性写作，提供了良好的铺垫。

从 20 世纪 90 年代初开始，在汪民安的生活世界中，与前卫艺术家的交流代替了他与先锋作家的交流，与此同时，都市生活经验的耳濡目染激发了他对当代生活变迁的敏锐感觉。这让他淡出了文学批评领域，开始写作广义的文化批评文章。从当代艺术思潮和作品的评论，到当代中国日常生活中各种文化现象所触发的文化批评，他所涉及的论题时尚、有趣，能从平凡的生活细节中发现极为重要的闪光点。

这一写作与他的理论引介工作互为表里地铸就了学术界对汪民安的印象：一个追逐时尚理论的批评家，或是一个把握文艺新潮的文化理论研究者。但是，在我看来，仅仅以"新"来定位 20 世纪 90 年代以来汪民安的学术和思想写作，仍然没有把握到其学术工作的重点。实际上，在 20 世纪 90 年代有大量学者从不同角度转向了对文化理论的研究，并试图用这些理论对当代问题进行分析和阐释。但是，汪民安的工作自有其独特之处。

支撑这样一个论断的学理基础，依赖于对 20 世纪 90 年代到新世纪初中国人文学术界潜在潮流的一个粗疏的图绘。值得注意之处在于，当时对当代西方哲学和西方文化理论十分关心的学者，至少可以分为三类。第一类学者关心的问题通常被称为"古今中西问题"，这些学者的问题视域最终落脚于"中国"这样一个文明形态，以及这一文明形态所承载的"现代民族国家"之上。换句话说，这样的学者关心的是"现代中国之命运"问题，而要思考这一宏大问题，则必须了解古代中国思想和现代中国思想之冲突，也必须了解"西方思想"（实际上这个"西方思想"远非铁板一块）和"东方思想"的冲突和关联。因此，当这批学者梳理到 18 世纪到 20 世纪的现代西方思想时，自然会接触到以德国法兰克福学派和法国当代哲学为代表的一系列当代理论。

第二类学者通常是中国现当代文学出身，他们在面临解释现当代中国的文学和文化问题时，往往借鉴西方当代中国研究，尤其是美国现当代中国研究学者的成果。而在"后现代思想"已经成为人文学科重要研究范式的美国学界，理论已经成为学者们解释经验问题的工具箱。这些学者们自然"近水楼台先得月"，深受这些理论的影响。

第三类学者往往是中文系和外文系关心文学理论的学者。当发现新的文化形式最终替代了文学创作，而既有的文学理论范式已经完全无法把握这些现象时，他们转向了文化理论研究和文化批评写作。值得注意的是，这些学者在把握文化研究理论时，最为关心的是某种意识形态批判和美学批判。这种研究最终导致了两种倾向：一批对"意识形态批判"问题有着敏感和执着的学者，重新回到了一种并非教条的马克思主义立场，对文化现象中的政治寓言倾向和社会领域中的文化霸权问题产生了浓厚的兴趣；另一批关注"审美"问题的学者则回到了某种人文主义立场，对文化生活中的"审美泛化"问题兴致盎然，很快地将文化理论研究转化为文化产业研究。

汪民安并非不熟悉以上三种研究和使用文化理论的立场，但是，他对西方激进理论的把握方式最终使他相对独立于前三类学者，原因仍然在于他早已领悟，并在无意中践行的"当代"立场。首先，他并不认为，要理解当代中国人的存在方式需要"古今中西"的知识，当代的丰富性恰恰在于它历史性地继承一切，并使一切传统、外来和当下的文化活力在同一个平面内冲撞激荡，形成塑造个人和集体的力量；其次，他并不相信某种固定的价值立场可以决定每一个人的生命趋向和存在价值，笃信尼采和福柯理论的汪民安大概只将"保存生命"，而且是保存当下活生生的生命，看作唯一的文化价值；最后，对于那些仍然在进行意识形态研究的学者们，汪民安并不反感，只是，他认为，改变、控制和塑造我们此在的唯一力量，并非以各种"意识形态"面目出现的观念存在，而是当代生活所激发的某种生命经验。

关于这一点，笔者将利用自己的经历进行一次举例论证。2002 年，当笔者在北京师范大学的盛世情书店买到一本《今日先锋》时，第一次读到汪民安的《家乐福：语法、物品及娱乐的经济学》。当时，笔者并未想到这位作者会成为笔者日后的博士生导师。这篇文章凸显了汪民安对当时新锐的理论家本雅明、罗兰·巴特和波德里亚等人的观点及思想的熟悉，作者在思想与经验之间"以无厚入有间"的穿梭能力，更是令人佩服。可是，笔者事后发现，这篇文章最具原创性的地方在于对"物的经验"的把握。家乐福超市所带来的冲击是一种对物的一种全新经验：

> 家乐福从不构筑价格神话，它不是像赛特和燕莎那样将稀有性和昂贵性融于一炉，物品从不等待着阔绰而神秘的主人，从不期盼着激情迸发的购买瞬间，从不幻想日后的诗意命运，在家乐福，货物安然于它的随波逐流，它听命于任何顾客的召唤。家乐福的利润原理就不是一锤定音的暴发原理，它求助于货物的循环率，它将全部的筹码押在货物的循环时间上，就在这种买进卖出的旋转齿轮上获利。家乐福不寄希望于价格神话，而寄希望于速度神话，它不寻求一劳永逸，而寻求无尽的再生产：所有的货物都应在短期内获得薄利。[1]

在这里，我们发现了一系列"它听命于……""它求助于……""它将全部的筹码押在……"等以家乐福为主语的句子，这意味着，家乐福不是个被某种抽象观念所控制而行动的客体，它自主地行动、筹划、控制其他的物，为的是攫取利益。

由此，我们发现，汪民安实际上所描绘的是西方马克思主义"物化"理论的某个反例：物对人的操纵，并不简单带来主体性的丧失，从而导致人成

---

[1]　汪民安：《论家用电器》，开封：河南大学出版社 2015 年版，第 44 页。

为"异化"的单维人；相反，借助物的作用，人的消费快感塑造出全新的生活体验，而物也由此分享了人的生命经验，获得某种主动性。这意味着，当代社会中物的增殖并不意味着人生命经验的耗竭，而是重构发展了这一生命经验。

但是，这种基于当代立场的"物"的批判，并非一种对消费文化的全面赞誉，汪民安指出：虽然家乐福这架有人格（也许是"机格"）、有生命的利润机器，赋予了它所支配的所有物品以生命："物品务必有一种快速的再生性，在这种再生产的周期中，在循环的速度中，利润汩汩而出。再生力，这是家乐福一般商品的生理机能；薄命，这是它们的性格悲剧。"换句话说，在家乐福为消费者带来消费快感之时，它同样制造了大量无用的垃圾，消解了传统商品的耐用性中所蕴含的某些积极的价值。这样一种表述显示出汪民安对于当代消费经验的批判，这种批判并非一种拒斥，而是在一种深入了解，甚至全面沉溺的基础上，自然浮现的担忧和游疑。汪民安从来没有臣服于某种时代潮流标榜的价值，相反，往往在对批评对象进行深入剖析，精彩的表述迭出之时，他对潮流的拒绝也达到了顶点。

这样一种看似含混，实际上别有深意的批判态度，自有其理论上的来源，汪民安服膺于瓦尔特·本雅明的"辩证意象"学说，因此，他2000年以后的文化批判著作特别强调客观对象所赋予主体的消极经验和积极经验的辩证关系。这种辩证关系并非对象某些要素之间，或是这些要素作用于主体的某种效果之间的辩证对立，而是来源于时间流变对主体生活经验所产生的某种积极/消极效果之间的辩证转化。在《论家用电器》这部最近出版的著作中，汪民安对这种辩证关系的敏感性，显得更为突出。在该书《冰箱和食物》这篇文章中，他这样写道："食物不仅是栽培和加工的产物，它已经远离了它的野生性；同时，冰箱还进一步地剔除了它的特有灵魂。一种本真和原初的食物，自从放进冰箱中后，就一劳永逸地丧失了。今天，人们不再竭尽全力去试图接近食物的真相，而是通过对食物添加各种调味品来制造一个食物的真相。人们的味觉失去了判断食物精妙之处的能力。"[1] 而在几页之前，他描述了冰箱带给人们的秩序感："无论冰箱里面塞满了什么，冰箱的外部却总是整洁如斯。它是一个如此纯洁而规矩的长方体，雪白而一尘不染。里面的黑暗和混乱仿佛不真实一样。"[2] 通过对食物"灵魂"的召唤，冰箱成为一个本雅明意义上的辩证意象，它此时此刻所带来的便利、效率甚至优美和它对食物美好过去的埋葬产生了巨大的张力，这种张力最终将物的历史带进了当代，进而

---

[1] 汪民安：《论家用电器》，开封：河南大学出版社2015年版，第44页。

[2] 汪民安：《论家用电器》，开封：河南大学出版社2015年版，第45页。

拷问我们当代生活究竟有几许真正的价值和意义。

这样一种拷问是不是意味着我们将放弃现代文明的巨大成就，回到一种想象中"丰盈"而实际上同样匮乏的时代？汪民安的答案是否定的，在《论洗衣机》的结尾，他勾勒了过去河边洗衣妇女在繁重劳动之余的愉悦："或许，在某一个阶段，她内心唯一的存在之光，就是早晨拎着衣服走出家门来到河边撞见他人倾诉衷肠。"而这样一种存在之光，并非过去妇女的存在之光，而是真正"当代人"心目之中的存在之光，这一光明以遮蔽过去机器的匮乏为手段，成为揭露同时代黑暗面的手段，而正是这一丝微光，让我们身上残余的主动性，踏着过去铺就的通路，走向那未知的未来。

这种对积极未来的展望，使汪民安走出了本雅明怀旧式的忧郁，而他对当代法国思想，尤其是德勒兹学说的吸收，使他不仅通过"过去"这样一个时间维度，与当代时尚拉开距离，还能通过对未来的某种展望，对当代生活经验的某些积极价值进行某种想象性的强化。在早年作品《我们时代的头发》中，他对长发和染发的关系进行了细致的描述：

> 长发奠基于稳定的神话学，染发则屈从于变化的神话学。长发似乎是固定的充满惰性的形象，染发则是突变的、无常性的、不稳的形象。正是这样，染发失去了其严肃性，而获得了好奇性和新鲜性。就头发而言，长发作用于其内在结构，染发则作用于其外在形式。染发不改变形状，只改变颜色，染发遵循的是表面哲学，它不探及深度，不探及冲突，不探及政治。长发具有焦虑性、冲突性、暴力性和决裂性，最终带有历史感和深度性，染发则充斥着戏拟性和嬉戏感。长发盛行于某种具有成熟价值观的群体中，它与嚎叫、摇滚、麻醉及革命相伴；染发则是无谓地飘荡于年幼的少年群落之间，街头的流行乐是它恰如其分的伴奏。①

当我们阅读这一段文字时，就会发现，汪民安试图通过特定的描述，将时间的延展，转化为空间生成的全新可能性：正是头发的修剪、烫染和增殖，生成了各类的人：摇滚式的、颓废式的、流行的、戏谑的，甚至还有最近数年在网络上大行其道的"杀马特"② 人群。而通过头发这种"物"的增殖和展开，人的主动性和丰富性才得以激发出来。又如，在《电脑：机器的进化》一文中，他这样写道："伴随着劳动工具的改进，人们曾经从爬行状态站立起

① 蒋原伦主编：《今日先锋9》，天津：天津社会科学院出版社2000年版，第145－152页。
② "杀马特"一词源于英文单词 smart，可以译为时尚的、聪明的，在中国正式发展始于2008年，是日本视觉系和欧美摇滚的结合体，喜欢并盲目模仿日本视觉系摇滚乐队的衣服、头发等等，看不惯的网友们将他们称为"山寨系"，与"脑残"画上等号。

来；如今，随着电脑的运用，人们的眼睛、手指、颈椎、腰椎等，可能会出现新的形态，或许，终有一日，人们的身体会再度弯曲。"① 在这里，德勒兹式的"生成"，代替了本雅明式的怀旧，通过空间形式的褶取，生命的可能性得以生成和重新表象，而生命当代经验的积极因素得到肯定。

三

正是这样一种积极和消极并存的当代视野，使得汪民安以一种内化于时代发展的批判视野，对当代社会和当代文化的症候，进行了一种独特的观审。这种症候最鲜明的表现形式是人的"去中心化"，在《机器身体：微时代的物质根基和文化逻辑》中，汪民安指出："……我们从历史上看，不同的时代有不同的文化，最初的城市文化就是大机器大厂房的文化，机器是城市的中心，让所有的人跟着它转动。随后是家用机器的出现，机器成为家庭的中心。现在，手机进入到身体的中心，让整个身体围绕着它转动。机器从厂房和公共空间转移到家庭空间，现在则转移到身体空间——手机和电脑都是人体的器官。"② 从中，我们可以看出，在现代社会发展过程中，人不断将组织社会、自然和文化再生产的核心要素给予它物，而这种让渡虽然提高了个人和集体的能力，却又让人逐步沦落至整个社会生产的边缘位置。而在当代，这种边缘位置体现为人的自然属性的无用化，这种无用化与西方马克思主义的理性化和异化逻辑也有所不同，后者强调现代社会中人性沦落为单纯的"有用性"。按照汪民安的思考逻辑，我们发现，在当代社会中，人的身体不再简单沦为按照理性计算法则进行工作的"有用之物"，相反，其"有用功能"可能彻底被智能机器所剥夺，成了彻底无用的社会剩余。

这样的结果会让人想起一种积极和危险并存的未来：一方面，在技术的主宰下，社会系统运转良好、高效；另一方面，人或者成为物质、信息和能量传递的终端，或被逐出社会活动的核心位置。而这种远景将会发生的前兆，就体现在机械和信息装置对人类文化生活的控制和编码之上。由于深受尼采和巴塔耶的影响，汪民安将文化活动看作一种耗费性生产，通过这种生产，物的生产、交换和流动秩序得到阻滞，而人身体中绝对的主动性则得到更新。③ 可是，当代社会的运转，依靠物的主动性已经足够，而不需要人任何的主动性之时，人的危机不仅体现在"人"作为一种陈述构型的死亡，而且呈

---

① 汪民安：《论家用电器》，开封：河南大学出版社 2015 年版，第 159 页。
② 汪民安：《机器身体：微时代的物质根基和文化逻辑》，《探索与争鸣》2014 年第 7 期，第 12 – 14 页。
③ 汪民安：《巴塔耶的神圣世界》，《国外理论动态》2003 年第 4 期，第 41 – 47 页。

现为人作为一个肉身存在物的消解。

面对这样一个问题，汪民安转向了对技术本身的思考，技术沟通了人和物的关系，但它是一把双刃剑：通过技术，人可以主动地控制物，可恰恰凭借技术，物可以转而控制人。自海德格尔之后，通过福柯、德勒兹和斯蒂格勒等人对技术论述的思考，汪民安将对两种技术的考察应用到他的思想写作之中，其中第一种技术是用来控制他者的技术，其典型就是福柯所谓的生命权力技术。这些技术之所以产生，来源于个人或群体主动控制自我和他者的冲动，在现代物质条件下，通过一系列装配、分割、强迫和引导，这种来源于中世纪牧者权力的权力技术最终成为和建筑、机器和环境合为一体的无形物质，成为决定个人和集体生存状态的权力装置。2000 年以后，汪民安担任杂志《生产》的主编，在这部重点介绍当代西方激进文化理论的杂志中，汪民安首次引介了阿甘本、埃斯波西多（Roberto Esposito）等人对生命政治问题的论述，引发了 2000 年以后汉语学界对于权力技术问题的重新重视，并揭示了法国、意大利哲学界对当代政治哲学的全新贡献。而在汪民安的努力下，《生产》成为当代中国学术界最具有"当代性"的杂志。在已经完成的十辑中，《生产》的每一辑都选择了西方当代文化理论关注的核心话题，如"战争""友谊""忧郁""生命政治"，以及最近一辑所关注的"物"，而这些话题又与我们当代生活的处境有着密切的关联。当阅读这些睿智而晦涩的文章时，读者一方面感到文中论题与自己生活处境的共鸣，另一方面又感到这些文字并不如时尚杂志和心灵鸡汤的文字那般带给人某种轻快的愉悦感，相反，《生产》中一系列的文字，在深刻洞察当代人生活经验的同时，开始对当代生活，尤其是这一生活所依赖的权力技术构造，以及这种技术构造对人们生活经验的塑造进行深入的揭示。这种当代批判的路数很合汪民安的胃口，也感染了与他趣味相似的一批青年学者，在《生产》的熏陶下，大量的"70 后"和"80 后"学者成为当代文化理论的拥趸，在思想写作和学术研究中，把当代文化理论的问题意识当作理解当代生活最为重要的思想媒介。

仅仅将我们的当代处境看作权力技术的作用效果，而并不追逐对这一处境的突破，显然是对当代生活并不完整的批判。为了思考某种（哪怕是有限的）突破可能性，汪民安转向了当代艺术批评。与权力技术不同，艺术化的技术来源于人的反控制策略。汪民安发现了这样一种反冲作用的批判价值，这使他欣然投入当代艺术批评之中。尽管这样一种艺术批评得益于他对批判理论的熟悉，但是，他的批评姿态并非是单纯的学院派分析，而是奠基于他沉浸于当代艺术的经验。在艺术批评文集《形象工厂：如何去看一幅画》的后记中，汪民安强调了"村庄"这样一个形象，以及这种形象所具备的当代批判价值。他发现，一个被当代社会最强大的无形物质"资本"所操纵的艺术家群体，恰恰以一种彻底反资本主义的方式生活着：艺术家们粗俗、鄙陋，喜欢打听小道消息，恰恰像一群农民；而他们所在的城市，却是国际、国内资本的枢纽所在。先锋艺术家所具备的当代性依赖于当代物质配置的条件，却又奇迹般地构成对当代权力装置的某种对峙和挑衅，这种对峙和批判，使得这些艺术家和他们的作品一起，成为艺术品。① 我们以汪民安对王音和方力钧的绘画作品的评论为例，来说明当代艺术的批判方式。在汪民安的解读中，王音的绘画直接指向了一系列观念框架的颠覆，这种框架最终确定了艺术史发展逻辑的阐释：学院画/民间画的等级秩序被嘲讽，中国油画史发展的事件序列被打乱，风景画和人体写生从泾渭分明的框架中剪下，拼贴到一个平面上，甚至人和植物的界限也被打破……这一系列的混淆、嬉戏和颠倒最终指向一个目标：阻止视觉机制对物的分配和定位，而这种归类和分配恰恰是福柯描述的权力配置的理想类型之一——全景监狱所赖以生存的基础。②

　　而方力钧的绘画作品则是艺术作品逃避归类的另一个重要表现。汪民安对方力钧的分析依赖于他对当代西方动物研究理论的某些参悟，这一批评表面上涉及肖像画问题，实际上则关注人作为物的一种存在方式。表面上看，方力钧勾勒人脸的线条近似于德勒兹在《感觉的逻辑》中强调的某种表现"力"的线，这种线条试图将人身体中某种无法言明的能量呈现出来，在培根的绘画中，这种线虽然肢解和扭曲了人的正常形态本身，但人作为一种物和能量的存在方式却被标记和强化。可是，方力钧却借助这种重复的过强刺激，让所有的观赏者对这张扭曲的人脸产生了厌倦，最终向观赏者揭示了人在过度人性化之后，产生的无聊和倦怠。汪民安试图将方力钧的肖像画主角解释为"无欲望的人"，在我看来，这就是尼采所谓"太人性的人"，这种过度的人性化，最终激发了人对自身存在类属的厌倦和消解。相对于王音对将人的生存状态归类为某物的逃避，方力钧则试图将这样一种归类的灾难性后果揭示出来。③

　　因此，汪民安试图将艺术品看作一种技术实践的后果，这种实践挑衅了权力技术对物的控制，激发有潜质的观赏者将这种艺术化的技术转化为一种自我技术。这种自我技术的使用最终能让观赏者将自己看作一种不被归类的物，一种挑衅式的废物，一种积极的剩余能量，从而在一定程度上保留立足当代、批判当代的"当代性"潜能。

　　显然，汪民安对当代艺术批判价值的认识，并不能让他毫无保留地肯定当代艺术的全部实践。作为一个真正具有当代性的批评家，他对当代艺术实

---

① 汪民安：《形象工厂：如何去看一幅画》，南京：南京大学出版社 2009 年版，第 346 页。
② 汪民安：《形象工厂：如何去看一幅画》，南京：南京大学出版社 2009 年版，第 43－44 页。
③ 汪民安：《形象工厂：如何去看一幅画》，南京：南京大学出版社 2009 年版，第 21 页。

践的赞誉必然与他对这一实践的批判合而为一。汪民安已经认识到,在新的全球资本主义时代,当代权力技术和艺术化的技术早已经不可分割。在《作为商品的当代艺术》中,他利用巴塔耶的耗费理论和英国艺术家达明·赫斯特的奢侈艺术实践,指出当代艺术的必然命运:被资本—权力配置收编,承担其耗费当代资本主义过分能量的功能。①

由此,通过当代文化理论的译介贡献和对当代文化和当代艺术的批判性介入,汪民安从一个熟悉西方文学理论的先锋文学批评家,转型为当代西方文化理论潮流的译介者和当代艺术与当代文化形态的批评者,其学术思想的发展轨迹得以延伸和发展至今。上述工作的效果并非仅仅塑造了一个有学术地位的专家,而是塑造了一个有着自己独特学术风格的学者与批评家。这种学术风格的铸就并非仅仅依赖优美的修辞和渊博的学术视野,而是一种内在于当代生活,从而对其保持批判态度的生命经验和生活风格。这样一种学术思考和思想实践显得不那么"学院派",更远离某种"公共讨论",但是,汪民安所涉及的话题,无论是对机器、城市和动物问题的分析,还是对新艺术实践的把握和思考,都是深刻有趣的。而这种立足于当代生活,又与之保持距离的批判姿态,将会随着汪民安的学术生涯,继续延伸,成就其思想经验的新趣味和新深度。

---

① 汪民安:《作为商品的当代艺术》,《新美术》2014年第3期,第28—32页。

我们应该如何反思现代性

——论余虹的精神空间

赵良杰① 张 婷

【学者小传】

余虹：暨南大学中文系文艺学专业比较文艺学方向博士，复旦大学中国语言文学学科文艺学专业博士后。曾任中国人民大学中文系教授、博士生导师，兼任中国中外文艺理论学会理事、中国古代文学理论学会理事。著作有《思与诗的对话——海德格尔诗学引论》《中国文论与西方诗学》《革命·审美·解构——20世纪中国文学理论的现代性与后现代性》《艺术与精神》《美育概论》等。

九年前，余虹以一种独特的方式选择离去，在嘈杂喧闹的媒体上激起了一阵不小的波澜，各种关于"死因推测""价值评判""回忆纪念""遗憾痛惜"乃至"意义拔高"的文字在网络或其他媒体上不断涌现——这体现了余虹作为一个学者的公众影响力。但这些大概都不是余虹所需要的（亲友们感人至深的文字应该除外），余虹清楚地知道，在大众媒介的喧闹声中，遗失的往往是一个灵魂的真实意义。余虹是一个静静的思考者，他留下来的是大量严肃的思考，需要我们以同样严肃的思考来应和他的思考、应和他留给我们的那些丰富而饱含深意的思与言。

一、核心问题："寻找精神性存在的踪迹"

余虹是新时期成长起来的文艺学界的新生代成员，而且是其中的佼佼者。在他短暂的一生和更为短暂的学术生涯里（从1988年研究生毕业算起到他2007年去世，不到二十年），余虹不是西学潮流的跟风者，他对西方理论的选择仅仅与他自己的问题意识相关——余虹更关注进而倾注更大热情的是一些更为根本的问题：与那些热衷于引进各种具有知识内涵的文艺学理论或思潮的学者不同，余虹更关注的是文艺学的入思视角和理论眼界的转换与更新等根本性问题。这在余虹的一系列论文中体现得非常明显：在《西方现代诗学

---

① 赵良杰：四川大学文学与新闻学院博士研究生，主要从事文艺学研究。

的语言学转向》中是对语言学视角的引入与辨析，在《对二十世纪中国文论叙述的反思》中是对叙述方式的反思，在《柏拉图的知识论与西方理性诗学》中是对知识论视野的反省，在《中西传统诗学的入思方式及其历史性建构》中是对中西诗学入思方式的爬梳与审视，在《艺术自主与美学眼界》中是对审美眼界的勾勒，如此等等。在这些文章中，我们几乎看不到枯燥琐碎的知识考辨或介绍，我们所能看到的都是对文艺学入思方式和理论范式等事关文艺学学科根基之重大问题的清理。这种独特的问题意识使余虹的学术论著具有巨大的思想张力。

余虹在文艺学学科领域内作出了卓越的贡献。然而读余虹的文字，我们又明显地感觉到其思考远远溢出了单纯学科的界限。"追寻人类生存的精神性存在的踪迹"是余虹终其一生的核心问题，用余虹爱用的说法，这是余虹的"天命"。事实上，余虹是一个对自己的"天命"有明确意识的人。世纪之交的自选文集《艺术与精神》的序言是余虹少有的自述文字。在这一不长的序言中，余虹将自己"追寻精神性存在的踪迹"的因由以简明扼要的文字和盘托出。余虹首先勘定了当代"文学艺术越来越无足轻重"的事实，进而质疑这种"文艺失重"现象的"正当性"和"合法性"。余虹说："在我看来，文艺失重乃是虚无主义统治的症候与结果，虚无主义拒绝任何精神价值，它只认可物的存在"，"文艺失重不过是当代人放弃精神性存在的症状之一"。虚无主义的时代诊断是余虹思考文艺问题的基本处境，因此，余虹所思考的文艺问题就不同于流俗的学科化文艺学理论——余虹明确说道："在当代情境中思考文艺问题（尤其是以一种非当代的方式）就不单是一个文艺学的问题更是生存论的问题。"余虹甚至认为，学科化的文艺理论是思考文艺问题的"当代方式"，它已经被虚无主义的物化现实所同化，从而失去了"曾经有过的精神性品格"，正因为这样，"我被迫在过去的文艺之思中去寻找思考文艺之精神性品质的路标"。余虹承认，"追寻精神性存在的踪迹""是多年来我一直追思文艺问题的深层根由"①。

可见，只有从"追寻精神性存在的踪迹"的角度才能恰切地理解余虹的学术著述，也才能理解余虹一生的文艺追思之路——此亦即余虹与一般的文艺学者区别开来的"标出性"之所在。在当今中国文艺学界，余虹几乎是仅凭一人之力撑起了文艺学的生存论空间——生存论视域从20世纪80年代进入中国，但大多数研究者仅仅秉持着一种知识性兴趣——这一点意义重大。在今天，文艺学的这一本真意涵已被高度分化（准确地说，应是高度行政化）的学科体系所淹没，它让文艺学成为一门不关切人之生存根据、不揭示人之

---

① 余虹：《艺术与精神》，北京：社会科学文献出版社2000年版，第1—2页。

生存真相的相互指涉而自成一体的巨型符号系统。这就是为什么我们在当今的文艺学著作和文章中看到的举目都是毫无所指、缺乏原初洞见的概念游戏和理论拼贴——重复和空洞是其主要特点，而很少看到洞穿生命真相及具有时代诊断效力的文字。余虹让我们看到了这样一种文字，它不以追逐时尚潮流为务，亦不以深奥晦涩为尚，它总是那么平实而富于深意，仅仅对人类"精神性存在"进行执着的叩问，然而却能在不经意中给人以无尽的启发。

二、前期思路：生存论诗学的构建

余虹对人类的"精神性存在"进行了执着的叩问，此一"叩问"贯穿于其整个学术生涯中。需要弄清楚的是，余虹"追寻精神性存在的踪迹"是如何展开的呢？

这就不得不提到余虹与海德格尔的相遇了。实际上，在20世纪人类思想史上，海德格尔可能是追问人类"精神性存在"最为深刻的哲学家，与海德格尔的相遇使余虹探寻"精神性存在"之路达到了空前的深度。海德格尔思想的基本概念、入思视角、价值取向、思想转折乃至语体风格，在余虹的思想之路的不同阶段中均烙下了深深的痕迹。不管海德格尔思想本身如何，在余虹的解读中，海德格尔首先是一个对人生意义，是一个对人类生存之根基进行精深追问的思者。应该说，余虹从这一角度把握海德格尔的思想确实抓住了海德格尔思想的核心。在《"荒诞"辨》中，我们看到余虹如是解说海德格尔的"此在"：

> "此—在"之"此"是一种"意义化的要求"。人通过将一切意义化而拥有自己的"此"（世界），他栖居在"此"。"在世"（或"在此"）是人生存之不同于他物的存在方式。经由"此"（或世界）的建立，人得以走出自然之在（或大地）而开始属人的生存。只不过，人的"此"（世界）是随时可能消失的，曾经被意义化的一切是随时可能还原为无意义的虚无的，此刻，人被抛出世界（此）而回到荒原（在）。就此，"此—在"之"在"是一种"非意义化的要求"。它拒绝任何意义化也取消一切意义，存在在着，原无意义。无意义之"在"启示意义本"无"。因此，如果说"此"是人建构的意义之"有"，"在"则否定这种建构而将一切还原为意义之"无"。①

这种在"此"与"在""建构意义"与"消解意义"之间的入思视域也

① 余虹：《"荒诞"辨》，《外国文学评论》1994年第1期。

成为余虹文艺思考的基本视角。在余虹那里，真正的文学、艺术乃至文艺理论（诗学）首先关注的是人之"生存根基"——它们关注的是"生存世界"的搭建和人之"家园"的建筑。此即是说，文艺现象首先是一种"生存现象"。从海德格尔的基础存在论的基本理论中，余虹获得了分析评判文艺现象的三条基本尺度。这些尺度是我们理解余虹早期精神空间的重要入口，对此我们有必要略作申说：

第一，真正的文艺（理论）需站在人生意义建构的立场。在余虹看来，既然人生终须构建自身的意义根基，而文艺现象也已深深嵌入这一建构活动之中，成为人营建自身之生存根基的一种展现，那么，那些消解人生意义或嘲弄人生意义建构活动的文艺或文学理论就为余虹所不取。它包括中国以老庄为代表的文艺现象（包括文艺理论）——余虹称之为"大地艺术"，以及中西方后现代文艺现象（包括文艺理论）——余虹称之为"痞子艺术"。站在人生意义建构的立场上，余虹对中西文艺思想史上的这一历史久远并在当代文化中愈演愈烈的文艺现象进行了清理和批判。

第二，真正的文艺（理论）需直面人生悖论之"真"并呼唤生存之"神圣"。根据海德格尔对"此在"生存的"本真"与"非本真"的区分，余虹对建构人生意义的文艺现象也进行了类似区分：只有那些与个体生存及人生悖论切身相关的文艺现象是本真的。本真性的艺术在"意义化"的"世界"与"非意义化"的"大地"之间，揭示着人之生存悖论的"真"并召唤生存之"神圣"。而那些以群体血缘生存价值（道德理性）和历史理性价值对个体生存进行化约的文艺现象和文艺理论主张都是非本真的，它们亦为余虹所不取。前者以儒家道德理性文论及相关文艺现象为代表，后者以西方柏拉图以来的理性诗学及相关文艺现象为代表。在余虹看来，这两种文艺现象都以安全的理性网络逃避了人生悖论处境的真相揭示，它们不为人生提供意义，或者说提供的是虚假的意义。在此基础上，余虹对中西审美诗学进行了批判。

第三，真正的文艺（理论）在语言论上坚持"语言意义论"的立场，即坚持语言在意义创建过程中"意义生成性"的作用。余虹对中西方文艺现象（包括文艺理论）史进行审理的一个重要维度是现代语言哲学。事实上，在审理中西方文艺现象史的过程中，对中西方文艺现象的语言论假设的清理是余虹批判中西方文艺现象的一个重要依据。这种语言论假设的集中代表是"语言"与其所指对象（"实在"）的"同一性"假设。但余虹语言论最终的价值根据仍然是海德格尔的语言论——语言在世界意义创设过程中的"生成性"——所谓"语言是存在的家"。如果说现代语言理论对能指独立地位（及语言自指功能）的强调是余虹批判中西古典文论诗学的重要凭靠，那么，海德格尔的存在语言论则是余虹审理各种现代、后现代语言理论的终极依据。

明乎此三点，我们就明白余虹早期（2000 年以前）几乎所有著述展开的基本逻辑和价值立场。这一时期，余虹著述的基本逻辑是：将文艺现象（不管是文艺作品还是文艺学理论）作一种生存论的还原，然后在文艺与"此在"之生存处境（从语言论立场则是文艺语言与其生存涵蕴）的关联中展开对文艺现象的分析与评判。其基本价值立场是：立足于人生意义建构的立场，抵制各种意义虚无主义；站在艺术揭示生存之"真"并呼唤人之生存"神圣"根基的角度，抵制各种意义虚假主义；同时基于语言的"存在性"，抵制消解意义的语言游戏主义。

这一思路贯穿于余虹前期思想之始终，以余虹前期最重要的一篇文章为例：《奥斯维辛之后：审美与入诗——中西审美诗学批判》（1995）几乎是余虹诗学理论的宣言式文章，此文对中西方审美诗学进行了全方位的清理，余虹诗学评判的存在论尺度在此体现得最为充分。余虹首先剥离了"审美"与"入诗"，"审美"是在美学视野形成的对艺术的规定——"艺术（诗）活动被看成是典型的感性活动而被划入美学，这意味着，艺术的本质只能在'美学视野'中来加以研究，艺术被设定为感性活动且只具有审美价值而与真和善无关"①。审美的"非功利性"要求决定了审美必然要与人之现实生存的疏离，因为它的前提是与对象保持"审美距离"——"距离化"的结果则是对人类苦难和人生的悖论性处境无所关注——这是阿多诺"奥斯维辛之后，写诗是野蛮的"命题的根由所在。真正的艺术（"入诗"）却不然，它具有深沉的"存在关怀"——余虹说："艺术的本质在其本质深处是一种神圣'使命'，他是由人生存的基本要求所派定的。这种要求是：人必得生存于真之无蔽和神圣关怀之中以区别于非人之在。就此而言，艺术的本质是在生存论机制中被注定的，艺术学（诗学）必得在生存论视野而非美学视野中来展开。作为对艺术本质或生存使命的领悟和响应，入诗就是一种生存的抉择、决断和立场。"② 因此，本真的艺术是人之生存所必需的一种建构。站在本真艺术的立场，余虹对所有以审美为目的的艺术（理论）——包括西方美学视野中的所有文艺理论，中国自魏晋以来的审美趣味论和境界论乃至 20 世纪 80 年代的审美论以及所谓的"审丑主义"和"游戏主义"，无视人生苦难和生存悖论的逍遥姿态进行了凌厉的批判。

---

① 余虹：《奥斯维辛之后：审美与入诗——中西审美诗学批判》，《外国文学评论》1995 年第4 期。

② 余虹：《奥斯维辛之后：审美与入诗——中西审美诗学批判》，《外国文学评论》1995 年第 4 期，"引言"第 3 页。

三、后期思路：现代性批判的展开

"追寻精神性存在的踪迹"是余虹一生的核心主题，此即是说，追问人之生存根基，追问人生的价值与意义，是余虹一生的使命。但显而易见，余虹的思想在世纪之交发生了很大的变化。余虹的思想变化有更深的理论根由，它意味着余虹思考的基本视域和价值立场的"明显变化"。如果说余虹前期思路是通过对海德格尔思想的创造性解读来构建一种生存论诗学，那么，余虹后期的思路更深地渗入"生活世界"，而显明了一种现代性批判的眼光和针对性。应该说，这是余虹"追寻精神性存在"之路的一次"升华"。

与中国当代愈演愈烈并已经泛滥成灾的那些人云亦云的现代性批判浪潮相比，余虹的现代性批判有自己独特的入思视域和始终如一的价值立场——能做到这一点的人在整个中国当代思想界也极为罕见。余虹独特的思想视域一言以蔽之，曰"生存关系论"。"生存关系论"是余虹切入生活世界的独特视域——那么，何为生存关系呢？简言之，它是人之生存先在的"基本结构"，是人之生存得以展开的基础性关系：

人之为人必得在特定的生存关系中存在或成为自己，即海德格尔所说的"在世界中存在"。生存关系并不自在，他是人创造或认可的；人之为人亦非天生，他是在特定的生存关系中生成的。在这层意义上看，人类的历史和个人的历史都是某种生存关系史。①

那么，人之生存世界呈现出什么样的"生存关系"呢？余虹对海德格尔晚期的"天地人神"四维世界进行了改造：

最基本的生存关系包括：人与自然（包括人本身的自然）、人与神圣、人与他人（包括社会）三大关系。②

关键是，后期"生活世界"视域形成了一种独特的价值立场。这一价值立场即"生活世界"不同于生存关系的"非权力性"（或自由性）。从"生存关系论"的视角出发，余虹筑建了自己独特的精神空间。对此，有如下几个方面需要注意：

首先，从"生存关系论"的视角出发意味着，对任何现实问题的把握都以回复到这一问题之生活世界背景的"生存关系"根苗为最终根据。生活世界中不同的"生存关系"（主要是人与自然、人与神圣、人与他人这三重生存

---

① 余虹：《奥斯维辛之后：审美与入诗——中西审美诗学批判》，《外国文学评论》1995 年第 4 期，"引言"第 3 页。

② 余虹：《奥斯维辛之后：审美与入诗——中西审美诗学批判》，《外国文学评论》1995 年第 4 期，"引言"第 3 页。

关系）间不可化约和僭越的界限事实上构成了一种分化的原则，这种分化原则隐含着一种正义论标准和有效性要求，即任何跨越这些基础性生存关系之界限的行为乃至社会形态，都不具有合法性——这一正义论标准构成了余虹判定社会现实的基本价值尺度。需注意的是，生存关系的分化原则同时衍生出一种形态学视野，余虹对古代世界和现代世界的划分，对古今奥运精神的区分，对理解文学的三大路径的勾画，对审美主义的三大类型的梳理，乃至余虹后期一系列重要论题，都以这种建立在"生存关系"分化基础上的形态学视野为基本构架——可以说，它们构成了余虹后期思想的基本论述语式。由此，余虹后期思想展开的基本逻辑是（尽管余虹自己没有明确指出）：首先对论述对象作一种生存论的还原，梳理其生存关系"根苗"，然后分析生存关系构成的合法性。以上面提到的对城市"观念"的分析为例：余虹首先分析了现代城市的生存关系基础，即人之主体意志的无限扩张对自然和神圣的驱逐。

余虹说："现代城市化运动有两大动向，其一是无限度扩大城市挤走自然，其二是无条件地淹没神殿赶走神灵，如果自然和神灵要留在城市，它必须被'人化'。"然而，古代城市中的生存关系基础却与现代的不同，它是一种人与自然之神秘和价值之神圣共同构筑的"生活世界"：在西方古代和中世纪，城市的规模都称不上"大"，只有自然才"大"，故有"大自然"一说；此外，那时候的城市中心是神庙和教堂，身在城市的中心。正因为现代城市以人之意志僭越和破坏了古代城市中所保持的"生存关系"的界限，其合法性遭到了余虹的尖锐质疑："我们说现代城市是一个'人的世界'或'人化的世界'，在这个世界中，人是绝对的君王，他统治自然与神灵，也统治人本身，因此他既是主人又是奴隶。"①

这就是说，在现代城市中，人仍然是奴隶，并没有获得自由。现代城市并不是人类生存的"家园"。因此，余虹号召一种"反抗城市的艺术"，以唤起人们对古老"人、自然、神圣"和谐共处的"生存关系"的记忆。

进一步，这一思路同时是余虹现代性批判的核心思路，余虹将之与对形而上学历史的批判联系起来。我们知道，现代性批判是余虹后期思想的核心，而在余虹看来，现代性即人之主体性地位的确立，人被确立为一切价值的基础和本源，但是这种确立同时又是人之主体性对生活世界其他基础性生存维度（自然之"神秘"和价值之"神圣"）的祛魅和划归：

现代性的进程就是人出离自己与自然的先在关联，出离自己与神圣的先

---

① 余虹：《对抗城市的艺术》，《甘肃社会科学》2005年第4期，第96－97页。

在关联，走向人对自然与神圣的统治的过程，在此过程中，人逐渐遗忘了那曾经与自己一体相关的绝对他者。①

由这种诊断可知，现代性世界并非"自由关系"的世界，其主导型关系形式仍然是权力关系，因为现代性意味着人对生活世界其他基础性生存维度的删减和取消。对于余虹来说，权力生存关系与形而上学有着千丝万缕的联系——因此，余虹的现代性批判又与对形而上学历史的批判联系起来。从"生存关系论"的视角来看，形而上学的一个基本特点是，以生活世界的一个维度对其他基础性生存维度进行划归：要么划归于"自然"，要么划归于"神圣"，要么划归于"人"。这就是说，形而上学是对生活世界中某一维度的单方面"大写"或放大，因而危及生活世界的"整体性"和谐。如果说迄今为止的历史是权力关系的历史，那么权力关系的历史同时就是形而上学的历史。

再进一步，由以上两点可知，从"生存关系论"的视角出发，坚持生活世界的"整体性"是余虹的基本立场。生活世界的"整体性"意味着：构成生活世界的三重"生存关系"是一种根本性关系，它们彼此关联但同时构成相互之间的界限所在，任何越界都会导致权力关系的强制和自由关系的脱落，从而导致生活世界"整体性"的质变。事实上，在余虹看来，整个人类历史就是生活世界"整体性"质变的历史，同时也是自由关系脱落而权力关系占统治地位的历史。生活世界的"整体性"立场构成了余虹思想展开的基本背景，由此出发，现代性危机的根本症结就显现为人之意志的无限度扩张导致的生活世界"整体性"之畸变——相应地，对现代性危机的克服思路就展现为向生活世界之原初"整体性"的回复。

以上是余虹现代性批判得以展开的基本步骤。应该说，从"生存关系论"的视域出发，余虹形成了一个理路清晰而自成一体的现代性批判路数，其论域相当丰富，具有明确的价值取舍与皈依。尤为难得的是，与那些对后现代思路毫无反省的"后学家"不同，余虹对后现代之于中国前现代性语境的适用性提出了质疑。在余虹看来，现代性尽管有致命的缺陷（对生活世界其他维度的抹消），但仍然是当代中国的当务之急。以现代性的反思理论为例，余虹说：

严格地说中国还没有现代形态的理论生产与运用，也就是说还没有对构成我们现代生存之思想基础（我们自己的现在）的反思与批判。其实，当代

---

① 余虹：《艺术与归家——尼采·海德格尔·福柯》，北京：中国人民大学出版社2005年版，第305页。

中国人有太多想当然的"想"需要反思，有太多天理自然的"理"需要质询，中国太需要现代形态的理论了（尽管现代形态的理论也有致命的问题，如上述）。①

可以说，余虹的现代性批判不仅显示了其理论的尖锐性和彻底性，而且显示了一种难得的语境感和分寸度，这一点对于那些遗忘中国语境而不加分辨地移植西方现代性批判理论的人，尤其是一个警醒。

结　语

如果以上分梳对余虹思想的把握并没有大错，那么，我们对余虹的思想至少有两点疑问：

第一点，生活世界不同"生存关系"的分化原则体现了余虹走出形而上学的后形而上学思路，然而，由于余虹后期的思想注意力完全为现代性批判所吸引，因此未能很好地贯彻这一思路。比如，对"他人"这一基础性生存维度之于生活世界的构成作用，余虹几乎未置一词。实际上，他者之权利边界的约束及由此形成的生活世界中非常复杂的联动界面（交往界面）是限制余虹所谓的"现代性主体之无限度扩张"的重要维度，这一维度的体制性贯彻就是现代社会的法治之根基。从这个角度甚至可以说，余虹对于现代性之"无限度主体扩张"的诊断也许就失之夸张了——就现代性内部而言，主体并不能"无度"，它有不可超越的社会性牵连和制约。对现代性诊断的偏差导致余虹一系列的思想后果，为了限制"人之无限扩张的主体性"，余虹不得不对其他生存维度作了无限拔高，如对神圣维度之拔高：

> 人与神的关系超越了人与人的关系，是人与自身之外的某种神圣力量的关系，对这个神圣者的信仰是人有可能领悟到一种超越人性本能的更高的尺度……②

也许神圣价值确实高于人之价值，但对神圣价值的认同却是自由的，这意味着，它仍以人之自由认同为前提。最后，余虹为了突出"人之主体性"限度和界限，干脆将其他生存维度化约为一，称之为"绝对他者"——这样，余虹就又落到他所批判的将不同生存维度化约为一的形而上学圈套之中。

①　余虹：《理论过剩与现代思想的命运》，《文艺研究》2005 年第 11 期。
②　余虹：《天地人神的游戏与人的狂欢》，《读书》2005 年第 4 期，第 113 – 116 页。

对余虹后形而上学思路之得失的反省，是我们今天真正走出形而上学的一个必要参照。

第二点，我们更重要的疑问也许是，从生存论视域对整个社会的把握是合法的吗？这意味着，从生存论视域来批判现代社会是合法的吗？这一点对于中国当代思想界尤为重要。自 20 世纪 80 年代"主体性"热之后出场并渐渐成为思想界主流的恰恰就是对人之生存意义进行深度冥思的"生存论"视域。各种对现代性进行批判的思潮都隐隐约约有一种生存论立场。然而，我们对这一思想视域的一系列失度的反省才刚刚开始。① 我们知道，生存论视域的核心是对人之生存的价值与意义的追问。关键是，生存论视域并不是对任何意义样态的等量齐观，也不是对不同意义样态之合理秩序的探寻——寻找一种能让不同意义样态"如其所是"展现的非中心化、非基础主义的意义秩序。恰恰相反，它追问的是"原初意义"或"本真意义"，即作为一切意义之基础的"原始意义"及其萌生与开启（所谓的"原发性"）的条件——这无疑是一种基础主义的做法。因此很自然，就像海德格尔设定"原初意义"（未分化的意义——"存在"）之于任何处于分化状态的意义有着一种优先性那样，生存论视域往往会建构一种以"诗意化意义"为顶点的意义秩序——这无疑是一种"意义等级"的主张。因此几乎毫无例外，以生存论为视域的思想家们最终都会以一种"审美主义"的价值立场来整体性地拒绝现代社会之意义相对和价值分化，尼采、海德格尔、巴塔耶、德里达、福柯、法兰克福学派等，莫不如是。② 然而，由于对任何意义的体认都是非常机缘性和个人化的，而且每个人对意义化状态的领悟也十分不同，因此以由生存论视域而来的"原初意义"及"意义层级"来拒绝价值分化的现代社会并不合法。况且，如果我们承认对意义的体认是个人性的，那么，个体自由之法权约定就成为一切意义体悟的基础，这一约定不仅不由"原初意义"所决定，而且是对"原初意义"进行体悟与追思的前提，它同时也是现代社会之基础。从上文的分析来看，余虹的思路恰恰见证了生存论视域的诸多失度。余虹先生也许是当代中国思想界在"生存论"视域这一思想和眼界中"浸润"最深也最有成就的人，对他的思想的分析有助于我们认清"生存论"视域一系列的思想后果。

余虹先生对"生存论"视域的失度毫无反思吗？显然不能这么说。余虹离世前的文字中不断闪现出对个体权利的兴趣和认同，如对《〈三峡好人〉有那么好吗？》中故里人对失去"故里"之权利的分析，如在《命运七七》中

---

① 吴兴明：《海德格尔将我们引向何方？——海德格尔"热"与国内美学后现代转向的思想进路》，《文艺研究》2010 年第 5 期。

② ［德］哈贝马斯著，曹卫东等译：《现代性的哲学话语》，南京：译林出版社 2008 年版。

对"赐予"的"个体权利"的反思，如在《"我"与中国》中对"'我'与中国"之政治状况的反省等，都能体现出对"现代性"之"个体权利"的重视。如果进一步反思"个体权利"在"生活世界"中的基础乃是"依据主体之间交互性对称的平等关系直观"①。那么，对"生存论视域"之失度的反思完全可以通过对"生存关系论"视角的内部调整来完成。非常可惜，上天并没有给余虹足够的时间来完成这一已端倪初现的思想转型。

---

① 吴兴明：《文艺研究如何走向主体间性？——主体间性讨论中的越界、含混及其他》，《文艺研究》2009 年第 1 期。

批评话语的"无名能量"

——试论南帆的文学批评

王冰冰①

【学者小传】

南帆：现为福建社会科学院院长、"闽江学者"福建师范大学特聘教授、"紫江学者"华东师范大学特聘讲座教授、博士生导师。主要从事现当代中国文学和文学理论研究。已出版《冲突的文学》《文学的维度》《隐蔽的成规》《敞开与囚禁》《双重视域：当代电子文化分析》《文学理论》《后革命的转移》《五种形象》《关系与结构》等著作。

自 20 世纪 90 年代以来，当"纯文学"和"审美性"等范畴遭到越来越多的质疑，而"意识形态分析"又重被认为行之有效时，理论批评界开始表现出从作品向"文本"、从文学向文化、从形式主义分析向形式的意识形态探讨等方面的一系列转向。这一转向是与 80 年代中后期以来各种被称为"后现代""后殖民"等西方理论话语的引进和文学／文化上的八九十年代转型相伴始终的。这一转向某种程度上也是"文化热"向"文化研究"的转向。如果说 80 年代的"文化热"是以"去政治化"作为其重要指向的话，那么 90 年代以来的"文化研究"则是以把政治重新纳入考量范畴作为自己立论的重要前提。作为一个始终与时俱进的批评家，90 年代以来的南帆，其研究重心也开始转移到文化研究上来，但他注意到意识形态分析并非社会历史分析的翻版，而毋宁说是新时代的理论融合。因此，他在不放弃文学"审美自律性"理论主张的同时，力求将文学重新置入社会、政治、历史和文化等多重维度之中综合考察。从这个角度看，南帆的贡献或许就在于这一"文化研究"和纯文学研究视角的结合。作为当下建立了自己独特话语风格与理论体系的批评家之一，南帆注重理论研究与批评体系之建构的同时，也在试图重建、恢复文学话语应有的抒情、诗意与美感，且始终与中国当代文学及社会现实保持一种高度紧张的对话关系。正是这样的紧张状态不断推进着其理论向纵深发展，从而形成一种独具魅力的批评个性。通过南帆高度风格化的批评实践，

---

① 王冰冰：浙江师范大学人文学院讲师，中央民族大学博士，主要从事中国当代文学与女性文化研究。

读者会发现不仅仅是文学创作，文学批评也同样是写作者想象自我、语言与世界的方法。

一

南帆是一个具有强烈问题意识与时代使命感的批评家，可以说，重视理论与文本间的相互支持与检验，强调理论资源与本土经验的对接与转化，关注历史语境对理论的制约与丰富，是其文学批评的一个基本特征。① 落实到具体的文本分析层面，他对时代"关键词"的重视体现了身为批评家的敏锐与介入时代的自觉。对于"关键词"，南帆自己曾做过这样的界定："'关键性'的标准是什么？重要的是这个概念在特定文化网络之中的核心位置。每一个时代都会产生一些关键的概念，它们隐含了这个时代最为重要的信息，或者成为复杂的历史脉络的聚合之处，提到这个概念如同提纲挈领地掌握这个时代。"② 将"关键词"视为进入历史与文本的入口与契机，是一个颇为有效的批评策略：从一个或几个关键词入手，梳理一个时代的代表性文本，发现特定时代背景下文学想象自我、现实与世界的方式，由此产生的文学理论及批评自然富于历史感与开放性。

对于"关键词"的发现即是对于一个时代中主要社会矛盾的洞察，而每一个矛盾背后都是一组相伴相生、自成体系的二元对立。诞生于新世纪的《后革命的转移》，是南帆在时代转型的裂变处回顾过往、反观当下，尝试捕捉各种社会矛盾及二元对立的心血凝结。可贵的是，南帆对于时代"关键词"的提炼从来都是立足具体文本，始终坚持以文本作为理论研究的基点。由于重视对于文本的"细读"，其笔下的概念阐释与理论操作都不曾陷入空穴来风的窘境。他以王蒙、张贤亮、北村、韩少功、陈忠实等重要作家为个案，考察一个世纪以来革命话语与文学间的冲突、博弈与耦合。在宏大的革命及"后革命"的氛围中，以大众、革命、知识分子之间复杂、微妙的关系变迁为线索，勾勒出 20 世纪文学话语的版图，发现"文本与历史之间隐秘而又密切关联的踪迹"。在《革命：双刃之剑》中，南帆从王蒙《恋爱的季节》中提炼出"革命"与"知识分子"这组指涉大半个世纪中国历史嬗变的"关键词"，发现了隐藏在王蒙作品中的文本裂隙与矛盾之处，即写作者始终在革命、理想、激情同世俗、日常这两组二元对立之间游移不定。在其他诸多批评者看来，身为"少年布尔什维克"的王蒙今时今日对于革命的怀疑及对日

---

① 林秀琴：《文学"思想"当代的可能性——南帆新著〈无名的能量〉及学术思想研究评述》，《东南学术》2013 年第 4 期，第 226 页。

② 南帆：《二十世纪中国文学批评 99 个词》，杭州：浙江文艺出版社 2003 年版，第 1—2 页。

常生活的首肯，不过体现了"讲述话语的年代"主导的社会思潮与文化氛围，是一种"后见之明"中安全的撤离与退守。但是南帆却没有简单地否定王蒙这组作品的时代及历史价值，而是从个人生命体验的角度肯定了其主题与思想的沉重与殊异，因为这毕竟是一份来自亲历者的"个人体验与历史判断的共同产物"。《隐蔽的转移——论张贤亮小说》以张贤亮这个在"新时期"备受争议的作家作为个案，考察现代史上"知识分子"与"大众"这组二元对立背后繁复的政治/文化变迁史。在中国现代文学史上，大众与知识分子间的恩怨勃豁曾借助性别关系得以"合法"呈现，并使性/政治获得了特定的历史/时代表达形式。从《绿化树》到《男人的一半是女人》，文本之间的裂隙源自作者始终要煞费苦心地平衡性与政治这两套话语，而在《习惯死亡》中，裂隙之所以突然消失，是因为随着中国社会日益商业化与市场化，以革命与阶级作为核心的理论体系耗尽了其社会/现实的阐释能量，其他更具时代感的"关键词"开始登上历史舞台。对于始终受惠也受限于所处时代的张贤亮，无论是虚构的文本世界还是真实的个人经验，都是旧时代断裂与新的社会关系、权力结构形成的产物。在《后革命的转移》中，除却对于时代"关键词"的成功提炼，南帆在对文本"细读"的过程中，始终将作家作为个体的特殊生活经验纳入考量的范畴，关注那些具有异己感的、个人的声音。写作者个体复杂性的加入与参与，使文学批评不仅作为一种智性的理论操作而存在，同时也成为自我反思与精神救赎的生命实践。如在《先锋的皈依——论北村的小说》中，对于北村先锋文学形式演变的考察始终与其皈依基督教的人生经历相勾连。对于作家个人选择的尊重，恰恰显示出身为批评者的南帆对于人性与历史的尊重。

南帆运用各种西方理论对文本进行"细读"，对时代关键词背后各组二项对立式进行析取与拆解，最终的目的是要发现文本中存在的裂隙与异质性因素，冲破各个时代占据权威位置的主流意识形态话语，从而质疑"历史"与权威。齐泽克曾借助德里达的"幽灵"形容历史/文本中无法被意识形态命名的"晦暗"，并借此指出"历史不是一个业已完成的封闭整体，相反，历史始终存在着某种符号秩序以及意识形态无法修补的空隙"①。精通德里达与"解构主义"的南帆也在进行着"解构"的工作，在文学中寻找历史的"幽灵"，从文本的裂隙与褶皱中发现那些无法或尚未被主导意识形态收编的异质性存在。在南帆看来，历史与人性的多元、繁复与多义都在文本内部得以封存，因此文学之中潜隐着强大的冲击力，具有抗拒意识形态压抑的特殊能力。即使在今日，文本的结构内部仍然可能是革命性激情的策源地。在《文学、革命与性》这篇著名的长文当中，南帆通过对中国文学现代性历程中另一组

---

① 南帆：《无名的能量》，北京：人民文学出版社 2012 年版，第 125 页。

"关键词"的知识考古，发现关于身体与性的话语在面对"革命""启蒙""阶级"及"市场""全球化"等不同时代权威话语的征用、改写之时，如何以自身的"力比多"涌动有效地冲破权威话语的边界与意识形态的牢笼，重新将"自我"铭写入文本与历史的过程。

在具体的文本操作实践中，南帆始终坚持批评语境的历史具体性和个人性，以"文化研究"的慧眼深入文本内部发现语言运作背后的权力机制，揭示生产过程与意义架构，发现文本内部包含的被遗忘、遭遮蔽的历史多义性，最终达成的目标既是政治的，也是审美的。这一切使他的批评具备了某种"当下性"的品格，所谓的"当下性"并非指可以毫无障碍地融入当下的"日常"，相反正是那些与现实生活毫无隔膜、自我感觉良好的人们恰恰与真正的"当代"南辕北辙，因为他们对主导意识形态认同并甘之如饴。真正的"当下性"如同汪民安在对福柯、本雅明、阿甘本的阐释中树立的"当代"观：始终和自己的时代保持距离，因为"只有和自己的时代发生断裂或者脱节，才能'死死地凝视'自己的时代"。而所谓的当代人，既属于这个时代，是这个时代不可抹去的一部分，同时又是这个时代的"他者"，和时代的主流意识形态及权威话语刻意保持一种张力——"当代人并非被时代之光所蒙蔽的人，而是在时代之光中搜寻阴影的人。他和时代保持距离，就是为了观看时代的晦暗，主动地观看这种晦暗"①。并且他们总是在寻找这个时代中的"剩余"之物，本雅明说过，"任何发生过的事情都不应该视为历史的弃物"，那些被压抑的历史主体应该被拯救出来。以文字唤醒过去/历史当中的异质性元素，将其从遗忘与压抑中解救出来，使之获得更为丰富多义的呈现，是文学家的任务，也是批评家的职责。

二

《无名的能量》是南帆备受赞誉的一部理论力作，不仅体现了其学术思想的主要线索与鲜明风格，且被认为是对近十年来中国重大文化思潮的理论回应，与当代文化理论之间构成了对话与潜对话的关系。② 这一艰巨的学术工作的展开主要立足于对"日常生活"这个时代关键词的"知识考古"之上，并在新世纪的文化语境中阐释了现代性、文学、"日常生活"与当下现实间的新型关系。南帆通过对文学再度进行"本质"的追问，最终将"文学性"引入对"日常生活"的聚焦，探索这一概念隐含的现实及理论潜力。作为重要的

---

① 汪民安：《什么是当代》，北京：新星出版社 2014 年版，第 112－113 页。

② 林秀琴：《文学"思想"当代的可能性——南帆新著〈无名的能量〉及学术思想研究评述》，《东南学术》2013 年第 4 期，第 226 页。

时代及文本关键词，"日常生活"曾在"新时期"之后的中国语境中产生过重大的影响，对这个概念内涵与功能的不同理解，甚至构成 20 世纪 90 年代自由主义知识分子与"新左派"之间文化论争的分界线。① 对于这一概念的重新挪用与阐释，体现了南帆使用理论有效描述与阐释当代社会历史及文化现象的功力。他在与詹姆逊、福柯、卢卡契等各位西方理论大师对话的过程中，仔细辨析诸多重要的概念与范畴，将其置于具体的社会语境中，寻找将这些现代性概念历史化的可能性。

在《文学性、文化先锋与日常生活》中，南帆将中西文化传统中对"日常生活"背后隐蔽的文化观念与意识形态氛围均纳入考量的范畴，同时引用日本学者柄谷行人著名的"风景"理论，以福柯式的"知识考古学"眼光分析这一概念的历史形成与嬗变。在柄谷行人看来，"风景"之发现首先在于现代主体"认知装置"的转变，"日常生活"成为可见的"风景"，正是因为现代性的历史改变了个人主体内部的知识谱系与认知结构。② 随着现代性的发生，个人主体的发现，私人空间的拓展与公共领域的扩大，"日常生活"才得以被发现并逐渐在社会、历史、文化舞台上占据一席之地。在西方，宗教思想的式微与市民文化的兴盛是文学转向庸常、琐碎的"日常"原因与背景，而在几个世纪以后的中国，随着改革开放的发生与市场经济的发展，出现了与彼时欧洲相似的社会心态与文化表述上的转型。根据伊恩·瓦尔特的《小说的兴起》，小说的发生、发展与西方个人主义的兴盛、资产阶级个人主体神话的发明有着直接的关联。现代性使神话、宗教丧失了原初的神圣，永久地失去了整合神圣领域与日常空间的能力，为"日常生活"留下了弥足珍贵的发展空间。但现代性对于意义、普遍性、启蒙的推崇与借重，又同时在遮蔽着日常中那些真实、私人的琐碎与寻常。在这个意义上，南帆从大众文化及"日常生活"层面上肯定了"后现代主义"的历史及文化意义，并与卢卡契"历史总体论"的观点展开了对话。南帆批评卢卡契的"历史总体论"，因为在他看来这样的总体论身后总是隐藏着黑格尔"绝对精神"的幽灵。"后现代主义"理论思潮在中国文学及理论界的盛行曾使大叙事与"总体论"集体失效，为"日常生活"赢得了回归历史舞台的机会。在新的社会氛围与理论风气之下，卢卡契意义上的大叙事与"总体论"对于真实的"日常生活"所可能产生的压抑、遮蔽已被反思、质疑与清算，"日常生活"不必依附于历史大叙事便可以获得自身的价值。在这样的社会/文化语境中，面对已然无法被各种堂皇的意识形态、整合性叙事轻易收编、驯服的"日常生活"，南帆宣称文

---

① 李杨：《文学史写作中的现代性问题》，太原：山西教育出版社 2006 年版，第 276 页。

② ［日］柄谷行人著，赵京华译：《日本现代文学的起源》，北京：生活·读书·新知三联书店 2003 年版，第 9－22 页。

学的"真实"必须纳入日常生活。

如果在这种意义上考察"日常生活"在中国现代性进程中的发展谱系的话，那么晚清至"五四"的文学与新中国成立后的"十七年"文学及"文革"文学的场域中，细节化、个人化的"日常生活"均不具备理论及现实意义上的合法性。直至 20 世纪 80 年代后期，尤其是随着"新写实"与"新历史"思潮的兴起，"日常生活"才逐渐成为文学书写的基本主题，真正获得了时代的"正名"。且一旦登堂入室便蔚为大观，从此与各种文学实验与实践"如影随形"。对于任何一个重要的理论概念与范畴，对它的考察都不能脱离具体的社会语境，正如南帆所说，在使用某一文学概念与范畴之时，如果抹除或忽略了其产生的具体语境，就会陷入能指/所指、语言/实在之间完全同一性的幻想。在"文革"之后的中国社会，作为"革命"的对立物，"日常生活"曾起到赋予被极"左"政治压抑的正常人性及欲望以合法性的积极作用，但随着社会语境的变迁，当中国因快速推进的市场化进程而导致社会分化的急剧加快之时，"日常生活"逐渐丧失了对于现实的批判能力。相反却成为对现实中各种不合理现象的"合法"辩护，构成了一种压抑与保守性的力量，并被极端自由主义所利用。在全面加入资本主义全球化进程的中国，当"革命""阶级"等叙事/话语的能量已然耗尽，作为其二元对立而存在的"日常生活"也迅速丧失了全部的历史分量。此际的"日常生活"已经被充分地全球化或曰资本主义化了，甚至成为美国式中产阶级保守趣味的一种指称，成为全球化时代权力发展主义与资本消费主义交汇的场域，而由日常化写作所催生的"日常生活审美观"也渐渐背离了原先进步的写作初衷——"它本来是为了消解传统文学的本质主义规定及其意识形态性质，但在消解对象的过程中，它也在日常事务上强行设置了一种本质性的规定，变成了新神话的制造者"①。如果说此时已然丧失了历史合法性与进步性的"日常生活"构成了一种压抑性的权威话语，那么南帆对于"日常生活"的推崇是否也只是加入了占据主导意识形态的权力/话语的"和声"部？

实际上，南帆所推崇的"日常生活"，是尝试在再度阐释的过程中激活这一概念内部尚未被耗尽的能量，而非"日常生活审美化"写作潮流中对消费文化的推崇。因为即使在今日，我们也并不能断言"日常生活""革命"等话语内部的积极力量已然被完全耗尽或掏空，只是要在使用的过程中避免将其本质化与去意识形态化。因此存在于南帆理论体系中的"日常生活"更多地成为一种对于主导意识形态具有挑战精神的异质性存在，向时代及历史敞开并与其存在着多向互动。在一个一日千里的巨变时代，文学与现实的关系再度发生了改变，如果说"新写实"小说对于"零度写作"与生活"原生

---

① 李杨：《文学史写作中的现代性问题》，太原：山西教育出版社 2006 年版，第 284 页。

态"的倡导，开启了"后革命"氛围中立足"日常化"的写作潮流，体现了文学/文化界的一种"从对抗到认同的文化选择之路"，那么作为理论家的南帆对于"日常生活"的启用、阐释与坚守则体现了当下精英知识分子一种退守中的不甘，一种以退为进的智慧与策略。在他的理论阐释中，文学之所以要将日常生活带入历史，不仅是要将其作为主导意识形态塑造的"新神"顶礼膜拜，而且也是为了要解放这个领域潜伏的巨大能量。或者说关注"日常生活"的丰富性、复杂性不仅仅是为了呈现"原生态"似的鸡毛蒜皮、家长里短，而且也是为了还原曾被强行取消的"日常生活"的精神维度与诗性光彩，再度发现理想、诗意与时代激情在日常生活中应有的位置。新世纪以来，随着"新左派"的兴起及左翼思想的重新勃兴，曾经式微的理想主义写作再度获得了新的资源与动力，而南帆在新世纪的语境中对于"日常生活"这一概念的再度启用与重新解释，一定程度上在日常生活与理想主义这两种写作脉络间作出了某种建设性的和解。

在发掘"日常生活"内部可资发掘与利用的批判潜能之时，南帆强烈地介入时代与当下的问题意识再度凸显——"我们的历史正在进入一个陌生的航道，没有现成的导航图。各种宏大叙事陆续失效，同时，日常生活中的许多资源正在成为我们理解生活的重要参考"。当现存的象征/符号秩序发生了某种断裂，德里达意义上的"幽灵"再度回返，而这"幽灵"代表了人们某种模糊的期待："某种新的、不可名状的内容有望给历史制造另一些机遇，打开另一些拓展的空间"，当历史的"幽灵"现身，"如何想象'幽灵'的谱系？如何赋予'幽灵'一个现身的形式？"① 在南帆看来，一个仍处于变革中的大时代，既对文学的存在价值与生存空间提出前所未有的挑战，同时也意味着前所未有的机遇。文学能否敏感地介入正在裂变中的时代，在"日常生活"中发现与捕捉"中国经验"，再度承担文化急先锋与文化解放的使命？如何从日常生活中寻到革命性的资源，发现那些潜隐的却足以撼动历史的能量？南帆最终期待的，是一种"挑战性"的文学，"如果时机成熟，如果这一部分文学集聚到相当的程度，强烈的挑战可能导致意识形态的销蚀、失灵、瓦解乃至崩溃。于是，大变革的时刻就会来临。历史的另一回合开始了。的确，这也是一种使命：'挑战式'的文学时常在意识形态转换之际充当骁勇的先锋——那个刚刚完成的时代交接即是如此"②。从这个意义上，可以说南帆的观点与西方马克思主义理论对"日常生活"的批判性使用有着某种相似之处，即尝试通过文学的陌生化与革命性对日常生活加以改造，使其与马克思主义对资本主义社会/文化的批判相结合，最终寻求资本主义之外其他文明之可能与可行。

---

① 南帆：《无名的能量》，北京：人民文学出版社 2012 年版，第 126 页。
② 南帆：《后革命的转移》，北京：北京大学出版社 2005 年版，第 250 页。

在中国的社会/文化语境中，"日常生活"这一概念与术语"堕落"的过程不过证明在一个由商品经济与大众传媒起支配性作用的时代，在以消费为前提和旨归的大众文化的统摄之下，"现代性"的意识形态及乌托邦话语已然遭到质疑与放逐。在各种符号争相竞逐的后现代时空，南帆却以一个批评家的身份呼吁着一份属于"现代"的激情与焦虑，在由声、光、色、电统治的媒介帝国时代，为文学的地位与作用进行了智慧、谨慎却又不乏激情的"低调的辩护"。在"娱乐至死"的今日，文学如何在与多种权力/话语博弈、较量的过程中艰难突围，如何在与各种符号的角逐中避免自我耗尽的厄运，是任何一个怀抱理想主义的严肃批评家都必须直面的时代难题。对南帆而言，所谓"无名的能量"便是对文学在困境中退守时体现出的倔强、顽强生命力的命名与赞誉。作为一种创造性的理论植入与挪用，南帆对"日常生活"的借重与改造背后隐藏着对于当代文化和文学现实处境真实状态的清醒认识，隐藏着对裂变中的时代及社会文化紧张的思考反应。对"日常生活"的重新发现、界定、阐释与坚守，对应着特定时代文化语境的变迁及批评方法的转型，同时背负与回应着来自社会、历史与现实的伦理压力，是批评方法与理论在当代中国文学文本中的一次创造性运用。

<h2 style="text-align:center">三</h2>

自 20 世纪 90 年代开始，不仅仅是社会及经济领域，批评理论界也出现了前所未有的大变局："一面是对文化颓败的深切焦虑与忧患，一面是理论批评领域的扩展与新话语不断的衍生于成长；一面是激烈的批评与指责，一面是新的课题与文化形态要求着新的阐释策略。"① 在文化转型、结构重组的"阵痛"时期，批评界与理论界也进入了前所未有的活跃期。面对着一日千里的时代巨变，面对着与市场化、全球化相伴生的诸多社会问题，面对着经过"理论旅行"纷纷涌入中国的各种"后"理论及思潮，知识分子该如何寻找自己的位置与立场，如何提供一种新的阐释方法以有效展开对于当下文化结构与走向的思考？

工欲善其事，必先利其器。从新批评、结构主义、解构主义、精神分析、后殖民及批判理论，从福柯、阿尔都塞、詹明信、葛兰西到齐泽克、拉康、德里达，南帆对于西方文学理论的流派、脉络有着极为清楚明晰的把握与了解，但在运用的过程中却绝无"炫技"的卖弄。因为在真正成熟的批评家看来，与时尚的、学院派的学术话语衔接，绝非仅仅是为了积累符号资本以安身立命，当务之急是要将舶来的西方理论置于当下中国的文化语境中进行对

---

① 张颐武：《从现代性到后现代性》，南宁：广西教育出版社 1997 年版，第 141 页。

第二编 思想史与文化研究

接与定位。将西来的理论与本土文化资源相结合，借助漂洋过海的"他山之石"介入中国具体文化及社会语境，发现并有效阐释本土文化的困境，这才是理论的应有之意，也是身为批评家的南帆的不懈追求。西方"后"学理论的娴熟掌握及运用，使其对于各种文学思潮、文本实践背后的知识/权力运作洞若观火，而中国问题的复杂与殊异始终是理论建构的出发点，由此形成的批评理论体系大气雍容又自成一家，从中可以见出南帆作为一个文学理论家与批评家的成熟、独立与圆融。

在《现代性、民族与文学理论》中，南帆以曾在文化界盛行一时的关于"失语症"的论争入手，考察现代性进程中中国文学理论的演进史。从"五四"时代始，进入或曰挤入现代性话语体系便成为中国文学理论的自觉诉求，相应地，与传统尤其是儒家批评理论的决裂构成现代文学理论重要的"成人式"，或者说批评话语范式的转换成为完成现代性话语结构转型的组成部分。① 将文学理论方法的变迁放置于历史场域中进行考察，南帆发现"文学理论不得不卷入民族主义和现代性话语派生的多重关系，成为后殖民文化的一个复杂案例"②。如果说"五四"时期中国学界的现代性追求是在"亡国灭种"的危急关头服从于建立现代民族国家的迫切需求，那么今日中国文学理论的"民族主义"转向更多地与"后殖民""后冷战"的时代氛围，与"后革命"时代文化/符号的角逐、冲突密切相关。③ "失语症"这一说法中潜隐的那种"回到原初"的对于传统文化的本质主义想象与迷恋，其实渗透着全球化时代后发现代化国家那种深入骨髓的焦虑、迷惘与恐慌，一定程度上成为第三世界文化无力摆脱的现实困境的表征。在西方文化拥有普适性话语强权之时，对于身陷"后殖民"情境中的第三世界国家而言，选择他人的理论，就是选择对西方话语及其背后携带的文化/权力的认同，但是选择拒绝，不过是更深地卷入全球文化权力运作的程序之中。正如现实中与"失语症"论争相伴的所谓"国学热"等看似全然本土化的文化实践，实际上与国际文化资本生产体系的运作不无关联。④ 既然无论是中国的社会、政治、经济结构还是中国的文学理论，都是在遭遇西方的"坚船利炮"之时被催生与激活的，那么能否立足于自身具体的差异性创造出真正具有"在地性"，同时又不放弃普世性追求的新型理论话语，才是考量当下的批评理论是否进入成熟期的关键，因为唯有介入而非回避方才可以打破西方对于现代性话语的垄断。至于那些要么无限制地臣服、追求西方话语的中心及普世地位，要么在想象中将"中国"作为"原初激情"投射的场域，化约为与西方主体完全没有相似之处的

---

① 南帆：《后革命的转移》，北京：北京大学出版社 2005 年版，第 139 页。
② 南帆：《后革命的转移》，北京：北京大学出版社 2005 年版，第 147 页。
③ 张颐武：《从现代性到后现代性》，南宁：广西教育出版社 1997 年版，第 158－162 页。
④ 张颐武：《从现代性到后现代性》，南宁：广西教育出版社 1997 年版，第 147 页。

纯粹"他者"，都无法为今时今日的中国提供某种新型的文化选择。南帆对于"失语症"论争的批判，显示出在全球化时代立足本土经验、中国语境的知识分子的学术自信。

在《全球化与想象的可能》中，南帆在民族、国家、个人之间设置了一个第三项即跨国市场，而通过对这三者关系的考察最终发现第三世界的中国"如何作为一个真实的历史主体活跃在全球化的语境之中"。至此，南帆表明了立足于中国现实、坚守非西方知识分子的文化/政治及意识形态立场，在与"后现代""后殖民"及全球化语境对话的同时，对于西方话语的优势及普适性幻象始终保持着必要的警惕。在令人日益茫然无措、充满各种不确定性的现在，南帆和其他一些富于时代责任感与敏锐性的批评家们基于中国本土经验和现实语境的努力，使理论获得了崭新的活力与阐释的有效性，再度印证了"真正富于创造性的理论，只能产生于'本土'知识分子将西方理论与本国实际相结合的社会政治实践过程中"[1] 这一智慧论断。

结　语

作为同时活跃在文学及文化研究领域的批评者与理论家，南帆对于文学尤其是"纯文学"在这个"娱乐至死"的媒介时代中面临或即将面临的遭遇、困境与挑战有着极为清醒的认识。但南帆同时又是一个对文学怀抱着浪漫理想的创作者。他对于这个时代文学可以或即将承担什么，有着非同凡响的乐观与自信，甚至相信文学可以填补宗教、神话与历史抽身远遁之后留下的文化及意识形态"真空"。在这个充满着各种"符号角逐"的世界，现实与幻象之间的界限早已在波德里亚的学院派论述与"骇客帝国"式的通俗化演绎中彻底"内爆"。虽然，作为弱势与边缘学科中至为"无用"的一员，此时的文学早已无力也无法摆脱各种时代的难题与局限，更遑论承担与解决，但是其至少可以发现与记录困境的存在。正如南帆所说，在"资金、利润和权力指令的驱遣下，大众传媒往往按照意识形态的口径报告社会现状。此时，文学的虚构形象可能恰恰是意识形态遮盖的内容。一个信息如此丰盛的时代，文学还能如此尖锐地甚至令人憎恶地存在，这就是幸运"[2]。

---

① 张旭东：《批评的踪迹——文化理论与文化批评 1985—2002》，北京：生活·读书·新知三联书店 2003 年版，第 129 页。

② 南帆：《关系与结构》，长春：吉林出版集团有限责任公司 2009 年版，第 90 页。

第 三 编

审美之维

生态家园的美学之思

——论曾繁仁的生态存在论美学观

黄继刚①

【学者小传】

曾繁仁：原山东大学校长，当代中国生态美学的奠基人，现为国务院学位委员会中文学科评议组召集人，教育部社会科学委员会文学语言新闻艺术组召集人，教育部重点研究基地山东大学文艺美学研究中心主任，山东大学"985"工程项目首席专家。先后主持国家社科基金重大项目、教育部重大攻关项目、教育部基地重大项目等课题；荣获教育部社科优秀奖、山东省社科一等奖、全国百优博士论文指导教师等荣誉。担任中华美学学会副会长、中国中外文论学会副会长、中国高等教育学会美育研究会会长、山东省比较文学学会会长等学术职务。2010 年受聘为山东大学终身教授。

生态美学是 20 世纪 70 年代以后工业化发展极度膨胀而导致人与自然之间关系对立的形势下人类文明反思的理论成果。1962 年，莱切尔·卡逊（Rachel Carson）《寂静的春天》一书的问世标志着当代生态文明觉醒的开始。之后，海德格尔对生态存在论哲学观的完整表述，标志着"西方当代哲学实现了由传统认识论到当代存在论以及由人类中心到生态整体的转型"②。我国的生态美学研究萌芽于 20 世纪 90 年代：1992 年，由之翻译了俄国学者曼科夫斯卡娅的《国外生态美学》一文。1994 年李欣复在《南京社会科学》上发表《论生态美学》一文，提出从生态学角度来构建当下美学理论的设想，并正式确定了"生态美学"的学科命名。自此以后，国内许多学者在这一领域不断开拓、辛勤耕耘，取得了令人瞩目的成绩，并产生了广泛的学术影响，其中山东大学文艺美学研究中心的曾繁仁教授无疑是最突出的一位。曾先生在梳理、厘清和阐发前人理论成果的同时，以马克思主义唯物实践存在论作为其探索和思考生态审美问题的重要哲学基础，并以人与自然的审美关系为出发点，理论涉及人与社会、人与宇宙以及人与自身等多种审美关系，最终落脚为改善人类当下非美的存在状态。在他看来，生态美学"是一种在新时代经

---

① 黄继刚：阜阳师范学院副教授，山东大学文艺学博士，主要从事文艺理论与文化研究。

② 曾繁仁：《生态美学导论》，北京：商务印书馆 2010 年版，第 280 页。

济和文化背景上产生的有关人类的崭新的存在观，是一种新时代的理想的审美的人生"①。经过近十年的学术积淀和努力，曾繁仁将自己的生态美学思想构建成一个比较完整的系统，其核心就是让美学走出学院书斋，超越形而上的抽象，并落实到对人类的终极关怀上，以实现人类的诗意化和审美化生存。

一、生态存在论美学的哲学基础和理论资源

（一）生态存在论美学的西方理论资源

曾繁仁对生态存在论美学的审视首先通过对西方生态审美观的线性梳理，整理出一条清楚明晰的生态美学研究思路。他认为尽管从 18 世纪就开始了工业革命，产生了以人文主义为标志的"人类中心主义"，但是同一时期也存在着大量和生态有关联的审美思想。譬如在美学家维柯的原始诗性思维中，人和自然是一种平等游戏的关系，维柯所提出的原始诗性思维实际上就是一种自然的审美思维。哲学家桑塔耶纳的自然主义美学思想主张审美功利性，强调美感是对人的"自然功能"的满足，人所有的生理机能都参与到审美中去，这种对自然功能满足的审美价值观已经包含着生态美学的意味。杜威的《艺术即经验》努力突破传统的物质与精神、人与自然之间的二元对立论。他将审美概括为人在与周围环境的冲突、和谐中所形成的一个完满经验。车尔尼雪夫斯基的"生活美学"从自然与人的生命关联中阐述自然的审美价值，并提出"生活美高于艺术美"的主张，这在树立自然审美的合法地位的同时，有力地批驳了黑格尔的"艺术中心论"。而海德格尔则被曾繁仁认为是现代意义上"具有生态观的形而上学理论家"②。在哲学观上，海德格尔凭借现象学方法构筑了一个"人在世界之中"的生态整体观点，他的"诗意的栖居"实际上关注的是人类本质意义上的存在状态，也是生命体存在的最高级形式。在语言论上，海德格尔认为自然生态和语言之间密切相关，所谓"语言是存在之家，而语言又是大地的馈赠"③。在审美观上，海德格尔以"艺术是真理的自行置入"④ 构建了人与自然和平共处的家园意识。可以说，海德格尔的生态哲学对曾繁仁的生态美学理论建构施惠颇多。

此外，20 世纪中后期的环境美学也为曾繁仁的生态美学建构提供了直接

---

① 曾繁仁：《美学之思》，济南：山东大学出版社 2003 年版，第 671 页。

② 曾繁仁：《生态美学导论》，北京：商务印书馆 2010 年版，第 161 页。

③ 曾繁仁：《生态存在论美学论稿》，长春：吉林人民出版社 2009 年版，第 373 页。

④ ［德］海德格尔著，孙周兴译：《林中路》（修订版），上海：上海译文出版社 2008 年版，第 11 页。

的思想资源。西方环境美学的代表学者为美国的罗尔斯顿和阿诺德·伯林特、加拿大的卡尔松、芬兰的瑟帕玛等人。他们对启蒙主义以来的"人类中心主义"和"艺术中心主义"进行了深入的反驳和批判。作为对传统美学学科疆域的拓展，环境美学家们将美学范畴扩展到艺术、自然、乡村、城市等人类所有的感知领域，并将生态学和环境伦理学引入到美学视野中，对美学的基本理念和美学范式进行了变革，并对人与自然、艺术与环境、审美与生活之间的关系进行广泛而深入的探讨。环境美学的这些观点和认识直接启发了曾繁仁由"静观美学"到"参与美学"的思想转变。

（二）生态存在论美学的中国理论资源

《周易》作为中国古代哲学和美学的理论源头之一，包含着先民特有的"生生为易""坤厚载物"的生态存在论思维。曾繁仁认为这是一种典型的东方式的生态审美智慧，其思想影响了整个中国古代的审美观念和艺术形式。儒家"天人合一"的思想就包含着自然和人之间辩证统一的关系。《中庸》将"致中和"提升到"天下之达道"和"天下之大本"的高度。孔子主张"和而不同"的"共生"思想实际上表达的是中国古代生态存在论的审美智慧。而孟子的"仁民爱物"和张载的"民胞物与"表述的是"人与万物生而平等"的生态价值观。这些可以说是中国最原初的生态人文主义。

中国传统文化历来讲究的是儒、道、释互补，在曾繁仁看来，老庄思想也为生态存在论美学的形成提供了理论依据。道家的"道法自然"和"万物齐一论"摒弃西方主客二分的思维模式，主张从存在论而非认识论的角度来看待自然万物和人类的共生平等问题。道家所奉行的"守中""心斋""坐忘"等准则强调通过对精神的修炼和对心灵的体悟来达到一种超然物外的精神境界，这也是一种生态审美的态度。此外，佛家的"众生平等论""佛性缘起论"以及禅宗的"悬隔物欲，善待自然的禅定之法"说明的是自然万物和人之间不离彼此的因缘际遇关系，讲求的是在自然和人的互动融合中，或在自我观照的禅定过程中达到一种物我融化的境界，以此来探寻对个体生命无限追求的无生之境，这实际上也蕴含着丰富的生态审美思想。

通过以上的渊源脉络梳理，可以看出曾繁仁的生态美学思想在继承和深化中国传统文化思想中的生态审美智慧的同时，也注重对西方生态理论资源的整理和借鉴，是"熔铸古今"之后达到的理论新境界，其理论价值正如鲁迅所言："外之既不后于世界之潮，内之仍弗失固有之血脉，取今复古，别立新宗。"① 曾先生不遗余力地从不同方面对生态美学的理论基础予以搭建和夯

---

① 鲁迅：《鲁迅全集》（第一卷），北京：人民文学出版社1981年版，第56页。

实，较为全面地触及生态存在论美学学科的一系列理论命题，并进一步丰富了生态美学的理论内涵。

二、生态存在论美学的理论内涵和方法

新世纪以来，曾繁仁把自己的研究重点从德国古典美学和美学基本理论转移到生态存在论美学的理论建构上，在近十年的时间里，曾先生以生态美学为题发表了几十篇文章，并以专著或专题的形式出版了一系列论著。① 其生态思想"在承认自然对象特有的神圣性，部分的神秘性和潜在的审美价值的基础上，从人与自然平等共生的亲和关系中来探索自然美问题，这显然具有全新的价值"②。目前，学术界也逐渐将曾繁仁的生态存在论美学当作一种崭新的美学形态，这不仅仅是因为其理论广泛吸收了新的学术资源，还在于其在理论内涵和方法论上体现出对传统美学范式的超越。具体而言，这种超越主要表现为以下几个方面：

（一）生态审美本性论

把握人的审美本性是人类精神生活的主要旨归，一直以来，在认知人的本性上沿袭着认识论的路径，即以认识人的形而上抽象本质为最高使命，在这种方式观照下人的本质就是理性的动物，审美从一开始就被界定为与自然生态相对脱节的纯粹理性思考，于是才诞生了"美是理念""美是感性认识的完善""美是理念的感性显现""美是无目的的合目的性"等偏离人的生态审美本性的各种命题。和认识论的本质主义不同，曾繁仁提出的"生态审美本性论"是对认识论主客二分的本质主义的一种突破，其采用将一切实体性内容"搁置"进而"回到事物本身"的方法，直接面对"存在"本身，在这种存在论现象学的观照下，审美主体面对的不是"理性"或"符号"的实体，而是人的存在本身。审美主体强调的不是社会与自然的对立，而是自然和生命的原初性融合。这种对审美本性的认识和把握具有明显的整体性和现世性：整体性强调的是世界上的生命体都生存在循环交融的生态系统之中，而系统中没有感性和理性截然对立的审美主体；现世性则指所有的人都是现实生活中的人，而不是抽象的存在，这种生活中的现实存在时时刻刻都依赖着自然

---

① 曾繁仁在 2003 年出版了《生态存在论美学论稿》《中外交流对话中的审美与艺术教育》和《美学之思》，2006 年出版了《现代美育理论》，2007 年出版了《转型期的中国美学》，2008 年出版了《中国新时期文艺学史论》，2010 年出版了《生态美学导论》。这一系列论著的出版对生态美学的理论建构起着积极的促进作用。

② 曾繁仁：《当代生态文明视野中的生态美学观》，《文学评论》2005 年第 4 期，第 48 – 55 页。

和生态环境。可见，生态存在论对审美本性的认知不是冷冰冰的工具理性，而是充满着人文情怀的生命本体思考。

（二）家园意识

在后工业社会中，因为自然环境的恶化和精神焦灼感的加剧，人们处于一种"畏"的茫然失其所在的"非在家"状态，"无家可归"成为现代社会中人们普遍存在的心理状态。生态美学中的"家园意识"就是在这种生存危机中彰显出其理论价值和现实意义的。所谓"家园"不仅仅是指赋予人一个处所的存在空间，还指向此在和世界、人与天的因缘际遇的关联，是存在论的具体本源性关系。具体来讲，"家园意识"在浅层次上有维护人类生存家园、保护环境之意；在深层次上意味着人的本真存在的回归和解放，即通过悬置和超越之路，使得心灵与精神回归到本真的存在和澄明之中。正是在对"家园"的无限渴望中，每个审美主体通过人生境遇的"返乡"来获得"家园意识"，这种无限接近真义的"返乡"之路是"存在"的展开途径，也是审美主体的"家园意识"得以实现的呈现之途，主体通过这段历程来实现从遮蔽到澄明的过程。曾繁仁阐释的"家园意识"不仅包含着人与自然生态的关系，而且蕴含着更深层次的审美主体诗意栖居的存在真谛。

（三）参与美学和城市美学

曾繁仁所提倡的"参与美学"作为对康德所推崇的无利害的"静观美学"的一种有力反拨，力求建立起一种完全不同的主体以及所有感官都能积极参与的审美观念。生态美学将长期被忽视的对自然和环境的审美纳入美学领域，这不仅在审美对象上突破了艺术唯一的教条，而且在审美方式上突破了主客二元对立的模式。而"参与美学"将审美经验提升到相当的高度，认为面对充满生命力和生气的自然，单纯的"静观"或"如画式"风景的审视都是不可能的，必须要调动所有感官的"参与"，也即身体感官（眼、耳、鼻、舌）的全部介入。这种"参与"重点强调的是主体审美知觉能力的参与，参与到审美对象的构成当中。所以说，在对审美经验的拓展前提下，"参与美学"凭借现象学的方法使得自身具备了极大的理论包容性和自明性。城市美学作为"参与美学"的主要实践领域，是曾繁仁所倡导的从传统"静观美学"走向当下"参与美学"的重要实行方式，城市美学的发生和发展标志着美学研究的范式从学院高墙中走向现实生活，审美观念也从艺术静态愈发转向审美体验，曾先生将这种带有中国特色的城市美学建构为一种蕴含环境伦理和东方思维的"有机生成论"，以表述当今中国城市理论发展的新趋势。具体可归纳为以下五个要点：① 第一，天人相和，顺应自然。城市的规划要遵循自然规律，城市的规划要求具备自然性。第二，阴阳相生，灌注生气。城市的建设应该具备相反相生的特点来保持城市的内在活力。第三，吐故纳新，有机循环。城市的开发应该运用有机循环理论来保持城市肌体的健康。第四，个性突出，鲜活灵动。城市的个性应该发掘独特的地理优势或山水特色，并传承厚重的历史文化。第五，人文生态，社会和谐。处理好城乡二元结构和贫富分化问题，解决文化差异以及社会公正问题。曾先生认为只有在此基础上，"诗意的栖居""城市，让生活更美好"才可能成为生活的现实。

（四）生态审美教育

生态审美教育是生态美学理论发挥作用的重要渠道和途径，当代存在论美学和审美教育研究之间的内在贯通，既使得曾繁仁的存在论美学思想表现出与众不同的现实价值取向，又使得其审美教育研究具备了存在论高度。多年来的美育研究经验让曾繁仁从早期的认识论美学到存在论美学的过渡成为必然。从 20 世纪末开始，曾繁仁先后出版了《美育十讲》《审美教育新论》《走向 21 世纪的审美教育》等多部有关生态审美教育的论著。在他看来，审美教育是当今实现人类灵魂救赎的重要方式之一，人们的精神存在会在潜移默化的审美经验中得到调整和端正。而生态审美教育是用生态美学的观念教育广大人民，使他们学会用审美的态度来对待自然、关爱生命、保护地球。其目的就是培养"生活的艺术家"，这就要求生态审美素养应该成为当代公民，特别是年轻人最重要的文化素养之一，这也是从儿童时期就需要养成的重要习惯素养。曾繁仁的生态美育思想使得存在论美学从抽象的本质主义转向具体的人类生活世界，使生态审美意识内化到人们生活的深处。

（五）生态文艺学和生态批评

生态存在论美学和传统形而上美学相比，最大的特点就是非学院化的理论形态和实践品格。因此生态文艺学的提出也是将生态美学由理论付诸实践的一种现实要求。曾繁仁认为现实社会生活中"自下而上环境的继续恶化更加促使美学研究者不应缺席，而应该努力改变现实，尤其是文学艺术的现实"②。生态文艺学正是在这一理论背景下，从一种生态人类学的宏观视野入手，来研究文艺与自然生态系统之间的关系。具体而言，生态文艺学蕴含着三方面内涵：其一，文学艺术活动中的"绿色原则"。所谓"绿色原则"指

---

① 曾繁仁：《美学走向生活："有机生成论"城市美学》，《文艺争鸣》2010 年第 21 期，第 1 - 3 页。

② 曾繁仁：《生态美学导论》，北京：商务印书馆 2010 年版，第 347 页。

的是一种"万物并育而不悖"的生态整体的理论原则。其二,生态批评。"生态批评"首先是一种文化批评,也就是从生态的特有视角来展开的文学文化批评,这也是美学和文学研究者面对日益严重的生态危机而将生态责任和文学、美学相结合的一种可贵的尝试。环境伦理和审美经验的交融统一是生态批评最基本的原则,生态批评的理论家相信艺术具有改善、提升人们的精神层次的能力,从而转变他们对待自然的态度。其三,对艺术价值的重估。生态文艺学在艺术创作和审美文化立场有着重要的调整,文学价值重估的问题也成为一种必然。这种重估主要是指运用"生态整体"的"绿色原则"重新看待以往的文学作品及其价值,譬如对"唯我主义倾向"和"人类中心主义"的摒弃和对社会责任化的回归。生态文艺学对传统的超越体现为环境伦理对文艺的介入,它提供了一种高于传统的审美标准,也即生态的标准,这正是传统文艺理论所忽视的。

(六) 将生态现象学作为方法

当今美学在发展中所遇到的困境促使当代的美学家从不同的途径开启美学之思,这也是曾繁仁从认识论转向生态存在论的学理依据。"在认识论视野中,人们无法真正解决美是什么的问题,美学研究还是要采取回到原初的途径,回到人的存在这个超越于主客二分的最原初、最根本的问题,以现象学的整体方法突破主客二分的思维模式,从审美与人的生存状态的关系出发思考美学问题,把对美的本质的抽象追问转向对整体审美发生过程的理解和审美活动对于存在的意义的阐释,这是存在论美学与传统认识论美学最基本的区别。"[1] 这种存在论美学不再是一门专供人们在书斋里研究的学问,而是需要从现实存在的根基上加以体认的活动。而生态现象学作为重要的整体性研究方法,曾繁仁将其概括为以下几个要点:[2] 首先,摒弃人与自然对立的思维模式,将人类中心主义的观念与对自然过分掠夺的物欲加以"悬置"。其次,回到事物本身来探寻人的精神与存在的自然本性。最后,扭转人与自然的纯粹工具的、计算性的处理方法,走向平等对话的主体间性的交往方式。曾繁仁认为,我们只有将存在论和生态现象学作为研究方法才能达到超越物欲进入到与自然万物平等对话、共生共存的审美境界。此外,中国古代道家的"心斋""坐忘"和禅宗的"悬置"物欲、善待自然的"禅定"方法也是一种古典形态的生态智慧,完全可以将其与今天的现象学方法结合在一起使用,使得生态美学更加符合中国语境化色彩。

---

① 曾繁仁:《生态美学导论》,北京:商务印书馆 2010 年版,第 301 页。

② 曾繁仁:《生态美学导论》,北京:商务印书馆 2010 年版,第 301 - 302 页。

三、生态存在论美学的学科突破及其意义

（一）对中国传统美学的丰富和地位提升

生态存在论美学既是曾繁仁从事当代存在论美学建构的重要理论成果，也是对传统美学内涵的拓展。在美学内涵上，传统美学强调的是对称、比例、优美、崇高等形式范畴，而生态美学却是存在论美学，关注的是人的现实生存和诗意栖息问题。它将生态审美本性、生态批评、绿色阅读、家园意识、场所意识、四方游戏、参与美学、城市美学和生态审美教育作为自己的研究范畴。不仅如此，伴随着生态美学理论的构建，中国古代文化中的生态审美智慧也被整理开掘出来，这使得建设包含中国古代生态智慧、资源和话语并符合中国国情的生态美学体系成为一种可能，同时也有力回击了西方美学家一直以来对东方美学秉持的否定态度。① 并且，美学发展的实践证明，当代西方环境美学和生态美学的产生反而都借鉴了中国古代大量的生态智慧和思想。所以说，生态美学丰富的理论内涵和完整的理论体系是对中国美学理论地位的提升。对此，朱立元曾经这样评价："生态存在论显然就是为整个生态美学研究夯下了一块厚重而坚实的奠基石，曾繁仁生态存在论美学的提出，不仅为发展中的我国生态美学的理论形态奠定了坚实的根基，而且呼应了当下哲学美学的存在论转向，同时也直接构成了当代中国存在论美学系谱之中的重要理论收获……曾繁仁先生这种打通古今中外多元理论来源并加以融合的努力，不仅为生态存在论美学观哲学基础之建立提供了丰厚的理论资源，而且为生态美学走向成熟、走向真正的学科形态作出了重要贡献。"②

（二）对实践美学的超越和突破

生态美学在中国美学中的发生和发展，有着坚实的现实基础和深厚的理论依据。换句话说，从实践美学到生态美学的中国发展历程，反映出当代学者鲜明的历史责任感和现实批判精神。生态美学的提出不是在原有基础上对实践美学的修补，而是在一个完全不同的哲学基础上对中国美学的推进，或者说"生态美学的提出就是对实践美学的一种改造和超越，是美学学科自身

---

① 鲍桑葵和黑格尔都对东方美学和艺术持一种否定态度，认为其"审美意识还没有上升到思辨理论的高度"。详见 ［英］鲍桑葵著，张今译：《美学史》，北京：商务印书馆1985年版，"前言"。

② 朱立元、栗永清：《从"生态美学"到"生态存在论美学观"》，《东方丛刊》2009 年第 3 期，第 252 - 253 页。

发展的时代需要"①。这种超越主要表现在以下几点：第一，从哲学基础上来看，"实践美学过于强调审美的认识层面，而相对忽视了审美归根结底是人的一种重要的生存方式，而生态美学将审美从单纯的认识层面带到崭新的存在领域，并将不可或缺的自然生态维度带入审美领域，这不能不说是一个重要的超越"②。第二，在美学理论自身，实践美学过分强调"自然的人化"，而生态美学更加关注人与对象处于中和协调的审美存在状态。第三，在美学研究对象上，实践美学强调"自然的人化"就会导致过分强调艺术美，而排斥自然美，生态美学克服了"美是艺术哲学"的传统观念，在关注自然的内在审美价值的同时，认为自然审美是人的审美能力和自然对象的审美属性交互作用的结果。第四，在思维方式上，生态美学突破实践论主客二元的局限，提出生态整体主义的思维方式，从而完成了人与自然的"主体性"到"主体间性"关系的超越。

（三）回归到生态整体主义

人类曾经建构出两种人与自然的关系：自然的神化和人的神化，也即"生态中心主义"和"人类中心主义"。前者是指人类屈服于自然的威力，将神秘的自然看作决定人类命运的无上之神，后者是指人类过度宣扬自身的主体性，忽略了人类发展的可持续性，直接表现就是工具理性的泛滥。在生态美学看来，自然的神化中，自然构成了压迫人类生存的异己的力量；而人类的神化中，自然变成了证明人类自身的工具。这二者都使得人类的生活和美无缘。而生态美学正是追求在自然的神化和主体的神化之外建构人与自然的第三种关系，也即"生态整体主义"。在《生态存在论美学论稿》中，曾繁仁从以下几个方面对"生态整体主义"予以阐释：③ 第一，生态整体主义是对人类命运的终极关怀，是从存在论视角对人和自然的生态审美状态的一种揭示。第二，生态整体主义是对人的生态本性的一种回归。第三，生态整体主义是对环境权这一基本人权的尊重。可见，生态整体主义强调人和自然整体相关性，关注的是在自然和人类的动态平衡中寻找到美的根源。在这种关系中，美就不是主体的审美能力，而是来自人类的"家园意识"，当人类用生态整体性思维方式生存于世时，自然万物就会和谐共处于自然生态系统当中，就产生了大美。所以说，"生态整体主义"实际上就是马克思在《巴黎手稿》中所说的"完成了的自然主义"和"完成了的人道主义"的统一，也就是说只有彻底的、完成了的自然主义才能使人的生存得到最终的保护，也只有彻

① 曾繁仁：《生态存在论美学论稿》，长春：吉林人民出版社2009年版，第5页。
② 曾繁仁：《当代生态文明视野中的生态美学观》，《文学评论》2005年第4期，第48－55页。
③ 曾繁仁：《生态存在论美学论稿》，长春：吉林人民出版社2009年版，第107页。

底的、完成了的人道主义才能保护自然环境。

　　总之，生态存在论美学的提出和研究不仅仅为当代中国美学研究提供了新的学术理论生长点，还以学科自身明显的建设性、合理性和深邃性为当前的美学研究开启新的路径，更重要的是为人文知识分子找到了一条解决现实和人生困境的路径。同时，以曾繁仁为代表的中国当代美学家对于生态美学的研究，关注中国当下严峻的现实问题和人的生存处境，在吸收西方理论资源和中国古典智慧的基础上，重新审视人与自然、社会以及文化之间的审美关系，彰显出一位美学家应有的理论气度和广阔视野。

朱立元与中国现代美学和文艺学的纵深化

贾　玮①

【学者小传】

朱立元：复旦大学中文系教授、博士生导师，国务院学位委员会第六届中文学科评议组成员。1997 年 1 月被国家人事部授予"国家级有突出贡献的中青年专家"称号。2001 年获"宝钢优秀教师"特等奖。兼任中华美学学会副会长、中国中外文艺理论学会副会长等职务。研究方向为文艺学、美学，具体包括文艺理论和美学理论、西方美学、马克思主义文艺理论、中西比较文论等。主要著作有《黑格尔美学论稿》《思考与探索——关于当代马克思主义文艺学体系的建构》《接受美学导论》《现代西方美学二十讲》《走向实践存在论美学》《历史与美学之谜的求解》等。主编《当代西方文艺理论》《美学》《西方美学范畴史》《西方美学通史》等。

新时期至今，堪称中国美学、文艺学现代化历程上的大发展阶段。作为这一时期中国美学、文艺学界最具影响力的领军人物之一，朱立元在美学原理、马克思主义美学、西方美学史、西方文艺理论、文学理论、中西比较美学与文论等诸多领域有着突出的贡献，这些研究所得在很大程度上促进了中国美学、文艺学的深层次现代化。我们也可以以先生的研究为基点审视中国美学、文艺学，自新时期至今，乃至在过往那个世纪虽然曲折却堪称波澜壮阔的现代化历程。时至今日，朱立元依然拒绝故步自封，仍在孜孜不倦地不断突破。

一、辩证法：现代化历程的问题与起点

朱立元的治学起点是"黑格尔美学"：1980 年 6 月发表于《复旦学报》上的《西方美学研究的新收获：评介蒋孔阳副教授的〈德国古典美学〉》，其后完成的硕士论文，以及 1986 年出版的《黑格尔戏剧美学思想初探》与《黑格尔美学论稿》，再至 1998 年出版的《宏伟辉煌的美学大厦——黑格尔〈美

---

①　贾玮：重庆师范大学文学与新闻学院副教授，复旦大学文艺学博士，主要从事西方美学与文化研究。

学〉导引》等著作，都是朱立元对"黑格尔美学"一以贯之的研究硕果。需要特别指出的是，依据现有资料来看，1986 年出版的两部著作应该是汉语学界最早对黑格尔美学进行专题研究的成果。涂尔干尝言：意欲在学术上成一家之言，必须以精细研究某一思想大家的学说为第一要务。虽然无法明了其选择黑格尔美学作为研究对象的原因，但是，这一选择不仅为朱立元的个人治学、研究奠定了坚实的基础，对于中国美学的现代化历程而言，也是任重而道远的奠基、明理之举。我们之所以这样说：一是源于以黑格尔为代表的德国古典美学对于现代美学，特别是"中国现代美学"近似绝对的重要性；二则是中国学界对于"黑格尔—马克思"长期存在的误解，二者都迫切需要中国学界对于黑格尔进行正本清源式的"再解读"。

中国美学的现代化起始于 20 世纪初。但"西学东渐"催生的中国美学现代化的百年历程，发展至今已然出现瓶颈之困。我们可以以在 1955 年至 1964 年的美学大讨论中形成的四大派及其观点为例展开分析。这次讨论的参与者几乎都以马克思主义为思想资源，并努力在其中寻求自己观点的合法性依据。这一方面说明马克思主义美学已经历史性地成为中国美学现代化的指导原则，进一步为中国美学的现代化明确了方向，其影响之深刻是不言自明的；另一方面，它充分暴露出我们惯有的认识论式的思维方式对于马克思主义美学的隔阂及对其的巨大误读。

随着讨论的展开，逐渐形成了以蔡仪为代表的客观派，以高尔泰和吕荧为代表的主观派，以朱光潜为代表的主、客观统一派，以李泽厚为代表的实践派等，其中前两派的观点在很大程度上可以说是西方近代美学中唯物论与唯心论在中国的承继与发展，因而分别推衍出了完全脱离开人或者对象的"美"，这显然回到前德国古典美学的水平，距离现代思想的起点人物——马克思[1]则更为遥远。"主客统一派"与"实践派"虽然注意到了"主、客观统一""社会实践"等对于"美"的重要性及其作用，但是，依然将美视为一种可以依循认识论模式进行研究的对象，因而同样将"美"实体化了，换言之，正是对"美是什么"直接而迫切的追问，使得"美"成为一种海德格尔所说的非历史的"思执"。这种"非辩证的"思维方法，最为明显的表现就是对于问题简单而直白的肯定，从而预设了一种永恒的观念或者一种固定和恒定的"自然如此"的东西，这种方式无法投射出自身的思维场域，因而不可能对自己的思考进行有效的否定，也就无法实现对自身的扬弃。换言之，这种思维方式否弃了辩证法内蕴的否定性。[2]

---

① ［日］今村仁司等著，卞崇道、周秀静等译：《马克思、尼采、弗洛伊德、胡塞尔：现代思想的源流》，石家庄：河北教育出版社 2002 年版。

② ［法］科耶夫著，姜志辉译：《黑格尔导读》，南京：译林出版社 2005 年版，第 563－571 页。

事实上，这种思考方式长期影响着中国美学的发展，20 世纪 80 年代，这种情况似乎愈演愈烈：实践美学逐渐占据我国美学的主导地位，这是中国研究者对于马克思主义美学，特别是《巴黎手稿》进行研究所取得的重要成就。但是，以李泽厚为代表的很多学者将"实践"理解为人类有意识、有目的地改造自然的物质生产劳动①，从而继续了"物质与精神"的对立，将美最终抽象为一种实体。20 世纪 90 年代，以"后实践美学"为代表的诸多美学新流派开始崛起，并且对实践美学展开了批判，随后，实践美学的代表人物也对这些批判进行了回应。就讨论本身而言，双方对于一些重要的美学问题的阐发、争论使得各自的理论武器都获得了难得的检验其威力的机会，而且很多美学基本问题于此过程中得以深化。但是形而上学、本质主义等倾向和思路依然主导着中国现代美学的事实说明，我们的思维方式依然是"非辩证的"。

通过对黑格尔哲学、美学进行系统、精深的研读，朱立元敏锐地捕捉到"黑格尔把康德等人的非历史的美学发展成历史美学"所具有的辩证意义，即黑格尔美学自身内蕴着否定自身的潜力，他明确指出黑格尔《美学》内含的"唯心主义思想路线与现实主义美学倾向""普遍人性论与历史发展观"等六大体系性根本矛盾及其旁逸斜出却又不容忽视的"唯物主义成分"，并非习惯上所说的"体系的唯心主义与方法的辩证性质的矛盾"，而是"体系的终极性与方法的无限性的矛盾"，深入来看，这是两种方法之间的对立，即形而上学的方法与辩证法之间的矛盾。正是因为在逻辑终点上未能或者说不能将辩证法贯彻到底，因此，黑格尔才能把已经溢出的历史强行置于自己"美是理念的感性显现"的封闭体系中。②

这一重大的发现表明朱立元对于辩证思维已经有了深入的把握：他始终如一地探究马克思主义经典作家，关注如何在吸收黑格尔美学的基础上，将美学阐发成为一门"历史学科"，即马克思主义作家以历史唯物主义为原则对"美的辩证运动"的阐明。这些抽丝剥茧的精深分析，正是朱先生对马克思的"实践"范畴及其存在论维度进行阐发，乃至促动马克思主义美学、文论进一步中国化的理论基石。

二、两个传统说：中国文艺学、美学自己的路

与 20 世纪 80 年代积极译介西学著作的空前热情相异，90 年代，伴随着

---

① 李泽厚：《李泽厚十年集》（第二卷），合肥：安徽文艺出版社 1994 年版，第 379 页。

② 朱立元：《宏伟辉煌的美学大厦——黑格尔〈美学〉导引》，南京：江苏教育出版社 1998 年版，第 214－240 页。

对王国维、陈寅恪等人的"重新发现"，国内学界出现了所谓的"国学热"。这种反差逐渐形成了某种激烈对抗，这集中体现于文艺学界的"文论失语论"。持这一论点的学者普遍认为，中国现代文论没有一套自己的文论话语，我们所说的都是西方的文论话语，因此，我们（中国人）没有中国的理论，也就无法真正发声表达自己对文学的理解。因此，"用中国人自己的话语表达"就成为一些学者全力追逐的目标和坚持自身论点的合法性依据，对中国古代文论的关注、研究一时成为一种必须，中国文论的现代转化等突然成为一个压倒其他的热点问题。一些学者甚至认为中国古代文论是唯一合法的、真正的"中国文论"，我们需要跨过百余年来西方理论话语对中国的"入侵"，径直回到中国古代文论，对其进行现代转化，从而建构起属于我们中国人自己的文论。如今看来，这些问题的出现因为"寻根意识"的强烈冲击有其必然性，但是，这种对西学热情的急转直下使得所谓的"中西对立"格外尖锐。

朱立元对这一问题进行了长时间的关注和思考，终于在 2000 年发表了产生重大影响的《走自己的路——对于迈向 21 世纪的中国文论建设问题的思考》。文章指出，文艺学发展至 20 世纪末，确实暴露出自身的狭隘，但是所谓的"失语"并未切中要害，不过"失语论"自身的不足却恰恰是相应于这种缺陷的："失语论"表面上是要为中国文论争得一席之地，但是却在暗中认可了西方中心论，因此自行设置中、西之争。跨越式地回到中国古代文论的设想不但缺乏可行性，而且否弃这样一个其实依然在发生的事实——中国古代文论一直在进行着自身的现代转化，我们所说的中国现代文论正是中国古代文论现代化的一种有力表现。他鲜明地提出了影响深远的"两个传统说"："现在我们面前的传统不是一个，而是两个：一个是 19 世纪前的古代文化、文论传统；一个是百年以来、特别是'五四'以来逐步形成的现当代文化、文论新传统。我们不能只看到前一个传统，而无视或轻视后一个传统，更不能认为后一个传统完全是反传统或与传统整体断裂的。"① 因此，失语论者其实又于无意中设置了古、今的对立。换言之，失语论者将古代文论视为一个自身封闭的系统，并臆想其可以停止于某个历史时刻（例如"五四"时期），完全无视中国古代文论自先秦至今绵延不绝的动态化发展过程，生硬地将古代文论与现代文论的血脉割断，臆造出现代文论完全绝缘于古代文论的假象。因此，失语论者自认为可以通过强调传统来尊重传统，却是将传统僵化抽象为一个实体，从而否认了中国文化传统的历史性发展与兼容并蓄的可能。

---

① 朱立元：《走自己的路——对于迈向 21 世纪的中国文论建设问题的思考》，《文学评论》2000年第 3 期。

朱立元的"两个传统说"在尊重中国文论发展的历史事实的基础上，明确中国现当代文论的确凿性，并特别认可这一传统对于文艺学未来发展的不可替代性。"我们所处的直接传统是现代文论新传统。任何时代的任何人无不处在一个直接传统的包围和影响之中，不管他们是否承认或是否意识到这一点。"例如，中西之争、古今对立就显示出"失语论者"在思维中的"二元对立"，这恰恰说明，西方文化、文论（比如本质主义的思路）已然成为中国现代文论发展建构自身的文化基因，失语论的支持者无论如何不情愿，都已不可能有什么"奥卡姆剃刀"将其剔除。简而言之，古代文论的转化一直在进行：一种是显性地、直接地对古代文论的研究、探讨，例如先生就对中国传统的审美方式进行了专注研究，并与王振复先生合著了《魂系中华——天人合一的审美文化精神》，还有对道家、儒家的著作与《周易》《吕氏春秋》等著作中散见的对于语言的论述展开研究的成果，主要见《言意之间：先秦时代的言意观》。另一种则是隐性的、间接的，将之放置于中国的现代化历程中则一目了然其必然性和巨大价值，这包括西方文艺理论的介绍和研究、中西文论的比较等，这依然是以中国为"前理解"展开的"格义"，因此也就自然接续于"古代文论"。职是之故，更为严肃的问题应该是审视古代文论在已然发生的现代性转化中有着怎样的得失，而不是"是否有着转化"这样的问题虚设。

朱立元在此基础上指出中国现代文艺学、美学的问题在于我们对新兴的文学活动关注不够，因而造成了理论脱离当下文学实践的困境，例如以网络文学为代表的在形态上更鲜活、更新颖的文学实践，本应该是文艺学积极关注的对象，但是却鲜有人问津。

《走自己的路——对于迈向 21 世纪的中国文论建设问题的思考》迅速被《新华文摘》（2000 年第 9 期）全文转载，这在当时可谓道出时代心声，很多学界同仁纷纷写文章表示了对先生的认同，"失语症"带来的不长时间的喧哗与骚动，自此渐渐淡去。深入来看，这场由中西之争演变为古今之争的讨论，潜藏着使中国文艺学、美学的现代化历程误入歧途乃至夭折的危险性。朱立元的这篇文章，特别是其产生的积极影响，使得这种破坏力被有效控制，对于许多学者而言，这篇文章无疑有着树立信心、坚定方向的作用。

三、存在论：文艺学、美学的界限

伴随着对于辩证法的深入辨析，朱立元进一步通过自己的研究确立了文艺学、美学的问题域及其基本问题，换言之，对于先生而言辩证法在理论形态的成熟，与文艺学、美学研究界域的清晰化保持了一种同步。这一起点正是"艺术真实"这一老而弥新的文艺学疑难。出版于 1989 年，与夫人王文英研究员合著的《真的感悟》一书，集中了对这一问题的思考。著作在对艺术真实进行历史考察的基础上，从"创作真实—本体真实—鉴赏真实"三个阶段的流转过程，对艺术真实进行了分析，最终得出结论："艺术真实"绝不等于生活真实，它有其自身的检验标准。这一思路得到了广泛的认可，后来很多文学理论教科书在介绍相关问题时依然承继了这一思路。此外，如此的思考，已经鲜明地突破了长期以来在学界具有主导地位的"反映论—真实观"，即不再将文学艺术真实反映生活，或者反映真实的生活，作为框定、衡量文学艺术几乎唯一的标准，而是通过艺术真实问题确立了文学艺术的相对独立性。

值得注意是，该著作体现出朱立元先生对于"现象学—接受美学"这样的新思想、新方法的积极吸收。在中国学界大量译介西方现代美学流派的 20 世纪 80 年代，新的美学思想资源的引入并不足为奇，但是，这些新来思想真正促成中国美学的变革却是一个较为艰难的过程。"接受美学"之于朱立元来说堪称一个成功的典范。一方面，随着先生的努力，促成了"接受美学"的中国化：先生成功翻译了英伽登的《艺术的和审美的价值》（《文艺理论研究》1985 年第 3 期）、杜夫海纳等人的《美学文艺学方法论》（中国文联出版公司 1992 年版）、尧斯的《审美经验论》（作家出版社 1992 年版），并主持翻译编著了接受美学代表人物——"耶鲁四人帮"的代表作（朱立元先生翻译了布鲁姆的《误读图示》，台湾骆驼出版社 1992 年版，天津人民出版社 2007 年版）等作品，并在学习、吸收的基础上完成了专著《接受美学》。另一方面，自"文学真实"这一问题起，"接受美学"提供的入思方式逐渐开始为朱立元所看重，这鲜明地体现于《解答文学本体论的新思路》（《文学评论家》1988 年第 5 期）一文中。于此文中，先生首先指出"文学是什么"这一提问方式是本质主义的产物，因为这预设了"文学的现成"，我们应该从"文学如何存在"来理解"文学活动"的生成与展开，这就凸显"文学的存在方式"这一本体论追问。事实上，从其动态特质开始的对于文学本体的探讨，进一步阐发了朱立元先前倡导的"文学活动"这一主题，同时也将文学研究从"认识论—反映论"的窠臼中解放出来，从而赢获了更大的研究空间。1996 年，发表于《文学评论》第 6 期的长文《文学、美学研究中"本体论"范畴的误用》，则是朱立元对"文艺本体论"不断深入探究的突破性结果。这篇文章指出"本体论"事实上是对"ontology"的误译："ontology"所研究的"being"并非我们所说的"本体""本源""本质"等，而是"是""有"或"存在"，因此"ontology"是对"存在"或"是"进行思考的学说，确切的译法应该是"存在论"或"是论"①。朱立元对文学"本体论—存在论"的思考与建构，起始于对"文学作为一种对象性存在"的体认，这突破了"文本本质客体论"，而且必然引向另一存在物，由此凸显的是两者的对象性关系，这种思路得益于接受美学对文学作品在接受层面得以实现的探讨，这正是在很多方面"跑到我们前面去了"②的接受美学带来的启发。

这一有着明确学科本位意识的理论建设在中国文艺学、美学的现代化史上可谓意味深远，因为对"存在论"（本体论）问题进行正本清源的探讨，正是学科自律程度显著提高的标志。朱立元的相关思考，不但在学理上深化了学科基础的理论依据，更为重要的则是开启了学界同仁共同努力的方向：很多学者随后针对"本体论"发表了探讨性、商榷性的文章，与先生一并致力于文艺本体论的探讨。讨论自然不会达成完全一致，但是，这却为中国现代美学、文艺学的发展凸显了某种重要方向：中国美学、文艺学的问题意识以一种追问自身的方式被强化了，这是其发展近百年以来必要而又及时的反思。

由于痛感于文艺学、美学对于现实的"无所作为"，加之"文化研究"的强势介入，国内学界自20世纪90年代末，出现了对文艺学的质疑之声，有学者甚至认为应该用文化研究取代文艺学研究。在21世纪初的几年间，这些学者积极倡导"日常生活审美化"，认定当时的中国日常社会生活已经出现了明显的审美化趋向，我们的研究应该能够对此关注、发言，但是，文艺学面对这种新的状况只能手足无措且哑口无言，其原因则在于其研究范式与固有的审美情趣已然失效。在如此状况下，文化研究对大众文化、消费文化、流行文化等审美文化的焦点议题展开了多学科、跨学科式研究，不但紧跟时代潮流，而且极具生命力，自然可以名正言顺地取代专注于文学的文艺学。这几乎确定无疑地引起了激烈的论辩：支持者欢欣鼓舞于文化研究能够介入现实，从而摆脱文艺学乃至人文学科边缘化的尴尬与寂寞，重燃回到中心的希望；反对者则认为这种研究重心的转移，只是一味地追逐流行浪潮，并不能体现出人文学科的研究旨趣和价值，文艺学应该与之保持一定距离。

2006年，朱立元在《文学评论》第3期，发表了《关于当前文艺学学科反思和建设的几点思考》，这篇位居首篇的长文针对"文化研究与文艺学之争""日常生活审美化"及其所引发的文艺学的危机、文艺学是否应该或者能够作为一个学科继续发展、如何发展等问题进行了鞭辟入里、全面而深入的分析。先生在文章中首先肯定了这批新锐学者"最早、最敏锐地感受到文艺

---

① 朱立元：《文学、美学研究中"本体论"范畴的误用》，《文学评论》1996年第6期。

② 朱立元：《接受美学导论》，合肥：安徽教育出版社2004年版，第427页。

学的危机，并对这种危机作了严肃和有深度的反思"，因此，他们对于文艺学固守经典文学文本而远离媒介革命所致的大众文化、流行文化的警醒，对于文艺学界固有的精英主义态度的批判，在研究方法上对于跨学科、多学科的生成论式的倡导与实践（例如利用建构主义等方法对文学本质主义思路的解构），都有着极大的合理性与积极意义。但是，这种力求理论结合实践的主张，恰恰建立在对文艺学历史实践的误解之上，因此依然是一次理论脱离实践的僭越：文化研究的倡导者们认为文艺学之所以会出现这些困难以至于必须突围，其根源正在于新时期以来，文艺学的发展在主导范式上有着明确的"审美自律化"倾向，换言之，正是过去二十余年文艺学界对于文学自律的认可与倡导，使得文艺学故步自封，无法面对日新月异的审美文化的发展变迁。

朱立元就此指出，文学自律确实是新时期以来对文学本质进行探讨的重要突破和收获，对文学审美特质的特别肯定和强调，对中国学界理解文学有着重大的贡献，特别是对突破既定的文学工具论、附庸论等极左观点有着不容抹杀的历史贡献，但是认定文学依其审美特质就能获致其独立性的学者并不多，随着研究的不断深化，在 20 世纪 80 年代的文艺学界占据主导地位的恰恰是"审美意识形态论"，也就是将文学置于审美自律与社会历史文化他律所形成的论域进行探索。因此，文化研究的倡导们在这一历史体认上存在极大的偏颇。90 年代，随着心理学、接受理论、语言学、后殖民主义、新历史主义、文学人类学、文化研究等学说与方法的纷至沓来，甚至进一步促动了传统文论的现代生成，文艺学开始兼容并蓄、多元共存的大力发展时期，局面之可喜、发展之欣欣向荣都是令人振奋的，所以，文艺学 20 余年的发展也就不存在这些学者所说的"前高后低"的高开低走之势。事实上，文艺学界还在 90 年代中期，整体性地参与到"人文精神大讨论""新理性精神的建构"等对于中国社会的精神生活产生巨大影响的讨论之中，而这些活动远远超出了文学，乃至知识界的界限，以朱立元为代表的文艺学界在发言、著述中，不但没有受制于"审美自律"而遗世独立，而且充分展示出当代人文学者通过"文学"思考和关注中国社会的有效性，"他律"是明显而自觉的。换言之，过往 20 余年的文学研究的专业化、学科化，并没有使相关的从业者背对社会：文艺学并没有隔阂于社会，而且依然能对社会作出深刻而到位的思考与判断，因而也就远远未到无以为继的存亡一线间。

朱立元撰文指出，这些学者的反思依然有其有效性，新时期以来为中国的思想解放与启蒙作出巨大贡献的文艺学，依然存在危机，其根源就在于我们的文学理论隔阂于我们的文学实践：其一，文学理论与文学批评不能进行有效的互动生成，我们批评理论缺乏理论基础因而无法对流动文学创作进行足够深刻的概括，同样我们的理论理应主动介入文学批评，从而促成自己理论品格的不断提升；其二，文艺学对于通俗文学缺少足够的关注与尊重，这确实是精英主义情愫所致的缺憾。文艺学继续发展的可能性正是要正视这些危机，即积极联系文学实践，关注文学"新现实、新思潮、新特点"，实现理论与实践的互动。在此基础上，朱立元依据伊格尔顿的《理论之后》（也译为《后理论》）等有关著述指出，文化研究在西方其实已经"日薄西山"，其最大的弊端恰恰根源于其最大的优势，即跨学科，因为这种什么都可纳入其文化视野的研究隐藏着一个巨大的陷阱：缺乏自身的独特问题领域，跨学科、超学科成为非学科乃至无学科。因此，不难得出结论，我们无须跟着这一穷途末路的文化研究跑，而是应该继承我们已有的现代学术传统，在肯定文学审美特质的基础上，继续我们已经在走，并且大有希望的文艺学之路。①

由于倍感于这一问题的重要性和可待深入的潜在性，朱立元先后在《东方丛刊》《学术月刊》等刊物上主持了"新世纪文艺学的发展态势""当代文艺学和美学：没有说完的话"等多场学术讨论，并发表了《文学的边界就是文艺学的边界》《对文艺学"文化研究转向"论的反思》《试论新时期以来中国文艺学的大发展》《中国当代文艺学的学科反思与理论创新》等一系列专题论文。朱立元于其中一再表明：文化研究的研究方法等诸多方面值得借鉴，但是并非文艺学走出困境的通途。文艺学在新时期以来取得了巨大成就，如今的缺陷根源于理论脱离实践，继续发展的关键就是必须以关注现实的文学实践为主导原则。2006 年出版的《新时期以来文学理论和批评发展概况的调查报告》可以视为对这些说法的有力补充与证据：在对新时期以来文艺学的发展全貌进行整体调查和概述的基础上，再次强调我国文艺学自新时期以来成就极大，现有危机只是局部的，而非全部和整体的，文艺可以通过自身的调整克服这种危机。②

这些研究成果事实上完成了对文艺学自新时期起发展状况的反思与梳理，这绝非简单的总结。尽管"文化研究"如火如荼，但是相比而言，学理依据，经世致用的文化心理才是其真正的动力源泉，而这也一直是中国文艺学潜在而强有力的羁绊。如何抵制"介入现实"的诱惑，进而从容面对，坚持基本问题的研究与深入，都是检验学科自身发展的标尺。朱立元在这一期间的研究，使得这种"僭越式发展"在各个层面上的缺陷得以充分暴露，文艺学自身的潜能得以昭示。

---

① 朱立元：《关于当前文艺学学科反思和建设的几点思考》，《文学评论》2006 年第 3 期，第 5 – 16 页。

② 朱立元主编：《新时期以来文学理论和批评发展概况的调查报告》，沈阳：春风文艺出版社 2006 年版，第 211 – 219 页。

四、实践存在论美学：继往与开来

通过对黑格尔美学的研读，朱立元先生深化了对马克思的理解，并努力探索且实践着中国美学在马克思主义的指导原则之下的现代化之路，"实践存在论美学"的建构与提出正是这一探索的重大成果，这一学说的提出根源于：①对马克思美学的深刻理解；②对美学史深层脉络的准确把捉；③对美学"本体论—存在论"问题的深化。

对黑格尔美学历史感的深刻感悟和其辩证思想的系统研究，使得先生得以深刻把握马克思对德国古典美学（特别是黑格尔美学）的批判性发展，因此，在90年代初就有了《思考与探索：关于当代马克思主义文艺学体系的建构》（1991）和《历史与美学之谜的求解：论马克思〈1844 年经济学—哲学手稿〉与美学问题》（1992）等对马克思主义美学进行专注研究的著作，这些著作指出：马克思主义美学中国化、民族化的历程在此历史过程中有其特殊贡献，这种特殊性就是阐明了美是在历史发展中逐步生成的，而非一成不变的、先于人类社会的"先在"。这些见解表明"美的历史性生成"已经成为先生研究美学问题的新起点。同样，先生也拒绝在对西方马克思主义缺乏足够了解的基础上，粗暴认定"西马非马"，出版于1997 年的《法兰克福学派美学思想论稿》（主编）对于法兰克福学派及卢卡奇、哈贝马斯等西方马克思主义的代表人物进行了介绍研究，并特别肯定了这些学者在特定历史时期对马克思主义美学的拓展，由此将"西马"视为对马克思主义的继承与发展，而非背叛。[①] 这在国内不仅具有开创意义，而且体现出切实的"历史唯物主义"态度。"历史生成"是朱立元先生在这一阶段研究马克思主义美学的最大收获。

蒋孔阳先生的思考对于"实践存在论美学"的提出也有着极大的裨益。通过对马恩著作和蒋孔阳先生著作的研读，朱立元在发表于1991 年的《当代中国美学"第五派"》一文中指出，不同于其他四大派，蒋孔阳先生的"美学思想就是人对现实的审美关系的历史地、全面地展开"，从而将马克思的实践论与关系说化为一体，这种"美在关系说"已经开始有意识地突破主、客二元论，显示出马克思主义美学内蕴的突破认识论的巨大潜能。[②] 其后，随着对"本体论—存在论"问题的不断深入，朱立元已经突破了"认识论美学"的藩篱，明确放弃了对"美的本质"的直白探寻，而是聚焦于"审美活动对

---

① 朱立元主编：《法兰克福学派美学思想论稿》，上海：复旦大学出版社1997 年版，第15 页。

② 朱立元：《当代中国美学"第五派"》，载《美学与实践》，桂林：广西师范大学出版社1999 年版，第68 页。

于美的逐步促成"，由此逐渐形成了"审美活动是一种人生实践"的主旨，并将其作为主导原则贯穿于自己主编的"面向21世纪课程教材"——《美学》之中。2001年，该教材的出版意味着"实践存在论"得以初步践行：以"审美活动"为逻辑起点，进而以"审美活动"对审美客体与审美主体的历史性建构为总体思路，由此突破了传统同类教材对于"美是什么"的习惯性追问，转而深入阐发了审美的生成。这不但以历史实践拓展了"美在关系说"，而且阐明了审美活动作为人类生活本身不可缺失的规约力量。

2004年，朱立元发表的《走向实践存在论美学——实践美学突破之途初探》一文标志着"实践存在论美学"经过长期酝酿之后终于浮出历史地表。同年，复旦大学中文系和山东大学文艺美学研究中心联合承担了教育部重大攻关项目"马克思主义文艺理论中国化研究"。经批准，该项目由朱立元任首席专家，并负责子课题"马克思主义文艺理论中国化与当前文艺理论重大问题研究"的研究。这一历时五年的研究（2009年出版最终成果）对马克思主义文艺理论中国化的历史脉络、具体发展历程，对中国文艺学的决定性影响等问题进行了仔细的梳理。先生在这一时期还发表了一系列对马克思主义美学、文艺学进行探讨的文章。不难看出，对中国当代的美学、文艺学发展实情的辨析及关注与对基本问题的继续深入形成了有效的互动，使得"实践存在论美学"的立论基础、理论视野得以充分展开。

这些重大突破也实现了对"实践美学"的批判。正是朱立元对马克思"实践"范畴的深入解读，成功突围了国内美学、哲学、文艺学界对"实践"的僵化理解。通过对实践这一范畴的历史性考察，朱立元指出，马克思是在继承西方思想文化传统上，将实践解读为人生成自身的感性生命活动，即人（人类社会）之所为成为人（人类社会）的生存方式，换言之，实践是包括物质生产劳动在内的，但物质生产劳动绝不是实践的内涵和本质的完全规定，实践使人历史性生成人自身，因此内蕴着存在论维度。① 马克思因此意味着西方哲学、美学史上的一个高度，甚至海德格尔也更多的是相形见绌："海德格尔的存在论始终没有达到马克思的实践论的高度，而马克思则把实践论与存在论有机结合起来，使实践论立足于存在论的根基之上，存在论具有实践的品格。"② 对于实践这一范畴的存在论维度的开掘，正是先生研读马克思主义哲学的重大收获，也可以说是通过对马克思主义经典作家的研究深化了"本体论—存在论"的探索，美学研究的理论视野正是以"马克思的方式"，即历史唯物主义的方式得以拓展的。

---

① 朱立元：《走向实践存在论美学》，苏州：苏州大学出版社2008年版，第113–124页。

② 朱立元：《略谈马克思实践观的存在论维度及其美学意义》，《马克思主义美学研究》2008年第1期，第41–48页。

五、美学史：与马克思主义的互动

朱立元一直自觉于西方美学史的研究与建构，先生在这一领域的贡献在国内依然堪称首屈一指，这也是对马克思主义指导原则的践行，即本着历史唯物主义的精神，对美学史进行系统深入的把握、阐发；而美学史的研究与建构，又使得先生可以依托美学史深化美学，特别是马克思主义美学的研究与理解，从而深化中国美学的现代化历程。

早在 20 世纪 80 年代中期，朱立元就开始了对现代西方美学史的关注。1988 年出版的《现代西方美学流派评述》（同张德兴先生合著），正是对这一研究方向的初步尝试。1993 年出版的由先生主编的《现代西方美学史》，则是对前期研究成果的总结和升华。随着对西方现代美学史研究的不断深入，朱立元依凭此理论基础，对西方现代文艺理论进行了探究，最终成果则是1997 年出版的《当代西方文艺理论》，这是由朱立元主编，召集国内在这一领域极为优秀的几位学者共同努力的成果，应该说代表了国内学界在这一研究领域的最高水准。该书作为"国家教委面向 21 世纪课程教材"一经出版，就得到学界广泛好评，被众多学校列为教科书长期使用。2005 年出版的修订本，增入了陆扬撰写的"文化研究"和"空间理论"两章，对西方文艺理论在 20 世纪末和 21 世纪初的新近发展进行了充分而及时的关照。作为辅助，朱立元还主编了上下两卷的《二十世纪西方文论选》（2003），精选了对 20 世纪西方文论的发展起到支撑作用，并在文论史上产生巨大影响的经典文献，作为对于前者的补充。

在这一过程中，朱立元对于西方现代美学与文艺理论发展脉络有了日益明晰的把握，并用"两大主潮""两次转移""两次转向"来概括其精神走向。在朱立元看来，当代西方哲学大体上可以分为"人本主义"与"科学主义"两大思潮，美学与文艺理论虽有其相对独立性，但是依然受到这两大思潮"对立、冲突、共处、交错、互补"的重大影响，因而在其自身的发展中"人本与科学"的对立依旧明显；在研究重点上，作者中心论被抛弃，研究的重点转移至"作品—文本"，随后，则由"作品—文本"转移至读者、接受者；贯穿其中的则是"非理性转向"和"语言论转向"，正是通过对语言问题的特别关注，西方现代哲学摧毁了近代的主体性哲学，由此开始对西方理性主义传统的反叛，非理性得以真正而全面地兴起。朱立元在此基础上指出，正是这些变化使得西方现代美学突破了古典美学（特别是黑格尔美学）的桎梏，文艺理论跃出了传统文学研究的藩篱，坚定地走向反传统之路。①

　　深厚的西方古典美学功底，加上对西方现代美学逐渐深入的把握，已为朱立元对恢宏壮阔、绵延两千余年的西方美学通史进行整体研究奠定了坚实的基础：自 1991 年始，朱立元同蒋孔阳先生一道主持国家社科"八五"重点科研项目"西方美学通史"，并于 1999 年最终成功出版，这部七卷本，共计四百余万字的《西方美学通史》的编著工作，贯穿了几乎整个 90 年代，是朱立元与很多学者十年耕耘的心血。《西方美学通史》对西方两千余年的美学发展史进行有条不紊的宏观关照和细致梳理，这在中西美学史上都是彪炳千古的壮举。需要指出的是，在编著工作展开后，蒋孔阳先生受病体所累，于是将统稿等工作一并交由朱立元负责，先生在担任这些工作的同时还完成了数十万字的内容。在此基础上，朱立元后来又主编了《西方美学范畴史》（2006）、《西方美学思想史》（2009）等。前者筛选出足以勾勒出西方美学史脉络的 26 个范畴，并在"哲学范畴—美学主干范畴—审美范畴"的逻辑框架中进行了精细的逐一梳理；后者则突破了"美学史写作"的既定窠臼，将西方美学的发展放置于西方的思想文化传统中，"勾勒整个西方美学的思想演进的历程"②，即尽力描述"美学"在哲学、宗教、艺术等文化力量编织的场域中"浮现"而出的历史过程。这次"历史唯物主义的写作实践"，也在努力呈现并探究美学与具体文化语境中的各种力量的辩证互动。《西方美学范畴史》内在的"点—线"式结构重在突出范畴的历史性发展对于西方美学的纵深化，《西方美学思想史》则侧重于对"美学"生成的横截面纹理进行横向铺展。以《西方美学通史》的研究为依托，2008 年，朱立元主编了《西方文论教程》，对文化学意义上的"西方"公元前 5 世纪（古希腊）至 19世纪（近现代）的义论进行了介绍，并且以"现代性"为宏观参照，从"启蒙理性""科学主义""审美现代性"三个层面，从西方文论的产生的现代转变着眼，③ 说明了这种截流的学理依据，从而在思想脉络上沟通于《当代西方文艺理论》，两者合一构成了先生对西方文艺理论自古至今的完整研究。

　　在对西方美学史的探索过程中，朱立元进一步明确了"将马克思置于西方哲学、美学史的传统中进行研究的方向"，这是我们"回到马克思"的必由之路，也深刻体现出先生对固有思路和模式的突破：将这些史论著述视为一

---

① 朱立元主编：《当代西方文艺理论》，上海：华东师范大学出版社 1997 年版，第 1 - 9 页。

② 朱立元主编：《西方美学思想史》，上海：上海人民出版社 2009 年版，"前言"。

③ 朱立元：《西方文论教程》，北京：高等教育出版社 2008 年版，第 17 - 24 页。

个整体，我们可以发现先生正在突破传统美学史、文学史写作上对马克思的历史唯物主义的机械化理解，即按照"社会环境＋作家经历＋思想发展（作品集合）"的写作套路，强行得出作家的社会处境对其思想、作品的决定性影响这样的结论。例如不再将作品的思想直接等同于作家的思想，或者时代精神，而是针对"美学"这一思辨化程度极高的精神现象，重视与其有着更为紧密关系的"思想文化语境"对美学的历史性促成，这就真正实现了历史唯物主义对精神化现象的特殊认可。

中西汇通的现代性诗学的建立

——王一川文学理论及批评模式述评

黄世权①

【学者小传】

王一川：现为北京大学艺术学院院长、教授、博士生导师。入选教育部 2005 年度"长江学者"特聘教授计划，教育部第五届高等学校教学名师奖获得者。兼任中国文艺评论家协会副主席、中华美学学会副会长、中国文艺理论学会副会长。著有《意义的瞬间生成：西方体验美学的超越性结构》《语言乌托邦：20 世纪西方语言论美学探究》《修辞论美学：文化语境中的 20 世纪中国文艺》《张艺谋神话的终结：审美与文化视野中的张艺谋电影》《中国现代性体验的发生：清末民初文化转型与文学》《文艺转型论：全球化与世纪之交文艺变迁》《第二重文本：中国电影文化修辞论稿》《中国形象诗学：1985 至 1995 年文学新潮阐释》《通向本文之路》和《革命式改革：改革开放时代的电影文化修辞》等。主编《美学与美育》《美学教程》《文学理论讲演录》《大众文化导论》《文学概论》等。

进入 20 世纪 80 年代以来，西方新旧文学理论与批评一拥而入。自 20 世纪 50 年代以来潮起潮落的各种新理论，如结构主义、解构主义、阐释学、接受理论、叙事学、狂欢理论、后殖民主义、女性主义、认同理论、民族国家理论以及各种文化理论和社会学思潮等，一下子占据了中国文学理论和批评的主要阵地，热闹非凡，蔚为大观。同时，几乎彻底的西化也引起了隐忧，中国传统文论和美学的命运再次引起近乎怜悯的关注。毫无疑问，随着中国文学理论援西入中的进一步深化和泛化，中国文学理论的中国特色越来越模糊。中国文学理论同其他人文学科一样面临着一个窘局，在获得似乎无往而不胜的阐释力的同时，也逐渐失去了自身的面目。有没有两者兼顾的路子呢？

崛起于 20 世纪 80 年代末期，在西方学术理论涌入中国的热潮中自在遨游的王一川先生，进入 90 年代以来，用冷静的目光打量这股潮流，一方面热情地吸取西方的理论精髓，另一方面深情地回溯中国传统的源流，走出一条中西汇通、传统与现代兼容的阐释模式和批评范式。综合王一川的研究路数和成果，可以说，这是一种以中国文化现代性为具体生成语境，以感性体验

---

① 黄世权：广西师范学院文学院副教授、博士，主要从事文艺理论教学与研究。

为起点，以语言模式为中介，以现代中国文学和文化为对象（涵盖中国形象、现代汉语形象、张艺谋影片在内的当代审美文化等），以现代学为远景的系统化的文学研究模式。从方法论来说，这种研究模式，可以称之为修辞论美学；从文学理论的角度，是感兴修辞；从整体文化语境和研究对象以及独特品格而言，则最宜称之为中国现代性诗学。

一、现代性的总体框架：王一川诗学的生成语境

在王一川的文学阐释系统中，现代性占据极其重要的地位，构成这一独特阐释系统的理论框架和生成场域。现代性，准确地说是中国文化的现代性进程，作为现代中国文化和文学的动力之源，整体上制约、形塑着中国现代文化和文学的发展道路与特点。它作为现代中国人体验和感知、理解和憧憬现代世界与现代中国的方式，对于现代文学感受社会生活，表达人生体验，畅想家国情怀都具有全面渗透的影响力。因此，王一川的现代性诗学就建立在中国文化现代性这一宽广的地基上，由此树立起多层次立体沟通的系统。①

按照王一川诗学的理论建构，现代性是理解现代文学与文化的基本视域。这是基于以下的考虑：自从鸦片战争开始的现代中国，由于西方的强势入侵，中国社会发生前所未有的大变局，中国的自我定位、文化认同和自我形象都随之彻底改变，由此必然深刻地影响中国的文化和文学，展现出不同古典文化的新的特点。王一川对中国现代性类型的界定是后发型现代性，与西方的原发型现代性不同，更重要的地方则是，中国的现代性是在长期沉醉于中心幻觉的大帝国的衰败之际被迫接受的，由此造成中国人在体验现代性、深化现代性的时候，还会有意无意地带上以往的体验，形成一种异常独特的体验，这就是王一川概括的"怨羡情结"，②面对强大的西方的文化和文明又是羡慕又是怨恨，左右摇摆，很难摆正自己的位置，这就造成现代中国人在创造自己的文化、文学乃至生活时怀抱着复杂的心态。

在现代性视域下，中国现代文学和文化形成了一种三方对峙的局面，即古典传统、现代自我（含当代自我）、西方传统三方的对峙。这是现代文学文化阐释的具体历史语境，由此形塑中国现代文学以及其他艺术的复杂纠葛。由于三方形成了多层复杂的关系，在古典传统和现代自我之间，在现代自我和西方传统之间，以及在古典传统和西方传统之间造成紧张的冲突，或隐或

---

① 在王一川的诗学中，现代性不仅是中国现代文学和文化的生成语境，也是中国人体验现代世界的方式。因此，现代性是体验的现代性，文化现代性也就是体验的现代性。因此，研究现代性文学或文化的现代性诗学，始终是体验的诗学。

② 王一川：《中国现代性体验的发生》，北京：北京师范大学出版社2001年版，第74页。

现，共同造就了中国现代文学迥异于传统文学的特点。这种三方对峙或会谈的现代性语境结构成为王一川诗学透视中国现代性文学文化的视域，也是中国现代所有学术问题的始基性的视域。因此从现代性研究最终走向现代学，在王一川诗学中不仅仅是问题的深化、境界的提升和更广阔的前景的展现，更是学术逻辑的自然伸展。这个设想于 1998 年出版的《中国形象诗学：1985 至 1995 年文学新潮阐释》（以下简称《中国形象诗学》）中初步提出，在最近的《中国现代学引论：现代文学的文化维度》中做了全面深入的阐述。王一川强调，作为研究中国文化现代性的学问，中国现代学首先要与国学、汉学（Sinology）和中国研究（Chinese Studies）、中国古典学区别开来："中国现代学正是为弥补国学和汉学及中国学所留下的空缺而产生的，它致力于从中国人的视野研究鸦片战争以来中国在古典性文化衰败以后寻求全面的现代性过程时的种种问题。"① 它是在世界文化现代性情境中对中国现行性问题的探究，具体地说就是研究中国文化现代性问题。这是一个包罗万象的学科总括，举凡现代中国历史学、哲学、社会学、心理学、艺术学等，都可以涵盖其中。不过，王一川着手建立的中国现代学着重突出的不是这种无所不包的学科特征，而是现代中国文化与文学的现代品格，从而在更明晰有效的框架内认识和评价中国现代文化和文学的成就。王一川指出：

中国现代学不再把中国文化现代性看作中国文化古典性的继续，或者只是它的一小节毫不起眼的尾巴，而是视为一种新的实体性的文化进程和文化传统，具有自身的文化实体地位。正像文化古典性是中国文化的一部分一样，文化现代性也是中国文化应有的一部分。在为获得承认而斗争的过程中，中国现代学与其说是一门学科，不如说是一种为争取文化现代性获得承认而兴起的具有某种意识形态特点的学思而已。是否承认中国现代，这关乎学术界的权力转换，但更关系到对于中国文化现代性的基本估价。②

在中国现代学的宏伟框架内，进入现代社会以来的中国文学，就应当称为中国现代性文学。这一界定破解了关于中国近代、现代和当代文学的分期争论，获得一种更宏通的历史视野和更平静的心态。王一川运用布罗代尔的长时段理论，提出现代性Ⅰ和现代性Ⅱ的分期法，从而把中国百年文化建设与未来的长期发展纳入现代性的总体进程。从清末到 20 世纪 80 年代，中国

---

① 王一川：《中国形象诗学：1985 至 1995 年文学新潮阐释》，上海：上海三联书店 1998 年版，第 23 页。

② 王一川：《中国现代学引论：现代文学的文化维度》，北京：北京大学出版社 2009 年版，第 14 页。

文化走过了它的现代性第一期，是为现代性Ⅰ。这一时期的中心使命是按西方话语标准而寻求中国文化的世界化。这是一个无法回避的历史性进程，是中国文化从古典性转向现代性的必由之路。它的代价是忽视或牺牲了中国文化自身的独特品格。从20世纪80年代开始，中国文化进入现代性第二期，这是现代性Ⅱ。这个时期文化建设的特点是在融汇西方话语的基础上寻求自身文化的创新。王一川指出："如果说，中国文化的现代性Ⅰ倾向于把脱古入今、援西入中当作自身的主要任务，那么，新的现代性Ⅱ则在过滤旧有的古今、中西二元对立模式的基础上，转而更坚决地致力于在全球化或世界化语境中寻求在世兴我。在世兴我，是说在当今全球化世界上努力兴立属于中华民族自我的独特文化个性。"① 在现代性Ⅱ，文化建设的核心是形成融合古典性和现代性特征的文化形态，即中华性。这是在现代性Ⅱ时段寻求生成的一种新型的现代性，是对古典性和现代性Ⅰ的双重继承和超越，其要旨有："一是以古典中国固有的多角度和综合的眼光审视世界文化；二是让中国文化达到一般人类性的最高度的同时为世界文化提供多样性；三是以容纳万有的胸怀去直面现实，开放地探索最佳发展道路。"② 中华性作为一种新的知识型，主要被视为一个文化—美学的概念，在文化和文学的意义上，指的是不同于古典性的现代性文化，一方面继续消解古典性中心幻觉，另一方面又要重新复活其一度被抑制了的文化主义和天下主义精神。论其精神内核，就是在全球化语境中显示中国文化的独特个性。这个包蕴甚广的中华性概念，既复活和彰显了中华这一概念的文化意味，足以容纳汉语文化圈的所有文化创造，同时又指向一种复兴古典精华、凸显现代中国品格的文化新境界和文化大战略。

在现代学的框架内，中国现代文学和文化的所有方面，包括汉语的现代发展，以及中国形象、汉语形象等美学议题，都可以在更广阔的视域内得到审视，得到切近的观察和解释。

二、语言模式与语言形象：王一川诗学的方法论

王一川诗学一个很突出的地方是抓住了现代文学美学的发展方向，并在此基础上开创新局面。这不是照着说，而是接着说。这就是具有综合创新特色的修辞论美学。这一独特美学形态的建立，是顺应中西美学从认识论美学、

---

① 王一川：《中国现代学引论：现代文学的文化维度》，北京：北京大学出版社2009年版，第42页。

② 王一川：《中国形象诗学：1985至1995年文学新潮阐释》，上海：上海三联书店1998年版，第464-465页。

语言论美学的历史演变和逻辑展开而形成的，是对认识论和语言论的扬弃并推陈出新，也是对中国当代美学独特品格的自觉建设，充分展示出王一川在现代性诗学建设方面的独特思路。从其现代学的结构来说，显示了超越现代性Ⅰ援西入中的世界性向现代性Ⅱ在世兴我的中华性的自觉努力。它保留了认识论美学的理性诉求和历史关怀，更注重吸取语言论美学语言模式建构方面的丰富成果，并且与感兴美学的个体体验融合起来，统合到修辞论的框架里，成为融合了认识论、感性论、语言论的新型美学形态。

王一川这样规定这种修辞论美学：它是指一种为造成实际社会效果而运用语词的艺术，或者在特定社会文化语境中阐释语词的思维方式或技巧。它关注的重心在语辞构成品即话语与文化语境的相互依赖关系。一方面，话语产生于特定的文化语境；另一方面，话语反过来又影响文化语境。所谓修辞论转向，正是为了解决当前美学话语与文化语境互赖关系的失落或遗忘问题。这种解决的需求来自如下压力：首先，认识论美学往往为着内容而牺牲形式，为着思想而丢弃语言。这就需要把为语言论美学所重视的形式或语言问题提到议事日程。其次，感兴论美学常常在标举个体体验时，忽视语言论美学所惯用的模式化或系统化立场，这就要求把语言学模型的运用置入美学之中。最后，语言论美学本身在执着于形式、语言或模型方面时，易于遗忘更根本的、为认识论美学所擅长的历史视界，于是有语言的历史化呼声。这三股压力形成一股更大的"合力"，要求把认识论美学的内容分析和历史视界、感兴论美学的个体体验崇尚、语言论美学的语言中心立场和模型化主张这三者综合起来，互相倚重和补缺，以便建立一种新的美学。①

显然，这里的修辞已经扩大了容量，增进了功能。作为社会文化语境中具体语言的实际运用，它包含认识、体验和语言三者。它所强调的修辞性就是用特有的话语去组织或调整，象征性地转换实际生活中难以解决的种种矛盾、混乱或危机，从而间接地影响这些实际生活问题的解决。由此可见，修辞论美学其实是走出语言论美学的困境（在王一川看来西方的语言论已经成为乌托邦②）面对中国当代文化问题的一种选择，正如王一川强调的，中国当代美学有着不同于西方美学的发展脉络，因此有必要借鉴西方语言论美学建立其中国当代美学的独立自主品格。③

修辞论美学的核心因此是语言或者说话语。自然，语言模式和语言形象

① 王一川：《修辞论美学：文化语境中的20世纪中国文艺》，长春：东北师范大学出版社1997年版，第78-79页。
② 王一川：《语言乌托邦：20世纪西方语言论美学探究》，昆明：云南人民出版社1994年版。
③ 王一川：《修辞论美学：文化语境中的20世纪中国文艺》，长春：东北师范大学出版社1997年版，第71页。

的关注就占据了突出的地位。来自西方 20 世纪语言论转向的丰硕成果，成为文本阐释的非常有效的手段，同时对语言的重视也适当地激活了对中国古典文体的注意，①一定程度上促成了中国古典文论尤其是语言方面的现代转化，这种中西汇通的成功实施，最鲜明地体现在王一川从语言形象（汉语形象）入手探讨 20 世纪中国形象的奥秘以及演进的历史，可谓别出心裁。

语言模式的引入，最初的意义在于它丰富了文学阐释的手段，弥补了认识论美学重情感内容而轻形式的不足。中国古典文学阐释也有对语言的重视，但那是基于传统修辞学的意义上使用的，并没有特别宽广的阐释效力，新批评的情形也差不多。而王一川的诗学吸收了 20 世纪语言论诗学在语言模式方面的丰富成果。②但它不是简单地照搬西方语言论诗学的既有模式，而是强调在运用语言模式时置入认识论美学的理性和历史，在保留感兴美学的个体体验的瞬间把我和意义生成。他坚持"语言的历史化"以突破语言论尤其是结构主义的非历史化倾向。这种吸取了索绪尔、俄国形式主义批评、巴尔特、列维—斯特劳斯、布雷蒙德、拉康和格雷马斯甚至海德格尔、伽达默尔等众多语言模式的现代诗学，擅长处理文化语境与文本意义生成之间的复杂纠葛。特别是借重弗洛伊德、拉康的无意识语言模式，深入文本的深层结构，掘发隐含在其中的文化无意识、历史无意识等传统感兴批评、修辞批评以及社会批评所漠视或无法企及的内容。王一川对张艺谋神话的破解，对中国卡里斯马典型的精彩研究，都显示了语言模式进入文本之后的阐释胜境。在这一诗学中，格雷马斯矩阵和拉康的三角结构等成为显现中国文化现代性历史进程奥秘的幽径。

如果说语言模式的使用还算借用的话，那么对语言形象的突出研究，就确实是创造性的突破了。这个来自巴赫金的概念，在巴赫金本人那里仅仅得到了理论上的说明，但是并没有切实地展开。到了王一川的系统里却成为一个非常重要的视角，成为把握文学形象以及中国形象的独特途径。这种语言形象的运用，突破了传统文学形象仅仅局限于人物形象的窠臼，拓开了前所未有的研究领域。这方面的研究成果体现在《中国形象诗学》这部专著中。在此，语言形象成为考察中国形象的窗口。王一川对语言形象的界定是这样的：

---

① 活用中国古典文论的核心术语，如赋比兴和奇正等，以概括中国现代性文学的文体特征，提出"拟骚体""兴体"等论断，显示了由西返中的自觉。见王一川：《中国形象诗学：1985 至 1995 年文学新潮阐释》，上海：上海三联书店 1998 年版。

② 按照王一川的概括具有五种语言模式，即无意识语言模式、象征模式、阐释模式、符号学模式、文化模式。参见王一川：《修辞论美学：文化语境中的 20 世纪中国文艺》，长春：东北师范大学出版社 1997 年版，第 23 – 25 页。

所谓语言形象，主要不是指由具体语言（话语）所创造的艺术形象（如人物形象），而是指使这种艺术形象创造出来的具体语言组织形态，或者说，是创造这种艺术形象的具体语言组织形态。①

虽然语言形象是具体的语言形态，但是并不等于它不负载社会性的形象。王一川规定了语言形象的三个层次："作者创造的个人话语形象、这种个人话语形象所再现或置换的社会话语形象，这种现成社会话语形象所再现或置换的个人形象及其所置身于其中的基本的社会现实。"② 这样一来，语言形象就完全可以通向诸如中国形象这种话语建构的形象。在《中国形象诗学》里，对现代中国形象的研究就是从现代中国文学的语言形象开始的。二十一世纪八九十年代的文学作品，体现出的繁复的语言形象，从主流化语言、精英语言到立体语言、调侃语言、间离语言、自为语言等，以斑驳的语言形象辉映出同样斑驳的中国形象。特别值得提出的是，这里对语言形象的考察，是在刘勰"奇正"的语言和文体观的传统术语中展开的。在王一川先生"视通千里"的文化洞察之下，"正衰奇兴"不仅是当代中国语言形象和中国形象的特征，也是贯彻文学史和文化史的基本脉络。这里，语言形象再一次激活了中国古典的文学考察方法，充分显示了中西汇通的魅力。

在《中国形象诗学》之后，王一川先生对中国语言形象，也即汉语形象作了更进一步的研究和阐发。这种推进和深化体现在《汉语形象美学引论：20世纪80—90年代中国文学新潮语言阐释》和《汉语形象与现代性情结》中。这两部关于汉语形象的著作，不仅对汉语形象的内涵作了更细致的规定，而且把汉语形象放置于现代性这一总体语境之中，揭示汉语形象与文化现代性的内在关联或者说相互依赖的关系。一方面，汉语形象的生成受到文化现代性的深刻影响和制约，另一方面，汉语形象也是对文化现代性问题的解决的一种象征形式。在文化现代性的框架里，对汉语现代性的重要性予以足够的重视，从而拓宽了语言形象与文化历史现实的关系，推动汉语形象朝着汉语形象美学迈进，并驶入最终的视域：中国现代学。③

---

① 王一川：《中国现代学引论：现代文学的文化维度》，北京：北京大学出版社 2009 年版，第 39 页。

② 王一川：《中国形象诗学：1985 至 1995 年文学新潮阐释》，上海：上海三联书店 1998 年版，第 464 – 465 页。

③ 王一川：《汉语形象美学引论：20 世纪 80—90 年代中国文学新潮语言阐释》，广州：广东人民出版社 1999 年版；《汉语形象与现代性情结》，北京：首都师范大学出版社 2001 年版。

三、感性体验及其模式化：王一川诗学的意义起始

无论中国还是西方的文学理论和批评，历来都重视对创作者个体感性体验的强调，并视其为文学艺术创作的起点。感兴批评、印象批评、心理批评、传记批评都从体验出发，进入文本内部。在王一川的诗学中，体验同样也处于核心的地位。在其修辞论的诗学系统中，个体体验作为阐释结构的第一层，是文本阐释的起点，由此通向更高的层次。①这三个层次具体如下：

其一，在显性层次上，它是个人性的虚构性文本，与个体生存密切相关。其二，在隐性层次上，它是话语与文化语境的互赖关系的产物，既是这种互赖关系的结果，又是影响这种互赖关系的力量。其三，在深层而微妙的终极层次上，它是历史的无意识镜像，是通向历史无意识的一道隐秘柴扉。②

作为文本层次的第一个层次，也就是个体文本，它所关注的是个体在社会境遇中的生命体验和生存体验，当然审美体验是其中最重要的部分。这种个体体验构成了文学创作和文学表达的始源。因此，中西美学都非常重视体验之于艺术的决定意义。

实际上，王一川的理论建构就是从西方体验美学的研究开始的。对个体体验的关注不仅构成阐释框架的第一层次，在其学术的发展中，也是第一块坚实的基石。这就是《意义的瞬间生成：西方体验美学的超越性结构》。此书对西方体验美学的历史演变和内部结构做了宏观鸟瞰和微观细读相结合的深入总结，展示了从柏拉图、尼采、狄尔泰、柏格森、弗洛伊德、海德格尔直到俄国形式主义、结构主义以及当代的解构主义对体验的哲思。对体验的追问，最初的起点是个体的具体存在，也就是海德格尔所说的此在，"此在既是艺术体验的起点，也是研究西方体验美学的逻辑起点"。而最终的目的是"通过瞬间的体验去追求人生的终极意义"。③ 由此奠定了个体体验在艺术和人生中的意义。当然，王一川先生在对西方体验美学的客观评述中，处处看到了西方理论家局限于纯粹个体境遇的狭隘格局，因而注意将评述导引到基于马克思主义的具体广阔的社会实践层面。这也暗示纯粹个体体验在其文学阐释

---

① 在学理的脉络上，这个框架受到美国著名理论家杰姆逊相关理论的启发，同时又做了更细致更具可操作性的改进。[美] 杰姆逊著，王逢振等译：《政治无意识：作为社会象征行为的叙事》，北京：中国社会科学出版社 1999 年版；唐小兵译：《后现代主义与文化理论》，北京：北京大学出版社 1997 年版。

② 王一川：《修辞论美学：文化语境中的 20 世纪中国文艺》，长春：东北师范大学出版社 1997 年版，第 88 页。

③ 王一川：《意义的瞬间生成：西方体验美学的超越性结构》，济南：山东文艺出版社 1988 年版，第 365 页。

框架中必然要突破一己的生存境遇，而拓展到广阔具体的社会语境和更深远难测的历史无意识层面。在其后的《审美体验论》中，个体体验转向更具体的体验模式即审美体验，并被导入越来越宽广、坚实的社会历史（艺术人类学）视野。

落实到具体文学研究，对个体文本的把握必然要求紧紧抓住创作者具体的生存境遇，体验美学和感兴美学都是如此。不过，王一川诗学中的体验，由于注重生存语境的重建和体验模式的建构而展现出传统体验美学或感兴美学所不具备的特点。它不再是古典的感兴把握，体现为一种简洁凝练而又意味隽永的印象式批评，而是与语言模式结合起来，实行体验的模式化。生命体验提炼为理性化的语言模式，因此也扬弃了西方体验美学惯有的神秘性和囿于一己的局限性。作为社会性的个体，他的体验既包括个人的生活体验、生存体验，也表征着特定时期民族或阶级等集体性的生活、生存体验。事实上，在这一阐释框架中，个人体验始终是集体体验的一种凝缩或特殊形式。海德格尔耽于个体沉沦体验的此在，在这里面已经转变为马克思主义的社会性此在。

《中国现代性体验的发生：清末民初文化转型与文学》就是这样一部典范之作，具体作家的个体体验就被提炼为中国人对现代性体验的几种代表性的类型。在中国文化现代性体验"怨羡"模型的大框架中，细致地考察了王韬、黄遵宪、刘鹗和苏曼殊的体验形态，并将其依次概括为惊羡体验、感愤体验、回瞥体验和断零体验。这里建立的体验模型一直伸展到现代性文学第一期的各个阶段。例如鲁迅的感愤，沈从文的回瞥，伤痕文学的多样兼容，直到八九十年代贾平凹的回瞥和铁凝的怨羡文本。这种体验类型的普遍性说明：作为基于个体体验的社会性象征话语的文学，尤其是发生在复杂的文化现代性框架之中的中国现代性文学，在三方会谈的总体语境之中，随着三方力量的此消彼长以及由此造成的复杂纠葛，体验模式的变化虽然形形色色，但是基本上不会越出这些模型。体验的模式化，具有传统体验美学所不具备的阐释能力。

其实在此之前的张艺谋神话批评已经开始了这种现代性语境中的体验模式化的批评实践。王一川把张艺谋影片置入中国文化现代性的语境模型，也就是前述的三方会谈结构，即传统父亲、当代自我和西方他者。作为当代自我的一种形象，张艺谋的影片正表现出基于怨羡体验的复杂变奏。"在这三方会谈中，当代自我处于劣势，中心无主，语调乏力，流露出边缘话语特有的自卑感；传统父亲却语气逼人，以昔日中心话语派头沾沾自喜；西方他者更带着今日中心权威的强势而不可一世，竭力反客为主。"① 在这种语境中，作为当代自我形象的张艺谋影片，由于身陷这种复杂的体验模型之中，因此决定了它对传统父亲和西方他者的紧张关系以及随之而来的解决之道：①当代自我与传统父亲的关系，集中体现为寻根—弑父，由此形成张艺谋影片的原始情调。②当代自我与西方他者的关系，宜概括为求异—娱客，这就使张艺谋影片向西方人呈现出异国情调或中国情调。② 在此，体验模式化将集体的体验化约为个体性的体验，充分显示出这种模式化的灵活机动和双向互动的机制。对现代中国文学中的卡里斯马典型的阐释也显示了这种方法的优胜，如"沈之菲""韦护"的现代原忧和转型再生焦虑，其实也是对中国文化现代性进程中精英人物的现代性体验的复杂情形的深度把握。③

四、感兴与修辞：王一川诗学的理论创建

近现代以来的中国文学理论，基本上是吸取了西方基于认识论的理论传统而建立起来的，马克思主义的文学思想在认识论之上还强调了文学的社会批判功能。文学是一种对社会历史的生动反映，这几乎是现代中国文学理论的思考起点。这种理论自有其合理之处，但是它对几千年来历史悠久的体验论和感兴论以及现代崛起的语言论的丰富成果视而不见，无疑影响了对文学多维属性的思考，特别是不能回答现代文学提出的诸多问题。因此如何在认识论的基础上，将体验论和语言的精华化炼提纯，建立一种新型的文学理论，尤为必要。这就是感兴修辞的文学理论。

应该说，王一川倡导的修辞论美学就是走向这种新型文学理论的重要步骤，这种美学包含了体验论和语言论的融合。从修辞论发展到感兴修辞，基本的路径还是一致的。不过，原先的体验论被感兴论所取代，术语的改变显示了重心的改变。王一川早就注意到用西方体验美学来激活中国古典文论中的"兴"的丰富资源。随着研究的深入，特别是着眼于中国古典文论的现代转换，中国古典的"兴"在融化西方体验美学的同时，上升为一个根本性的文学概念，这就是"兴辞"的提出。审美感兴和话语修辞的结合，是王一川对文学的一次独具匠心的命名，新意迭出，诗意盎然。

---

① 王一川：《张艺谋神话的终结：审美文化视野中的张艺谋电影》，郑州：河南人民出版社1998年版，第72页。

② 王一川：《张艺谋神话的终结：审美文化视野中的张艺谋电影》，郑州：河南人民出版社1998年版，第73页。

③ 王一川：《中国现代卡里斯马典型：二十世纪小说人物的修辞论阐释》，昆明：云南人民出版社1994年版，第四、五章。

这次命名是在对文学属性作了深入的剖析后，抓住其中主导性的属性即体验性和修辞性而概括出来的。它的基本意味是：文学是以富有文采的语言去表情达意的艺术样式，是一种在媒介中传输语言，生成形象和唤起感兴以便使现实矛盾获得象征调达的艺术。简言之，文学是一种感兴修辞。更简洁地说，文学是一种兴辞。① 这个定义虽然非常简洁，但是照顾到了文学基本属性的各个方面，用感兴体验和修辞把各种属性（除体验和修辞外，还有媒介、语言、形象、产品四种）统合起来，既体现出文学理论的普遍特点，同时也突出了文学理论的中国品格，应该说这是对当今文学理论界包括人文学科界面对强势的西方话语压力的一次成功突围。它的成功之处主要在于王一川一贯的汇通式的学术建构。尽管西方的体验与中国的"兴"在各自的文化传统和学理演变中的含义和旨趣不尽相同，但是在强调个体在现实世界的生存境遇的瞬间感受和人生意义的诗意生成方面，是完全相同的。体验与兴，是文学活动中的个体对现实生活的审美触发和诗意把握。中西汇通，既可以从体验的角度解释西方的文学，也可以从"兴"的角度解释中国文学，并激活中国悠久而深厚的感兴传统，这个在中国文化现代性第一期被冷遇而蛰伏的传统。在这个定义中，体验与修辞并重，实际上是汇合了西方和中国的文学理论的几大传统，在感兴和体验之外，是将现代西方的修辞理论放到了前台。现代的修辞理论，涵摄了诸如意识形态和认同理论，早已不是传统的狭隘的修辞，而是一种类似于话语实践的概念。②因此，看似简洁的兴辞概念，实际包括了非常丰富的意涵。由于感兴与修辞的化合，文学的基本属性得到新的界定："感兴与修辞组合起来，则生成新的特殊含义：感兴属修辞型感兴，而修辞属感兴型修辞。在这里，感兴本身内在地要求着修辞，而修辞则是感兴的生长场。感兴修辞是指文学通过特定的语效组合而调达或唤起人的活的体验。简言之，感兴修辞是以语效组合去调达或唤起活的生存体验。"③

作为一种感兴修辞，文学当然不是个体的修辞行为，而属于更广阔的社会实践，即符号实践："它的任务就是在语言这种符号组织中去创造性地建构人的独特的而又具有可理解性的个体体验，帮助人认识世界和自我，沟通个体与社会，并转而微妙地影响社会。"④

感兴修辞的确立，建立了现代文学理论的新颖形态。在此基础上，文学理论的许多重要术语都得到了现代重写。首先是文学的体式，在感兴修辞的框架里，就主要以兴体的形式呈现，它包含传统文学层次的五个方面：兴辞、

---

① 王一川：《文学理论》，成都：四川人民出版社2003年版，第77页。
② 王一川：《文学理论》，成都：四川人民出版社2003年版，第二章。
③ 王一川：《文学理论》，成都：四川人民出版社2003年版，第86页。
④ 王一川：《文学理论》，成都：四川人民出版社2003年版，第87页。

兴象、意兴、类兴和余兴。在文学文本的阅读和欣赏中，还可以进一步分出更多的类型，如衍兴和流兴。这个兴辞理论的创设，最有力的方面是盘活了中国古典文论话语，在文学创作、文学文本结构和文学接受这几个关键环节，显示出令人惊异的推陈出新的效果。例如兴象层，有许多新颖的地方，由浅入深，依次是媒象（媒介兴象）、语象（兴辞的语言形象）、心象和幻象。传统的典型和意象、意境纷纷被纳入兴象的基本类型。基于感兴的这些兴象类型，在中国文化现代性的整体语境中，其意义得到更透辟的彰显。例如现代最著名的范畴"意境"。从王国维到宗白华，它已成为中国文学理论把握古典抒情性文学的审美属性的最高范畴。但是在感兴修辞和现代性诗学的视域中，意境得到了"豁然开朗"式的澄明：

> 意境的真正的现代性意义远不在解决抒情文学的审美特征上。它的现代性意义更为根本而深远：它的出现，为急于在全球化世界上重新"挣得地位"的中国人铺设出一条与自身古典性文化传统相沟通的特殊通道。……意境愈是与现代人的现实生存境遇相疏离，可能愈能激发起他们对于飘逝而去的中国古典性文化的美好回忆、怀念和想象。从而满足他们对于中国古典性传统的认同需要和重新体验需要。可以说，意境范畴的创立，为现代人体验中国古典文学及领会古代人的生存体验提供了一条合适的美学通道。①

兴辞理论对传统文学理论的重写，自然也要改变文学批评的方式。在感兴修辞的框架中，批评成为一种感兴修辞批评。这种批评模式，由于感兴和修辞的交融，因而足以容纳个体体验、集体体验这些感兴内涵，并在广义的修辞层面上，把文化历史语境、意识形态因素等激发、刺激、影响、形塑具体感兴体验的语言和意义生成机制等因素融为一体。这就回到了前面所说的体验的模式化以及修辞论的精髓。实际上，感兴修辞批评正是修辞论美学理论的进一步凝练和发展归宿。从卡里斯马典型到张艺谋神话、中国形象、汉语形象以及新近的审美文化等研究，都是感兴修辞批评在不同领域的具体开展。从修辞论到感兴修辞，不变的是文学的修辞功能，深化的是中西汇通之后的感兴及其模式。文学理论和批评固有的诗性特征在面向文化现代性的新的发展之际，在中国现代性Ⅰ向现代性Ⅱ的过渡中，在世界性向中华性超迈的进程中，源于中国文化最深远的感兴传统，应该成为中华性的重要内涵。

---

① 王一川：《文学理论》，成都：四川人民出版社2003年版，第269页。

结　语

王一川的现代性诗学，其整体精神是中西汇通，而其问题域则是中国文化现代性这一框架内的中国文学和文化。由于现代性的统摄，中国现代文学与文化问题获得了坚实的基础和宽广的展开。传统文学研究关注的人物形象和所谓的思想内涵，在这里得到了更精细的重写，例如卡里斯马典型，就是对典型理论的精彩处理。此外，对中国形象和语言形象的关注，显示出这种现代性诗学特有的新意，特别是语言形象的突出，几乎是全新的视角。在修辞论和感兴修辞的持续观照下，中国现代性文学和文化的诸多问题都得到了独特而令人信服的解释，这其中卓荦不凡的有对张艺谋神话的精辟解读，有对中国形象诗学和汉语形象诗学的建构，有对中国现代性体验类型的精到概括。更有从现代性 I 通向现代性 II 的气息辽阔的中国现代学的宏伟构想和初步勾勒。其融合中西理论资源的感兴修辞的文学理论，独特的阐释模式和批评方法以及硕果累累的实践，共同构建起独具一格的现代性文化诗学。有理论的创建、有方法的创设，有具体的批评实践，实际上无意中已经形成了一个相当完整的体系，尽管王一川先生明确声明不追求体系的建立。作为这一现代性诗学的创立者，王一川先生正当人生的盛期，相信这不过是其漫漫长路的中途，更好的风光和佳境应该还在后头。

生命·自由·人文关怀

——论徐岱"作为诗学的美学"思想

伍茂国①

【学者小传】

　　徐岱：现为浙江大学人文学部主任、浙江大学"求是"特聘教授、文艺学与
美学专业博士生导师。兼任中国文艺理论学会副会长、浙江省美学学会会长、中国
当代文学学会理事。先后在《文学评论》《文艺研究》等权威刊物上发表论文近两
百篇，出版《艺术文化论：对人类艺术活动的多维审视》《小说叙事学》《小说形
态学》《体验自由——三维空间中的思考》《美学新概念：21世纪的人文思考》
《艺术的精神》《边缘叙事：20世纪中国女性小说个案批评》《感悟存在》《批评美
学：艺术诠释的逻辑与范式》等著作。

　　作为当代文艺理论研究领域卓有成就而又别具一格的学者，徐岱的理论
主题基本锁定在美学、艺术经典命题的反思与叙事（尤其是小说）的理论言
说和批评实践，但这种具体操作的区分其实意义并不十分重要，二者是一而
二、二而一的事情，用徐岱自己的话说，他的所有言说无非是"作为诗学的
美学"，② 而其内涵则集中于几个关键词：生命、自由与人文关怀。

一、艺术是发扬生命的

　　徐岱文艺理论思想的"生命"理念在他大学学术试笔时就已初露端倪。
1981年他以23岁青春的口吻称艺术的形式、形象、激情、思想在于流动性，③
这种流动性正是后来他加以全面和深入阐发与自己内心契合的艺术生命性。
　　艺术的生命性是艺术之为艺术的人类学基础。徐岱从反思中国当代文艺
理论思想的理论主义、本质主义、机械唯物主义以及庸俗马克思主义入手，
确认人类学是文艺价值论的逻辑基点。徐岱十分真切地看到，人类的生命首
先体现为生存，人正是在满足生存需要的过程中以属人的方式认同了艺术的

---

①　伍茂国：河南大学文艺学研究中心教授，主要从事叙事学、美学与文化研究。
②　徐岱：《美学新概念：21世纪的人文思考》，上海：学林出版社2001年版，第174页。
③　徐岱、潘一禾：《美在流动中》，《诗探索》1981年第2期，第81页。

生命意义，也就是艺术作为文化的核心形态孕育培植人类生存优势必不可少的土壤。所以德国哲学人类学家普列斯纳关于人类的基本理解具有无可置疑的合理性："人意欲着和期望着，思考着和想象着，感觉着和信仰着，为自己的生命担忧着，在这些活动中，他不断认识自身的完美性与达到它的可能性之间的距离。"① 而这种人类学基础从另一个方面说也是艺术发生学的孪生兄弟。普列斯纳欣然采纳了阐释学鼻祖狄尔泰的见解，即人的生命必须在精神科学领域中获得解释和意义。人在自己所编织的文化网络中超越动物，从动物的一般生存上升到生活。所以，从本质上说，艺术不断挑战人类生存的现实（类动物）境遇，在最能理解和最不可理解的认识中追求完美，艺术的世界总是一种可能性世界。可能性世界使得人类具有弥足珍贵的"几希"性（孟子所谓"人之所以异于禽兽者几希"——《孟子·离娄下》），即人的信念、精神性和生命浑融一体的境界，人在追索这一可能世界的途中可以认识、体验到自己至真、至美、至善的面向，保证可能性世界不因其超远不可及而湮没的理念是人道主义。在徐岱看来"人道主义"是人区别于"兽道"和"神道"的、以人类生存需要为前提、以人类道德文化为内涵的基本原则。"它贯穿于人类社会之始终，是一切人类活动的逻辑基点。因为不是别的正是人的生物学意义上的类本质，决定了人类只有在同自己原始的动物本能的诀别之中，才可能寻找到自己的真正位置。"归根结底，"人道主义，这是文学艺术王国中的一面永远不会褪色的旗帜"②。虽然，"人道主义"最初出现在徐岱的学术语境中不过是出于时代学术语境的催迫，是对一种反人道主义的庸俗马克思主义的正本清源，但"人道主义"并没有作为"得鱼忘筌"的学术道具而在后来的文艺理论思考中弃之不顾，恰恰相反，徐岱的文艺理论思想的生命本体从来就没有离开过人道主义的语境。徐岱曾经情不自禁地多次引用威廉·福克纳接受诺贝尔文学奖时的演讲词："人是不朽的，并非在生物中唯独他留有绵延不绝的声音，而是人有灵魂，有能够怜悯、牺牲和耐劳的精神。诗人和作家的职责就在于写出这些东西。他的特殊的光荣就是振奋人心，提醒人们记住勇气、荣誉、希望、自豪、同情、怜悯之心和牺牲精神，这些是人类昔日的荣耀。为此，人类将永垂不朽。诗人的声音不必仅仅是人的记录，它可以是一根支柱，一根栋梁，使人永垂不朽，流芳于世。"③ 人类之所以能永垂不朽，是因为艺术在发扬生命，是生命的伟大兴奋剂。在徐岱

① 欧阳光伟：《现代哲学人类学》，沈阳：辽宁人民出版社1986年版，第93页。

② 徐岱：《艺术文化论：对人类艺术活动的多维审视》，北京：人民文学出版社1990年版，第46页。

③ ［美］威廉·福克纳：《在接受诺贝尔文学奖时的演说》，载李文俊编选：《福克纳评论集》，北京：中国社会科学出版社1980年版，第255页。

的内心深处镌刻着这样的信念：死神所在的地方没有艺术。

应当说，徐岱对艺术的生命性肯定有着深厚的理论渊源。其一是孔子的"兴观群怨"说，徐岱直陈这是对艺术的实质进行了深刻的揭示。而这一诗学命题的核心之处在一"兴"字。徐岱返本溯源之后发现，孔子的"兴"不只是俗常的"高兴"，而是"振兴"，拥有一种意气风发、激情昂扬的生命状态。它强调的是一种振奋精神，意味着一种自由的联想，以及由此引发的生命意识。所以我们完全有理由相信，"诗可以兴"不仅是孔子对艺术感染力的认识，而且表明他对艺术个体生命性的提升有着最为睿智和清醒的意识。在徐岱的学术视阈中，孔子的诗教不再属于简单的思想教育工具，而且使人拥有自尊独立的人格。

其二是西方自启蒙运动以来的以休谟为代表的经验主义美学，尤其是后来以叔本华、尼采、柏格森等为代表的生命哲学，以弗洛伊德为代表的精神分析心理学说，以及以胡塞尔为代表的现象学哲学给了徐岱无限丰富的理论启发。在他个体自然生命与理论生命的不断碰撞中，徐岱确认生命是美感的基础这一基本命题。① 在徐岱看来，从科学分析、理论思辨或世俗功利角度都无法真正领略美的魅力，只有从生命体验出发才能进入到美的世界，原因在于"美"不仅仅属于"生活世界"，它是纯粹的生命活动所绽放的花朵。审美即人类的生命意识在实现了自我确证之后的一种喜悦。但这种喜悦正如桑塔耶纳所说"掺杂了一种是其他快感所没有的要素"②，即"意义"。所谓美感，也就是对生命的意义体验，是一种"意义感"。基于这样的认识，徐岱在考察后现代艺术状况时，特别强调了艺术的真实性，指认"唯乐不能为伪"，认为"诗性之道不远人"，"意义"是思想的同义词，在人类可能性的世界中，没有无思想的文学。所以充满意义的生命特别反感那种自恋主义文化，因为自恋缺少的正是生命的意义维度，当文学沉溺于此，文学也就堕落为精神手淫的道具了。

徐岱文艺理论涉及的领域并非如某些学者那样热衷于追新逐奇、全面开花：方法热来的时候讲方法，理论热来的时候讲理论，文化热来的时候则满口"文化者也"。徐岱虽然并未迁执到只守住自己那小小的一亩三分地，事实上，时代的学术热点和学术动向从来没有离开过他的关注视野，但他所涉及的话题还是比较集中的，那就是美学基本概念清理、艺术哲学分析、小说叙事学和形态学探究以及当代作家批评。仔细看来，徐岱无论对哪一个领域的

---

① 徐岱：《体验自由——三维空间中的思考》，杭州：浙江大学出版社1999年版，第298 – 311页。

② ［美］桑塔耶纳著，缪灵珠译：《美感——美学大纲》，北京：中国社会科学出版社1982年版，第24页。

打量，都充溢着生命的能量和感动，可以这样说，没有生命二字，就没有徐岱的美学思考和诗学探求。因为正是在生命的观照下，什么是好艺术，什么是伟大的艺术，什么是好作家，什么是伟大的作家，什么样的美学和艺术理念是合理的，什么样的艺术是邪恶的和坏的，这些曾让无数文艺理论家耿耿于怀而又无可奈何的美学和诗学基本问题才得到应有的澄清。

比如，正是对孔子"兴观群怨"诗学理论的重新考量，使得徐岱谋划已久却一再拖延的金庸小说论终于豁然开朗，一挥而就。我们在读《侠士道——金庸小说与中国精神》的时候很难不为那一份行文的从容、睿智、精深和幽默而感奋。其实正是文字中洋溢的生命激情以及对金庸小说"爱生"性而转成的生命力量的应有结果。同时，我们也看到，在后现代美学渐渐失去昔日光华，日益沦落为街头巷尾装点门面的小花样时，徐岱从"诗可以兴"中重新体验到一种前所未有的诗学力量，以充满信心的文字在后现代语境中言说经典美学的基本问题。可以说，正是这些言说，让我们虽身处乱花渐欲迷人眼的理论八卦阵中，但仍能清醒地判断什么是好艺术。① 一本洋洋大观的《基础诗学——后形而上学艺术原理》，难道不正是在从"艺术存在的理由"始到"艺术的意义"终的正本清源过程中，深刻地揭示出"基础诗学"的诗学基础是"生命"二字么？！

徐岱的批评文字刀劈斧削、一针见血，既有力度也有精度，不绕圈子，能洞察文学的个中三昧，这样的识见同样来源于对文学生命尺度的认同。在他看来，文学无非是一种生命活力和生命张力，是日新、日日新的流动性。在《边缘叙事：20 世纪中国女性小说个案批评》中，他对中国现当代女小说家们一一道来，仔细甄别常态与变态、爱情与色情、小女人与大艺术，从容而周到。在中国当代诸多以文学批评为"衣食谋"的批评家中，至少我个人很少读到像徐岱这样鲜活而有力量的批评文字。譬如他对女作家残雪的评价："在诗学意义上，残雪小说无可置疑地有着致命伤。这并非是她对表现丑陋与噩梦现象的热衷，而是这种表现并未能达到激发生命力的诗性效应。如果说诗性文化要求的是对人类可能世界的发现，那么在残雪作品中存在的是对这种可能世界的彻底颠覆，通过对各种丑陋与丑陋事物的描述，残雪所发现的是人类的'不可能性'。"② 是否为生命提供力量让我们看清了残雪与卡夫卡似是而非的相类性。再比如，徐岱对当代身体写作，尤其对身体的个体主义的自恋写作保持着一份相当严肃的警惕，但他对身体写作的陈染却给予了批

① 徐岱：《什么是好艺术——后现代美学基本问题》，杭州：浙江工商大学出版社 2009 年版，第 24 页。

② 徐岱：《边缘叙事：20 世纪中国女性小说个案批评》，上海：学林出版社 2002 年版，第 320 页。

评应有的礼遇和敬重，这仍然是"生命"的尺度使他做出如此的雅态。他准确地指出，陈染小说虽然采用的是女性作家惯常的"自叙体"叙述方式，叙事也难离开叙述者的生活经历，"但难能可贵的是，作者只是以此作为叙事的脚手架来为我们表现具有普泛意义的生命意识"①。他对金庸小说价值的热捧，在许多人看来仅仅是个人友谊使然，也不过是一种俗态的捧场文字，但徐岱专论金庸小说的《侠士道——金庸小说与中国精神》，以少见的丰厚的文化事实、缜密的理论思路和湿润的述论文字无可辩驳地证明，金庸小说正是在"生命"的意义上超越了武侠小说的藩篱，从而达到了伟大小说的境界。

二、领悟艺术而体验自由

徐岱艺术的生命本体论与"自由"二字须臾不可分离。因为生命的最大的特征是自由，或者说，自由是生命存在的表征和刻度，"是一种生命运动过程"②。

徐岱所服膺的哲学家别尔嘉耶夫在1931年出版的《论人的使命》一书中写道："自由不是来自存在，而是来自'无'。自由没有根据，不为其他东西所规定，不受因果关系支配，只有在获得不被存在所决定、不是从存在中要拿出的自由的条件下，才可能进行创造。"③ 这就是说，"自然便是自由"。"因而世界的事物一经出现了，自由也就存在了。日月星辰，高山大河，包括那些自然生长的花草虫鱼，它们是自由的。人出现了，人也是自由的，但是，所有的生物世界只有人明白自由，并把它铸造成一种人类的传统。"④ 在人类生命自觉到自由并把这一善根发扬光大的行动中，艺术应运而生。

徐岱虽然未能专论作为概念和范畴的自由或者文学的自由，但在他的文字生涯中，在对生命的礼赞中，无往不是自由的声影。1999年在总结自己的文艺学之路时，他特地表白说，之所以以"体验自由"为题出版自己辑选的论文集，是"因为借助于想象的翅膀实现对自由生命的体验，这永远是人类从事诗性文化创造的价值与意义所在"⑤。"艺术的想象已不仅仅作为对事实链条的修补与猜测的认识论的工具，而成了生命主体放飞其自由精神的窗口，

---

① 徐岱：《边缘叙事：20世纪中国女性小说个案批评》，上海：学林出版社2002年版，第329页。
② 刘恪：《词语诗学·空声》，开封：河南大学出版社2008年版，第267页。
③ ［俄］别尔嘉耶夫著，董友译：《自由的哲学》，上海：学林出版社1999年版，"前言"第1-4页。
④ 刘恪：《词语诗学·空声》，开封：河南大学出版社2008年版，第267页。
⑤ 徐岱：《体验自由——三维空间中的思考》，杭州：浙江大学出版社1999年版，第377页。

作为生命的伟大兴奋剂的伟大艺术的本色，是向自由王国的延伸和扩展。"①
而文学因为对人类命运的关怀而赢得尊重，这种关怀落实在"自由"这个关
键词上，即把人当作目的而不是工具。总体来看，徐岱语境中的艺术的自由
性体现在两个方面：可能性与游戏性。

（一）可能性

徐岱关于文学可能性空间的思想来源于哲学家卡尔·波普尔。在波普尔
看来，我们身处三个世界之中。第一个世界包括物理实体和物理状态的物理
世界，简称世界1。第二个世界是精神的或心理的世界，包括意识状态、心理
素质和主观经验等，简称世界2。第三个世界是思想内容、客观知识世界，简
称世界3。在以往的知识体系中，世界3被视为虚构甚至虚幻世界而被抛弃，
波普尔从哲学角度证明了这一世界同样具有客观性、自主性和实在性。②

波普尔关于世界3的认识为徐岱考量文学艺术的虚构或可能性空间提供
了新的路径。在徐岱看来，文学艺术是一种可能性空间，这一信条自亚里士
多德以来即得到阐明和认同，但可能性同时也与艺术另一条不言自明的戒
律——真实相伴随。可能性的目的在于达到更大的真实。亚里士多德说，诗
比历史更真实。克罗齐说，诗虽是幻想的阶段，却提供真实的价值。舍斯托
夫说，谁想得到真话，谁就应当学会阅读艺术作品。海德格尔说，艺术就是
真理的生成和发生。"为什么艺术要不断改变？为什么音乐要不断改变？为什
么绘画要不断改变？为什么文学要不断改变？这主要就是因为真实性的概念
在不断改变。"③ 这说明，艺术殚精竭虑追求的真实无非是一种"可能性"的
理想。这种可能性世界的真实依赖于"想象"，通过想象艺术文本虚构的非现
实性抟就一种通往"可能性"世界的"超现实性"。因为想象不仅仅具有复
制能力，而且具有创造的能力。创造使得艺术的可能性世界具有精神的自由
能动性。不仅如此，想象还是一种人性标尺，人并非仅仅为了面包而活着，
他还能够努力伸展自身的生命力，去拓展属于人的那个可能世界。正是在这
一意义上，克尔凯郭尔断言："自由就是可能性。"④ 这在某种程度上证明，
艺术的自由也就是一种对人类生命和生存的无限可能性的自由的探究。"文学

---

① 徐岱：《体验自由——三维空间中的思考》，杭州：浙江大学出版社1999年版，第26页。
② ［英］卡尔·波普尔著，范景中等译：《通过知识获得解放：波普尔关于哲学、历史与艺术的讲演和论文集》，杭州：中国美术学院出版社1996年版，第7-13页。
③ 徐岱：《基础诗学——后形而上学艺术原理》，杭州：浙江大学出版社2005年版，第91-92页。
④ ［俄］舍斯托夫著，方珊等译：《旷野呼告：克尔凯郭尔与存在哲学》，北京：华夏出版社1991年版，第200页。

是进入一种更广大的生活的护照，也即进入自由地带的护照。"①

（二）游戏性

在当代中国文艺学学者中，徐岱是一道特殊的风景，用他自己的话说，他是热热闹闹的学术圈子中的"边缘"人物。徐岱的所谓"边缘"并非一种"被边缘"，毋宁说，这是一种实实在在的自觉选择。因为"边缘"既是徐岱在对生命与自由的诗学和美学思考中独擅胜场的元立场，也是他新见迭出、独出机杼的元方法。如何理解徐岱的"边缘"呢？我以为不如拈出"游戏"二字最为恰切。徐岱骨子里特别反感高头讲章、苦大仇深、唯我独尊的艺术派头和理论面孔。在他看来，艺术的根据在于生命的自由，而游戏从来就是自由的孪生兄弟。

从美学史角度看，游戏论美学出自康德美学，后经席勒、康拉德·朗格、谷鲁斯、斯宾塞、约翰·赫伊津哈等众多文艺理论家、美学家发扬光大，"审美游戏"逐渐成为一种强大的诗学思潮。但在徐岱看来，前人的这些理论成就其实常常陷于简单和暧昧。他坚持认为，尽管艺术拥有深刻的游戏性，但并不因此而就是游戏。艺术与游戏在伦理学方面存在根本差异："借艺术之名的游戏让奴隶满足于现状，借游戏而诞生的真正的艺术则让人成为人。"② 所以，艺术的游戏意味着摆脱日常生活包括政治功利在内的羁绊，体现出一种艺术生产的相对自足性。正如尼采所言：诗人可以界定为"作为使人变得轻松的人"③。所以从游戏发扬生命的意义上讲，一方面，艺术的游戏性体现了艺术的严肃性，即哲学家伽达默尔所谓"谁不严肃地对待游戏，谁就是游戏的破坏者"④。另一方面，游戏性体现了艺术的"轻盈"，即艺术剥落了一切伪崇高、伪神圣之后，保留了艺术的生命价值。在徐岱看来，这一价值就是人的自由意识。徐岱问道：为什么爱情、大海常常成为艺术的经典主题和意象而屡试不爽？无非因为爱情和大海正是自由精神的体现。席勒在《美育书简》中论述审美的游戏性质以后，说道：事物的被我们称之为美的那种特性，与自由在现象上是同一的。诚哉斯言！

有必要指出的是，徐岱谈文论艺时，有一组自己特别喜欢的诗学美学范畴：故事、趣味、滋味、幽默等。这些概念和范畴很多情况下其实或等同或

---

① ［美］苏珊·桑塔格著，黄灿然译：《同时：随笔与演说》，上海：上海译文出版社 2009 年版，第 213 页。

② 徐岱：《基础诗学——后形而上学艺术原理》，杭州：浙江大学出版社 2005 年版，第 273 页。

③ ［德］尼采著，威仁译：《上帝死了——尼采文选》，上海：上海三联书店 1989 年版，第 155 页。

④ ［德］加达默尔著，洪汉鼎译：《真理与方法——哲学诠释学的基本特征》（上卷），上海：上海译文出版社 1992 年版，第 130 页。

近似或内含于游戏性。譬如徐岱曾经从小说审美形态角度对中国古典文学批评的一个常见术语"滋味"进行过深入梳理和全面阐释（2001 年出版的《美学新概念：21 世纪的人文思考》，徐岱进一步浓墨重彩地探索了"趣味"的形而上意义），认为小说巧、奇、新三大基本形态的生成机制分别对应着小说"滋味"的趣味性、风味性和意味性。其中的"巧"和"奇"毋宁就是游戏的变体。徐岱论证道，"巧"所对应的趣味性其实就是游戏性，"人的游戏活动总是建立在一种形式法则之上，通过这种活动而集中反映出来的趣味性内涵，同样也表现为一种偏于形式的满足"①。"风味性"是小说家对各种人情世故的选取和提炼，由此构建的"奇"能最大限度地调动读者的想象力，刺激他们的艺术感觉，从而给他们的审美好奇以满足。正是小说在风味性方面存在着某种对"奇"的偏爱，小说的游戏功能得以登台亮相。所以我十分认同阿米斯的说法："即使一部小说很幼稚……即使它组织得很蹩脚，但是当它用一连串的冒险和奇历给我们带来愉悦时，它也能完成某一任务。任何男人都有那种时刻，在那时他变成了孩子。"②

三、消费时代的人文关怀

今天看来，20 世纪 80 年代以后中国文艺理论界至少经历了两次大的文化讨论热潮。一次是 1984 年至 1986 年的"文化热"，针对的是"文革"所造成的文化专制主义，其主旨沿袭五四新文化运动的文化—专制模式。以文化人自省的形式（即文化的批判与反批判）出现，但其真实目的却是对社会的对象化干预与改造。另一次是肇始于 1994 年的以"人文精神"为主题的大讨论，迄今余烟未消，并且衍化为文化研究的热潮。与上一次讨论不同的是，这一次针对的是商业化和科学化所造成的人的精神缺失和异化，其主旨则是市场—道德。参与讨论的各路精英大多采用社会评判的话题，但真正目的则在于文化人对自己姿态与位置的选择，甚至包括对自己阶层利益的叩问。③

徐岱进入当代文学理论学术场域躬逢这两次文化讨论盛事，自然无法、事实上也没有作壁上观。在 20 世纪 80 年代的文化讨论中他出版了《艺术文化论：对人类艺术活动的多维审视》一书，率先提出"艺术文化"命题，确定艺术的人道主义价值观，引起理论界瞩目。而第二次则在参与"人文精神"讨论中赓续自己 80 年代以来的思索，从抽象的人道主义关怀上升到生命本体论的人文关怀。

① 徐岱：《小说形态学》，杭州：杭州大学出版社 1992 年版，第 458 页。
② ［英］阿米斯著，傅志强译：《小说美学》，北京：燕山出版社 1987 年版，第 14 页。
③ 李书磊：《"人文精神"的真实含义》，《文艺争鸣》1995 年第 6 期，第 13 - 14 页。

在 1998 年发表的《论人文事业的当代建设》长文中，徐岱特别耐心地考察了人文精神的内涵，并且提出人文关怀的基本向度。他认为人文精神归根结底也就是"使人名副其实地成为人的"精神。它包含的内容有：①"自由"意识的弘扬，这与科学的必然世界迥然有异；②不同于科学精神中的怀疑一切，人文精神更多地表现出一种坚守，需要对某些事物保持信仰，这是一切意义之源；③不同于科学精神一如既往地"朝前看"和不断地"喜新厌旧"，人文精神的特点在于让人懂得珍惜，因为"价值"之为价值，不仅是有用的，更在于其是永恒的。所以，人文关怀除了具体的人伦关怀，更为重要的是对形而上的生命、自由、精神的关怀。而且，徐岱特别提醒我们，科学文化和人文文化并没有分道扬镳，在最根本的意义上，二者仍然是同舟共济地关怀着"我是谁？我们从哪里来？到哪里去"这样人之为人的根本问题。但以诗和艺术为代表的人文活动在探寻生命的意义上却弥补了科学文化所留下的盲区。可以这样认为，人文文化的意义在于为人类"应怎样"生活提供了一种生存的智慧。从此出发，我们才真正能够寻找到意义的踪迹。① 2001年，徐岱出版《美学新概念：21 世纪的人文思考》，从"美学的思想历程""美学的知识形态""美学的话语空间""美学的理论方案""美学的实践方面"等方面阐释"美学尤其是一种人生之学，它让你珍惜欢乐热爱生命"②的基本理念。2006 年出版的《艺术新概念：消费时代的人文关怀》，则从"超越知识论、解构理论主义、反对自恋文化"的立场出发，以"回归生活世界、尊重艺术经验"的思想视野，运用"文艺德性论"的理论方法，对已受到消费主义包围的当下审美文化实践的价值品质和精神内涵进行全面的考量，证明人文精神和人文关怀成为艺术存在的不二法门。

这样看来，徐岱所钟情的"人文关怀"已远远不只是一个单一而冷漠的学术话题的探索，早已上升为他的生命本体的诗学美学观念的价值支点。也就是说，在他对诗学美学的探究中，生命是基础，自由是艺术生命城堡上高高飘扬的大纛，而让人类能够永远向文学艺术朝圣的动力则是它与生俱来的那一份人文关怀。徐岱曾引用加拿大著名学者诺斯诺普·弗莱的话"艺术中仍然有一种真正的神秘，有一种叫人不可思议的地方"，之后说道："这是艺术文化作为人文关怀的根据地的生动体现，也是其永远充满魅力的原因。"③我以为，这完全可以看作徐岱所从事的"作为诗学的美学"活动的总注脚。

---

① 徐岱：《体验自由——三维空间中的思考》，杭州：浙江大学出版社 1999 年版，93－124 页。
② 徐岱：《美学新概念：21 世纪的人文思考》，上海：学林出版社 2001 年版，第 526 页。
③ 徐岱：《批评美学：艺术诠释的逻辑与范式》，上海：学林出版社 2003 年版，第 121 页。

借鉴与探索

——冯宪光马克思主义文艺理论思想述评

侯斌英①

【学者小传】

冯宪光：四川大学文学与新闻学院教授、博士生导师，现为中国国家实施马克思主义理论研究与建设工程专家组文学组成员、全国马列文论学会副会长、四川省文艺理论研究学会会长、四川省文艺评论家协会副主席、四川大学汉语言文学研究所所长、《中外文化与文论》执行副主编。主要著作有《文学价值的追求》《西方马克思主义文艺美学思想》《"西方马克思主义"美学研究》《审美意识形态的文本分析》《马克思美学的现代阐释：西马文论与中国新时期文论比较》《马克思主义文艺学的当代问题》《在革命与艺术之间——二十世纪国外马克思主义政治学文艺理论研究》等。

自新中国成立以来，我国的文艺工作者就一直很重视对马克思主义文艺理论的翻译和研究。但前 30 年主要是翻译由苏联学者辑录的马克思、恩格斯论文艺和列宁论文艺的相关著作。改革开放以后，中国学者才开始自主选编马克思主义经典作家的文艺论著。在这一时期，苏联之外的国外马克思主义文艺理论也被纳入中国学者研究的范围。在从单纯地借鉴苏联的文艺理论到转而开始研究长期以来一直被忽视的欧美国家的马克思主义文论的过程中，冯宪光起到了非常重要的作用。他于 1985 年发表了《论"西方马克思主义"文艺理论的四种模式》（《四川大学学报》1985 年第 2 期）一文，又于 1988 年出版了专著《西方马克思主义文艺美学思想》（四川大学出版社 1988 年版），在国内率先展开对西方马克思主义文艺美学的系统研究。他在借鉴西方马克思主义文艺理论资源的同时，又凭借自身坚实的马克思主义理论功底和渊博的文艺学知识，对我国新时期文艺理论发展过程中出现的新问题作了许多有益的探索。

---

① 侯斌英：西南交通大学外国语学院副教授，四川大学文艺学博士，主要从事文艺美学及当代西方文化理论研究。

一

改革开放初期，我国对马克思主义文艺理论的研究主要还是借鉴苏联的文艺理论模式。但在西方世界，"西方马克思主义"早已成为学术研究中的重要课题，不仅出版了许多诸如佩里·安德森（Perry Anderson）《西方马克思主义探讨》（1977）那样研究"西方马克思主义"的专著，甚至在一些大学也开设了讲授"西方马克思主义"的课程。而在国内，虽然有学者开始着手研究"西方马克思主义"，如徐崇温的《西方马克思主义》（天津人民出版社1982年版），但主要集中在哲学、政治学、社会学范围之内，对于西方马克思主义美学、文艺理论的研究则几乎是空白。由于国内缺少对西方马克思主义文艺思想的系统、准确的介绍和评述，所以有些人对西方马克思主义文艺思想不甚了解。在这样的背景下，冯宪光《西方马克思主义文艺美学思想》一书的出版不仅拓宽了我们的研究视野，使我们得以更好地认识和了解西方马克思主义文艺美学思想，同时也为我们思考在新时期如何进一步发展马克思主义文艺理论提供了十分重要的借鉴和参考。

1988年12月，中国艺术研究院马克思主义文艺理论研究所、中国社会科学院外国文学研究所、四川大学中文系等单位联合召开了全国第一次"西方马克思主义文艺理论和美学理论学术讨论会"。在会上，与会者对冯宪光的《西方马克思主义文艺美学思想》一书给予了高度评价，认为该书在对西方马克思主义文艺美学的系统论述上具有开拓性。① 作为国内第一部系统论述西方马克思主义文艺美学思想的专著，该书以六章②的篇幅向我们展示了葛兰西、卢卡契、马尔库塞、阿多尔诺、本雅明、萨特、阿尔都塞、马舍雷、戈德曼、考德威尔、威廉斯、伊格尔顿这12位20世纪国外著名的马克思主义理论家的文艺思想，系统地梳理了西方马克思主义文艺美学的发展脉络，总结了其整体的美学特征，分析了它的历史贡献和理论失误，揭开了我国系统研究、批判借鉴欧美马克思主义文艺理论的第一页。

在西方马克思主义美学这一概念被引入国内之初，国内学术界对是否存在一种西方马克思主义思潮还存有争议。冯宪光坚定地指出，"西方马克思主

---

① 枫寒：《新的开拓 新的探索——全国首次"西方马克思主义文艺理论和美学理论学术讨论会"综述》，《文艺理论与批评》1989年第2期，104页。

② 六章的标题分别为：葛兰西的"民主—人民"的文艺理论、卢卡契的现实主义文艺理论、法兰克福学派的浪漫主义文艺理论、萨特的"存在主义的马克思主义"的文艺理论、"结构主义的马克思主义"的文艺理论以及英国的"西方马克思主义"的文艺理论。

义"思潮的存在是一个不以人们的赞成与否为转移的客观事实。① 而这一思潮在美学和文艺学上的展开和应用、具体和深化，便形成了西方马克思主义美学。它是与所谓正统马克思主义—列宁主义、斯大林主义有差别的，形形色色的以马克思主义自居的左翼激进主义思潮的美学。② 西方马克思主义美学于 20 世纪 20 年代在德国和意大利崛起，60 年代在法国复苏，70、80 年代在英美等国家广泛传播，之后便向其他更广阔的地区扩展。在其发展过程中，由于西方马克思主义美学始终关注欧美发达资本主义国家现实社会的历史进程，对时代的新问题保有一种敏锐的感受和体验，并在试图解决这些新问题的同时展开与当代其他美学思潮的交流与对话，故而显示出了强大的生命力。它不仅成为当代西方文艺学、美学思潮中不可忽略的一支劲旅，并且对当代西方的文艺创作和文艺批评都产生了不可低估的影响。

既然西方马克思主义美学的存在已经是一个客观事实，那么，我们应该如何对待这一范围广泛、内容复杂的美学思潮呢？冯宪光指出，我们既不能置之不理，简单地全盘否定，也不能盲目照搬，一味地肯定，重要的是了解和分析。③ 本着这一初衷，冯宪光对西方马克思主义美学各个流派的代表人物、代表著作进行了系统而深入的研究。1997 年，他研究西方马克思主义美学的又一力作《"西方马克思主义"美学研究》出版。在这本书中，他以西方马克思主义美学研究的核心问题为经，以其思想的承继、观点的更新为纬，为我们勾勒出了西方马克思主义美学发展的整体面貌。他认为，尽管西方马克思主义美学在其发展历程中的研究主题不断演变，但大体上可以归纳出五个核心课题，即艺术创作方法问题、艺术与意识形态关系问题、艺术的社会功用问题、美学的"语言学转向"问题、艺术与审美的文化内涵问题。④ 并且，由于西方马克思主义美学在出发点上与传统马克思主义保持了一定的联系，但在结果与最终形态上又与传统马克思主义文艺理论有所不同，故而形成了其独特的美学特征，主要体现在三个方面：①将马克思主义的美学观、文艺观同西方现代非马克思主义的美学观、文艺观进行融合，致力于构造马克思主义美学与非马克思主义美学的结合；②以反对决定论、机械论、宿命论为口号，不赞同艺术是由经济基础决定的上层建筑的历史唯物主义结论，主张对艺术进行非意识形态化的分析和抽象的人本主义论述；③在方法论上提出总体性的思想，把总体性作为重建马克思主义的中心，也作为重建马克

---

① 徐崇温：《"西方马克思主义"论丛》，重庆：重庆出版社 1989 年版，第 82 - 84 页。
② 冯宪光：《"西方马克思主义"美学研究》，重庆：重庆出版社 1997 年版，第 3 页。
③ 冯宪光：《西方马克思主义文艺美学思想》，成都：四川大学出版社 1988 年版，第 10 页。
④ 冯宪光：《"西方马克思主义"美学研究》，重庆：重庆出版社 1997 年版，第 52 - 65 页。

第三编 审美之维

317

思主义文艺学、美学的中心。① 这些新的特点显示了西方马克思主义文艺理论家独特的视角。

冯宪光对西方马克思主义美学所做的研究无疑是极具开创性的，他以开放的视野提出的许多独到的见解，在今天仍然是我们研究西方马克思主义美学的重要参考。他不仅为我们更全面地了解马克思主义文艺理论打开了一扇窗，也为我们反思、超越苏联模式的马克思主义文艺学，更好地建设我国新时期的马克思主义文艺学提供了一个非常有价值的参照体系。

二

进入新时期以来，我国的文艺学由于在某些方面借鉴了西方马克思主义的文艺美学思想，所以超越、突破了苏联模式马克思主义文艺学的一些根本缺陷和不足，取得了巨大的成就。但是，如果要让我国的马克思主义文艺理论发出自己的声音，在建构我国当代文艺理论的道路上，西方马克思主义文艺理论还有许多值得我们进一步研究和借鉴的地方。

"西方马克思主义"的形成和发展，在一定意义上可以说，正是通过使用新的理论形态、新的术语和方法，在新时代回答了新问题，避免了马克思主义的僵化和衰退。它提供给我们一些在新的时代条件下发展马克思主义的思路。在当前建设和发展中国马克思主义文艺学的时候，我们可以批判地借鉴这些思路。冯宪光认为，"西方马克思主义"复兴马克思主义的路径主要有三条：①发掘马克思思想中长期被遮蔽、未能注意和吸收的思想点，也就是回到马克思；②把目光转向资产阶级的当代文化成果，提出要像马克思当年吸收黑格尔的辩证法那样接受当代资产阶级的文化成果；③把目光投注到现实社会之中，试图用马克思的原理和当代伟大的思想成果去解决当代资本主义的社会问题和艺术、审美问题。② 这样的复兴之路使得他们的理论结构中既有马克思的基本原理部分，又有当代思想文化的最新成果，还有面向现实的维度，这是它能够保持强大生命力的重要原因。更重要的是，这种理论结构不仅体现了当代马克思主义理论思维的主要特点，而且与我国新时期文艺理论的理论结构非常一致。我国新时期文艺理论的建构也是在马克思主义基本原理的正确指导下，在合理吸收当代西方的思想成果，再度发掘中国传统文艺理论精华等综合因素的整合之中，面对新情况、新问题进行的探索和解答。因为有着相同或相似的境遇、动力和理论结构，所以，中国新时期文艺理论

---

① 冯宪光：《"西方马克思主义"美学研究》，重庆：重庆出版社1997年版，第19－50页。

② 冯宪光：《"西马"文论与中国当代文论建设》，《文学评论》1999年第1期，第119－128页。

的发展在热点问题的提出、某些有代表性的理论形态等方面，都与西方马克思主义文艺理论有相通之处，而这也奠定了我们对西方马克思主义文艺理论与中国新时期文艺理论进行比较研究的基础。

在对中西方马克思主义文艺理论的比较研究中，冯宪光发现，中国新时期文艺理论发展过程中出现的一些热点问题，如艺术与美学的人道主义问题、现实主义与现代主义之争、艺术生产问题、艺术的文化学阐释、艺术中人文精神的失落与拯救问题、大众文化问题等，往往是西方马克思主义美学曾经关注或仍然在关注的问题。并且，中国文艺理论家在提出和认识这些问题的时候，均不同程度地受到了西方马克思主义文艺思想的影响。在《马克思美学的现代阐释：西马文论与中国新时期文论比较》（四川教育出版社2002年版）一书中，冯宪光对上述六个问题进行了细致的比较和精辟的论述。他的这些比较和研究对于总结、分析改革开放以来我国新时期文艺学发展的经验和教训，进一步探讨建设有中国特色的马克思主义文艺学的道路，都很有意义。

由于马克思、恩格斯并没有给我们留下文艺学的系统论著，所以严格说来，不管20世纪出现的哪一种模式的马克思主义文艺理论，都是对马克思、恩格斯关于文学艺术及其相关问题的有关论述的阐释、创新和传承。要想更好地发展马克思主义文艺理论，就很有必要找出这些理论的支撑点。纵观马克思的著作或马克思主义的原创体系，冯宪光发现，在20世纪的确有几个各种马克思主义文艺学、美学的理论原点，它们是：①《1844年经济学哲学手稿》等著作中关于人类的审美特性的人类学观点；②《〈政治经济学批判〉序言》等论著中关于文学艺术属于社会上层建筑、意识形态的观点；③《资本论》《1858年手稿》等著作中关于艺术生产的观点。从这三个原点出发，又形成了三种马克思主义文艺学本体论的主要构成因素——审美、上层建筑与意识形态、生产。其中，上层建筑与意识形态的因素在不同时代和文化环境中又分化为与政治有直接关联的政治—意识形态和与政治没有直接关联的文化—意识形态，这就形成了20世纪马克思主义文艺学的四种本体论形态——人类学审美本体论、政治—意识形态本体论、文化—意识形态本体论和艺术生产本体论。①

有感于当前国内对马克思主义文艺理论的研究总体上是在作历时性的叙述和阐释，甚至是传记式的评介，缺乏宏观、整体的共时性关系的论述。所以，冯宪光采取"问题—视点"的分析方法，开始从本体论角度归纳20世纪马克思主义文艺理论的主要对象性关系。2007年12月，冯宪光教授主编的

---

① 冯宪光：《文学理论：视点、形态、问题》，《社会科学战线》2001年第2期，第95页。

"二十世纪国外马克思主义文艺理论本体论形态研究"丛书①出版。在马克思主义文艺理论一元化本体论思想的指导下，全套丛书为我们系统地展现了 20 世纪国外马克思主义文艺理论中人类学文艺理论、意识形态文艺理论、艺术生产理论与政治学文艺理论四种具体的理论形态。这四种理论形态不仅对我们准确把握 20 世纪国外马克思主义文艺理论的基本形态和原点问题具有重要意义，同时也可以从理论理性的合理性角度对我国 21 世纪的文学理论建设发生积极作用。

三

我国新时期马克思主义文艺理论已经发展了 30 余年，这其中有成果也有不足。及时对我们所取得的成绩和存在的问题进行总结和反思，对于在 21 世纪更好地建设我国的文艺理论具有非常重要的现实意义。

文学的本质是什么？这是文艺理论最核心的问题，也是建构新时期具有中国特色的马克思主义文艺理论必须要回答的问题。冯宪光认为，"文学是审美意识形态"② 这一新时期我国文艺理论工作者提出的文学本质论，不仅坚持了马克思主义的基本原则，而且符合文学艺术本身的实际，是当代中国化马克思主义文学本质观的重要理论成果。他指出，从马克思主义美学观点和史学观点来分析文学本质，至少有审美和意识形态两个基点。③ 但是，马克思关于艺术本质的两个最基本的观点——艺术是"意识形态的形式"的观点和艺术掌握世界的观点，长期以来没有得到很好的整合和贯通，只有中国新时期提出的"文学是审美意识形态"这一界定才完整地整合了马克思关于艺术本质的主要思想。中国新时期文学本质的"审美意识形态"论，既不同于苏联文论的审美学派理论，也不同于西方马克思主义文论，它是中国学者自主的学术创新，也是对马克思主义文学理论建设的新贡献。为此，他撰写了《文学与意识形态问题》《"意识形态"（Idedogy）的流转》《从意识形态论到审美意识形态论》《意识形态与审美意识形态——马克思主义文学本质观研究》《重建审美意识形态批判》《"审美意识形态论"与人在文学活动中的存在》《文学审美意识形态论的互文性理论结构》《审美意识形态论的规范性理

---

① 全套丛书由邱晓林的《从立场到方法——二十世纪国外马克思主义意识形态文艺理论研究》、温恕的《精神生产与社会生产——二十世纪国外马克思主义艺术生产理论研究》、傅其林的《审美意识形态的人类学阐释——二十世纪国外马克思主义审美人类学文艺理论研究》和冯宪光的《在革命与艺术之间——二十世纪国外马克思主义政治学文艺理论研究》四本专著构成。

② 此观点是钱中文于 1984 年提出的。

③ 冯宪光：《意识形态与审美意识形态——马克思主义文学本质观研究》，《中外文化与文论》2006 年第 1 期，第 47 页。

论建构》等一系列文章，多方位、多角度地论述这一观点的合理性与正确性，这对于我们全面、整体地认识文学的本质，把握马克思主义文学本质观的发展十分有帮助。

　　既然文学是审美意识形态，那么，随之而来的一个问题就是：文学是依靠什么来呈现其审美意识形态意义的呢？冯宪光认为，文学的审美意识形态意义是通过语言这一物质形态呈现出来的。他在《审美意识形态的文本分析》（四川大学出版社 2001 年版）一书以及《论文学的审美语言形式》《文学语言呈现的审美意识形态意义》等文章中论述了这一问题。他指出，人类的审美意识作为一种主体的精神意识，必须在一定的物质形态中才能被确定下来，成为一种实际的存在。在文学中，语言就是文学审美意识形态意义的物质存在方式和物质呈现方式。作家创造一种审美的语言结构作为审美意识形态的直接现实性的显现，而读者则从这种审美的语言结构中体验和感受审美意识形态。这就是文学作为呈现审美意识形态的语言形式的标志。① 基于语言的重要性，冯宪光还特别提出，我国当代文艺学应该多借鉴西方当代"语言学转向"的成果，注重对研究对象作文学的语言分析，因为这样不仅可以把语言所涵盖的文本意义、社会价值、审美理想、人生经验、道德水准、政治见解等，用较精确的形式确定下来，还可以透视文化和人类的本质，透视文学创作和接受过程中主体深层文化、思维、心理机制，揭示从生活原型到文学语言的转换，从而在文学研究中有所突破。更重要的是，这还可以帮助我们更好地吸收西方当代文化成果，避免养成空疏的学风。

　　文学是审美意识形态，那么，审美的主体应该是谁或者是什么身份？这是一个关系到我国马克思主义文艺理论根本立足点的重要问题。冯宪光认为，中国当代马克思主义文艺理论应当把人民确立为审美和文艺的主体，"人民文学论是中国化马克思主义文艺理论的核心问题"②。为此，他撰写了《"以人为本"与审美意识形态》《人的文学与人民文学》《人民文学论》《论人民文学的主体性基础》《毛泽东与人民美学》《人民美学与现代性问题》《论卢卡奇的文学人民性思想》等一系列文章来阐述他的观点和立场。通过对马克思主义文艺理论中国化的历程作知识谱系学的梳理，冯宪光指出："人民文学论是毛泽东在《在延安文艺座谈会上的讲话》中鲜明地提出、系统地阐述的中国化马克思主义文艺理论的核心思想。它的理论资源来自于马克思列宁主义。"③ "人民文学是一个新的文艺范畴，是中国化马克思主义文艺理论以马

---

① 冯宪光：《论文学的审美语言形式》，《福建论坛》（人文社会科学版）2008 年第 6 期，第 84 页。

② 冯宪光：《人民文学论》，《当代文坛》2005 年第 6 期，第 5 页。

③ 冯宪光：《论人民文学的主体性基础》，《文艺理论与批评》2009 年第 2 期，第 20 页。

克思主义为指导总结中国'五四'新文学运动以来，特别是左翼文学运动实践所进行的理论创新。"① 针对当前的文学艺术在面对现实的工农劳动群众的实际生存状态时茫然失语的现象，冯宪光指出，这是自由主义思潮、唯心主义历史观在文艺界、理论界泛滥的结果。我们现在重提人民文学论，就是要告别西方的自由主义美学，重新回到马克思主义所确立的人民美学的道路上来。他还进一步强调，"人民文学论在美学与文学理论上发展的关键问题，是应当从人民的审美需要和审美实践出发，研究一个时期文艺与人民群众的真实关系，从美学与艺术规律上提出问题，解决问题，谋求人民文学的进一步健康发展"②。人民文学论的理论建设应该始终关注作家与人民的关系。因为正确地认识和处理作家与人民的关系，是人民文学的实践和理论发展繁荣的重要问题。③ 冯先生从马克思主义理论资源出发理解和解释文学的人民性，并及时总结马克思主义文艺理论中国化进程中出现的一些理论问题，这在当前加强马克思主义理论研究与建设之时具有重要意义。

四

从系统研究西方马克思主义文艺美学，到对中西方文艺理论进行比较研究，再到建构新时期有中国特色的马克思主义文艺理论，在整个研究历程中，冯宪光始终坚持马克思主义的主导地位不动摇，坚信马克思主义文艺理论的先进性和优越性，为马克思主义文艺理论在中国的发展作出了自身独特的贡献。

无论是对国外马克思主义文艺理论的研究、借鉴，还是对建构我国新时期马克思主义文艺理论所做的探索，冯先生都非常注重对马克思主义经典文本的研究，这是冯先生全部研究的出发点，也是最基本、最重要的途径。他对马克思、恩格斯的经典著作进行了细致、扎实的文本研究，努力还原马克思主义经典文本得以产生的历史语境，力求历史地、准确地理解马克思主义经典作家的理论观点及其意义。在这一过程中，冯宪光不仅正确阐释了一些过去被曲解、误解的马克思主义文艺理论观点，同时还发现了一些过去由于种种原因被遮蔽的思想，丰富了我国对马克思主义文艺理论的研究。在阅读、研究马克思主义经典文本的基础上，冯宪光又通过追溯马克思主义思想的发展历程，深入挖掘马克思主义的当代价值，对马克思主义文艺理论做出了准确而又符合时代要求的新阐释。他的这些研究观点不仅让我们明确地意识到

---

① 冯宪光：《人民文学论》，《当代文坛》2005 年第 6 期，第 5 页。
② 冯宪光：《人民文学论》，《当代文坛》2005 年第 6 期，第 6 页。
③ 冯宪光：《人民文学论》，《当代文坛》2005 年第 6 期，第 7 页。

马克思主义研究问题的历史意识和辩证思维在今天仍然可以为我们考察文学的产生、存在和发展提供先进的理论工具和思想武器，同时也向我们展示了马克思主义文艺理论的现实针对性。

作为一名有责任感的学者，在从事马克思主义文艺理论研究的一开始，冯宪光就树立了一个非常明确的目标——建设有中国特色的马克思主义文艺理论。这也决定了他始终基于批判地借鉴这一角度研究国外马克思主义文艺理论。他率先研究西方马克思主义文艺美学，但也指出，对于西方马克思主义美学，我们应该有一个清醒的、辩证的认识：它所提倡的人道主义精神和主体性原则，可以启发我们更加注意被机械唯物主义所忽视的人的因素和主体性，更加注意文艺、美学同人类解放的联系，更加注意艺术和审美活动的主体心理特征等，这些探索对我们建设新时期的马克思主义文艺理论都是有益的。但是，它的人道主义精神和主体性原则来源于总体性的世界观和方法论，存在某些忽视和割断了历史、客体联系的主体决定论的偏颇，这又是我们应当注意和警惕的。① 他对中国新时期文艺理论与西方马克思主义文艺理论进行比较，基本目的在于"用中西文论的比较研究来解决建设有中国特色的世界性文论的思维模式问题"②，并且始终强调，中国新时期文艺理论不能全盘接受西方马克思主义文艺理论的模式，我们对西方马克思主义美学的借鉴必须是在坚持马克思主义的基本原理的前提下，在与中国实际情况密切结合的思路中，在有利于弘扬民族文化传统、建设有中国特色的社会主义新文化的实践中进行。如果偏离了马克思主义的基本原理和民族化的道路，那么我们就会走上歧途。③ 总之，无论是苏联模式的马克思主义文艺理论，还是西方马克思主义文艺理论，冯宪光都通过马克思主义的观点加以辨析，发掘它们之中富有洞见的思想和有效的理论模式，努力将其转化为中国化马克思主义文艺理论的有机成分，丰富和推进了中国马克思主义文艺理论的发展。

围绕着如何建构有中国特色的马克思主义文艺理论体系这一时代性课题，冯宪光进行了深入的思考和大胆的探索。他从 20 世纪西方马克思主义文艺理论的本体论形态角度入手，提出从人类学文论、意识形态批评文论、艺术生产文论、政治学文论四种形态建构马克思主义文艺理论体系。同时，又从中国传统哲学和文艺理论中汲取营养，吸收其中具有启示意义的思维方式和思想方法，对其进行马克思主义的阐释，为建构我国当代形态的马克思主义文艺理论体系作出了开拓性贡献。冯先生的新作《全球化文化语境中的中西文

---

① 冯宪光：《西方马克思主义文艺美学思想》，成都：四川大学出版社 1988 年版，第 33 页。
② 冯宪光：《中西文论比较的立足点》，《社会科学研究》1986 年第 4 期，第 49 页。
③ 冯宪光：《马克思美学的现代阐释：西马文论与中国新时期文论比较》，成都：四川教育出版社 2002 年版，第 57－58 页。

艺美学比较研究》（巴蜀书社 2010 年版）就显示出了这方面的努力。

冯宪光不仅积极建构中国当代马克思主义文艺理论体系，而且十分关注中国当代文学问题和文化现象，自觉地运用马克思主义文艺理论的原则和方法评析当今的文学创作和批评实践，推动文学艺术健康发展。可以毫不夸张地说，他以自身行动践行马克思主义基本原理与当代中国具体实践相结合，推动了马克思主义文艺理论在中国的当代化。

结　语

本文对冯宪光的马克思主义文艺美学思想作了如上述评。为了突出冯先生主要的理论贡献，不得不略去他的其他研究成果，诸如他对马克思主义文艺学思想发展史的考察，对中国传统文艺理论思维形态的论述，对文艺美学学科性质和存在依据的论述，以及对马克思主义与后殖民批评、文化研究之间关系的论述等。还要指出的是，即使在本文论及的范围内，因笔者水平有限，相关论述也不是很充分。尽管如此，仍不难看出冯宪光为我国当代马克思主义文艺学所作的贡献。冯宪光对马克思主义文艺理论的研究，为我们建构中国化马克思主义文艺理论体系奠定了良好的开端，对我国当代文艺理论建设产生了重要的影响。

"世界眼光"与"中国学问"

——叶舒宪的神话学思想论略

苏永前 ①

【学者小传】

叶舒宪：中国社会科学院文学研究所研究员、博士生导师，兼任中国神话学会会长、中国文学人类学研究会会长、中国民间文艺家协会副主席、中国比较文学学会副会长等。主要著作包括：《神话—原型批评》（译编）、《结构主义神话学》（译编）、《探索非理性的世界：原型批评的理论与方法》《神鬼世界与人类思维》（合著）、《英雄与太阳：中国上古史诗的原型重构》《中国神话哲学》《太阳女神的沉浮：日本文学中的女性原型》（合著）、《诗经的文化阐释：中国诗歌的发生研究》《高唐神女与维纳斯：中西文化中的爱与美主题》《庄子的文化解析：前古典与后现代的视界融合》《原型与跨文化阐释》《千面女神：性别神话的象征史》《文学与人类学：知识全球化时代的文学研究》《老子与神话》《熊图腾：中华祖先神话探源》《现代性危机与文化寻根》等。

在中国当代文艺学与比较文学界，叶舒宪是一位极富活力的学者。自 20 世纪 80 年代以来，他一直致力于文学人类学的倡导与研究，迄今已出版三十多部著作。在其影响之下，一批国内学者立足于跨文化视角，援用西方人类学、神话学理论和方法对中国文化、文学原典进行释读，先后推出了"中国文化的人类学破译""文学人类学论丛""神话历史丛书"等系列专著，引起学界的广泛瞩目。

值得注意的是，最初启发叶舒宪走上文学人类学道路的，是英国人类学家弗雷泽《〈旧约〉中的民俗》一书中的洪水神话研究。因而，神话学不仅与文学人类学一道贯穿于叶舒宪的学术历程，而且成为其文学人类学的理论基石之一。从 20 世纪 80 年代中后期至今，叶舒宪的神话研究已历二十余载。这期间，他一面翻译、介绍西方神话学的前沿理论，一面又不断融会贯通，将西方理论运用于中国神话研究，同时就中国神话的特殊性提出了一系列极具前瞻性的命题。

---

① 苏永前：中国社会科学院文学博士，西安外国语大学副教授，主要从事文学人类学研究。

一、作为中国文化原型编码的神话

自 19 世纪后期神话学在西方率先诞生以来，不断有学者就神话的本质进行探讨，进而形成了不同的神话学流派。比如，早期人类学派的爱德华·泰勒认为，神话是"原始的科学"，随着理性时代的到来，神话最终会被现代科学所取代。德裔学者麦克斯·缪勒从其印欧比较语言学者的职业本位出发，提出神话产生的"语言疾病说"。列维—斯特劳斯则认为，神话是人类文化深层结构的一种表征。就中国神话学界而论，整个 20 世纪居于主导地位的是人类学派的神话学。"五四"前后，周作人率先将安德鲁·兰的神话学说介绍到国内，此后，人类学派的神话学一直影响到茅盾、钟敬文、郑振铎、闻一多等人的神话研究。1949 年后，随着马克思主义在意识形态领域主导地位的确立，早期人类学派的神话学说更是一枝独秀。

从叶舒宪的学术历程来看，他最早是从翻译、介绍西方的神话—原型批评而走上神话研究的，出版于 20 世纪 80 年代后期的译文集《神话—原型批评》和专著《探索非理性的世界：原型批评的理论与方法》（以下简称《探索非理性的世界》），便是这一领域的代表作。这使得其神话研究与国内其他学者有着明显的分野：后者往往侧重于神话本身的内涵与流变，叶舒宪却从一开始就着眼于中国文明早期的一些文化难题。他敏锐地意识到，这些问题的解决有赖于神话学知识，因为人类早期文明的主要载体便是神话。随着研究的不断深化，叶舒宪终于提出"神话是中国文化的原型编码"的命题。关于这一点，叶舒宪谈道：

> 我在 20 多年前翻译原型批评和结构主义时，基本上延续的是文学性的神话研究路径，也试图将哲学和认识论方面与文学打通，所以有神话哲学的探究。近十年来情况发生了改变，主要目标不在译介，而在于探讨解决中国文化特殊性的研究方法问题。涉及人类学和史学方面的思考更多一些，希望把神话从文学本位解放（或者称释放）出来，作为文化的编码和基因来看待。①

其实，叶舒宪对神话本质的这种理解与神话—原型批评仍然有着一定的关联。在原型批评的代表人物弗莱看来，整个西方文学的源头可以上溯至神话，文学不仅是对神话的继承、转化和变异，而且从神话中获得中心的结构

---

① 廖明君、叶舒宪：《迎接神话学的范式变革》，《民族艺术》2009 年第 3 期，第 20 页。

原则。① 从这个意义上讲，我们也可以将神话视作西方文学的"原型编码"。不过，叶舒宪并未停留于弗莱式的原型研究。一方面，他打破了弗莱"欧洲中心主义"的拘囿，将原型批评从西方引入中国；另一方面，他又着眼于中国文化的特质，将"文学原型"拓展到"文化原型"。对叶舒宪的神话研究历程作一考察会发现，他的这一思想自研究之初即已萌芽。出版于 1988 年的《探索非理性的世界》，是当时有着广泛影响的"走向未来丛书"中的一种。在该书中，作者在系统介绍神话—原型理论的同时，首次将这一理论运用于中国文学、文化研究中。在《汉书·礼乐志》中，记载着一组汉代郊庙歌辞，名称分别为"青阳""朱明""西颢""玄冥"。由于时隔久远，这组古歌的原始内涵似乎难以索解。从表层语义看，古歌描述的无疑是一年春夏秋冬四季的自然现象。不过，叶舒宪并不满足于"谜面的解释"，而是试图通过一番"知识考古"去发掘其深层的"谜底"。他从古歌名称中"阳""明""颢""冥"四个字的字形结构入手，借助跨文化的比较，最终揭示出了这组古歌的深层原型，即太阳的年周期与日周期运动。由此可见，华夏先民对太阳的信仰及其神话无疑成为解开这组古歌之谜的一把钥匙。这里实际上已经触及中国文化的"原型编码"问题。

如果说，上述对西汉古歌的解释主要是为了证明神话—原型批评在中国的有效性的话，那么，其后出版的《中国神话哲学》，则可以视作对中国传统文化中一些主要范畴的系统"破译"。在该书的"导言"中，叶舒宪指出：

如果说西方哲学的思维模式是在扬弃了神话思维模式之后发展起来的，那么可以说中国哲学的思维模式是直接承袭神话思维模式发展起来的。原因之一是，中国汉字的象形特征使直观的神话思维表象得到最大限度的保留，而语言文字作为思维的符号和文化的载体，必然会对中国人的思维方式、文化心理结构产生潜在的铸塑作用。早期的中国哲学家如老子、庄子等在很大程度上表现出神话思维的特征，而中国哲学中的基本范畴，如太极、道、阴阳、五行、变、易等等，几乎无一不是从神话思维的具体表象中抽象出来的。②

根据这段表述，"神话—神话思维—汉字—文化心理—中国文化"构成一组逻辑推演。要理解中国文化的深层内涵，最终需要反向诉诸神话。借助于神话的"原型编码"功能，中国文化中一些聚讼不已的难题，比如明堂之制、

① 叶舒宪：《文学与人类学：知识全球化时代的文学研究》，北京：社会科学文献出版社 2003 年版，第 127 页。

② 叶舒宪：《中国神话哲学》，北京：中国社会科学出版社 1992 年版，第 23 页。

黄帝四面、新年礼仪、"息壤"与"神州"等，均可以迎刃而解。拿明堂之制来说，自西周以来，这种制度为后代历朝帝王所效法。但由于各种记载的歧异，对其产生的根源众说不一。叶舒宪首先通过文献的构成对明堂进行了重构，从而证明明堂与神话宇宙模式之间的对应关系；进一步又将中国明堂与埃及金字塔、印加太阳神庙进行跨文化比较，揭示出明堂与日神崇拜之间在发生学上的关联。由此，关于明堂含义的演化过程"观测太阳—日神崇拜—帝王的神化"便有了清晰的线索。

在后来的《中国古代神秘数字》《庄子的文化解析：前古典与后现代的视界融合》《老子与神话》[①] 等著作中，叶舒宪延续了这一思路，从神话学角度对中国上古文化中的一些难题进行破译，最终在 2010 年为"神话历史丛书"所作的序言中，对这一思路进行了正式的理论总结。需要指出的是，神话作为中国文化的原型编码，并非仅仅表现在用文字记载下来的上古典籍中，而是表现在包括传统建筑在内的中国文化的各个领域。比如，位于北京中轴线中央的故宫及其四周的天地日月四坛，在叶舒宪看来，显然也有着神话编码的特殊意义。因此，不懂得中国神话，对于中国传统文化的理解便无从谈起。

二、从"中国神话"到"神话中国"

20 世纪以前，西方知识界往往以希腊、罗马神话为参照，得出"中国神话贫乏"乃至"中国无神话"的结论，因而"中国神话"这一提法的合理性曾一度受到怀疑。在其影响之下，许多国内学者也认为中国神话"不够发达"，并试图对其原因作出解释。作为中国现代神话学的草创者之一，鲁迅在其《中国小说史略》中，就中国神话"仅存零星"的原因提出了下述观点："其故殆尤在神鬼之不别。天神地祇人鬼，古者虽若有辨，而人鬼亦得为神祇。人神淆杂，则原始信仰无由蜕尽；原始信仰存则类于传说之言日出而不已，而旧有者于是僵死，新出者亦更无光焰也。"[②] 在《白话文学史》中，胡适认为中国神话"匮乏"的原因在于"古代的中国民族是一种朴实而不富于想象力的民族。他们生在温带与寒带之间，天然的供给远没有南方民族的丰厚，他们须要时时对天然奋斗，不能像热带民族那样懒洋洋地睡在棕榈树下白日见鬼，白昼做梦"[③]。20 世纪 20 年代末，茅盾首次对保存在汉语典籍中的神话进行了系统研究，结论是"中国古代北方民族之曾有丰富的神话，大

---

① 此书原是与萧兵合著《老子的文化解读：性与神话学之研究》（湖北人民出版社 1994 年版）的上篇部分，2005 年由陕西人民出版社单独出版。

② 鲁迅：《鲁迅全集》（第九卷），北京：人民文学出版社 2005 年版，第 24 页。

③ 胡适：《胡适文集》（第八卷），北京：北京大学出版社 1998 年版，第 188 页。

概是无疑的"，但同时又提出"问题是这些神话何以到战国时期就好像歇灭了"。对此，茅盾的解释是："中国北部神话之早就销歇，一定另有其原因。据我个人的意见，原因有二：一为神话的历史化，二为当时社会上没有激动全民族心灵的大事件以诱引'神代诗人'的产生。"①

20 世纪 50 年代以后，袁珂对中国古代典籍中的神话资料进行了全面搜集，在此基础上梳理出中国神话的"神谱"。至此，经过半个多世纪的讨论，"中国神话"终于得到了国内外学界的普遍认可。不过，在上述研究的基础之上，叶舒宪又从另外一个角度提出了中国神话学中存在的一个根本问题：

> 一个世纪以来的中国神话研究，将主要精力用于从古籍中寻找类似古希腊神话故事的工作，却完全忽略了一个根本性的问题：中国古人为什么不能研究神话？换另一种问法：古汉语中为什么就没有"神话"这个词呢？②

对此，叶舒宪从中国文化的特殊性入手寻求解答，进而认为"中国文化传统的最大特征就在于其完全的和弥漫性的神话特质。不仅遍布城乡各地的无数孔庙和财神庙，无言地见证了这个多民族国度的巨大造神能量，就连被西学东渐以来的现代学者视为'中国哲学''中国历史'和'中国科学'的许多根本内容，也离不开神话的观照"③。譬如，上文所提到的故宫（紫禁城），就是一种纯粹的神话式命名，因为人们确信地上的皇宫对应着神话想象中的天上紫微宫，后者是天帝位居天庭中央的统治标志。再如，作为古汉语第一部系统地分析汉字字形和考究字源的字典《说文解字》，其 9 000 多字的编排顺序始于"一"而终于"亥"，其中也体现着神话宇宙观的时间和空间秩序。经过上述考察，叶舒宪得出结论："中国古人不用讲'神话'这个词，因为他原来就生活在神话所支配的观念和行为之中！"④ 于是，在中国学人长达半个多世纪为"中国神话"正名之后，叶舒宪又提出了"神话中国"的命题：

> 和 20 世纪初年的文学家们拥有了西方传来的神话概念，就在古籍中寻找"中国神话"的做法不同，经过神话学转向之后，打通理解的神话概念，可以

① 茅盾：《茅盾全集》（第二十八卷），北京：人民文学出版社 1996 年版，第 168 页。
② 叶舒宪：《神话作为中国文化的原型编码——走出文学本位的神话观》，《中国社会科学报》，2010 年 8 月 12 日第 1 版。
③ 叶舒宪：《神话作为中国文化的原型编码——走出文学本位的神话观》，《中国社会科学报》，2010 年 8 月 12 日第 1 版。
④ 叶舒宪：《神话作为中国文化的原型编码——走出文学本位的神话观》，《中国社会科学报》，2010 年 8 月 12 日第 1 版。

引导我们对中国文化做追本溯源式的全盘理解。其直接结果即是认识到整体性的"神话中国"。①

何谓"神话中国"？按照叶舒宪的界定，它指的就是"按照天人合一的神话式感知方式与思维方式建构起来的五千年文化传统"，它"所要揭示的不是单个作品的神话性，而是一种内在价值观和宇宙观所支配的文化编码逻辑"②。因而，神话在中国无时、无处不在，由于习焉不察，中国古代便没有人如古希腊荷马或赫西俄德那样将各种分散的神话材料编排起来。叶舒宪关于中国神话零散原因的这种解释虽然不无商榷之处，但它起码提醒我们注意中国神话研究中长期被忽略的一个方面。

在"神话中国"命题的统摄之下，中国神话学中的一些所谓"定论"有了重新审视的可能。长期以来，人们认为绝大多数中国上古神话资料保存在诸如《山海经》《楚辞》《淮南子》等与道家思想有关的典籍中，儒家则由于孔子"不语怪力乱神"，似乎与神话绝缘。事实是否如此？叶舒宪认为，只要抛开先入为主的成见，就不难发现儒家典籍和思想中其实也有不少神话。《论语》中有"入太庙，每事问"的记载，表明孔子最喜欢去的地方就是宗教圣地神庙。在孔子自己的语汇中，与神话有关的一个重要概念就是"天命"。上古的神在殷商时代称作"帝"，在西周以后称作"天"，词汇变了，但是内容基本一致。由于神掌握着世间一切，所以人类的命运，世间的兴衰祸福都被看成是"天命"所注定。孔子去世后，其弟子尊其为"天纵之圣""天之木铎"，这正是中国文化中最具有原型意义的造神运动。③

尤为重要的是，叶舒宪还将儒家神话的源头追溯至远古时代的"中国国教"——"玉教"，这也是道家圣人神话的源头。正是对玉的信仰和崇拜，构成儒道两家共同的神话渊源。这样一来，由儒道两大本土传统学派构成的神话基因，渗透于中国文化的各个领域，于是，由对"中国神话"的发掘自然会上升为对"神话中国"的揭示。

三、图像叙事与物的叙事：走出文学本位的神话观

从 19 世纪后期至今，西方学界围绕"神话"一词作出了众多界定，不

① 叶舒宪：《中国的神话历史——从"中国神话"到"神话中国"》，《百色学院学报》2009 年第 1 期，第 35 页。

② 叶舒宪：《中国的神话历史——从"中国神话"到"神话中国"》，《百色学院学报》2009 年第 1 期，第 37 页。

③ 叶舒宪、苏永前：《神话学与"中华文明探源"——叶舒宪先生学术访谈录》，《甘肃社会科学》2011 年第 6 期，第 113 页。

过，这些界定中比较一致的地方，就是把神话首先视作一种"故事"。甚至到20世纪后期，在西方神话学范式经历了几次重大转型之后，一些学者仍然坚持这种文学本位的神话观。比如，英国神话学家罗伯特·A.西格尔在《神话理论》中写道："我提议把神话定义为一个故事。不论一则神话是否还是别的什么事物，它首先是一则故事，这一点似乎是不证自明的。毕竟，当被要求列举一些神话时，我们中的大多数人首先会想到古希腊、罗马诸神和英雄的故事。"① 对于诸如E. B. 泰勒和列维—斯特劳斯等并不侧重神话情节或表层叙事的研究者，西格尔认为："诚然，E. B. 泰勒将故事转变成了一种不言而喻的概括，但这一概括依然要由故事来承载。克劳德·列维—斯特劳斯超脱于故事以寻求神话的'结构'，但同样的，结构要由故事来承载。从象征意义而不是字面意义来解读神话的理论仍然把神话的主题——或者说意义——看作是故事的展开。"②

与上述视神话为"故事"而固持文学本位的研究者不同，20世纪后期，西方另外一些学者自觉走出文学本位的藩篱，以寻求神话研究的新突破。美国考古学家兼神话学家M. 金芭塔斯在《女神的语言》《女神文明》《活着的女神》等一系列著作中，凭借其考古学家的专业优势，借助于横跨欧亚大陆的史前文化的考古资料，来重建远古时代的"古欧洲"社会及其"女神崇拜"。由此，神话学的研究对象拓展到了图像和实物，神话资料也由文字出现以后延伸到了史前时代。

就中国而言，文学本位的神话观向来根深蒂固。"五四"以后，最早介绍和研究神话的学者，是以周作人、鲁迅、茅盾等为代表的文学家，他们无一例外地将神话作为中国文学的源头，从汗牛充栋的汉语典籍中搜寻神话资料，同时借用西方古典人类学的理论进行解读。抗战爆发以后，随着知识分了的南迁，中国神话研究的中心由北京等学术重镇转移到了远在西南的昆明。一些学者如芮逸夫、马长寿、岑家梧等深入西南少数民族地区，对当地的口传神话进行采录，将流传于苗、畲等民族的盘瓠神话、伏羲女娲神话与汉语典籍中的神话进行比较研究，得出了一些非常重要的结论。不过，无论汉族古典神话还是少数民族的口传神话，都是以故事为载体，因而这些研究均未超越文学本位的神话观。

针对中国神话研究的滞后，近年来，叶舒宪在一系列著作、讲演和访谈中，倡导"走出文学本位神话观"：

---

① ［英］罗伯特·A. 西格尔著，刘象愚译：《神话理论》，北京：外语教学与研究出版社2008年版，第168页。

② ［英］罗伯特·A. 西格尔著，刘象愚译：《神话理论》，北京：外语教学与研究出版社2008年版，第169页。

　　许多人把叙事仅仅当成是故事，在这种观念的支配下，只有像大禹治水、女娲补天、夸父逐日等有故事情节的叙事，才被当作是神话。其实，叙事有许多种，故事只是叙事中的一种，在文学叙事外，还有图像叙事、物的叙事、仪式叙事等多重叙事。①

　　2004 年，叶舒宪推出了《千面女神：性别神话的象征史》，该书以比较图像学方法全面展示了世界性的女神文化及其各种象征语言。从三万年前的母神偶像到后现代的广告造型，都成为作者揭示女神文化的源流和发展脉络的研究材料。2007 年出版的专著《熊图腾：中华祖先神话探源》，可以看作利用出土实物研究史前神话的范例。依据历代流传下来的书面文献，我们向来以为中华民族的图腾象征物为龙，对于此前华夏民族的信仰和崇拜，因文献缺载而无从得知。对此，叶舒宪亲自到许多中华文明早期遗址进行田野考察，利用各种出土实物所传达出的叙事，重构出华夏历史上失落已久的"熊图腾"时代。2008 年至今，叶舒宪在《民族艺术》杂志上连续开设"神话图像"专栏，对包括玉器、青铜器、彩陶等在内的华夏文明的早期器物进行神话学释读。上述研究，均可以看作对"走出文学本位神话观"的实践。基于此，叶舒宪提出了神话研究中的"五重叙事"和"四重证据"，前者指文字叙事、口头叙事、图像叙事、物的叙事和仪式叙事，后者指文字证据、口传证据、图像证据、实物证据。② 传统的中国神话研究，一向侧重的是前两种叙事，即作为书面文本和口传文本的神话。而后三种叙事，尤其是图像叙事和物的叙事，长期以来受到神话学界的冷遇。其实，这两种神话叙事的意义不可忽视。首先，由于焚书、战乱等种种历史原因，以书面形态保存下来的神话毕竟有限，而口头文本由于其载体的特殊性，只能从表演现场获取。在这种情况下，图像叙事和实物叙事可以和前两种叙事构成互补。更为重要的是，与整个人类文明相比，人类文字的历史是非常短暂的。对于前文字时代的神话，我们凭借哪些材料进行研究？载录在书面文献中的史前神话，毕竟数量非常有限，而且载入典籍时，大多数经过了改动，已失去其原始面貌。因而，最为可取的是利用史前考古材料，对蕴含于其中的"神话叙事"进行解读。在"物的叙事"中，叶舒宪尤其看重史前玉器。一方面，玉是华夏文明所特有的文化现象，考古学界向来有"西方重金，华夏重玉"之说，因而，对玉的神话学研究可以揭示出华夏文明发生期的特质；另一方面，华夏"玉器时

---

　　① 叶舒宪、苏永前：《神话学与"中华文明探源"——叶舒宪先生学术访谈录》，《甘肃社会科学》2011 年第 6 期，第 112 页。

　　② 叶舒宪：《中国圣人神话原型新考——兼论作为国教的玉宗教》，《武汉大学学报》2010 年第 3 期；另可参见叶舒宪：《文学人类学教程》，北京：中国社会科学出版社 2010 年版，第 366 - 376 页。

代"界于石器时代和青铜时代之间，与石器和铜器相比较，玉器因材料获取和加工的难度，并不具备实用性，它在史前墓葬中的大量出现，只有从宗教信仰的角度可以解释。于是，玉器也就成为史前神话的重要的甚至是唯一的载体。当我们对一件玉璧或玉琮等礼器进行解读时，实际上是在同史前神话直接对话。这也是叶舒宪近年来沉湎于玉器研究的原因所在。

四、"神话历史"与"走出疑古"

神话与历史之间的关系，一直是东西方学者长期思考的问题之一。早在古希腊时代，欧赫美尔就对希腊神话进行了历史化解说，认为这些神话讲述的是受人崇拜的英雄的事迹。在中国，对神话的历史化也有着十分悠久的渊薮，《尸子》《大戴礼记》《韩非子》等所载孔子关于"黄帝四面""黄帝三百年""夔一足"的解释，便是神话历史化的典型案例。至汉代，司马迁所著《史记》始于"五帝"，中国早期的神话传说被正式纳入了历史。

"五四"以后，以顾颉刚为代表的学者掀起了疑古辨伪思潮，将中国上古史中的神话成分剥离了出来。古史辨派的做法固然使中国上古史得以正本清源，但由于矫枉过正，认为古史中的神话均系战国秦汉时人的伪造，这种过激态度自然招致许多人的质疑。20 世纪 80 年代之后，便不断有学者呼吁"走出疑古"。近年来，叶舒宪提出的"神话历史"命题，可以说是对这种呼声的一种响应。在一次访谈中，叶舒宪提出：

> 如果说八十年前的"古史辨"派学人，本着科学实证的历史学宗旨，要把一部中国上古史还原为神话或者"伪史"，那么，从今日神话学大发展的学术背景看，完全可以期待一场"神话辨"派的反向运动：从神话传说中诠释出一部失落的古史线索，或者是众多的边缘性叙事的复数的"古史"线索。①

叶舒宪所谓的"神话历史"当然不是对"神话历史化"的简单回归，从知识谱系看，它源自以色列学者约瑟夫·马里。在《神话历史：一种现代史学的生成》② 一书中，马里将 myth 与 history 合并为 mythistory 一词。不过，叶舒宪基于自己的思考，在将"mythistory"对译为"神话历史"的同时又进行了重新阐释。在叶舒宪看来，神话历史首先是一种本体论意义上的历史存在，中国历史在本质上具有神话性质；其次，神话历史也是一种研究思路，它的

① 廖明君、叶舒宪：《迎接神话学的范式变革》，《民族艺术》2009 年第 3 期，第 24 页。

② Joseph Mali. *Mythistory*：*The Making of a Modern Historiography*. Chicago：The University of Chicago Press，2003. 此书国内尚未有中译本出版。

展开主要在两个层面：一方面，揭示历史本身的神话性质，亦即历史和神话的不可分割性和一脉相承性；另一方面，从看似荒诞的神话传说中钩沉失落的上古史。2008 年出版的《河西走廊：西部神话与华夏源流》，就体现出这种研究取向。在这部著作中，作者基于田野调查，就中国上古史中的一些重要问题作了解答。比如，汉文化关于河西走廊的历史记忆始于"丝绸之路"。自汉至唐，中原王朝在武力征伐、开疆拓土的同时，派出一批批使者向远方异国交好，终于打开了一条由长安直抵西亚乃至欧洲的商贸通道。自此，中原的丝绸茶叶与中亚的奇珍异宝源源不断地擦肩而过。不过，在丝绸之路之前，中西之间的商贸往来是否已经开始？由于相关记载的缺失，这个问题一直悬而未决。本书中，作者从华夏先民的玉石信仰与神话叙事入手，证明了早于"丝绸之路"数千年即已存在的"玉石之路"。再如，《穆天子传》中所讲述的周穆王驾八骏西巡以及与西王母相互赠答的事，通常被认为是荒诞不经的神话传说。不过，叶舒宪通过仔细研究，在神话叙事背后发现了历史的线索，即西周帝王对华夏版图西边所特有的神玉源头的朝圣之旅。因为在华夏文化中，玉不仅是一种名贵的石头，更重要的是，它还具有通神的特异性能。所谓玉璧、玉琮、玉圭、玉璋，都是祀神时的礼器。因为这种神圣性，玉成为中国历代帝王不远千里求取的对象。由此，向来被视作神话叙事的《穆天子传》，在作者的观照之下，便有了历史的内涵。更为重要的是，这段历史不见于历代正史，而是隐藏在神话叙事后面，"神话历史"的提出也就具有了正经补史的重要价值。

2010 年，叶舒宪主编了"神话历史丛书"，首批书目已由南方日报出版社出版。该丛书共计划出 20 卷，分为中国神话历史和世界神话历史两个系列。世界神话历史系列，包括苏美尔神话历史、希腊神话历史、日本神话历史、韩国神话历史等，为审视中国神话历史提供世界文明及东亚文明的大背景参照。中国神话历史系列，包括一卷总论和各卷分论。分论以先秦两汉的重要经典为个案，如《尚书》《论语》《春秋》《礼记》《穆天子传》和《淮南子》等，分别透视其所承载的神话历史与神话哲学之内涵，展示与以往不同的解读途径。这一宏伟计划，正是叶舒宪近年来神话历史思想的集中体现，其目的正是为了揭示中国历史与神话混融的特质。

作为一位不断自我超越的当代学人，叶舒宪的神话学思想当然不限于上述所谈。由于篇幅所限，这里无法逐一展开论述，文中论及的仅是其中最具代表性的几个方面。不可否认，与任何富于首创精神的思想一样，叶舒宪关于中国神话的思考难免会在学界引起争论。不过，这些思考起码提醒我们，神话并非全然荒诞不经，其表层叙事之下很可能隐藏着某种真实。此外，这种既放眼世界，又立足本土的研究范式，不仅对国内神话学，而且对整个文艺学的研究无疑具有重要的启示意义。

赵宪章教授的形式美学研究述评

陆　涛①

【学者小传】

　　赵宪章：南京大学文学院教授、博士生导师，曾荣获国家级教学成果一等奖、"宝钢教育基金优秀教师特等奖"等荣誉。研究领域涉及马克思主义文艺美学、文艺学方法论、形式美学、文学图像论等领域。代表性论著有《文艺学方法通论》《文艺美学方法论问题》《文体与形式》《形式的诱惑》《文体与图像》等。主编有《西方形式美学：关于形式的美学研究》《二十世纪外国美学文艺学名著精义》《马克思主义文艺美学基础》《汉语文体与文化认同研究》等。

　　在赵宪章看来，文学的第一要义就在于其语言形式。因此，我们的文学研究也只有从形式入手才是切实可行的正道。赵宪章教授坚信，文学之所以是文学，艺术之所以是艺术，就在于它们的"形式"；是"形式"而不是"内容"或其他什么才使文学具有"文学性"、使艺术具有"艺术性"。② 纵观他的学术发展道路，不仅是在后来的形式美学研究方面重视文学形式，在早年的关于马克思主义美学研究方面就已坚持着形式美学的研究。可以说，他的文学研究本质上就是一种形式美学研究。

一、意义与形式

　　赵宪章认为，要对文学展开形式研究，就必须对形式这一概念进行详细的梳理，弄清形式的概念，否则，就无法运用它。据他考证，形式这一概念是舶来品，从西方美学史的源头来说，在古希腊罗马时代就已经产生了形式概念的四种含义：最早是以毕达哥拉斯学派为代表的自然美学意义上的"数理形式"，继其后是柏拉图提出来的作为精神范型的先验"理式"（form），然后是亚里士多德的与"质料"相对应的"形式"，最后是罗马时代出现的与

―――――――――

　　① 陆涛：江西师范大学传播学院讲师，南京大学文艺学博士，主要从事形式美学与文化研究。

　　② 赵宪章：《形式的历史化：试论马恩关于形式的美学思想》，《马克思主义美学研究》1998 年第 0 期，第 275 - 292 页。

内容相对而言的"形式"。①他指出，这四种形式概念统治了西方美学2 500年，至今仍有它的市场和地位。从某种意义上说，20世纪以来的各种形式概念及其理论学说，无非是这四种"本义"的繁衍或变种。如果说这一时期他只是在文学形式方面进行自觉的研究的话，那么到了90年代中期，他则旗帜鲜明地提出了形式美学的主张，并试图建立自己的形式美学体系。当然，他的形式美学并不同于俄国的形式主义。在他看来，20世纪的形式主义已经走向了偏执和极端。除其"猎奇取胜"的原因外，还在于他们多侧重操作性、技术性的精雕细琢，而对于形而上学的理性思辨缺乏应有的兴趣，或者说缺乏对意义的追寻。而形式的概念本身就是一个哲学概念，是可以承载深刻的意蕴的。因此，他提倡的形式美学是对20世纪形式主义的批判性继承，是形式美学的再生。他指出，"形式美学"就是对形式的美学研究，或者说是从美学的角度研究文学艺术的形式问题。"形式美学"不仅不回避操作性和技术性的"形而下"问题，而且将"形而下"作为最直接的对象，但它并不拘泥于和局限在"形而下"层面，而是将古典美学的思辨传统与现代美学的实证方法融为一体，重在从哲学的层面全方位地考察形式的美学意蕴。② 至此，他已经向学界发出了建立一种形式美学的呼喊。

1996年，赵宪章教授的《西方形式美学：关于形式的美学研究》一书出版，标志着其形式美学体系的正式确立。该书不仅从理论方面构架了形式美学的体系，并且尝试着把其用于具体的美学分析上，显示了形式美学的实践性和可操作性。

赵宪章在确立了形式美学的理论体系后，就着手把形式美学的思想用于文学研究。前面提到过，形式美学对形式的探讨不同于20世纪的形式主义，不只是对形式本身的考察，同时也考察其背后的意识形态因素。单纯地分析形式本身而不追问其背后的意义，这样的文学研究会走入死胡同，20世纪形式主义的衰亡已经说明了这一点。他深谙此道，不光注重文学的形式，更注重文学的意义和内容。但如何来获取文学的意义呢？他独具慧眼地提出了"通过形式阐发意义"，而不是"超越形式直奔主题"。在他看来，注重文学的思想性是我国文学研究的特色和传统。事实也的确如此，我们的文学研究毫无例外都是从丰富的文学作品中抽取出其主题思想。传统的主题学和思想史方法仍然雄踞霸主地位，文学理论批评家们仍然满足于充任"思想的警察"，且乐此不疲，而忽视对文学形式本身的关注，如当今文学界所提倡的"意识形态"和"审美文化"等话题。而真正的文学研究首先要从文学形式

---

① 赵宪章：《形式概念的滥觞与本义》，《文学评论》1993年第6期，第23页。

② 赵宪章：《形式主义的困境与形式美学的再生》，《江海学刊》1995年第2期，第164页。

入手，当然，这也并不是简单地否定主题学和思想史的研究。他认为："这样说并非一味否定主题学和思想史方法对于文学研究的有效性，这是我们的特色和优势，不仅不能缺失还要强化和完善。问题在于：专业的文学理论批评究竟应当是怎样的面貌？它同政治的、社会的、伦理的或思想史的等非本专业的理论批评是否应当有所不同？在我们看来，前者最大的特点在于它是通过形式阐发意义，而不是超越形式直奔主题。否则，就意味着文学理论批评的越位和自我消解，也难以应对当下文学形式的剧变。"①

最后，他总结道："当我们试图将形式美学移植到文学研究之际也就不能数典忘祖，不能重蹈 20 世纪西方形式理论中的惟形式倾向。因此，我们所倡导的文学形式研究绝不是纯形式研究，而是通过形式阐发意义。这是文学形式研究的基本原则，也是我们既区别于传统的主题学和思想史方法、又区别于 20 世纪西方形式理论的基本原则。"② 显然，他的关于文学形式的研究并不是重蹈 20 世纪形式主义的覆辙，而是对其的超越。他不仅注重文学的形式，同样，也注重文学的意义，只不过对意义的阐发是从对形式的分析来获得的，也即是他提倡的"通过形式阐发意义"。毫无疑问，这样才是真正意义上的文学研究，而不是非文学的主题学或思想史的研究，这也就显示出文学研究与其他研究方法的独特性，而不至于被其他研究方法淹没和取代。

前面已说，形式美学不仅是一种理论体系，而且有实践性品格，注重可操作性。赵宪章并不是简单地提出"通过形式阐发意义"这一命题，而是将其践行于我们的文学研究，如其具体分析了陆文夫的小说《美食家》，通过对文中"高频词"的分析，认为《美食家》的真实意蕴很可能就浸润在它所使用的这类语词中，这也是通过对其形式（高频词）的分析最终阐发出其意义的例证。③ 在他看来，如果将这种形式美学的方法应用到文学研究领域，一个广阔天地和宏大视野就会展现在文学研究的地平线之前，例如，文学载体（媒介）研究、文学文本研究、文学类型研究、风格形态研究等。在解决了文学中形式与意义（文学文本研究）的问题后，他继续在文体（文学类型和风格形态）方面展开其形式美学研究。

---

① 赵宪章：《形式美学与文学形式研究》，《中南大学学报》（社会科学版）2005 年第 2 期，第 162 页。

② 赵宪章：《形式美学与文学形式研究》，《中南大学学报》（社会科学版）2005 年第 2 期，第 164 页。

③ 赵宪章：《形式美学之文本调查——以〈美食家〉为例》，《广西师范大学学报》（哲学社会科学版）2004 年第 3 期，第 54 – 59 页。

二、文体与形式

在赵宪章看来，文学的形式研究除了体现在对文学语言等文学本身的因素研究之外，另一个重要因素就是体现在对文学文体的研究上。虽然关于文体研究由来已久，《文心雕龙》中关于文体方面的论述就有二十篇，亚里士多德的《诗学》也是从文体研究开始的，黑格尔更是把文体看作是美学体系的构建，并赋予其方法论意义。但近代以来直至 20 世纪 90 年代以前，学界对文体这一问题的关注急剧降温，更多关注文学以外的东西去了，如文学与启蒙、群治等关系。他认为，近代以来的学界之所以冷落文体，原因之一就是："伴随着社会矛盾的激化，文学研究更多地忙于启蒙和革命去了，文学和社会、文学和政治、文学和意识形态之类的话题成了文学批评的显学。"① 有鉴于此，他所从事的形式美学研究把文体这一被学界"遗忘的角落"作为一个重要的文学问题加以研究。因为，在他看来，文体就是文学的艺术形式，就是文学本身。既然，形式美学研究的是文学的艺术形式，就不能忽略对文体的研究。当代作家王蒙也认为："文体学研究的是文学作品的艺术形式问题；至少是偏重于艺术形式方面的问题……文体是个性的外化。文体是艺术魅力的冲击。文体是审美愉悦的最初的源泉。文体使文学成为文学。文体使文学与非文学得以区分。"②

赵宪章坚信文学是语言的艺术，而文体则是语言的小筑。文体学作为进入文学世界的一扇窗户，它所关注的主要不是文学的普遍大法，而是文学的独一无二性。③ 因此，关于文体学的研究就成为文学文本研究后的另一个文学形式研究。在研究文体过程中，他并不试图构建文体的理论体系，而是先在对文体的历史梳理之上，展开对某些具体文体的个案研究。赵宪章在《汉语文体的历史演变》一文中认为，中国古代文体论萌芽于先秦，发轫于魏晋，成熟于齐梁，此后主要有唐宋的文体观和明清小说的兴起。

赵宪章在文体学研究过程中，一方面关注的是正统的文体，主要是小说；另一方面又关注那些被学界所忽视的文体，如日记和民间书信。如上面所提到的对陆文夫的《美食家》的研究，都是传统的、被学界所关注的文体；而对日记和民间书信这两种民间文体的研究则可谓是开辟了文体学研究的一个新的领域，亦显出他对民间文体的关怀意识。在他看来，在名目繁杂的民间文体中，如果说日记是典型的自我"独白"，那么书信就是典型的双向"对

---

① 赵宪章：《文学变体与形式》，南京：南京大学出版社 2010 年版，第 307 页。
② 王蒙：《文体学丛书·序言》，昆明：云南人民出版社 1994 年版，第 2 页。
③ 赵宪章：《文学变体与形式》，南京：南京大学出版社 2010 年版，第 308 页。

话"，这显然是抓住了这两类民间文体的关键所在。他认为日记文体是最具民间性和最私人化的言说方式。日记的言说是一种"自说自话"，而"自说自话"既是人类语言行为中的普遍现象，也是人类语言行为的"异常"。换言之，日记作为一种特殊的文体，"私语言说"是其存在的理由，而这一理由同语言之交流功能的悖论，又决定了日记存在的不可能。于是，日记文体的解构和蜕变也就不可避免，各种日记名义下的"假体日记"也就大行其道。这样，"日记"作为一种文体式样已被形式化了，时至今日，日记文体的"私语言说"已经蜕变为"形式的诱惑"，特别是以日记体小说为代表的日记文学尤其如此。日记文体被小说挪用完全背离了"日记的正宗嫡派"，另一方面也说明日记文体本身就蕴藉着可能被文学所挪用的文学性。因此，日记的"形式诱惑"说到底是一种文学性诱惑。①

关于民间书信，赵宪章教授亦有独到的看法。他认为，民间书信是最具典型意义的民间文体之一，"私语真情"而不是"信息传达"是它的基本属性，修辞艺术而不是"文本礼制"使其同文学结下了不解之缘。书信传达的时空隔断衍生了书信的远距离想象，悠远而丰富的邮品世界便是它的艺术生成；书信的时空隔断也是一种"脸面"，即对话之"筋"，使言说者的自尊和自卫成为可能。总体看来，民间书信作为私语言说的地下室，有着不同于公牍文的面目和文体安全，它那自由和自然的修辞，构建了可以躲避甚至消解主流话语的寓所。②

如果说赵宪章对小说、日记和民间书信的研究还是对传统文体的研究的话。那么，在当代学术语境下，文体有了新的变化，即他所说的文学变体的出现。他敏锐地发现了这种文学变体现象，并对当前所说的文学变体进行深入分析和研究。所谓义学变体，是相对于传统的文体来说的，指的是一些传统的文体在当今时代中已经发生了变化，但并不是完全抛弃了传统的文体，而是和传统的文体有着互文的关系，这种文体就是变体。在他看来，当代文学变体的两个典型个案就是先锋文学和网络文学，在文本表现上就是超文本文学的出现，而在风格上则出现了无厘头文化和超文性戏仿的转向。

早在 20 世纪 80 年代中期至 90 年代，文坛上就出现了一股通常被称为"先锋文学"的思潮，这被赵宪章看作是我国新时期"文学变体之先锋"。他

---

① 详见赵宪章《日记的私语言说与解构》（《文艺理论研究》2005 年第 3 期）和《日记的形式诱惑及其第一人称权威》（《江汉论坛》2006 年第 3 期）两篇文章。上述两文合并后更名为"日记的私语言说与变体"，被收入《现代性视野中的文学理论》一书（南京大学出版社 2006 年版），后又被收入《文学变体与形式》一书（南京大学出版社 2010 年版）。

② 赵宪章：《论民间书信及其对话艺术》，《清华大学学报》（哲学社会科学版）2008 年第 4 期，第 55－68 页。

认为先锋文学的文体之变主要表现在以下几个方面：首先，先锋文学的变体主要表现在形式的变化上，相比于传统的文学，先锋文学在形式上更富于冒险和突进精神。如马原的小说《拉萨河女神》，马原在这部小说中，开始尝试通过颠覆艺术的假定性原则和叙述视角的多重转换，来呈现叙述行为的拼贴效果。其次，先锋文学常常呈现出一种"未完成性"，即不提供完整的故事情节、鲜明的人物形象和事件的最终结局，把更多的思考留给读者。最后，"语言狂欢"是先锋文学的另一特点。在莫言的小说中经常可以发现这样的字句，突兀的语词、连绵的长句和反复的排比，脏话、废话、笑话等连绵不绝，汪洋恣肆，没有羁绊。在他看来，莫言的语言狂欢正体现了作者对生命的某种理解。因为在莫言那里，对语言的感觉和对生命的感觉是一致的。①

他敏锐地发现，如果把先锋小说的文学变体看作是当代文学变体的先锋，那么，自从以互联网为代表的"新媒体"出现之后，当代文学变体又出现了新的视界。在他看来，网络媒体的出现导致了网络文学的出现，而严格意义上的"网络文学"是指充分利用多媒体技术在互联网上的即时写作。网络文学同传统文学的一个主要特点就是文学载体的变化。在他眼里，文学的物质载体也应当是考察文学变体的重要参照，而在以前的文体研究中从未有学者注意到它的这一属性。因此，从物质载体的方面研究文体的变化显示出了他敏锐的学术洞察力。

在对文学变体的研究上，赵宪章不是纯粹地理论说教，而是通过对具体文本的分析来阐释他的文学变体理论，具体体现在其对超文本文学和无厘头文化、超文性戏仿的研究上。在这些研究中，他为我们详细地分析了周星驰的无厘头文化和其电影《大话西游》中的超文性戏仿机制。这一方面显示了其形式美学所主张的可操作性和技术性，也显示出其深厚的文本察析能力。

三、媒介与形式

赵宪章的形式美学研究的另外一个重要方面就是关于文学媒介或载体的研究。在当前的电子媒介时代，文学的媒介也出现了新的变化。虽然亚里士多德早就已经把文学的媒介定位成语言。亚里士多德认为，诗起源于模仿，而模仿媒介的不同就决定了不同的艺术类型，例如颜色、姿态、声音和语言，便分别对应于绘画、雕塑、音乐和诗（文学）。因此，亚里士多德认为文学是语言的艺术，这也是关于此的最早表述。虽然赵宪章始终坚信文学是语言的

---

① 赵宪章：《文体形式及其当代变体刍议》，《上海师范大学学报》（哲学社会科学版）2008年第6期，第57-63页。

艺术，但并不固守此命题。他认为，在当今的电子传媒时代，如果还仅停留在这一理论，我们就无法应对当下的文学新变，无法对文学新现象进行有效的解释。因为，亚氏当时所说的媒介（语言）并没有被电子化、信息化和传媒化，而这些变化不仅改变了我们的时代和生活，更使我们的文学发生了变化。而文学的变化其中一个关键就是文学形式的变化，主要体现在文学媒介的变化上。我们知道，文学媒介是语言，但在当今图像时代的背景下，图像日益有成为文学的另一个媒介的趋势，如今天大行其事的图文本和根据文学作品改编的影视作品。虽然图像有成为文学媒介的可能，但其并不能全然抛弃语言。而其中的两种媒介即语言与图像存在着互文关系，这就是他提倡的"语—图"互文研究①。他认为，"语—图"互文研究首先要探讨语言和图像作为媒介的功能有何不同。语言的本性是指涉事物或表达思想；图像的本性是视觉直观。但二者在功能上往往又相互交叉或游弋；二者交叉后，它们原本的状态和功能都会有所变异。其中究竟有何规律？另外，语言文本一旦转化为图像文本，或者图像文本转化为语言文本，源文本和转化后的文本究竟存在着怎样的关系？这些都是我们在研究文学形式时要注意到的问题，而这些问题的解决最终都要落实到对语言与图像这两种媒介的研究上。因此，为了解决文学的形式与媒介的问题，他致力于文学（语言）与图像关系的研究。② 但是，他对语—图关系的研究始终不曾离开文学本身，这是与其他学者的图像研究的不同之处。他认为："既然我们坚守文学是语言的艺术这一观念，那么，关于文学和图像的关系研究就应当定位在语言和图像的关系，即'语—图'关系问题。关于它的学术调查，也应始终将'语言'作为基本参照。"③

在研究二者关系之前，赵宪章首先对二者进行关系史的梳理，这体现出其一贯从历史出发的学术理念。他把二者的关系分为三个阶段：第一个阶段是文字尚未产生的口语时代，由于没有文字的产生，这时语言与图像是一体的，即"语—图"一体。这个阶段靠的是以图言说，如现在发现的原始岩画。第二个阶段是文字出现后形成的文本时代，由于文字的出现，语言与图像呈

<hr>

① 赵宪章：《传媒时代的"语—图"互文研究》，《江西社会科学》2007 年第 9 期，第 7 – 11 页。

② 关于文学与图像关系的研究主要还是关注文学的形式问题，这不同于当前的视觉文化研究对图像的研究，视觉文化研究意义上的图像研究主要是从文化学及其他非文学的角度来研究，而赵宪章教授研究的图像则是文学图像。他关于文学与图像的关系研究主要体现在《传媒时代的"语—图"互文研究》（《江西社会科学》2007 年第 9 期）、《文学和图像关系研究中的若干问题》（《江海学刊》2010 年第 1 期）和《语图互仿的顺势和逆势》（《"文学与形式"国际学术研讨会暨中国文艺理论学会年会论文集》，2010 年，第 435 页）这三篇具有重要价值的论文上。

③ 赵宪章：《文学和图像关系研究中的若干问题》，《江海学刊》2010 年第 1 期，第 185 页。

现分体之势，即"语—图"分体。这个时候文字言说取代了图像言说，但语言与图像并不是毫不相干的，而是互文的，被他称为"语—图"互仿，这也成为后来语言与图像的主要关系。第三个阶段是近代以来的语—图关系时代。近代汉语以来的语—图关系则呈现"合体"的趋势，主要表现为文人画兴盛之后的"题画诗"和"诗意画"，以及小说戏曲插图和连环画的大量涌现。这些文本都是将语言和图像书写在同一个文本上，即"语—图互文"体，二者在同一个界面上共时呈现，相互映衬，语图交错。

通过对语—图关系史的梳理，赵宪章主要发现了以下几个问题，都是我们在研究文学与图像关系中涉及的重大问题：①文学和图像的关系，主要表现为语言和图像的关系，自有其分分合合的客观规律，不以我们的主观意志为转移。②语言和图像是人类符号的两翼，同源共存，对立统一，缺一不可。③单就文本文学之后的历史来看，图像对于文学的重要意义之一是它的传播作用。④在语言和图像的关系史上，大凡被二者反复书写或描绘的题材，多为人类精神的"原型"。研究这些原型在语言和图像之间被长期复写、互仿和演绎的规律，探讨其中可变和不变的东西，当是"语—图"关系研究的典型个案。⑤文学和图像关系的核心是语言和图像的关系，而语言和图像关系的核心就应当是"语象"和"图像"的关系。① 这都是他在研究语—图关系中的具体发现，为学界在研究这一问题上指明了方向。但遗憾的是，近几年来学界关于文学与图像关系的讨论往往都是情绪性的表达和"文学终结"的价值判断，很少有学者能平心静气地对二者进行学理上的探讨。因此，他呼吁："鉴于当下文学遭遇'图像时代'的一切简单的价值判断和情绪性表达都是徒劳的，个人的主观好恶不会改变任何历史和现实。因此，探讨这一问题的关键在于深入的学理分析，包括作品层面的细读和技术分析，止于空泛的'宏论'和轻率的'表态'。"② 而他所从事的正是学界所不愿做的或者说是不能做的工作，即对文学与图像的关系进行深入的理论探讨。因此，在对文学与图像关系的研究上，他身先士卒，这主要得益于其深厚的文学理论和艺术理论造诣。这一方面表现在对语—图关系进行深入的理论分析；另一方面，则用语—图理论展开对鲁迅小说的文本分析，显示出形式美学一贯的实践性和可操作性。

首先来看看赵宪章对语—图关系的理论探讨。在他看来，语言与图像自始至终就存在紧密联系。我国文化传统上就有"左图右史"之说，总是把图和书（语言）并称，并把书与图作为我国文化得以传承的双翼。他认为，在

---

① 赵宪章：《文学和图像关系研究中的若干问题》，《江海学刊》2010 年第 1 期，第 187 页。
② 赵宪章：《文学和图像关系研究中的若干问题》，《江海学刊》2010 年第 1 期，第 187 页。

文字出现后，语言与图像互仿的情形就已经出现，特别是宋元之后，纸印文本出现后，语言与图像更是走向了语—图互文，二者同处同一空间，仍是一种语—图互仿。所谓语—图互仿就是语言与图像的相互模仿，一方面是图像对语言的模仿；另一面是语言对图像的模仿。他认为，自从"语图分体"成了"文本时代"语图关系的基本体态后，其必然表现为图像对于语言的模仿。例如目前我们仍然可以看到的许多汉画像石，就其内容而言，绝大部分都是对既往文献（经史子集）的模仿或演绎。也就是说，其中涉及的神话传说、寓言故事、史传记述、民间信仰和文学作品等，大多已有文本语言的现成品，鲜有图像本身的独创和新语。历史上，通过语言对图像的模仿也有具体的事例，东汉王延寿的《鲁灵光殿赋》，就是以对殿内壁画的摹写而闻名于世，生动再现了宫观艺术的奢靡和华美。虽然这两者都是客观存在的语图互仿现象，但二者的地位并不是等同的，纵观语图互仿的历史，占主导的还是以图像模仿语言的语图互仿。他把图像艺术对于语言艺术的模仿称为语图互仿的"顺势"；而把语言艺术对于图像艺术的模仿称为语图互仿的"逆势"①。这种区分是根据语图互仿过程中的艺术效果而作出的。通常情况下，那些以语言文本为模仿对象的图像艺术，取得较高艺术成就的概率通常比较大；而那些先有图像、后被改编为语言文本的作品，往往很难取得较高的文学价值。如电影史上的经典影片不少是根据文学作品进行改编的；而那些将原创影视作品进行"文学改写"，如近年来盛行的"影视小说"，一般只能沦为小说作品世界的等外品。这种顺势与逆势的例子在历史上也有很多，那些根据文学作品所创作的绘画，被称为诗意画，这样的绘画在绘画史上往往都有较高的价值；而那些根据绘画创作出来的诗歌，也就是题画诗，其在诗歌史上的地位往往都不高。通过对此的论述，我们认识到文学作品的影视改编并非坏事。赵宪章指出："与其说现代影视技术将文学边缘化，不如说文学是在借助新媒体自我放逐，涅槃再生，再再生，乃至无穷。"② 因此，当前学界对于"文学图像化"的担忧和焦虑大可不必，实乃杞人忧天，这些大多属于情绪性的过度反应，实乃缺乏学理依据。

另外，他还运用语—图关系理论对鲁迅的作品进行分析。通过对鲁迅小说的文本调查，认为鲁迅在小说创作过程中，与其说是运用语言去表达，不

① 赵宪章：《语图互仿的顺势与逆势》，载《"文学与形式"国际学术研讨会暨中国文艺理论学会年会论文集》，南京：南京大学文学院，2010 年，第 435 - 446 页。

② 赵宪章：《语图互仿的顺势与逆势》，载《"文学与形式"国际学术研讨会暨中国文艺理论学会年会论文集》，南京：南京大学文学院，2010 年，第 446 页。

如说是用画笔去涂抹。事实上，在鲁迅的小说中，其小说语象①和版画图像之间存在相似性。② 这就通过具体的文本来分析文学语言与图像的关系，也显示出形式美学的可操作性。

结　语

以上从意义与形式、问题与形式和媒介与形式三个方面论述了赵宪章的形式美学的文学研究。对于我们的文学研究来说，进入文学研究的路径只能是形式，而不能是其他非文学的东西，如当前学界所风行的意识形态研究和文化研究等。这些研究自然有其存在的必要，但其绕过文学形式而直接进入文学主题，则会导致对文学本身的忽视，在某种程度上是对文学研究的一种消解。而他的形式美学研究倡导的"通过形式阐发意义"既坚持了从形式入手研究文学的理念，同时又关注文学背后的意蕴，显示出对形式主义的超越。另外，他虽然关注的是文学，但并不仅限于文学，也关注文学与其他艺术门类的关系，如文学与图像艺术，这都显示出其广阔的学术视野。由于其独到的学术眼光，他在形式美学领域取得了较高的成就，一方面构建了自己的形式美学体系，另一方面又能把自己的形式美学付诸实践。就其形式美学的研究方法来说，在当今文学研究领域可谓独树一帜。而他所做的一切亦是向学界发出呼喊：让文学研究成为真正意义上的关于文学本身的研究。而这就需要我们在文学研究过程中回到文学本身，也就是要从关注文学形式开始。

---

① 所谓语象就是语言呈现出来的一种内在图像，其本质上还是语言，最早由新批评学派提出该概念，指的是诗歌语言所呈现出来的内部图像，这里用来指鲁迅小说中所呈现出来的图像。

② 赵宪章：《文学和图像关系研究中的若干问题》，《江海学刊》2010 年第 1 期，第 188 – 190 页。

美学与文论会通，感悟与学理双融

——姚文放教授文艺学美学思想初探

陈　军①

【学者小传】

> 　　姚文放：扬州大学文学院教授、博士生导师。现任中华美学学会副会长、中国中外文艺理论学会副会长、中国文艺理论学会常务理事、江苏省美学学会副会长。著有《现代文艺社会学》《文学理论》《当代审美文化批判》《文学概论》《当代性与文学传统的重建》等，主编《泰州学派美学思想史》《审美文化学导论》等。主持的《文学概论》课程为"十一五"国家精品课程、"十二五"国家级精品资源共享课。

　　从 1981 年发表第一篇美学论文起，姚文放的文艺学美学研究之路至今已走过了整整 30 个春秋。业已面世的 500 多万字的著述，推陈出新，辉光明熠，为学界呈献了一件又一件学术精品，记录了姚文放作为一位知名美学家和文艺理论家，数十年如一日为大力推动文艺学美学研究不断走向深入，矢志不渝、开拓创新的奋斗足迹。

　　30 年来，在文艺学美学的探索过程中，姚文放形成了以美学为根基，会通文论、辐射审美文化研究的三足鼎立之势。回顾他迄今硕果累累、成就非凡的学术研究 30 年，以新世纪为界，大致可以分为前 20 年与后 10 年这两大时段，围绕美学、文论、审美文化三大重心，他紧扣时代脉搏，追踪学术前沿，严谨求实，纵横捭阖，融才情于哲思，申嘉意以慧言，不断拓展文艺学美学研究之新疆域。

一、新世纪前 20 年

（一）文艺社会学研究（1987—1993）

　　20 世纪 80 年代，学术界在经历了十年动荡之后，美学文艺学研究迎来了新生。文学研究方法论一时炙手可热，期间深刻反思与正确认识文艺与社会

---

① 　陈军：扬州大学文学院副教授、文学博士，主要从事文学理论、文艺美学研究。

第三编　审美之维

之间关系成为不可回避的重要课题。在这两股学术风潮的激荡之中，当时还身为青年学者的姚文放依凭高超的智慧和过人的胆识，独抒己见，别具匠心地向学界提交了自己的研究成果《现代文艺社会学》（1993）。该书指出，以往文艺的社会学研究很多仅仅停留在描述文艺与社会生活之间一一对应的线性因果关系水平上，表面两者关系看似异常明了，但实质把两者之间的复杂关联机械化、简单化了，故而也就不免使得理论在扑朔迷离的文艺现象面前变得极其苍白无力，甚至导致错误的结论。他"恢复文艺社会学的审美本位"①，创造性地提出"中介论"的文艺社会学思想："在文艺与社会生活之间存在着广阔的心理、思想、形式、语言、文化等中介地带，这两端之间的某种联系一旦进入这一中间地带，便像流经沙漠的河流一样，免不了要流失、改道甚至潜入地下，消失得无影无踪。因此这一中介对于两端之间的联系既是一种维系和保持，又是一种修正和扭曲，从而使这种联系显得那样游移不定和难以捉摸。"② 上述已有研究的弊病正是在于忽略和抹杀了发生在上述中介地带上的许多事情。该书提出了这一核心观点：文艺社会学的本义不仅在于确认文艺与社会生活之间的联系，而且在于寻找连接这两端的中介环节，敲开这些中介环节的硬壳，解析其复杂的内在结构，进而揭示这两端之间经由中介的双向互动，在此基础上对一定的文艺现象作出说明。

"中介论"文艺社会学思想的横空出世，以其科学的创见清晰而透彻地回答了人们关于文艺与社会生活关系之惑，是学界对于文艺与社会关系思考的重要理论成果，引起社会的强烈反响和广泛关注。发表的相关文章几乎每一篇都被人大复印资料全文复印，或被有关刊物转载和摘录。时隔十几年后，有治"文艺社会学史纲"的学者评价《现代文艺社会学》一书，是"以'审美论'为立场、以'中介论'为内核、以辩证综合为指归的具有'现代'性质与意义的文艺社会学，堪称中国学者在文艺社会学学科进入'重建期'阶段的最具代表性的理论成果之一"；"不但成为理论批判的文艺社会学范式的理论代表，同时，还意味着肇始于 20 世纪 80 年代中期的构建一般文艺社会学理论体系的研究范式的终结。自《现代文艺社会学》面世以后的十几年间，国内居然没有出现过一本一般文艺社会学'论'，便可印证"③。

（二）中国戏剧美学研究（1989—1997）

在新世纪前的 20 年里，姚文放在致力于美学基本问题研究的同时，因为

---

① 姚文放：《现代文艺社会学》，南京：江苏文艺出版社 1993 年版，第 2 页。
② 姚文放：《现代文艺社会学》，南京：江苏文艺出版社 1993 年版，第 24 页。
③ 周平远：《现代文艺社会学·序二》，载姚文放：《现代文艺社会学》（修订版），北京：社会科学文献出版社 2007 年版。

教学需要，对部门美学——戏剧美学亦用力甚勤，论说同样要言不烦，新人耳目，集中体现于 1997 年出版的专著《中国戏剧美学的文化阐释》。该书从美学高度对我国传统戏剧理论资源进行了集中、新颖、深入的阐释，勾画出了中国戏剧美学演绎发展的逻辑顺序，开掘出中国戏剧美学蕴含的深层文化基因，凸显了中西戏剧美学的多维差异。姚文放教授把自元代至近代的戏剧美学发展史划分出以元代为代表的平民主义戏剧美学、以汤显祖为代表的浪漫主义美学、以王骥德为代表的从浪漫主义向古典主义的逆转、以金圣叹为代表的浪漫主义美学的余波、以李渔为代表的古典主义戏剧美学的总结以及以王国维为代表的近代戏剧美学的开拓等逻辑演绎的关键枢纽。关节把握准确独到，理论资源梳理重点突出，较好地体现了历史与逻辑的统一，具有较强的学理性和说服力。在中国戏剧美学的文化底蕴上，姚文放围绕儒家、道家、《周易》、佛禅、理学等思想背景以及规范思维、整体思维、具象思维、圆形思维等美学运思方法逐一展开论说，体现出相当的理论深度，也从侧面映衬出良好的学养内涵。余秋雨这样评论道："人们可以不同意这本书的具体观点，但在今后要研究同样的课题，却已很难跳过它。"①

（三）当代审美文化研究（1992—1999）

进入 20 世纪 90 年代，随着改革开放春风的吹拂，我国经济体制逐步实现了由计划经济体制向市场经济体制的转型。经济资本如同一只无形的巨手，导引着社会机器的日常运行。经济资本也身披文化的外衣，日益渗透进社会的每一层细胞之中。昔日形而上的美学研究开始步入凡尘，审美文化研究风景这边独好。针对琳琅满目、纷繁复杂的审美文化现象，它们出现的缘由、如何解读以及应该树立怎样的接受态度、我们需要什么样的审美文化，科学回答诸如此类的问题，都是摆在每一位真正的学者面前的义务和责任。而此时身为"中华全国美学学会青年学术研究会"（"青美会"）、"中华美学学会审美文化专业委员会"（"审美会"）主要组织者之一的姚文放教授，亦积极弄潮其间，以专著《当代审美文化批判》（1999）记录下了自己的思考。作为一部较早运用"文化批判"的方法对当代审美文化进行考察、清理和反思的学术著作，被中央电视台《读书时间》栏目作了重点介绍，被学界誉为"一部拒绝平庸的学术精品"②。

在该书中，姚文放以诗人的激情和哲人的理性，从哲学基础、社会心理背景、宗教意识、地域特征、历史进程、基本矛盾以及消费文化、都市文化、青年文化、广告文化、文化工业等诸多层面，针对当代审美文化的背景及形

① 余秋雨：《中国戏剧美学的文化阐释·序》，载姚文放：《中国戏剧美学的文化阐释》，北京：中国人民大学出版社 1997 年版。

② 李庆本：《〈当代审美文化批判〉：拒绝平庸》，《中国教育报》，2000 年 7 月 16 日第 2 版。

态进行了全面、系统、深入的研究，以其鲜明的前沿性、原创性在当时诸多同类著作中别具一格，成为进行审美文化研究与教学的重要理论参照。尤为值得注意的是，姚文放对于习见的"文化批判"的性质、边界和内涵作出了全新界说，为整个审美文化研究奠定了科学的原则和立场。他认为："文化批判不是政治批判，不是道德批判，也不同于经验形态的批评或评论。文化批判首先是对于当代文化的一种分析、梳理、考察和反思。"其次，文化批判也受到法兰克福学派"社会批判理论"的启发，但又有很大不同。法兰克福学派抨击大众文化和文化工业的激进立场出于他们的特殊经历和特殊境遇，因此又不能照搬法兰克福学派的理论学说。再次，"文化批判不光是否定性、消解性的，而且也是建设性、构成性的"。它要对当代文化存在的缺陷进行否定和拒斥，但又不是对当代文化进行道德审判和政治鉴定，而是依据文化的规范，例如文化的健全性、合理性和生长性来对当代文化作出价值判断，进而探讨建立新型文化形态的可能性。① 此外，文化批判立足的基点"应落实在现代人文精神之上"②。现代人文精神所体现的是一种终极关怀而不是一种初级关怀，它表现出对于实际需要的异在性、对抗性和超越性，它关注的是人性提升这一终极性问题，它致力于推动人最大限度地实现自身价值，发挥自身潜力，向自身的生命极限和精神极限挑战。

该书处处彰显出富含人文关怀的批判精神，这一有别于当时其他审美文化研究著作的写作特色后来得到了同仁的充分肯定，引起了学界的强烈共鸣。朱立元评论此书说："尤其值得注意的是，作者并不满足于给我们提供一幅当代审美文化的客观主义图景，而是在描述中注入了自己强烈的情感态度和鲜明的价值观念。在我看来，这种情感和价值尺度的灵魂，便是现代的人文精神或终极人文关怀。"③

二、新世纪 10 年

（一）文学传统的当代重建研究（1999—2004）

迈入新世纪，姚文放以其厚实全面的学养功底，仍然一如既往地保持着那种对学术发展信息的敏感性，高歌猛进，日新其业，展现出无限蓬勃、令人惊羡的学术生命力。

世纪之交，在大谈"创新""变革"，叫嚣"否定""解构"的现代、后

---

① 姚文放：《当代审美文化批判》，济南：山东文艺出版社1999年版，第1–3页。
② 姚文放：《当代审美文化批判》，济南：山东文艺出版社1999年版，第8页。
③ 朱立元：《当代审美文化的深刻透视——读姚文放的〈当代审美文化批判〉》，《中国文化报》，2000年3月25日第3版。

现代社会氛围中，姚文放敏锐地捕捉到了"文学传统"这一具有较强延展空间和现实价值的学术命题。文学传统研究，表面上似乎逆社会时尚而动，实质是为极度膨胀、高度趋热的现代主义、后现代主义注入了一支镇静剂。在现代与传统之间探寻合理的张力，为现代主义、后现代主义近乎脱缰的野马寻找理性的笼头。这种热中就冷的学术观念，典型透射出姚文放教授作为一名正直学人的实事求是、追求真理的高尚情操。或许正如钱中文先生对专著《当代性与文学传统的重建》的评论所说："在西方泛文化理论氛围相当浓厚的情况下，文放先生不是凌空蹈虚，而是坚持了'现代性是一项未竟的事业'，保持了自身的学术立场，显示了理论上的实事求是与真知灼见。这对于一些今天赶这个、明天追那个潮流的人来说，要做到这点，恐怕是不很容易的。如果在学术上缺少创见，那就只好随波逐流了。"①

在文学传统研究上，姚文放既从一般理论层面上提炼出诸如中国古代、"五四"时期、西方古代到近代、西方20世纪在文学传统论上表现出的心理学、功利性、社会学、形式论四种主导倾向等新见；又不忘观照当下历史语境，探讨了"文学传统与生态意识""文学传统与现代性""文学传统与文化传统"此类的前沿性、现实性色彩强烈的问题，为似乎丧失生机与活力的文学传统找寻到了当下的存在合法性。姚文放针对贵今崇后或尚古抑今的文学史现象，提出必须跳出这种二分的思维定式和怪圈，提出文学传统的重建在强调知识本位的同时，"应立足于价值本位，更需要对现时主体给予足够的重视"②。文学的发展演变实质是文学传统在变动不居、生生不息的语境中不断获得新的意义内涵的过程。这一见解切中肯綮，慧眼卓识，具有较高的理论价值和现实指导意义。

由对文学传统的科学认识，姚文放又提出了对"现代性"问题的创见。他认为，"现代"（modern）和"当代"（contemporary）从表面上看都属于时间概念，但与"世纪""年代""年月日"之类时间概念迥然不同，后者的时间概念是中性的，不带任何价值倾向，而"现代""当代"这两个概念则多了一层价值判断的色彩，即立足于当下、现时而对世界所持的一种态度和立场。正因为如此，所以"世纪""年代""年月日"之类时间概念无所谓什么"性"，而"现代""当代"则合乎情理地扩展为"现代性""当代性"，并在眼下为人们所广泛使用。然而"现代性"与"当代性"又有所区别。"'当代性'是指从当下、现时出发而对世界抱有的一种价值态度，体现着当代人的思想观念、生存状态和趣味风尚，从而'当代性'的核心是一种当代精神，

① 钱中文：《当代性与文学传统的重建·序》，载姚文放：《当代性与文学传统的重建》，北京：人民文学出版社2004年版。

② 姚文放：《文学传统重建的现实价值本位》，《中国社会科学》2007年第6期，第158页。

它是用当代精神去观照、理解和处理问题，无论对象是什么，哪怕是过去的、古代的对象，只要为这种当代精神所照亮，便获得了'当代性'。"因此"当代性""对于传统并不一味采取激进的否定立场，当代精神的体现有时也许恰恰在于对传统的肯定和认同"。"现代性"则不同，它总是将先于它、早于它的过去之物归入"传统"，进而对其予以否定、表示拒绝，它将这种叛逆精神视为应有的生存状态，奉为基本准则和至上境界，它也只有在这种对传统的怀疑、抛弃和反叛之中才能找到感觉，飞扬激情，爆发灵感，涌现诗意。总之，"如果说'当代性'是从当下、现时出发而倡言一种当代精神，从而消除了单纯时间概念的价值零度的局限性的话，那么'现代性'则因张扬一种对于传统的反叛精神而秉有更加强烈、更加激进的主体意识和价值取向"①。

"当代性"与"现代性"范畴的辨析，显示出深邃精准的理论涵括力和卓然独立、严谨求实的可贵学术品格。"当代性"范畴的标举，为现代主义、后现代主义语境中的问题研究，确立了科学、合理的价值立场，找到了客观、辩证的研究基点。

（二）泰州学派美学思想史研究（2005—2007）

姚文放教授的治学风格，不喜重复蹈旧，以思想实验和理论创新为快事。这又可以从"泰州学派美学思想史"研究中见出一斑。众所周知，泰州学派在明中叶以后思想史上掀起了一股平民主义的思潮，它以对人性、人情、人欲的大力肯定走到了程朱理学的反面。其所推动的思想转折带有鲜明的近代色彩，成为后来中国思想史一系列重大变革的先声。然而，立足美学角度审视这一学派的理念、思路和旨趣，从而与以往诸多的哲学层面的研究成果相互映衬，共同展示泰州学派的整体风貌及其在更广阔的文化层面上的重大影响，至今却仍处于空白状态。姚文放教授主编的《泰州学派美学思想史》（2008）一书，通过对泰州学派主要成员王艮、王栋、王襞、颜钧、罗汝芳、何心隐、李贽、焦竑等人美学思想的阐发，既呈现了泰州学派的流变过程与概貌，又分析了学派的内在差异，成为国内第一本系统论述泰州学派美学思想的专著。姚文放又以其对学术的虔敬与赤诚，实现了对自我人生的超越。评论者以为"是书肯綮于哲学与美学之间的理论取向，对于打通当下被人为分开的学科畛域，以兼综汇通的研究方法去体悟分析原本即是一体通贯的中国古代学术，无疑具有方法论的意义"，"填补了泰州学派美学思想研究之空白，诚有筚路蓝缕之功"②。

---

① 姚文放：《当代性与文学传统的重建》，北京：人民文学出版社2004年版，第342-344页。

② 周群：《〈泰州学派美学思想史〉·序一》，载姚文放主编：《泰州学派美学思想史》，北京：社会科学文献出版社2008年版。

（三）审美文化学研究（2008—2011）

"审美文化学"成为新的学科方向是 1997 年的事，当年国务院学位委员会和原国家教委联合颁布了新修订的《授予博士、硕士学位和培养研究生的学科、专业目录》，列出了一级学科"中国语言文学"中二级学科"文艺学"的 7 个主要研究方向，即文学理论、文艺美学、文学批评学、中国文艺学、外国文艺学、比较文艺学、审美文化学。这是"审美文化学"作为新的学科方向第一次被正式列入了学科体制。但是不可忽视的事实是，"审美文化学原理"或"审美文化学概论"一类的一般理论著作一直付之阙如，这一情况显然不利于审美文化学的学科建设。而随着 2010 年姚文放教授主持的国家社科基金项目"审美文化学的定位与理论"的结项，这一缺憾宣告终结。该成果从"涵义研究""范畴研究""关系研究""问题研究"等层面入手，致力于探索审美文化学的学科定位和理论建构。

在该项成果的研究中，同样也是创见迭出，精义如云，不一而足。例如，姚文放提出，从前现代到现代再到后现代，审美文化经历了从未分化到分化再到去分化的三段论，构成了正、反、合的逻辑圆圈。前现代审美文化自发地保存了与其他文化领域的整体联系。自 1750 年美学诞生之日起，审美文化逐步与其他文化领域分隔开来，强调审美非功利、非实用、无概念、无目的，使得审美文化成为一个独立自主但日趋封闭的王国。这种圈地划界的状况在市场体制、商品社会中被彻底打破了，审美文化开始向其他文化领域扩展，与经济、实用、伦理、政治、科学等相互渗透，与日常生活相互交融，铸成一种开放、包容的大文化。这一后现代转型改变着当今的美学观念，对于晚近文学理论新发展亦起到深层调控的作用。

这项成果的完成，有力地扭转了审美文化学研究滞后于现实中审美文化发展的状况，以审美文化学的学科定位和理论建构，为当前的审美文化研究提供了理论参照，为相关学科专业方向的教学提供了学术规范，对于当代审美文化的健康发展，对于当前的精神文明建设必将起到积极的推动作用，填补了该新兴学科建设发展中的空白。全国哲学社会科学规划办组织的鉴定专家认为，该成果"全面总结了十多年来中国审美文化研究以及中国所引进的国外相关研究，在诸多方面都有独特的创见，是近年来国内美学研究一个重要的新收获，有助于当代中国美学研究向新的领域进一步开拓"①，鉴定结果为"优秀"等级。

---

① 全国哲学社会科学规划办公室：《2010 年 7 月国家社会科学基金项目成果验收情况报告》。

（四）晚近文学理论"向外转"与"文化政治"研究（2006—2011）

晚近文学理论"向外转"问题是国内外学界比较关注的焦点之一。以2006年发表在《中国社会科学》上的《"文学性"问题与文学本质再认识——以两种"文学性"为例》以及2009年在《文学评论》上发表的《从文学理论到理论——晚近文学理论变局的深层机理探究》二文为标志，姚文放开始了对晚近文学理论"向外转"深层机理的探究。

姚文放以"文学性"问题研究为入口，发现了俄国形式主义与解构主义在20世纪一头一尾先后提出的两种"文学性"之间的联系与逆转所包含的玄机。他认为，当年俄国形式主义"刻意用'文学性'概念来理清文学与非文学的区别，旨在抗拒非文学对文学的吞并；如今解构主义借'文学性'概念来打破文学与非文学的界限，则旨在倡导文学对于非文学的扩张"①，提倡文学理论"向外转"。与之相应的是，晚近文学理论出现的从文学理论到理论的重大变局，从表面上看是知识状况发生了变化，"其深层机理乃是在后现代氛围中人们的价值取向发生了转折"②。全球化浪潮、市场经济、消费社会构成的大背景促成了文学理论的历史逆转，即从形式主义折返回来，朝着社会、历史、文化"向外转"，其表征就是新历史主义、女权主义、后现代主义、后殖民主义、文化帝国主义等"理论"的风靡一时。对此，姚文放教授高屋建瓴，向学界郑重指出了晚近文学理论"从形式主义到历史主义"转向的大势！这一创见的推出，为准确把握和定位当下诸多维面上的文学理论转型研究找到了科学的、符合历史发展规律的理论参照系，曾经氤氲在此问题上的纷扰淆乱得以廓清、明晰。

姚文放进一步研究指出，晚近文学理论从形式主义向历史主义的重要转向，德里达的解构主义理论于其中是关键性节点。为了质疑和拆解西方形而上学传统中的逻各斯中心主义，德里达采取"以文字学颠覆语言学"的解构策略，③ 对传统语言学内在的根本矛盾提出质疑，进而颠覆和消解了构筑在语言符号之上的形而上学传统。然而因为受到巴黎"五月风暴"运动的激荡、影响和催发，"德里达的解构理论虽然萌发在结构主义的营垒之中，属于语言学、文字学范畴，但却秉有天生的入世冲动和政治热情。这就决定了德里达必须一只眼盯着语言学、文字学范围内发生的事，另一只眼盯着社会历史、

---

① 姚文放：《"文学性"问题与文学本质再认识——以两种"文学性"为例》，《中国社会科学》2006年第5期，第161页。

② 姚文放：《从文学理论到理论——晚近文学理论变局的深层机理探究》，《文学评论》2009年第2期，第69页。

③ 姚文放：《文化政治与德里达的解构理论》，《江苏社会科学》2011年第2期，第163页。

现实政治领域内的变动"①，用德里达本人的形象说法，就是"我一直有两个战场"。德里达别具一格的解构理论，由于延伸到更为广阔的社会历史空间，强调的是一种社会责任和历史担当，对于文化研究中的"文化政治"的兴起起到了深层次的导向作用，有力推动了晚近文学理论向外转。

姚文放怀抱一种强烈的历史责任感和学术使命感，又在认真梳理中国文论发展历史的基础上，创造性地提出了晚近文学理论"从形式主义到历史主义"转向中的中国经验。他认为："共和国60年文学理论可以分为三个阶段，即建国后十七年以及十年'文革'；新时期；20世纪90年代初到新世纪，划分这三个阶段的依据在于它们各自形成了一定的理想诉求并受其主导。总的说来，十七年以及十年'文革'文学理论为政治诉求所主导，新时期文学理论为审美诉求所主导，90年代初到新世纪文学理论为文化诉求所主导。"② 他还特别指出，20世纪90年代初中国社会情势和经济体制的巨大变动，感召着文学理论以新的文化诉求，对于社会、历史、现实从规避到介入，从疏离到切近，打破了审美自律性的障壁，直指社会现实、时代生活的重大主题，这就以丰富而又独特的中国经验，呼应着晚近文学理论从形式主义走向历史主义的大趋势。而且，中国的文学理论历来具有丰厚的历史主义传统，在今天新的时代条件下，总结以往中外文学理论的学术资源，将历史主义传统进一步发扬光大，进而助推我国文学理论新的跃迁，无疑是一项尚未完成但特别有意义的工作。

关于"历史主义"转向中孳生出的"文化政治"问题，姚文放教授或许应该算是国内关注并专门研究此问题的第一人。他研究指出，无论是社会政治还是文化政治，其核心问题都是权力的问题，包括权力的分配、使用、执行、生效、争夺、转移、巩固、延续等要义。而与社会政治相比，文化政治更富于文化的意味。如果说"社会政治关心的主要是阶级、革命、斗争、政权、党派、制度、战争、解放、胜利等问题，而'文化政治'则主要关心种族、民族、族裔、身份、性别、年龄、地缘、生态等问题。二者相通的是权力甚至霸权问题，不同的是前者涉及阶级、阶层、集团、政党之间的权力关系，属于相对限定的社会权力；后者关乎人类群体与群体之间（男人与女人、白色人种与有色人种、富人与穷人、老辈与青年、城里人与乡下人、侨民与土著、东方与西方、南方与北方）的权力关系，属于相对宽泛的文化权力"③。

"进而言之，文化政治更多与消费、娱乐、享受、欲望和性相结合，它具有以下特点：一是文化政治无所不在，它渗透在人类生活的每一个方面，每

---

①　姚文放：《文化政治与德里达的解构理论》，《江苏社会科学》2011年第2期，第164页。

②　姚文放：《共和国60年文学理论的理想诉求》，《文学评论》2010年第1期，第60页。

③　姚文放：《维度与个案：文化政治的问题域（笔谈）》，《求是学刊》2011年第2期，第99页。

一个角落，只要有文化权力的地方就会有文化政治。二是它将政治生活引向泛化和世俗化，人们的吃穿住行、饮食男女，但凡与权力相关，便都具有了'政治'意味，于是有'身份政治''性别政治''审美政治''形式政治''娱乐政治''消费政治''身体政治''肉体政治'之类说法。三是宽松化、柔软化、弹性化，社会政治关乎阶级、阶层、集团、政党之间的权力之争，往往采取激烈的、极端的形式，甚至诉诸武力和暴力，这是一种强制性的、刚性的政治；文化政治则是一种宽容的、柔性的政治。这种宽容的、柔性的文化政治，作为社会结构中缓解紧张、释放能量的缓冲带，是任何时代、任何社会都需要的，从而文化政治对于社会政治的合理和完善不乏补偏救弊作用，终究能对社会政治的改良和进步起到平衡和牵制的作用。不过如果仅仅看到文化政治的补偏救弊作用还是不够的，这就降低和缩小了它的意义，其实对于整个政治生活来说，也许文化政治更重要、更加不可或缺，因为它更切近人的最根本的方面。"① 一言以蔽之，文化政治"从时间上说，它是一种后现代政治；就其表现形态而言，它是一种具体政治；就其重要性而言，它是一种边缘政治；从其世俗性来说，它是一种日常生活政治；就其学理性质而言，它是一种学术政治；就其心理特点而言，它是一种欲望政治；从传统观念看来，它是一种非常规政治；从正统观念看来，它是一种非正式政治"②。言简意赅，醍醐灌顶，令人击节。

文化政治研究方兴未艾。姚文放教授开创性的系列研究成果奠定了文化政治研究的重要理论基石，剖明了晚近文学理论向外转以及从文学理论到理论的深层机理。举重若轻的大家风范，鞭辟入里的阐发分析，筚路蓝缕的开拓功绩，为学界添砖加瓦！

结　语

综观姚文放教授30年来的学术研究之路，我们不难发现这样几个特点：

一是讲求美学与文论研究的交互会通。姚文放教授是做美学出身的，发表过一批关于美学基本理论、中国古典美学、西方美学、比较美学等方面的理论成果，包括上述美学专著，还有大量专题美学论文，如《论自然美》《辩证思维与黑格尔的自然美论》《儒家美学与基督教美学之比较》《人本心理学美学与道家美学》《中国古典美学的思维方式及其现代意义》《中国古典美学的至上追求》《中国古典美学的创新意识》《论文艺美学的学科定位》等，显

---

① 姚文放：《维度与个案：文化政治的问题域（笔谈）》，《求是学刊》2011年第2期，第100页。

② 姚文放：《文化政治三维度》，《求是学刊》2011年第2期，第100页。

现出厚实、全面的美学素养与积淀。知识结构与学术理念的特殊性，自然铸就了姚文放教授与众不同的文论研究特色，即致力于打通美学与文论研究，有助于发现新颖别致的研究视角，增强理论思辨色彩，提高研究成果的理论成色和学术品位。不难想见，设若缺少了坚实的美学功底，他的文艺理论研究真难有此粲然可观的新气象；只有拥有了足够的美学储备，方有才识和胆魄去阐发、抉取文艺理论的真谛。

二是具有关注现实、立足当下的强烈冲动。概观姚文放教授30年学术研究历程，我们不难发现，观照现实问题就像一条红线贯穿始终。从文艺社会学研究探究文艺与社会的关系，着力揭示文艺与社会生活之间错综复杂的关联，到当代审美文化研究守持文化批判的立场来考量当代审美文化的建设和发展，到文学传统研究将文学传统置于全球化、现代性、生态学等当下语境中加以考察，倡导文学传统重建的现实价值维度，到审美文化学研究对于审美文化中国经验的发现、发掘和发扬，再到晚近文学理论转向深层机理探究对中国文论嬗变三阶段及其历史主义传统的揭橥等，莫不明显地感受到姚文放教授学术研究中始终如一的关注现实、关注当下的炽热情怀。

三是凸显出始终立于学术研究前沿的志趣和追求。居高声自远，源远故流长。深厚的学术底蕴、浓郁的人文情怀给抽象的理论注入了鲜活灵动的因子，也赐予了姚文放教授开放包容、与时俱进的博大胸襟，保证其能够持续保持对学术前沿动态的敏感与不断创新、勇于开拓的执着追求。如果说500多万字的学术成果是姚文放教授旺盛学术生命力在量上的指标显示，那么，无论是文艺社会学研究、当代审美文化研究，抑或是文学传统的当代重建、晚近文学理论转向的深层机理、"文化政治"等方面的研究，无不紧扣学术主潮，聚焦热点问题，发人之所未发，言人之所未言。或许这就是姚文放教授钟爱《周易》之真言"日新之谓盛德"的缘由吧。

四是学术研究中处处体现鲜明的方法论色彩。姚文放的每一次理论建构，往往都能给人以整饬圆整、举重若轻的理性之美。这与其标举的运思方法紧密相关。姚文放认为，理论是浓缩的历史，历史是理论的展开。精巧和洽的研究方法的提出，往往来自对研究对象的深层把握，有化繁为简、点铁成金、事半功倍之效。例如《中国戏剧美学的文化阐释》一书，上篇是纵向上逻辑发展脉络的梳理，中篇是静态文化底蕴的挖掘，下篇是横向上中外戏剧美学的比较，各自独立，又互为一体。在上篇对中国戏剧美学逻辑发展脉络的梳理上，"改变了那种对于中国戏剧美学史单纯依照自然时间顺序来铺排的写法，而主要依照一定文化时期的审美理想，选择几个最重要的逻辑环节，将全部中国戏剧美学史宏观的逻辑走向勾勒出来"①，化面为点，以点带面，别具匠心，令人叹服。《泰州学派美学思想史》一书的研究方法，与之有异曲同工之妙。再比如对于审美文化史的勾勒，姚文放认为，前现代、现代、后现代三阶段的审美文化可以用"是—非—去"三个关键词来进行概括，勾勒出一幅令人拍案叫绝的审美文化嬗变的逻辑图景，表现出极强的理论张力。可以这么说，姚文放教授的每一篇论文、每一部著作，都是受到方法论色彩辉映的井然有序的理论"格式塔"。

五是将人生感悟融于学术研究的内在精神之中。姚文放教授30年来孜孜不倦地跋涉在学术道路之上，永葆一颗对学术研究的虔敬之心，视学术研究为人生至乐，著书立说成为他面向世界、面向人生、面向生活的一种告白、倾吐与表达。与共和国同龄的姚文放教授曾经到农村插队8年，在充满迷茫、不安与焦灼的岁月里，正是一本本文学作品给了他宝贵的精神寄托，支撑他度过一个又一个漫漫长夜，从而使文学成为引领其精神前行的不灭之光。正因为如此，我们在他的学术著作中往往可以读到这样一些充满感悟的字句："语言是文学不变的栖居之地，永在的身份标记，它的独特魅力是其他媒介无法取代、不可置换的"；"有一日之天地，就会有一日之文学；有一日之文学，就会有一日之文学研究。文学不会因文化的炙手可热而销声匿迹，它仍将成为人类精神栖居的重要形式而继续存在下去；文学研究也不会因文化研究的登堂入室而被废黜、被放逐"；"有理由相信，文学不会'下岗'，文学研究也不会'失业'，对于文学研究眼下所遭遇的困顿不必消极悲观，当然更重要的是调整策略、采取措施作出积极应对"②。这些铿锵有力的文学宣言，既是通过学理分析得出的必然结论，也是在长期生活体验中获得的深切感悟。

在最近填写的一份学术简历中，姚文放教授这样介绍自己："'老三届'下乡插队知青，恢复高考后77级大学生；山东大学中文系研究生；1982年扬州师范学院中文系（后为扬州大学文学院）任教至今。"可谓寥寥数语，壮丽人生。站在事业、人生的高峰阶段，昨日的辉煌已然定格，明日的星辰依然闪烁。有理由相信，姚文放教授一定会继续追求卓越、创造卓越，为中华学术的发展与繁荣作出更大贡献！

---

① 姚文放：《中国戏剧美学的文化阐释》，北京：中国人民大学出版社1997年版，第2页。

② 姚文放：《当代性与文学传统的重建》，北京：人民文学出版社2004年版，第372、315页。

在美学与道德之间

——耿占春的诗学与批评理论

伍茂国　刘朝霞①

【学者小传】

耿占春：河南大学特聘教授、博士生导师，主要从事诗学研究、文学批评，著有《隐喻》《话语和回忆之乡》《观察者的幻象》《叙事美学——探索一种百科全书式的小说》《在美学与道德之间》《中魔的镜子》《叙事与抒情》《失去象征的世界——诗歌经验与修辞》《叙事与价值》等专著。此外还有《时间的土壤》《新疆组诗》以及《炉火和油灯》等诗歌、散文作品。

一、文学神学发生学：语言、隐喻与命名

在耿占春先生看来，世界从语言开始，语言从命名肇端，而作为隐喻存在的文学也因此相伴相生，这是耿占春先生的"原诗"之道。②

耿占春先生时常谈到自己是以文字为生的人，他对语言有一种天生的敏感。他用他的诗学理论、文学评论，有时又借道诗歌或散文，表达着愤怒、哀伤抑或欢乐。语言在他的生命中是一件神圣的东西。

人类生活在世界上，人、世界不单单是两个互不关涉、冷漠相对的客体，人要寻求生存的意义，人类内心的欲望要求他把握这个世界及其本质。于是，人与世界的互相建构活动就此拉开序幕，而命名是最基本的抽象，也是把握世界的第一步。

在《隐喻》中，耿占春以"人体式的宇宙"为世界命名。人赤身裸体地来到这个世界，他的身体本身就是一种符号。有了这个符号，他才可以认识周围的环境和宇宙。他肉体的各个器官和功能就是一种语言。比如用十个手指来计数，它是一种"近取诸身，远取诸物"的隐喻系统。在远古的盘古垂死化身、砍杀兽体创造万物等献祭神话中，身体变成了世界万物，创造了一

① 伍茂国：河南大学文艺学研究中心教授、博士，主要从事文艺理论研究；刘朝霞：河南大学文学院硕士研究生，主要从事文艺理论研究。

② 张闳：《读耿占春的〈隐喻〉》，《文艺理论研究》1995 年第 4 期，第 90 页。

个符号化的宇宙。这种原始的、使世界符号化的直接"体认"与印度圣典《爱多列雅奥义书》不谋而合：

> 鼻遂启焉，由鼻生气，由气生风。
> 眼遂开焉，由眼生见，由见生太阳。
> 耳遂张焉，由耳生闻，由闻生诸方。
> 皮遂现焉，由皮生毛发，由毛发生草木。
> 心遂出焉，由心生意，由意生月。
> 脐遂露焉，由脐生下气，由下气生死亡。
> 肾遂分焉，由肾生精，由精生水。[1]

当人类睁开眼睛，不仅看见了宇宙万象，在这宇宙万象中他也看到了自己。人与世界同时被看见，因而同时被创造，同时被符号化。人与宇宙，是两种互相命名、互为阐释、互为隐喻的符号系统。在这"太初有言"的神之太初，人以自己的肉体完全遂一地认同了宇宙的肖像。这时候，发生了人类无法忘怀也无法理解的事情，发生了令他入迷，令他如痴如醉的事情：发生了跟神的结合，跟宇宙的结合。而这种结合，这种合一，这种体认就是对世界的最本能的符号化处理，是人最初的符号行为，也就是文化活动。因此，"人体式的宇宙"是人对世界所作的最初命名。

只有在人体与大地的原始隐喻中，世界才被我们理解，只有在人与宇宙的统一体中，生命才有所归依，我们才拥有与生命共一结合体的语言。[2]

耿占春先生用诗学的理智和诗人的激情揭示出，人类凭借自己的身体器官为世界命名，世界成了一个符号化的世界，一个有意义、可以理解的世界。世界是从语言中被创造出来的，语言和身体建立了一个永恒的世界，一个完美的形式与原始生命力耦合的统一世界。在他看来，语言把人从冷冰冰的物质世界移居至充满意义的世界，从此岸的"有"移居至彼岸的"无"境界。再进一步，语言让人的"灵虚置于意义之上就像看不见的引力使石头虚悬于空无之上，犹如生虚悬于死亡之上"[3]。不仅如此，大全的神的命名一旦落实到大地上鲜活的个人，人类最早的文学活动也就有了神学（或人学）发生学的动力、背景和结果。

因此，语言最初作为一种命名活动，就不仅仅是给事物一个名称，它还给予事物一个人化的品格。自然的人格化就是神化，因而语言就是以人格化

---

[1] 徐梵澄译：《五十奥义书》（修订本），北京：中国社会科学出版社1995年版，第21页。
[2] 耿占春：《隐喻》，北京：东方出版社1993年版，第75页。
[3] 耿占春：《隐喻》，北京：东方出版社1993年版，第3页。

的方式为自然命名，语言即为诸神命名。同样语言也不仅仅给人及内心世界一个名称，它把自然现象和其属性风风火火土气水性赋予人，人的自然化即人化身为万物亦是神话。语言因而就是神话。①

文学的存在表征着混沌未开、天地人神共欢存在，也正是在这一意义上，诗才能称为一种语言的创造。耿占春先生不由自主地拿起诗笔，为我们展开了一幅属灵的诗歌境界。比如《新疆组诗》，在展示了西域风情的表象之下，涌动的何尝不是他如此这般的诗学观念的生气勃勃的互文现身呢？

作为文学批评家，耿占春先生主要的关注对象是诗歌。基于对诗歌语言神学发生学的以上体验和认知，他认为，诗歌无法循规蹈矩，诗歌总是存在一种与现实之间的张力，表达属人的情感。

在他的批评语境中，诗的语言是一种更为精细、更为敏感的个人话语。诗歌语言一直处在语言的繁衍、生成之中，处在边界状态的意义感的持久的震颤中。而日常语言原本具有的创始神性已经终结，意义的边界清晰可辨。②这样，耿占春先生在"艺术何为？""诗歌何为？"诸如此类的质疑风声四起的背景下，回答了文学存在的理由，即诗歌（文学）在具有确定的象征图式与非确定的个人感受之间寻求意义的建构方式。

一切都在变化、消逝，生命在时间上的有限性是人类的原始畏惧之所在。诗就是拯救时间、赎回世界的一种方式，并将诗人"对时间的胜利"注入形式，通过形式，使记忆中的真实获得存在的场所。

在耿占春先生看来，诗歌作为一种独特的语言形式，首先在于它战胜了线性时序，以它的形式显示出开始和结局是同时存在的。诗人的努力正在于穿透语言的截面而铸成同时说话的语言空间。对于流逝的时间性的感受是一种日常意识，而感受到世界的同时存在和万物万象的共时性则是一种神圣意向。万物存在的意义只有在现在之中才能共时态地表现出来。

诗的语言包含着在自身停顿的"同时"陈述。同时性的意向、同语反复和同时说话的意向是由语言的象征和隐喻所构成的。隐喻语言构成了话语的垂直关系，突出了语言的空间存在形式，而同时也取消了话语的线性即时间性。我们所说的隐喻形式不是别的，而正是这个空间关系。它把人的存在充满诗意地建立在大地之上。③

在《失去象征的世界——诗歌、经验与修辞》一书中，耿占春先生借讨论王小妮、昌耀、沈苇、臧棘的诗歌，证实了诗人的现世责任：通过诗歌话

---

① 耿占春：《隐喻》，北京：东方出版社 1993 年版，第 4 页。

② 耿占春：《失去象征的世界——诗歌、经验与修辞》，北京：北京大学出版社 2008 年版，第 14 页。

③ 耿占春：《隐喻》，北京：东方出版社 1993 年版，第 219 页。

第三编　审美之维

359

语对语言与自我意义的澄明，并因此开启双重启蒙意义。

二、作为存在的文学："通神"或"通灵"

在思想的清晰性与弥散性力量之间，耿占春先生更关注后者。

远古时代，天人合一，我们的语言、行为都有一种神圣的力量，人类感到意义无处不在。那时的语言是生命的庆典，把大地和无数生灵带进了庆典日，我们面对语言有无数的遐想和祈望。

在这个过程中的每一步，灵魂在喻词之上建立喻词，灵魂在语言中为自己筑巢，从这个据点，人逐渐扩展他的灵魂的视界，扩展他发现、表达和构成意义的能力。①

按照耿占春先生的基本逻辑，语言即文学，文学即人的存在。因为在文学的语境中，人以其神性与灵性的充盈而消除了事物与事物之间的界限，从而表象为无线宽广的界域和可能性。这就走向了海德格尔们对于存在生成性的期待和认同。诗抵达了思的深渊。

在文学中，语言提供了双重事物之间的一种关系，是存在的一种相似性。比如说某人"很成熟"，是拿他和一种植物的意象作了类比。从耿占春先生的角度看，语言并非零碎或整齐事物名称的总和，而是关于存在的一种哲学。语言是人类初始的形而上学，它探索命名因而昭示了存在的内在联系和相关性。事实上，语言命名力量透析出隐秘的普遍存在的内在联系，如此，语言就不断地构成对世界的神秘召唤。所以在笔者看来，耿占春先生不经意之中，以一种通灵的方式，返回了古希腊巴门尼德以前的思想或逻各斯状态，即文学原本不是模仿或认识的激情，文学为世界施魔，世界便成为魔化、幻化与圣化的存在。

这种存在的基本样态，耿占春先生化约为隐喻和象征。二者属于相关性的存在，它们都是语言或文学的"通神"状态。

隐喻的基础是人类基本思维方式之一，即类比思维，它保留着人与自然的原始关联。如"石头""山腰""树身"等。隐喻总是超出自身而指向另外的东西，指向一种超出人类自身而趋于更高的存在，让人类追求更高更遥远的梦幻。"隐喻决不是一种浮悬物，而是人类符号的实质，是我们全部文化的基本构成方式。"②

而象征则是在词与物、事物与事物之间所建立的联系方式。在象征世界，

---

①　耿占春：《隐喻》，北京：东方出版社 1993 年版，第 297 页。

②　刘翔：《对诗意存在的探求——评耿占春的〈隐喻〉》，《诗探索》1996 年第 1 期，第 152 页。

事物自身不具有意义，"而是一个事物与另一些事物的联系，表现为一个事物的意义"①。A. W. 施莱格尔曾经把浪漫主义美学浓缩为"象征"②，这一词使耿占春先生把象征与汉民族文化与现代性经验结合起来，使之成为更具本体意义的范畴。

所以，无论隐喻或象征都是意义弥散性力量。一旦弥散性力量消解，清晰性占据人类语言意识的核心，那么通神和通灵不再是自然而然的坦途，而是充满这样或那样的阻隔。原本充满本雅明意义上的"光晕"（Aura）世界也因此而轰然坍塌。

"人与自然的存在已无缘分。这个说法倒过来看也一样，当人与自然之间失去了内在关联的相互认同，语言的隐喻功能也就僵死了。那就是说，语言的创造性、语言对事物间的尚未命名的隐秘关系的把握也就消失了。那就是说，我们的思想方式将被局限于单一的物象，单一的世界，单一的观点。"③

"通神"失效，正是我们这个时代的活画像。

一个越来越物质化的时代，一切皆由经济生产所决定，所以符号也越来越物态化。这些符号建立在等价交换而不是象征交换的基础之上。它们是直接购买的产品。意义清晰，界限明朗，自然和人的行为都业已消尽象征和隐喻的关联痕迹。"所谓象征的消失，并非仅仅是指语言表达或文学形式的象征作用，而主要是我们生活的世界的去象征化。"④ 看到一只鸽子从天空飞过，我们也许只是认为看到了一只鸽子，心中无比平静寂寥。我们已无法想象鸽子曾经代表着和平、希望。在这个注重交换价值的时代，情感变得既粗粝又麻木。失去了人与大地结合一体的语言，我们还能真正进入并理解自然么？我们也许"将永远成为异乡人而在这不可亲近的大地上流浪，并对这大地上万事万物之间的神秘无形的类似熟视无睹，盲目而无知地死去，变成我们至死也不肯认同的水、土和石头"⑤。置身于一个海洋不再孕育生命、产生童话，不再会走出美丽女神的世界，文学何为？

———————

① 耿占春：《失去象征的世界——诗歌、经验与修辞》，北京：北京大学出版社 2008 年版，第43 页。

② ［法］茨维坦·托多罗夫著，王国卿译：《象征理论》，北京：商务印书馆 2004 年版，第253 页。

③ 耿占春：《隐喻》，北京：东方出版社 1993 年版，第 300 页。

④ 耿占春：《失去象征的世界——诗歌、经验与修辞》，北京：北京大学出版社 2008 年版，第135 页。

⑤ 耿占春：《隐喻》，北京：东方出版社 1993 年版，第 300 页。

三、后通神时代：拿什么拯救我们？

毋庸讳言，隐喻、象征正从我们的日常生活中全面溃退，我们的世界意义和想象变得日益贫瘠，然而，耿占春先生从文学中发现了隐喻、象征复活的可能性。文学恢复了人与自然的原始关联，为我们"重建家园"。作为一种个人感受性的诗性话语不仅依赖社会象征图式，而且不断打破社会表征系统，那些特殊的个人感受一次又一次地诱发出新的象征视野。

耿占春先生在评论沈苇的诗歌时，满怀欣喜地发现那曾经神性不再的世界竟然一一绽放开来，那些沙漠、荒野、村庄，乃至天空、正午和瞬间呈现出来的世界再次让人回到了远古洪荒，回到了语言即存在的处境。在那里荒野无疑是一种驶向自由和抒情的土壤，它似乎让我们和自然一起到达了一个更高更远的境界。现代的一切技术手段都在取消地理上的更高和更远，人与人、人与自然、人与自我距离的消失是现代社会取得的巨大成就。我们在同一时间起床，在同一空间工作，每天烦恼着同样的事情，这已经造成了经验的无差别性、自我的普遍的同质化。而诗歌则反对精神和情感上的均质化，它重新确定某种更高和更远，某种距离感。

在"失神"的时代，文学何以能带着我们蹒跚回家呢？根源在于文学世界的可逆性。所谓可逆性首先是诗性世界的时间可逆、生死轮回的可逆，即一种永恒性。传统的经典小说保持着时间、情节与叙述的统一，遵循着线性时间。而在耿占春先生看来，时间具有精神内涵和心理内容，它是一种体验，是一种循环往复的圆形时间，如节日时间、献祭时间、仪式时间等，把我们从此刻带到远古。

耿占春先生对帕维尔的《哈扎尔辞典》情有独钟，他曾经忘我地沉潜涵泳于其中，并最终发现了小说隐晦的时间秘密。这篇小说的叙事时间涉及 9 世纪、17 世纪和 20 世纪三个不同时代、不连续的时间断层，这是公开的信息；但不公开的是，这三种不同的时代在叙事层面上又具有共时性。不同时代的人在梦里互相进入，在《哈扎尔辞典》中相互幻化。不同时代的人做着相同的梦，重复着相似的行为，说着同样的话语。在这部小说中，许多细节的相似和重复，也使时间获得了同时性。生者和死者好像生活在同一个空间里，《哈扎尔辞典》创造了一种共时性叙述，也构建了一种生死轮回式的时间观。事实上无论集体还是个人，真正对我们标明时间的是一些我们自身所经历的事件，甚至是一些生活的小细节，它们是我们每个人的内在时间，即经验时间。这难道不是人的存在本像吗？

在以往的神话或宗教中，死亡象征着重生、天国和神圣。入土不是死亡而是生殖力量或宇宙之道的体现，自然秩序体现的是生命的生生不息，是无限的复活。比如中国古代的《周易》和《礼记》，生产方式与生活方式融合、人与自然同一。"现代生活中，人、自然、神性陷入分崩离析的沉沦境遇中"①，人的生产和生活与时序无关甚至相冲突，工业产品最终成为废弃物，无法归还与献祭。如果说播种与收获是生与死的隐喻，那么现在的工业则是纯粹的死亡。随着象征的消失，死亡成为人们压抑在潜意识里的一种焦虑。耿占春先生通过分析海子的诗及其死亡以图建立死亡的象征意义：在象征一极，生死是可逆的。他举海子的《秋》为例："秋天深了／神的家中鹰在集合／神的故乡鹰在言语／秋天深了／王在写诗"。诗人成了造物主。而海子的长诗《土地》等作品，则以前所未有的虔诚建立了一个庞大的象征体系，从自然轮回到人兽混合，充斥着巨大的想象力和造型能力。

抒情表意世界如此，叙事虚构世界也不例外。

在追求真实和论争的年代，虚构叙事已经日薄西山。我们对叙述细节和生活中的逸闻琐事越来越不耐烦，因为这些没有实用价值和意义。除非它们是信息或说明了某种道理。耿占春先生在《叙事美学——探索一种百科全书式的小说》一书中，探索了多种不同于传统经典的叙述模式，企图在这个叙述危机的时代重建文学的生机。

现代社会把叙事遣送到新闻报道，把叙事虚构变成了一种大规模的文化工业。传统小说注重情节和行动，而现代小说则更注重内心意识的发展，人物变成了苍白的图式。对叙事的维护，是对个性、主体性的坚守。因此他对"百科全书式的小说"倾注了极大的理论热情。

……叙事艺术最富于魅力的时刻，既不在于对人物的真实行为，也不在于对人的内心真实的叙述。叙事关系到在真实的人类生活经验与虚构的事物之间建立起联系，在真实世界与"太虚幻境"之间形成叙事空间……这种叙事置身于变动着的现时性和人类历史时间的无限多样性之间，它决不因为对现实的道德关切而失去那伟大梦想的能力，相反，亦不因幻想而迷失对现实的洞察力。②

这意味着在工具理性几乎独霸天下的时代，文学虚构叙事仍然是可能的，它仍然可以赋予个人生活以意义的，赋予人类的生活经验以讲述的动力。

---

① ［法］茨维坦·托多罗夫著，王国卿译：《象征理论》，北京：商务印书馆 2004 年版，第 153 页。

② 耿占春：《叙事美学——探索一种百科全书式的小说》，郑州：郑州大学出版社 2002 年版，第 4 页。

四、作为结语：诗歌的现世关怀

回归文学的恍兮惚兮的本真状态当然是耿占春先生义不容辞的诗学追求，但这种追求的背后有着更为强大的现世动力，那就是中国当代，尤其是20世纪50年代出生的文艺理论家们普遍具有的人文关怀精神，用耿占春先生自己的话说，无论是诗歌抑或诗学理论，本质上都是为了"让人生活得更好"、更有意义。作为理论互文存在的他的诗歌写作更加直接地体现了这种"一枝一叶总关情"的现世关怀。"作为诗人的耿占春更早于作为理论家的耿占春，而且仅就质量而论，二者几乎同样优秀。"① 其实，这种优秀的质量仍然奠基于他那思想深处挥之不去的悲天悯人情怀。看看《新疆组诗》之一的《奥依塔克的牧民》，那里面柯尔克孜老人悲伤的控诉哪里还找得着唯美的细腰蜂？那满满的、盈盈荡漾着的，全是谦和的抒情主体扑面而来的殷殷关切。

中国当代文艺理论界，伴随着创作方面的"85新潮"的全面展开，理论观念也随之为烜赫一时的文学自律论所遮蔽。虽然耿占春先生也曾经南下海南，以肉身去追寻梦一般的自由，但却在诗歌及其理论的言说中保留了一份弥足珍贵的自持。他执着于文学的属人性理念，执着于文学的现世关怀，在我看来，这正是在"失去象征的世界"里，耿占春先生所找到的另一种"通神"路径。

特别值得我们注意的是，耿占春先生似乎对新疆、对祖国西部的风土人情有着乡愁般的爱恋。在他的诗中，我们丝毫看不到观赏式的游客心态，恰恰相反，满蓄着的只是游子对家的眷念，对生于斯长于斯的人民的现状和未来的殷殷期盼与拳拳忧虑。《莎车：苏菲的城》一诗中，有这样一节："巴扎紧紧围绕着麻扎：/在穆斯林的城市/一切就是这样生死纠缠。/在摆放着/维文小册子，/艾德莱丝和烤馕的街边/一个赤足的苏菲信徒身着旧棉袄/沿街乞讨，/他的装束取消了/夏天与冬天，/中古与现在/他伸出的手是赠与，而祈求/已是修行和仪轨的要素。/是不是/从他保持的秘密信仰中提炼了/一份希望，/在一个宽容的安拉那里/已经寄存我的名下？/在莎车的/早晨，/天空正升起大寺的宣礼塔。"诗中描写了一个沿街乞讨的信徒，他内心坚定而神秘的信仰是我们所不能企及和理解的。然而，"旧棉袄""乞讨""祈求"这些字眼还是深深地刺痛了我们，如此卑微的祈求，如此低到尘埃里的信仰，如此修行的仪式。

在《失去象征的世界——诗歌、经验与修辞》一书中，耿占春先生对沈

---

① 刘复生：《耿占春：叙事时代的抒情诗人》，《椰城》2009年第8期，第32页。

苇的《滋泥泉子》一诗倾注了空前的批评热情，究其原因，笔者以为恰恰是沈苇诗中于耿先生心有戚戚焉的那一份现世情怀。在耿占春先生看来，沈苇诗歌最可宝贵的是没有只停留在观察者的位置，他的叙述语调谦和，同时又有着莫名的内疚。请看耿占春先生复叙事一般的话语：

在葡萄的浓荫下，许多从远方来这里朝圣的维吾尔人，尤其是妇女们，衣饰是那么华美。面临死亡，生命从容地表现出自身的奢华。她们，葡萄树，匆匆流过村庄的水，耀眼的光芒，这就是生命简洁而丰盈的符号，而其他的一切，都是亡灵的字谜。①

这里，与其说耿占春先生是在评论着沈苇的诗歌，不如说，他是在借着对沈苇诗歌之思倾诉着如许的同情和赞美。是啊，离开了生命和对生命的道德悲悯，还有什么能使文学的美学之花更加自由地开放?!②

———————————

① 耿占春：《失去象征的世界——诗歌、经验与修辞》，北京：北京大学出版社 2008 年版，第 201 页。

② 耿占春：《在美学与道德之间》，济南：山东友谊出版社 2006 年版，第 183 – 185 页。

吴炫教授的 "本体性否定" 理论研究述评

文娟　汪娟①

【学者小传】

> 吴炫：现为浙江工商大学 "西湖学者"、教授、博士生导师，主要从事文艺美学研究，在哲学、美学、文艺学和文艺批评学等领域，初步建立起自己的 "否定学" 理论体系，探讨区别于西方，同时区别于传统的当代中国文史哲基本性理论，其思维方法的开拓性引起学术界较大反响和关注。出版有《否定本体论——超越中西方现有理论的尝试》《否定主义美学——否定学系列论著之一》《否定与徘徊——现代批评精神》《批评的艺术》《文学评论十面观》等著作。

　　"本体性否定" 理论是吴炫教授学术道路上的 "志业"，自 1987 年至今，他一直致力于这一体系的理论建构与实践运用工作。1987 年发表于《当代作家评论》上的《批评即苛求》、1990 年出版的《否定与徘徊——现代批评精神》（以下简称《否定与徘徊》）是吴炫在 "文史哲" 诸方面创建 "本体性否定" 理论的一个萌芽。《批评即苛求》的写作源于对当时文学批评现状的不满，他通过对 "从自己对文学的理解出发，也充分尊重作家自己对世界的理解，从而发出的 '苛求'" 批评的吁请，反拨当时借鉴西方理论话语的阐释性和依附性的印象式批评，"目的在于恢复健康的、有意义的文学批评价值判断"②。这一 "苛求" 观念虽不具备批评学的意义，却是他建立 "艺术否定论" 的一个胚胎。《否定与徘徊》一书通过对批评的哲学意识、科学意识、审美意识的强调，彰显出不断否定的精神，虽然否定的内涵和本体论意识都还不明晰，但 "批评即否定" 这一判断足以佐证此书是 "本体性否定" 理论形成的积累印记。1994 年出版的《否定本体论——超越中西方现有理论的尝试》（以下简称《否定本体论》）尝试在哲学、美学和文艺学等方面构建他的 "本体性否定" 思想，虽有 "明显的西方辩证否定和进步论否定的痕迹"③，

---

　　① 文娟：华东师范大学中文系博士，主要从事中国现当代文学研究；汪娟：华东师范大学中文系博士，嘉兴学院副教授，主要从事中国现当代文学研究。
　　② 吴炫：《穿越群体》，武汉：湖北教育出版社 2005 年版，第 160 页。
　　③ 吴炫、叶虎：《致力于文史哲原创的努力——吴炫教授访谈》，《学术月刊》2001 年第 7 期，第 103 页。

但理论的雏形已现。1998年初版的《否定主义美学——否定学系列论著之一》（以下简称《否定主义美学》）用上中下三编的容量，详细地阐述了否定主义美学的提出、否定主义美学的原理以及否定主义美学的方法，至此，"本体性否定"理论体系在此书中已经开始成形。随后《否定主义美学》两次修订、《否定本体论》修订为《本体性否定》以及一系列"艺术否定论"相关论文的发表不断地充实着这一理论体系的血肉，"本体性否定"理论的风貌已初步呈现。吴炫还计划写《否定主义哲学》《否定主义文艺学》《否定主义文学批评学》《儒学的本体性否定》等书，来完成这一体系的建构。因此，"本体性否定"理论是一套"作为过程"的体系，目前还在前行。即便如此，吴炫的"本体性否定"还是以其理论上的原创性、跨学科性以及实践上的可操作性等特质成为当代学术界的一道独特风景，受到学界的广泛关注。本文将从"本体性否定"理论的出场、品质以及影响三个方面做扼要述评，从而凸显这一研究的学术价值。

一、"本体性否定"的出场：于局限处诞生①

"本体性否定"理论的提出不是凭空而发，它源于吴炫对现实一系列问题的敏锐观察和思考。它萌芽于20世纪80年代末，考察这一理论产生的缘由，还原当时的文化背景以及吴炫对于那时文化问题的看法就成为必要。吴炫认为20世纪新文化运动的一个基本内容是：中国传统价值解体，知识分子寻求新的价值依托。从王国维和严复开始，西方各种人文思潮都充当过这种依托。"西学东渐""全盘西化"等文化风标大盛于世，"西学"成为百年中国文化"历时"的圭臬。但因文化的不可移植性，中西不同的价值体系融会在一起，生产的只能是文明的碎片。这样的中西融会无法实现中国现代知识分子借西方各种文明改造中国文化，完成中华民族现代化的理想。从鲁迅的绝望、茅盾的幻灭到人文精神的危机等诸多事实，均宣告着西学论和中西文化融会论的路径不通。失望于西方的部分知识分子转向了传统价值立场的回归和守望，比如国学热、儒学热等。但因回归与变化的现实反差太大，同样形成不了"势"，结果也是文明碎片的一部分。由是观之，中国的激进主义和保守主义在思想的逻辑支点上并无什么不同，都具有非独立性、非本体性的问题，两

---

① 吴炫教授治学的思维方式通常是从置身现实的个体感受出发，力求抓住现存的弊病，发现既有理论的局限，并在对局限性的剖析中提出无法解决的问题，从而诞生出自己的观点。简言之，即"于局限处诞生"。作为其学术生命的"本体性否定"理论的提出同样如此，但因顾海燕发表于1996年第2期《当代作家评论》评吴炫和他的《否定本体论——超越中西方现有理论的尝试》一文，用此做了标题，笔者不敢掠美，特此注释。

者仅是在既定的价值体系内部徘徊、在同一层次上挣扎，根本无法解决中国既有的痼疾。① 基于对中国文化现状的熟稔和问题的洞察，吴炫要求自己站在既不同于西方文明又有别于传统文明的"新的文明立场"之上，对中西方既有的价值思想进行"双重反思"。由此，开始了他的"本体性否定"理论的探讨之路。

"本体性否定"理论出场的缘起，除宏观的文化背景外，还有其微观的现实动因。随着改革开放政策的贯彻落实，20世纪80年代以来的中国已进入市场经济时代，市场经济在带来丰盛的物质财富的同时，也极大地激发了人们的"物欲"意识，"金钱至上""商品拜物教"逐渐成为新的普世价值。置身其中的吴炫教授，对这一现实进行了睿智的思考和判断。他认为"拜物"正是过去"贬物"的结果。"物欲"属于人的本能层面，只能调节、引导而不能贬抑、克服。"物欲"能走到台前，关键在于我们过去批判拜金主义的人文话语具有脆弱性和局限性。"拜物"背后确实存有精神危机的问题，但建立何种精神，精神和物质之间应是怎样的关系，是现实提出的新的理论课题。② 鉴于此，他着手反思过往的批判和否定话语，并探讨当代文明转型真正需要的新型"否定和批判"话语。

吴炫的"本体性否定"理论贯穿于哲学、美学、文艺学、艺术批评、史学、伦理学等众多领域，是一种宏大的跨学科式体系。他之所以有此学术野心，同样是基于对现实中局限问题的发现和思虑，不同的是这一局限体现在当代精细的学科分类上。他认为越来越精细化、专业化的学科划分，使得不少学者自觉地放弃了"文史哲"统一的努力。因为专业的区别，哲学已经很难和文学对话，文学也很难和艺术对话。这种各据其理、各行其是的状况，不仅使文学和艺术失去了根基，而且使哲学和伦理也失去了根基。这就需要价值观和世界观的创造性重建。缺乏这种重建的努力，哲学和伦理就仅是一门学问和一种规章，而文学和艺术也只能成为一种特殊的把握世界的方式。至于这种学问和规章能不能对当下现实管用，能不能为当代人确立新的价值依托，当代哲学和伦理的存在依据是什么，这些都是现有的哲学和伦理无能为力的。哲学和伦理丧失了能力之后，文学和艺术便也呈现为病态的放任自流的状态。这一方面表现为文艺理论界只能在"学问"的意义上拼凑中西各种现成的理论，却不知道该如何对当代文艺创作的"问题"说一些有力量的话；另一方面，失去有价值影响的文艺批评与创作，要么只能用"终极关怀的丧失"和"拜金主义"这类话语对创作现实进行指责，要么便只能以欲望

---

① 吴炫：《中国当代思想批判》，上海：学林出版社2001年版，第1页。
② 吴炫：《中国当代思想批判》，上海：学林出版社2001年版，第2页。

和快感的宣泄为目的，文学和艺术或者成为快乐的工具，或者只能塑造一批轻视个人利益的屈原式道德完善性人物形象。20世纪中国文学之所以鲜有经典，大概正在于文学与艺术丧失了真正的哲学意识。他同样认为：仅仅做到"文史哲"统一之形是不困难的，真正困难的是"文史哲"之内在思想脉络的一贯性，这就与是否有自己的思想，是否有自己理论的逻辑起点有关。正是这种对现实的深切洞察，使他抓住了问题的关键，坚定地从事"本体性否定"理论的建构工作。他认为这一理论不同于迄今为止的任何否定观念和哲学本体论，并将其作为一门新的、对当代有用的哲学来努力。他说如果"本体性否定"能成为世界观方面的一家之言，其思想推衍至人文学科各领域，应该就不是困难的了。①

二、本体性否定的品质：理论之维与实践之途

吴炫从现实中的问题出发，在对中西既有否定理论的局限分析中，提出了他自己的哲学本根论——"本体性否定"理论。而后，以此为思维的逻辑起点和理论基础，将研究的触角延伸到美学、文艺学、文学批评、史学等领域，甚至延伸到中国伦理学建设与浙商研究领域。这一理论构架，既体现出理论在跨学科研究中的穿透性、系统性和稳定性，又体现出理论介入各学科实践的现实性品格。总之，他的"本体性否定"研究既有丰富立体的理论涵指，又有切中肯綮的实践性探索，二者融会的学术品质值得在学界广泛推广。

（一）"本体性否定"的理论之维

就知识谱系而言，无论是"否定"还是"本体"在哲学的范畴内都是人们熟知的概念。提起"否定"，很自然地就会想到黑格尔的"辩证否定"和阿多诺的"否定辩证法"以及老庄、皮罗的怀疑论；"本体"概念则会直接勾连海德格尔的"此在"与"在"，萨特的"存在与虚无"，尼采、弗洛伊德的生命哲学和老庄的"道"等。要想超越这些关于"否定"和"本体"的经典性表述，构建一种原创性的思想体系很是困难。然而，吴炫立足现实，迎难而上，用局限分析的方法对中西方既有的"否定论"和"本根论"进行了双重改造，在改造的过程中形成自己独特的本体论和否定论，并对"否定"这一概念进行本体性的阐发和建设，从而建构起他本人的"本体性否定"理论。故而，他的这一理论不同于中西既有的"否定论"和"本体论"。他认为在人之前和人之外没有否定，否定只与人的诞生同时产生，他将"否定"

---

① 吴炫：《中国当代思想批判》，上海：学林出版社2001年版，第2页。

视为人之为人的核心基质，赋予其一种本体论的哲学含义。

吴炫的"本体性否定"与黑格尔和阿多诺的否定观，以及老庄、皮罗的怀疑论都有着本质的区别，此处仅对与前者的区别加以简略叙述。他认为黑格尔的"辩证否定"从外在于人的一个"绝对精神"展开，其"否定"是一个将自然界和人类的一切运动都囊括其中的包罗万象式概念，是本体中的否定，具有肯定性和互渗性的特征。阿多诺的"否定辩证法"出于对西方理性主义长期压抑人的生命状态的逆反，将"否定"作了绝对化的阐释。阿多诺的"否定辩证法"利用事物的自否定功能去对付任何对于事物的肯定性把握，利用概念把握事物的相对性而否弃其把握的意义，从而将生命、感性、经验等反理性、反概念的内容作为哲学的唯一通道，其"否定"是反本体的否定，具有绝对性和对抗性的特征。而他本人的"本体性否定"中的"否定"则将前人的思想作为材料，并对这些材料进行"性质改造"或"世界观改造"，赋予它们以创造性重新组合的性质。前人的思想充当的只是他世界观和思想体系中的一个元素，发挥着知识性的材料功能。因是之故，他的"否定"既不是"肯定"也不是"否定"，而是"不同而并立"的"本体性否定"，具有创造性、平衡性的特征。①

同样，吴炫教授"本体性否定"中的"本体"也具有自己独特的内涵。其不是万事万物起源意义上的古代本体，也不是笛卡尔那种作为主体认识功能的近代本体。② 自然也不是中国传统哲学中"道生万物"的那个"道"。甚而，与海德格尔的"此在"之"在"，萨特的"存在与虚无"，尼采、弗洛伊德的生命哲学也有着差异性的不同。就是在对这些差异性的论述中，这一理论中的"本体"得到了确认。

在吴炫看来，海德格尔的存在论由于使用了"原始筹划"这些包容范围极大的概念，就不得不将人的"本真存在"和"非本真存在"都作为"存在的方式"，这就使其"在"难以真正区别人与动物的特性。由于动物也可能"原始地选择"了"混迹于自然性"的"沉沦之在"，人也有可能丧失"澄明性筹划"重新"混迹于既定生存世界"的可能等因素的存在，"澄明性选择"或者准确地说"创造性选择"必须随时被哲学强调才行。在这一点上，萨特的局限是相似的。当萨特将选择"不自由"也认作一种自由时，其与海德格尔就都没能避免其本体论对于人的过于宽泛性，以致把所有人的所有意识和行为都划入了存在论的"原始筹划"和"原始自由"中。而他的"本体性否定"则将人的"非本真"状态或"认同性选择"排除在"存在"之外，将

---

① 吴炫：《中国当代文化批判》，上海：学林出版社2004年版，第4—22页。
② 吴炫：《中国当代文化批判》，上海：学林出版社2004年版，第3页。

"本体"作为人的一种"或然性存在"而不是"必然性存在"来对待。从而将"创造性筹划"与"依附性选择"成功地分离开来。这种分离，使得"本体性否定"理论赋予"非本真"和"认同、依附性"存在"不同而并立"的"尊重"之义。此外，海德格尔的"存在"和萨特的"自由"是一种体验性和情绪性的非理性活动，他们的"存在主义"根本不关心人如何完成这种活动并使这种体验外化为符号性结果。而他的"本体性否定"则既包括体验性的否定冲动，也包括将这种冲动外化的"能力、方法和结果"，并通过其"结果"来确立"本体性否定"是否"完成"。所以，他将"本体性否定"界定为"否定冲动与否定能力的统一"。"本体性否定"与尼采的"超人"、弗洛伊德的"原欲"生命哲学的区别则在于，前者是"利用原欲冲动转化为创造性独特符号的价值冲动"的完整过程，而后两者则将"原欲"作为人之诞生的决定性条件进行各自理论的推衍。① 总之，他的"本体论"就在对既有的一些西方本体论的区别和清理中凸显了出来，"否定本体论"是研究人的多种活动和行为"支点"的价值本体，与西方哲学史上曾经有过的本体不再相同。

简而言之，吴炫教授"本体性否定"理论哲学上的基本含义是"批判与创造的统一"，其中介是 W 方法。这种否定既不同于"用西方思想批判中国传统思想"的非创造性"批判"，也不同于只能诉诸灵感的、无方法可寻的"创造"。其具体含义包括四个方面的内容。第一，与传统"否定"中的"打倒、克服、取消、新陈代谢"不同，"本体性否定"是一种自发的、创造性的、不同而并立的否定，也区别于"辩证否定"的客观规律性的、自然性和既定性的、进步而循环的否定。第二，人只有在"批判与创造统一"的"实践、可能、自由、生命"活动中，才能获得本体性意义。第三，"本体性否定"把世界划分为"生存世界"（否定对象）和"存在世界"（否定结果）。"生存世界"不受"存在世界"规定，"存在世界"也不受"生存世界"规定，"存在世界"是对"生存世界"的"离开"而不是"征服"，这两个世界是不同、平等、互补和相互尊重的关系。这就直接导致历史不同论而不是进步论。第四，"本体性否定"中所说的"批判"是发现所有既定思想相对于当代现实的局限性。这种"局限"不是一事物比较另一事物所显现的局限，而是以自己的审美期待为尺度衬托出既定世界的共同局限。这样的批判，在审美的意义上直接导致以"个体化理解"为鹄的创造，这与人皆有之的个性、个人感受、个人风格、个人权利等不同。"个体化理解"是当代个体在价值中心主义解体后心灵自救的方式。其可以有理性活动，也可以有感性活动，但

---

① 吴炫：《本体性否定——穿越中西方否定理论的尝试》，杭州：浙江工商大学出版社 2008 年版，第 5 - 7 页。

都将其工具化从属于 W 方法，从而完成对西方理性哲学和非理性哲学的双重超越。①

吴炫在成功地将"本体性否定"建构为"一种穿越经验和感性，也穿越理性思维"的哲学后，就以此为自己理论思维的逻辑起点，展开了关于美学、文艺学等的"本体性否定"研究，进一步构建他的"本体性否定"理论体系。

吴炫在美学上的"本体性否定"研究近乎完美的成果，主要体现在《否定主义美学》一书中，其将"批判与创造的统一"运用得十分出色。此书由上、中、下三编组成，分别为否定主义美学的提出、否定主义美学的原理和否定主义美学的方法。上编在对西方、中国美学史的局限及当代现实"问题"作了独立、深刻的批判后，从当代现实问题和需要出发提出了他的否定主义美学，一种全新的美学。中编是此书的主要内容，它完成了对于否定主义美学基本原理的建构。提出了"美在本体性否定之中"和"美是本体性否定的未完成"两个关于美的核心命题；对"审美体验"与"艺术体验"的异同作了独特的论述；区分了美的符号与艺术符号的差别；提出了真正的美学只能"依据不可言说的去说可说的"观点，即用不可言说的审美体验去说可说的"不美"和"丑"，还分别提出了"不美"和"丑"的三个范畴：以陈旧、残缺、僵化出现的符号是"不美"②，平庸、杂乱、造作则为"丑"。下编的否定主义美学方法着重对中国当代"完整形象"建立的方法、审美冲动产生的方法、审美批判方法以及知识的审美批判方法进行了独创性的论述。"但这种创造不同于中编理论框架的构建和推演，而是着重解决理论走向实践的问题，即理论在当代审美和艺术实践中的应用问题"③，理论的实践性品质已贯穿其中。

吴炫在文艺学上的"本体性否定"研究主要体现在对文艺学中两个基本问题——艺术本体论和艺术起源的探讨。他认为：艺术本体是不同民族、不同时期的人们"对不同的现实本体性否定的冲动"，而不同的艺术观仅是这种冲动的"结果"，本体性否定在逻辑上是先于结果的。依据这种对现实的本体性否定冲动，艺术观就不会在"艺术即形式"和"文艺载道"面前终止，缔造适合中国自己的艺术观和文学观就成为可能。他不赞成既有的各种艺术起

---

① 吴炫、叶虎：《致力于文史哲原创的努力——吴炫教授访谈》，《学术月刊》2001 年第 7 期，第 105 页。

② 在 1998 年底出版的《否定主义美学——否定学系列论著之一》初版本中，吴炫教将"不美"界定为在现实中以陈旧、残缺、僵化出现的符号。随着理论研究的深入，他认为原来的提法有修改的必要，因此在 2004 年的修订版中，将"正常"添入了"不美"的范畴，也就是说"不美"在他的否定主义美学中已是四范畴。笔者此处的介绍依据的是初版本，故用了三范畴的表述。为表明理论的准确和深化，特此注。

③ 吴炫：《否定主义美学》（修订本），北京：北京大学出版社 2004 年版，第 4 页。

源观，如劳动说、巫术说、游戏说以及性欲生活说等。认为它们探讨的都是作为独立的精神形态的艺术的起源，没有将艺术起源与人的起源视为同步现象。用"对现实否定的结果"的艺术本体论来衡量，劳动、巫术、游戏等本身就具有艺术性，只不过人类这种最早的艺术是以物质与精神、功利与非功利、艺术与文化的一体化"活动"来体现的，在这种活动中，艺术尚未独立罢了。在此意义上，他将后现代的行为艺术、通俗艺术、仿真艺术等视为对人类最早的艺术活动的一种更高性质的形态性衔接。① 此外，他关于"艺术对现实的本体性否定"内涵的探究也是文艺学上的"本体性否定"研究的一个题中之义，值得推介，其具体内容具有以下四层：第一，艺术既不高于也不低于我们所生活的世界，而是性质上不同于我们所生活的世界。因此，艺术是在人不满足于现实生活世界但又不得不生活在这个世界的时候产生的一种创造。第二，艺术的全部材料都源于现实。艺术对现实的否定，就是用现实的材料创造出一个性质不同于现实的世界，这种"不同"的程度越强越好。第三，艺术否定还包含对他艺术的否定，这是最为关键的否定。这要求一个艺术家必须在创作过程中产生自己对世界的独特理解。第四，艺术家的创作可分为"生存性作品"和"存在性作品"两种，二者是不同而并立的关系。"生存性作品"对世界的理解是认同他人的，以快感为主，是生存愉悦性作品；"存在性作品"蕴含着作者对世界的独特体验，以美感为主，是存在启迪性作品，是"心安性"作品。②

（二）"本体性否定"的实践之途

吴炫在建构"本体性否定"体系的过程中，从未忽略过理论在实践上的可操作性。他不断地将"本体性否定"理论运用于中国思想、文化、文论和文学批评等具体现象的研讨中。除上述提到过的1998年《否定主义美学》初版下编注重对理论在实践中应用问题的解决外，还有大量专著可见证他作为理论家的实践之途。譬如，由2001年始，相继出版的《中国当代思想批判》《中国当代文学批判》及《中国当代文化批判》三个"批判"文本，2004年的《新时期文学热点作品讲演录》，2007年的《穿越中国当代思想》《穿越中国当代文学》和2008年的《再问"人何以可能"：中西经典思想批判讲演录》等。另外，2005年《穿越群体》一书中的大部分文章以及2008年《本体性否定》一书中的"审美实践：健康与完整"一章，也是他将理论运用于

① 吴炫：《本体性否定——穿越中西方否定理论的尝试》，杭州：浙江工商大学出版社2008年版，第10-12页。

② 廖明君、吴炫：《"本体性否定"与艺术批评——吴炫访谈录》，《民族艺术》1999年第2期，第13-14页。

实践的优秀成果。他的这种有意为之的"实践性"治学方式，对学界中日趋严重的"经院化"趋势是一种强有力的反拨，也是学术研究重获生机的必由之路。

《中国当代思想批判》一书，以学术观念、辩证哲学、历史哲学、伦理哲学的本体性否定等专题，结合中国当代现实中的问题，对一些重要的理论命题，如"原创的含义与方法""理论联系实际""批判与继承""历史进步论""和而不同""义利相克""终极关怀""个人自由"等，进行了局限分析，并提出了"历史不同论""存在关怀""义利分立""不同才和""个体化理解""第三种批评"等否定主义的重大命题。与此同时对学术界知识分子的生产状态、学术观念和思维方式表示了质疑，分析了"悬空"的概念、价值和意义。《中国当代文学批判》是吴炫教授"本体性否定"理论的第二个实验文本。此著作首先阐发了他的艺术否定观，将"形象—个象—独象"作为艺术性实现的三个层次，提出了"独象"作为经典的特征的观点。而后，以"独象"作为文学分析的尺度，以"独象期待"作为审美批判的坐标，对具体的作家个案、思潮与理论进行了局限分析，初步建立起"本体性否定"的文学批评模式。《中国当代文化批判》以对西式哲学、常识文化、文化批评、学术文化的"本体性否定"批评为主要内容，将"本体性否定"与黑格尔、海德格尔、阿多诺的否定观与存在论做了区别，对儒学的若干精华作了现代改造，提出"穿越现实"是一种被遮蔽的中国式人文理念，指出历史进步论的要害在于"文明割裂思维"等。《新时期文学热点作品讲演录》是吴炫先生在大学课堂上面对他的本体性否定理论这一难题所进行的批评实验，"这一实验的探索意义，远胜于建立一种批评模式的意义"①。《穿越中国当代思想》《穿越中国当代文学》等论著则是吴炫运用否定主义理论对中国当代思想和中国当代文学努力要"建立自己的理解"做进一步更为具体的尝试与阐释。《再问"人何以可能"：中西经典思想批判讲演录》是其理论运用于实践的最新成果。文本从"人的起源""自由和独立""批判与创造"三个方面切入问题，在对中西方一些重大观念批判的基础上，提出了：人是在不满足于自然性生存的冲动中开始使用工具的，中国人的自由需以亲和现实为前提，个体化理解穿过群体化理解而存在，创造性世界与既定世界不同而并立，不能导向创造的批判不是今天我们所需要的批判等，从而引导我们进入"中国问题"必须有"中国式的解答"的理论思考之中。

三、"本体性否定"的影响：学界之评价、引用与运用

吴炫教授的"本体性否定"理论因其原创性、开拓性、跨学科性、可操

---

① 吴炫：《新时期文学热点作品讲演录》，桂林：广西师范大学出版社 2004 年版，第 201 页。

作性，甚至是未完成性和局限性，自 20 世纪 90 年代以来，在学界一直广受关注，产生了很大的社会影响。据不完全统计，他关于"本体系否定"的系列论文中，被《新华文摘》《中国社会科学文摘》转载、摘编的有 12 篇，被人大复印资料全文收录的有 102 篇。重量级学术刊物的转载、摘编及收录，充分表明他这些研究成果的重要和影响的广泛。中国学术期刊网上索引的关于"本体性否定"的社会评价、引用和运用文章已有 600 多篇。① 学者刘淮南出版了专门研究该理论的专著《走向原创的思想》，他的很多理论观点在全国研究生学位论文中多次被引用等，无不诠释着这一理论强大的学术影响力。

（一）跨学科的现代性穿越

"本体性否定"理论以其固有的理论基础将触角深入到美学领域、文艺学领域、文学批评领域，同时还延伸到中国伦理学建设与浙商研究领域，既体现出理论在跨学科研究中的穿透性、系统性和稳定性，又体现出中国哲学理论介入各学科实践的现实性品格，并以一系列有创意的论文和论著在不同学科产生了广泛影响。

《否定本体论》在出版之前，徐中玉先生就撰文向学术界推荐此书。在《我看吴炫的〈否定本体论〉》中，徐先生从吴炫近些年来的努力谈起，认为其正试图建立一门"否定学"，接着肯定了《否定本体论》的宏大体制，并对此书的要旨进行了阐发。最后对此书给予了很高的评价，认为厘清"否定"的本体认识的作用绝不只是弄清楚一个长期被错误传播的概念，更是一个涉及哲学、美学、文艺学等多种学科改造与重建的重要问题，是对建设社会主义精神文明、对形而上学、主观唯心论、"左"的思潮等进行拨乱反正的可贵努力。② 此书出版后，很快引起了学术界的众多关注，相关的评价文章纷至沓来。邵建的《否定成为"学"》和孙津的《世纪末的隆重话题》等是其中较有代表性的评价。在邵建看来"否定"如同吴炫的"支点"，由此他可以自如地解释各种复杂的人文现象并以此建构自己的学术体系。邵建还明确指出：否定作为一个概念，所体现的其实是我们当下这个时代最为需要的一种精神；自觉突破纯学术的门限，将"否定"当作重建中国文化精神的核心工作来做是"否定学"的可贵之处。③ 孙津称赞《否定本体论》是一部既实际又紧要

---

① 由于期刊网上收录的索引文章随时都在更新，笔者的这一统计数字并不准确，但其用来证明"本体性否定"的学界影响力则是合理有效的，因为数字只会增长而不会减少。另外，因引用的篇目较多，限于篇幅，笔者行文中不予列举。感兴趣者，可参阅吴炫：《本体性否定——穿越中西方否定理论的尝试》，杭州：浙江工商大学出版社 2008 年版，第 417－440 页。

② 徐中玉：《我看吴炫的〈否定本体论〉》，《文论报》，1993 年 5 月 8 日。

③ 邵建：《否定成为"学"》，《文论报》，1995 年 1 月 15 日。

的著作，其强烈的现实针对性以及有意尝试重建中国精神的努力使其成为"世纪末的隆重话题"。他认为吴炫"把否定做成了哲学的最高范畴，哲学实际上成了关于否定何以可能、怎样否定以及否定什么的学问，即关于否定的本体论、认识论和方法论以及价值论"①。但无论是邵建还是孙津，在对《否定本体论》作积极肯定的推崇时，亦都理性地指出了其局限。邵建指出"否定"自身的理论阐述还需要多方面的论证和强化，孙津则认为否定本体论在功能与存在、方法与过程等学理方面还需要进一步清理。这种于"局限"中肯定的评价，不仅使得此书的原创理论得以广泛流传，也为"局限式"分析的方法作了高品质的注脚。

（二）开辟了中国原创性的美学理论

《否定主义美学》一书标志着吴炫教授"本体性否定"理论体系正式形成，学界对于这一论著的反响同样热烈。相关的评论文章中以杨春时的《本体性的缺失与超越之可能——评吴炫的〈否定主义美学〉》最为突出。该文开宗明义地指出《否定主义美学》因避免了中国既有学术作风"非原创性""乏个性"的弊端而引人注目，"它没有限于学说西方人的话语而有自己的创造性，不惮于'片面性'而有自己的个性"。其价值在于提出了审美否定性的问题，在证伪传统理论的同时也敞开了自己的可证伪性，为批评提供了广阔的空间。继而，对"否定本体论"的理论内涵进行了叙议结合的论述，在肯定的基础上指出了这一哲学本根论的两个可争议之处。一是仅仅把"本体性否定"的依据定位于人对现实的不满，似有表面化之嫌。二是作者对"本体性否定"的规定排除了超越性，从而使"否定"限于现实领域，这种否定就可能丧失了本体性。然后沿袭同样的剖析方法对"美在本体性否定之中"和"美是本体性否定的未完成"两个命题进行了"个体化"的考察，明确地指出这两个命题的价值和局限。② 总之，杨春时认为《否定主义美学》作为建构具有冲击力的现代美学体系的尝试，在学术上有价值也有争议。也就是说，确认了审美的否定性、动摇了传统美学的根基，是"否定主义美学"的最大贡献；而"本体性否定"的非超越性以及本体论与方法论之间的矛盾，是"否定主义美学"的主要问题。杨春时的这种行文方法，与"本体性否定"中的局限分析法颇为相似，从另一层面上讲，这一评价之作也是对"本体性否定"的运用之作，作为理论的强大影响力和实践品格同现其中。

---

① 孙津：《世纪末的隆重话题》，《文艺争鸣》1995 年第 1 期，第 62 页。
② 杨春时：《本体性的缺失与超越之可能——评吴炫的〈否定主义美学〉》，《文艺研究》2003 年第 4 期，第 131－135 页。

（三）实现了理论应用的可实践性

刘淮南的《走向原创的思想——人文建设与否定学》是研究"本体性否定"的专著，其主体内容由八章组成。"文化转型与否定学""学术与政治，殊途而同归""知识分子与个体化""美学建设与否定学""文艺学问题与否定学"以及"文学批评理论与否定学"六章对"本体性否定"的提出、内涵、特征和意义等进行了细致的整理和评析，尽显"本体性否定"的理论价值和实践品格。第七、第八两章为个案研究，用"本体性否定"的理论立场、方法对民族化问题和《讲话》的经典性及局限性进行了探究，由理论评价转向了实践运用，意在凸显"本体性否定"作为一种新的理论体系在学术实践上的可应用性。

吴炫主编的大型丛书"中国视角：穿越西方现代美学"也是学界对"本体性否定"的运用之实践。该丛书目前已出版七部，从著作的思维方式和论述内容来看，书系的作者们已经开始自觉地运用否定主义的立场、观念和方法对西方美学的局限和问题展开研究，并试图在其中发现中国现代美学原理的"生长点"。中国著名文艺理论家童庆炳先生称此丛书为"'本体性否定'之下的'问题意识'"的积极实践。①

相对于专著和丛书而言，运用"本体性否定"理论的单篇论文要更多。纵览这些文章，可将其归为两大类。一类是借用"本体性否定"的基本理论对文学文本进行细读，彰显出理论在文学批评实践上的可应用性。如黄陆璐的《死亡：哈姆雷特的审美世界——〈哈姆雷特〉的否定主义美学解读》用否定主义美学的原理来阐释经典文本的美学特色。洪洁的《〈抄写员巴图比〉何以成为经典？》、卢健的《论"变形人"何以成为经典形象》等借助"否定学"关于经典的理解分析经典何以成为经典，洪洁的《关键是能否穿越时代的局限》借用"穿越"理论考察《怎么办》未能进入经典行列的原因等。另一类是以"本体性否定"的立场、观念和方法为自己研究问题的价值尺度和方法论，彰显出理论在学术探索理论上的可生发性。如汪政、晓华的《推拒与构建——第三种批评下的"汉语小说"研究》，从中国现当代小说中既有问题的提出到对问题的详细剖析以及解决问题的方案设想均是"本体性否定"下的"影响的焦虑"。

---

① 童庆炳、赵勇：《"本体性否定"之下的"问题意识"——吴炫主编的"中国视角：穿越西方现代美学"丛书简评》，《学习时报》，2005 年 8 月 15 日。

结 语

　　吴炫教授的"本体性否定"理论，充分体现出理论研究与实践探索紧密融合的学术品质。这种以"批判与创造的统一"为基本理念的"本体性否定"研究，给中国的学术界带来了巨大的冲击和影响。他对于哲学本根意识的强调和建构，促动了学术研究者哲学意识的复苏和强化。他二十余年来的理论原创性研究，为中国人文社会科学理论的自主创新作了独特表率，推动了这一领域在理论原创的方法论和思维方式方面的变革。他提出的"本体性否定""尊人、敬优、孝老、护幼"等哲学观，"独象""文以穿道""文学性程度"等文学观，"健康人格""正常""完整人生"等美学观，已形成"文、史、哲"统一的体系性理论，被学术界广泛评价、讨论和引用。可以说，吴炫教授的"本体性否定"理论研究为中国学术界作出了巨大贡献，其原创的观点和独特的方法都值得学界认真学习、思考和推广。

主体性美学的理论重构

——作为"交流"中西的文艺美学家殷国明

汤奇云①

【学者小传】

殷国明：华东师范大学文学教授、博士生导师，兼任《文艺理论研究》副主编，研究方向为文艺学、中国现当代文学、比较文学。著有《艺术形式不仅仅是形式》《中国现代文学流派发展史》《中国现当代小说中的知识女性》《20世纪中西文艺理论交流史论》《"跨文化"的必要和可能》《作品是怎样产生的》《西方狼》《漫话"狼文学"》《漫话狗文化：一次神奇的文化之旅》《女性诱惑与大众流行文化》《空间的扩展——从比较文学到跨文化研究》等。

一、批评的困局与理论的反思

如果我们还能承认文学艺术是对人类自身命运与内心世界的关注与探寻，那么我们就应该承认，任何文艺理论都是对这种探索行为背后所隐藏的思维方式合理性的肯定与赞赏。正因为人类自身的命运存在着多种可能性和内心世界的无限复杂性，这就为艺术家们提供了广阔的展示其思索与才智的舞台，也为理论家们提供了对这种艺术思索进行阐释的广阔空间。按道理，文艺美学理论与批评应该在这种逻辑力量的推动下，自然而然地不断走向创新和发展，显示出不竭的思想活力。文艺美学应该在艺术家、理论家和批评家们才智的碰撞与交融中，创造出一片又一片令人炫目的理论风景。

然而，无论是对于现代中国的文艺理论还是文艺批评而言，这片风景迟迟未能出现，似乎现代中国文艺美学步入了一个理论与现实相悖离的困局。有的作家慨叹着批评的缺席，因为他们无法从批评家的文字里寻找到智慧的支撑与启发；有的作家甚至睥睨着中国当代理论界，认为中国当代理论不值一哂，从而使得他们只能从国外的文艺理论中寻找思想的养料与智慧的火花。20世纪80年代的"文化寻根"文学与先锋文学、90年代的新历史主义文学与女性主义文学，都无不体现出狂饮西方现代文论"乳汁"的特征。

---

① 汤奇云：深圳大学教授、文学博士，主要从事中国现当代文学与文化研究。

进入新世纪，随着我国在全球政治、经济等领域拥有了一定的参与制定游戏规则的话语权，有些学者开始企求文学理论话语的"中国化"。他们利用西方现代文论正处于自我怀疑的有利时机，着力去寻找西方文艺美学理论的"茬子"，希望通过指证西方文艺美学的"局限性"来建立自己的话语权，以无数的西方"主义"（但我们从来没过真正属于自己的"主义"）来检讨西方文论（我们自身的文论从来也是属于"舶来品"），以堂吉诃德大斗风车的方式来发出自己的"华夏之声"①。尽管文艺美学理论拥有一定的纪律成分与色彩，如民族文化艺术的审美惯例和某一历史时期的文艺方针路线，但由于文艺美学理论的构建毕竟不是政治权力角逐和经济利益博弈的游戏，不是谁的权力大，谁的实力雄强，谁就可以修正游戏的规则，制定游戏的纪律，最终这种理论话语的"中国化"运动也只能流于一种出于主观意愿的空洞口号和话语游戏。

毫无疑义，20世纪中国现代文艺学科理论上的贫困，导致了文艺批评上的"失重"。只有从理论层面的反思与革新入手，才能破解中国现代文艺理论与批评所遭遇的这种双重困局。如何突破这种困局，重构能够"在批评者心灵中涌起一股思想和情感之流——燃烧着对美的理想追求的炙热火焰"②的文艺美学，就是殷国明对中国当代文艺理论与批评状态进行反思与建构的起点。

说现代中国文艺学存在着理论的贫困，并不是说这一百多年来没有理论，相反，而是我们的理论太多。理论多的一个具体表现是，各种"主义"在中国现代文坛频繁登台亮相。"中国现代文学几乎可以划为两个时代：一个是'主义'纷争的时代，这是在开放的状态下进行的；另一个是'主义'划一的时代，这是封闭状态的产物。"③甚至在某一特定历史时期，中国批评界呈现出似乎是在举办"万国'主义'博览会"之势。这恰恰说明了我们文艺理论界没有属于自身主体的思维的现状。

而事实上，无论是单边"主义"还是多元"主义"，它们都是代表了某种意志、某种理念在文学领域所发出的口号或主张。它们根本就无法完成对批评与创作之间的内在沟通，也无法启发人们对生命与艺术关系的理解。相反，由于"主义"总是带有某种理念的教条性、概念性或功利性，因而，各种"主义"的文学论说，往往造成对文学的伤害，不仅造成了文学创作的简单化、概念化和公式化，也造成了文学史编写的狭隘化和文学教学的非艺术化。文学成为"主义"的跑马场。因此，殷国明在《对"主义"的困惑》一文中直陈其痛："我对'主义'的论争产生了一种深恶痛绝的感觉。"

---

① 当下中央人民广播电台设有《华夏之声》栏目。
② 殷国明：《艺术形式不仅仅是形式》，杭州：浙江文艺出版社1988年版，第318－320页。
③ 殷国明：《对"主义"的困惑》，《文论报》，1988年6月5日。

当然，他并不拒绝各种"主义"对人们思想的启发。相反，他希望作家、评论家和文学史家们，能够借助多元"主义"的思想力量，超越自身文化圈层识见的局限，确立"自我"的主体意识和文艺学自身的思维方式，形成对人、艺术和现实生活及其相互关系的整体性认识与发现，以达成文学书写（不管是理论批评文字和文学史的书写还是文学创作）的真理之光和生命魅力的呈现。为此，他写过大量关于当代批评的批评文章。

他在《应该冲破僵化的、封闭的文学批评方法模式》中指出，中国当代文学批评多是一种"主义"式批评，而这种"主义"式批评中往往形成了一种一体化的形而上学的思想方法模式。这种思维模式的"幼稚"之处就是，"相对于文艺美学这一特殊学科对于文艺现象这一特殊对象，它没有形成自己特殊的科学的思维方式。马列主义还没有熔铸到它的内在生命之中，还没有成为批评的灵魂。文学批评还在一些政治和哲学观念中兜圈子，用一些社会学的概念来作为理论上的依据。这种在理论和观念上的依附地位，常常使文学批评自身陷入一种'工具'的不能自拔的地位，同时又成为接受政治风潮冲击的最敏感的地域"①。

他在《当代文学批评面临的"断层"》一文中又指出：也正是这种观念上的封闭而僵化的思维模式，造成文学批评思维过程中感性和理性、知觉与观念之间的裂痕与"断层"：批评活动中时常会发生这样的奇怪现象，感觉到了的东西并不能真正去理解它，而所谓理解了（被理论化）的东西却又缺乏感觉。例如，批评家可以不断地从现代艺术中寻求新的观念，但是传统的艺术作品往往对他们有一种真正的吸引力，使之迷恋陶醉。同时，批评家可以对一切现代艺术观念一味倾心，但对真正的现代艺术未必能欣赏，理性上的"想读"始终难以抵消感性本能的"不接受"。

显然，一种没有自身思维方式的批评是没有灵魂的批评。中国当代文学批评就是这样系据在各种"主义"所馈赠的花样百出的概念的裙带上飘舞。文学批评也正是在这种飘舞中丧失了自身的主体性。在这种批评中，人们唯独看到了"主义"的风采，而看不到文学与艺术的风景。批评主体的独立与自由的丧失，使得文学批评自然而然地不仅远离了文艺实践的"黄土地"，也不能真正阐释新的文学现象。而更令人感到绝望的是，长期的这种观念批评所产生的思维惯性和这种批评所激起的文化影响溢出了批评领域，使得整个文学书写（也包括指文学创作与文学史的叙写）领域充满着对政治风潮的恐惧记忆与心理。于是，文学创作中出现了"假嗓子"现象，文学叙事中不能

---

① 殷国明：《应该冲破僵化的、封闭的文学批评方法模式》，《文学评论》1985 年第 3 期，第 20 页。

出现作家自己的个人意志与声音，① "文革" 前的 "十七年" 文学即是如此；"文革" 中的 "写作组" 和 "集体创作" 则更是以 "时代的名义" 传达着 "集体的声音"。其实，就算在 "文革" 结束后的几十年里，这种批评的思维惯性及其所产生的文化心理影响并未消失，而是一直在影响着整个文学研究领域。一个明显的佐证就是，90 年代就提出了要 "重写文学史"，可最后出来的 "新史"，不是史识与立场暧昧不明的个人史，就依旧是熔铸了 "集体智慧" 的 "大合唱"。

文学必须摆脱政治的附庸地位而获得自身的主体性，是 90 年代中国文学界的共识。而重写中国现当代文学史，就是 "文学重返自身" 的群体性时代冲动。但从最后的 "成果" 来看，文学似乎最终也没有找到一条较好的走出政治话语怪圈的路径。从文学史的叙写来看，无非是从依据单一政治观点和阶级观点的书写走向对多种流派、多种风格的文学事实的相互并存的书写，以一种所谓的历史视野的扩大的方式来兑现文学史的 "完整性"。

殷国明自己也曾在 80 年代写过《中国现代文学流派发展史》②，他希望通过写流派史的角度，以 "点" "线" "面" 相结合的方式来 "重写" 中国现代文学史。但他最终发现，他最多是做到了将那些被 "左" 的政治文学观念打入冷宫的作家 "解放" 出来，让人们似乎看到了历史的另一面；但依然难以提供人们所期望的对这些作家作品的美学和艺术的分析，因为他还是离不开那老一套的分析模式和术语。显然，文学自身的 "独立性" 和 "完整性"，不是这种 "去政治化" 或者是依托政治的宽容所能确立的，而是必须首先确立文学家（既指作家，也指批评家、理论家和文学史家）作为个人存在的主体，并以文学所独有的语言艺术思维方式去审视、分析文学对象与文学现象，从而作出自己的美学判断。这是整个中国现代文学理论界、批评界和史学界应该回到而一直没有回到的理论 "元点"。这正印证了纪伯伦的那句名言："我们已经走得太远，以致于忘记了当初为何而出发。"

无论是书写文学的人还是对人的文学书写，企望摆脱阶级性或政治性，就会像鲁迅先生所描述的，人想抓住自己的头发离开地球一样。而依托政治的宽容，想把一切非 "革命" 的文学现象纳入文学史的做法，由于依然没有改变那套政治学和社会学的思维模式与术语，缺乏对文学现象的美学和艺术分析，就不可避免地让文学史演变为新的以文学为主题的展示政治史与社会

---

① 殷国明：《关于 "十七年" 文学中的 "假嗓子" 现象》，《文论报》，1998 年 11 月 5 日第 2 版。

② 这应该是我国最早的从流派史的角度，完整地书写中国现代文学的一部文学史。虽然这部书最终于 1989 年出版面世，但据殷国明自己回忆，该书的写作动因是，20 世纪 80 年代初他在新疆大学中文系学习，受教于陆维天、石芳庆、刘维均、黄钢等诸先生时，作为本科学位论文而作的。后来，他抱着这部书稿的 "毛坯" 投考了钱谷融先生的硕士研究生。

史的陈列室。

无疑，这一切文学后果的形成，都是由于我国当代文坛文艺批评的缺席所造成的。批评的缺席主要体现在批评主体的独立与自由的丧失，从而导致批评家自身的幸福感与责任感的丧失。我们的文学批评实践既缺乏历史感也缺乏对文学艺术的基本信念。文学批评是"从来如此"地按照政治学或社会学所赠予的术语、范畴、思维方式乃至价值理念，来评述着文学的事实。这样，文学批评既在远离不断创新的文艺实践，也在不断远离着不断变化的社会文化现实。用殷国明自己的话来说就是，文艺批评不仅丧失了自身的"才气"与"灵气"，也正在丧失自己的"生气"。

批评家必须意识到，在不断变化的文艺实践和社会文化现实的表象下，真正不断变化的是人们揣在怀里的那颗"心"，即人们的思想认识、情感态度和价值观念等。因此，批评家如果依然固守旧有的对现实、对文学和对艺术理念的认识，或者在没有搞清西方艺术新概念背后的历史附着物（因为历史与现实也是在不断变化的）的前提下，以貌似现代文艺的眼光来观照我国的文艺事实，最后只能是制造一堆关于文学的但一切对文学来说又是无所谓的政治话语、社会学话语或文化话语，因为学术界做的是对文学的政治阐释、社会学阐释或文化阐释，但唯独缺乏对文学自身的艺术阐释与美学批评。俗话说，气尽则人亡。批评家的"三气"[①] 丧尽，则意味着文学批评的主体正在走向死亡。

二、恢复艺术信仰，重建艺术思维

对于中国当代文艺理论与批评来说，要复活批评的"生气"，重建批评的主体，首先在于反拨文学"工具论"，让文学回归"艺术"的角色。人们只有回归到"文学是艺术"这一终极信仰，这一理论"原点"，才能远离"工具论"，才能恢复人们的艺术感觉与思维。文学批评家和理论家也才有可能真正以艺术家的身份，沿着艺术自身的思维方式，超越和突破文学工具论所规定的批评范式与范畴，去发现文学艺术的"美"以及诞生这种"美"的内在规律。

文学理论与批评，只能是艺术思维的成果。中国当代文学理论要走出独创的贫困、文学批评要恢复生气，理论家和批评家就既不能忘了自己要阐释的对象是什么，也不能忘了"自己到底要说的是什么"。"如果说在浑然一体的艺术生命形态面前，任何一种范畴都会显得苍白，那么文学批评要生气灌

---

① 殷国明：《批评的"三气"》，《上海文学》1996 年第 11 期，第 31 页。

注，就要超越和突破这些范畴的局限。一方面要从过去的范畴中解脱出来，不断建立更接近艺术实践的新范畴；另一方面在借助艺术范畴概念的过程中，从封闭性走向开放性，注意各种彼此对立和不同范畴之间的交合关系，从中悟出艺术更深刻的含义。也许我们现在只能仅此而已。"① 正所谓"理清则气盛，气盛则情定，情定则趣出"，殷国明对文艺理论与批评的思考，来到了中国古代文艺学与西方现代文艺学相"嫁接"的路口，但他首先要做的是关于中国当代文艺学的"正本清源"的工作。

艺术思维（在中国传统学术中称之为"理"）只能是人们面向"浑然一体的艺术生命形态"的思维，是生命与生命的对话，是心灵与心灵的对话，而非"模仿说"及"反映论"所主张的单纯地对客观现实世界的描摹与反映。众所周知，从"模仿说"到"反映论"，都是西方理性主义分析模式支配文艺美学的产物。这种认知模式有两个基本特征："一是以主客体的分裂、对立为基础，用人类认识活动的模式来研究人类的审美活动；二是强调美是某种与审美主体无关的、具有客观本体性的东西。"② 正是这种主客体二分的思维模式，导致了我国当代文艺美学陷入了双重困境：一是将"美是什么"的探讨，落着在艺术所"模拟"或"反映"的客观现实生活，也就是所谓"内容"层面上，而由于不承认审美是一种属于主体的精神活动，主体被冷落在一边；二是形而上地将文学艺术肢解成"内容"与"形式"两个范畴，而"形式"只是包括美的"内容"的一件无关紧要的艺术"外套"。用这种文艺美学指导我们的创作，势必会造成"用模拟生活代替了对生活原生美的感受和理解，同在社会生活中感到自己被捉弄和异化一样，他们这种艺术方法也表现了对生活无可奈何和顺从的心理状态。在生活和创作中，他们已经体验不到人们改造生活和征服自然的活力，因而也无法表现出人类生活中奔腾不息的本原的力量，最终必然导致'非艺术化'和'非人化'的艺术结果"③。而在殷国明看来，"艺术之所以成为人类生存的需要之一，重要的还不仅仅在于其产品的'后天'的价值，而在于艺术活动本身。这种活动本身就显示出一种生命的完美境界，使人们的心灵获得一种激荡，一种铸造，从而焕发出灿烂的光华。艺术创造中的一切因素只有和这个过程紧紧联系在一起，才具有自己真实的生命价值。事实上，就艺术形式来说，它的迷人之处，并不仅仅在于其本身所体现出的那部分'积淀'的意义，那只是体现了一种凝固了的、静态的历史内容；而在于它在一种动态的艺术创造活动中迸发的创造活

---

① 殷国明：《艺术形式不仅仅是形式》，杭州：浙江文艺出版社1988年版，第42-43页

② 霍桂桓：《方法比结论更重要》，见［德］莫里茨·盖格尔著，艾彦译：《艺术的意味》，北京：华夏出版社1999年版，第2页。

③ 殷国明：《艺术形式不仅仅是形式》，杭州：浙江文艺出版社1988年版，第16页。

力，即属于艺术家把某种情感内容转换为形式媒介的整个美学熔铸过程"①。

显然，殷国明对"形式"的美学意义的强调，并没有使他走上二十世纪二三十年代苏联的"形式主义"的语言学之路，而是沿着钱谷融先生在20世纪50年代提出的"文学是人学"的美学判断，走上了主体性美学的建构之路。主体——人，不仅是"原生美"②的源泉，也是"艺术美"的创造者。而所谓"艺术思维方式"，就是艺术家如何去扑捉这种来自人的生命意志之美，并如何在这种对"原生美"的艺术表达中呈现艺术家自我的生命意志。他在其早期（八九十年代）著作（如《艺术形式不仅仅是形式》《作品是怎样产生的——艺术思维活动的心理学美学分析》《小说艺术的现在与未来》，以及对托尔斯泰、卡夫卡、陀思妥耶夫斯基、法国"新小说"群、鲁迅、沈从文、王蒙、张贤亮等人创作的分析文章）中，实质上一直在全力分析和论证这一美学命题。

当然，所谓"艺术思维"，它依然是我们具有的作为认识与判断对象世界的理性思维方式，只是往往表现为伴随着人的情感的联想、推理与回忆等心理状态。它既是人的内在心理"动作"，同时也是推动人的外在身体动作的"动力"。而在文学艺术创作中，艺术家们常常把它作为一条串联文学叙事的结构线，也是他们得以完成真善美评判的准则。

由于人在现实生活中，总是会碰到不同的理性（如时代新理与历史旧理）并与之交锋，于是便会产生灵魂的搏斗，情感的多元纷乱，形成个人独特的内心世界。这是人的生命意志处于存在状态的时刻，也恰恰是艺术家需要发现与言说的内容，也就是殷国明所说的艺术的"原生美"。

但是，这种源于生活的"原生美"，毕竟还不是作品中的"艺术美"。"原生美"的内容，必须经过艺术家自身的情感意志和审美理想等因素所构成的心理场的"定向性"③点染与升华，才能真正转换成艺术美。

而且，在"原生美"向"艺术美"的转换过程中，艺术家常常发现，那存在着原生美的生命世界往往超出了自己理性观照的范围，让这生命世界呈现出一种混沌、破碎与无序的状态。此时，正是考验艺术家的智慧和实现自己的美学理想与能力的时刻。真正优秀的艺术家，绝不会屈服于流俗的艺术形式，而是通过艺术搏斗，勇于进行艺术创新，"把自我独立性和艺术对象的特殊情景融合在一起，凝固成一个统一的艺术整体"④。在这场艺术搏斗中，

---

① 殷国明：《艺术形式不仅仅是形式》，杭州：浙江文艺出版社1988年版，第24－25页。

② 殷国明：《艺术形式不仅仅是形式》，杭州：浙江文艺出版社1988年版，第11页。

③ 殷国明：《作品是怎样产生的——艺术思维活动的心理学美学分析》，广州：暨南大学出版社1990年版，第91页。

④ 殷国明：《艺术形式不仅仅是形式》，杭州：浙江文艺出版社1988年版，第100页。

艺术家体会到了智慧的痛苦和快乐。这大约也是殷国明反复强调"艺术形式不仅仅是形式"的原因。因为在艺术形式的铸成过程中，熔铸了艺术家自身的生命意志与审美理想，所以，艺术形式就不仅仅是美的载体，它本身就是美的源泉。

殷国明对"艺术形式不仅仅是形式"的判断尤为信奉。这一点，也充分暴露在他对王蒙与张贤亮的创作评论中。虽然他还不能完全认同王蒙小说中不无油滑的议论和张贤亮小说中的非常平白的自白；但恰恰是他们在自身的小说中，执拗地插入这些持传统艺术观的人认为很不文学的一些因素，使他从中看到了这两位作家在其艺术创作过程中不仅熔铸了各自的"生命流程"与人格价值，更看到了这两位艺术家在各自的艺术搏斗过程中所体现的智慧的痛苦与快乐。①

审美的东西并不纯粹是形式，而是由那些存在于它的最深刻的本质之中的至关重要的生命内容和精神内容所构成。这种观点，我们可以从 18 世纪德国浪漫主义先驱赫尔德那里找到开端，也可以从当代最红火的现象学美学（法国美学家米歇尔·杜夫海纳、波兰美学家罗曼·英伽登和德国美学家莫里茨·盖格尔）那里找到最广泛的响应。但殷国明显然不能认同这是西方哲学思路转换后所发现的真理，因为它自古以来就是中国文论进行文艺美学思考的"元点"，只不过是在 20 世纪被各种主流意识形态所遮蔽而已。因此他认为，他所要做的工作无非是对"主体性美学"的重建与现代转换罢了。

为此，他写过两篇很重要的论文，一篇是《对一个原始的文艺心理学模式的美学探讨——略论老庄哲学中的心理学美学思想》，另一篇是《"心动说"——中国古代心理美学思想的重要源流》。他通过对我国古代典籍中散见的关于文论的只言片语的梳理，给中国古代文论取了一个醒目的中国式名字——"心动说"，并得出这样的论证结论："从中国文论产生发展的渊源来说，其主体性是十分突出的、明显的，人心、人的精神世界占据着相当重要的地位。在先秦各派学说中，人心及其相关的精神现象，不仅被看作是艺术之本，而且也是有关治国富民、济世安民议论中不可忽视的一个因素。"②

他还发现，不只是中国古代，就是在近代，乃至当代，也一直存留着一派从艺术家主体方面识解艺术奥秘的理论主张。王国维就提出过著名的"有我之境"和"无我之境"的理论主张。只不过王国维过于心仪西哲的主客体分析方法，没有看到"无我之境"中同样隐藏着一个"有我之境"。20 世纪

---

① 石明（殷国明）：《两种不同的生命流程——王蒙和张贤亮文学创作比较》，《小说评论》1988 年第 2 期，第 17 页。

② 殷国明：《作品是怎样产生的——艺术思维活动的心理学美学分析》，广州：暨南大学出版社1990 年版，第 253 页。

50 年代，钱谷融先生在"文学是人学"的理论基础上，就进一步明确提出了艺术审美活动中"不可无我"的理论主张："艺术活动，不管是创作也好，欣赏也好，总离不开一个'我'。在艺术活动中，要是抽去了艺术家的'我'，抽去了艺术家个人的思想感情，就不成其为一种艺术活动，也就不会有什么艺术效果，不会有感染人、影响人的力量了。——但是在艺术中，这'非我'，决不是独立自在的'非我'，而只能是'我'（艺术家）眼中所见到的'非我'。"只是他也不无遗憾地叹息道："在那连艺术的主体本身都不能提的年代，这种观点刚一开始就遭到了非难，新的起点刚一产生就被教条氛围所扼杀。"①

其实，在我看来，殷国明的"叹息"里有着一种不无矛盾的双重意味：一方面由于主体性美学在中国命运多舛，这使他意识到从主体方面探索文艺美学必定会要遭遇意识形态风险；另一方面他又不无庆幸自己终于明确了自己理论探索的起点与方向，那便是坚定不移地沿着艺术思维方式的超越以及艺术主体的创造力源泉两个方向前行。终于，他找到了一切关于主体性美学问题的核心答案——"生命说"。

三、体悟生命意味，迈向主体性美学

20 世纪 90 年代中后期，既是殷国明人生的沉寂期，也是他学术生涯的沉思期。我对他的学术撰述作了一个粗略的统计，从 1988 年出版他的学术处女作《艺术形式不仅仅是形式》起，到新世纪初，他基本上每年出版一到两部著作，唯独只有 1996 年、1997 年、1998 年三年没有著作面世。从 1999 年开始，他又重新进入了一个理论创述的爆发期。他先后出版了《20 世纪中西文艺理论交流史论》（1999）、《大师对话录·钱谷融卷》（2000）、《"人学"奥秘与魅力·大学活页文库》（2003）、《"跨文化"的必要和可能》（2003）和《西方狼》（2005）等。显然，他依然在钱谷融先生所开创的"文学是人学"的主体论美学道路上，探索着艺术世界的奥秘。

终于，在 2004 年的一次关于青年学生如何读书的演讲上，殷国明很"随意"也很自信地"端出"了他的"生命说"。这篇后来被整理成名为"文学课堂：读书·溯源·传承·创新"的演讲稿共分为四节，其中三节居然都冠有"生命"一词：第二节，读书贵在读人，读生命；第三节，创新来自生命本身；第四节，找到自我的生命感。在第三节中，他对文艺的看法是："艺术的生命在于创新，其之所以比其他学科更强调创新，在于它更注重人的生命体验，更不受既定的理论观念的约束和限定。这种创新，是对于生命本身的

---

① 殷国明：《艺术形式不仅仅是形式》，杭州：浙江文艺出版社 1988 年版，第 102－103 页。

肯定，表达了人类永恒的向往和追求。"对艺术家的看法是："一个艺术家对于生命本身的体验、感悟与认识，比什么都重要。"而对于文学理论与批评的看法是："我提倡有生命感的文学理论与批评。我喜欢卢梭、尼采、王国维、郁达夫、鲁迅等人。他们文字中（指理论与批评文字——引者注）有生命活力，体现了他们作为一个活生生的、有血有肉的生命个体的存在。"①

显然，此时的殷国明已经从他早期的"心动说"和"形式论"又走出了关键性的一大步。确实，在文学中，究竟是什么东西能让人永远心动？又究竟是什么样的主体（艺术家）能让"艺术形式不仅仅是形式"呢？这是他必须回答的核心美学问题；这也是 20 世纪世界文学大交流时代的共同性美学追问。殷国明通过考察"20 世纪中西文艺理论交流史"发现："在 20 世纪人类思想发展中，当一些文艺家美学家从生命本身出发，去寻找文艺的存在意义和价值的时候，这些探讨人的存在意义的思想家哲学家，最后都不约而同地反求于文艺，在创造和诗意中发现人的本真。"②

在殷国明看来，他早期发现的中国古代文论中的"心动说"，实质上与中国的但丁——鲁迅在《摩罗诗力说》中提出的"撄人心"说有相通之处。"所谓'撄人心者'，就是触动人的生命意识，使之激动。而正因为生命意识的共通性，诗才有了感染人心的力量。也就是说，诗的力量不仅来自于生命深处的骚动不安，来自于心理状态的落差，而且取决于生命状态的共鸣和理解。"③ 只有能使艺术家"心动"的东西，才能使文艺"撄人心"；而只有"生命意识"与"生命情怀"在文艺中的注入，才有可能使即使是处于不同文化、观念圈层的两颗"心"产生共振与共鸣。生命是有血有肉的，有需求有欲望的，所以，这种"生命意识"或"生命情怀"也就是人人所具有的生命冲动和个人意识。因此，生命意识或生命情怀就不仅成了文艺家的创作资源，也成为艺术的美的源泉。总之，艺术的意味也就是生命的意味；艺术的价值也取决于艺术家对生命意识中的自我存在意识体悟的深浅。

那么，艺术家如何直抵人的生命意识世界呢？用西哲的说法，艺术家只能使用直觉的思维方式。人只有通过个体"生命冲动"所产生的直觉而不是理性思维中普遍概念与观念，才能超越自我与社会之间的障碍，实现自己的生命欲求；艺术家也只有凭借直觉的努力，才能打破他与创作对象之间的空

---

① 殷国明：《文学课堂：读书·溯源·传承·创新》，《文艺理论研究》2004 年第 2 期，第 26 页。

② 殷国明：《20 世纪中西文艺理论交流史论》，上海：华东师范大学出版社 1999 年版，第 120 页。

③ 殷国明：《20 世纪中西文艺理论交流史论》，上海：华东师范大学出版社 1999 年版，第 112 页。

间设置。因此，殷国明对法国生命哲学代表亨利·柏格森（Henri Bergson，1859—1941）的直觉主义和提出"直觉即表现"论断的意大利文艺美学家贝尼德托·克罗齐（1866—1952）十分赞赏。他说柏格森是"一个从哲学转向文艺美学的学人，能够在本世纪初获得诺贝尔文学奖，不仅证明了他对文艺美学的独特贡献，而且表现了 20 世纪对于文学理论和批评的重视"①。他说克罗齐之所以成为 20 世纪西方四大批评家之首，② 是由于他尽量摆脱西方不容置疑的以理性和逻辑为中心的思维方式，抛弃了诸如理性、概念、逻辑、规律、典型、普遍性等传统术语，重新确定了直觉、感受、联想和表现等与文艺和美学更为亲近的术语，论证了美学的特殊意蕴和独立的价值取向。克罗齐的理论如此"与众不同但是又合情合理"③，获得西方理论界的广泛响应，是情理之中的事情。

但是，正由于克罗齐没有也不可能完全摆脱西方理性分析的思维方式，因此，当惯于理性分析的西方理论家拿起逻辑工具来考验他的"直觉即表现"理论时，他们发现了很多的漏洞。雷纳·韦勒克（也译作威莱克）就发现了一个让他"大吃一惊"的问题："既然直觉是一种普遍的人类活动，那么艺术上就不存在什么特殊的天才。我们应该这样说，'人天生就是诗人'，而不是'诗人诞生了'。"也就是说，直觉只是一种人人都有的感觉方式，而非一种艺术思维方式。而且从艺术欣赏的角度来看，直觉只是对艺术的外在形式的感觉，而内容即使是"粗糙的材料"也无关紧要。因此，"直觉的美可以叫作'形式的美'"。连克罗齐自己有时也说："美的事实是形式，仅是形式而已。"④ 这显然是殷国明所无法接受的，与他的"艺术形式不仅仅是形式"的理论基石也是相悖的。因此他认为，钱锺书的"通感"是人类共通的艺术感觉，能够有效解决柏格森与克罗齐关于艺术思维探索中的缺陷。

"通感"，是钱锺书先生从西方哲学中所认定的一种认知思维——在"感通"的基础上，经过充分论证后所确认的用以理解各种不同类型文学的一种艺术思维方式。感通是指不同的感觉形式具有一定的贯通性。"一个人在认识客观事物过程中，愈能沟通各个感官领域之间的关系，感觉就会愈丰富，判

---

① 殷国明：《20 世纪中西文艺理论交流史论》，上海：华东师范大学出版社 1999 年版，第118 页。

② ［美］雷纳·威莱克著，林骧华译：《西方四大批评家》，上海：复旦大学出版社 1983 年版，第 9 页。

③ 殷国明：《20 世纪中西文艺理论交流史论》，上海：华东师范大学出版社 1999 年版，第200 页。

④ ［美］雷纳·威莱克著，林骧华译：《西方四大批评家》，上海：复旦大学出版社 1983 年版，第 15 页。

断就会愈灵敏。"① 而文学作为语言文字的艺术，她不仅可以穷形状物，而且可以通过艺术家在创作过程中的全部生命的投入，调动人们的感通能力，让人们不仅在艺术审美过程中观形见物，更主要的是能够感受到艺术家的人格气质与生命色彩。这就是艺术想象中的通感效应。

"撄人心"的艺术通道打开了，现在最关键的问题是，艺术家到底要在艺术中注入什么样的生命意识与生命情怀才能真正永久地"撄人心"？

在这一问题上，殷国明毫不犹豫地指向了个体生命的存在意识、艺术主体的强力意志、如狼一般充满原始活力的不甘于做"驯民"的独胆英雄情结。他在论述柏格森关于生命意志是如何通过艺术创造来实现时说："这是一种生命意识向存在意识的转化，当人们一旦意识到自己生命中欲望和能量受到某种程度的压抑和阻碍，就期望把它们宣泄和释放出来，把内在的聚积变成一种外在的显示，最后确定自己的存在价值。所以，对柏格森来说，生命意识的觉醒，也就是对自我存在状态的一种刺激和提示。他说：'在某种程度上，我们的存在就是我们的行为；我们在不断创造自己。愈是对自己的行为加以思考，这种由自我进行的自我创造就愈加完整。'"② 而对艺术家来说，艺术创造是他们超越现实生活障碍以实现自我生命完整的行动。

其实，对人类来说，寻求生命里人性最基本的需要，诉求最起码的生存尊严与自由，自古以来就是人的自我生命意识和生命情怀觉醒的起点。无论时代，也无论国别与族别，人的生命可能包裹乃至扭曲在各种不同的文化岩层里，但人的这种最本原的生命意识是永不泯灭的。它一直蛰伏在我们每个人的生命深处，在每个人的精神世界，乃至身体里。殷国明曾写作过《西方狼》和《"狼性"与二十世纪中国文学》，以"狼"和"狼性"这一象征或心理隐喻为线索，全面考察过中西文艺中的这种生命情结的表达，并以人狼关系的纠结揭示了人类这种生命情结的永恒存在。因此，他希望艺术家以尼采式的"超人"意志或鲁迅式的"狂人"品格，冲开禁锢在人自身身上的文化硬壳，用自己的艺术创造，去唤醒人们的这种被殷国明称之为"狼"的本原生命意识。

正如别林斯基所说，文学永远是幻想的产物。或许，这是殷国明对幻想的文学的理论猜想；或许，殷国明就是我国当代文艺理论与批评界的一匹"狼"，艺术的意味只能是人的生命的意味，是他的一种具有"狼性"的美学猜想。

---

① 殷国明：《20 世纪中西文艺理论交流史论》，上海：华东师范大学出版社 1999 年版，第 224 页。

② 殷国明：《20 世纪中西文艺理论交流史论》，上海：华东师范大学出版社 1999 年版，第 119 页。

苍茫朝圣路　立命以安身

——略论鲁枢元的文学跨界研究

李金来①

【学者小传】

鲁枢元：原苏州大学文学院教授、博士生导师。现任黄河科技学院特聘教授、生态文化研究中心主任、校学术委员会委员，山东大学兼职特聘教授。兼任中国文艺理论学会副会长、中国作家协会理论批评委员会委员，《文艺理论研究》杂志编委等。著有《创作心理研究》《文艺心理阐释》《超越语言——文学言语学刍议》《生态文艺学》《生态批评的空间》《陶渊明的幽灵》等。

自20世纪80年代起，以至新世纪以来的第二个十年之间，鲁枢元的学术研究在中国当代文学理论的发展历程中始终占据着不可忽视的地位，他以匠心独运的学术旨趣、知白守黑的学术品格、纯朴守拙的学术勇气、自然诗意的学术精神、灵动活泼的学术素养和义不逃责的学术信仰，脚踏大地，仰望星空，在苍茫的文学朝圣路上，宁静淡泊，立命以安身，建构、探索和开拓包括文艺心理学、文学言语学和生态文艺学在内的三次文学跨界研究，对中国当代文学理论的发展与繁荣产生了重要影响。本文紧扣鲁枢元三次跨界研究的内在统一性，重视他的文学创作与评论、文学论争以及文学教学工作的价值，梳理和勾勒他的学术理路，总结评述其文艺批评思想和主要贡献。

一、冲突与对抗：文学心理的张扬

文艺心理学的问题并不是崭新的课题，不仅在中国古代文论著作如《文心雕龙》中已经被探讨，而且在20世纪的20、30年代又曾引起作家、学者们的关注，鲁迅使用受弗洛伊德影响较大的日本学者厨川白村的著作《苦闷的象征》作为文学理论课程的讲义，朱光潜则相继出版了《悲剧心理学》《变态心理学》和《文艺心理学》，这一波文艺心理学的研究热潮因为社会、政治、文化、历史的变动而被搁置近半个世纪。当时间推移至20世纪80年代初，主导中国新时期文学界的却依然是"文革"中盛行的庸俗而机械的

---

① 李金来：四川大学文学与新闻学院博士研究生，主要研究方向为艺术学理论和生态批评。

"社会主义现实主义"理论，文学创作过程仍旧被看作是切割、拼装、组接和制作的机械式加工，文学作品被当作生活的映像，文学精神被功利性的操纵所遮蔽，作家的主体性被强制剥夺，文学界漠视以人为本、否定"文学是人学"的这种局面，与我国改革开放的社会大潮不相顺应，一场关于文学本质和创作过程的理论变革势在必行，呼之欲出。从学理的角度来看，揭示文学创作过程中的心理活动，是探究文学创作的秘密的必经之路，也有助于对抗伤害文学创作的各种机械文论，改善文艺领域的"生态环境"，文艺心理学因其开宗明义、开诚布公的主体性色彩和对于创作个体的关注，自然地、历史地成为这场理论变革的主角，并因之而具有了意识形态的属性。问题在于，鲁枢元又何以成为这次文艺心理学建构的主将之一并被当时的学界公推为"新潮代表"？

在鲁枢元看来，尽管"童年时代受到的戏曲、小说、绘画的熏陶以及对文学艺术家的好奇与尊崇"于此具有帮助作用，但"往事如烟，回想起来几乎是一个偶然，或曰宿命"。事实上，鲁枢元从事文艺心理学研究，并非出于逐新猎奇的现实考虑，而是因为这一学科有研究的必要，而他又具备潜心于这种研究的文学的能力，他喜爱的文学创作实践、他在从事文学评论的过程中与作家进行的直接对话以及他十多年的"文学概论"教学工作也都让他对包括文学创作心理在内的文学心理系统有着比较真切的体会和直观的感受，从而保证他的文艺心理研究并没有走向如梁实秋所质疑的精神分析所存在的神秘化、猎奇化倾向。鲁枢元的散文创作是他细腻、深情、婉致、超迈的心理轨迹、情感蕴藉和精神涵涌的"天然保鲜库"和"绿色演练场"，在《蓝瓦松》中他这样写道："天气炎热，有些困乏，没有着意去想什么，思绪反倒在虚空中弥漫。天空为什么如此蓝，蓝得不可捉摸，最终又蓝到哪里去？蓝天的外边又是什么天？被四合院的屋顶框起来的这块蓝天，似乎成了一个通向无垠的洞穴，我只能坐在洞底仰望着蓝天而无法向它迈出一步。我有生来第一次觉察到自己的渺小，渺小得可怜而且无奈。"① 从这段清新自然的文字中我们不难体会到鲁枢元对自己寂寥、虚空、彷徨、期待的心理世界的敏感洞察、无畏触碰、冷静沉淀和纯然升华，文学是他心灵精神的回响和必需，他也拥有通过文学的方式直面自己内心世界的能力。钱谷融先生对此有深刻的印象："他（鲁枢元）的探索的脚步又是跨得那么踏实。既果决，又沉稳；既不缺少必要的大胆，又随时都有足够的谨慎。因此，当他坦率地把他在探索途程中的所见、所感和所想，把他的一些经验体会毫无保留地告诉我们的

---

① 鲁枢元：《心中的旷野——关于生态与精神的散记》，上海：学林出版社 2007 年版，第124 页。

时候，就使我们感到很实在，很引人入胜。"① 阅读鲁枢元的文论集《苍茫朝圣路》，我意识到：在与作家二月河的书信交流中，他曾深刻地感受到被作家看作创作动机的"孤愤"的汹涌力量；通过对作家叶文玲关于创作心理十题的访谈，他明晰作家富于主体性和个体性的、灵动而飘忽的创作心理；与曾卓、苏金伞、王安忆、韩少功、张炜等作家之间无障碍的情感交流和心理沟通，也都是他进行文学心理学研究的源头活水，使他认识到"社会生活只有首先成为心理的，才有可能成为艺术的"。正是在文学创作与评论实践的基础上，他决心通过对"情绪记忆""情感积累""艺术变形"等创作心理问题的探索，从心理学的意义与方式上对抗和纠正机械反映论的偏颇，还颇具想象力地对"创作心境"和"知觉定势"进行剖析和描述，试图一探诗人与作家大脑中关于文学创作的奥秘。在十余年的"文学概论"课堂教学中，他愈发觉得教科书上所讲的文学创作原则和规律严重脱离真实的创作活动，发现人们客观的社会生活假如不能为作家的血肉之躯进行体验与感受，不能融化到作家的人格与情性之中并引起共鸣，那么它们对于作家的文学创作活动就很难产生影响，而且真实的生活本身比所有的文学情节都要深刻。实践出真知，切问而近思，在文学创作、评论实践和学习借鉴西方心理学理论的基础上，鲁枢元相继写出《论文学艺术家的情绪记忆》《艺术创造中的变形》《作家的艺术知觉与心理定势》《审美主体与艺术创作》等一系列文章，还出版了奠定他在文艺心理学研究及学科建构中重要地位的《创作心理研究》，这本书差不多涵盖了文学创作的全部基本命题，更为难能可贵的是，他对这些命题作了既有心理学特征又富于文学意味的命名。声名鹊起却能安之若素的鲁枢元还毫无征兆、几无准备地成为一场文学论争的主角，他于 1984 年 12 月在由《上海文学》编辑部、杭州市文联、浙江文艺出版社在杭州联合举办的青年作家与评论家的对话会上首次谈到，并于 1986 年 10 月 18 日正式发表于《文艺报》，后又于 1987 年 6 月收录入《文艺心理阐释》书稿的《论新时期文学的"向内转"》一文，引发了一场中国当代文坛上许多声名显赫的人士都介入了的"旷日持久、规模可观、持论截然对立、反响相当强烈"的文坛论争中。在持续近五年的论争过程中，鲁枢元只在 1988 年 3 月 25 日的《文论报》上发表过一篇仅就论争中的思维方式进行解释说明的文章，而对于这场论争详尽而正式的理论回应则见于他发表在《中州学刊》1997 年第 5 期的《文学的内向性——我对"新时期文学'向内转'讨论"的反省》一文，距离他首次谈论这个问题已经过去了 13 年，鲁枢元谦逊而执着、认真而严谨的治学态度让观者不禁唏嘘赞叹。今天看来，鲁枢元在文学心理学建构过程中所取得的

---

① 钱谷融：《创作心理研究》，《文汇报》，1985 年 3 月 25 日。

成就，正是他专注于真实的现实生活、专情于文学创作与评论、专心于纯粹的学术研究的结果。刘再复先生对此谈论说："鲁枢元正是超越了精神蜕变的痛苦，才进入新的精神境界的。这又使我想起'凤凰涅槃'的诗境，如果不经过一次痛苦的涅槃，凤凰就不能再生而翱翔欢唱。他走入文艺心理学领域，取得了令人敬佩的研究实践，并成为我国文艺心理学研究的代表人物之一。我们这一代人，在社会科学领域中要做出些成绩，实在是太艰辛了，但我们的努力毕竟没有白费气力。"①

二、狂飙与突进：文学言语的诗魂

从文艺心理学转换到文学言语学的研究，表面上是从心理学到语言学的又一次跨界，但实际上却并没有"改旗易帜"，它原本肇始于鲁枢元关于创作心理的研究过程之中，是一场借助文学言语学向结构主义语言学的"主动进攻"来实现对于文艺心理学的"防守自卫"，鲁枢元不惧不羁的书生意气和淋漓酣畅的诗意情性由此可见一斑。语言是揭开文学心理奥秘的窗口，它不仅是表达意义的工具，而且是产生意义的符号系统，更是感觉闪烁、意蕴蓄积和意向直观的创生、流变与动荡过程的表征，对于文学心理活动的观照如果离开对于文学语言的考察，则必将失之于凌空蹈虚，成为无本之木。尽管在创作心理研究中已经认识到语言的重要性和复杂性，鲁枢元至今依然认为自己"一脚踏入语言学界，实在是有些唐突"。面对当时文学理论界风向标的转变，尤其是结构主义文论向"主体论""心灵论"的文学理论的猛烈进攻态势，尽管他基于自身的文学经验（如散文集《隐匿的城堡》和随笔集《大地和云霓》的创作），坚信"私人话语"自有其存在的理由和价值，拒绝接受全盘否定"私语言"的文学理论，更愿意坚守心灵深处那座"隐匿的城堡"，但他还是感觉到自己正在从事的文学心理学研究的"阵地"面临被"摧毁颠覆"的危险。于是，未及"粮秣先行"便"披挂上阵"，把矛头直指结构主义阵营的"中军帐"——结构主义语言学，目的"就是要给语言分析家蒸晒干涸了的土地灌溉泉水，就是要给结构主义者剔剥干净的'大鱼骨'复活生命"②，这场"防守自卫战"的理论成果便是《超越语言——文学言语学刍议》（以下简称《超越语言》）"这部写得相当漂亮的书"。

《超越语言》是唯一由鲁枢元经常叮嘱学生要认真阅读的自己的著作，足见他在写作此书时用心之专、用情之深和用力之多。在阐释文学言语理论的

---

① 鲁枢元：《文学的跨界研究：文学与心理学》，上海：学林出版社2011年版，第365页。

② 鲁枢元：《文学的跨界研究：文学与语言学》，上海：学林出版社2011年版，第30页。

过程中，鲁枢元并不掩饰自己对于文学言语的"个体性""心灵性""创化性"和"流变性"的喜爱和推崇，他极富创造性地使用和论证了"绸缪""神韵""延宕修辞""瞬间修辞""裸体语言""场型语言"等重要概念，淋漓尽致地展开他包括"语言是天地中包笼着人性的沉沦晦蔽和精神的澄明敞亮""真正的语言是诗的语言，真正的诗性是人的本性，人类将在语言的虹桥上走进诗意的人生"在内的一系列独到又精辟的见解。特别值得称赞的是《超越语言》一书那些豪放奔腾、活泼不羁、生动形象、清新隽永、纯然无蔽、诗意抒情的语言表达，使得这本理论著作具有了散文的风致与诗歌的神韵，是对被鲁枢元称作"我的遥远的清平湾"的 20 世纪 80 年代的遥想、追忆与守望的心理、情感与诗意的文学语言文本呈现，在中国当代理论著作中实不多见，对于那些枯燥乏味、拧巴迂腐、高深莫测、不明觉厉的理论文章具有自然、鲜活、灵动和亲切的启示价值与现实意义。

文有所寄，书自有命。《超越语言》出版在 20 世纪 80 年代末，并获得了一些诗人与作家的赞赏和鼓励，比如王蒙就赞誉这是"一本超拔的书"[1]；文学评论家白烨认为："《超越语言——文学言语学刍议》是一本具有自己的角度、自己的思考、自己的见解、自己的语言的著作。它的付梓不单单说明又有一本好书问世，在某种程度上还表明了当代文学研究将跨越对西方文论的横向借鉴的自我构建的开始，标示着中年一代理论家在认真、刻苦的理论探索中正日益走向成熟。"[2] 与此同时，《超越语言》却又饱受"几乎所有看过此书的语言学家的痛斥与批驳"，比如伍铁平、孙逊就指责和批驳该书无视和违背起码的语言学"常识"，还煞有介事地严重质疑作者和编辑是否具备出版此书的能力和资格。是非有曲直，公道在人心，客观而论，鲁枢元是在"文革"岁月中度过了自己的大学生涯，缺乏严格而系统的学术训练，而且外语水平不高使他对科学规整、逻辑严密的西学也有隔膜，再加上他尊崇中国传统文化、钟情中国文学理路，并以之来熏染、砥砺和磨炼自己的人格、性情和文心，使得他拥有和擅长别具一格、飘逸灵动的文学的能力和文学的表达方式，这本身就是一个社会历史与个体命运复杂地交错、融会、变动和生发的结果，在中国当代文学理论界成为一个不可多得、值得珍视的现象。也因此之故，秉持科学理性、遵循西学逻辑的语言学领域的学者，阅读从未把文学艺术看作是科学的鲁枢元的《超越语言》一书，产生云雾缭绕、扑朔迷离的感觉也在情理之中。鲁枢元以《超越语言》为代表的文学言语学跨界研究是从文艺心理学的研究理路出发，以对富于主观精神、合乎人情文理的"个

---

① 王蒙：《缘木求鱼》，《读书》1992 年第 1 期。
② 鲁枢元：《超越语言——文学言语学刍议》，北京：中国社会科学出版社 1990 年版，第 6 页。

体性""心灵化""私语言"等文学化的语言的推崇为动力，通过对结构主义语言学的进攻而实现对于主观的人情、诗性的文学与高标的精神的保卫和坚守，这种富于人文精神、精英意识和启蒙理想的生活理念、生存智慧、学术追求和精神信仰在生态文艺学的跨界研究中更是得到充分而彻底的延续和贯彻。

三、困惑与守望：生态批评的空间

从文学言语学继而突进到生态文艺学，是鲁枢元一次出人意料的跨界研究，有论者认为，如果说文学言语学的跨界研究仍然是承接和保卫文艺心理学的"向内转"的延续，那么，这次生态文艺学的跨界便是毋庸置疑的"向外转"。然而，当我们"按图索骥"地梳理鲁枢元的学术研究历程，就会发现，所谓的"向外转"不过是探究人类精神变异和文学艺术"边缘化"的时代背景和学术资源，以生态文艺学的跨界研究为中心的生态批评，与文艺心理学和文学言语学的研究之间依旧是一脉相承、和衷共济的关系，从未放弃对心灵、情感、精神与诗意的关注，是文学研究"向内转"的纵深和升华。

与20世纪80年代中期的"方法论热"不同，这次东、西方关于生态批评的研究几乎是同步的，鲁枢元扎根本土文化传统、直面后现代社会语境、高扬主体精神、立足生态文艺学的生态批评实践与余谋昌先生的生态哲学探讨、曾繁仁先生的生态美学建构和王诺教授的欧美生态文学研究共同推动了中国生态文明建设的发展。回顾生态批评的发展历程，当恩斯特·海克尔于1866年提出"生态学"这一概念时，它只不过是生物学的一个分支，并无宏大的视域和哲学的意味，随着地球自然生态的日益恶化对人类生活的制约不断加剧，生态学的那些诸如整体的、系统的、有机的、开放式的、动态的和跨学科研究的原则与方法开始不断引起人们的注意。1960年，美国作家蕾切尔·卡森《寂静的春天》问世，在书中作者不可思议地把满腔的热忱和怜悯，倾注到被工业技术无情地摧残的自然界和生物界，并开创性地将哲学思考、伦理评判及审美体验引入生态学的视野，从而实现了生态学的人文转向。鲁枢元先生敏锐地发现，生态学已经超越学科的范畴束缚，成为一种包纳人类与自然、生命与环境、物质与精神的世界观系统，而生态批评更是一门具有颠覆性的学科。这种对科学技术、工具理性、商业思维和永恒进步的颠覆性反思源自心灵与精神的困惑。工业革命以来，在工具理性和科学技术的联合助推下，在"人定胜天"的诱惑驱使下，人类"擅理智、役自然"，人与自然之间和谐统一的状态被打破，作为精神家园的自然成为可资人类肆意破坏、无度索取的资源仓库，不堪重负而千疮百孔，尽管人类对自然的每一次胜利，都招致了自然猛烈的报复，却不能阻止和唤醒人类渐渐变得坚硬的心灵。自然生态的危机也蔓延到社会生态领域，人们之间缺乏信任、理解和同情，功利主义、拜金主义、消费主义甚嚣尘上，社会心理逐渐变得冷漠和紧张，安全感和幸福感的质量和指数不断下降。人类的精神生态状况也不容乐观，人性迷失、道德滑坡、理性沦丧、伦理消弭渐趋普遍，人文精神的表浅化、虚无化和空洞化触目惊心，人类精神正在坠入"无根"的深渊。鲁枢元对于人性的态度由信赖、尊崇和讴歌转向警觉、质疑和批判，他认为后现代虽然物质丰裕但却是一个贫乏的时代，体现为自然、心灵、情感、精神、文学和诗意的贫乏，而要扭转当前自然生态破败与社会生态失衡的危机局面，则必须重视人类的精神变量的价值，否则就不可能获得成功。当前人类生存观念与发展理念的扭转，需要呼唤和进行一场人类精神的变革，而文学艺术就承担着实现这种变革的重任。在这种具有"乌托邦"精神特质的人文情怀鼓舞下，怀揣着一颗赤子之心的鲁枢元先生，毅然决然地踏上了生态批评的漫漫征途。

鲁枢元在谈到自己学术研究视点的这次转移时，谈到怀特海的《科学与近代世界》和贝塔朗菲的《人的系统观》这两本书对他开始关注现代社会生态问题的影响。怀特海认为审美直觉与科学机械论之间存在矛盾与冲突，而审美价值更多地依赖于自然；贝塔朗菲感慨人类尽管已经征服了世界，但却在征途中丢掉了灵魂。他们的感悟和反思，使鲁枢元想起海德格尔关于重整破碎的自然与重建衰败的人类精神具有一致性、拯救自然与精神的希望在于让诗意重归大地的富有哲学性的判断和预言。于是，自然、审美、诗意、精神之间的一致性就被顺理成章地勾勒出来，自然生态危机的改善和社会生态困境的解套都依赖于精神生态的平衡、稳定、和谐与圆融，文学艺术作为人类精神之树开出的奇葩，则是实现人类精神生态境界的最理想的凭借，而且与人类精神一道蒙难的文学艺术，必将与人类的精神一起复兴。

精神生态是鲁枢元从事生态批评研究的重镇，其内涵虽然伴随着 20 世纪 90 年代以来的生态保护、生态文学、生态哲学、生态文明的发展而有所演变，但其作为学术问题的提出其实与文学心理学的研究是同步的。在 1987 年发表的《大地和云霓——关于文学本体论的思考》一文中，鲁枢元就曾明确指出："在整个人类社会构架中，文学艺术高高悬浮于上空，像天上的云彩一样"，"一切希望获得'文学艺术'称号的作品，都应该具备那种'精神活动的高层次性'"[①]。从本体论的意义和层面上把文学艺术比作天上的云霓，把精神的高层次性当作文学本质的规定性前提，已然是明确了人的精神活动与文学艺术之间的血缘关系，这也为之后自然、文学与精神的结盟奠定了基础。

---

① 鲁枢元：《大地和云霓——关于文学本体论的思考》，《文艺报》，1987 年 7 月 11 日。

1989 年，鲁枢元在全国第二届文艺心理学研讨会上这样讲："近些年来，中国人的精神生态正在恶化，这种恶化是由于严重的生态失衡造成的。在生存的天平上，重经济而轻文化、重物质而轻精神、重技术而轻感情，部分中国人的生态境况发生了可怕的倾斜，遂导致文化的滑坡、精神的堕落、情感的冷漠和人格的沦丧。"① 其言犹在耳，时过境已迁，二十余年来，鲁枢元先生的生态批评独辟蹊径，无畏创新，功绩卓著，硕果累累。1995 年，鲁枢元离开家乡，来到"远在天边"的海南大学工作，在此期间，他筹建了精神生态研究所，编印的内部交流刊物《精神生态通讯》生存艰难却延续至今，还出版了被钱谷融先生誉为"1998 年印象最深的一本书"的《精神守望》学术随笔集和被他称作是"催生的早产儿"却颇具开拓实绩的《生态文艺学》论著，还有他一直钟情的文学评论论文集《猞猁言说：关于文学、精神、生态的思考》。2002 年，鲁枢元告别商业蓬勃的海南，来到诗意氤氲的江南古城，他在苏州大学成立了生态批评研究中心，出版的《生态批评的空间》是在生态批评这一陌生领域进行的开拓性工作的理论结晶，对中国古代生态文明资源展开了富于成效的发掘，体现出文学跨学科研究的不懈努力，由他主编的《自然与人文——生态批评学术资源库》屡获好评，他还出版了情感丰盈、诗意盎然的文学随笔集《心中的旷野——关于生态与精神的散记》。由他组织的"生态时代与文学艺术——田野考察及学术交流会议"，在国内引起较大反响，并出版了会议论文集《走进大林莽：四十位人文学者的生态话语》。

2004 年，鲁枢元以《文艺争鸣》为平台，同王德胜教授、陶东风教授和金元浦教授展开了一场关于"日常生活的审美化"的论争，他认为"审美是一种复杂隐秘、精妙神奇的心灵活动和情感活动，是一种内在的、自足的、本真意义上的生存状态，一种不断超越自身的精神提升"，他希望看到"一种与人类精神、与自然生态保持和谐的审美原则和一种能够渗透到科学、技术、市场、资本领域的诗性智慧"②，他也不无心痛地表示，自己的这种期待更像是一个审美化的生态乌托邦，在强大的现实面前，不过是一个脆弱又渺茫的梦幻，这场论争入选了被《学术月刊》和《文汇读书报》联合评出的"2004 年度中国十大学术热点"。2011 年，鲁枢元三卷本的《文学的跨界研究：文学与心理学》《文学的跨界研究：文学与语言学》和《文学的跨界研究：文学与生态学》学术文集出版，成为文学跨界研究的经典文本和宝贵资源。2014 年，鲁枢元的论著《陶渊明的幽灵》荣获第六届鲁迅文学奖的文学理论评论奖，授奖词如是说道："陶渊明的人格理想、人生态度及天人合一的诗歌

---

① 鲁枢元：《来路与前程——对文艺心理学建设的几点意见》，《文艺报》，1989 年 9 月 5 日。

② 鲁枢元：《生态批评的空间》，上海：华东师范大学出版社 2006 年版，第 155 页。

写作，是古老中国留给世界的重要精神遗产。鲁枢元的《陶渊明的幽灵》，将古典情怀与前沿问题相融合，跨学科、跨国度地阐释一位古代诗人，提出了'自然浪漫主义'的概念，致力于开辟生态美学、生态文学、生态批评的新视域，具有重要的理论价值。全书视野宏阔，学识丰赡，是关于陶渊明的当下解读，也是对'人与自然'关系的重建寻求一份东方式的解答。"近年来，鲁枢元开始陆续写作一些回忆性文章（比如《我与河大六十年》系列），还出版了日记集《梦里潮音——我的八十年代文学记忆》，不仅有助于调适、慰藉和反思自己的文学跨界研究生活，而且对中国当代文学和中国当代文学理论的发展也具有重要的史料价值。岁月流转，尽管年事已高，但在从事文学跨界研究的同时，鲁枢元还是坚持开设了"生态文艺学"和"文学跨界研究"等课程，重视"走出去思考"的价值，经常带领学生走进田野、攀爬山林，感受自然的神圣性、神秘性和诗意性，在言传身教的过程中，他"润物无声"般的思想光芒、恢宏情怀和崇高信仰总是给学生带来许多知识的收获、灵魂的悸动和精神的共鸣。在我看来，鲁枢元既是一位"忧天的杞人"，也是一位"抱翁的老人"，还是一位"说梦的痴人"，也因之成为一个幸福的人。

鲁枢元以生态文艺学为主导，以精神生态为旨归的生态批评实践，开创了文学与生态学跨学科研究的崭新局面，在中国文论患上"失语症"的学术语境之中，富于想象力、创造性和诗意性地获得了扎实、厚重和卓越的研究成果。

结语：一棵开花的树

海德格尔曾经说道：树为什么要开花？因为它是开花的树；树的开花，纯粹源于生命的自性。鲁枢元自喻是一棵树，这棵命运多舛却永远生机勃勃的树，愣是不依不饶、不折不扣、困惑而执着、坚韧而自然地成长并散发着郁郁青青、活色生香的有关文学与人生的信仰、精神、情感和记忆，在文艺心理学、文学言语学和生态文艺学这三次文学的跨界研究中，勉力打了一个通关，取得重要的学术研究实绩，犹如一树开出的三朵奇葩。

面对诸多的赞誉和批判，鲁枢元坦率而从容地表示，对文学的跨界研究，他起初并无清晰的认识，甚至现在依然没有足够的自信，30年来的文学跨界研究其实经历了一个从懵懂跨入、努力实践、全面认同到反躬自问、再度反思、犹豫彷徨的过程。他形象生动又不无哲思地把这三次文学跨界研究比作是"从他的生命之树上（也许只是棵小草）自然生发的三根枝条"，它们"虽然谫陋，却蕴含着自己生命的汁液"。鲁枢元把学术生涯中的三次文学跨界研究比作一棵树上的三根枝条，形象而生动地说明了一个事实，即这三次

跨界研究同根同源，一脉相承，具有内在的统一性，是在"无界"的心态下展开的。鲁枢元的这个自喻尽管为大家所熟知，但因为对他所擅长的用文学的方式来阐释理论问题的表现能力缺乏认识，所以还没能充分而妥帖地发掘出这三次跨界研究之间存在的息息相关的统一性，甚至存在简单而武断地从时代背景变迁和理论语境衍变的角度，把这三次文学的跨界研究看作彼此孤立或者稍有瓜葛的三次应时而动、应需而发的即兴之作。如此一来，鲁枢元的学术研究不仅被非理性地割裂和剥离，而且被非人道地贴上"听命"与"媚世"的标签，这种野蛮而不科学的学术批评，不但是对孜孜以求、勉力为学的鲁枢元先生的不尊和菲薄，也是对中国当代文学理论发展历史的罔顾和不屑。

鲁枢元的三次跨界研究是一以贯之、一脉相承的，诚如南帆所说："鲁枢元所有的跨界行动均会返回一个圆心——他始终不渝地注视着自己的思想主题。"① 南帆认为这个思想主题即是具有哲学意味的"主体"。而在我看来，这个思想主题的内容更丰富、视野更宏大、情感更深沉、精神更高扬，表现为他始终坚持对于人、主体和个体的信念、张扬与理解，始终守护对于自然、人情和人性的热爱、感知与童心，始终坚守对于情性、诗意和精神的礼赞、想象与信仰，始终坚定对于真实的生活经验、真切的人生体会和真诚的学术思考的信任、依靠与推崇，始终秉承对于中国传统文化、文学和学统的颂扬、眷恋和尊崇，始终保持对于西方现代文明、文化和文论的反思、警觉和质疑。

---

① 南帆：《文学与生态学·序》，载鲁枢元：《文学的跨界研究：文学与生态学》，上海：学林出版社 2011 年版，第 4 页。

后 记

　　在本书即将付梓之际，本书的实际主编之一邹赞博士嘱我写一篇"后记"，我答应了。这是因为我想要借此版面对这本书的成稿过程作一说明，同时要借此机会对于此书出版作出实际贡献的有关机构和个人表达真诚的谢意。

　　事情缘起于2010年冬季《新疆大学学报》（哲学·人文社会科学版）编辑部让我审阅的一篇稿件，是北京第二外国语学院胡继华教授评论安徽大学教授顾祖钊先生对当代文艺学建设所作学术贡献的。我读这篇文章时，除被作者描述的顾祖钊教授的学术精神感动外，也忽然触发了一种想法，即建议《新疆大学学报》（哲学·人文社会科学版）在其"文艺理论和美学"栏目中开设专题，专门刊登改革开放以来中国文艺学家美学家研究的专论文章，意图通过这个平台，全景式展示中国文艺学和美学30年来繁荣发展的景观与经验。理由就是我在这个研究专题正式开张时代写的编者按所言："改革30年来，中国文艺学和美学两个相关领域均出现了前所未有的繁荣景象。这主要体现在：思想观念空前解放，过去那种单一的意识形态论以及工具论确定文艺本质的60年'传统'被扬弃，尤其是进入新世纪后，对本质主义的消解更深入人心，文艺本质论更多被审美价值论所取代；文艺学和美学研究方法空前多样，有多少观察艺术的角度就有多少研究方法，文艺社会学的大一统局面被彻底打破；文艺学和美学的许多基本理论在新的研究方法中遭到反复质疑和重新思考，进而被颠覆或修正；志在建设的新思想、新观念、新话语不断产生，引发和激励学术之思空前活跃；文艺学和美学理论体系的构成从而也发生了重大创变，数十年思维定式生产出的那套单一理论体系不断被多元形态所取代。在这个过程中，理论个性鲜明的文艺学家和美学家不断诞出。他们是30年来解旧构新的中坚力量，也是中国文艺学和美学繁荣的真正推手。由于有他们，我们才有了真正的文艺学和美学。"我的这个建议报到编辑部后，很快就得到了时任学报编辑部主任、历史学博士孟楠教授的赞赏和支持，确定从2011年第1期起，开设"新时期文艺学家美学家研究专题"，每期拿出两篇论文的版面，刊登有较高水平的文艺学和美学人物专论文章，并

且大体确定了本栏目的基本原则：秉承方向正确、学术开放、实事求是、文责自负的一贯原则，对所有相关论文按照来稿先后和内容、形式、质量择优刊发，对文章所论专家学者不作任何主观评价，诸如选择、排序、简介等。可以这样说，没有孟楠教授这样的识见和决心，本书就不可能问世。

专题确定以后，我义不容辞地承担了专题文章的组稿和初审工作。好在当我们把这个专题第一组文章刊出之后，很快就获得了学界的响应，可以这样说，在整个 2011 年间，本栏目"投稿者众"。这不仅保证了专题用稿的数量，也使作为主持者的我有了凭质量选稿的可能。从 2011 年第 1 期起，《新疆大学学报》（哲学·人文社会科学版）用两年刊期共 12 期的专题版面，刊出论文 23 篇。这些专论分别述评了当今国内文艺学美学界最负盛名的 23 位专家学者的学术业绩和理论贡献。因此，当 2012 年最后一期专题稿件定稿的时候，我由衷地写下了这样的编后语："回眸凝视这些专家学者的学术身姿的时候，我们的感觉是：亮色一片。由于种种原因，还有几位文艺学美学领域的专家学者没能在我们的专题中露面，令人遗憾，但即使如此，这个专题刊出的现有成果，已比较完整地图绘出了当代中国文艺学美学的疆域。当这个专题就要结束的时候，我们对这些专论的作者致以诚挚谢意。这些论文作者虽然来自五湖四海，但他们本人都是当今中国文艺学美学领域的后起之秀。因此本刊刊出的这 23 篇专家专论，无论是内容的正确性和深刻性，还是表达的准确性和精彩性，都应该说达到了相当高的程度。"

我没有想到，在 2012 年最后一期我写下的那个"遗憾"，却在留存了两年之后被一个年轻学者硬是下决心给弥补上了。他就是从北京大学比较文学与比较文化研究所博士毕业的邹赞。邹赞现在已经是新疆大学中文系副教授，还承担了系主任的工作，同时兼任新疆文艺理论学会的秘书长，同时还在做清华大学汪晖先生的博士后。正如我在上面第一句话所说，邹赞是本书的实际主编之一。正是他，通过多方努力，请《新疆大学学报》（哲学·人文社会科学版）恢复了已经终止运行的"新时期文艺学家美学家研究专题"。正是他，提醒我这个专题应当顾及中国文艺学的又一次"转向"而加入文化研究学者的研究。也是他，接过了这个复活栏目的后续组稿工作。还是他，积极地联系本书的出版事宜，按照专著的规范和格式，重新编排了所有的专论论文，并且为每个入编专家学者编写了人物小传。邹赞所做的这么多事，都是在繁重的工作之余完成的。所以，当我看到这本厚重的书稿时，真是发自内心地由衷感叹：江山代有才人出，实非虚言！有了邹赞这样一群学历很高、视野前沿而又踏实诚恳的年轻教师，不久的将来我们新疆大学的文艺学一定

会大有作为。

最后，我还必须感谢现任《新疆大学学报》编辑部主任张允教授，是她的拍板，才让学报这个文艺学的研究专题得以重开，而且继续保障了它所需的版面，使得这个专题研究能做到尽善尽美。我也对《新疆大学学报》编辑部佐红琴和龚玉钦两位副编审表达谢意，是他们从 2011 年起，就一直用自己的辛劳，默默地支持着本书的所有专论文章在这份 CSSCI 期刊上尽数发表。

所以，应该这样认定：这本《中国新时期文艺学家美学家专题研究》的主编，应当是新疆大学的一个集体，而不是某一个人。这发自我的肺腑。

刘志友
2016 年 5 月 1 日于新疆大学